時代的眼·現實之花

《笠》詩刊1～120期景印本(八)

第68～75期

臺灣學生書局印行

笠

LI POETRY MAGAZINE

民國五十三年六月十五日創刊•民國六十四年八月十五日出版

詩双月刊

68

笠詩刊發行滿十一週年年會在臺中市寶覺寺舉行。參加同仁在大佛像前合照，右起吳夏暉、楊啓東、黃荷生、林宗源、趙廼定、詹冰、張彥勳、周伯陽、李勇吉、黃騰輝、杜潘芳格、錦連、陳秀喜、楊逵、寒梅、蔡伯堯、趙天儀、岩上、陳明台、梁景峰、羅明河。（白萩攝）

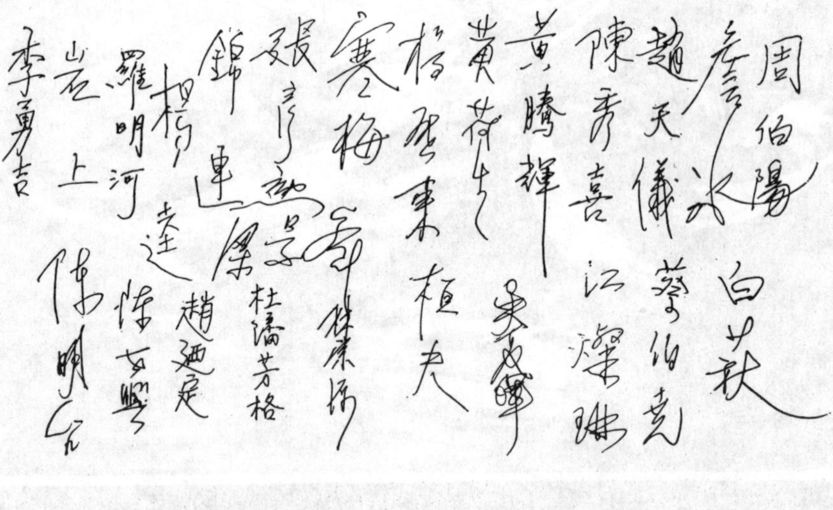

卷頭言

詩的行爲

陳千武

笠詩刊創刊於五十三年六月，迄今已有十一年多的歷史，但從未曾標榜過鄉土文學做爲詩表現的目標。而目前，一般却認爲笠詩刊具有鄉土精神。我說這是很好的現象，也可以說是笠詩刊的成果，十多年來的努力沒有白費。因爲文學上的鄉土精神也就是民族精神的母體，畢竟是歸於傳統的。——不要以爲鄉土文學就是狹窄的，而輕視它。事實上，世界性高水準的文學，起初都是從鄉土文學發展上升的。像起初在法國一個小角落發生的超現實主義，幾年後變成爲世界性廣泛藝術的潮流。還有川端康成的日本鄉土文學，終於也得到諾貝爾獎而成爲世界性的文學。這些可以證明鄉土文學不是狹窄的文學活動，而是文學發展的基本。我們應該充實而提高鄉土精神，使我們的文學發展成爲世界性的文學。

※

法國詩人布爾東說「給人與想像的自由」，而提倡了自動記述法的方法論。超現實主義以這種方法嚐試，企圖達到人的無意識、潛在意識、或夢的狀態，就是把朦朧的、瘋狂的，還沒有成爲語言的意象，不用以美的判斷或道德的看法來選擇，而以原始的狀態把它表現出來。這一想法很像中國的神秘主義、死與生、現實與想像的那種哲理。在臺灣曾經也有人很熱心地實踐過超現實主義的詩；他們採用了自動記述法的潛在意識、朦朧、瘋狂，用美麗的語言寫出極爲難解的詩。因爲這種詩的難懂、晦澀、露出了瘋狂的不正常的詩想，不但使讀者厭煩，到後來寫詩的人自己也感到十分的無聊。

※

日本詩人西脇順三郎認爲詩要表現的是詩的感動，他把詩的感動，用極爲個性又近代的想法表明說：「要知道詩是什麼，必須要用詩來考慮，如果用道理來說明，會越脫離詩的本質，因爲詩的世界，坦白地說，人存在的現實是無聊的，感覺這根本的『偉大的無聊』就是詩的動機，詩是把這種無聊的現實，以獨特的方法令人意識到興趣的一種方法，因此詩是某種美的觀念，而在詩底世界的美是對人存在的無聊感到一種哀愁的情緒。」

西脇順三郎爲了打開現實的無聊才捕捉詩的動機，而進入超現實的世界，但他的超現實不朦朧、不瘋狂。他祇抓住還沒有成爲語言的意象，以極原始的狀態表現出來，造成西脇獨特的詩的世界。由於他的詩含有神秘性、生與死，現實與想像等中國哲理的傳統美，異於瘋狂又似夢的狀態的法國超現實主義，才受到世界性的讚譽，而曾經被選入諾貝爾獎的候補。

※

笠詩刊不模仿超現實主義的朦朧或瘋狂，也不追隨只具形式的什麼「橫的移植」或令人看穿其用意的什麼「新古典」，也不特別標榜鄉土文學，祇脚踏實地，以自己最親近的日常用語，發揮想像的自由，深入土壤，追求詩的感動，我說這種不被任何絢爛的誘惑所左右的眞摯的行爲本身就是詩。

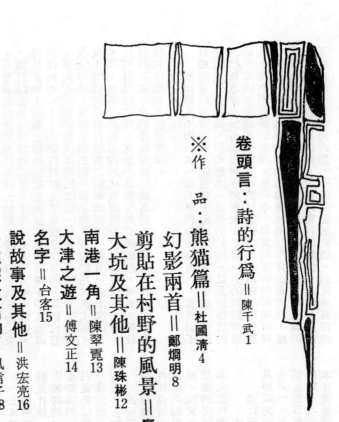

笠詩刊目錄68

■封面設計＝白萩■內頁編排＝桓夫■封面繪及插圖＝陳世興■執行編輯＝柳文哲

熊猫篇

杜國清

旅人

雪原上 脚印踏成一道長河
伸向地平線外的落日
夜空隨即傻擁而來
大地 懷抱在它那
鑲着繁星的黑袍裏

負荷着惑星的命運
像那漂泊的螢蟲
旅人在雪原上跋涉着
腰間繫着美妙的葫蘆

哦哦旅人的水壺喲
你塑造無涯的夢
以最純粹的形象
以你那空虛的形骸
旅人到處將螢蟲
振翅的聲音收藏起來

當跋涉的影子遠去
覆蓋着白雪的壽衣

野地成爲綉花的被褥
夜空是唯一的安慰和思念

在夜空的僂擁下
雪原上閃爍着
千古綿綿的一道脚印
在那悠遙的青草河畔
夜半徬徨着幽微的青光……

一九七五、元、十四、

海

浪濤是一隻頑皮且充滿活力的獸
在天涯　揪着鯨魚的尾巴跑
在海角　抓着海狗的鬍子跳
從孤島刼持破爛的賊船呼嘯而來
在岸灘扔下武裝的浮屍揚長而去

礁巖上　龍蝦那海老
在靜靜地觀望

哦哦　原來
風是一個冷情的練獸師
執着水平線的鞭子
日夜追逐着浪濤

在風中　龍蝦那海老
背上有抽打的痛楚

哦哦 原來
風是一個冷情的追逐者
將一切趕上永恒的歸路
浪濤終於在絕壁下碎成骨珠
(那是生命悲壯的爆炸)

於是
風吹着賊船上的破旗
從那些屍體上 踏過
毫不躊躇地

一九七二、十二、廿九

餞禮

她走了,會不再回來了吧
一生只經過一次的路旁
蒲公英在風中飄零

她走了,門窗上不再有佇立的倩影
校園的鐘聲空灑在一片枯草上

她走了,金門橋邊不再有撫髮的嬌姿
陣陣襲來的霧在我眼裏凝成水珠

在我那哀思的港灣,當鐘聲揚起
她的眼睛從霧中的海上浮現
以韻柔的浪聲對着我說:
サンフランシスコへもう一度行きたいわ!

我趕緊去撿拾那些蒲公英的花絮
趕緊將因這句話而飄散的
我的憂鬱收集起來，做爲
與她下次離別時的
餞禮

一九七三、九、十七

幻影兩首

鄭烱明

祈禱

沒有一個人的祈禱
像他那樣
在如此寒冷的冬晨
赤裸着身子
跪在潮溼而發臭的地板上
喃喃地自語

管理員把我帶到他的跟前
我蹲下來問他
是不是什麼地方不舒服
他却低着頭
兩手抱在胸前
沒有回答

突然，我清楚地看見
他臉部及身上的肌肉
不停地抽搐
我不知該說些什麼
或不該說些什麼

晦暗的角落裏還跪着兩個
他們似乎互不認識

幻 影

凝視牆角污穢的排泄物
一點不覺得噁心

眺望窗外自由的天空
一點不覺得嚮往

愛或被愛
現在都無關重要了

只緊緊地閉住雙眼
讓看不見的眼淚滋潤心中的孤獨

那隱藏的生的幻影
才會恐怖地呈現出來

後記：和「演說家」一樣，「幻影」與「祈禱」也是我最近有機會到某救濟院工作，看到一些精神病患的生活的一點感觸，我無法將它埋在心裡不寫出來。

剪貼在村野的風景

廖德明

主婦裁剪各疋布的風采
讓村野試試身 后
用龜裂的皺紋
去車這件土里土氣
花花綠綠的衣裳

小妹竟使勁的哭
也要一件
主婦苦笑成
花花綠綠的
衣裳

一、洗衣板上的風景

村姑狠狠地抓出兩道溫柔
牢牢地把晨色
在洗衣板上直搓
搓出
參參的咳嗽聲
雙親苦於淌汗的容顏
阿花依柳等情人的姿色
一個個的風景
在洗衣板上　誕生。

二、香的故事

故鄉的人都這麼說

時代到底是文明了
廟內設有通話器
可直撥神明
於是
阿婆常手握傳統
口念欲悟禪理之言
焚三柱心靈寄托物
呈上廟中神

第一柱香願……。
第二柱香願……。
第三柱香願……。

三、笠下人

農夫額上
昇起
苦於生活
被時間踏皺了的
線紋

那一陣一陣的咳嗽聲
乃是一種無奈的回答

罷了
一鋤頭一詩句
是俺的下半輩子

大坑及其他

陳珠彬

大坑

站在石頭上
石頭在坑底流呀流的
把一座山流成兩面墻
大坑在兩墻間蹲着
蹲成一道山谷

星期天的早晨
太陽光從山谷射了進來
谷底人很多
石頭很多
雞很多
木炭很多
笑聲也很多
混成一條溪
流在山谷

我下入山谷
溪流上我肩
我把一堆木炭燒成一隻雞
雞坐在石上烤

然後很多人圍來
都伸出手
燃起火

而大坑却把一河石頭流向我
在我面前塑成雞
飛上飛下的似哭還泣

後記：大坑位臺中市郊，爲烤肉的好場所。六十三年十二月的一個星期天上大坑偶得。

眼

走向一堆稻草堆
走向一堆稻草
走向一駕割稻機
走向一畝稻田
走向一棵秧苗
我往下墜
我墜在稻草堆上
稻草軟軟的
狗在稻草旁轉
轉啊轉的

山高高裸出
在我面前

我用手擦去一些碳灰
黑黑的擦成一片森林
一裸女從森林奔出
鑽進稻草堆中
鑽成一把火
在我胸中燒

使一對影子
清楚的烙着

鼻

細細的
螞蟻走過的痕跡
再往前畫過去
一對耳朵
再往前走過去
一對眼睛
再往前爬過去
一個大大的嘴巴
我張大嘴巴
螞蟻撒下一些尿
把鼻腫成一座山
我在山麓挖個洞
搬進去住

住就住了下來
落地生根的
每天等着
吸進和呼出的帶來一些花香

南港一角

陳翠霓

白露漫漫
鷺鷥輕點大氣，熟巧地
引入神秘的綠叢中
三徑彷彿
有一入世的尋柳者

嫩綠跳躍，極目
青翠的松竹接連着蒼天
地平線的一端
鷓鳥點點

在可遠觀的那方
醇芳的晨風飄來幾分醉意
臨此暢吐抑鬱
更寄上滿腔愛慕

大津之遊

傅文正

1.瀑布

源自你深邃遙遠的眸裏
瀟瀟漱漱而落
恒响終日的孩提聲
沿你底髮絲
成一闋千古絕唱

未記取的歲月
不管昨日的模樣
只想在沖擊的飛躍裏
遍尋圓圓的水花

在日日奔騰的履痕
在青苔浮游的山壁
你是夜夜追逐的風景

2.吊橋

你的佇立
是一種殘缺的完美
在通往青山緜緜的山徑
你以諦聽者之姿
握弧形的風景
在風風雨雨的山間
在風風雨雨的山間
囤積塵封一季的臉譜
於嘩嘩溪流酩酊的奔行之后
記憶只是旅遊人的期待
叩响未醒的消息

哎，引渡的津口何處
在狂飆地創傷之后
你的佇立
依然是一種完美

3.溪流

山澗道上
絲道般閃眼的溪流
在脚下延伸着
伸過叢林
伸過山壁
伸過濃聚的耳語
伸過嬝嬝炊烟的村落

在世界這一泓偌大的潮流裏
我也像一股溪流般地流着
冀望有一日
能擺脫澗裏石頭的糾纏
和林裏小鳥仙的喳喳睫語

4.山中小徑

讓鞋印在這裏編織
短短的鄉愁吧
要不，可有帶來故鄉的風笛

山中小徑，落葉飄着
挾帶着冷風的瑟瑟
我踽踽獨行

所有的光輝逐漸淹沒。林裏
在那黑與深的渦流裏
翻騰着一明一滅的螢火

海

山丁居士

從原始翻滾到現在
一鍋大閘水
煮不死裏面的魚

對着水天一線的迢遙
自己是一粒砂的渺小

名字

台客

像你的我的名字
那個名字
我們天天叫它

嘲諷似的叫它
輕視似的叫它
不在乎似的叫它

直到那個名字
勇敢的
消失
在一個暴風雨的夜晚

我們才眞正想起它
我們哀惋的叫它
我們悔悟的叫它
我們摯敬的叫它

那個名字
在我們口裏
越叫
越響

說故事及其他

洪宏亮

說故事

啊，師父，您且聽我說
說我青青年紀時
聽祖父告訴我的古老故事，說
曹操帶八十萬大軍渡橋，怎樣
五分鐘一個兵
又說，從前有個小子
很笨地翻一座山
又一座山，找一隻
青鳥，結果只找到
自己鬢髮間的一溜白

(啊，師父，我總是
聽到睡神來抓我同竹床去
——後來祖父才說睡神就是他)

那時，我以為
所有的故事，必然都是
沒有結尾的

所以師父啊
您的故事對我是很玄的
怎會有一處叫極樂的世界，在
遙遠的西方，只要
誦誦經，念念佛，在廟中
叩叩鐘和敲敲木魚這東西
便可到達

我祖父曾搖搖頭說，我們的路
很長很長。起初
我們以為到了寧靜的目的地，其實
還有一程更遼遠
更美麗，和更危險

不過，您說的
達摩老和尚，是一個極好的故事
我猜，他在深思
如何把自己坐成一個
不動的靈魂
所以，師父啊
不必向我說，面壁九年如何如何
因我想，這便是一個
很好的禪

天使之音

——記維也納兒童合唱

乘着歌聲的翅膀，來自
維也納森林的小天使們
在掌聲中，向我們鞠躬
臉色噴紅，笑意盈盈
一頭鬈髮覆額，可愛得
不知是小男孩，抑小女孩

輕啓小嘴，歌聲
踏着琴音而來
莫札特的搖籃曲，輕搖着
我們遂被催眠了，在會堂中
這巨大的搖籃裏

有一種歌，是
一隻舟，載滿
輕快的韻律，渡我們向
藍色多瑙河的波上
而還有什麼更美麗的語言
能向我們訴說，他們遙遠的
維也納森林的故事

當一齣童話喜劇展開
喬裝的女孩，偷覷着小情人
嚶嚶啜泣，我們想起了
辦家家酒的時光

短章

車輪飛馳
總把愉快的時光急急推載至終點
啊，惠惠
人生豈如此
剛凌抵歡樂的峰頂
忽匆忙於告別
走下我們的坡路
你往北，我回南

一種宗教信仰

風信子

有一種宗教信仰是
蜜蜂和螞蟻服膺毋失的
牠們視勤奮的工作爲
最高的娛樂

每時每刻，牠們都如此悤忙
不斷地 用工作的鐵砧來
敲醒自己的靈魂

當鳴蟬在碧樹高歌
當蝴蝶在花間爭逐
牠們却劬劬勞勞地
啣着花粉 扛着食物
此來彼往，汗也不揩一下

一旦葉落花謝 蟬翼遂
不勝那冷冷風弦 紛紛墜入塵泥
斑爛的翅膀 也凋落了昔日顏彩
爲托門無方而號哭

但在六角屋和卵土穴裏
却有一羣快樂的傢伙在
引吭高歌 爭逐嬉戲
牠們的饗宴雖然很短暫
但生命的火花却到處
發揚 播散

彩色與水墨

陳家帶

匆匆穿過街頭
用孤瘦的軀體去描繪街景
我的影子像一把利刃
深深刺進黑暗里
把所有的嫵媚都裸露
那是我自畫紋身
最彩色的一次

西門町的橱窗在兜售夢
人潮洶湧競相搶購
我眼睜睜望着繽紛的夢，愈來愈少
而麥克風的立體聲響
漸漸掩不住玻璃窗爆喝
最後我決定馬上回去，做一
水墨的夢

彌撒終曲

楊傑美

貞潔

純潔而又梵白的梨花
有不屈的意志燃燒的光芒
我汚濁的手
不敢攀折

清澈而又沁膚的雪
有虔誠的事物寒澈的光芒
我汚濁的手
不敢盈握

據守着一堵無瑕的白壁
天眞而又伶俐的妳啊
有堅貞的血統爍人的光芒
我汚濁的雙手
不敢進逼不敢撫觸

彌撒終曲

做完彌撒的神父
把祭袍脫在祭台上
走了

光明的祭壇上
蠟燭漸漸灰暗

偌大的一座教堂
突然被一隻掌的旋風
抽空

偌大的
一張自天垂降的光簾
劈開
兩半分明的世界

一半是
未被赦免的我
一半是
已經被赦免的世界

七角紅楓

李仙生

感情像朵圓圓的小花，你說
寄來的七角楓葉，却說
稀離凄情
有淚，不輕彈，只怕
濺濕了男兒的心，爲那葉
紅紅的七角楓，七角的楓啊
七角閃閃的星，隔那濤濤的海
唯光能照亮容顏，你說
信息，流在葉脈
如果我思你，如果我念你，如果
我是個女孩，可惜我不是
寄一箋粉紅，灑一把熱情
向天空，向大洋，向異邦
異邦可好?異邦啊!你可千萬不能浪子
或成過客，我在等你
七角楓葉，盼你隨明年的第一聲秋音
讓西風，讓秋水
讓臺灣海峽那一彎靜靜的月
帶着，帶着，帶着你
七角紅楓和你
歸來，你說啊!!

後記：好友出國數月，日前寄來七角紅楓一葉，並述說海外學子之孤寂生活，引發陣陣思念之情，成此詩遙寄之盼其盡速學成歸國。

碑石

陳德恩

一個意志
在你舉步
昂首的時候
就早已橫在前頭

一塊碑石
曾經，你是這樣決心過的
在它的兩側
爆起一堆彩聲，和
響起一聲鑼
當你走過

當你走過
想必有風雪起自肯後
把碑石逐漸地銷磨
於　不久以後

詩三首

青玉

野屋和燈芒

立於夜燈迷茫中
中山北路的槭樹
一株一株地搖憾着
深沉的春天
也震憾了我底深寒
燈芒茫地閃過
我踉蹌的步伐
我悲哀的曲韻
我美麗的憂傷

造訪了野屋
那兒有古樹蔓草
有個才女
是個嗜生命之實
之青色的橄欖
總讓妳
傾注一條細細的河流
在日子裏
等待着溪邊的水薑開花

花之實

花沾滿了淚
爲的是遺落了青春的麗潔
變成了枯黃的斑點
爲的是歲月已經告別
那萎凋的乾渴
總是迷惘了我
總是衝刺
到我額頭上來
然后
噴出了血流一般的思潮
純粹是美
是美麗的殘局哪!

夜

藺

賣粽子的叫喊聲
喚走了死寂
我耳邊裏
眼眸裏
逐應着
衝破濕霾的浪音
一本厚重的醫學科書
滲入了生命的折影
一些些病理
一些些對死亡的詮釋
一些些在腦海裏
一些些的存在
如果在這種夜裏
把自已緊緊地縛束起來
也只不過是一種逃避
故
我要衝破夜的驚寒
夜只是被蘊釀的厚實
是延續理想生命的眞理

遷徙

林尹文

（人羣裏流放的臉譜
總是疲倦的啊）
童年時候的記憶
不自禁的想起
村落裏的年
村落裏的節
在文廟前密集的鑼鼓聲
麕集的人羣串成的一齣野台戲

而記得，孩小
是踮着脚跟
疲倦的仰着臉
却看不見一個完全
的戲仔的臉；
不知道爲什麼
去年、今年、明年總是
換着另一些的臉來
（好陌生的啊）

偶而有趕鴨子的人，匆促
打自村前溪裏過
（流浪的人啊，到那兒去呢。）
割稻的人們是
定時的到來；
旱烟桿子的老頭
扁擔裏挑着碗筷鍋子
一隻敗破的三弦琴
夜裏老是淒涼，伊呀伊呀
的唱着：思想起來
老頭子，家在那兒？
（總是蒼老的搖頭
搖落一天彎的星
和眼裏落寂蒼涼
好老的縐紋的臉啊）
在，在南北遷徙收穫
刈割的季節裏……

以後以後，陌生而熟稔的臉
不再來過了；
人羣裏流放的臉譜
總是疲倦的啊
（昨日的臉墮落……）

六三、九、三十

山眺與睹

楊涫麟

山眺

一山遙呀一山遙
何樣的滋味等在家門外
緬鄉的心啊留在關山裏
—孤鴻掠長空
向着山啊何樣的滋味

一水隔啊一水隔
何樣的滋味渡在異水外
潮起潮伏啊乘在波濤前
—鯨鯢劃長波
向着水啊何樣的滋味

一指遠啊一指遠
何樣的滋味指在狼煙處
萬卷易手啊恨在指跟頭
——旌旗動星雲
向着你啊何樣的滋味

一聲離啊一聲離
何樣的滋味落在天地中
你也重見啊永不再隱沒
—一聲擊天
向着你啊何樣的滋味

睹

死在左手
生在右手
冷眼抽出
在一付牌底
贏的一面
無非王牌
而是攤出的底牌

果如
心房的冷汗
滴出
瞳孔
混沌了玄黃；
輸的一面
無非出牌
而是疏離的雙手

你
告訴我
一樣的牌由人蓋定
我告訴
你
會漂亮的贏一場

少年行

原隨雲

踪跡

日出前浪人就已離去，告別母親的懷抱，不曉得自己
是偉大還是渺小，不過爲要印證成長的羽毛，浪人就
一聲不響的把羽毛交給蒼穹，蒼穹交給翺翔以及啼叫

陽光趕來問他的去向陽光的焦灼
床說：「不知道，你去問月亮。」床有被遺棄的悲哀
月亮說：「聽不懂他的呢喃，去問潮聲。」月亮如何
投遞

她的第一聲祝福

潮漲潮落，波浪說：「問他嗅過的花。」
花開花謝，粉蕊說：「問他親過的土。」
泥土龜裂片片，向晚的雲瑰麗但有些貧血，瞪着土香
說：「他從那裏來，就從那裏歸去。」
浪人的鬍子和刺蝟般的毛髮
浪人的眼睛失神的怔望着：
　一彎腰駝背樹幹淚眼婆娑
　抖着滿頭滄桑的飄零逝髮

空茫

浪人幽靈似的自迷濛中撥霧而出
有其溫柔，來自踩碎的憧憬
有其陌生，來自彼岸的緘默
輪廓自瀰漫的路探首問訊
期嚮曠野孤獨的一聲悶雷激盪
浪人問：「我成熟了嗎？」
　———眼睛迂廻
浪人問：「我走對路了嗎？」
　———足音跫然
浪人問：「我能想未來的歸宿嗎？」
　———方寸凌亂智慧錯愕
哎哎！浪人用緘默去抗拒緘默
浪人不在乎，不不？浪人咕嚕着一肚子的疑惑
浪人說：「我應走這個方向嗎？」
天籟外有人回答：「你不是小孩。」
浪人說：「我會不會水土不服？」
天籟外的聲音嗤之以鼻：「你沒有後退的餘地。」
浪人不服：「我忘記帶羅盤出來。」
天籟之外的冷笑：「浪人雖有衣缽，但無羅盤。」
浪人反辯：「我有眼睛。」
天籟之外的狂笑：「你的眼睛等於着色的鏡片。」

浪人氣憤：「我還有靈魂的觸覺。」
天籟之外的聲音低沉起來：「你的觸覺凍眠着。」
浪人咆哮：「我不信。」
低沉的聲音更加低沉起來：「你可檢查看你的行囊，
缺帶了一己珍寶。」

於是浪人在數：
琴
書
劍
棋
……
……
最後浪人回顧自己
我沒有生角，也沒有尾巴
最後浪人吼起來：「我沒有缺少，可以名之的，不可
以名之的！」
最後浪人回顧自己仔細的搜摸本身
他想也許忘記帶來死神的獰笑嚇吓
空
茫

征塵

路是世界上最可愛的建築，可是浪人並非先鋒，路自起伏的胸懷把浪人拋擲出來，可是浪人並非之者。偶一睜眼看見，太陽扭曲着的臉頰，印着月亮黯淡的笑容。浪人並不可愛，因爲他管路叫狡猾的未知數；浪人眞是可愛，因爲他把路越拉越長，越拉越遠，越拉越苗條，拉成一系行的蹣跚讓兩旁垂楊痴痴的迷望着

浪人許是一種沒有標示的鐘，可是鐘擺呢？記得鐘是時間的蝕腐劑，綜合着黎明和夜黑，然則全天候有其不可言宣的煩亂，攪動着搖幌着飄飄然來飄飄然去的陰影。全天候威脅浪人倏長倏短，要笑不笑，要哭不哭。浪人自有其不能磨滅的缺陷，感謝老天有星星能够縫補，老天感謝路把浪人顛簸出來，路感謝浪人小兒科般一步一趨的掃蕩荒蕪

浪人狠狠的打開包袱
裹進一畝從未有過的滾燙

火種

在白晝浪人總要口渴，然後抱着大樹問：「除了水還需要什麼？」

在黑暗浪人總要睡眠，然後抱着床沿問：「除了血液循環還需要什麼？」

那一天，雲層掉落一些呢喃，掠過浪人的心扉，浪人用眼睛點燃一把火，去燒一些發霉的往事，用手搖成一根木杖，在燃燒中尋覓一些可愛的或者可恨的紀念品。最後，浪人把心也燃燒起來，向荊棘出發，且唱着一首歌：「當我走過歷史的時候，地理正是一面鏡子」

浪人走過的足跡就埋下一粒種籽，用火光燒它成長

鄉土集

莊金國

在你故鄉的半夜

——給梵靈

天黑黑的那下午
車過廢窰場
天黑黑着；向晚
向你家屋後那山崙
向你家門楣，
一塊「助產士」招牌
一露天括呼站擠上擠下
忘了帶雨具的 雨來了

我的手是空的
因你執着：切切啊莫莫
切是加强語氣莫成無可奈何

你的臉是燒的
爲我爲我：雨滴啊雨珠
滴滴蒸蒸騰騰
珠珠圓圓潤潤

彼當時也，大寮
遂擊瓦而歌：
(今後小鎭的故事
不再是拉三弦唱雨夜花的鄉土)

遂急急驟驟不知彈些什麼「註」
不知風之靜止。雨之疲歇——

「註」引自梵靈的「廢窰場」。

自耕農

透早起來，
第一件事：
田裏的稻尾，
冒出水面否？

陰晴不定，
鼠灰的天。
恰像我家「煮飯仔」的，
生銹臉。

久不見伊抹胭脂了。
旣連撲撲面粉，拔拔臉毛。

伊娘也眞操煩；
每當落雨……
揷秧與稻香的日子，
不請自來。
自會纏留數夜。

自將我家「煮飯仔」的，
臉毛，捻拔得光亮。

那一夜。至少，
我們忍禁 不笑。
不透出一絲聲息，
騷擾隔墻底耳。

廢墟之後

「怪手」搗毀了
花街，集集的窄巷
(好空曠地一片廢墟啊)
昨夜繁華，放眼
塵煙散漫
塵煙處處可聽可
見——搖頭或太息！

設想，在市政府後面這一片空曠
一幅玩具般疊砌而成
遙遠耀眼地
矗立愛河畔
——愛河鳥何
愛河兀自呑吐着
港的 遺穢
設想，廢墟之後
我們底女人不復回
(好空曠地一片廢墟啊)
我們底女人，那堪，再設想——

生活詩抄

謝秀宗

春紋

在綠色的水裏，寢着
安睡着，床如一張飄浮的葉子
是清澈溫暖的
我臥着
如在覓索
空寂深邃底層的含蘊
波紋擴散和擊回閭
我底心臟落在擺動的漣漪
如浮着的一朵花
一縷逸着的春霧
因此我懸着
因此我飄着
如在沒有岸灘的大海

一切都是綠的元素
一切都是喜悅的拍擊
如編綴悅耳的旋律
若鐃鈸齊響
于臥着的周圍

鞋子

兩袖仍然裝滿了愫情
走在田野，跨過水流
幽香的攏絡不顧
殘星的低愴無視
流浪的鞋音
驚醒小花
驚醒沈寂的小道

鳥啼時如是
炊烟時如是
亘寂寞的
伴着朝陽的音符
剔亮圓滑的青春
在美麗斑彩似蝶的翅葉

一次又一次地
在凝定眼神之后
隨着風的叫喚
隨着音符的氾濫
期嚮着

病室有感

曾合掌祈求生命浩瀚果實的來臨
在一串凝神屏息的白色病室裏
我仰望，我思索
我的眼睛很憂鬱的
心裏更如風霜舐撫一樣
我是人羣滑落的浪漢

呵！受創的心靈
呵！血漬的傷痕
把我思維擲入羣山萬壑中
世界的一切，均是一片泛白
叫我逐步走向
萎凋的夢

這是人生最寂寞的時刻
一切都是空無和幻影
白色泡沫的病室
那兒是我孤獨的位置？

劍蘭

早晨
一株嫣紅的劍蘭
飽含着露水在自己的畛域裏
用深深的眼光
守望着繽紛的旖旎

不是水色映在葉脈
不是穿一串淚的唸珠
而是極端繫念
那個昨夜
諸多哽在瓶頸裏
痛楚的故事

生活

如一口井，一湖水
有極深邃，有極淺平
在時間底流不停沖擊
沈默以養精蓄銳
以培養完熟沖擊能力的適應

雖則狹小的空間
釘黙的目標，仍須勇于抉擇
眩暗的石墻，不怕
傷殘的挫折，不慌
死寂的嚙啃，要忍耐

庇護不必
培育健碩的骨骼，才是必要
這就是生活
這就是人生

搖船

臨照月之夜
豎着高高的桅
天上無星，藍天似琉璃鐘
銜滿天機
我擺渡湖中，如波光一葦
如走入萬頃滄海，和千噚水域
背着光的夜空
告我遺忘的故事
引我以銅駝的響鈴
向汪洋搏鬪
向黑色生命嘶殺
渡過，水紋粼粼必然消失
回首，挽留
只有空留惆悵
搖呀，搖呀，……
難道這是天地玄黃之間
一則必然的理則？

蓓蕾園

指導者　黃基博

星星月亮太陽

雲榮惠

月亮說
我尊敬太陽先生的偉大
太陽說
我愛慕月亮小姐的美麗
星星說
我不偉大也不美麗
我愛自己的渺小

小貓

王力生

靜靜的
像一團毛線球。
輕輕地扳開，
被漿糊黏住的眼皮
兩顆小晶球
映出門外的一片綠。

無言的呼喚

屏東師專四年丙班　蔡蕙玲

千言萬語還是不說的好
心靈的交流源源而來
眼波的傳遞不用言語
嘴角的示意你知、我知
全默默的記憶在心裏

友情

屏東師專四年丙班　莊麗華

嬌紅的臉龐
明亮的雙眼
溢滿唇邊的笑意
不像落花
不似流水

祝福

屏東師專三年丙班　張麗珍

我們曾相會，
像海鷗與波浪的吻合。
又像海鷗的飛去，波浪的盪開
我們分離。
雖然那些點滴無法勾起漣漪
在此臨行時刻，
我仍以祝福飾落在你的跟前。

企盼

省立鳳山中學高三　簡燕鳳

手握一束無名的小花
抓弄着翩然的圓裙。
迎向原野盎然的新綠，
作一次歡暢的造訪。
你瞇着眼，

我笑彎了腰，
爭詠盛夏的詩章
獻給久別的青葱草原。
隨着
　輕快的歌聲
　琅琅的詩句
雀躍的足跡
已深印于綿長的野徑。

飄零的落葉

屏東師專四年戊班 **王貞德**

西北風遺忘了
一片枯萎的葉
顫慄在枝上
夏日緊逼着春去後
除了它外
所有嫩芽都油綠
一陣東南風
把它吹上晴空
飄盪飄盪又飄盪
誰知歸根何處

變色了的冬

文藻外語女子學校 **陳曼玲**

沒有刺骨的寒風
沒有枯乾的樹木
沒有飄飛的影子
只有脣邊的乾湖
凝視着呆滯的眼神
輕輕飄過捉摸不定的你
死寂的墳中
埋葬的是那凍死的束縛！

失落

省立潮州中學高三 **徐梅淑**

喧鬧？歡笑？瘋狂
一切都去了，如煙似的消失。
好空虛啊！
我心失落於那深淵絕谷。
當一個喧鬧又去時——
企圖：
至繁華中找尋那往日的喧鬧，
然而，
並不曾找着。
當一個歡笑又去時，
企圖：
於書中找尋那靈性的理智？
然而，
並不曾找着。
不敢說茫然，
更不敢說迷惘，
因我心失落在那深淵絕谷。

失落

高雄道明中學初一 **沈淑貞**

抬起頭
捕捉不住點點輕愁
低下頭
留不住滴滴淚珠

感傷

省立屏東女中高三 **張月香**

是那次，
秋的傍晚。
只有我
孤伶伶地徘徊在海灘，
海鳥悲鳴，海浪洶湧，
只留下一道深深的印痕，

往事

明正國中二年13班 **朱桂琴**

往事
　在我腦海裏迴盪
一現一隱
　總是少不了你
或許
　我可以不要你
但；我不能不想你

幼苗園

指導者 黃基博

鞭炮

屏東萬丹國小五年 李亞娥

美麗的姑娘，
穿着紅衣裳，
從來不說話，
只要一出聲，
就嚇了我們一大跳。

暴風雨

屏東萬丹國小五年 謝碧鳳

噯呀！不得了，
風和雨打架了
他們在大顯身手。
我去叫他們不要打架，
他們却合起來打我。

投稿

屏縣內埔國中二年 溫崇耀

急急地翻開報紙，
又是撲個空。
唉呀！
別人都笑我何苦去爬方格子。

哇！登出來了！
揉揉眼再看，
不錯！的確是自己的作品，
別人却說要請客喲！

夜

屏縣內埔國中二年 溫美嬌

夜，寧靜、安詳，
無喧囂和雜亂；
只有蟲兒吱吱唱，
以及碧空閃爍的星光。

天哭了

高雄鹽埕國中三年 林律娜

你是受誰的氣啊？
氣得臉都發黑，
眼淚不停的流，
還發出好可怕的吼聲。

星兒

屏東潮州國中一年 戴惠玲

當黑夜來臨時
天空中無數的星兒
會放射出明亮的光芒

太陽

大同國小三年丙班 尤郁晰

每晚，
太陽不知到那裏去。
和女友談情說愛，
回到家裏，
被他的太太打了嘴巴，
到早上還臉紅呢！

太陽

光華國小五年乙班 蔡　純

太陽姊和山哥哥結婚後，
為什麼還那麼野！
成天跑到外面去玩，
只有傍晚才回到山哥哥的懷抱。

太　陽

光華國小五年甲班 胡珍珍

當一顆大大紅紅的星球出來時，
天上所有的小星球就不見，
啊！
那顆星球是「天上之王」吧？

手錶的話

左營國中三年七組 許春珠

有人討厭我，
說我只會滴答滴答，
把時間送走，
眞是可惡的傢伙。

寒　冬

高雄小港國中一年 洪秋玉

當秋神告別了大地去旅行，
冬神就披着雪白的大衣，
帶着北風和冰雹輕輕地來了。
來了！來了！
後山上輕輕地爬下來了。
來了！來了！
從樹梢上輕輕地爬下來了。
撒了滿天白花花的銀幣。
霜將樹添成白色，
雪也用它那雪白的大斗蓬覆蓋了田野
，
替大地穿上一件銀白燦爛的大衣。

椰子樹

屏東大同國中三年 黃素月

椰子樹有許多手
但是它不喜歡牽小孩子
每天都把手舉得高高的

秋　天

屏縣萬丹國中二年 許美玲

她像憂鬱的小姑娘，
有着渥懷的心事。
樹木都會爲她傷心的掉淚。

夜

高市壽山國中二年 盧麗美

四周靜悄悄的，
我坐在椅子上拿着一支筆，
繼續寫我的詩；
只有月亮和星星伴着我，
我不寂寞，
月亮的光輝使我耐心寫詩，
星星的閃光在鼓勵我。

天　線

光華國小五年戊班 徐久仁

一隻隻伸向高空的手，
向遙遠的電台，
索取消息和節目。

圖　畫

竹田國小四年義班 馮久純

一個美麗的小女孩，
看見河邊有許多美麗的花，
就在那裏採花，
要送給她的媽媽，
她一年四季不停的採，
不知什麼時候才要回家！

小河流

高雄七賢國中一年 葉正全

悠悠流水馳過小橋。
朦朧的田野靜靜的睡了。
只有小河還醒着，
低聲唱着夜眠曲
使山巒田野靜靜地安息。

日本少年詩選

藍祥雲譯

黃昏之戀

西和中學三年　玉置比佐子

黃昏，有一種味道。
那是常被忽略了的味道。
急着同家的學生們，
空着車跑的馬車，
曾經專心勤練的選手們，
黃昏，毫不吝嗇地給予味道。

黃昏，有一種味道。
乳色的霧包圍了建築物，
三輪車上的小孩
有人等他吃晚餐。
黃昏，對於這只默默地
用冷靜靜的　手
溶着薄霧在凝視。

黃昏非常綺麗。
黃昏有一種味道和冷態。
想起溫暖的晚餐，
想起橙色的街燈。

黃昏。
夜就快到來呢。
那麼你就到那裏去？
那種味道　到了明天
是不是又有同樣的味道？

黃昏啊。
明天又能同樣的在
乳色的霧中
帶來懷念的一種味道。
這樣的話　我一定比今天能
發現更綺麗的什麼。

——原載「少年少女詩集。」

詩中的世界

豐國中學三年　馬島順治

不乾淨的河道，
詩人死般樣地死在那兒。
其中有一位詩人，
寫臨死前的詩，
這位詩人死了；
死後便成爲一塊石頭。
流向河道，

這塊石頭想堵截不乾淨的水
可是詩人却都被流走了。

——原載「什麼也看不見」詩集

獻給可憐的青蛙

伊丹市西中學二年 井上惠子

眞對不起啊，
不是爲着想解剖，
不是爲殺死你的……
爲着我們的功課，
沒說句怨言就死去的你。
眞對不起啊，
加上了痲醉藥，
什麼也不記得了，
當你有了記憶時，
內臟却是空空的。
一定「大吃一驚」了吧
想動了動不下，
拿出生命的掙扎
做了最後刹那的反抗，
從此，
我們連心臟也開了刀。
如腊燭般青蛙的生命，
就從此消失了。
壽終。
被加上了痲醉藥
可是「意識」還有
被釘在解剖板上
小刀，夾子靠近了
冷冷的刀傳遍身體
「不要這樣」！
「這是我的身體，我的……」
「不，不要，不要被殺」，
可是一點兒辦法也沒用
啊啊，什麼都記不得了
終於被殺死了吧。
爲着他們的功課，管我什麼事，
我不是爲着解剖而生出來，
求放過我？哼，
那他們就不會這樣做了，
可憐過我？哼，
讓我可憐的究竟是誰！

——原載「兒童詩敎育之原理」。

對鳴錄㈣

——杜國清「蛙鳴集」

旅人

以前唸大學時，星期假日，常獨自一人到牯嶺街舊書攤逛逛，如有新詩集即搜購。那時舊書攤上，經常會發現沒人要的新詩集，可惜學生時代，口袋沒幾文，無法買得很多。等到畢業後，到機關上班，每個月有薪水可領，零用錢多些，購買書籍的能力也隨之提高了，但此時，再到舊書攤去，居然不易見到新詩集，大概搜購新詩集的人增多了吧！我現在書架不少的新詩集，大部份是在大學時以這種方式買來的，杜國清的「蛙鳴集」便是其中的一本，價錢僅二塊錢。書上有杜先生親筆的題字，言贈〇〇學兄指正，可惜此公竟不知珍貴，讓它流落到舊書攤，該打屁股。

我買到的這本詩集，前無封面，後無封底，經同家重新整理裝釘，尚能過目。以兩塊錢的代價，便能有機會欣賞詩人辛苦營構的詩篇，世界上還有比這種事更快樂的嗎？我建議詩人出版詩集後，不要亂送書，最好還是送給有興趣的讀者，否則有的根本就不看，不把你的詩集丟到茅坑已經很够意思了。我也曾經在舊書攤買過某詩人的集子，題贈某大官，想來此大官也不是什麼性情中人，不然也不會把人家送的詩集隨便弄到他處，像此類人物何苦硬要送他呢！

「蛙鳴集」書名，很有詩意，詩人莫非對「蛙鳴」一詩特別屬意，故以之爲名。由原始進化的故事，想到蛙，想到有生命者之間的兇殘與爭鬪，使哭泣高漲於詩人的胸臆，這是詩人同情心的作祟，而累得自已憂心忡忡，替這替那擔心。我想不僅是杜國清一人有此情形而已，大凡詩人都有此傾向，詩人替萬事萬物憂心，可是在此金錢至上的社會裏，又有幾人肯來爲詩人的貧困操心？一般的詩人，論經濟基礎，能與大生意人爭雄者，寥寥無幾。不過杜氏大概不會在乎自已關心他人而他人不一定關心他的現象，否則他也就不會操觚於詩，也就不會果敢地說：「對於走上寫詩的命運沒有一點後悔」了。（見現代詩人書簡集三一二頁）。

世界像一座冷冷的鐘樓
當我離開妳時
爲什麼——我底胸臆
被多情的紅焰焚傷？（當我離開妳時）

有生命的地方就有爭鬪，作者在「蛙鳴詩裏，已經承認這個事實，那麼相愛的人也就免不了有所爭鬪，爭鬪的結果，不是妳離我而去，就是我離妳而去。當然有「爭鬪」的字眼橫亘於相愛者之間，未免太過份；可是如今社會結構變遷，男女彼此痴情的程度，有漸趨下坡之勢，只顧「金錢」和「美貌」的條件，而不關心其他的愛情，臨了「爭鬪」之事不發生才怪！作者在愛情方面是鬪敗的公鷄，被多情的紅焰焚傷後，黯然離去，而覺得世界像一座冷冷的鐘樓。但詩人沒有恨，只將「愛」發之詩篇，因為他已經習慣於關懷他人而不被人關懷的世界。「當我離開妳時」，不一定是作者眞實的經驗，也許是借他人的經驗而寫成的詩，不過在此，我們也已感受到他那份自甘於孤獨與寂寞的心情；也覺得他開始在學習對這個大千世界忍耐。如果詩中不幸的事，是眞正降臨在作者身上，也希望作者因此失敗而能獲得一位眞愛他的人。在「雪崩」或「伊影集」二詩集裏，作者似乎也一直流露出對愛的渴望對一個完美女性的描繪。詩人的青春歲月已漸遠去，而青春心情却常駐。

在她那胸部的天空
一隻青鳥
擢住雪峯

一隻青鳥
拔起雲浪
在月光下危危顫動（伊影集：鳥）

對胸部天空的讚賞，似乎道出每個男人心中的秘密，這是近期杜國清的詩——杜國清的青春生命，和「蛙鳴集」的表現青春是一貫的。如有區別的話，便是初期的青春是剛從火山爆出的岩漿，而近期的青春則是蘊藏於地序的熱。前期是青春亂爆炸一通，所以寫的詩「嫩」了一些；後期有了「她是風源，隨時得製造各種的風」（伊影集：風）的經驗，而懂得遠觀而不入風圈，所以寫的詩較「成熟而豐滿」。

作者在本詩集後記云：「四年的大學生活就這麼過去了，不再有鐘聲驚醒杜鵑花畔的假期，也不再有椰子林列讓黃昏時的漫步輕繞了。四年來，在那草坪上，在那莊嚴的樓影底下，我悄悄地栽下了足跡的花朶，如今悄悄地帶着這一束詩葉，我走了」，的確，有幾個大學生，能在畢業的時候帶着一束詩葉離開校門，出本集子過過癮？讀本詩集，使我覺得慚愧，在大學時代，沒有好好的寫過詩只懂得專門蒐集人家的詩册，却忘了自己應該如何去做才能出版一本小詩集的事。

馥郁的明日如花喲
一隻瘦雄雞在清晨哭啼着……。（晨聲）
難道我是杜國清筆下的那一隻哭啼的瘦雄雞嗎？經常在「交織着理想與現實的紫紅色裡」（借用杜氏的詩句）追尋與幻滅間徘徊？

中國新詩論史(三)

·旅人編·

第二節　建設性詩論的眞正開端者——劉半農

在第一節的標題裏，標出新詩的開山祖是胡適，但爲何不認爲他是新詩論的開山祖呢？在「嘗試集」序文中，不是也提到些建設性方面的主張嗎？如須言之有物，不作無病之呻吟，講求於作品中有我之存在等，這種主張不是建設性的嗎？可是和劉半農（名復，江蘇江陰縣人，西元一八八七——一九三五）的詩論比起來，劉氏比他的主張更具體、積極。他的建設性詩論，遠較胡適爲多。胡適的詩論，破壞性甚於梁啓超、黃遵憲，但建設性的提出，還是太少，未如劉半農之做得徹底，例如「嘗試集」序文雖亦有詩論，但都闡述其產生詩論的背景，各詩篇的如何結集、與友人之論筆以及他的進化文學觀、文學的試驗精神等，並非完全以詩論爲重心。又如「談新詩」一文固然是一篇眞正完全以詩論爲重心的文章，惟其寫作年月是在民國八年十月，較劉半農在民國六年五月寫「我之文學改良觀」與同年七月寫的「詩與小說精神上之革新」晚了兩年。因此，談到新詩，胡適是開山祖；而言及新詩論的建設性，首創者，我們應當歸給劉半農。

劉半農對於詩韻的改造頗有興趣。當時新詩人都不願用舊詩的韻，反對固定的韻脚，幾凡一切歷代文言詩人及其他文人所辛苦建立的詩韻，他們都想推翻，可是新詩的韻在那裏？無形的韻與內在的旋律之說，又如何解釋？高明的詩人，也許具有先天的秉賦，毋須理論的扶持，便能寫出音籟極美的詩來！可是較差的詩人，因爲失去舊有音韻的依傍，成了詩的浪人，找不到創作的歸向，苦心思索

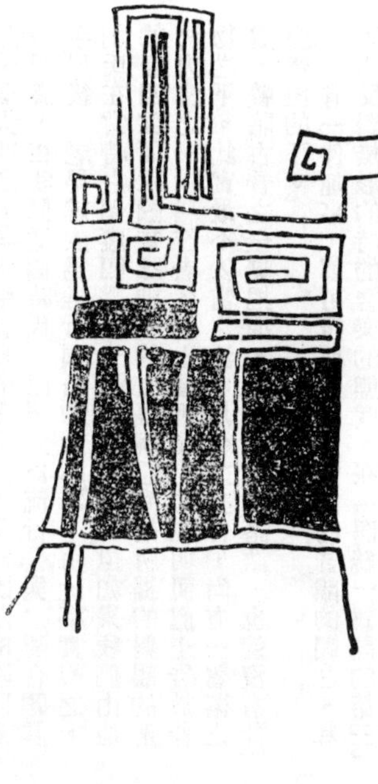

於理論，又不可得，一旦有人道出自己心中所認爲具有優美音韻的詩是什麽樣子，那是何等快樂！劉半農看出當時詩人對這方面的苦悶，乃寫出「我之文學改良觀」一文，提出新詩韻的見解。

他認爲舊有的韻既遭破壞，大家心中亦對之存有惡感，不如另造個新韻讓寫新詩還喜歡押韻者有所遵循。他說：「『作自己的詩文，不作古人的詩文』，則古人所認爲叶音之韻，尙未必可用，何況此古人之所不認，按諸今音又不能相合之四聲譜，乃可視爲文學中一種規律。擧無數文人之心思腦血，而受制於沈約一人之武斷耶。」他的討厭舊韻，由此言便可明白。同時他更進一步提出造新韻的辦法來，認爲如果舊韻已廢，大家讀音不能統一，可循此三途徑解決：

(一)作者各就土音押韻，而注明何處土音於作物之下。此實最不妥當之法。然今之土音，尙有一著落之處，較諸古音之全無把握，固已善矣。

(二)以京音爲標準，由長於京語爲造一新韻，使不解京語者有所遵依。此較前法稍妥，然而未盡善。

(三)希望於「國語研究會」諸君，以調查所得，撰一定譜，行之於世，則盡善盡美矣。

如果新譜造成了，彼時寫詩的人，在用韻方面，便不會感到徬徨。可是他既然說過這樣的話：「擧無數文人之心思腦血，而受制於沈約一人之武斷耶。」，所以他也不願這個新定譜，使後代的人受到限制，如果時代變了，詩不斷向前發展，那時候的詩人，不妨再另造新譜。「今日之定譜，將來必更有不能適用之一日。余謂沈約既無能力豫爲吾輩設想，吾輩亦決無能力爲將來設想。將來果實不能適用，何妨更廢之更造新譜。卽吾輩所主張之白話新文學，亦決不能視爲文學之止境，更不能斷定將來之人不破壞此種文學而建造一更新之文學。吾輩生於斯世，惟有盡思想能力之所及，向「是」的一方面做去而已。且語言之變遷，乃數百年間事而非數十年間事。當此交通機構漸臻完備之時，吾輩尙以『將來讀音永遠不變，永遠統一』爲希望也。」這是劉半農一段很開通的話，値得玩味。

對新韻解決的辦法如上述，可是「聲」呢？新詩的聲韻儘管想把它廢棄，也無法丟得一乾二淨，因爲聲韻——實際卽是詩的音樂，本是詩的附屬成份，完全把它抛開了，詩還會成爲詩嗎？是故劉半農也寫了「四聲實驗錄」的小書，如果詩人讀了，說不定還會得些益處呢！古詩有聲調，律詩不能缺聲調，白話詩亦當有聲調，而聲調問題却是四聲問題，可是劉半農却在該書裏主張廢四聲，這是不是由於他的討厭舊詩中的固定的平平仄仄聲調而來，我們無從曉得。他想把「國音鄉調」代替四聲，是不是行得通還是個大問題。其實由昔日的平上去入化爲國語的陰陽上去四聲，在我們這個時代，已經大爲流行，與之配合國音字母後，老早就成爲推行國語的大利器，由此事實觀之，劉氏在當時之倡廢四聲，未免流於偏頗。但如果我們由他的廢四聲而求國音鄉調化的主張聯想到他所提的對韻的解決方法之一：「作者各就土音押韻，而注明何處土音於作物之下。此實最不妥當之法。然今之土音，尙有一着落之處，較諸古音之全無把握，固已善矣」諸語，也就沒有什麽奇怪的了。

有一件趣事，卽可證明劉半農對詩的音韻的關注、和他的反對無形的詩的音樂的態度。在「語絲」雜誌的第三期，徐志摩有篇文章談到詩的妙處說：「……詩的眞妙處不在他的字義裏，却在他的不可捉摸的音節裏；他刺戟着也不是你的皮膚（那本來就太粗太厚！）却是你自己一樣不可捉摸的靈魂——像戀愛似的，兩對脣皮的接觸只是一個象徵；眞相接觸的，眞相結合的，是你們的靈魂……」劉半農看了，便寫了篇「徐志摩先生的耳朵」提出幾個推測徐志摩耳朵的聽力問題，向徐氏調侃一番。

對於新詩的精神及內容問題，劉半農提出一個「眞」字來解決。當一些舊詩人在大做假詩、賣弄文字的對仗和韻脚工夫時，他憤怒了，他說：「現在已成假詩世界。其專講聲調格律，拘執着幾平幾仄方可成句，或引古證今，以爲必如何如何始能對得工巧的，這種人我實在沒工夫同他說話。其能脫却這窠臼，而專在性情上用功夫的，也大都走錯了路頭。如明明是貪名愛利的荒傖，却偏喜做山林村野的詩。明明是自己沒甚本領，却偏喜大發牢騷，似乎這世界害了他什麼。明明是處於青年有爲的地位，却偏喜寫些頽唐老境。明明是感情淡薄，却偏喜做出許多極懇摯的『懷舊』或『送別』詩人。明明是却障未曾打破，却喜在空濶幽渺之處立論，說上許多可解不可解的話兒，弄得詩不像詩，偈不像偈。諸如此類，無非是不眞二字，在那兒搗鬼。自有這種虛僞文學，他就不知不覺，與虛僞道德互相推波助瀾；造出個不可收拾的虛僞社會來……。」（詩與小說精神上之革新）

新詩精神的革新，用一個「眞」字來解決，可算是摸對了門徑。有了「眞」的精神，詩的內容，自可感人，進而造境，這是寫詩的起跑點，沒有這個起跑點，甭談一切詩的技巧，如意象啦、張力啦、節奏啦……均屬餘事。故劉半濃的這種「唯眞論」，不僅針砭了當時的舊詩人，也替新詩人指出一條正確創作的方向。

除了對聲韻的研究及「唯眞論」的提倡之外，他還主張增多詩體，有多樣性的詩體，才能造就各色各樣的詩人。他說：「吾國現有之詩體，除律詩排律當然廢除外，其餘絕詩古風樂府三種，（曲、吟、歌、行、篇、嘆、騷等，均樂府之分支。名目雖異，體格互相類似。）已儘足供新文學之發揮之地乎，此不佞之所決不敢信也。嘗謂詩律愈嚴、詩體愈少，則詩的精神所受之束縛愈甚，詩學決無發達之望。試以英法二國爲比較，英國詩體極多，且有不限押韻之散文詩，故詩人輩出，長篇記事或詠物之詩，每章長至十數萬字，刻爲專書行世者，亦多至不可勝數。若法國之詩，則戒律極嚴，任取何人詩集觀之，決敢變化其一定之音節，或作一無韵詩者。因之法國文學史中，詩人之成績，決不能與英國比。長篇之詩，亦尠手不可多得。此非因法國詩人之本領魄力不及英人也，以戒律械其手足，雖有本領魄力，終無所發展也，故不佞於胡君白詩話中「朋友」「他」二首，認爲建設新文學的韻文之動機，倘將來更能自造，或輸入他種詩體，並於有韵之詩外，別增無韻之詩。（無韻之詩，我國亦有先例。如詩經『終南河有，有條有梅。君子至止，錦衣狐裘。顏如渥舟，其君也哉。』一章中，『梅、裘、哉』三字，不合叶韻，是明明一首無韻詩也。朱注，『梅』叶『莫悲反』，音『迷』，『裘』叶『渠之反』，音『奇』，『哉』叶『將梨反』，音『齎』，乃是穿鑿附會，以後人必欲押韻之『不自然』眼光，武斷古人古人。決不如此念別字也。）則在形式一方面，既可添出無數門徑，不復如前此之不自由。其精神一方面之進步，自可有一日千里之大速率。彼漢人既有自造五言詩之本領，唐人既有自造七言詩之本領。吳輩豈無五言七言之外，更造他種詩體之本領耶。」（我之文學改良觀）

詩體的多樣性，和詩的精神有極大的關聯。爲了詩的精神能「眞」，劉半農又主張增多詩體，實有必要。因爲增多詩體，形式自由開放多了，詩精神的進步，自可有一日千里之大速率。

而且劉半農，不是一個光說不做的人。他的主張，全都在一九二六年出版的「揚鞭集」詩集裏，躬身力行，發揮出來。在該集自序云：「……又一層是要借此將在詩的體裁上與詩的音節上的努力，留下一些影子。」又說：「我在詩的體裁上是最會翻新鮮花樣的。當初的無韻詩，散文詩，後來的用方言擬民歌，擬『擬曲』，都是我首先嘗試。至於白話詩的音節問題，乃是我自從民九年來以無日不在心頭的事，雖然直到現在，我還不能在這上面具體的說些什麼，但譬如是一個瞎子，已在黑夜荒山中摸索了多年了。」他的詩，脫胎於舊詩詞，力求口語化，運用自如，並採新韻脚，而能達到一種自然、直舖、單純的美，可說是他刻意逼使自己的作品，以印證他的詩論的結果。現在不妨摘一首「一個小農家的暮」來對照參考：

她在灶下煮飯，
新砍的山柴，
必必剝剝的響。
灶門裏嫣紅的火光，
閃着她嫣紅的臉，
閃紅了她青布的衣裳。

他銜着個十年的烟斗，
慢慢的從田裏回來；
屋角裏掛去了鋤頭，
便坐在稻柴上，
調弄着隻親人的狗。

他還踱到欄裏去，
看一看他的牛；
回頭向她說：
『怎樣了——
我們新釀的酒？』

面對面青山的頂上，
松樹的尖頂，
已露出了半輪的月亮。

孩子們在場上看看星，
還數着天上的星；
「一、二、三、四，……」
「五、八、六、兩……」

他們數，他們唱，
「地上人多心不平，
天上星多月不亮。」

第三節 新詩論的再推進——朱自清的苦心

繼劉半農的建設性詩論之後，年輕的朱自清（字佩弦，浙江紹興縣人，西元一八九八——一九四八），進一步把詩論再往前推進。可以說，到了朱自清的手中，新詩論所應具有的東西，大柢都完成了。至於較新銳的看法與突出的變化，要在第二期的新詩論才會有明顯的出現。

朱自淸的文學成就是多方面的，他是個詩人，也是散文家；是位國學者，也是位新文學者；是位詩的創作者，也是位詩評者；是位文評家，又是詩評家；是位文學家，也是教育家。在他諸多的成就中，他的詩論，是很突出的一項，他的詩人頭銜，往往被其散文與詩論的成就所掩蓋。

他的詩論，包含了三方面，第一方面是鼓舞新詩人的創作情緒。

胡適的提倡不受任何拘限的自由詩，寫起來大家固然感到方便，但由於大家對於「自由」認識的不足與膚淺，於是人人都想來一手，表現一番，因此詩人的數量也就越來越多了。詩人多了，詩人便覺得不值錢，社會地位也愈降低，導致眞詩人創作情緒的受干擾，這實在是新詩發展的大障碍。且因爲大家都在摸索、學習新詩，還弄不清楚這新玩意兒，到底會變成什麼樣子，所以越變越沒有自信了。在這種情形下，他適時地寫了篇「新詩的進步」，鼓舞詩人，努力創作。他認爲白話的傳統太貧乏，舊詩的傳統又太頑固，可是這些都不要緊，新詩的發展多的是時間，路總是有的，但需要忍耐，慢慢開闢，短時間內就想開步到詩國的康莊新道，未免太急了。

第二方面是談到新詩要怎樣，才會被人接受，以利其推展的問題。他認爲，由於詩的創作，比喻的手法用得最多，使人不習慣，不易了解，因此解說是有必要的。他自己做了個解說的示範，例如林徽音在民二十五年，發表一首「別丟掉」詩刋載於天津的大公報，後來靈雨先生在當時十六期的「自由評論」引了這首詩，朱自清便據此加以解說。原詩是這樣的：

別丟掉
這一把過往的熱情，
現在流水似的，
輕輕
在幽冷的山泉底，
在黑夜，在松林，
嘆息似的渺茫，
你仍要保存著那眞！
一樣是月明，
一樣是隔山燈火，
滿天的星，
只有人不見，
夢似的掛起，
你問黑夜要回
那一句話——
你仍得相信
山谷中留着
有那廻音！

按林徽音是個才女，否則徐志摩便不會在英倫背着張幼儀猛追她了。所以她寫的詩，引起朱自淸的特別注意，那是很自然的。對這首詩，他這樣分析：「這是一首理想的愛情詩，託爲當事人的一造向另一造的說話；說你『別丟掉』『過往的熱情』，那熱情『現在』雖然『渺茫』了，可是『你仍要保存着那眞』。三行至七行是個顯喩，以『流水』的『輕輕』『嘆息』比『熱情』的『渺茫』；但詩裏『渺茫』似乎是形容詞。下文說『月明』（明月），『隔山燈火』，『滿天的星』，和往日兩人同時還是『一樣』，只是你却不在了，這『月』，這些『燈火』，這此

『星』，只『夢似的掛起』而已。你當時說過『我愛你』這一句話，雖沒第三人聽見，却有『黑夜』聽見；你想『要回那一句話』，你可以『問黑夜要回那一句話』。但是『黑夜』肯了，『山谷中留着有那廻音』，你的話還是要不回的。總而言之，我還戀着你。『黑夜』可以聽話，是個隱喻。第二行和第八行本來是一句了。『夜似的掛起』本來指明月燈火和星，却插了「只有『人』不見」一語，也容易教聽者看錯了主詞。但這一點技巧的運用，作者是應該有權利的。」(見朱著「解詩」一文，該文與前述「新詩的進步」俱收在「新詩雜話」此書裡。)

此外，他認為作品也要做到「雅俗共賞」的地步，始容易被人接受，如此新詩推廣才有希望。但「雅俗共賞」的意義不是使大家都共同欣賞「淺」的作品，完全降低作品的水準，而是在雅方降低一些，並將俗方也提高一點，要能「俗不傷雅」，才算是恰到好處。如果一方覺得太「俗不可耐」；一方感到如讀「無字天書」，那不能算是「共賞」。朱氏說：「十九世紀二十世紀之交是個新時代，新時代給我們帶來了新文化，產生了我們的知識階級。這知識階級跟從前的讀書人不大一樣，包括了更多的民間來的分子，他們漸漸跟統治者拆伙而走向民間。於是乎有了白話正宗的新文學，詞曲和小說戲劇都有了正經的地位。還有種種歐化的新藝術。這種文學和藝術却並不能讓小市民來「共賞」，不用說農工大衆。於是乎有人指出這是新紳士也就是新雅人的歐化，不管一般人能够了解欣賞與否，他們提倡「大衆語」運動。但是時機還沒有成熟，結果不顯著……」(見朱著「論雅俗共賞」)正因為如朱氏所言，提倡大衆語運動，成績不顯著，所以他才寫「論雅俗共賞」之文章，希望作品能合乎這個標準。

第三方面是指示創作的新途徑。此新途徑之一是取法歌謠。胡適在「北京的平民文學」一文，引到義大利衞太爾所編的「北京歌唱」，認為這些歌謠近乎「眞詩」，他說：「根據在這些歌謠之上，根據在人民的眞感情上，一種新的『民族的詩』也許能產生出來呢。」又云：「現在白話詩起來了，然而做詩的人似乎還不曾曉得俗歌裏有許多可以供我們取法的風格與方法，所以他們寧可學那不容易讀又不容易懂的生硬文句(朱自清按：係指歐化的文句)，却不屑研究那自然流利的民歌風格。這個似乎是今日詩國的一種缺陷罷?」，胡適雖然希望大家要取法歌謠的風格和方法，可是他自己却沒有做到，一般人也認為白話詩如果像歌謠，那就不是眞新詩。兪平伯仿吳歌作「我們的七月」；劉半農也仿作江陰船歌作「瓦釜集」，但他們認為僅是仿作，而不是作新詩。所以朱自清說：「……仿的很逼眞，很自然，但他們(按指劉半農與兪平伯兩人)都不認為新詩。」(新詩雜話「眞詩」篇)

其實，胡適的取法於歌謠，是很正確的主張，可惜大家都忽略了，甚至胡適本人提過也就忘了。因此，他再把胡適的這個老調重彈，期望新詩人重新注意，創造具有民族形式的新詩。使其多帶點本土的色彩。他說：「照詩的發展的舊路，新詩該出於歌謠。山歌七言四句，變化太少；新詩的形式也許該出於童謠和唱本。像『趙老伯出口』倒可以算是照舊路發展出來新詩的雛形。但我們的新詩早就超越過這種雛形了。這就是因為我們接受了外國的影響，『迎頭趕上』的緣故。這是歐化，但不如說是現代化。『民族形式討論』的結論不錯，現代化是不可避免的。現代化是新路，比舊路短得多；要『迎頭趕上』人家，非走這條路不可。可是話說同來，新詩雖然不必取法於歌謠，却也不妨取法於歌謠，山歌長於譬喻，並且巧於複沓，都可學。童謠雖然不必尊為『眞詩』，但那『自然流利』，有些詩也可斟酌的學學，新詩雖說認眞，却也不妨有不認眞的時候。歷來的新詩似乎太嚴肅了，不免單調些。」（新詩雜話「眞詩」篇）上面朱氏談到「趙老伯出口」，是什麼樣的詩呢？不妨從十七年十一月廿一日發刊的「大公報」找出來欣賞欣賞：

趙老伯一輩子不懂什麼叫作愁，
他老是微笑着把汗往下流。
　他又有一個有趣惹人笑的臉，
　　鼻子翹起來像隻小母牛。
他的老婆死了很久很久，
兒子閨女都沒有，
　三畝園子兩間屋，
　　還有一隻大黃狗。
趙老伯近年太衰老，
自己的園地種不了。
　從前種菜又種瓜，
　現在長滿了狗尾巴草。
夏天沒得吃，冬天又沒得穿，
三畝園子典了三十千。
　今年到期贖不出，
　　李五爺催他趕快搬。
趙老伯這幾天臉上沒有了笑，
提起了搬家把淚掉：
　「那裏有啥家可搬？」
　「提上棍子去把飯來要！」
「這園子我種過四十年，」
「才賣了這麼幾個錢！」
　「又捨不開東鄰共西舍，」
　「逼我搬家眞可憐！」
「從未走路先晃蕩，」
「說不定早晨和晚上，」
　「我死也要死在李家橋，」
　「天哪！我不能勞苦一生作了外喪！」
「快滾！快滾！快滾！」
李五爺的管家發了狠。
　「禿三爺的厲害你該知道！
　摸摸你吃飯的傢伙穩不穩？」
趙老伯有個好人緣兒，
　小孩子都喜歡同他玩兒。
　因為李五爺趕他走，
　　大家祇能把長氣吸一口。
一瘸一拐奔了古北口
　山上山下幾行衰柳。
　晨曦裏我遠望見他同他的老伙伴，
趙伯同他的大黃狗。（——作者蜂子先生）

朱自清既然要人家取法歌謠，可是歌謠是什麼？他也有明白的交代。他把歌謠分成三大類：童謠（就是兒歌）、山歌和俗曲（唱本）。童歌就是兒歌，但比兒歌更能表現出社會性。所謂社會性，就是用來諷世。它是可以讀的，可以誦的。它能表現單純和簡單的情感。山歌同臺灣的歌仔戲唱詞一樣，也是竹枝詞的一支，不過山歌主在歌詠私情，拿來和心愛的異性對唱，有許多譬喻在內。至於俗曲，多是敘事歌，異於山歌和童謠的抒情，各有來歷和唱本，以七字句或十字句爲基調，可合樂，也可吟誦。

朱氏的另一個創作新途徑的指示是認爲愛國詩亦值得嘗試。他特別讚賞南宋的愛國詩人陸放翁，這點是與梁啓超的主張相若。陸放翁雖然僅忠於某一君王，但他已把愛國熱忱置入他的詩中予以理想化，這個理想化已具有「國家至上」的雛形信念，值得新詩人效法的。朱氏在他的「新詩雜話」中特別選錄了「愛國詩」一篇，在此篇中引到陸放翁的臨終「示兒」詩：

「死去元知萬事空，但悲不見九州同。
王師北定中原日，家祭無忘告乃翁！」

根據這首詩，他認爲：「過去的詩人裏，也許只有他（按：指陸放翁）才配稱爲愛國詩人。」

他也說：「辛亥革命傳播了近代的國家意念，五四運動加强了這一念。可是我們跑得太快了，超越了國家，跨上了世界主義的路。詩人是領着大家走的，當然更是如此，這是發現個人發現自我的時代。自我力求擴大，一面向着大自然，一面向着全人類；國家是太狹隘了，對於一個是他自己的人。於是乎新詩訴諸人道主義，訴諸汎神論，訴諸愛與死，訴諸頹廢的和敏銳的感覺——只除了國家。」這種只除了國家以外的題材都可寫的現象，對朱自清而言，終覺是遺憾的。

第四節　劉大白、俞平伯與吳芳吉

劉大白（名靖裔，浙江紹興人，西元一八八〇——一九三二）的新詩寫得很好，尤其是情詩方面，吟詠他的「我願」詩：

當你一心念我的時候，
念一聲我愛，
掐一粒念珠，
纏綿不絕地念着，
循環不斷地掐着，
我知道你將往生於我心里的淨

就會覺得他的那顆赤裸的心，實不可多得。他的詩好，詩論亦佳，可惜對文言詩的論評較多，新詩較少。現就其有關新詩論部份談談。

他自從響應五四的文學革命後，對於文言詩就沒有好感，力主用白話文作詩，並且認爲作品的題材要隨人類生活而變遷，他說：「要是像那班老頑固，老是從故紙堆中討生活，把幾個舊辭藻捃撫撏撦，顚倒翻騰，怎地能另闢新境界呢？」（劉著「新相思」）他的這種堅決的態度，簡直是文言詩人的死敵。他之所以有這種詩觀，是不是受了五四時期那些主張文學革命者的影響而盲目地讓他們牽着鼻子走呢？不是的，他的反對文言詩，實在是因爲他對文言詩太清楚了，也寫得太多了。他的舊學根基甚紮實，在小時候曾經爲了反抗父親嚴苛的督促，憤而自縊，倖因繩索斷了而獲救。

他為了他的主張，常常和文言詩人辯論，主要的對象是友人任瘦紅。任瘦紅至死都反對他寫新詩，由於觀念的不同，彼此的詩作後來也就不互贈給對方欣賞觀摩了。但是他們的友誼，並未因意見相左而截斷，這是與胡適、胡先驌兩人因文學論戰而絕交的情形大大不相同。

不要怕題材被人寫光自己就不敢寫，應大胆地創作，才能使作品放出異彩，他的「暗合」論，對於剛出道的詩人是很有幫助的。他說：「詩人偶然捕捉到一個意境，把它寫出，似乎覺得『得未曾有』；但是往往古人或同時人詩中早有這種意境了。所以清代袁枚曾有『眼前欲說之語，往往被人先說』，管學洛氏也有「恨不奮身千載上，趁古人未說吾先說』的話。其實只要詩中所寫，情景逼眞，正不必顧到有人說過沒有。因為如果一定要說別人所不曾說過的話，便要刻意求奇，離眞越遠的病。況且因為觀點底不同，所抒寫的雖然意境相似，也往往並非全同；即使偶然全同，也多是出於暗合，不能指為蹈襲。」（暗合和蹈襲）

他既然反對文言詩，自然要對文言詩的成分加以批判。他的「矛盾的古詩音節論」一文，是够文言詩人頭痛的。文中他把主肌理說的翁方綱所寫的「五言詩平仄舉隅」和「七言詩平仄舉隅」以及神韻說的泰斗王士禎執筆的「聲調譜」和「古詩平仄論」批評了一番，認為「他們既不明白什麼是抑揚律，而所用的方法，又是非科學的……」。

劉大白的詩論，最值得一提的是他對音步的分析。他分析研究中國詩篇的分步，只須有單音步和兩音步兩種，而不必有三音步。又發見分步的方法，有照意義和音節分兩種，而所以分為兩種，是因為中國詩篇有合乎語言的自然和不合乎語言自然兩種。最後他得了一個結論：「……所以分步的事，畢竟是屬於音節的，合語言內容的意義無關。換句話說，就是咱們讀詩的時候怎樣讀，步就怎樣分。」（中國詩篇底分步）

關於這點結論，乍看之下，和他對文言詩所持的反對態度不相一致，可是詳慎的研究一番，並無衝突之處。他的結論，認為分步的事，畢竟是屬於音節的，和語言內容的音節無關。他僅僅是強調：分步的時候不要太受意義的束縛，並沒有說完全以自然的音節為主而毫不兼採意義來分步，這是應當注意的。否則根據他的結論判斷，不是意味着不合語言自然的五七言古近體詩和詞曲所定的音節優於合乎語言自然的毛詩的一部分，楚辭和近來的白話、自由詩或散文詩的以意義為主構成的音節嗎？果如此，他又何必寫「矛盾的古詩音節論」把翁方綱、王士禎等文言詩論大家批評了一番。同時他也說咱們讀詩的時候怎樣讀，步就怎樣分，如果進一步申論，也就是他勸人分步，從語言的意義角度來看，不要太受其拘束，而能兼採自然的音節予以分步，做一番靈活的分步，而非死板的分步。

劉大白也曾替他的朋友猛濟所選的「抒情小詩」詩集寫了篇序文，在該文中寫道：「可是我對於這本抒情小詩，覺得還有一種缺陷，就是女性作品太少。中國底女性，所受的禮教壓迫底荼毒，比較男性所受的，本來更重，所以比較地不容易解放，比較地不敢肆無忌憚地有抒情的表現；這原不是選者之過。然而我總希望男女之情，兩間雙方平均地發抒出來！中國現代的女性詩人呵，你們不要再甘心屈服在運命垂盡的腐朽的磐石下面，一齊起來抽迸那久鬱深的情苗啊！」他的期望女詩人的出現，正如朱自清的希望大家嘗試寫寫愛國詩的心情是一樣的。可惜劉氏於民國十一年在蕭山衙前所發出的希望，經歷了五十幾年的今天依然落空。筆者於師大修新詩課時，業師係邱教授燮友，他亦曾在課堂上對學子們表示過類似劉大白的希望，深覺中國女詩人畢竟太少，鼓勵女同學們努力創作新詩。

介紹完了劉大白的詩論後，也應讓俞平伯登場，看他會說些什麼。

俞平伯認爲詩與人生有不可分離的關係。詩表現人生，而非人生的逃避。詩給人的，不是墮落，而是一顆善良的心。詩的目的，是要傳達人間的眞摯和自然，而非製造人與人之間的仇恨；換言之，詩的最終目的，是要人類和諧、愉快地生活。這種詩歌，頗近「爲人生而藝術」的論調，而非「爲藝術而藝術」。（詩的進化的還原論）

另外，他提出詩的還原論的口號，頗爲新穎。什麼叫做詩的還原呢？所謂詩的還原，就是讓詩回到平民的地方去，不要老是停在貴族的地方。詩不是廟堂文學，而是大衆都能接近的東西。所以讓詩「還淳返樸」，讓詩從脂粉堆裏顯露出它的眞面目，這是詩人亟需要做的工作。他說：「但詩的還原並非兜圈子一樣，絲毫無進步的。詩的還原，便是詩的進化的先聲。若不還原，決不能眞的進化，只在形貌上去改變；或者肯子裏有衰老的象徵。」（見「詩的進化的還原論」）這種觀點和前述的「爲人生而藝術」的觀點是一脈相承的。爲要達到「爲人生而藝術」的目的，詩必須要平民化，這是必經的途徑。

還有一位吳芳吉（字碧柳，自署白屋吳生，四川省江津縣人，西元一八九六——一九三二，另一說爲一八九五——一九三二）的詩論，也是值得介紹的。

吳芳吉，是一位遭遇坎坷的詩人，也許命運多舛，反而使他成爲詩人。他在清華大學預科就學時因學潮事，被開除，如果他能寫悔過書，便能順利返校續讀。但他不寫，因此不僅不能完成大學學業，也斷送了原已考取留美攻讀的大好機會。當然，這是一樁不幸的事，可是塞翁失馬，焉知非福？假使他寫了悔過書，今天不過是個博士、名流吧！斷不會有「白屋詩稿」的集子，也不會有他的詩論。

使他成爲一個新詩人，學衡派（按：係指專在學衡雜誌爲文反對新文學運動諸人，包括梅光廸、吳宓、胡先驌、柳詒徵……等人）大將之一的吳宓，是一位很重要的人物。在吳芳吉失學落魄時，遠在美國的吳宓經常滙款支助他，要他專心寫詩，不要旁騖其他。這是很了不起的友誼，二人之交，洵可媲美管鮑。由於吳宓不計還報的在經濟與精神兩方面的鼓勵，吳芳吉乃益加勤奮寫詩。吳氏原本反對舊詩，志在寫新詩，但因爲與吳宓篤交的關係，所以他對新詩的見解，較爲平和，而不偏激，他反對胡適等人的激進，太受洋化，但亦不願落在文言詩論的舊窠裏。

他以「詩」爲「詩論」，預言舊詩必爲時代所淘汰，新詩必定是民國的特色。他說：「禮異則從宜，文窮必變體，天行健不息，我詩胡能已。哀彼妄庸人，新舊拘疆理，未識面與目，徒矜創與擬，新者疏不親，舊有沈不起。安行須正途，首除積習靡。我愛英人言，舊罈盛新醴。」（還黑石山詩第十章）不過，他心目中的新詩，絕不是胡適等輩的詩，而是「依然中國民之人、中國之語、中國之習慣，而處處合乎新社會者」之詩（黃季陸白屋詩稿序）；換句話說，這種新詩，不是看起來略似西洋的詩，而是要具有民國之風味，而又能別於漢魏唐宋之詩。

他又認爲最上乘的詩，必須要表現眞善美。那麼什麼是詩的眞善美呢？他說：「何故甚眞？曰不假繁飾，多任自然，無對仗之拘束，音律之雜湊，所以爲眞。何故甚美？曰忌小說、忌語錄、忌詩話、忌時文、忌尺牘，至淨至

純，所以爲美。何故甚善？曰駢文重藝，每傷豐縟，白話重義，最患乾燥。藝義兩賅，所以爲善。」（黃季陸白屋詩稿序）

詩作要力學，忌恃天資，他每每勸新詩人，不要太逞自己的原有的那麼丁點的秉賦，要多學、多讀，寫詩才能持久。在「白屋詩稿」自序一文中，有這麼一段話：「詩貴有學，不貴有才，所謂學者，學以高尚其志氣，學以開拓其心胸，學以仁民愛物，學以明體達用而已。然今之學爲詩者，以故事爲典雅，以僻奧爲淵博，以出處爲高古，以堆砌爲縝密。上者無異書攤，下焉直等明器。性情之道，茫焉乎息。」性情之發揮，貴學始能致之，而學須知何者可學，何者不可學，否則學了等於沒學。

他的詩的經驗論和關係論也是頗有見地的。所謂經驗論，就是藉重他人的創作經驗來提高自己的創作能力，但「讀古人之書，非欲返作古人，乃借鑑古人之詩以啓發吾詩。讀外人之詩，斷非諂事外人，乃利用外人之詩以改良吾詩」（白屋詩稿自序）這是在他提倡經驗論後，附帶要人注意的地方。

所謂關係論，就是一個人所寫的詩，常能影響到他人，例如口才平庸，寫照自其身，屬個人主義，其關係也兒女；才高者，能博得他人的同情，使社會人士共鳴，屬社會主義，其關係也國家；才具特高者，能影響整個世界和全人類，屬人文主義，其關係也聖凡。所以一個人寫詩，要有責任感，以免遺誤他人。

經驗論的最終目的，在發揮作者的個性，關係論的最後目的，在爲人生，兩者不能有所偏，必須調和，也就是說爲人爲詩必須一致，這才是一位可敬佩的詩人。求經驗論與關係的調和，這是吳芳吉作新詩的根據。

出版消息

本社

※「大地」詩刊第十三期已出版，定價十五元。

※「也許」詩刊第二期已出版，定價十元。該刊係由森林詩社一些新銳青年詩人所主持，歡迎投稿，稿件一經採用，全年贈閱。

※「藍星」新三號已出版，定價二十元。本期爲詩人節特刊。

※「消息」半年刊創刊號已出版，定價二十元。

※「草根」月刊第二、三期，均已出版，定價六元。該刊正回顧選刊中國新詩史料。

※「天狼星」詩刊創刊號已出版，定價十五元，該刊係由馬華青年詩人回國深造聯合創刊的新銳詩刊，社址於馬華西亞，編輯部則設於臺北。

※「秋水」第七期已出版；定價十五元。

※「臺灣文藝」第四十八期已出版，定價二十元。該刊「詩潮」，由趙天儀主選，歡迎投稿。

※郭成義詩集「薔薇的血跡」已列入笠叢書，由笠詩社出版，定價三十元。封面設計，新穎大方，紅裏透白，充滿魅力。

※「陳秀喜詩集」日譯本，選譯她的詩作，第一集「覆葉」，第二集「樹的哀樂」，譯者大野芳，發行人幾瀨勝彬，已由「陳秀喜來日記念詩集刊行會」出版。該集收有中河與一的「序文」，大野芳的「後記」，全書係採袖珍版的形式，精緻美麗，封面挿圖係由畫家劉文三所作。其旅日、韓日記亦於本期發表。

維龍以前法國詩選

莫渝譯

Phot. Hachette.

UN JONGLEUR.
(Bibliothèque Nationale.)

C'est par ces chanteurs ambulants que les chansons de geste se sont diffusées. Ils s'accompagnaient sur une sorte de violon rudimentaire : la vielle.

羅朗之歌：羅朗之死
綠特博夫：綠特博夫的訴怨
繆　瑞：閣下，我拉着提琴
貝　丁：十字軍之歌
莫　代：在爐旁　在小林間
我看守森林　有人提議
馬　修：所有的花與果子中
密密麻麻的星星無以計數
我寧願憔悴於異地
我忠誠的愛你
戴　雄：如東整個天空由金葉構成
當我走遍天涯海角
蝨子，跳蚤，臭蟲與豬玀
畢　蓉：淚之泉，哀之河　我常常上教堂
我如此的傷心
夏笛葉：我有一株愛情樹
歐列昂：你睡得太久了　五月一日
時光已褪下冬大衣
當我們欣賞這些美麗的花朵
離去吧！走吧！走吧
在思惟之書裏面
當我聽到鼓聲
我絲毫不認爲這樣的親吻

前言：

從西元九世紀到十一世紀三百年間，法國詩只有一小部分留傳下來；毫無疑問的應該有其它更多的作品保存着，可是，現在的我們已無從知曉此時期法國詩壇的活動了。直到十二世紀，法國詩才大量而豐富且多樣的出現，為西歐所讚賞與模擬，其緣故乃由於在法國境內開始流傳亞瑟王與圓桌武士們的傳奇（romance）以及法國騎士精神（Chivalry）與謙恭（courtesy）的新理想新態度所形成的。十四世紀時，歐洲的文化領導地位移至意大利，法國境內的文學活動仍然繼續並未式微，只不過產生許多較十二、三世紀略差的作品，眞正詩傳統的持續要等到一四六三年維龍失踪之後。

（當我們說古法國，乃是指西元十二世紀以前，而這個時代在咱們中國已經是宋朝了。宋徽宗即位是西元十二世紀的開端。因此，法國詩若從羅朗之歌算起，也只不過是咱們中國整部詩史的後半部而已，也就是說中國詩史上的黃時代唐詩結束之後，法國詩才初露端兒。）

現存最早的法國詩是以基督教為體裁的，也許我們會訝異於中世紀（西元 410—1453）法國文學被教會壟斷了整整六百年之久。此種教會文學不單將聖徒生活、祈禱與訓誡入詩，至於教士、僧侶、主教他們也參與寫詩工作。而且，幾乎有二百年十字軍東征的情緒一再的出現於頌歌與史詩。的確如此，整個中世紀，深度的宗教情緒貫入任何一件文學作品內，即便如此，我們還可以稱它為「非宗教性的」（secular）。

如果最古的詩可以依社會形態分為教會、封建制度與中產階級，那末最古的「非宗教文學」（secular lifer-ature）作品就是史詩（epic）或英雄詩（heroic poems）或者是武勳之歌（chansons de geste）。在法國，幾乎有一百多首這類的史詩留傳下來。這類詩中為人稱好且留傳後世的原因乃在於它們提出騎士對於領主夥件家族與上帝的忠誠所引發的道德問題。雖然這些主題取材法國歷史，但很少具有史實根據的，它往往是行吟詩人們的幻想並且一再的添加而成的。即以我們熟稔的最古的最著名的最了不起的史詩「羅朗之歌」而言，它的故事核心是西元七七八年發生的事件，但是它歷經三百年的改觀與再創造才形成目前模樣。最優秀的史詩作者（往往是行吟詩人中最佳者）以相當可解性的處理角色，並考慮周詳的考慮敍述的技巧，以便達到戲劇性的張力。

這是大約十一世紀的法國詩壇情形，我們可以說這是史詩時代，除羅朗之歌外，著名作品尚有查理曼大帝朝聖記（Le pèlerinage de Charlemagne）與居勞之歌（La chanson de Guillaume）。

從十一世紀的羅朗之歌到十三世紀抒情大詩人綠特博夫的出現，這中間的法國詩壇仍有幾個人與詩不該忽略的：

第一、時代進入十二世紀，一方面史詩太多了，一方面人們已厭倦此類豐功偉業事蹟的一再傳說，詩人們只好另編新的體裁。這時出現的是稱為 le roman 的故事詩。這類的故事詩較有名的作者有華斯（Wace）、聖慕何（Benoit de Sainte-Maure）、貝夫（Beroul）、多瑪斯（Thomas）、特洛葉（Chrétien de Troyes）。

華斯生長於諾曼第，最後可能到英國去。他留下二部故事詩：其一是將高福利（Gaufry）用拉丁文寫的「不列顛帝王史」翻譯成法文的布綠故事（Le Roman de

Brut ）；其一是應諾曼第公爵之請獻給英王亨利二世的 Le Roman de Rou。

聖慕何是十二世紀後半的人，其名乃是出生地名，他的主要作品是取材特洛故事（Le Roman de Troie）。

貝夫，十二世紀後半期諾曼第人，僅留下將近五千行的第斯坦故事（Le Roman de Tristran）。

多瑪斯也是十二世紀後半的人，他留下的作品是第斯坦的斷章。

特洛葉（約西元1160——1190）是這時期最有名的故事詩，他是敍述亞瑟王與圓桌武士這類故事的最佳詩人。他留下五部故事詩，全是有關亞瑟王的傳奇： Erec, Cliges, Yvain (Le chevalier au lion,), Lancelot (Le chevalier a la charrette,) 以及 Le conte de Perceval ，最後一部尚未完成，詩人即死了。

在這類故事中，有一篇作者佚名的歐卡羨與尼高列特（Aucassin et Nicolette ），此詩半爲韻文半爲散文，頗受歡迎。朱湘譯作「番女緣意」。

第二、法國詩史上第一位女詩人馮絲（marie de France ）大約是十二世紀後半期的人，她寫了一些獻給英王亨利二世的詩。馮絲重要的作品是金銀花（Le Lai de Chevrefeuil）與瘋子第斯坦（La Folie Tristran）。維龍以前法國女詩人除了馮絲外，尚有畢蓉。

第三、除了史詩故事詩，尚有類似寓言的諷詩，最著名的是狐狸故事（Le Roman de Renart 列那狐故事）。這是當時遍傳歐洲各國民間傳說的集合，經過許多詩人的增删修改，分成許多可以自成獨立的小故事。胡品清在「西洋文學研究」一書第六一頁說：這是一部偉大的禽獸史詩，出現在故事中的各種禽獸都像人一樣各有自己的名字。據錢歌川校訂「世界文學史」（正文書局）上册三一二頁記載：這部列那狐的歷史原是有一個民間傳說的來源，這來源是在法國。然在十世紀與十一世紀時，經過「僧侶詩人」與法國「宮庭詩人」的修飾，加上了時代的色彩與諷刺的意味，當時宮庭詩人大約必與此詩與那些古代史詩，騎士傳奇，同樣的讀誦於聽者之前，以取悅他們。到了第十二世紀時，有了一種德文本，又有拉丁文。變異的同源作品有數種，後來又有了散文本。到了十八世紀之末，大詩人歌德又著了「Rainecke Furhs」。在文辭方面，加上了不少美漆，然它的原來的樸質可愛的風趣，却喪失了些。（商務印書館增訂小學生文庫有君朔譯：狐之神通，乃譯自英文譯本。）

第四、在綠特博夫之前，尚有一部著名作品即玫瑰故事（Le Roman de Rose）。此故事有兩個作者，分別代表兩個時期兩種不同的精神。上篇作者洛希（Guillaume de Lorris）寫了四千多行；四十年後，莫恩（Jean de Meung）在一二八〇年左右續寫一萬八千多行的下篇，英詩人喬塞（Geoffrey Chaucer 1340—1400）曾將此詩片斷譯成英文，似乎喬塞本人曾受此詩些微的影響。據，在十四——十六世紀，玫瑰故事共有二種不同的抄本，至西元一五二八年詩人馬羅（Clément marot 1497——1544）整理此詩並題序，成爲最著名的版本，而他的序言也成了此詩的重要文獻。七星詩排斥所有中世紀的作品，獨留玫瑰故事一詩。它的成功處歸於使用隱喩的成功。

第五、法國抒情詩約產生於十二世紀，當時分成二類詩人，北方的行吟詩人稱爲「Trouvère 喜作忠君愛國之詩，南方的行吟詩人稱爲 troubadour，喜作纏綿悱惻的戀詩（胡品淸著西洋文學研究六〇頁）。此點頗類似我國南朝金粉與北國胡茄的六朝文學（許復琴著中國文學簡史第十二章標題）。

到了綠特博夫，法國詩可以說是尋找了一個源頭了，卽個人的情感，亦卽抒情詩噴湧而出，我們看到的不再是英雄事跡，不再是宗教訓誡等等（也許有，可是不很成功），詩人們從此很自然的將自己的喜怒哀樂投入詩裏面。

羅朗之歌（Chanson de Roland）

羅朗之歌是法蘭西民族最古也是最好的史詩（或言武勳之歌 Chanson de Geste）。大約在西元十一世紀就完成了。其後被各地的行吟詩人添加演變成目前長達四千行的形式。其內容敍述西元七七八年八月十五日查理曼大帝遠征西班牙凱旋歸國，越過底里牛斯山脈，他的殿後部隊被巴斯克民族（basque 叛將加奈龍 Ganelon出賣）在洪色復（Roncevaux），狹谷襲擊，全軍覆沒，主將羅朗與副將奧利維（olivier）亦壯烈犧牲。

羅朗之歌的背景頗富戲劇性，而人物充滿着精悍（force）與高貴（générosité），誠如詩中所言：羅朗是英勇的（preux）而奧利維是賢明的（sage）。此外，並具有四個主題：

一、友誼（l'amitié）——羅朗與奧利維的友誼；羅朗與夥伴及人民間的感情。

二、榮譽（l'henneur）——號角的插曲（卽羅朗拒絕吹號角以求援兵）刻劃出羅朗的傲骨。

三、忠誠（la fidelité）——臣屬對君主毫保留的絕對忠誠。

四、誠實（foi）——特別表露在羅朗垂死時的懺悔。

此四個主題構成羅朗之歌的靈魂，使之代代相傳歷久不衰。

羅朗之死（mort de Roland）

羅朗伯爵臥倒臥倒松樹下；
臉部朝向西班牙。
他想起了許多往事：
那些英勇征服過的土地，
溫柔的法蘭西，老百姓及家人，
還有查理曼大帝，提攜他的君主；
他情不自禁地掉淚嘆息；
然而，他沒有忘記自己，
他後悔自己的過錯，要求上帝諒宥：
「天上的眞父，從不失信
喚醒過聖拉惹爾
也拯救過達尼葉的獅子軍，
現在從衆圍之中救救我吧！
以便讓我贖回一生的一生的罪過！」
他將右手伸向上帝；
聖伽畢葉拉住他的手，
兩隻手緊緊握住，就這樣羅朗離開以人世。
上帝派遣的天使接了他的靈魂到天堂去。

綠特博夫

綠特博夫（Rutebeuf 1250——1285）巴黎詩人，他的時代正好是路易九世，留下約五十部以上的作品，包括戲劇、諷刺詩、政治、抒情詩、民歌及悲歌等。他是維龍以前法國詩史上最偉大的抒情詩人。「綠特博夫的訴怨」一詩是他在抒情詩方面的代表作。

（綠特博夫生卒有謂：

1. 一二三五——一二八五——見紀德編選「法國詩選」

2. 一二三〇——一二八〇——見「中世紀法國作家」

綠特博夫的訴怨

(La complainte Rutebeuf)

……上帝要我與約伯爲伍，
因爲祂在一次的打擊中
　奪去我的一切。
用右眼，盡我最大能耐
也無法看清
　前面路程：
恐怖的痛苦加諸於我，
不管白天或晚上
　眼前一片漆黑。
此刻我身無一物，
我墮入痛苦的
　深淵裏；
我置身失望的地獄
除非有往昔待我
　好的人，
助我一臂之力。
內心沉重沮喪
　意志消沉
我想不出謀生辦法。

我無法快樂起來，
　我倒霉了。
我不知是否由於操勞過度；
我應該清醒明智些
　解決此事，
以免再蹈覆轍。
然而什麼是好的呢？已錯了；
　後悔莫及。
我警覺得太遲了
這下子陷入泥濘了。
　在今年開始
擔負我悲苦的上帝
請賜我理智並
　拯救我的靈魂。
此時，妻子剛生下男孩；
馬匹撞到籬笆
　傷了腿；
媬姆索錢
以便給孩子餵奶
　我急得束手無策，
否則孩子就嚎叫。
萬能的上帝既然讓孩子出生
就讓他好好活下去，
就賜他足够的營養，
也轉變我的運氣
　以幫助他，
讓他過得舒適些
還有改變我的事業

　比以前好。
我恍然驚心，
因爲沒有足够的柴火
　存積室內
好渡嚴冬。
從沒有男人像我
　這般窩囊，
眞的，我也從不如此的缺錢。
房東前來討
　房租
我付出一切東西；
僅剩一襲破衣
　聊以禦寒。
所有這些煩惱事無法一一解決，
以至我難以寫出
　他們喜歡的詩篇……
禍不單行；
所有能加壓我的
　都到齊了。
誰會做我的朋友
使我有所依靠
　且親近呢？
他們必然離得遠遠：
他們反臉不認，
　不想施捨。
在我得意時，這些朋友並不如此，
自從上帝多方面的
　打擊我
沒有一位朋友叩門慰問。
大概是風把他們給吹跑了
　友誼死去：
那些朋友隨風而揚，
偶而有人路過門前，
　掉頭就走，
沒有一個人肯給予
同情協助
　與安慰：
這教訓我
是金錢維持友誼
　浪擲金錢
廣結酒肉朋友，必定後悔莫及的，
因爲這裏面沒有眞情（卽使一半）存在
　當你急需幫助時……

繆瑞

繆瑞（Colin Muset）是來自羅漢（Lorraine）地區的行吟詩人，聖路易（路易九世）時期的人，活躍於十三世紀後期。他留傳下來的少數中表現着幽默及粗獷。

閣下，我拉着提琴
(Sire cuens, j'ai vielé)

閣下，我拉着提琴
在貴府門前，
要是您不賜我什麼
也不給予代價：

那是卑劣行爲！
追隨您並不因其它名目，
乃歸功於聖母瑪利亞。
我的錢袋已空
阮囊羞澀。
閣下，不要任意的
命令我。
閣下，如果音樂使您開心
就賜我一件精美禮物
誠心誠意的！
我希望能够
快快樂樂的回到家。
如果我囊袋空空的回去，
妻子決不望我笑笑的。
她將說：「笨蛋，
你到了什麼鬼地方去，
一點也沒收獲？
……………………
從鄉下到城裏。
看看你的袋子！
只裝着鼓鼓的風。
咀咒總會
常伴着你！」
要是我回到家
妻子看到
滿載而歸的袋子
我就有着好禮服
可穿，
而且欣然地讓我
挨近紡車旁；
嬌嗔地笑着，
並以纖纖細手鈎挽我的脖子。
接着妻子出去
卸下袋中物；
僕人去洗刷坐騎
餵飼秣料；
女傭捽殺
兩隻肥鷄佐以大蒜
表示宴慶；
幼女手上拿着
別緻的髮梳親近我。
然後，我是一家之主
享受任何人無法敍說的
天倫之樂。

貝丁

貝丁（Conon de Béthune 約1150—1219或1220）是一位大貴族（領主），第四次十字軍東征時擁有相當大的政治權力。他也是成就很高的行吟詩人（trouvére 第十二世紀至第十四世紀法國北部詩人通稱。）他留下來的作品可以確定的僅有十首。

十字軍之歌（Chanson de Croisade）

唉！愛情，對我而言
要離開愛妻是
何其的寸步難行！
天曉得何時我才再回來，
如同此時我眞眞實實的離開她！
唉！還能說什麼？我不願如此。
要是能因身軀奉獻上帝，
那末整個心靈就爲她所擁有了。

她哀嘆着，因爲我趕赴敍利亞，
因爲我必須榮耀我主。
要是有人在重要時刻袖手旁觀，
上帝必然大大的懲罰他；
就讓偉大與渺小任君選擇
只要人們表現俠義風範
他就能贏得天堂與名譽
榮耀與頌揚及情人的愛心。

聖城正受圍困中；
此刻，我必須火速前往
將祂從土耳其陰暗的牢獄中
拯救出來。
可以這麼說，這些人是光榮的
要是解除了一切的窮老與病！
他們健康年輕而且富裕
不容無耻存在的。

所有的牧師與老人都留下來
做做慈善好事
參與這次的十字軍行動，
婦女們如同往昔
過着樸素與虔誠的生活；
如果邪念逼他們犯罪，
不如男人的大膽與重要，
那末所有的勇敢行動將在這次遠征付諸流水。

就讓人們在榮耀中
爲上帝而快樂幸福的死，
因爲這種溫存與愉悅的死
却贏回天堂，
沒有人至於瘟疫，
他們將重獲新生；
這是可以確定的，男人並非只要愛，
他應具備積極的狂喜的冒險精神。

上帝！長久以來我們的果敢
未能表露一番；
我們要試試看，我們要前進，
斬除令我們每人憤怒與慚愧的哀傷；
因爲今日聖地淪陷
上帝爲我們熬受殘酷的折磨。
如果可惡的敵人依然存在，
我們活着永遠蒙羞。

莫代

莫代（Anonymous Motets 生卒年欠詳）是十三世紀的作曲家，他分別以雙聲調，三聲調及四聲調作曲，每一聲調分別代表不同文字。他留下相當多的作品而散佚的更多。

1.在爐旁（A la cheminee）

在爐旁
一月的嚴寒裏，
我喜歡吃
醃肉與肥雞；
有位服飾艷麗的女人，
唱着歌作樂，
輕鬆我的心情；
還有足够的酒，
不熄的燈火，
大夥兒玩着骰子與紙牌
彼此不爭吵。

2.在小村間（Les un bosket）

在小林間
我看到年輕的羅賓。
長得一表人材；
穿着軟皮靴
頭戴綠色花環，身披灰色
外衣
及頭巾。
愛犬沒有跟隨；
他叼着煙，
佩着刀
提着桿；
還有鈴子，
橫笛，不時吹着。
瑪姤隨着笛音
舞蹈，
漂亮的
艾美蘿也如此。
一回
又一回
再一回的
在小草原上，
每個牧羊女身邊
伴隨着情人。

3.我看守森林（Je gart le bois）

我看守森林，
以免人們
析枝摘花，
或尋求快樂
除非他墜入情網。
上帝！我如此深愛着
以至感覺不出有病，
或酷熱與嚴寒。
認認眞眞的守着
森林的花枝，
以免人們
偷結花環，除非他墜入情網。

4.有人提議 (On parole)

有人提議去打穀與搖篩
網土與耕犂；
但我無意於此，
因爲生活中沒有比
美酒與肥雞更好的，
以及三朋四友
可以與高采烈的
唱，
笑
與求愛；取你所
需，
並且愛你所愛的；
而所有這些都可以在巴黎找到。

馬 修

馬修 (Guillaume de Machaut 約 1300—1377)，他到處旅遊，到處投宿貴族。是當代傑出的音樂家，也是他那個時代的詩壇領袖。他改良了宮體詩並且擴大了歌謠體(ballade)與迴體詩(rondeau)的規定，使之更普遍的流行直至中世紀末期。

1.所有的花與果子中 (De toutes fleurs n'avoit, et de tous fruis)

所有的花與果子中，
我的園裏僅有一株玫瑰：
其餘的均被「命運」摧毀與
蹂躪，他繼續的侵向
這朵可愛的花
想殘害其顏色與芳香。
如果將之摘下或損壞，
失去這朵後我不再有其它了。

唉！「命運」，你是深淵是地獄
想鯨呑不歸順你教條的人士
我也認爲那是詐術，並非善的與
確然的：
你的笑，你的樂，你的榮譽
都只是眼淚，悲傷與恥辱。
如你錯誤的手段使玫瑰枯萎，
失去這朵後我不再有其它了。

而確然地，我無從想像
園裏玫瑰的價值
究竟因你抑你摧殘的手段，
毋寧是大自然的直接賜予；我以爲
你沒有力量
奪走其價值，
因此留它給我，園裏沒有別的
失去這朵後我不再有其它了。

2.密密麻麻的星星無以計數 (Ne gúon pourroit les estoiles nombrer)

密密麻麻的星星無以計數，
當它們最亮的時候，

以及雨滴與海，
與沖失的砂中穀粒，
與蒼天周長的丈量，
我無法想像與承受
必須看看你的最大願望。

若我不能去看你
只因「命運」不許與阻撓，
以至許多嘆息令我窒息，
以至當我與他人共處時誤認那是你；
在我獨自時
任何痛苦逼我承受
必須看看你的最大願望。

由於這令我悲傷與怨哀
而悼惜你的秀顏
與舉世無匹的美
與俊雅的流露。
因此我傷心憔悴，
我心渴望着，我希望無法熄滅，
必須看看你的最大願望。

3. 我寧願憔悴於異地（J' aim mieux languir en estrange contree）

我寧願憔悴於異地
爲我的憂愁而悲傷哭泣
靠近你，榮耀的女士
引領傷心生活至快樂中；
　若我長時嘆息哭泣
人們不知其原因；
然而很容易看出
眞愛令我憔悴。

若我的臉尚留淚痕，
對不起，我無法避免，
因爲巨大的痛苦掩飾不了的；
同時無法提昇爲歡樂，道出眞相。
　此心如何快樂起來
在煩惱悲傷的憔悴時？
我沒有法子，有誰想到
眞愛令我憔悴。

因此我將離開你，曾經
被愛與愛過的情人。
然而我走了，我的心與思惟
依舊服侍你尊重你；
　並沒有隨我
而去；我懇求愛神
讓你更清楚的知道
眞愛令我憔悴。

4. 我忠誠的愛你（Se je vous dim de fin loyal courage）

我忠誠的愛你
過去如是，將來也如是，
而你却與另一位男人結婚，

難道要我遠離你
　靜靜的遺忘嗎？
當然不！既然我有
赤誠不變的一顆心，
你不該在心底遺棄我。

我情願是你的僕人
如同你俘虜的或購得的奴隸，
希望你不會受辱含屈。
你應該愛，我如此肯定，
　你的丈夫如你丈夫
你的朋友如你親蜜的朋友；
既然你能以名譽看待，
你不該在心底遺棄我。

若你的心善變，
不會有情人如此強烈的醋意
同我一樣；但你是明智的，
有涵養的
　不會屈尊於我
如你愛的那人。因此我要說：
既然我如此大膽的愛你，
你不該在心底遺棄我。

戴雄

戴雄（Eustache Deschamps 1346—1407）是馬修的得意門生，可能也是他的外甥。百年戰爭期間查理六世任命各種不同職務，到處巡查。他是位作品參差不齊的多產作家，留下一千首以上的歌謠體，其中反映個人生活的遭遇及諷刺批評時代，當然也寫了些情詩，這些成績使他凌駕當代大部分詩人之上。

1.如果整個天空由金葉構成（Se tout le ciel estoit de feuilles d'or）

如果整個天空由金葉構成，
空氣由純銀組成，
風由寶物鑄成，
每一滴海水由福洛漢
凝成，日夜下降
財富，貨品，名譽，珠寶，金錢，
充斥人間，
地面因而全部潮濕泥濘，
赤裸地佇在此風此雨中
一絲兒也沒賜給我。

說錯了嗎？我向你保證
要是有人捐出萊茵河畔的財富，
碰巧我在場，——拿不到一尾魚價之物
更甭提一福運；
我從不曾接受任何贈予；
財富遠離我，霉運却上門來；
若果急需某物，他們卽索價
高昂，而且必然如此。
如果穹蒼如雨般落下好運，
一絲兒也沒賜給我。

如果我失去某物，就無法復得；

當我要求新東西，就得拋棄舊有；
若我做了善事，只是不被誤認
犯罪；我總像可憐的沙燕子，
僅有長袍，頭巾與駑馬，
麵包屑，僅止如此而已，
已被磨損而且相當襤褸，
因爲夥伴們沒有誰憐憫。
我是如此孤單一人以至渴盼美酒降臨，
一絲兒也沒賜給我。

王子，有兩件決定財富與窮困的：
好運與霉運；我喜歡其一而厭惡另個；
因爲，如果所有好事如雨般落下，
一絲兒也沒賜給我。

註：

1. 福洛漢florin從前英、荷、意各國所發行的一種金幣或銀幣。（盛成將此幣譯做翡冷暖，是意大利翡冷翠在西元一二五二年以前通行的貨幣，後代通行全歐。見盛成文：但丁，頁十三，錄入中義文化論集。）
2. 福連frelin幣值微小的古錢。

2. 當我走遍天涯海角（Ouant j'ai la terre et mer avironnee）

當我走遍天涯海角，
訪遍每個角隅
耶勒撒冷，埃及和加利利，
亞歷山大，大馬士革和敍利亞，
巴比倫，開羅和土耳其，
看過所有的港口，
嚐過他們的調味與甜糖，
各國的五彩服飾，
這些都比法蘭西更值錢：
巴黎是舉世無匹的。

巴黎是衆城之后，
智慧與學問之源，
矗立塞納河畔，
有葡萄園，森林，耕地及草蔭。
所有這些都是日常生活最好的
爲其它城市所缺；
快樂與幽美的生活，
令每個外國人皆樂意來此，
因爲無法另行覓得如此城市：
巴黎是舉世無匹的。

況且巴黎較其它城市堅固，
具有許多古蹟的城堡，
高貴的市民與商人，
各類才能的軍隊，金飾匠；
巴黎是藝術之花，每個人都這麼說；
工人天賦駕輕就熟的技術；
市民中皆可以找到
神乎其技與絕頂聰穎，
而他們的成就響噹噹的：

巴黎是舉世無匹的。

3. 蝨子，跳蚤，臭蟲與猪玀（Poux, puces, puor et pourceaux）

蝨子，跳蚤，臭蟲與猪玀
都是波希米亞的本質，
麵包，鹼魚與受凍，

黑辣椒，腐壞包心菜，韮菜，
燒焦的肉，黑而硬；
蝨子，跳蚤，臭蟲與猪玀。

二十個人吃兩碟菜，
喝酸苦的啤酒，
睡在乾草汚物雜放的暗室，
蝨子，跳蚤，臭蟲與猪玀
都是波希米亞的本質，
麵包，鹼魚與受凍。

畢蓉

畢蓉（Christine de Pisan 1365—1431?）是位女詩人，父親爲意大利籍的法國王室御醫，因此畢蓉自幼生長於宮庭。二十五歲卽成三個小孩的寡婦，隨後專心寫作。在散文與詩簡中，他表現出不尋常的變化性，充滿着智慧的個性，在抒情詩方面，對個人情感也有着相當深度的流露。

1. 淚與泉，哀之河（Source de plour, riviere de tristesse）

淚之泉，哀之河，
痛之溪，苦之海重重
圍困我，這深沉的悲哀
傾壓我的心靈。

我陷入痛苦中；
因爲圍困我的是比塞納河還洶湧的
淚之泉，哀之河。

它們的大浪一波又一波的擁來，
如同命運之風，
全然傾壓我，以至我難以
站起，何其重的壓抑我
淚之泉，哀之河。

2. 我常常上教堂（Se souvent vais au moustier）

我常常上教堂，
以便看看可愛活潑的
女孩如同甫開的玫瑰。
不去理會這些；
爲什麼有閑言閒語
我常常上教堂？
沒有別條路與小徑

可以使我看見她；
傻子就讓他們去叫吧
我常常上教堂。

3. 我如此的傷心（Tel douleur ai）

我如此的傷心，愛人，爲了你的賦別，
以至不知若何承擔。
唉！愛人，
我不能沒有你，一天不見你
　我無法活下去
這對我何其的難受，旣不能淨心
又無法休憩；見你前
我將若何度此一年，或者更久？
我不知時光何其漫漫，
只因沒有誰能歡悅我直至會見你。
愛人，該否越過
海洋，以便共處呢？
爲了你的名譽，我不該折磨自己；
然而沒有誰前來安慰我，
　只因缺了你，
我發誓如此重重的遠隔
沒有誰前來慰藉
對你的迢迢相思，
我忍不住了，只有上帝知曉我爲何哭！
只因沒有誰能歡悅我直去會見你。
我衣着簡單樸素
這樣式沒有人會引頸注目
我巧妙的掩飾
傷心，因而沒有人前來慰藉，
　的確
不可能有人來，因而內心何其哀傷
何其黯然；沒有
哪樣東西足以安慰我；
我寧願護守這域悲哀的憂鬱，
只因沒有誰能歡悅我直至會見你。
愛人，答應你
儘可能的却除這種心理，
長年的鬱悶與深沉的痛苦，
只因沒有誰能歡悅我直至會見你。

夏笛葉

夏笛葉（Alain Chartier 1385—1429）大半生服侍於查理七世，使用法文及拉丁撰寫政論。作爲一個詩人，最主要的作品是 La Belle Dame sans merci 敍述貴婦拒絕求婚者殉愛的故事。（據「中世紀法國作家」一書謂其生卒年爲1385？—1440）

我有一株愛情樹（J'ai un arbre de la plante d' amours）

我有一株愛情樹
堅定地植根於我心
它承載的是痛苦之果，
煩惱之葉與憂愁之花。

但是，從栽植它以來
生長，發枝，
令我不悅的樹蔭
使蔭下的任何快樂消失，
而我未具足够勇氣，
拔除這株另植別棵。

長久以來我用
淚珠澆灌，
而果子依然長不好
我也試着改良。
却愈關照愈枯萎。
這令我難堪
除非不理會或者忍受
白費心機的培育。
然而愛情勅令不許我
拔除這株另植別棵。

夏天，當花叢葉簇間
露出新芽，
愛神將助我
整個鏟除
累贅之枝
以便接植幸福嫩芽，
使整棵樹都是苞蕾，
這種快意沒有可以凌駕其上的，
那末我就不渴望
拔除這株另植別棵。

我的公主，我初始的希望
我的心靈已忍受過重的折磨。
去掉這種邪惡念頭的侵襲
在憶念中不存
拔除這株另植別棵。

歐列昂

歐列昂（Charles d'Orléans 1394—1465）是當代詩人群中最文雅最具天賦的（維龍除外），他是位大領主，查理六世的姪兒，路易十二的父親。西元一四一〇年他與十一歲的 Bonne d'Armagnac 結婚。一四一四年，他參加英法百年戰爭，在阿建古（Azincourt）戰場被俘虜至英國（1415），關了二十五年。在長期的俘虜中，他寫下無數的詩篇，懷念他在「溫柔的法蘭西」的青春，西元一四四〇年，回到法國，這時髮妻已死，與 Marie de Cleves 再婚。一四四七年參加意大利遠征。晚年在杜漢領地的諸城堡間隱居，在一群作家藝術家與詩人中過着平靜生活。最後死於象柏（Chambord）城堡。

1. 你睡得太久了（Trop long temps vous voi sommeillier）

你睡得太久了，
我的心，長時期的感傷與憂愁；
醒醒吧，就在今天，我要求你：
一同在林間去採五月花朵，
跟隨習俗。
也可以聆聽鳥兒的鳴囀

廻盪林間，
在五月一日。

愛情習慣於
在此日，舉行慶典，
爲相愛情侶們的
心願而服務；
爲此，祂使枝椏綴滿
花朵，田野洋溢綠意，
以最華艷來裝璜慶典，
在五月一日。

我很清楚，我的心，錯誤的「不屑」
導致你的悲傷；
因爲它使你遠離心愛的
情人。
卽使如此，你仍可尋求其它消遣；
我無法給予較好的安慰
以減輕你的感傷，
在五月一日。

夫人，我唯一想念的人兒
百日內我也
述不完
惠哀盤據內心的眞情
在五月一日。

2.五月一日(Le premier jour du mois de mai)

五月一日
對我太仁慈了；
因爲這天我沒發生啥事
除了內心的傷感與痛苦
同時它是
暴風雨之日，颳强風下大雨；
這是異於往昔
在我一生中所遭遇到的。

我以爲這一天會儘可能的維持
與我忠實的友伴；
說眞的，我頗願如此，
因爲「霉運」
高照
趁着友伴病危時；
我可以找出證據
在我一生中所遭遇到的。

唉！我看到欣喜歡悅的五月
令每個人高興
以至我道不出
這種嘻笑與欣悅的
邀請；
因爲愛情殿堂
罩住頭頂，
在我一生中所遭遇到的。

時間在不知覺中消走，
上帝就近扯住！
因爲「欣喜」易逝，
而且領走快樂時光，
在我一生中所遭遇到的。

3. 時光已褪下冬大衣（Le temps a laissé son manteau）

時光已褪下冬大衣
防風，禦寒與避雨用的，
穿上繡花衣，
閃閃的，光亮的與可愛的

一切的鳥獸
都欣然鳴唱與吼哮；（註）
「時光褪下冬大衣。」

河流，泉水與小溪
快快樂樂的帶來
珠寶般的銀滴；
萬象更新：
時光褪下冬大衣。

註 1. 原義爲：既沒有走獸也沒有飛鳥
不發出難以理解的鳴唱或吼哮；
註 2. 本詩第二節有些版本爲4行，那再上第4行的
防風，禦寒，避雨用的。

4. 當我們欣賞這些美麗的花朵（En regardant ces belles fleurs）

當我們欣賞這些美麗的花朵
新春時節開放的
每朵花爭艷着
以繽紛的顏彩綴飾。

這些郁馥的香味
使每顆心靈更爲年輕
當我們欣賞這些美麗的花朵。

鳥兒成了舞者
在許多的花枝間
婉囀着快樂頌
屬於另高音，合唱曲與次中音的，
當我們欣賞這些美麗的花朵。

5. 離去吧！走吧！走吧！（Allez vous en, allez, allez,）

離去吧，走吧，走吧，
悲愁，惦念及憂鬱！
否則你想統轄我，整個一生，
如你那樣嗎？
我應允你不必如此：
理智會引導你。
離去吧，走吧，走吧，

悲愁，惦念及憂鬱！
若你再囘來
你以及你的夥伴，
我祈求上帝懲罰你，
就因你再囘來：
離去吧，走吧，走吧，
悲愁，惦念及憂鬱！

6.在思惟之書裏面（Dedans mon livre de Pensee）

在思惟之書裏面，
我發現心靈寫着
痛苦的眞實歷史，
閃亮着顆顆淚珠。
抹掉甜蜜喜悅的
充滿愛意的圖片，
在思惟之書裏面。
唉！到哪兒去找我的心靈？
爲此流出斗大汗滴
徹夜徹日
跋涉與勞役，
在思惟之書裏面。

7.當我聽利鼓聲（Ouant j'ai ouy le tabourin）

當我聽到鼓聲
在五月間來囘響着，
我無法卽刻起床
也無法離開枕頭，
道着：還早呢，
再睡片刻吧，
當我聽到鼓聲。
年輕人開始操作了：
「怠情」與我作伴
它將分享我的；
找到最近的芳鄰了
當我聽到鼓聲。

8.我絲毫不認爲這樣的親吻（Je ne prise point tels baisiers）

我絲毫不認爲這樣的親吻
習俗所能允許，
或者是文雅的方式：
而大部份人士皆如此做。
你可以享有它，藉成千的
價廉的豐富的方式。
我絲毫不認爲這樣的親吻
習俗所能允許。
你知否個中價值？

某些神秘的賦予快樂的親吻
而其它無疑的僅是
迎待陌生人
我絲毫不認爲這樣的親吻。

19世紀以前法國詩中文資料索引

I 文學史・詩史

1. 吳達元編著：法國文學史（商務版）
2. 徐霞村著：法國文學的故事（商務版）
3. 盛成著：法國詩歌的研究（中華文藝函授學校講義）
4. 胡品清：西洋文學研究（商務版）

II 詩選專輯

1. 朱湘譯：見番石榴集（商務版）收錄五首：
   ①番女緣述意(卽Aucassin et Nicolette)
   ②望塔度：這便難怪
   ③危用：弔死曲
   ④龍薩：給海倫
   ⑤賴封坦：寓言（卽狼與小羊）
2. 覃子豪譯：見法蘭西詩選第一集（大業書店）收錄
   ①維龍：古代美人
   ②龍沙：給海倫
   　　　給嘉媚荻
   ③貝蕭：永恆
   　　　十四行
   ④社尼埃：達朗丹的少女
   　　　病童
3. 施穎洲譯：見古典名詩選譯（皇冠叢書）收錄：
   ①魏倫：瓏麗
   ②馬輅：無題
   ③龍沙：等你老態龍鍾
   　　　我送給你
   ④貝雷：如果我們一生
   　　　幸福的人
   ⑤賴美：聲籟
   ⑥賴芳登：蟬與螞蟻
4. 胡品清譯：見法蘭西古詩一束（歐菲麗亞的日記，水芙蓉出版社）收錄：
   ①瑪麗・德・法蘭斯：抒情小詩
   ②德蒂伯爵夫人：歌曲
   ③歐雷昂：二韻詩
   ④馬羅：不再是從前的我
   ⑤冀野夫人：小詩
   ⑥洪薩：給戀人的歌
   　　　給戀人
   ⑦維雍：被縊死者之歌
   ⑧杜伯雷：鄉愁
   ⑨若德勒（Jodelele）：十四行
   ⑩日阿曼（Jamyn）：死者之出靈
   ⑪彼特（Despentes）：山
5. 周增祥譯：見世界情詩選（藝術版）收錄：
   ①琴桃

②歐列昂：佳人
求愛

Ⅲ零碎散章

1.羅蘭之死——盛成譯。見法國詩歌的研究。

2.維龍——徐仲年譯：疇昔美人歌。見「鵓鴣姑娘」導言第五節末

盛成文：綠林詩人——維龍。見巴黎憶語。附譯詩二首：

①昔日美人吟

②自撰墓銘

3.拉貝（卽施譯賴美）——胡品清譯：十四行三題：

①只要我有熱淚盈眶

②我活，我死，我燃燒，我自溺

③我一安睡

見詩散文木刻季刊第3期

4.拉封丹——盧月化文：拉封登。見作家與作品。附譯詩三首

①蟬與蟻

②烏鴉與狐狸

③狼與小羊

胡品清文：拉豐登的詩。見芒花球。附譯詩二首

①鷺鷥

②狼和小羊

胡品清譯：烏鴉與狐狸。見法國的童話與童話作家（最後一曲圓舞一四七—八頁）

5.儒貝赫（1754—1824）——胡品清譯。見葡萄園詩刊10期。

笠消息

本社

※本社同仁李魁賢創辦名流企業有限公司，公司設於臺北市林森北路85巷10號。以貿易與發明專利申請爲主。

※本社社長陳秀喜女士已訪日、韓歸來，旅日、韓期間，蒙日、韓現代詩人與作家熱誠招待。刻深居簡出，潛心讀書與寫作。

※本社同仁趙天儀，已於七月一日在國立編譯館工作，擔任編纂，年來蒙各方友好關切，謹致謝意。

※韓國詩人金良植女士於七月十六日來台訪問陳秀喜女士，並與李魁賢、洛夫等見面，於十八日回國。

※日本女詩人森田幸子於七月底來臺訪問陳秀喜女士，並與趙天儀等晤面，旅遊花蓮、臺中、臺南等地，已於八月二日返國。

※笠詩刊發行滿十一週年紀念年會，笠詩社同仁於八月十日假臺中市寶覺寺擧行，佛教聖地，環境幽雅，賓主皆歡。午間由林錦東法師以素餐款待。來賓有文藝界前輩楊啓東、江燦琳、楊逵、蔡伯堯、張彥勳等，同仁有陳秀喜、黃騰輝、黃荷生、梁景峰、李勇吉、趙廼定、杜芳格、周伯陽、詹氷、桓夫、白萩、錦連、岩上、吳夏暉、林宗源、羅明河、林雪梅、陳明台、趙天儀等，以及夏畫會畫家陳世與等等相聚一堂，情況甚爲熱烈。

「陳秀喜詩集」日譯本

序

中河與一
陳秀喜譯

限於據我的記憶，臺灣的詩人在日本被介紹，料想陳秀喜是初次。幾乎，經濟、文化各方面都有深切的關係，而從來當地的詩人，在日本却不曾被介紹過。可說是不可思議。

原來，凡是使用那一種語言都一樣，詩人在詩作的時候，很嚴格地肉迫着要表現的對象。雖是些小瑣細地吐出的語言，都有嵌含着語言的充沛的生命力，有無限的深淵才對。沒有詩人的靈魂的人，怎樣驅使、華麗，激烈的語句，這樣的詩是沒有生命力的木偶而已。

數年前，我獲得與陳秀喜晤面的機會。她的日本話的巧妙，常常使我失念是中國人的程度。在日本統治下過着幼少時期，受過其教育的人，能講日本話是不稀奇，但是她能寫短歌，出版過短歌集「斗室」。我說她具有日本人平均以上的語學能力也不過言。

如此，日本語堪能的她，有一個時期，轉身寫中文的詩作。在一九七一年出版的中文詩集「覆葉」的後記她寫着：「一九七〇年八月，我曾在日本東京都「早苗書房」出版過，日文短歌集——「斗室」。當歌集送到家裏的時候，只有我自已好像生產了一個嬰兒，格外珍惜。但料想不到，我的兒女們都不承認這個有「平假名」的小妹妹。因爲他們不諳日文，連看都不看它一眼。這樣的情形深深地使我領悟到，語言的隔閡，給予我的冷落和寂寞感越來越大。也許有了這種打擊，方促使我提早出版這本小集。」。她自己是受過日本教育長大。雖是中國人，却以不懂中國語爲羞恥。當時四十多歲才經歷學習中文的辛苦，因此更加，對於語言的問題，料想是有痛苦的感受。同時她就是最愛中國的中國人。讀過曾在日本短歌誌「山の邊」發表的短歌就可以理解。

要辨別中國女孩或是日本女孩
唯看耳朶有無針洞母親這樣教我。

耳環在耳邊囁語
出生在殖民地的女孩
更是勿忘祖國。

統治者日本的小孩
借威揚勢不知被殖民的女孩的悲哀。

不贅述她的技巧。貫徹着短歌的是血液。她的詩時常持有求道精神籠罩着。在詩中有煩悶之情，才是代表那個世代的苦惱。她的詩最大的特徵爲，首先是，文體之平易，暗喻和寓語非常巧妙地使用着。

一九二一年，於中國現代詩的運動開始。經過半個世紀以上的現在，以前重韻律的詩的風潮，強力的根一樣殘留着影子，在如此的情況下，她的詩是自由而且平易的文體。但是，語言的流暢、通過生活的體驗，抓住其深奧的眞實性。而且，不使用直截的表現，以寓語和暗喻之故，一句一語的滋味，持有深切地我們在想像中能而無法企及的。

自內容說，她是把被殖民的民族悲哀的淚，用她自己的手強力地想拭掉的母性，和現代的我們常常忘記的對雙親、故鄉的愛和思慕的情，以兩民族的强力耐性講給我們。些小的事，通過她的筆就變成珠玉的詩流出來。以這個意思說，她是强烈地、耐心地、靜觀世代的潮流的，說不定她是臺灣的中國人的講述者。

她以一個中國人，把日本統治下的臺灣，第二次世界大戰後遷來臺灣的中國本土的同胞，以及將搏翼的年青世代無疑是凝視、觀察着。在屈辱的淚和最大的期望錯綜後，自她的胸懷衝迸而出的就是這些作品吧。

她要繼續詩誌「笠」，讓負起將來的年靑人能够自由歌詠的道程爲唯一的希望。這也是她現在的立場。是她自己最痛感的事。

今日，臺灣和大陸，其文化的基礎概念完全相違。臺灣是保守着中國的傳統，奉敬儒敎，而大陸中國是要把這些完全棄掉。我們只在臺灣才能知道，東方文化的傳統。如今，陳秀喜站在其立場，把這些詩篇發表。不知臺灣的歷史的日本青年們，也許不能理解其一部份，然而，她的詩行間罩含着，慈母深深的悲嘆，和無限抱擁的愛。他們會怎樣理解我是不能明判。可是，相信他們會學到，我們不能沒有的什麼那就好了。那是在東方歷史中，深深殘留的精神。如今，以戰前，前後的講述者的語言，提出在我們的面前，她經驗的精神遍歷和悲痛是深切的。

大陸中國的現代詩好像一部份被介紹過，可是跟我們最親近而最眞率地保存東方傳統的臺灣的詩很少被介紹的時候，陳秀喜的詩集在日本將要出版。誠是慶賀之至。

一九七五年四月

大野 芝

後記

陳秀喜譯

我和臺灣詩人陳秀喜女士會晤，是一九七二年的歲末。吾師中河與一先生的介紹，預定十多天的滯留的預定，去臺北。立刻訪問陳女士，滯留期間聽到詩作的活動。

和陳女士談詩，最受衝擊的是「捲心菜」、「魚」的兩篇詩。歌詠出生在臺灣的中國人之境遇的這些詩作，也許，有他們永刼的悲哀。要把它反彈的强的意志滲透着。翌春，我在同人誌「みとす」誌上，介紹陳女士的二、三首詩，嘗試譯成日本語。「捲心菜，1、2」和「我的筆」。介紹後，數位友人問起陳女士的事。不管我的劣譯，被關心和鼓勵才有勇氣。一九七四年秋，曾出版過的中文詩集「覆葉」，想到譯成日文。可是原來對中文不精通的我，一行一行譯的話，經過幾年也沒有完成的期望。所以，請陳女士寄粗譯加上，其後出版的「樹的哀樂」也繼續翻譯。

中國語的詩，以文語體來翻譯，比較流利，更會像中國詩。可是認識原詩是現代詩，盡量努力驅使平易的語言。不知能不能說，陳女士的詩的特徵是，詩流中突然出現的語句，其印象確實會銳利地殘留着。我的日本語能不能表現其精華否，甚爲不安。這次知悉陳女士將來日本。陳女士的友人幾瀨勝彬先生的協力，預定刊行來日記念詩集，出版時，承蒙池田拓先生、島崎博先生、內藤三津子女士、福田博人先生諸位的協力，以在文末致謝着。

一九七五、三月

東瀛紀行

—旅日、韓日記抄—

陳秀喜

四月十四日

原來，島內的旅行都依靠家人。這次，單獨往外國旅行，覺得心內免不了有不安。當貿易公司負責人，需要開拓客戶，多開眼界，順便訪問詩友。預定兩個月，赴日本、韓國。自寶島的故鄉飛往東京。下午兩點二十分到羽田飛機場。幾瀨勝彬先生、高田敏子女士、吉田宏博士、池田信義先生、誼子大野忠正在出口處等着我。久別重逢、或者不曾晤面的吉田博士，令我非常興奮。高田敏子女士贈我，粉紅色的玫瑰花束。吉田博士比我想像的年輕多了。池田先生去年見過面，誼子大野忠正，近十年始重逢。十年前是，童子軍的隊長。如今已是公司的負責人，老成多了却比以前瘦了一點。在他的眼中，一定是我也老多了。

四月十五日

許多朋友打電話來邀請前往。需要跟各詩社的社長連絡，早上寫信。下午周秀寶女士陪我走走，她親切地教我如何坐電車，在東京利用電車既便宜又方便。渡邊繁先生來訪。他是我們的客戶，三天前剛自臺北回來東京。他說自家用的車子要讓我代步。可是我婉謝他的好意。

四月十六日

幾瀨先生陪我，拜訪島崎博先生。他是臺南人，風林書房負責人。偵探小說「幻影城」雜誌的編輯者。聽幾瀨先生說，爲我出版的，「陳秀喜來日記念詩集」，能够在東京，短短十多天內印成，全都是，承蒙島崎先生之鼎力相助。名作家，三島由紀夫先生在世時，島崎先生住宿在三島先生家。可以窺知，三島先生對他的重視。島崎先生贈我很多，短歌集、現代詩詩集。下午五點，參加在學士會舘舉行的「河童村之會」。名作家，中河與一先生當任村長，參加「河童村之會」的人，大部份是文人。中河先生四年沒有見面，仍然，老當益壯。中河先生說，他的弟子，大野芳先生籌備「河童村之會」請他當村長，年青人組織這個會，探求河童的眞像，這是值得探求的，在日本的書籍上，已有關於河童的記載。現代的人很少人關心河童的事。希望「河童村之會」大家協力探求。在會中我是唯一的外國人。我說在西遊記的動物擬人之一是沙悟淨也就是河童。在京戲裏面，也有河童的打扮出現，實在有無這種動物的存在呢？或者是，施耐庵想像出來的動物呢？這全要靠大家小心求證。在日本某地方，有人說他看過，有人說和河童打架過。有人說牠的皮膚是綠色的，這些都是傳說而來的，眞假尙未確定，還是一件疑問。回臺北，我也要找尋關於河童的書來參考。會場備數本日文書，有河童的圖，和記載。他們是要利用休假的時候前往有傳說的地方調查，開始探求的活動。休暇不是只有玩樂，郊遊却有共同的目標，着手於以前的人所記載的事，求證這是一件有趣又有益的事。

四月十七日

笠同人醫學博士吳建堂先生，幾天前來日本，他是來參加劍道比賽。幾位作家、歌人、詩人請吳博士和我午飯。晚上，誼子大野忠正請我去，ホテル、ニューオータニ看東京的夜景。任春風撫臉兜風。忘了身在異國。

四月十八日

今天在銀座三笠會舘本舘，因爲我來日本，許多知友開歡迎會，却和日本文藝協會的春季大會，同日同時刻，因此中河與一先生和幾位詩友、作家不能參加。中河先生前天約我在文藝協會見面。介紹一些作家、詩人們。當我趕到歡迎會場，已遲到了半個鐘頭以上。來自各地的，未曾晤面的朋友、十多年沒有晤面的朋友齊到，只是在等我一人。抱歉又感謝大家的誠意，一時萬感交錯綜合，竟不覺淚下。曾任NHK廣播員的，幾瀨先生擔任主持。首先，高田女士代表「野火」詩社贈花束。是我未曾看過的芙蓉花。新川和江女史的花束是玫瑰花、菊花等等，也是高田女士代替她贈我。「無限」詩誌的，秋谷豐先生，吉田宏博士是天理市短歌社「山之邊」的社長，畫家何德來先生、福田陸太郎博士等一一致詞。不能來參加的「詩表現」社，親井修先生，作曲家宮田武夫先生打電報來。會中多年離開故鄉的笠同人，葉笛先生夫婦、陳明台同人也來參加。日本的知友出資替我出版的日文譯詩集命名爲「陳秀喜來日記念詩集」這本書，給我太感激了。感謝之意不知如何表達。中央通訊社東京支局長，李嘉先生也光臨，李先生對我說「兩天前接到國際電話始知悉妳來東京」。很感謝，不知是誰如此關心我，非常感謝。「からたち」短歌社社長淺田雅一先生也光臨。我曾是該社同人。忙中沒有跟吾師交談爲憾。酒會中幾瀨先生把拙著日文版詩集贈給各位來賓。簽名的時候，因爲情緒太感動，握筆時顫抖不已。詩是沒有國境的，大家的錯愛和盛情，銘記在衷心。抱着花束聞清芳，心中充滿感謝。

四月十九日

幾瀨先生、吉田博士、我造訪距離東京八十多公里的田沼市，去拜訪作曲家，宮田武夫先生，遲了兩個鐘頭才到達，遠處倚門以待的是，宮田先生之令堂。我們三人都跟宮田先生未晤面的，宮田夫人準備豐盛的酒菜，等着我們，她說是最高興的日子，令堂特別吩咐煮紅豆飯。他們的盛情厚誼，令人深深感激。回途在車上，吉田博士再三邀請，我答應不久會去拜訪他。

四月二十日

高田敏子女士在電話中邀請，去皇宮裏面，聽雅樂演奏。誼子大野忠正陪我，自大手門示招待劵，才能進去皇宮，高田女士的詩，讀者很多，她介紹並木昭二先生，他是皇宮視正，侍衞署長。帶我們參觀，一般人不許進去的地方，特別讓我們參觀。皇宮內的庭園，櫻花正盛開，整理得很清潔。雅樂、樂舞，據說明書，說是從中國傳來日本的。樂師是中國人的子孫擔任。他們代代住在皇宮的宿舍。那種古時代悠閑的緩和的旋律和舞姿，好像來自仙境之幽美。但是老實說，有一點催眠般的寧靜。下午往葉山市，拜訪名詩人，堀口大學先生。他是葉山市的名譽市民。確實是八十三歲，看來好像七十歲而已。在二樓的眺望，前後都有翠綠的樹木。高田女士是他唯一的女弟子。我問堀口先生「大學」這個名字是本名，或是筆名。他說是，「家父命名的。」高田女士介紹說「陳女士出版過短歌集」。堀口先生有一點驚異的樣子，我立刻寫了幾首拙作請教，他贈我兩本詩集，一張「詩天九重」的揮毫。當我們要告辭的時候，他的女公子回來。堀口先生介紹女公子說「陳女士來自臺灣，她能詠短歌」。高田女士懇求老師給她揮毫留念。堀口先生懷疑地說，「從來沒有給妳嗎?」把一張現代詩的手稿贈高田女士。高田女士在踏出老師的門就說，「今天託陳女士的福，不然，老師是不輕易地把親筆蹟贈給與」。其實，我才是託高田女士之福。她說「很喜歡看看海」。往跟火車站相反的地方。前方一座公寓，高田女士說「川端康成先生，在那座公寓的一室自殺的」。也許川端先生是喜歡看到海的風景幽美的地方。百花齊放，淺綠色的新葉，沿路欣賞春的氣息。回到東京順路到高田女士的家。她拿堀口先生的一本詩集給我看，形如一個禮餅筐子之大，定價是三萬圓日幣。印刷裝禎之美，令人羨慕。

四月二十一日

氣溫下降到八度，帶來的綿襖始有派場用。住在寶塚市的歌友，渡邊玲子女士打電話來。要購拙著日文版五十本，我解釋說是非賣品，日本的朋友樂捐出版的，請她和幾瀨先生接洽。下午往「無限」詩誌社主催的座談會。散會時每人接受一個信封，寫明「車資代」。我婉謝過，可是，他們說，這是慣例。晚餐和高田女士、新川和江女士、秋谷　豐先生、嶋岡晨、諏訪優先生共餐。

四月二十二日

誼女陳燕銀來訪，她是我公司駐在東京的經理，談一些出口的事。她說那一筆竹製品恐怕不能成交，但是手鐲品，近日中有訂單。她陪我往新宿的百貨公司，東西的昂貴，令人不敢解錢包。晚上十三年久別的鄉親，彭女士和莊女士來訪。異國相逢，非常高興。

四月二十三日

媳婦的姨媽，住在名古屋，曾打兩三次電話邀請。林純香女士，四月十八日的歡迎會自神戶趕來參加。感到她的盛情，特地往名古屋拜訪。到車站，建築師春田先生夫婦、純香姨媽來接。先往春田先生家晚餐，當晚宿在純香姨媽的別墅。令婿每週只來一次的別墅，位在小丘山，環境幽靜，周圍有花園，眞是一個好地方。

四月二十四日

林女士令婿，吳先生是大學的助教，臺南人，是經濟學者，他的談吐，令人敬服，出版過關於經濟的書，贈我一本。在這裏，都受林女士的招待。我可以整天寫信，或休息。

四月二十五日

吳助教一家人和林女士請我往明治村遊覽。明治時代的建築物，自各地移轉過來，在夏目漱石家宅前照像。我的書櫥有一本書，是森鷗外的「文づかひ」。這篇小說是在這家宅的一室寫作的，使我有親切的感覺。

四月二十六日

要拜託春田先生送我去車站，方便起見，投宿於春田先生的家。春田先生住過臺灣，認識許多臺灣的人。其中，陳德安先生是春田先生的誼子。兩位都是建築師。春田先生夫人六十多歲，却正在學習吟詩。在日本，很多婦女到中年才學習書法，吟詩逍遣。這是值得提倡的。

四月二十七日

這一週是祭日等的連續休暇，他們說是黃金週，本來預定乘船往伊勢市，可是已經買不到船票，坐電車前往。到車站，「詩表現」詩社社長，親井修先生來接。他已訂好遊覽車券，和另一位川島先生，我們三人同行。途中，下了雨。傍晚趕回松坂市，在一家日本料理店，「詩表現」的同人，「つくしの會」的同人等着我們，松坂市的牛肉說是在日本最好吃的，十多位來參加歡迎會，其中，男性只有三位。不知何故，在日本，現代詩、短歌、俳句，都是女性多。他們準備色紙要求我寫字。川島先生令兄，昨日去世，他却爲了我，趕來招待，替我訂旅舘。歡迎會散會後，詩興未盡的同人們，來旅舘聊到十點。

四月二十八日

「詩表現」詩社同人，「つくしの會」的同人，森田幸子女士的好意，陪我往天理市，要換兩次電車，她們怕我迷路，到天理市吉田醫院，吉田博士和政子博士，非常歡迎，夫婦都是婦產科醫師，吉田博士是短歌誌「山の邊」的社長。吉田博士也擅長作詞，曾有許多詞灌成唱片。政子博士的短歌我很欣賞，她熱愛古董，家裏有古時代的大大小小的壺、甕等等，也有江戶時代的衣服、衣橱等等。晚上幾位同人來聊談。本來預定宿了一夜明天往京都，但是吉田博士非常熱誠，挽留住兩夜。

四月二十九日

天理市是天理教的教會所在，宗教能够擴大到造成一個市鎭，設立大學、圖書舘等等，令人深感其力量之大。我們一行五個人，往石上神宮參拜，今天是日本皇帝的生日，婦女的團體來參拜的人都穿着同色彩的和服，宮司，森武雄先生贈我文塡爲記念。天理近郊是古都舊蹟，往長谷寺的路，自各地方來的遊客多，不能把車靠近。車子停寄一次要日幣五百圓。長谷寺的庭園，植許多牡丹花。正是盛開的時候。從前的長谷寺是佛像很美，古時代的女性都渴望來祈求：美麗的容貌和文才。如今，牡丹花比佛像聞名。牡丹的艷妍，實在是超羣。遊客的人羣中，唯有我穿着中國服裝，旗袍。不知道能激起牡丹花，因我而思念故國否？

四月三十日

吉田博士和女公子薫小姐陪我往奈良觀光。又送我到京都。拜訪小森柳鳳先生。我們都是初次見面。可是，四年來的通信，一見如故。贈小森先生一瓶洋酒微表敬師之意。小森先生說「立刻打開不如放在桌上欣賞好」。小森先生的萬葉假名字體的揮毫如神筆。他贈我兩張揮毫。

五月一日

小森先生和公子陪我往德大寺參觀，勞動節，街上有遊行。交通受阻。小森先生我敬爲老師，已是八十歲的老師，堅持要送我到大阪。蕭永深先生，渡邊玲子女士來接。她事先，替我計劃往六甲山遊覽，我倆宿在六甲山大飯店。晚上，玉川千里先生一家四人，特地來六甲山大飯店見我。他是不久以前才自臺北被調回日本。在臺北兩年，次女珍珍當他家的中國話的家教，料想不到，託珍珍的福，多認識這位朋友。

五月二日

渡邊女士明明知道，我從天理、

奈良來大阪，可是她堅持要跟我再往櫻井市、天理市遊覽。莫明其妙的我，婉謝她的好意，後來才知道，她沒有去過，拜託我陪她。而且，早已和朋友約好，是一位櫻井市文化會舘舘長，米田一郎先生要招待。下午四點到櫻井市，女歌人杉凡女士來接，不久，米田先生駕車接我們去文化會舘。又去參觀名所舊蹟，米田先生精通歌碑的所在，在車上吟短歌，這個地方，時常有名詩人、歌人、作家們來訪。因此當任嚮導的米田先生認識了很多名流。在文化會舘，他當講師，每週都有文學講座。渡邊女士打電話給天理市的吉田博士，不到二十分，吉田博士來參加酒宴。旅社的日本式庭園，紅椿花開得很美，中年男女談笑非常風趣，同是愛好詩歌，幽默感豐富，眞是愉快的酒宴。

五月三日

渡邊女士預定遊覽兩三天，她的遊興未盡。可是，自東京出發前，我已有約在先。跟米田先生告辭，順路拜訪，吉田博士，吉田博士夫人政子博士，非常親切，駕車送一程。在大阪車站，跟一泊兩天的旅伴惜別，渡邊女士眞是純情，她竟哭了。送她的背影，不覺我的眼眶也濕了。蕭先生陪我拜訪，喜多村先生的家。夫人桂女士是同鄉學姊。多年不見，竟談到天明才睡。

五月四日

喜多村先生往熱海打高爾夫，他的公子招待我，往以前的博覽會舊址。晚上喜多村先生回來。桂學姊燒了拿手好菜。酒席間，我拜問喜多村先生「娶了臺灣女性的感想如何?」他說「三、四十年前，國際結婚比現在困難重重，當時已有心理準備，敎妻子不必拘束，日本的生活習慣，然而，她比我更是日本人。我好像是被她牽着鼻子走。娶了她，是我三生有幸」。這些話是最大的稱讚，能够受丈夫如此讚美，都是桂學姊的努力和忍耐的美德，她也是替臺灣女性爭一口氣。聽說，婆婆當初娶了臺灣女性爲恥，處處虐待爲難。臨死前握着桂學姊的手道歉。

五月五日

經由蕭先生之介紹，拜訪胡朱淸先生家，談商場之不景氣等等。胡夫人是同鄉而且是遠親，眞是親緣而不知，來到大阪才認識。

五月六日

在大阪買東西，比東京便宜，蕭先生、丸山先生陪我去新新庄町，蕭先生和桂學姊各人贈我一隻皮包，其價錢是東京商店的一半而已。

五月七日

自報張上或電視，知道今天要罷工，所以提早回東京。本日下午二點，英國女王首次歷史性的訪問日本。女王翩翩風釆。而日本裕仁皇帝，已是不如往昔，老邁背彎，加上嘴吧神經痙攣，看他這樣，替他難堪。

五月八日

在西武劇場，本日擧行「日本詩祭」。就是一年一次的全國詩人大會。四月十八日在歡迎我的酒會中，福田博士給我請帖和招待券。因此才自大阪趕回來參加。見識日本的詩人大會。賞授與式第二十五屆，也是詩祭創立25周年，本會會長是山本太郎先生，台上有九位對現代詩有功勞者，繼賞授與後，授賞各一枝鋼筆。新川和江女士贈花束。本年的賞授賞詩集是，「水瓶座」詩集，高田敏子女士也朗誦自己的詩。在會場中，嶋岡先生、福田博士、高田女士給我介紹很多詩人。可惜本日忘記帶簽名簿。幾位詩人問我「妳也是筆會的會員吧」我答「不是的」而他、她們都很驚訝。在日本，凡是文人，一個介紹人，經審查通過，很容易地可以加入筆會會員，而我們，不知何故，我沒有福加入筆會。幾年前，陳敏華女士曾經對我說：「我們連名陳情，申請加入筆會，」她說：「在外國常常被問，答以不是筆會的會員人家以輕視的眼光看妳，眞是難堪，又丢臉」。當我想起陳敏華女士說的話，我沒有經驗，付之一笑，自己遇到時，始領教到她的心情。日本詩人，作家們以爲，加入筆會是應該有的，沒有加入才是令人驚異。除了表彰H賞和對詩運的功勞者之外，有歌唱、鋼琴、吉他的演奏、舞蹈。散會以後是廣祝酒會。希望參加者付三千日幣。在一家演奏拉丁音樂的地方，酒會開始，秋谷先生首先，介紹我，要求我講話。高田敏子女士，新藤凉子女士，各贈我花束。喝酒的，舞踏的，自由自在，豪放愉快。令人羡慕，是眞正的詩人作風。

五月九日

往郵局寄包裹。郵局的小姐很親切，只購一張明信片，她把笑容和「謝謝謝謝請再來」贈給你。日本的商人，慇懃待客人是聞名世界的作風。給與客人愉快的心情。

五月十日

本日預定，宿三夜往妙高山，是「野火」詩社，春季同人的郊遊活動，妙高山還有雪、高田女士打電話說，請帶毛衣，她的別墅在妙高山，她要招待我去別墅。然而，罷工愈熾熱，電車停開。妙高之郊遊不能成行。

五月十一日

大野忠正來接我說，帶我去看祭日的熱鬧，本日是神田一帶的祭日，在工業社會的東京，剩下神田的祭日，神輿十幾個，年輕人相爭要擯神輿遊街爲榮。以前是住在神田附近的年輕人擔任，而現在却是，自別的地方來要求參加。破了慣例。也許是年輕人對這種傳統，重視和敬意所然。

五月十三日

昨晚臨睡前，看到爲我準備的綿被太多，上下合計五條，還有一條毛毯，一定是誼子的嫂嫂，以爲我自臺灣來，怕冷，覺得不必這麼多被，可是她的好意，嘗試五條綿被的滋味也好，睡到半夜，滿身汗才把綿被拿掉兩條。半夜醒來，感到是不是棺材裏面就是如此呢？早餐時，我說「開始嘗到棺材裏的滋味」，讓大家哄笑。誼子的哥哥，大野廣先生陪我往淺草，赤坂方面兜風，到了赤坂貴賓館，在那扇粉漆得光亮的大門口照像，前天英國女王曾住在這裏。

五月十三日

幾瀨先生來要招待我去兜風，說是夫人的娘家附近，風景幽美。將出發前，詩人兼畫家的北原政吉先生來訪，銀髮、眼光烱烱的北原先生，曾在臺灣任教師，去年來臺北、受學生們招待，他說，尊師重道的風氣，臺灣仍然濃厚，他很感激學生們的盛情。

五月十四日

本日剛是來日本一個月，往附近購物，買一些文具想給孫女，往市場看看，青菜都不新鮮，且價錢很貴，還是臺灣好。

五月十五日

自東京飛往北海道，住在札幌市的，裸族詩社同人，小見山弘子女士，吉島、透先生來接。投宿東方大飯店，晚餐吉島先生請客，瀨尾明彥先生喝了酒後，覺得不舒服。吉島先生請我去飲酒的地方，小酒家連軒，那條街名是，ススキノ。氣溫還是覺得冷，借吉島先生的上衣穿着。札幌的街上比東京清靜，車子少，人數也不多。

五月十六日

裸族詩社同人四位送我到車站。往帶廣市需要四個鐘頭，白樺樹、落葉樹，如臺灣的竹。植白樺樹或落葉松抵擋風的作用。來北海道聯想着，日本名詩人、啄木，在這寒冷的地方，過着貧困的生活的詩人，是如何地苦難。到帶廣市車站，裸族詩社社長，谷克彥先生以及五位同人來接。預定在帶廣市附近逗留八天，可是，「地球」的年會是五月二十四日，不得不提早一天回東京。谷社長，開一家咖啡店，他擅長繪畫，店內的設備，有濃厚的藝術味道。

五月十七日

下大雨，本日「裸族詩社」和千秋庵，サイロの兒童詩刊連合，爲我開歡迎座談會。會場在車站三樓的日本料理店，冒着大雨，兒童詩人和父母親來參加，指導老師也來參加。裸族同人，自遠方帶着三個孩子來參加，還有一家人都來參加，令我非常感激。會中首先，谷社長介紹，贈我一件紀念品。是以火山石彫刻拙作「覆葉」兒童詩人們各自贈禮物之外，サイロの千秋庵贈我紀念品。白色印花的陽傘和包巾，花樣都是高山植物的花，眞是美極了。我講中國兒童詩和日本兒童詩的不同。推行國語很成功的臺灣省，兒童詩沒有方言，然而在日本，許多作品用方言，還有兒童詩有很多外國語，這是我們這裏沒有的。裸族詩社在車站展覽會場，詩畫展。座談會散後，谷社長帶我去參加「こぶし短歌」會。每月一次評會正在進行中，我提出一首短歌：

懂日文是悲哀，我的故鄉存在着
被殖民的傷痕。

拙作抄在黑板上，大家默然。不知如何感想。宿於裸族同人，野口先生的家。

五月十八日

裸族同人之中，最年青的岡本先生，駕車來接。谷先生，山田小姐同行。往然別湖的途中，在扇原瞭望台停車。右邊是日高山脈，白雪映媚。前面是十勝平原。山路還有殘雪。風寒冷。到然別湖，谷先生說，乘遊艇一遊如何，因怕冷婉謝。

五月十九日

在野口先生的家，野口夫人待我非常親切。令郎宏治君五歲，眉目端正。令人以爲是女孩。宏治君跟我最要好。昨天稱呼我爲「那位照片的人」。今天改稱呼「婆婆」。確實是可愛。因下雨取消去摩周湖。下午往井上瑛子小姐的家，擁有廣大的土地，種樹苗出售。她們是祖父喜翁小時候跟父母移民來的，是在七十多年以前。井上小姐縫製一件上衣贈我，那是穿在和服的，我都穿旗袍所以婉謝她的一片好意。

五月二十日

谷先生、野口先生，山田小姐陪我，往畜產大學，拜訪千葉宣一教授。是對國文精通又對現代詩很有研究的學者。千葉教授請我們吃中華料理，贈我四本大著。臨別時一再握手。爲着現代詩，爲着文化交流請多多努力，他如此鼓勵，令我別後難忘他的聲音，和緊緊握手的溫暖。

五月二十一日

外面春雨未停，室內舒服的暖爐的溫和。竟睡得很甜。在這鄉下的農家，如自己的家，眞是好像做夢。井上小姐的祖父，喜翁和令尊，早上就出門，她的令堂跟我同庚。我倆在暖爐邊，談得宛如十年知已。

五月二十二日

下了多天的雨放晴。在井上小姐的家門前，照像留念。雨晚住宿，承蒙親切的招待，依依不捨。井上小姐送我到車站，岡本先生，谷先生陪同，首先訪問田口女士，她準備很多菜餚。歡迎會那天，她帶三個孩子，自這麼遠的地方冒雨來參加。內心深深感謝她。田口先生在牛奶工廠上班，松永女士，桐山小姐也是裸族同人，她倆利用休息時間來着。告辭田口先生們，訪問上林抒子女士。歡迎會的時候，她一家人來參加，手中抱着出生二個月的嬰兒，又是從這麼遠的地方而來。到傍晚訪問小林女士的家。

五月二十三日

谷先生昨晚同去之後，我和小林先生夫婦談到半夜。早上十點谷先生和弦卷先生來接，小林先生招待我們參觀葡萄城。池田町這個地方。以前是一個寒村。池田村長，實施大家種葡萄，製造葡萄酒成功。全村的人爲着池田村長的熱誠感化，全村一心協力。近年來，外銷葡萄酒賺外滙，建築葡萄城。收入歸入全村的收入。在葡萄城內工作的人員，都是公務員。簽名的時候，谷先生要求我寫卽興詩。他說葡萄城落成不久。自中華民國的臺灣來的，妳是第一個，因此我不能不寫着

葡萄酒是以男人來說是女人的味道，以女人說是男人的味道。

五月二十四日

在帶廣市及附近，逗留一週。離別的時刻到了。裸族的同人，谷先生一家人都來送我。比東京的緊張、忽忙，這裏宛如悠閑的仙境。白樺樹，落葉松的淺綠，藍色的天空，戴雪的日高山脈，處處點綴的彩色的屋頂，我在這七天已對這個北國的地方有戀綣之情。人情味濃厚，使我內心很難過，不知何日能再見面。

五月二十五日

在青山會館，「地球」詩誌擧行，第二十五周年紀念會。來賓約有三百多人。其中唯有我一人，來自臺北。名詩人草野心平先生，首先把酒樽蓋打破，大家喝采，分給每人一個木酒盃，酌酒擧杯。舞台上有種種表演、歌唱、打鑼鼓等等。沒有官式的派場，純粹詩社的誕生，慶祝的酒會，許多詩人又問我「妳是筆會的會員嗎？」我有何所答呢？使我非常難堪。因爲他，她們聽我說「不是」就有一種意外的表情。

五月二十六日

往藤澤市，拜訪松村博士，想不到松村博士和夫人，公子都來車站接我。他的家約有六〇〇多坪之廣大。非常清靜，樹木、花早整理得很好看。他請我往江之島，兩三天前已訂好的日本料理，從來沒有嘗過的豐盛。松村博士說「做這料理的廚師，可算是日本第一流的人」。松村家的人，每位都彬彬有禮。松村夫人精製手藝品，是一位慈善家，因車禍殘廢的狗，她替飼主養，等候飼主來找才還。

松林家已有三隻狗，說明自獸醫院還要接兩隻來，義務飼養。

五月二十七日

李沂東先生，兩年前來台北才認識的，他是韓國人，却是日本詩人會會員，筆會會員，曾打幾次電話邀請。自藤澤不遠所以順路拜訪。李夫人是一位美人。自小就在日本成長的，當初以爲她是日本女性，後來才知道她也是韓國人。李先生的家，種很多草花。是李夫人很愛花之故。

五月二十八日

李先生，夫人挽留多住一天。請我往箱根遊覽。乘遊艇往復。回程預定往熱海一遊，有一點疲倦，終於作罷。富士山雲霧罩着，看不見，眞是可惜。

五月二十九日

北海道帶廣市的裸族詩社，創刊人之一的石川正夫先生、住在岐阜市，他是法院的推事。出版過「寒村」詩集。他善於繪畫。曾舉行詩畫展。我說「在法院跟詩人約會，是第一次」石川先生笑着說「對不起，詩人愛和平，也許法院是多餘的」。兩個鐘頭的晤談，眞是愉快。送我到車站，又是離別，是難過的滋味。

五月三十日

整天在宿舍寫信，看書。等候韓國孫女史的連絡。如果沒有她的信，想要取消往韓國。

五月三十一日

訪問彭女士，談出口的事。她已住在東京多年，那一種出口適合，比較清楚。拜託她，如有採購臺灣的貨物多多連絡。在她的家用晚餐，好久沒有吃家鄉味，特別好吃。

六月一日

葉笛同人來訪，在異國忙碌的生活，使他好久沒有寫詩，他說「在日本，好像沒有札根的浮萍，」很思念故鄉。談話中，新竹小學當時的女老師，中島女士來訪。她說「等待妳的電話或信，一個多月不敢遠行」。感到很對不起老師，本來就健忘，加上忽忙中，對於許多長輩以及朋友，有失禮的，而自己却沒有想到的事很多。中島女士贈我一個手提包，她說「這是我近七十歲的人，一針一針編織的」此情使我深深感激。

六月二日

本日是「野火」詩社，每月一次的合評會。參加合評的人約三、四十人。多數是女性，合評會之前，高田敏子女士介紹我，請我以中文朗誦拙作。第六十六期的笠，剛剛寄到，我朗誦中文和日文。我對大家說，我們的國語是很好聽的，可惜，我的國語到中年才學，發音不準確。請大家原諒。同人中年紀大的人大約是七十歲左右，還有向上心學習寫詩，眞是可敬。同人們很尊敬高田女士。她的爲人親切體貼，培養初學寫詩的人，要如高田女士的耐性和毅力。

合評會，首先是，同人們朗誦自己的作品。然後，進入批評。散會後十多位同人請我喝咖啡，天野女士的住所跟我同方向。我們坐同線的電車，她送我兩包香煙，使我很感動。

六月三日

拜訪池田敏雄先生的家。池田夫人是臺灣人。曾是文學少女。異鄉晤談，最是高興。所謂同鄉之親吧。和大村博士約在五反田車站見面，會面遇兩次却幾年不見，心內怕認不出他。幸好大村博士認得我。誼子大野君駕車陪我拜訪北川冬彥先生。昨天在電話中，北川先生的聲音很年輕，原來他雖是七十五歲，時常還在溜冰。曾在電視上表演溜冰被放映。北川夫人多紀女士也是詩人。他們都很愛花。庭園植了兩百多種，四季都有花。北川先生贈我揮毫，寫着。

詩似花，
花似詩，
詩似骨，
骨似詩。

他們夫婦希望來臺灣一趟，要看多紀女士的身體健康之時，在北川先生家，談得忘了時間。北川先生夫婦，各贈我一本詩集。次之拜訪同市的工藤好美教授。夜晚找幾圈才找到。五年不見，工藤教授還是老當益壯。

六月四日

把許多朋友的邀請取消。今天留着特地想拜訪，中河與一先生，打幾次電話，沒有人接。又不敢冒昧造訪，終於不能如願。變成這次旅行中，我最遺憾的事。

六月五日

結束在日本五十多天的旅行，想悄悄地走。可是，許多朋友趕來送我。衷心謝謝朋友，旅行中全是託朋友們的福，才能過得很愉快。下午三點到韓國，出發前沒有連絡，到飛機場才打電話給孫女士，恰巧她不在家，再打給金光林先生，他和咸惠蓮女士來接我。晚餐金光林先生請客。後來孫女士來接我們去她的家。堂皇的大門，也許這樣的房子就是以前所謂貴族的家吧。宛如中日合併的房屋。

六月六日

金良植女士請吃午飯。我們以日語交談。日語只是交換方便，我們各自愛自己的國家，不是因為懂日語就能左右的。金良植女士招待，往附近的山遊覽。住在孫女士家。

六月七日

金光林先生來接，和孫女士去拜訪趙炳華博士。慶熙大學文理學院的學院長，趙博士來台北的時候，見過兩三次面，趙博士將往印度參加詩人大會。中午大家在咸惠蓮女士的家吃午飯，短短兩三天，走馬看花，但是，韓國和中華民國臺灣的處境很相似，被殖民過，等等。我們雖是初次見面，好像十年故友。往飛機場之前，金光林先生帶我去拜訪，詩人學會會長，朴木月先生。到飛機場的時候，金光林先生要我做他的姊姊。料想不到，來韓國，最大的收獲是，我有這位誼弟。一共五十四天的長期旅行，若不是詩友，歌友們的誠意幫忙，沒有這麼愉快的。跟許多朋友晤面，見識增加不少。貿易商談，料想只有一筆生意成交而已。覺得好像我替旅行者宣傳臺灣是寶島，只有此事成功。

笠詩刊年會：64年8月10日
臺中寶覺寺友愛鐘樓前合影

→年會座談會場一瞥

封面畫家介紹　陳世興

一九五一年生

一九七一年於台中美國新聞處舉行個人首展

一九七四年參加夏畫會首展

一九七五年主辦 參加「現代詩畫聯展」

陳世興說：任何藝術皆有其自圓其說的理論和觀念，任何藝術家皆有其隱伏內在的內容，我相信藝術是應隨著生活永在變動中，隨著生活、心智年齡的成長，藝術屢有新義出現這是當然的事。然而創作是一艱鉅而嚴肅的工作，我不以為單純的表現自我就是藝術的完成。每一個畫家都很容易肯定自己，確認自己，但是重要的事常被忽視；那就是忘記自己周遭的存在事物而一昧的自我肯定，一昧自滿於成為封閉性「我」的奴役，我相信除了開放心靈的大門，容納更多陽光外，人不容易發現自己。

中華民國內政部登記內版臺誌字第二〇九〇號
中華郵政臺字第二〇〇七號執照登記為第一類新聞紙

定　價：國內每冊新臺幣20元
海外地區：日幣240元　港幣4元
　　　　　非幣4元　美金1元
全年六期新臺幣100元　半年三期新臺幣55元
●郵政劃撥 21976 號陳武雄帳戶（小額郵票通用）

出版者：笠詩刊社
發行人：黃騰輝
社　長：陳秀喜
社址：臺北市松江路三六二巷七八弄十一號（電話：550083）
中部資料室：彰化市華陽里南郭路一巷10號
北部資料室：臺北市北投石碑路一段39巷70弄二號二樓
編輯部：臺北市敦化南路355巷83號
經理部：臺中縣豐原鎮三村路九十號
印刷廠：福元印刷公司　臺北市雅江街58號
封面承印：順榮美術彩色印刷廠　豐原鎮西湳里三豐路西湳巷21-3號

笠 69

詩双月刊

LI POETRY MAGAZINE

民國五十三年六月十五日創刊・民國六十四年十月十五日出版

本社陳秀喜社長往訪日本北海道，受帶廣市「裸族詩社」同人及兒童詩刊「サイロ」的小詩人們熱烈歡迎。

陳秀喜
山田比奈子
谷　克彥
泉谷田鶴子
高橋惠子
小寺征子
瀨古芙美子

一九七五年五月在「赤トンボ」茶房

右起（上）
岡本勝利
小寺征子
谷　克彥
松永幸枝
陳秀喜
谷　陽子
相山美代子
泉谷田鶴子
（下）
井上瑛子
野口夫人和孩子們

卷頭言

欣賞的態度

桓　夫

一般都習慣性地，意欲在日常次元上瞭解詩。但許多詩作品，却是無法站在日常次元上去瞭解，必須融入作品整體所含有的氣氛，訴諸於官感，始能達到欣賞的標的。

就是說，欣賞詩的基本，是要依靠想像力和推進力，才能够體味到詩的妙處而覺得有趣。衹依靠語言表面的意義，會看不懂詩意，或感受不出詩味。詩的語言大都在其裏面隱藏着有其關聯的，或能反射的事象，可以讓讀者動用想像力和推進力，感受詩所表現的意義性。好詩之所謂值得一看再看，是由於每看一次所動用的想像力和推進力的快感，會越增加之故。

欣賞詩的方法，每人各有不同。依據個人的詩的體驗，能感受詩的意象，抓住詩質的本體者；或僅看出詩的外表，未深入詩表現的內容者，都對詩各有不一樣的看法和要求。像一些老年人僅喜歡詩的音樂性，樂以吟詩陶醉自己的聲調，並未眞正瞭解愛好現代詩的青年人對詩也都持着這種單純的看法。如此讀者要怎樣欣賞詩、却無人可以干涉。

有人僅止於解釋語言表面的意義，有人把詩的意義性加以擴大而瞭解詩意，有人且嚐試從語言的另一反面思考詩的意境，這種個人欣賞詩的方法，本來就是無拘無束的。

以極自由的姿勢來看詩、欣賞詩，看多了就能迫進詩的境界或適確地把握詩的本質；看透詩的眞實性，欣賞深奧的實質，才是欣賞詩眞正的態度。

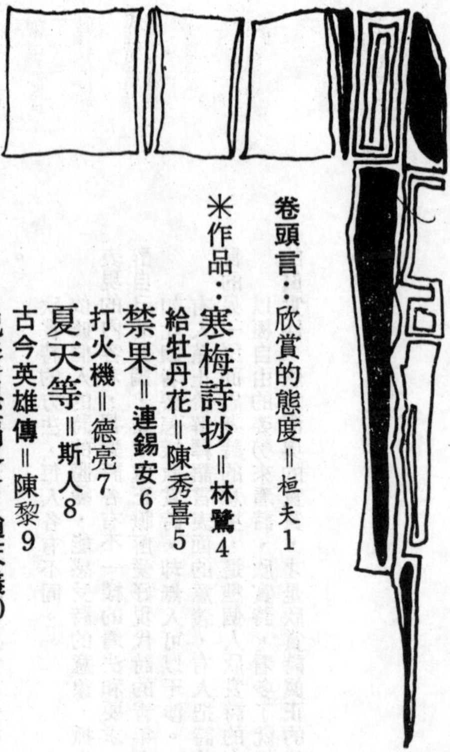

■執行編輯＝柳文哲

笠詩刊目錄69

■封面設計＝白萩　■內頁編排＝桓夫　■封面繪介紹及揷圖＝陳世興

寒梅詩抄

林　鷺

律　動

看青嫩的楊柳
被輭風輕輕撩起
盪漾在二月的漩渦中
悄悄地拾起一季燦爛的春
讓花的芬芳
　落入你的手中
　深藏在你有刺的唇

　莫問
一對殘廢的鷗鳥
駕着敗落的羽翼
飛向那裏

睡眠吧　天空
只要你握幾道彩虹
陪我走上那座斷魂的橋
恁漂泊浪中的影子
以她的笑臉
染遍紅色的西天

刼　數

以我的脚步
印你的足跡
　成一荒經
伸向窅冥的斷崖
投墜醃藏的慾望

手抓得越緊
　墜落的喊叫
就　越淒厲
……。

捽碎的骨頭
翩然一如
激起的浪花

唯不變的血色
不知流失那裏
不知流失那裏

項　鍊

細細的一條
令人心脆的鍊子
散放着昇華但蒼白的光彩
溶生之律於無言的凝眸

拿這般曲折

套住溫柔的頸項

垂一滴淚珠在胸前
閃爍出一個寂然的影子
那個影子呀
居然別在你的心上

斷響

掬一把柔情繫在髮梢
隨枝頭鳥鳴震落幾片花瓣
細聽
遠方傳來一曲哀麗的戀歌
惟夢是組合的音符
披上一襲殘破的影衣
陪它兀個舞在無力的風中

啊！攪斷流水的腰
由那喝醉的影子
　倒醉在路的盡頭
俯身拾回一個孤單的實體
　慢慢地往回路走
一聲野鷙的長號劃過夜空
並斜落幾根零亂的羽毛

禁果

連錫安

很甜很甜大家都這樣說
一口　酸的我直打寒顫
再一口　我緊蹙雙眉竟酸中有澀
第三口　毫不考慮我丟掉
眼眶噙住的水　絕不是我的淚
我只不過是人人中的一個
好奇地想嚐嚐而已
很甜　很甜　大家都這樣說

六十四、四、馬明潭

詩兩首

德亮

打火機

早晨上班
在寬鬆的口袋裏
不安地搖動的
是結婚週年紀念那天
妻送的打火機

只要輕輕一碰
便能送出火花的
電子打火機
在妻花樣的年華
逐漸老去的時候
是否也在提醒我
不要忘記
燃起舊日的愛情呢？

爲了拒絕漂亮女人的誘惑
只能拼命的抽煙吧？
在與妻的愛情
逐漸冷去的時候
我這末一支接一支的
「喀」！
把火花給點起來
點起來

舞會

這是經過處理的地板
並且
音樂剛開始
我們依賴敲打的鼓聲
以雙手相互交談

不要想看清我
小姐
在昏暗的小燈泡底下
我們只能藉着臂部的搖動
感覺臉上
不規則起伏的熱度
把眼睛閉上吧

請停止販賣妳的背景
小姐
此地只出租汗水
請靠緊我
請感覺我有力的手

把矜持收回去
小姐
我們只是這樣玩一下
請放鬆妳抗拒的手
讓我們繼續交談吧
在音樂停止以前

詩四帖

斯人

夏天

茶蘼已經開到盡頭
鴿子花也結了實
加速它的枯萎
麻雀繞着稻草人低飛
莫非在找二度露出的椿芽
冒險下來——
我搖着趕鳥的布繩
心中一陣動搖：
那麼，夏天眞的過去了嗎
是否它不曾來過
來過不曾接近
縱使接近，我又怎麼錯過了它
使我沉吟再三
直到在樹陰底下
一陣熱雷雨過後的清涼
加深花的香氣，有如一絲靈感
升自我苦熱的心中

秋櫻

下了一夜的雨
我心裏實在躭心那些花苗
它們有些才發了芽，有些
剛定植好——我眞害怕
倘若天果不從人願
雖然這一切似可預見
無論天助也罷，自助如何
我的花壇總是要完成
夏之更植，一俟來日
便是秋櫻開滿之時
然而，正如飽經患難之徒
對於他所受的痛苦
縱使安然抵達也難以釋懷
我亦不免於最深的懷疑：
是否在此暴雨與烈日之中
它們脆弱而短暫的小生命
卽是構成我的夢境
當中，蔚爲完美的結合？

春橋

我們走下春橋
不覺地楊柳改變了它的顏色
漸有夏的氣象
我們也不知於何時終止了
生與死，神聖與世俗
兩境的激辯——眞奇怪
何以杏花雨中獨映出你
水風信子的容顏
於晚香裏
這一切雖不容懷疑
却顯得異樣的眞實
彷彿它不是由於岑寂，也非

出自快意的傾吐，而是
因爲深心知內觀
花開生出智慧的緣故
那麼，何必悲傷年華
我們豈不是像柳葉黃後的殘景
方知秋的有信？

忍冬

屋後的小山開滿了忍冬
我要揹起師父的藥箱，獨自
上山，好尋訪它的舊蹤
不負所託——
此時正是深秋
大氣中擴散出空谷的幽香
加深了寂寞之思
雖然野梨已經採盡
苜蓿亦够一冬所需
但是啊，我的心中仍然有所匱乏
口不能言：
旣然忍冬一再證明它的能力
足以後凋其精神，那麼
同樣是孤獨
何以它却壓負我的背脊
當我穿過白花爲憑，黃花
爲記的小徑？

古今英雄傳

陳　黎

王議員

王議員三兩個月還鄉一次
全體的鄉民欽慕他
王議員駛一輛嶄新的小包車回來
鄉裏的石子路擦柏油迎接
王議員愛護大家，如同愛大家送他的花鳥
王議員歡喜說笑，說甚麼民主時代官府怕他
警察流氓伊孫仔
王議員回家，鄉裏的路燈都放光

阿土

阿土阿土，早早出門
一個便當吃兩頓
白天田中，晚來床上
日頭月亮都睡過
阿土阿土，辛辛苦苦
一年到頭忙播種
稻子不長，囝仔亂來
一年兩穫氣倒阿土

晚餐與偏食

趙天儀

晚餐

戰時
在燈火管制的夜裏
一粒鷄蛋
由爸爸、弟弟和我
各分三分之一
而一碗白飯
只要一滴醬油
一丁點兒的猪油
就是那麼可口
就是一次美好的晚餐

偏食

小時候
弟弟吃飯
悄悄地
把肥肉
挾到我的碗裏
他只吃瘦肉

而今
女兒吃飯
也悄悄地
把青菜
挾到我的碗裏
她也只吃瘦肉

憶童年輯　趙廼定

夾克的盼望

擠向矮小的候車亭
鐵軌沾滿冰冰昨夜露
風嘶殺沙嘶殺

挺胸脯禦寒氣，那十二月的抖索在
骨脊
瞄一眼眼四方聚攏的夾克，夾克隆起
碰出一聲聲暖意

咬齒與齒，就讓那抖索
死亡死亡

瞄一眼眼四方聚攏的夾克，夾克隆起
是一條條的火舌——暖了穿衣人的膚肌
瞄一眼眼四方聚攏的夾克，夾克隆起
是一條條冰柱——冷了穿制服的我的膚肌

鐵軌沾滿冰冰昨夜露
風嘶殺沙嘶殺
瞄一眼眼夾克，夾克是
一條條冰柱——冷了穿制服的我的膚肌

待何日，夾克是火舌暖我膚肌

畫豆鬼

于土磚砌成剝落穀殼與泥沙滿地的屋簷下
茅灰灰佇立
于偃仆的牛青牛枯的碗豆園角
田畦爆裂層層龜殼

田畦爆裂層層龜殼，層層龜殼昂首指向十二月天
我們燃一朵野火，將豌豆爆成劈拍劈拍
我們飲歡暢于寫意的潤流中——
且剝一個豌豆往嘴上送，且剝一個豌豆往嘴角放

嚙一口童稚，享一口豆香
猜個拳，畫個豆鬼
我們將時間擠碎，用兩顆童稚的叫嚣

呵！你輸我畫；呵！我輸你畫
——畫個八字黑黑在你臉
——畫個王字黑黑在我額
沒有時間，時間已被擠碎
沒有天地，天地只是我們的所據

風悠悠，傳送一股股的泥土芳香
風悠悠，傳送一股股的溪流芬芳

巨榕上之眺

以手支撐將身體送向上
以掌握實枝幹
就將身軀上移再上移

一步步的不留痕跡
我乃自不動的大地扶搖而上而上至最遙遠的地方
于是我望見遙遠遙遠的遠方
——那兒有車行着，那兒有排排木麻黃
——那兒有人只一丁點，那兒有牛又似貓

當我登上兩人合抱的巨榕樹
當我站在搖幌的巨榕尖
一切都似凝縮僵住，一切都成凝縮僵住

抱一份欣悅我歡暢
以手支身體撐往上撐往上
以掌握實枝幹，再以掌握實枝幹
我將身軀往上移再往上移再往上往上往上移
就像要走到枝葉的盡頭處

于是我擁有一切
——擁有盆栽的排排馬路旁的木麻黃
——擁有小人國只一丁點的人在閃爍

這是一刻不知下墜的時刻
當我童稚的心激發一閃的眺望
這是一刻不知下墜的時刻
當我童稚的心激發一閃的遙遠的眺望

揚頭探首不問今夕

淺灰的黑版寫上未被抹去的雞兎問題
一個個數字是西風聚攏的秋葉，秋葉我該品嘗無饜
三月的太陽破不了霜天，霜天仍鼓漲冰凍冽冽

碩長的白髮白過粉筆灰，他書寫；他書寫，而粉筆灰
而粉筆灰一丁一丁射來我氣息瀰漫
而粉筆灰一丁一丁射向我碩重再裝不了一片書頁
書包飄飄鬆鬆，揚頭探首只不問今夕——
今夕明夕同是駝負不增減的無理
待何時？書包方可洗棄塵旅
待何時方可洗棄塵旅？

淺灰的黑板寫上未被抹去的雞兎問題
一個個數字是西風聚攏的秋葉落滿地
三月的太陽霜天仍鼓漲——
今夕明夕同是駝負不增減的無理
待何時待何時
書包方可洗棄洗棄塵旅

國王和襯衣

——托爾斯泰寓言故事改寫

和煦的陽光照在金碧的樓宇
階階的大理石階恰似一條巨龍迴繞迴繞

告示牌上一令告示仍在陽光下抖索抖索
一列長長的寒噤：
「國王通告全國國民，凡能治國王病者賜國土一半。」

一個抖索的人走過，一個匆急的人走過，一個哀哭的人也走過
——而只是默默的走過，沒有人給那告示牌睨上一眼

大臣開會討論，一連串長長的飲茶，一連串長長的緘默
祭過祖宗，拜過衆神
終于祭司找到一個藥方，那個藥方點出：
找最快樂的人，拿他襯衫給國王穿，國王就會好

于是國王派出很多很多的人
——他們在京城找很富有的人
——他們在京城尋有學問的人
——他們啊，到鄉下見地主
——他們啊，找遍了全國各地，找遍了全國各地
只是啊，只是，每個人都一方滿足一方缺欠
只是啊，只是，每個人每個人都有怨言

歲月一天天的過去，歲月一日日的消失
沒有頭沒有緒啊——這追尋

有天國王的兒子走過一間斑剝的牆，走過一間茅搭的房
他捣鼻穿過垃圾堆，他捣鼻急急涉過汚水溝
只聽，只聽，那裡面傳來一個蒼老人的囁嚅：
「謝謝老天，我工作做完了，肚子吃飽了，
我可以躺下來睡覺了，我還有什麼不滿足呢！」

國王的兒子心頭一喜，匆急命那隨從脫去那人襯衣
說是那人要多少錢就給多少錢
說是不計報酬只要那襯衣
說是斃了那人的命也沒關係

只是啊——
隨從搶進半掩的門，隨從看到他曲腿躺臥仰面向上
他他他，他竟是半裸的軀體，只有內褲沒有襯衣
只是啊——
他他他，他竟是半裸的軀體，只穿內褲沒有襯衣

和煦的陽光照在金碧的樓宇
階階的大理石恰似一條巨龍迴繞迴繞
告示牌上一令告示牌在抖索，在那陽光下
抖索抖索

作品三首

牧童

印象中的箭眼

枯寂的燈
枯寂的路
枯寂的影
以及那風雨中
來自邊城的印象啊
一個箭眼
兩個箭眼
三個箭眼
…………
風景便自升起
訴說着歷史
啊，歷史
百年爭戰之後
城堞上可還有一幅幅
箭眼中的風景

小樓

雨季來了
像四月時的小河
偃臥着古老的慵懶
小樓的窗內
沒有淚如雨的人
只有一顆痛楚 隱隱
錐在遠方隔着雨簾的那邊

一座小樓
望
着
一座小樓
今夜，是否雨也下在那
記憶中的小樓呢？

風鈴的故事

1

從瘦到瘦
沒有人知道那是怎麼個歷程！

2

風鈴的故事
曾經是一個悽清的記憶
　是一個冷冷的風韻
在那古窗櫺上
變成一幅秋涼時
載滿水聲的荻花窗景

3

少女的長髮啊
也只是那麼一串印象
在焦距之內成爲一片矇朧
就這樣
完成一幅等待

然而
無奈的揮手
只那麼一度作別默默
分袂之後就成故事——

4

從瘦到瘦
沒有人知道那是怎麼個歷程！

月橘

吳晟

——俗名七里香，一種籬笆樹

安安靜靜畢竟是好的
至少至少，免於吵吵鬧鬧
所以，我家的主人
喧囂了又喧囂
掩沒我們所有的聲音，即使
微弱的抗議

整整齊齊畢竟是好的
至少至少，免於紛歧，有礙瞻觀
所以，我家的主人
修了又修，剪了又剪
不容許我們的手臂，隨意伸舉

自從被移植爲籬
昔日悠遊的歲月那裏去了？
因爲，我們是微賤的植物
我家的主人，從未在意
在黑暗的土裏，我們的根
怎樣堅苦的伸展
怎樣緊密的交結

旅程

周伯陽

碼頭充滿着帆船的廻聲
白帆孕育着莫大底希望
海鷗祝福我旅途愉快
帆船把我送進海洋中
使我踏上人生的旅程

白天，太陽篩落無數底沙金
夜晚，繁星撫慰着旅人的孤腸

是象徵指點我
去創造時代性
又去重現心象
但我只爲追求光明而馳去

波濤中浮現我的白髮盪漾
噢！
我把數十本金黃色底日曆
不小心失落在時光的海洋中
而永恒沈澱在後悔的深海裏

泥土與吊橋

陳坤崙

泥土

不幸的我
是生長在都市裏的泥土
細沙碎石水泥柏油
把我緊緊地蓋住了

厚重的建築物
層層疊疊地把我壓住了
汽車的輪子像一條鞭子
經常抽打我的背部

不幸的我
是生長在都市裏的泥土
我有眼睛不能看
我有手不能動
我有嘴巴不能說話

吊橋

你要從這頭走到那頭
你卽必須從我的腰走到我的背
走到我的脖子

從這頭走到那頭
天天有許多人的脚
踏在我的背上
我必須用力支撑許多人的身體

從早到晚
這是我的工作我的生活
朋友
請你輕一點
輕輕地放下你的脚
放下你的拐杖
我的背部好痛啊

愛的結果

愛的結果

林　外

親愛的　妳可否知道
我們的愛　使我痛苦
怎樣說　才會使妳高興
我已倦於這樣的思考
妳應如何使我快樂
也已厭於這種要求
我只想任性地說我想說的
卽使妳會不高興
我只要妳做你喜歡的
卽使我會不樂意
我無限戀念　那心中體內的眞實
我們結合的依據
不能是那眞實以外的任何什麼
雖然我知道眞實是可怕的東西
在蘇俄　會被送到西伯利亞
在美國　會被謀刺
儘管如此如沒有那眞實
我已不能擁抱妳
我已不能從妳的擁抱得到歡喜
除非我能容受妳予我的痛苦
除非妳能忍受我予妳的傷痛
我們的愛已無法維持
今天　我才覺悟
愛不是取悅　而是無理
不是我偏愛
這只是意想不到的果實

一九七五、一、十七作

樹

在陽光下
偶而覺得
你無數的葉子
是明亮的眼睛

我的悲哀
我的喜悅
不再無人關懷了

擁抱你的軀幹
躺在你的脚下
却無法感動你
與我同行

待夕陽西沈
我黯然離去
你居然比我更爲
沈鬱悲戚

給牡丹花

陳秀喜

長谷寺曾是祈求「美」
必因而聞名
美容術冲淡了現代人的信心
聖名遜色
而牡丹花馳名
花朶朶地結爲網
異國的寺院佔爲已有
不覺喧賓奪主
似是不知國憂
如移植來的當時
仍然昂首
保持傲然的氣韻
可親的牡丹花
在人羣中，我是唯一穿着旗袍
來自祖國的寶島

願妳看了旗袍
繫念血緣
願妳見了我
懷念祖國

遙寄

——致衡榕

鄭日影

過來人曾高登過島
　　住進雲台山上
　　　識鳥音
　　　看日出
　　浪花笑吟
衝拍！衝拍着我的大胸膛

在那十八個月的孕育中
讀到馬祖的砲聲
已算是平安的驚雷
而爆開的笑花是些張張的謊言
多餘的宣傳啊
就該早日放逐風箏
讓它無目標的飄泊
何須再考慮單日的驚悸？

不是怕死？
何須道出心底的感受！

兩招

忍虹昇

壹·茶

茶啊燒茶喔喔喔喔
熱燒燒燒燒燒燒燒燒
燒毀黑夜的蚊帳
喊醒了軟酥酥的陽光

甘蔗公仔蹲着
西瓜嫂仔坐着
甘諸叔仔站着
蕃茄嬸仔蹲着
阿狗兄站着
讀小學時的我也站着像蛺蝶
採蜜在一鍋杏仁茶之外

大碗一元
小碗五角
油吃鬼一條五角
警察仔、鄉長仔、村長仔一律同價
燒————————的茶喔！

壹·青草冰

青草
青草
一碗一元嘀！

大人來一碗一元
小孩仔一碗一元
凉的青草冰嘀
保五臟
顧六腑
凉透12指腸和一個乾坤袋
凉凉凉凉凉凉凉凉的青草冰嘀！

詠山三首

陳珠彬

第一首

山無河可渡
山無法渡河
山竟然渡河
山便隨河死
山死而復生
山竟高出河
山坐河而哭
哭哭淚下
淚下成流
流至大海
海無心腸
山腸寸斷

第二首

山無心
山無臉
山無手
山無脚
山聽着風在叫
風在哭風在號
山乃坐立不動
風乃嚎啕大哭
手拿七首
欲刺死山
山乃不動
是條好漢

第三首

一座山坐着
兩座山坐着
三座山還是坐着
默默無語
一座山站着
兩座山站着
三座山還是站着
默默無語
但是有鳥
山就窃窃私語

我們及其他

劉英山

我們

一

是兩條流水來自不同的山脈
是兩隻飛鳥來自不同的天空
是兩顆流星來自不同的宇宙
是兩種語言來自不同的世界
是兩塊土壤來自不同的岩石

二

開啓我吧
爲何激怒我
如一座活水山
我是一條急流
總聽不慣你那緩緩的流水聲
我仍躺如大地
望你深深地挖掘
那知
洛全是各自的終點
而非一方靜靜地等待

三

你在我心中植下第一棵樹
我忘了澆水
忘了在太陽底下暴曬
我嫌樹長得不够高
花開得不够密
我苦苦追求植樹者
我忘了
樹需要我的照顧

四

我的打扮
在你的瞳孔以外
我的戲服
不上你的舞台
我固執我的劇本
我演人家看不懂的戲
我聽到你唯一的掌聲
我知道
是鼓勵多於了解

給一隻擱淺的海牛

記四月二十九日一則新聞

想你是偷渡
或是貪玩那一汐潮水
或愛看那淺淺的沙灘
潮退了
兄弟們走了
沙灘上獨留你漆黑光滑的身軀　與你
沉重的喘息
莫非
這又是你一次偉大的嘗試
想那千萬年前
我們都是沙灘上競走的哺乳類
只是你偏愛海水
我倆遂有不同的稱呼
如今
你又貪戀陸上的景色
無奈流水帶走了你的四肢
帶來了雀躍你肉香的人們
噢！海牛
我們都非兩棲類
海洋是你永久的家鄉

椰樹

一棵椰樹
伸長了脖子
在一排公寓上
看日出
遠處
煙囪裏
升了上來
一輪黑臉太陽
椰樹
搖了搖頭
爲何太陽總是不小心
掉進煙囪
誰幫它洗臉

視覺集

林泉

虹

——觀影片「虹」有感而作

尋思三生崎嶇覊叢的路
跛子一梂難行
雨霧的日子
命運是條小河
流着一段難忘的惆悵
緩緩陳說你的無奈與憂慮
淚痕總是把你冰冷的面容
點綴爲一片蕭索的秋
而他扶持着你
堅毅扶持着你
他是那提升巨大的手臂
拭乾他的以及你的
模糊的哭泣天空
帶回滿懷期待令人讚美的虹
以暴風雨下的憤怒
以火燄焚燒中的熱忱
而從絕望的窗口
長出一片繁茂的新綠！

一九七三、五、六初稿
一九七五、五、卅一潤飾

碑前

——觀影片「天倫樂」有感而作

縱使傾江河之水
亦洗不掉他掛在心頭的悔恨
悲哀嗎？……有唱醉了酒的
另一種寂寞的感覺
悲哀該是那孩提超年齡的悲哀！
在你碑前
風瘦得吹不落枝梢淚語的控訴
終古天涯
一切只能交給上空藍色詮釋
面着墓碑
總不如面着回憶裏的一般煙雲
愁損了的戀情
總不能當苦痛飲下？
而那墳墓裏生了銹無聲無盡的苦痛
在無人記起的歲月裏
他將譜着何種慰問的琴絃？
那披風帶雨的孩子
或許是贖罪的一座橋樑
明日遙遠的路
或許將以謊言代替悔恨
引導前行
而一切只有交給上空的藍色印證……

一九七四、一、廿五初稿
一九七五、六、一潤飾

歲月的橋樑上

——觀影片「秋決」有感而作

以死囚的幾根骨頭
投入牢獄的大熔爐
還指望他如一棵樹的生長？
院子外樹上的枯葉
又落盡了一個秋天
可是懸掛在身上的罪狀
如何似脫養樹梢的落葉？
如何似丟棄破舊的衣裳？
而那是一切——
由生的懦弱
轉向死的堅強
在一年牢獄中歲月的橋樑上……

一九七四、四、六初稿
一九七五、六、一潤飾

怡夢室詩集

林清泉

尋

於一種失落之後
遂有生命的擁抱
從憂情尋求眞理
以眞理探索歷史
驀然的頓悟
瞬息化爲永恆
傾聽時間的脚步
而寂寞如雨
不覺愴然淚下

期待

髮叢染着雪霜
覆着千年成熟的陰影
留下沉默的雕像
留下永恆的期待

馬蹄過處
脚跡印着沙痕
乃面南而立
焚逝初夏的冰涼
濡濕無依的靈魂

山阿不可辨認的河岸
猶望着去春的井湄
響着叮噹的叮嚀

心谷

一枚種子的萌芽
於心谷
茁壯，成長，搖撼着
萬種柔情
悠然蔚爲成樹
雲開日現
心谷遂成一片綠野

遂想妳

以一種深情的企盼
遂想妳
於孤寂的時刻
遂想那朶奇異的花
時常在夢裏出現的
於孤寂的時刻
遂想妳
以難耐的相思
以一種深情的企盼

垂首的人

垂首的人
被撲於一臉風霜的茫然
異域的烟霞
流溢在默禱的瞳裏

而鐘鳴於日落時
垂首的人，乃
灑一把眼淚作祭
然後，仰頭
向遠方
喃喃

存　在

就讓你的雙眼
馳入擾攘的世界
就讓你的語言
化入焦灼的人間
就讓你的理想
築起一座無盡的穹蒼
任作逍遙遊
證明你的存在

而時空交會之處
地平線緩緩升起
你無奈中伸出雙手
欲解夢的謎底
夢却結得更緊

藍的誘惑

被藍誘惑時
遂有曲徑通幽的感覺

蓊鬱的叢林
無際的原野
一江春水
萬里晴空
藍得令你難耐
推開你早熟的眼眉
閃着那脫俗的醉意

遂有曲徑通幽處的感覺
被藍誘惑時

坐看雲起時

坐看雲起時
聽流泉滴落
而盤足
便凌空飄然
欲乘風歸去
羽化登仙
化一山的傳奇
驚起一攤的禪

詩人的備忘錄（21）

我們不能把歷史倒轉，但如屬可能，我們必能發現不少事例，倒是從出發點重新出發較好的。

當你摸索枝葉茂盛的樹木時，說不定會意外地發現，其根底下瘦小得幾乎要倒下。相反地，毫無枝葉的樹木，其根兒却深深地伸延於地中的也有。換言之，不流行的，挫折了的或孤立的詩人的思想裏，往往深藏着值得再三思考的普遍性問題。

詩人祇能不時與詩人的不可能性搏鬪才能成爲詩人。詩必須是以純粹的語言本身的作用爲目的的藝術不可。若是「以語言爲手段的文學」，亦卽若爲了某些「意味」的表現，語言則已死亡。人與語言是不許辨別的一張紙。不是有人始有語言，人與語言是同時存在的（Simultaneity）。

詩既然是依靠純粹的語言來創作，那末，在那裏的必定是現在。而且這現在是現在本身所產出的現在，那是現在限定了現在本身。而在內面緊緊裱褙着這現在的是絕對的無，絕對的空間。那裏，一切過去與未來會掉進來。那便是在內面包攝一切過去與未來的現在——永遠的現在。

今天這種語言的形而上學，或許已經不一定是新奇的。但是我們之習慣於這種思考，主要是來自哲學家的著作，而並不是通過詩人的思考的。

批評家常把現代說成簡直是個沒有詩人的時代。雖不無道理，但沒有詩人與沒有批評家是一體的兩面。他們是一羣自甘放棄成為詩人的批評家。他們對欲使自己成為寫詩的詩人死了心，而竟成為不談詩（Poesies）的批評家。他們不曾把詩作品視為一個自律的構造來分析論評，而始終祇藉某一首詩或數行的詩句來談論和炫耀自己。

詩人絕不是指祇能捕捉抒情性或機智性的詩（Poem）之語言的技術者，而是指有能力追溯到所謂「詩」（Poesies）的那種人類精神的獨特現象之根源，捉住語言之能使「詩」（Poesies）結晶傳達的獨特機構的現場，進而能在文體之中使其復生的人而言的。在那裏，主知派的詩，超現實派的詩或抒情派的詩等等，在欲做其本身卽極其含糊的分類以前，詩人及詩作品的存在理由，必須予以闡明。

因此，從一直被藐視或被排擠於一旁的詩人們的思想之中，發現必須重新檢出的貴重的思想性之契機，而給予正當的位置，無寧是今後的一大課題吧。

錦連譯

惡之華

波特萊爾著
杜國清譯

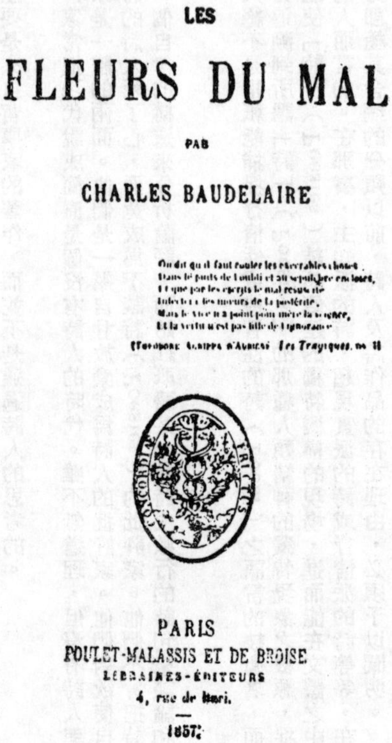

LES

FLEURS DU MAL

PAR

CHARLES BAUDELAIRE

On dit qu'il faut couler les exécrables choses
Dans le puits de l'oubli et au sépulchre encloses,
Et que par les escrits le mal ressuscité
Infectera les mœurs de la postérité,
Mais le vice n'a point pour mère la science,
Et la vertu n'est pas fille de l'ignorance.

(Théodore Agrippa d'Aubigné, *Les Tragiques*, liv. II)

PARIS
POULET-MALASSIS ET DE BROISE
LIBRAIRES-ÉDITEURS
4, rue de Buci.
—
1857.

86 風景

我願，爲了貞潔地創作我的牧歌，
躺臥在天空的近處，像個占星者，
而且，與鐘樓爲隣，在夢中傾聽
鐘聲那莊嚴的讚美歌在風中廻鳴。
兩手托着下顎，從屋頂室的高窗
我將眺望在歌唱和饒舌的工作場
煙囪，鐘塔，這些大都市的帆檣
以及令人夢想永恒的無涯的穹蒼。

那是稱心快意的，透過濃霧看着
星星出現於藍空，窗口點起燈火，
煤煙的大河滾滾冒出，湧入天上，
而月亮到處傾注她那蒼白的妖光。
我將迎接春天夏天和秋天的歲月，
而當冬天來到，帶着單調的白雪，
我將關起我所有的百葉窗和門帘，
以便在夜裏築造我那幻想的宮殿。
我且將夢見蒼藍的地平線，花園，
以及在白玉的水盤上哭泣的噴泉；
我將夢見接吻，早晚鳴囀的鳥類，
以及「村歌」中最爲純眞的一切。
「騷動」徒勞地猛擊我的窗玻璃，
將不能使我的頭從閱書桌上抬起；
因爲我將在這種逸樂中日夜沉湎：
我將以我的意志力喚醒「春天」，
從我心中抽出太陽，以我的思念
燃起的火焰製造一種溫暖的氣氛。

87 太陽

沿着舊郊區，那兒破落的房子上
懸着的百葉窗隱藏着秘密的淫蕩，
當殘酷的陽光一箭又一箭地射出，
在城市原野屋瓦和麥田上，那時，
我獨自前往練習我那幻想的劍術，
在每一個角落將韻律的偶然嗅出，
在字句上跌跤正像在石道上摔倒，
長久夢寐以求的詩句也有時碰到。

太陽這養育之父，萎黃病的仇敵，
在原野像喚醒玫瑰似地喚起詩句；
他使我們的憂慮全部蒸發到天上，
而且以蜜充滿我們的大腦和蜂房。
是他使持着拐杖的老人返回青春，
使他們像年輕女孩那樣快活溫順；
是他命令穀物不斷地成熟和生長，
在經常希望着開花的不死的心上！

當他，像一個詩人，降臨到市街，
他使最卑賤的東西命運變成高貴，
而且像個王者，沒有聲音和從人，
他出入於一切醫院和一切的宮殿。

88 給一個紅髮的乞丐女郎

紅髮的皙白的女郎，
妳那有破洞的衣裳，
隱隱現在妳的貧賤，
　妳的美艷；

對我這貧乏的詩人，
妳病弱的青春之身，
充滿了無數的雀斑，
　顯得嬌憨；

妳穿着笨重的木屐，
比小說的女王穿起
天鵝絨的半筒長靴，
　更爲優美；

取代那短拙的破布，
假如錦襴的宮廷服，
曳着長而響的褶襇，
　於妳脚跟；

取代有破洞的襪子，
爲了冶遊郎的眼福，
黃金七首在妳腿上
　一再閃光；

假如沒繫緊的帶子，
爲了造孽，暴露出
妳那對美麗的乳房，
　如眼燦亮；

妳手臂若不肯輕易
讓人把妳衣服脫去，
以倔强的打擊驅走
　調戲的手，

最優美的水玉珍珠，
貝洛大師式的情詩，
將由崇拜妳的愛虜，
　不斷獻出；

奴顏婢膝的做詩者，
獻給妳他們的新作，
且凝視着妳的鞋襪，
　在樓梯下；

寄望於萬一的侍僮，
詩人以及許多王公，
探尋妳隱身的涼舍，
　爲了遊樂！

妳將算出在妳床榻，
被擁吻多於百合花，
而屈服於妳的王者，
　不只一個！

——然而，妳去乞討，
一些被倒掉的殘肴，
在到處餐館的門前，
　十字路邊；

妳走着，低頭斜視
二十九蘇的賤寶石，
它我不能，對不起，
　買送給妳。

那麼走吧一無裝飾，
香水，珍珠或鑽石，
除了那裸露的瘦身，
　我的美人！

譯註：貝洛（Remi Belleau, 1528-1577）：法國七星詩派（La Pléiade）詩人。其名與「美水」（Belleeau）是雙關語。

89 天鵝

給維克多•雨果

I

安多瑪克喲我想妳！那小河水面，
可憐而悲慘的鏡子，曾經照耀着
身爲寡婦的妳那痛苦的無限莊嚴；
因妳的淚而高漲的那虛名的西河
已突然使我豐富的回憶繁殖起來，
當我橫過新克魯塞爾廣場的時候。
往昔巴黎已不存在（都市的形態
啊啊！其變化比人心更快得多）；

我只能在心中看見那些小木板屋，
那些堆積的柱子以及粗削的柱頭，
雜草，水池裏長着綠苔的大塊石，
以及玻璃窗內閃耀的雜陳的舊貨。

那兒從前擺設着一個巡迴動物園，
那兒有天早晨，當「勞動」睡醒，
在晴朗的寒空下當垃圾場的黑塵，
捲起了一陣旋風打破空氣的寧靜，

那時我看見逃出檻籠的一隻天鵝，
撓着乾燥的舖道以那有蹼的脚掌，
那白妙的羽毛在崎嶇的地上曳着，
這隻蠢禽張開了嘴在無水的溝旁，

神經質地將那兩翼浸浴在塵灰中，
且說，心中想着湖景幽美的老家；
「雨水喲何時下？雷喲何時轟隆？」
我看見那不幸的鳥，異數的神話，

向着蒼天，有時像奧維德的人物，
向着那譏諷的，藍得殘酷的蒼天，
伸出牠那貪婪的頭以痙攣的脖子，
有如牠是再三地向神在伸致怨恨！

II

巴黎在變！而不變的是我的憂鬱！
建築的鷹架，石材，新築的王宮，
舊郊區，這一切對我都成為寓意，
而我珍惜的那些回憶比岩石還重。

於是在盧佛爾館前一個心象湧現，
我想起我那大天鵝以瘋狂的舉止，
像那些放逐的謫人，荒謬而莊嚴，
而且，不斷地被一個願望所啃蝕！

然後想到妳安多瑪克，像賤家畜，
從丈夫的巨臂落入自大的披魯西
手中，在一個空墓旁失神地泣伏，
赫克托的寡婦，唉！赫納斯的妻！

我想到那黑人女孩，肺病而消瘦，
在泥濘中趑趄，以兇眼探尋椰樹，
那不在此地而在她那壯麗的非洲，
隔着這大都市的無限高牆的濃霧；

想到有些人失去的東西永無希望
再找回！想到有些人以淚水解渴，
吸吮苦惱的乳汁如吸善良的母狼！
想到瘦弱的孤兒像花般枯萎凋落！

如此，在我的精神被放逐的森林，
一個古老的回憶吹起角笛高鳴着！
我想到被遺忘在孤島上的水手們，
想到俘虜，戰敗者……與其他許多！

譯註：

安多瑪克（Andromaque）：特洛伊的勇將赫克托（Hector）的美貌妻子。特洛伊陷後為敵將披魯西（Pyrrhus）的奴隸；披魯西死後再嫁給赫克托的弟弟赫納斯（Helenus）。見荷馬的「伊里亞德」。

西河（Simois）：位於小亞細亞的特洛伊，赫克托埋葬在其河岸。安多瑪克為披魯西擄後，要求在披魯西的宮殿另開一條西莫伊河以祭亡夫之靈，是為沒有遺骸的虛有其名的西莫伊河。

克魯塞爾廣場（Carrousel）：巴黎凱旋門的所在地。盧佛爾（Louvre）博物館大迴廊在其北翼。

奧維德（Ovid, BC. 43- A. D. 17）：羅馬詩人。在「變形記」（I，八四—八五）中，認為只有人類具有神與的特權，將眼睛舉向星空。

90 七個老頭兒

給維克多●雨果

蟻聚的都市，充滿着夢幻的都市，
那兒幽靈在大白天公然勾引行人！
不可思議的神秘到處流動像樹汁，
在這龐然大都市的狹窄的動脈間。

有天早晨，當陰沉的街道兩旁，
那些房子由於濃霧而增長了高度，
看起來就像漲水的兩道河岸一樣，
且當（背景與演員的神魂相似），

那骯髒的黃霧氾濫於所有的空間，
那時我走着，神經緊張得像主角，
一邊且與我那已疲倦的靈魂爭辯，
沿着被笨重的載土車震盪的近郊。

突然一個老頭（他那爛黃的破衣
有如卽將下雨時那種天色的模樣，
而他的樣子可能使施捨拋落如雨，
假如他眼中不是閃着兇惡的眼光）

出現而來。人們會認爲他的眸子
浸在胆汁裏；他的眼光磨尖嚴霜，
而他那長蓬蓬的鬍子，劍般硬直，
從顎上突出，像猶大的鬍子那樣。

他的腰斷折不是彎曲，他的脊柱
與他的腿構成了一個完全的直角，
因此他的手杖，完成了他那身姿，
給與他殘廢的四足動物或者三脚

猶太人，那種姿勢與笨拙的步伐。
他一步一步地跛行於雪中或泥地，
有如他踐踏着死者於他的破鞋下，
對這世界不只漠然甚至抱着敵意。

其類似者跟着他：鬍子脊背眼睛，
手杖破衣都相似；來自同一地獄，
這對百歲的雙生兒，怪異的幽靈，
以同樣步調向着未知的目標走去。

究竟我是什麼無恥的陰謀的目標？
是哪種惡意的偶然給我如此侮辱？
因爲時時刻刻那個不吉祥的老耄
繁殖起來，一共七個我數了又數！

對我這種惶惑抱以嗤笑的人們喲，
沒被我這種戰慄襲擊過的也一樣，
請想一想，儘管那樣的衰頹老朽，
這七個醜惡怪物具有永恒的形相！

我是否能够看見了第八個而不死，
這些冷情的酷似者，宿命的諷刺，
可憎的不死鳥，本身之父也是子？
——這來自地獄的行列我掉頭不顧。

憤怒如一個看見雙重東西的醉漢，
我回家，我關上門，我感到恐怖，
我臥病，打冷顫，精神寒熱狂亂，
受到那不可思議的荒唐事的傷觸！

我的理性想去掌起舵來可是徒然，
肆虐的風暴使它的努力變成無望，
而我的靈魂，沒有桅檣的老朽船，
漂舞着漂舞着，在無涯的魔海上！

對鳴錄(五)

——趙天儀「菓園的造訪」

旅人

菓園是菓子生死流轉之處，到那裏，觀照菓子的變化：由青澀到成熟而墜落，可領略到許多生命的道理。年輕的趙天儀，向菓園呼喚「我來了」；於是向園裏掃瞄，注意到的是成熟豐滿的菓子，那些斑鳩的咕咕和麻雀的啾啾代表他的歡愉心情，似乎未在意那些跌在泥土的菓子，所以「菓園的造訪」這首詩，寫來像是一支快樂的曲子，在青春的嘴裏唱給從政聽、讀者聽。

向暮色中的菓園

投最後的，深長的一瞥

這是該詩最後兩行詩句，他似乎已經點到菓子生命的暗淡面，也輕輕觸及人生的哀愁，但因爲太年輕，體驗事物畢竟跟現在的他差了一大截，因此未深入發揮卽煞筆；也許那時的年齡，歡樂多於痛苦，故而明知菓子的結局如何，但無暇沉溺於另一種惱人的情緒中。

在他受挫的時候，他來信道：「現在我又開始重新認識人生」，在現實裏遭到無情的打擊之後，他仍然堅强地發出上述的聲音。這個聲音，也就是他的詩生命的另一個新的起點，在近期的詩作中，已隱約發見到他的成熟的生命。如果現在，再讓他寫一次「菓園的造訪」，當會有更深一層的面貌呈現，叫我們去認識，呼吸他的生命。

怎樣才算是寫詩者的執著態度呢?他在「湖畔」之詩中，已不輕意地爲我們解答這個問題，他說：

那小屋，仍然靜靜地在守候着

湖上的風景，遊人綺麗的夢

小屋是寫詩者，他日夜守候的是湖上的風景，遊人綺麗的夢。像這種不經意流露的句子，作者未必認爲含有某項意義，但旁觀者讀了，往往受到無窮的啓示。

他常付出他的眞摯感情鼓勵他的周遭的朋友，白萩是受他鼓勵最多的一位。

白馬尚未騎穩

別揮舞你催的趕鞭子

當馬跳躍，仰天嘶鳴

啊，危險，我不曾把他馴服

……

騎罷，白荻，帶着你的筆和笛
佩着你的少年之劍
夜來的風雨聲中
我將諦聽不出發的蹄聲得得……（覆白荻）

沒有妒意，只是虔誠的讚賞和鼓勵，在潔淨的詩句中流動。又另一首「懷白荻」，他的心情也是一樣的：

……

你少壯的詩人喲
神殿不是你的終站
遠遠，歸隊的喇叭響了
踢開絆脚石，繼續你的行程呵

我含着祝福的眼光
遙望落日和孤星
默念你豪邁的詩篇
挺進吧，在這百尺竿頭的時候

如果說白荻的詩已經有些成就，那除了靠自己的天份和努力，趙天儀的鼓勵亦不無影響。作者在本書後記云：「在這本薄薄的集子，只是一種紀念，收集一點踩過的足跡，一些零星的縮影。在我寫作的過程上，有過一些情感的波紋，在此聊以作爲少年時代的備忘錄。」這是一句很重要的話，何以故？因爲年輕時代的作品，雖然僅能算是青澀的菓子，但要注意的是，不管是壯年的或老年的詩作，往往是以其爲藍本向前繼續發展的；不妨乾脆的說，常常是少年時代作品的反覆，只不過在技巧、內容方面有進一步的變化和擴充而已。如果要有系統地研究趙天儀的詩作，這冊詩集是不能忽略的，因爲它是他創作的源頭，抓住了源頭，在把他陸續出版的詩集與之對照比較，當能尋覓出一些相關的脈絡與痕跡。

阿米巴詩展

高雄醫學院
阿米巴詩社選

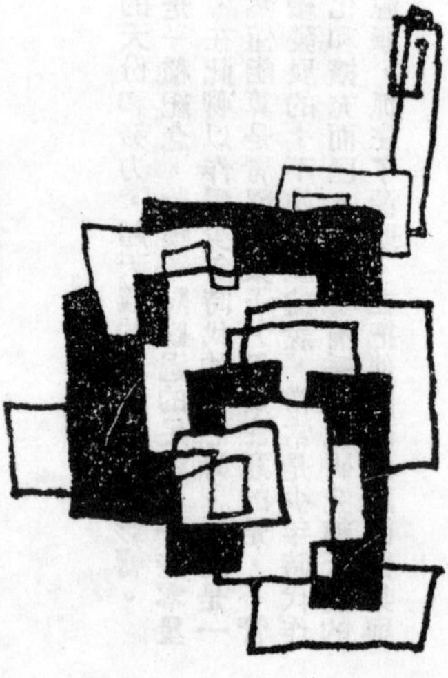

前言：高醫詩社已有十一年歷史，十一年中自有不少作品累積下來。我們在蒐集時首先碰到的困擾是：是否要將早期阿米巴詩社的作品一起蒐集，既然稱爲阿米巴詩展，當然要將詩社成立以來的作品一系列擇精展出，可是我發覺那很不容易，因爲早期的作品收集匪易，而且依笠詩刊的意見似乎也不是要如此，所以我只把最近二、三年來在阿米巴詩刊上發表過的作品稍微整理，在此展出。

高醫詩社創立於民國五十三年，創社之始原名爲「高醫詩社」而後經數次改名爲「高醫阿米巴詩社」迄今，詩社發行的刊物早期有「痣」，「天鵝湖」，現在有「阿米巴詩刊」已發行到四卷四期，今後仍將努力提高詩刊的質與量。詩社活動除了舉辦演講，發行詩刊，早期尚有「咖啡時間」與現在的「詩評」，目前除社長一人外，固定社員十二人。

至於談到「**阿米巴**」的趨向，由於社員間的水準不一，氣質不同，對藝術的創作態度上亦不一樣，較難指出一個明顯的方向。同時，外界文藝的思潮亦影響到本社詩的改變，如早期詩社者頗受「**創世紀**」影響，後期則受「**笠**」「**龍族**」的影響。大致可從兩方面來說，即詩的內容上：低年級或初學者有偏重愛情或對一件事物的冥想，由於生活內容貧乏，對生命的剖視也不夠深度，不是流於感傷就是有形式無內容——「光說不練」。到高年級或接觸到生老病死後(在醫院實習尤然)大致已能經過心靈的透視批判人生或社會，有的則藉外在的世界展現內心的追求。從詩的風格上說：大都走着自然、明朗的路線，不雕琢不作勢，不「語不驚人死不休」。(早期的風格較晦澀大概受「**創世紀**」派的影響)。

沒經過細密的思考，簡單地介紹阿米巴的趨向，希望不要太離譜，其實在讀者看過作品後就會發現它包羅萬象，但我們是嘗試著朝向社會社，自然明朗的方向努力。(賴聰能)

文韋作品

車窗外

綠以六十公里的速度銜接
任雙眼恣意饕餮
唯你的爬行
你用雙膝跪抹成的色彩
壯烈得難以下嚥

上回我經過
烈日燒灼你慣於彎曲的背脊
這回我看見
不斷打在你暴露的四肢
啊！行車人的眼福頗不單調

撒種，揷秧剛忙過
你又委車這一片水田
以爬行之姿
用雙手探向每一團泥土
殷殷呵護每一株秧苗
朝朝暮暮
抖落一季的關注

假設每一粒穀米釀自你的一揮汗一呵氣
假設我們每天都吃一大把一大把的米
則細細咀嚼該是多麼緊人多麼費力

父與子

啞巴的父親
再急也說不出兒子的病來
小孩顚簸的步伐
搖晃着一個欲墜的家

顫抖的字體
歪斜成一座牆
自無聲向有聲
隔黑暗望曙光

而五十元一天的報酬
買得起廉價的同情
奈何不了一個病痛的勒索
偌大的醫院
容不下他倆

照會頻頻
父親的眉宇深鎖
用淌着汗的臉
哄懷裏的小孩
幾絲苦笑泛生嘴角

熬一個中午不成問題
X光室前
父子枯坐
但以後呢？

茫茫的眼神
重重的困惑

王國華作品

平行開展的鄉愁

一條縱走的鐵路築過
二種氣候就被貫穿，不怎麼和諧
玻璃窗外的煙雨
濛濛來自乃弟調皮地呵氣

北回歸線跨過
跨不出的是娘輕輕地一樓
數着車過的大站小站
數落的却是平行開展的鄉愁

鄉關已出，已出不復再回頭
再回頭，盛年已過
錯把鄉音說成了鴂舌的語言
細話重頭

王興耀作品

刼遇

不經意的被出生
被人挾持而出
洗去血汚就得活下去

這是一種刼遇
你咬着下唇
掙扎在藉口中……

刼後歸來
醒自一個午寐
醒自路邊
有人低頭踢空罐子
抬起頭來
遠瞪一個電話亭良久
（打電話給誰呢？）

江自得作品

雲

A
她揚起輕快的手
把內心的一股溫柔
拋向藍藍的天空

嬌羞地白了那男孩一眼
就把軟綿綿的尼龍白裙
輕輕覆向綠色的大地

B
她的眉
在無涯的前額
徐徐醞釀着

厚疊的矛盾
她甩甩頭
把大撮沉重的頭髮
掀向天邊

一股辛酸便沿濡濕的髮際下垂了

圓山詩輯

之一（醫官寢室）

今天的手肘特別乏力
是否憂思在我心中積蓄

坐在桌前
我讀着一本抗日畫史
腦海中盡是那一大塊
沉重的中國土壤

遠眺煙雨中的圓山、
竟無力將那一頁血的歷史翻閱過去

一九七三、九、廿初稿圓山
一九七四、九、廿六定稿於高雄

之二（診斷室）

在珍斷室裏想中東戰爭
石油價格的種種以及季辛吉

一位臉色發青的老兵被抬進來
我細聽他心音
像古戰場那般遙遠而嘈雜
我囑他安靜下來
默默憑弔天邊那一抹殘陽
便會輕爽許多許多

而我自己却引頭
咭咭窗外的秋色
好苦好苦

一九七三、十、七初稿於圓山
一九七四、九、廿六定稿於高雄

之三（餐廳）

今天的午飯最爲芬芳
想必是那位煮飯的老兵又在思鄉

六個人圍在一桌吃飯
六雙筷子便能圍成一片家園

我慢慢地咀嚼，咀嚼着
每一顆米粒的生命
並試圖爲其尋出
它們一起生長的家
在何處

一九七四、三、十五初稿於圓山
一九七四、九、廿六定稿於高雄

李宇宙作品

故事

弟兄們聽着
歃過血之後
我們行動便有了主義
（昨天螢橋的老大下帖子）

布條纏在左臂 貨紮好
今夜爸爸們也不回家
翻過兩道圍牆
突然流淚並不是因爲悲傷

重要的是
長巷的血冷之後
子夜的寒涼

老么把着巷頭的風
條子來了
聽到口哨便讓
沒有媽媽的孩子去找老大
（領一點逃亡的盤費
風大的時候買酒喝）

吳重慶作品

葬

當初我們送您來
躺在深穴裏；冰冷的肢體
不再觸及我們的情感，祇幽靜地
一昧體悟本身的道理。
我們環繞您的臥處
走三圈，小心奕奕
不讓夕陽投射影子
予您驅上。
「我們走了。我們走了。
跟我們回家去吧。」
遠遠地，幾棵大樹龐然的影
圍繞矗立。突然鳴叫的黑鴉
申訴人羣離去的寂寞

逝者

翻到最後的幾頁
再也翻不過去
彷彿年青的輝煌已黯逝
只有薄薄的幾層 回憶
不容具體地捕捉
漫散的字句

跳躍在矇矓中
一本書，被遺落在脚旁

不能超越的

兩道平行的鐵軌
好久以來
橫阻在心內
風馳電掣的意念
來來往往

還思念着：
該不該此刻跨越
又是一箭列車駛來
安全桿梗在眼前

腦猝中的病人

他已醒來，堅持着不說話的權利
因爲吵雜的世界中，繁忙的現實
沒有一樣是終點，沒有一處是起點。
聲音的本質總是嘲謔，尤其是人的言語

昨日，我送他出院時
看着他一跛一跛的背影；
他並不回頭看我。

曾陽川作品

母親

床上母親慘白的臉　望向
窗外孤飛的歸鳥
寂寞的晚風裏
她緊緊地握着我的雙手

流星雨淋過的霜髮
散落床　間
背負夏日的雙肩
朝露洗過的面容
冰在寒天水中的四肢
已如後院的土牆
在風雨中斑駁了

那風化土牆的歲月
風化了母親　風化母親的朝露
滴聚了一流春泉

殯儀館

招魂旗升起的時候
油燈點亮回家的夜路
春天
紅鸞碧瓦的宮殿宛如淒清的古寺　廿

落花萎滿一院的寂寞
當魅影飄似西風裏的落桐
黃昏雨靜靜地下着
人們低聲啜泣

季節裏　荒草徑
孤單的脚步聲不再廻響
回家的路好長喲
沒月亮　沒星星
只有
一燈如豆

曾貴海作品

出擊

醒來已知
隱隱的鼓聲
在河之側
敲擊古老而冗長的謎歌

時間無色的焰火
寂靜而悲憐的點燃
千顏萬彩的灰燼

沐浴之後，就散髮與
海潮對決

永常的音浪
像武士們剛出鞘的利刃
迅疾的閃爍着挾喝劈來
將軀體斜削成
長滿翅翼的薄片

飄飛
鳥，及其
響往

燈

燈
在煩擾的中心
搖幌

像疲倦的眼光
垂散着一些言語
欲吐無力

一葉的我

一葉的我
已遠離岸邊
天是愈看愈大的
天
我是愈看愈小的
我

一葉的我

已遠離岸邊
浪是拍着浪拍着
一點點的我的浪
我是時隱時現的游牧於浪裏的
我

一葉的我
已遠離岸邊
我是能記多少歌就唱多少歌
能做多少怪夢就做多少怪夢的
我
不管會被何種風吹向何種的
港口
一葉的我
已遠離岸邊
我是不知道那種女人願高抬貴手
把我撿去好好用的我
這一葉的我

莊銘旭作品

從古典來的

遙遠地　就把自已推回那團古典裏
伊把右心房切給貝多芬
　把左心房切給柴可夫 斯基
而那九顆太陽喲
把伊的心房擠得滿滿
伊說　好燙啊

很久　很久
我面對伊塗滿現代的臉而不敢面對
就這樣
上帝右手提着我的耳朵左手指着伊
伊便頓悟
於是伊十指遂牽動那團古典
　跳躍於黑白之間
就經由外耳道緩緩流入灌滿我的心腑
噢　上帝你是該被稱頌的

再一度
我的眼睛扭斷在伊長長睫毛下的那團古典
我願那是兩朵向日葵
而那九顆太陽喲
就伴着
從古典來的

望海

天冷的時候，浪一定不是冷的

-Y. N. John-

海在望天
我在望海
那幾條漁夫橫臥在甲板上
　　　望星星
而我的星星在水中飄盪着
突然
星星沉沒了
我聽見漁夫的叫嚷聲
猛然地我想到撒網下
我的手臂竟變得這般痛苦
　　　無力
最後一絲纖維撕斷之后
夢如輕煙
我不是漁夫
我不是漁夫
我不是漁夫
突然幽靈似地
莊周傲遊而來
望我一眼
竟不分青黃皂白一腿把我
踢出三大大千世界之外。

陳至興作品

我的脚踏車

我有一輛脚踏車
祖父騎過
爸爸騎過
我也準備讓我兒子騎
當然
車胎換過
座墊換過
不變的仍是
骨架嶙峋
就像我家那塊
老店招牌

碗

在騎樓下
在天橋的一端
在彎過街角冷不防地一個照面
或以一個殘缺的姿式
或以一闋淒清的胡琴
他們單薄向上的掌心
總令人
想起一隻空的碗

小站

火車還沒來的時候
這無人的小站就一聲不響地存在着
連月光也躡足在鐵軌上

候車室
流浪漢的鼾聲
宣佈他是這裏的主人

老站長慢慢地走向月台
手裏的煤油燈
搖得像當年的五分車

楊寬弘作品

迸裂的前夕

我站着
風吹來了一片廣場
我立在廣場的中央
我站着，燃起一根煙
於是廣場已成不眠的夜市

我站着
一陣風吹來另一陣風
風是爭着來看我
在我們相視間
我已是亙古不變的雕像

我站痲了脚
不得不轉轉身子，指出四個方向
於是我站在十字路的正中央
四條路伸出手爭拉着我
漫天喊價

我站着
在肢體迸裂的前夕
我的一根煙續着一根煙
也把明年的廣場照亮
而後，太陽才緩緩地昇起
俯視這一具永恒的屍體

雀

揮手趕走一羣雀鳥
却忘了留下一隻
來啄淨滿院的屎糞

不經意地搖動
這柄殘剝的竹帚
才赫然發現糞土裏早已掩埋的
竟是自己雙脚上
熟悉的老繭

我把兩眼抛向西天的雀影
他們飛了好遠好遠

就連明年的晚春
也啣走得留不下一個的色澤

我以十季的寒露濯除
一春的糞土
再企盼豐羽的雀
輕
輕地
將他的雙足
飄　踏

蔡豐吉作品

我遂遺忘

飄雨中
我遂遺忘
昔日握妳纖手的翩姿

偶一揭額
妳欲語的睫影沉睡了
那持傘的人，擁妳
以九月的淋漓
（我不再是那持傘的人）

飄雨中
我遂遺忘方向
於我黑色的傘上
有單調的旋律
忍不住
忍不住回頭一顧
而妳已涉長巷的朦朧
涉我欲醉的動脈而過

飄雨中
我遂遺忘
昔日握妳纖手的翩姿

歲暮之夜

沒有驛站
沒有象徵
沒有姿態的羅列
歲暮之夜
乃陷入黑色的絕望之中

倦于思索那些
擠在弟弟腦室裏的
未曾曝光的暗語
而夜延續着
（懸在午夜的帳外
是一組未成形的歲月）

寂寂的冷擴散着
感覺在小窗的玻璃上
舞着變奏的步伐

被遺棄了的日曆
孤另另地窺視着
黑森林的風吹在
多皺紋的額以及
粗糙的手

夜。飽和着
零時之後
秒針遂牽動了
另一個仍然塗滿着
黑色的開始

花季之嚮往

再越過那密密的
牽牛花叢
嚮往就被染成
一弓紫色的繫念
遂伊的花季
逸去

如此的遙遠
如此的立於冬日
暗淡的黃昏的窗前
伊的影像竟在
一瓶藍色墨水中
泅游着

而白色的櫻花季節或者
紅色的櫻花季節或者
白紅色的櫻花季節
網着伊孤玲玲的企盼
繽紛着伊長長的泣完

一束束　伊的長髮
總愛飄散在那密密的
牽牛花叢中
於是夢就滙成一種
紫色的嚮往
逸去

賴聰能作品

解剖室

（一）

解剖室儘是
不懂壯嚴的蒼蠅
嗡嗡地爭食盤上的肌肉
只有躺在解剖台上的屍體
以赤裸的沉默抗議滿室的喧嘍

（二）

拿掉腸子的腹腔既令人
沉重地想到
加農炮炸開的窟窿
另一個戰場上的煙火是否也像

死地的福馬林
每一雙眼睛不習慣地
噙着眼淚

屍間

我該慶幸或者哀憐躺在解剖室的你
這動盪的土地你已不察覺
而疲倦的我跪着雙膝
何處去尋一片淨土
是否此地卽是
那麼，趁無人兒
讓我欣然躺下，諦聽
一場春雨幽幽流過身旁

一葉的我

一葉的我
是遺落在大海裏的我
海流的方向便是我的方向
沒有風雨沒有浪濤
我獨自溫暖地流
靜靜地流
流自己成一片安祥的自在
海便在我的天空寬濶了
我望着我的天空
一種翱翔
一種舒展
一種躺成像眞理的白雲
我的天空亦如是望着我
沒有了孤獨沒有了擁有
一葉的我
我正檢起

圖書館的三個我

（昨天）

圖書館裏的我是擺在角隅的
一株植物
曾經
對着面光的一片玻璃
彎曲自己僵硬的背脊

（今天）

圖書館裏的我是擺在書架上
一本厚書
不曾被人撫摸過
不曾被人讀懂過
獨自呼吸高空的空氣於圖書館的
最高處

（明天）

圖書館裏的我是擺在書桌上的
一尊雕像
蟠白的頭髮屬我
額頭的智慧屬我
沉思的風采屬我
千年後，太陽東昇時
朝聖的香客屬我

鬼樹

謝輝煌

——謹以此詩敬賀笠詩社十一週年紀念

魁偉的身軀
不屑與城市的大樓媲美
甘心將銅筋鐵骨隱於深山
聽鷹鳴虎嘯

綠扇千千
扇不盡秋風秋雨
那有什麼關係呢
你還是開春天的花，結秋天的果

你是邪氣的　邪得像農曆的七月
沒有人敢在你身上動一根毫毛
秋雨中，白銀似的果實像一串神秘的銀燈
照得饞人膽寒

你就是那麼吝嗇
不參加春季的花卉展覽
不附和秋天的黃金豐收
心比天高的綉花姑娘都被你氣死了

哦，我知道了，你不是謎也不是霧
你是一棵堅實高大而不凡的樹
你永不詛咒那把你劈成碎片燒成木炭的窯匠
情願年年在熱鬧的春天悄悄地閃滅生命的火花

六四年八月八日凌晨

註：銀杏樹又名白果樹。相傳有一位善於描花綉朵的巧姐兒，任何花朵，一見就開描綉，且栩栩如生，惟有白果花，她沒綉過，因而發誓非綉成一朵白果花不可。然白果花開在春天的子夜，且一開即謝，瞬如閃光。那位姑娘為了想一顯不凡的手藝，便在樹下搭蓬待花，春來春去，樂此不彼。然終因樹高花暫，姑娘的心願未了，壯志未酬，終於，氣得自縊於白果樹上以謝花神。因有此一傳說，在迷信程度較濃的鄉間，人多不敢接近白果樹。其實，白果樹何罪？實是那位姑娘作繭自縛罷了。此試係以民間傳說為題材，事實無法考究，特此附筆。

幼苗園

指導者　黃基博

抽煙

屏縣光華國小四年蔡　純

爸爸的嘴是厨房，
鼻子是煙囪。
每當厨房開始燒飯、煮菜，
煙囪就會有煙冒出來。

後悔

屏縣潮州國小四丁洪玲萍

後悔是一顆好心的心，
是一顆流眼淚的心。
能使做錯事的人改過自新；
能幫做錯事的人解決痛苦。
我想你一定很快樂，
你在人家需要你的時候，
才去接受人的歡迎。

洋娃娃

光華國小四年級蔡　純

洋娃娃啊！
你是啞巴嗎？
我問你話，
你怎麼不回答？
洋娃娃啊！
你的脚是小兒痲痺嗎？
不然我要你跟我去上學，
你連走一步也不肯！
洋娃娃啊！
你是孤兒嗎？
你怎麼沒有爸爸和媽媽？
我做你的爸爸，
我做你的媽媽好嗎？
唉！氣死我了，
你怎麼不叫聲爸爸，
你怎麼不叫媽媽呢？

小池

臺南西門國小六年楊雅富

誰說池小心窄？
容得一天雲彩，
任他逍遙自在，
來去都無礙。

鏡子

屏縣仙吉國小五甲許麗梅

鏡子呀！

你是愛美的媽媽，
我的臉髒了，
你就叫我擦乾淨。
我的衣領皺了，
你就叫我整平。
只有愛美的孩子，
才能得到你的歡心。

雨

南榮國中二年級 蘇美娟

在朦朧的細雨中，
一朵朵美麗的小花開了。
雨過天晴，
艷麗的小花謝了。
有誰能使嬌艷的花重新開放呢？

日記

潮州國中二年十班 郭淑貞

你是我的知己，
我倆永不分離，
到遠方，
定帶着你。

小水滴

屏縣竹田國中三年 李秀珠

小水滴，
打在池塘上，
池塘氣得滿臉是皺紋。
小水滴，
糟塌了花兒的香閨，
弄毀了葉子的船。
小水滴，
太頑皮，
池塘不容它，
花兒，葉子也不收留它，
只好流浪到大海裏。

影子

道明中學女生初一 李昭瑢

他是媽媽派來監督我的
寸步不離
眞叫人討厭
只好躲進陰暗的地方
讓他瞧不到
也找不着

樹木

高雄前金國中一年 劉靜蓉

樹枝是慈愛的媽媽，
粗壯的樹幹是爸爸。
哥哥和弟弟是可愛的綠葉，
貼附在母親溫暖的心窩；
姊姊和妹妹是嬌美的小花，
依偎在媽媽的懷抱裏。

小雨滴

高雄左營國中三年 蔡美真

小雨滴是個舞蹈專家，
喜歡到地上來跳舞，
風兒要它向東，它就向東，
要它向西，它就向西，
看得花兒草兒直點頭，
樂得屋頂滴答滴答的笑着。

小草

屏東大同國中三年 黃素月

河邊有一片青綠的小草
風兒要邀它們去玩
小草不答應
一個個使勁的搖着頭

花

左營中學高二 陳艷華

花小姐愛美麗，
穿上漂亮的衣服，
灑着濃香水，
還綴着幾顆珍珠。

富麗的一日

屏縣潮州國中二年 賴昭蓉

清晨，
露珠是我的項珠，
薄霧是我的羅裳。
日午，
山風是我的小風扇，
清泉是我的冰淇淋。
午後，
森林是我的宮庭，
湖沼是我的明鏡。
日落，
海灘是我的金沙，
太陽是我的繡球。
深夜，
月亮是我的明燈，
星星是守護我的小精靈。

蓓蕾園

指導者 黃基博

眞誠

屏東師專三年丁班 張惠棉

你從來不懷疑我，
我也一直都相信你，
我倆之間，
只有一層透明的玻璃，
沒有一絲灰塵。

雨中

小學教師 白美美

欲持傘
條憶
雨絲是你的情意
雨聲是你的蜜語
遂投身其中
尋覓
你在身邊的溫馨

訴

屏東師專三年丙班 陳玉娟

從風來的那天起，
我的心裏就有了一份企盼，
盼風兒帶來幸福的信息，
然而，
它只管遨遊
直到落葉飄了滿地
仍未爲我帶來些許——
除了屬於秋的淒淒。

怨

省立鳳山中學高二 簡燕鳳

那是一個綺麗的夢，
曾綴飾着星光的錦簇；
曾鑲有皓月的祝福。
多少黑夜降臨！
多少白晝隱逝！
爲何甜美的笑意，
再也無法綻現于淒清的子夜，
寄給星兒與月姐的，
是沾滿淚珠的訴。
別離敲醒了長長的夢；
星兒呀！皓月呀！
你倆應幫我叮嚀臨走的他，
然而——
他走的時候，
竟是你倆不在的清晨。

打擊

屏東萬丹國小教師 梁財妹

像受到暴風雨突襲
我情感的湖裏
波濤正洶湧
像强烈的地震震撼着

我意念的樹幹
搖搖欲墜
想把住心湖裏的舟
找不到舵
想穩住意念的樹
摸不着強固的根

日子

屏東師專四年戊班 王貞德

放慢，放輕
妳的脚步
讓靜默中流逝的日子
有淡白的甘美
微綻　笑靨
如　溪流潺潺
帶給每一個人愉悅
且把一切不值得回憶的
浸溶化解
就像它們不曾發生
讓溪流帶妳
遺忘
起源山澗的崎嶇顚沛
直奔
完美浩瀚的大洋

歡樂的季節

省立鳳山中學高二 林宿慧

歡樂的季節，
是傾聽海的呼喚，
玩弄一海水活躍。
歡樂的季節，
是曾見百花爭豔，
採滿一筐擺在心中，
歡樂的季節，
是輕撫微風的嬌柔，
擱滿盈袖任我翱翔。

母親

屏東潮州國中二年 李癸壁

你是天邊的一顆孤星，
我是黑夜海上的孤船；
儘管你遠在天邊，
儘管那光芒微弱，
却足够溫暖——
我流浪的心。

愛

屏東師專三年丙班 陳玉娟

提起筆
我不知該寫些什麼
因
我心已飛向你
見了你
我不知該說些什麼
因
我心已醉去。

訴

屏東萬丹國小教師 梁財妹

像打開水壩的柵門
淤積着的湖水
直奔而下
先是聲勢浩大
澎湃洶湧
繼而滔滔不絕
潺潺細流
然後漣漪微盪
終至平靜。

夢

屏東師專四年戊班 方素敏

你總是踮着脚尖來
輕輕的一吻
於是
風會唱歌
樹會跳舞
我也漫遊太空
你總是無情的離去
像過境的雲
只是一陣清涼
却使我仰望和期待

日本兒童詩選

藍祥雲譯

肚子裏的教室

調布小學一年 橫田玲子

假如我是一間教室
大家就要進入我的肚子裏
還有　那黑板啦
桌子啦　椅子啦　都進去
中午飯的時候
就重了些
下雨天的時候
就在我肚子裏大吵大鬧
我的肚子就疼
肚子裏的教室能到何時
我被搗壞了　怎麽辦
我就會死去

——原載「木村學級詩集」。

傷風的老師

福生第三小學一年 立城見和子

老師會是眞正感冒了
一定是感冒
眞正感冒了還要到學校
一定是有理由
如果他請了假
一定被他的媽媽責罵

——原載「多摩子詩集」。

富士山

武藏野小學五年 佐伯節子

富士山
曾經有一度爆發
像我們一樣
有火的心臟
老師和同學都說：
「富士山已經死了」
但是我却相信：
「富士山是活着的」

——原載「兒兒詩的指導」。

賽跑

青梅第三小學二年 奈良野明美

賽跑的刹那
老師喊：「預備——」
的預令
「擦——」一聲
我的脚就出前

——原載「多摩子詩集」。

海

呼續小學五年 加藤孝子

大海 擁有我的歡樂和悲哀
大海 因爲我的歡樂和悲哀而呼嘯

——原載「什麼也看不見」詩集

炸彈

湯本第一小學六年 金子裕美

小平紀念館陳列有十七顆炸彈
像這樣的炸彈
曾經投向我們
因爲戰爭而失去爹娘
住房被燒毀
那些人 不知如何生活
我們實在無法去想像
在廣島投下的原子炸彈
奪取了成千成百的生命
參觀紀念館的炸彈
想及聽到了往事
實在覺得可憐
比起來我們現在的生活
有如在幸福的天國
過慣任性生活的
我們是應該好好反省

——原載「小學生詩の本」

中國新詩論史 (四)

·旅人編·

第三章 新詩論第二期

中國新文學運動，受西洋浪漫主義文藝思潮的影響頗鉅，新詩運動爲新文學運動之一環，自然不能例外。浪漫主義的影子或現或隱地支配着第一期與第二期的新詩論，尤其是第一期，最爲明顯。雖然在第二期的後半期，逐漸擺脫浪漫主義的影響而代替以象徵主義，但象徵主義亦不外是新浪漫主義的一支，雖然它是反對自然主義而產生，但其與浪漫主義之反抗古典主義的精神是相通的，所異者是象徵主義較浪漫主義更趨於極端而已，他們的血緣還是有關係的。

第一期與第二期新詩論，雖然係因或多或少的在浪漫主義的影響下而發生，但兩期的詩論，彼此互有差異。第一期的新詩論，把詩工具的改革與形體的大解放作爲主要工作，雖然迭經劉半農、朱自清二人在建設性詩論方面苦心經營，可是在本期的詩論下，詩作並不理想，拋開胡適的白話詩不談，即以朱自清的自由詩，也不是頂好的。造成詩質欠佳，作品缺乏耐讀性的眞正原因在哪裏呢？是不是詩論有了毛病，而導致創作失却了方向？因此第一期的新詩論，嚴格說來，僅能算是「詩革命」的時期而已。到了第二期的新詩論，因借鏡於前期的得失，截長補短，提出另一套詩論；於是有格律說、象徵說的興起，把中國新詩的創作，導入一個黃金時代，逐漸奠定了新詩在整個中國詩史上的地位。

爲什麼說新詩運動曾受浪漫主義的影響呢？因爲浪漫主義的特徵即是求個人的自我解放，反對一切因襲的道德、制度、風俗及束縛的思想，在文學作品方面特要求獨創，重視熱情，對於已成的美的準則失却信心，認爲人的想像力可以不斷發現新的美的準則。新詩論諸家，把浪漫主義的這種精神吸收過來，第一件事當然是反對文言詩，捨棄其詩的工具——文言文，另代之以白話，並把那些平平仄仄，逢雙押韻的老套束之高閣，但是他們後來發現這樣的改革，雖然詩作有點進步，但比起成熟的文言詩來，似乎有些不及，於是又開始戮力作些補救的工作，這是新詩論第一期和第二期手忙脚亂的現象，而這種手忙脚亂的現象，其背後的精神力量即是浪漫主義，此項主義使他們永遠不斷地求新求好而共同爲新詩的發展而努力。

第一節 格律說

格律說是第二期新詩論前半期的主流，此說是對第一期新詩論的反動。第一期要求的是自由，但自由過度，產生了弊端，乃有第二期對不自由的渴求，眞是「物極必反」！可是第二期的對不自由的渴求，和傳統的文言詩的不自由，是不相同的。他們要求的不是回到舊詩的形式去，而是把西洋的形式搬了過來，不過詩的工具還是白話，這點和第一期的主張是相同的。格律說的主將有徐志摩、聞氏、梁實秋……等人，現在讓我們先談談格律說的開創者——徐志摩的詩論。

第一目　徐志摩

徐志摩名章垿，浙江海寧人，西元一八九五——一九三一）受了十九世紀浪漫主義文學的感染，於民國十三年與十四年先後寫了「濟慈的夜鶯歌」和「拜倫」兩篇文章，對這兩位浪漫主義的文人大大地發出崇拜與讚賞的聲音之後，於民國十五年開始主編晨報副刊的詩刊，陸續地提出他對新詩的見解，並對第一期新詩論在形式方面的主張，作了一百八十度的反動。

徐志摩的這種反動是有必要的，因為在第一期詩論下創作的新詩，由於寫的人太多太濫了，有些詩甚至和散文一樣，一點詩味也沒有，因此整個詩壇漸有沉寂的情勢。徐志摩在英國留學時，才開始寫新詩，時齡二十六歲。在他的猛虎集序說：「但生命的把戲，是不可思議的，我們都是受支配的善良的生靈，那件事我作得了主，整十年前我吹了一陣奇異的風，也許照着了什麼奇異的月色，從此我的思想就傾向于分行的抒寫，一份深刻的憂鬱佔定了我，這憂鬱，我信竟于漸漸的潛化我的氣質。」他的善良的心憂鬱了，於是思想就傾向於分行的抒寫，而所謂分行的抒寫也就是詩的形式。如果他有了新詩作品，便寄給胡適，在其主編的「努力週報」上發表。他的詩採取西洋詩的格律，注重形式與韻律，令人深感節奏和諧，與趣盎然。由於他的出現，詩壇始又甦醒過來了。他的學生趙景深曾云：「我國新文學運動的開始實是新詩，在小說只出了兩三本的時候，新詩倒出了十幾種。當時人們寫慣了無韻詩和小詩，徐師忽以西洋體詩在時事新報的學燈欄內刊出，使人耳目為之一新。」（見「新月」月刊四卷一期）因此徐志摩在詩壇露面，是以他的詩發軔，其次才是詩論。他的詩論，在三十歲時才正式發表。一九二五年他在晨報副刊詩刊第一期寫了篇「詩刊弁言」，這可說是格律說的正式宣言。

「詩刊弁言」的內容包括兩方面，第一、要把創格的新詩當做一件認眞事情做。第二、相信詩是表現人類創造力的一個工具，與音樂、美術是同等性質的。

所謂創格的新詩，當然是要求詩要有新格式與新音節，而這種新格式與新音節，並不向文言詩裏去借，而是從西洋詩借來的。

徐志摩要人相信詩是一種藝術，一項表現創造的工具，這是對新詩人的一樁心理建設。有了這種心理建設，對詩便會抱着「敬業」的心情去寫，才肯為它獻身，也唯有如此才能產生偉大的詩篇。

他不僅要人相信這些，還要人相信許多該相信的東西。他說：「我們信我們這民族這時期的精神解放或精神革命沒有一部像樣的詩式的表現是不完全的；我們信我們自身靈裏以及周遭空氣裏多的是要求投胎的思想的靈魂，我們的責任是替它們構造適當的軀殼，這就是詩文與各種美術的新格式與新音節的發見；我們信完美的形體是完美的精神唯一的表現；我們信文藝的生命是無形的靈感加上有意識的耐心與勤力的成績；最後我們信我們的新文藝，正如我們的民族本體，是有一個偉大美麗的將來的。」（詩刊弁言）

新詩本來是反對舊詩的格律的，可是徐志摩為什麼又主張要套上新的格律呢？在詩刊弁言裏僅是宣揚要新格式與新音節，但為何需要新格式與新音節呢？並未具體的說明，一直到民國十五年「晨報副刊詩刊」最後一期（第十一期）的「詩刊放假」一文，他才親自明白交代：

「……再說具體一點，我們覺悟了詩是藝術；藝術的涵養是當事人自覺的運用某種題材，不是不經心的一任題材支配。我們也感覺到一首詩應分是一個有生機的整體，部份的部份相運，部份對全體有比例的一種東西；正如一個人身的秘密是它的血脈的流通，一首詩的秘密也就是它的內含的音節的勻整與流動。這當然是原則上極粗淺的比喻，實際上的變化與奧妙是講不盡也說不清的，那還得做詩人自悉心體會去。明白了詩的生命是在他的內在的音節（Inlernal rhythm）的道理，我們才能領會到詩的眞的趣味；不論思想怎樣高尚，情緒怎樣熱烈，你得拿來澈底的「音節化」（那就是詩化）才可以取得詩的認識，要不然思想自思想，情緒自情緒，却不能說是詩。」

由於「晨報副刊詩刊」的提倡格律詩，於是這種詩大爲流行，不過，他也對寫這種詩的人，發出警告，不要誤認爲只要符合這樣的詩式，就是詩。他說：「行數的長短，字句的整齊或不整齊的決定，全得憑你體會到的音節的波動性；這種先後主從的關係在初學的最應得認淸楚，否則就容易陷入一種新近已經流行的謬見，就是誤認字句的整齊（那是外形的）是音節（那是內在的）的擔保。」（詩刊放假）

在第一期新詩論倡導下的新詩，把平仄打破了，但內容尚未有新氣味。徐志摩認爲個中的缺失，即在缺少音樂，所以他借鏡於西洋詩，使音節西詩化，而且在取材用字布局等方面，也徹底地新詩化了，完全擺脫舊詩的陰魂。我們不妨取其「哀曼殊斐兒」一詩佐證他的理論：

我昨夜夢入幽谷，
聽子規在百合叢中泣血；
我昨夜夢登高峯，
見一顆明淚自天墮落。

古羅馬的郊外有座墓園，
靜偃着百年前客殤的詩骸；
百年後海岱士黑輦的車輪，
又喧響在芳丹卜羅的青林邊。

說宇宙是無情的機械，
爲甚明燈似的理想閃耀在前？
說造化是眞美善之表現，
爲甚五彩虹不常住天邊？

我與你雖僅一度相見——
但那二十分不死的時間！
誰能相信你那仙姿靈態，
竟已朝霧似的永別人間？

悲也！生命只是個實體的幻夢；
美麗的靈魂，永承上帝的愛寵；
三十年小住，只似曇花之偶現，
淚花裏我想見你笑歸仙宮。

你記否倫敦約言，曼殊斐兒！
今夏再見於琴妮湖之邊；
琴妮湖永抱着白朗磯的雪影，
此日我悵望雲天，淚下點點！

我當年初臨生命的消息，
　夢也似的驟感戀愛之莊嚴；
生命的覺悟是愛之成年，
　我今又因死而感生與戀之涯沿！
因情是攢不破的純晶
　愛是實現生命之唯一途徑；
死是座偉秘的洪爐，此中
　凝鍊萬象所從來之神明。
我哀思焉能電花似的飛騁，
　感動你在天日遙遠的靈魂？
我洒淚向風也遙送，
　問何時能戳破生死之門？

第二目　聞氏

徐志摩主張的新格律和新音節，因借用西洋詩的形式和音節，拼命爲新詩立法則，找形式，可惜太西洋化了，太形式了，沒有顧慮到中國文字的特質。中國字是一個字一音，這種一字一音的特性，很適用於凝鍊的舊詩的音節。但新詩主張用白語寫詩，由於白話本身就欠缺文言的凝鍊、壓縮性，所以想用一個字一個音來表達一個獨立的意思就很難，所以必須兩三個字成一組，套用西洋詩的重音節，才能在一個詩行中表現音韻，這原是徐志摩努力的方向，不過中國的單音字與西洋的複音字究竟不同，語調也有根本的差異，新詩的音節，豈可完全西洋化？故從中國語言中找出眞正的中國新詩的音節，徐志摩並未實現他的理想，繼承他的理論加以發揚光大的是聞氏（西元一八九九——一九四六年）。

所謂新詩的新格律和新音節究竟是什麼，徐志摩並未詳細的說明。對此，在理論上的探討，聞氏下的功夫比較深，於民國十五年五月十三日，他也在「晨報副刊」發表篇「詩的格律」加以闡揚。

他認爲如果藝術的起源是本於「遊戲本能說」，寫詩就和下棋一樣，下棋不能廢除規矩，何況詩呢？下棋是因爲有規矩，才能獲得遊戲的樂趣；寫詩，是因爲有格律的關係，才能領略藝術的情趣。

他相信王爾德說的：「自然的終點，便是藝術的起點。」因此，認爲自然美有不圓滿的時候，必須要人工來加以改造；同樣地詩有他自然的音節，但這種音節有它缺陷的地方，所以要有新的格律來補救。

一些不講格律，反對格律的人，他認爲是因爲他們沒有認清這個事實：世界上決不能有「沒有節奏的詩」，詩一向就沒有脫離過格律或節奏。對這些反對格律者，他用這樣的話批評：「……也許是好時髦的心理，也許是偷懶的心理，也是藏拙的心理，也許是……那我可不知道了。」

他也提出詩的音樂美（音節）、繪畫美（詞藻）和建築美（節的勻稱和句的均齊）加以討論。音樂美屬於聽覺方面，詩要有音樂美，必須要有聽覺方面的格式，有音尺、有平仄、有韻脚。但如果沒有這些格式，也就沒有節的勻稱，沒有音尺，也就沒有句的均齊，換句話說，也就沒有詩的建築美。而建築美是屬於視覺性的。至於繪畫美，常利用中國象形字的特性，在詞藻方面加以表現，使其占有空間的實感，也是視覺性的。增加詩的建築美，使其成爲新詩的特點，可以使新詩的聲勢更擴大一點。

但是他認爲新詩的新格律，和律詩是不同的。第一寫律詩，不管題材、意境是什麼，都只能裝進一種規定的格式，而新詩是相體裁衣的。第二、律詩的格律與內容不發生關係；新式的格式是根據內容的精神而決定的。第三、新詩的格式是隨自己的意匠來隨時構造的，不是別人事先定好的。

他首先提出「音尺」這個名稱。他擧自己的「死水」一詩分析音尺：

這是一溝｜絕望的｜死水

這是詩的第一行，由三個「二字尺」和一個「三字尺」構成的，以後的每一行都是這樣的，因此每行的字數也就相同。如此詩便有新的格律。現將其「死水」這首詩抄錄於後：

這是一溝絕望的死水，
清風吹不起半點漪淪。
不如多扔些破銅爛鐵，
爽性潑你的賸菜殘羹。

也許銅的要綠成翡翠，
鐵罐上銹出幾瓣桃花；
再讓油膩織一層羅綺，
黴菌給他蒸出些雲霞。

讓死水酵成一溝綠酒，
飄滿了珍珠似的白沫；
小珠們笑聲變成大珠，
又被偷酒的花蚊齩破。

那麼一溝絕望的死水，
也就誇得上幾分鮮明。
如果青蛙耐不住寂寞，
又算死水叫出了歌聲。

這是一溝絕望的死水，
這裏斷不是美的所在，
不如讓給醜惡來開墾，
看他造出個什麼世界。

聞氏也曾在新月雜誌上，發表幾十首他翻譯的白朗寧夫人十四行詩，他首先給這種詩型以「商籟體」的新譯名。也在「新月」第三卷第五、六期發表「談商籟體」一文。這篇文章採用書信體，是寫給陳夢家的。文中談到「起」「承」「轉」「合」應如何運用於十四行詩，並說明新詩的音節和格律的問題，遂引起當時的詩人普遍注意「商籟體」。

使四行或商籟的形式，在中國發表，創造中國新詩體、指示中國詩的新道路，聞氏繼徐志摩而努力推展介紹，實有不可磨滅的功勞。

第三目　梁實秋

梁實秋（北平人，西元一九〇一年生）是一位文學家，教育家。長於散文的抒寫，精於翻譯，文學批評之立論又堪稱獨步，他的思想與主張，對三十年代的文壇影響很大，一直到七十年代，仍有增無減。

他也是新月派的一位大將，這一派的工作在新詩論方面，是著重反對第一期的白話詩、自由詩，而提倡格律詩。在新月雜誌的旗幟下，梁實秋經常與徐志摩、聞氏等人在一起，聚會討論新詩。他的詩論，來台後，並不很贊同當初的格律詩，他說：「老早有人悟到新詩必須要有格律與形式。所以經過初期幼稚的嘗試以後，便有人處心積慮的在做試驗，把詩的每行修得一般長短，每行的字數是一般多，不再是參差不齊的長短句了，印出來的時候四四方方的像是一塊豆腐乾，有人稱之爲「豆腐乾派」。他們用意是好的，但是失敗了。眼睛看着齊整，不能算是形式，詩的文字形式主要的是節奏，是用耳朶聽的。豆腐乾中看而不中聽。尤其是白話裏少不了「的」「麼」「啦」「呀」的字樣，夾雜在句子中間，佔一個字的地方而不能頂一個字的用處，夾七夾八的，讀起來不順口，聽起來也不悅耳。又有些人乞靈於外國詩的形式，用中國話寫「十四行體」（Sonnet）即其最著之一例，這種辦法也不成功；因爲無論模倣得多麼像，節奏問題還是沒有解決，頂多是有了固定的韻脚和篇章的格式，而且削足適履非常的不自然，惹出了「戴着鐐鐐跳舞」的譏評。」（見「文學因緣」書中的「關於文學講話」）文段話的前半段是針對徐志摩的主張而言：後半段則是批評聞氏的。可是在新月時期，他認爲「豆腐乾式」的新詩是一大進步的（見傳記文學社文史新刊第三集「秋室雜憶」），無論在性格或旨趣方面，他却是接近徐志摩、聞氏等人，而且來臺後，他與新詩的關係已較疏遠，所以還是把他的新詩論編入格律說。

遠在一九二五年，他即在美國哈佛寫了篇「論中國新詩」，痛快地批評胡適的嘗試集「平庸、粗俗、膚淺」，讚賞徐志摩是一個天才詩人，聞氏是一個眞正的藝術家，他們寫的詩是中國詩可以走的方向。這篇文章一呼，對於格律說的提倡是一項大鼓舞，由此而有徐志摩「詩刊弁言」的正式揭櫫格律說。梁氏發表「論中國新詩」與徐氏的「詩刊辯言」雖同在民國十五年，但後者晚了二個月。前文在民國十五年二月發表；後文則爲同年四月。

在主張格律說諸人，梁實秋是頭腦比較清醒的一位。徐志摩是一個道地的浪漫詩人，受浪漫主義的文藝思潮影響很大，聞氏次之，梁實秋在拜師美人白壁德前，曾有過度的浪漫傾向，後則因受白壁德的影響而轉趨人文主義與古典主義。一九二六年二月，他寫了篇「現代中國文學之浪漫趨勢」，文中顯現作者對文學的態度與「論中國新詩」時的他完全不同。「現代中國文學之浪漫趨勢」一文，對浪漫主義思潮的支配中國文學界流露出不滿而有所批判，所以說他是頭腦比較清醒的一位。來臺後，對格律說更有一番客觀的評述（見「關於文學講話」一文），並曾坦率指出五四前後很多人攻擊舊詩有點過份，舊詩之所以有問題，實在是今人寫的舊詩不可能超過前人罷了。胡適的新詩，還是追隨黃公度這一派作風而稍加放良，利用白話爲工具而已，他聰明的地方，是提出一個黃公度所沒有提出的一原則——以白話寫詩。（見藍燈出版社「實秋文存」中「閒話新詩」篇）

第二節　象徵說

格律詩風靡了一陣之後，人們厭倦了其詩型的機械化，一種新的詩說便又興起，這種詩說便是象徵說，它也是對格律說的再反動，主張恢復自由的形式，但在詩質的追求上的確比第一期詩論下的自由詩進步，也比格律詩更有可觀的地方。自象徵說出現以後，新詩的寫作，對形式的固定與否，已較少爭論，認爲這是次要的問題，主要的還是在詩質的把握，似乎詩人們已經有一共同的默契——以偏向自由的形式為主。政府播遷臺灣後，詩論家便藉着象徵說的基礎，開展現代詩運動，把象徵詩更加改造推展而造成現代詩蓬勃的現象。因此象徵說可說是一個新詩論的分水嶺，在此以前所有詩論領導下的詩作，其成就尚未足觀；而在此以後，各種詩論所領導下的詩作水準，常有令人驚喜之處。

象徵說之在中土生根，主要是受法國象徵主義的文藝思潮影響。象徵主義本是新浪漫主義諸相之一種，有廣狹義的區分。廣義是指古希臘的神話，古埃及的象形文學以及中世紀的神密劇、宗教劇等等。狹義是指十九世紀末葉歐洲流行的一種文藝思想，誕生於法國，其在文學的立論上，主張以情調為基礎，藉象徵、暗示的技巧，表現內部的精神生活以追求一種幽玄神密的境界。中國新詩論的象徵說，便是受此狹義的象徵主義的影響而產生的。

象徵主義有幾個特性：

㈠不重視思想和情感，而以刺激讀者的情調為主。為了達到情調的效果，音樂性的要求是必要的。聲音重於詞義，味覺、聽覺混同其他文學的要素交錯表現。

㈡客觀的事象，僅是一種媒介物，藉以喚起內在的精神世界而已，此即所謂象徵過程，凡客觀事實的紀錄，是不受鼓勵的。

㈢以暗示的技巧更動普通的詞句，給人一種朦朧的，幽玄的美，一種莫可名狀的興奮情調。暗示是象徵主義的法寶。

㈣具有頹廢的色彩，「感傷」、「憂鬱」是其招牌所用的詞句也都是這方面的字眼。

中國的象徵說既師法象徵主義，故象徵主義的特性，在象徵說也都大部份包括了，只不過它又加了一項——標榜異國的情調，身在本國，而詩中之身彷若在外國。

象徵主義的開山祖是法國的波特萊爾、維之有馬拉美，魏爾崙和藍波等人。在中國的象徵說，李金髮（廣東梅縣人，西元一九〇〇出生）是第一個提倡的人，出版有詩集「微雨」、「食客與凶年」、「為幸福而歌」等，另亦有「異國情調」、「藝術論文集」、「德國文學ABC」、「飄零閒筆」及「古希臘戀歌」諸書。關於他的詩論，由於資料搜集不易，無法論述。不過就現有的資料判斷，他是第一個象徵說的創始者大致不錯，想來他的詩論也不會太多，他的象徵說，似乎完全以他的詩作向讀者宣告居多，用想像的語言印證，而不以說明的語言論述。是以筆者跳躍過李金髮，而逕談戴望舒其人。

戴望舒（浙江杭州人，西元一九〇五——一九五〇）是象徵說的繼承者，他的詩作成就遠超過李金髮。在上海震旦大學讀過書，主編過「現代月刊」，也和路易士（即今之紀弦）創辦過「新詩」雜誌。出版詩集有「我的記憶」、「望舒草」。

戴望舒是現代派的主將，他們的現代雜誌曾對詩有過很具體的主張：

「『現代』中的詩是詩，而且是純然的現代詩。他們是現代人在現代生活中所感受的現代情緒，用現代的詞藻排列成的現代的詩形。『現代』中有許多詩的作者曾在他們的詩篇中採用一些比較生疏的字，或甚至是所謂文言文中的虛字，但他們並不是有意地在宣揚古董，對於這些字，他們沒有古的或文言的觀念。祇要適宜於表達一個意義，一種情緒，或甚至是完成一個音節，他們就採用了這些，所以我們說他們是現代的詞藻。」（現代雜誌第四期「有關於本刊中的詩」）

現代派主張的詩完全不同於格律詩，沒有韻，在句式方面也不求整齊，他們要求的是詩的內在的完美，應具有理想的肌理。他們的詩，比李金髮的詩較為流麗可解。

現代派的共同主張，也即是戴望舒的個人意見。關於他的個別詩論，在此進一步的討論。

他說：「詩是由眞實經過想像而出來的，不單是眞實，亦不單是想像。」（「望舒草」附「詩論零札」篇第十四條，一九四五年上海四馬路現代書局初版，編號〇三五七）這是一條很有名的象徵說的詩論，是一種標準的象徵主義的美學觀點。一首詩中文字的表現，僅是代表某種客觀世界的形象，透過這些衆多的形象並跳躍過這些形象的間接關係，讀者便可直趣作者主觀的精神世界。而此主觀的精神世界，如係眞實體驗、觀察過客觀世界並賦予豐富的情感後所凝聚而成的，便能普遍地反應出每個人的精神世界。杜衡曾對此條詩論有過扼要地評述：「……因而他底詩是由眞實經過想像而出來的，不單是想像。他這樣謹愼着把他底詩作裏的『眞實』巧妙地隱藏在『想像』的屛障裏……………可是『不單是眞實，亦不單是想像，』這句話倒的確是望舒底唯一的眞實了。它包含着望舒底整個做詩的態度，以及對於詩的見解。抱這種見解的，在近年來國內詩壇上很難找到類似的例子，差不多成為一個特點，是從望舒開始寫詩起，一貫地發展下來的。」（「望舒草」杜衡序文）

事實上杜衡為「望舒草」作序，文長雖達十四頁，但所說的不外是在為戴望舒的這條詩論反覆地作註解。杜衡自己也這樣說過：「一個人在夢裡洩漏自己底潛意識，在詩作裏洩漏隱秘的靈魂，然而也祇是像夢一般地朦朧。從這種情境，我們體味到詩是一種呑呑吐吐的東西，術語的地來說，它底動機是在於表現自己與隱藏自己之間」（「望舒草」杜衡序文）他說這樣的話的意思和戴望舒的這條詩論之旨意頗相接近，大概是受了望舒詩論的影響，才悟出詩是在表現詩人自己與隱藏自己之間的道理來。

徐志摩、聞氏等人主張寫格律詩，要求押韻和整齊的字句，戴望舒頗不以為然，他抨擊說：「韻和整齊的字句會妨碍詩情或使詩情成為畸形的。倘把詩的情緒去適應呆滯的，表面的舊規律，就和自己的足去穿別人的鞋子一樣。愚劣的人削足適履，比較聰明一點的人選擇較合脚的鞋子，但是智者却為自己製最合自己的脚的鞋子。」（詩論零札第六條）

詩的內容，感情是不可缺少的東西。但戴望舒是比較不注意這個的，他倒特別注意感情的個別表現的情緒。情緒有喜怒哀樂的不同，各種不同的情緒綜合成一個人的感情。如果感情是一個深的海，而表現感情的即是起伏不定的浪花，這些浪花有大的、小的；有平靜的、有狂嘯的，那麼浪花就是情緒。重視詩的情緒，能使詩的表現更接近某種美的「情調」。戴望舒的重視情緒，除了上述第六條也談到情緒之外，其他第四條、第八條、第十條、第十四條、第十五條也都談到，現依序臚列如下：

「詩的韻律不在字的抑揚頓挫上，而在詩的情緒的抑揚頓挫上，即在詩情的程度上。」

「新詩應該有新的情緒和表現這情緒的形式。所謂形式，決非表面上的字的排列，也決非新的字眼的堆積。」

「舊的古典應用是無可反對的，在它給予我們一個新情緒的時候。」

「詩應當將自己的情緒表現出來，而使人感到一種東西，詩本身就像是一個生物，不是無生物。」

「情緒不是用攝影機攝出來的，它應當用巧妙的筆觸描出來。這種筆觸又須是活的，千變萬化的」

讀戴望舒的作品，讀者當會感到其特點是以音節和色彩取勝，而且力求字義準確清晰，避免晦澀之病。可是他的作品的表現，却和他的部份詩論相牴觸，例如他說：「詩不能借重音樂，它應該去了音樂的成分」（詩論零札第一條），可是他的前中期作品，却充滿音樂性，給人感覺好像有點「言不由衷」呢！如果自其詩論觀之，他倒不是象徵主義的信徒，但他的作品却又流動着象徵主義的血液。爲了證明這一點，擧其代表作「雨巷」即可了解：

撐着油紙傘，獨自
彷徨在悠長，悠長
又寂寥的雨巷，
我希望逢着
一個丁香一樣地
結着愁怨的姑娘

她是有
丁香一樣的顏色，
丁香一樣的芬芳，
丁香一樣的憂愁，
在雨中哀怨，
哀怨又彷徨；

她彷徨在這寂寥的雨巷，
撐着油紙傘
像我一樣
像我一樣地
默默彳亍着，
冷漠，淒清，又惆悵

她靜默地走進
走進，又投出
太息一般的眼光，
她飄過
像夢一般地，
像夢一般地淒婉迷茫。

像夢中飄過
一枝丁香地，
我身旁飄過這女郎；
她靜默地遠了，遠了，
到了頹圮的籬牆，
走盡這雨巷。

在雨的哀曲裏，
消了她的顏色，
散了她的芬芳，
消散了，甚至她的
太息般的眼光，
她丁香般的惆悵。

撐着油紙傘，獨自
彷徨在悠長，悠長
又寂寥的雨巷，
我希望飄過

一個丁香一樣地
結着愁怨的姑娘。

這首詩，用語明確，全篇充滿了淡淡的愁緒，在雨中的情調，美得令人哀怨、沈醉。而自首至尾，音樂旋律卽不斷流動着。

撐着油紙傘，獨自
彷徨在悠長，悠長，
又寂寥的雨巷，
我希望逢着
一個丁香一樣地
結着愁怨的姑娘。

這是本詩第一節詩，故意把詩句截斷，或詩語重疊使用，都是爲了音樂性的關係。如此看來，在他的作品裏處處表現出音樂美，而他却說：「詩不能借重音樂，它應該去了音樂的成分」豈不是很矛盾的事嗎，也許本條詩論是在他寫後期作品中，所產生的也說不定，因爲後期作品已不注重音樂性了。但卽使在前中期作品中產生的；也不必大驚小怪，因爲？其實大凡詩論的主張，都偏向高調，力求理想化、完美化，但是等到自己提起筆來時，又「口高手低」，現論和實際便有了差距。不僅白話詩人論詩如此，文言詩人亦然，例如清朝袁子才云：「任性情之流露，自由敍述，不受一切形式法則束縛。不嘗古人糟粕，以清新機巧行之，是爲眞詩。」（隨園詩話），可是他的詩作，有的也偏於說理、議論，和他的理論不能配合，例如「馬嵬詩」：

「莫唱當年長恨歌，人間亦自有銀河。石壕村裏夫妻別，淚比長生殿上多。」

全詩似乎在議論，以說明唐玄宗、楊貴妃分手之後流淚雖多，但民間老夫妻之別淚比以們還多，其寫作非出自於「情」，故此詩不能感人，反倒使人感到他之同情天寶之亂石壕村的老婦被戾吏逼迫代替丈夫做軍差的事情，是虛僞的，不眞誠的。

第三節　光復以前的臺灣新詩論

西元一八九五年，甲午戰爭清廷戰敗，與日本訂立馬關條約，將臺灣割讓給日本統治。在日本統治期間，臺灣不斷有抗暴的事情發生，由於力量有限，此一抗日鬪爭，乃從有形的武力反抗轉爲無形的文化思想的戰鬪，無論是文的或武的爭鬪，均曾犧牲無窮的仁人志士，也寫下一頁頁悲壯的抗暴史實。

民國八至廿年間，臺灣青年爲了增進臺胞的幸福，從事政治社會改革運動，紛紛到日本留學，並在日本爭取臺灣的政治自由和介紹新文化回臺灣，以提高文化水準，啓蒙新知識。另有一部份青年，則潛回祖國，參加祖國的建設行列，冀求祖國壯大，打敗日本，好收回臺灣。其在日本的臺灣青年陳瑞明，於「臺灣青年」雜誌（民國十一年元月號）發表「日用文鼓吹論」，提倡新文學，反對文言文。接着黃呈聰也寫「論普及白話文的新使命」、黃朝琴寫「漢文改革論」，這兩篇文章都刊登在民國十二年元月號的「臺灣」雜誌，繼續鼓吹白話文學。其在祖國的臺灣青年秀湖生（卽上海留學生許乃昌的筆名）也跟着在「臺灣民報」一卷四期發表「中國新文學的運動的過去、現在、將來」，北京留學生張我軍又寫「致臺灣青年的一封信」（十三年四月「臺灣民報」）及「文藝上的諸主義」（十四年十一月起在臺灣民報連載），此外劉夢葦也寫「中國詩的昨今明」（十五年四月「臺灣民報」）。自是，臺灣的新文學運動，受了留日或留祖國的臺灣青年的爲文刺激，如火如荼的展開，其中新詩論也隨之產生。

在上述臺灣新文學運動的先驅諸人中，以張我軍的影響力最大。他在十三年十一月的臺灣民報所發表的「糟糕的臺灣文學界」一文猛烈的抨擊舊詩和舊詩人。他說：「這幾年來臺灣的文學界，要算是熱鬧極了！差不多是有史以來的盛況。試看各地詩會之多，詩翁、詩伯也到處皆是，一般人對於文學也興緻勃勃。這種現象是可羨可喜的現象。那麼，我們也應能從此看出許多的好作品，而且乘此時機，弄出幾個天才來爲我們的文學界爭光。如此，才不負這種盛況，方不負我們的期望，而暗淡的文學史，也許能借出留下一點光明。……然而創詩會的儘管創，做詩的儘管做，一般人之於文學儘管有興味，而不但沒有產出差强人意的作品，甚至做出一種臭不可聞的惡空氣出來，把一班文士的臉丟盡無遺，甚至淹沒了許多有爲的天才，陷害了不少活潑的青年。我們於是禁不住要出來叫嚷一聲了。……他們爲做詩易於得名，又不費力，時有總督大人的賜茶，請做詩；時又有詩社，請吃酒做詩，既能印名於報上，又時或有賞賜之品。於是，不顧死活，只管鬧做詩，腹內既無半部『唐詩合解』也沒有，一面只管搜盡枯腸，一味的吐，幾乎把腸肚都吐出來，用盡心血，耗盡寶貴的光陰，其結果博得一個不知是好名還是臭名？幾年之間，弄不出一句半句的好文句，却滿腹牢騷，滿口書臭，出言不是「王粲蹉跎」，便是『書劍漂零』，到底成何體統？」這篇文章的主要重點有二，一是指責舊詩人不知世界、中國及日本文壇現狀，井底之蛙，以詩釣名沽譽，二是扼殺青年天才。

當時，連雅堂是臺灣舊詩人的泰斗，觀張我軍之文，不免憤憤不平，於是在跋林小眉的「臺灣詠史」（十三年十一月「臺灣詩薈」）文中，反擊張文曰：「今之學子，口未讀六藝之書，目未接百家之論，耳未聆離騷樂府之音，而囂囂然曰，漢文可廢，漢文可廢，甚而提倡新文學，鼓吹新體詩，粃糠故籍，自命時耗，吾不知其所謂新者何在？其所謂新者持西人小說戲劇之餘，丐其滴沾沾自喜，誠陷穽之蛙，不足以語汪洋之海者也。」

張我軍也不甘示弱地續寫「爲臺灣的文學界一哭」（十三年十二月「臺灣民報」反擊連雅堂云：「請問我們這位大詩人，不知道是根據甚麼來斷定提倡新文學，鼓吹新體詩的人，便都說漢文可廢，便都沒有讀過六藝之書和百家之論，離騷樂府之音，而你反對新文學的人，都讀得滿腹文章嗎？」

發表「爲臺灣的文學界一哭」後，張我軍意猶未足，旋於次年（十四年）元月再寫「請合力拆下這座敗草叢中的破舊殿堂」及「絕無僅有的擊鉢吟的意義」。前文介紹胡適的八不主義及陳○秀的三大主義，最後向舊詩人挖苦痛罵一陣；後文把擊鉢吟比喻爲「詩界的妖魔」並指出舊詩人的蔽障。在後文中，他寫道：「詩和其他文學作品的好壞，不是在字句聲調，乃是在沒有澈底的人生觀和眞摯的感情，所謂字句聲調，乃是技巧上的工夫，不消說，技巧也是不可全缺的……但是歷來我臺灣的文人把技巧看得太重，所以一味的在技巧上弄工夫，甚至做出許多的形式來束縛說話的自由……於是流弊所至，寫出來的詩文，都是些有形無骨，似是而非的」。

以後，胡蘆生寫「新文學的商榷」（十四年元月「臺灣日日新報」，張我軍再寫「揭破悶胡蘆」，兩人叫陣一番，於是新舊文學之爭壁壘愈趨明。

除了這些論爭文章之外，還有一些場面較小的論戰，如半新舊的「新文學之商榷的商榷」（十四年二月）、黃文虎的「駁張一郎隨感錄」（十四年三月）等。

自民國十三年至十四年間算是光復前臺灣新詩論的初期（初期及以下各期分法，均係依據吳瀛濤於「臺灣新詩的回顧」文中所劃分者，本文發表在五十八年十月十五出版的「笠」詩刊）

其實這一期，對新詩的提倡比較具體的是張我軍「詩體的解放」（十四年三月）這篇文章，內含序言、詩體解放的沿革、詩的本質、詩與節奏、舊詩的缺點、中國之所謂新詩、自由詩的發生及結論第八章，其論調大柢承襲胡適。

進入中期的新詩論（民國十四年至二十一年），張紹賢、自我生、楊雲萍、陳虛谷……等人也都披甲上陣，他們有的除在臺灣民報發表文章外，其餘均在「人人」（楊雲萍與江夢筆創辦）及「七音聯彈」（張紹賢創辦）執文較多。其中陳虛谷的火藥味特濃，因爲十五年末，臺灣總督上山在報上寫漢詩，有些舊詩人想巴結而和詩，虛谷看不慣，就寫了篇「評舊詩人的和韻詩」（十五年十月「臺灣民報」）罵舊詩人的不要臉、劣根性猶存。十五年十一月他又在「臺灣民報」寫「駁北報無腔笛」大大地發揮了他的新詩論，也洩一洩他心中的滿腹牢騷。他認爲：「詩就是我們的心裏，有熱烈的感情的時候，心這感情把音節的文字表現出來的」又說：「詩既然是抒寫感情，那麼，詩人該有什麼條件呢？第一、要有銳敏的直觀，第二、要有奔騰的熱情，第三、要有豐富的想像，第四、就是純眞的品性。因爲，有了這幾件，他才會透視人性的眞相、窺探自然的幽奧，明白說一句，就是會感到普通人所感不到的。所以，詩人是感情的寵兒，不是理智的科學家，更不是脅肩諂笑的徒輩。」這些話，大概是舊詩人不滿他的「評舊詩人的和韻詩」而大夥兒圍攻他，逼得他不得不說的。他很欣賞日本詩人生田春月的一句話：「要做詩人，須先了解做一個人，須先完成自己，因爲詩是人格的產物」，所以在「駁北報無腔笛」中把這話引了出來，藉以諷刺舊詩人的無耻。

楊雲萍在「無題錄」也提出他的新詩觀，頗有見地：「詩要有韻，韻是什麼？所謂要有韻，必是以詩的一要素是音樂來做前提。但是沒有所謂韻，就沒有音樂的存在嗎？沒有音樂的要素或者不是詩，然而沒有所謂韻，就能會結論到不是詩嗎？尤其詩韻合璧的韻，第五字第七字的尾字韻！我們恭敬地勸那些反對新詩——白話做的詩的諸先生，去拏些曲文來看，把些歌譜來讀，想到五言七言的變至詞，詞的變至曲、詩韻和詞韻的異樣、字數的多少，增減罷！詩和音樂，音樂和舞蹈、演劇是大有相歡的。我們要研究詩，不可不研究音樂、舞蹈、演劇等，若只什麼韻呀、四始呀、六義呀，就要來談詩，那麼，太可憐，太可笑！」

到了後期（民國三十年）的新詩論，也許是因爲平靜了十年的詩壇，新舊詩人沒有論戰，所以由黃文虎掀起的戰火，一旦燃然起來，反而鬧得幾乎不可收拾。場面之大，遠非前、中期所能比，由個人轉爲羣衆的混戰；由對事的抨擊，改爲人身的攻擊。那麼黃文虎的事件是怎麼一回事呢？原來黃氏本是一位有心改革舊詩的舊詩人，早對舊詩不滿，但不敢正式寫新詩，不知哪來的勇氣，突然回筆轉向自己的舊詩陣營反了起來，在三十年六月的「風月報」寫了篇「臺灣詩人的毛病」指出舊詩人的毛病，此病約有七項，一、作者多於讀者，根底薄弱；二、模倣古人，浪費天眞爛漫的性靈；三、借用成句，不重創作；四、僞托他人之作，以造成兒女門徒情侶之才名；五、僅仰詞宗鼻息，以邀膺選；六、無中生有，描寫景物，多出虛構；七、如同商人廣告（一詩連投數處）。他的這篇文章一出，自然舊詩人不能容忍，於是鏡峰寫「警告反背了的詩人」（三十年七月「南方」——即「風月報」之易名），鄭坤五發表「臺灣詩人七大毛病再診」（三十年九月「南方」反駁元園客（黃文虎），但接着吳松谷也寫「三診臺灣詩人七大毛病」黃啓明發表「臺灣詩人七大毛病再診感言」聲援黃文虎。

在各期的論戰中，提倡新詩者較佔優勢，舊詩人常處於挨打的地位，也許這是文學潮流向前發展所發生的無情現象吧！關於光復前的臺灣新詩論，從論戰諸文中，約略可瞭解些梗概——即破壞性的論調高於建設性。這是幸也是不幸的現象幸的是由於有破壞的新詩論，才有新詩的產生，不幸的是，僅破壞而無建設，所以光復前的臺灣新詩作品比祖國的差，當然新詩一直被日本人壓抑也是另一個原因，因爲日本人常利用舊詩，作爲統治臺灣人的工具，對於具有新思潮傾向的新詩的推展，比較不放心。

究竟在這些新詩論者的提倡下，產生些什麼樣的新詩作品？各舉五首詩作供覽：

三和弦　江肖梅作

在搖籃裏，睡得很甜的
吾兒的十鼾聲；
在窗前縫着衣服的
吾妻的縫機聲！
躺在安樂椅上吟誦着
白樂天詩集的我的高聲
這是我家的三和絃。（按：民國十四年至十五年間作品）

孤兒之戀　巫永福作

亡國的悲哀　被日人
謾罵爲清國奴的憤怒
把它埋入苦楝樹下算了
但花香的風溶化不掉呢
默默　拭去淚珠
佇立着仰望雲的我
雲脆弱地散開了
孤兒的思維和嘆息
在日光裏越來越厲害
清國奴是什麼意思？
被罵的悲哀在身上
清淨的溪流含着憂愁
仙丹艷紅的花
和卡特里亞蘭花的華美
也失去了消爽
木蓮花含苞嘆息
吐不出優雅的芳香

聽青鷄的哀鳴　就想國土
聽院子裏鳥叫　就想國土
聽了就憂愁
就在夜燈下哭泣
在基隆海日出的時候
在臺日航路船上憤怒着
把恥辱藏在故鄉的山巒
把孤兒的相思藏在浪波

日夜想着難能獲得的祖國
愛着難能獲得的祖國
那是解纜孤兒的思維
醫治深深的恥辱傷痕
那是給與自尊的快樂
使重量的悲哀消逝
使沉弱的氣憤捨棄深淵
呀，難能獲得的祖國尚在

由於苦悶而快窒息似的
眼淚流不住呢
到竹叢裏走一走看看吧
雖無信神之心
仍想着奉媽祖到這島上的
祖先而感到悲哀
在遙遠的竹叢黑暗裏
只要有一點光亮
　就好了……（按：原作爲日文，陳千武譯，光復前作品，正確寫作時間不詳）

故鄉的輓歌（讀地方音）　吳新榮作

同胞們呀！
你不要忘了你的少年時，
在那明月亮亮的前庭裏，
看那兄嫂小嬸杵着米，
聽那原始時代的古詩。

現在呢！
各地各庄都有舂米機器，
日日夜夜鳴着聲哀悲，
啊啊你看有幾人餓快死，
你看有幾人白呑蕃籤枝。

兄弟們呀！
你敢忘了您的後壁宅，
蕃薯收成萬斤米千袋，
前季自用後季賣，
年冬祭季樂天地。

現在呢！
登記濟證已屬別人的，
稅金不納不准你動犁，
生死病痛不管你東西，
又嚇又罵說這是時世。（按：民國廿年作品）

晚秋　邱淳洸作

今天又很疲憊地

看季節的側臉——
我尋找遊園地的樹蔭
哦哦看見了
流過枝梢的雲的速度

蟬鳴杜絕了
偶而
飄下來的是病枯的
樹葉而已
溫柔的翻下來
颯颯的飄開
啊　幽微的呼吸喲

黃昏的秋天
在陽光的脚尖下
我翻開詩葉　翻開
——結果
找到的是什麼呢……。

然則在心胸裏
雖然還有輕微的歡欣（按：原作爲日文，陳千武譯，
正確寫作時間不詳可能是民國廿年至卅年間作品）

未完的畫像

王白淵作

大聲喊出
要歌唱的時候
字言却不遵照我的命令
被創作的衝動驅使
畫畫的時候
顏料却使我失望
文字只是一種概念性的約定
顏料更不完整
只爲表現的一形式而已
我奔上美的高嶺
然後 回到沉默的幽谷
而在心裏畫畫
永畫不完畫像
而屏息着從側邊凝望（按：日文原作，陳千武譯，民
國卅二年作品）

敘事詩

擺渡船場附近

北川冬彥作
陳千武譯

兩側並排的椰子樹敷有柏油的
公路。
汽車載着我和通譯
以快速度疾駛着。
前面的
擺渡船場
可隱約看得見了。
事實
並不必要
這麼匆忙趕路的，
司機是任其自己朗爽的氣氛
駕快的吧。
忽而看到
背着東西的一個苦工般窮相的男人
　靠右邊
向這邊走來。
眼看着汽車和那個男人的距離縮短
汽車
在那個男人的左側閃過，瞬間
突然
我感到車子傳來沈重的衝擊
便透過後面玻璃窗回望
看到有個人橫倒在路上。
這才使我知道
沈重的衝擊是
從那個男人傳來的，也許馬上
馬上他就會爬起來吧。我凝視着他，
但他不爬起來，不爬起來的。
那個姿態
很快的變小
而成為一點
看不見了的時候，
車已經停了　已經
到了河岸擺渡船場。
「看過嗎?」
「嗯。」
「會不會死掉?」
「不知道會怎樣?」
也許……會死
不過，不要理他吧。」
剛剛
擺渡船來到
在眼前。
誰也沒有目擊過。
坐在車上
把汽車駛進擺渡船
渡過對岸就不會被發現了。
可是
像這樣熱帶燒焦的炎天下，
沒有人去處置那個男人，
或許能救活的傷勢也會死掉的。
「回去看看吧」
「算了吧，何必
自找麻煩呢」
倘若折回去
看見那個男人死了之後發生的
難堪。難予對付愁嘆的家眷而尷尬的
　自己。
那些，刹那間閃過我的腦裏，
但我決定
回去看他。抽着煙
不知道事情而以愚鈍的眼光
眺望着我們不尋常的情態的馬來人司
　機
我命令他折回
去被撞倒了的男人的傍邊。
已有三四個人圍攏着
看我們從車上跳下來

便很快地避開。
那個男人
仍然橫倒在那兒
緊咬着牙齒
臉已呈紫色。我抓起他的手
按了脈。
脈還有、也許
有希望救活
我把他軟弱的身軀
很小心地翻過來，抱起
放入車上，我的一隻手臂
皆已染了血。馬上
又折回擺渡船場去。
把血漿的黑點留在公路口。
街鎭
在河的對岸。必須把他送去醫院，問
　過了圍觀的過路人
馬上知道醫院了。
醫生去參加日語講習會
但護士說，要去請他來
不久醫生來了，是印度人的醫生。
經過診察之後說：
「沒有關係
頭部受到衝擊
但會醒過來的。」
說完便匆匆要走
也許要回到講習會吧。
我抓住他的手臂
阻止他。
用眼光指着橫臥在床上的男人說：
「不要任何處置嗎」
「已經交代護士了」
醫生便走了
護士走近來
代替醫生
洗過臉上的傷口包紮繃帶
並給與冰枕。
蒼蠅很多
很多飛到臉上來，我想到
在車上有旅行用的蚊帳
叫司機去拿。
我們
再到警察局，報告了事故的經過
馬來人的警官
說要去看看現場。
我們又坐汽車
渡過河
不知什麼時候圍來的
現場已經是人山人海。
推開羣衆看現場
血痕已乾
黏在公路上。警官
把位置紀錄下來，並把公路的距離
用布尺測量
「這顯然
不是你們的責任
是走右邊的人
不好。」
一直
不發言的通譯
這時才說
「還好！」
「嗯！」

但是又
想到那個男人感到不安，是否得救？
醫生說過沒有關係
眞的嗎？
我們回到警察局
「醫院的費用呢！」
「我們會處理的
你們可以走了！」
忽然看到
在地板上
放有很大的魚籠
窺伺
裏面
鰻魚蠕動着
滿滿地，最初
從我們汽車的前面走來的男人
背負着的
就是這個魚籠呢。
被汽車的速度受到震動，便把頭撞上
笨重的魚籠失去了均衡

汽車的避泥板，在避泥板上
恰好有像人頭大的
凹下去的地方
難道，那是人的頭撞上的凹窩嗎？
通譯那麼說，但我却
認爲確實是人頭撞上的。
我們
又回到醫院，那個男人
在淨白的蚊帳裏
動也不動
仍然昏睡狀態
在横臥着，從蚊帳邊緣
探頭看他
好像覺得
男人的臉
稍有氣色
顯然，這就
有救了吧。這個男人的枕頭邊
只有我以外沒有人，這個男人
是誰
也不知道，我又很不安地
回到警察局
喘着氣（上氣不接下氣地）說
「那個男人是
什麼地方的
誰？」
「查過了
却不知道，沒有證物
問了現場的人
他們
也都不知道，不是這個鄉鎭的人吧
不久
會醒過來吧」
我又
回到醫院，蹲在
那個男人的枕頭邊，雖然都乘汽車
來去的行動方便，但暑熱和疲勞
快使我眼昏了。這個男人的家族
在哪兒？ 有沒有
告訴他們的方法呢？
我想着
覺得不講話的
這個男人十分可憐，以爲是老人
但仔細瞧
却很年輕
「好了吧
我們該出發了」通譯說。
看手錶
已經過了三個時辰了，不趕快出發
在路上會遇到危險的夜晚
「好吧
這個男人
沒有問題了吧。」
「沒有問題了
醫生不是保證過了嗎！」
顯然
司機已不敢
再駕快速度了。
「回去
處置的很好，如果是我
無法像你這樣做」
通譯說
「只是做過
應該做的事情而已」
我說
然而
我想，實在
那個男人很可憐，雖說我們
沒有責任
但連動也不能動
家眷和
朋友
都無法通知的狀態裏
忽然陷入
這種不幸。
我隨着汽車的振動
想着人的存在像夢幻
對人的價值
我深深地思索
終於無意中
睡着了。

譯者註：第二次世界大戰時，作者被征召參加馬來西亞報導班。

戰後日本詩選

林鍾隆

磯村英樹

一、簡歷：一九二三年出生於東京。山口縣人。下松工職應用化學科畢業。出版詩集有「天的花屑」「石頭的憤怒」「生物之歌」「海豹祭」「滴落的太陽」「道觸的愛」「水之女」。昭和三十八年（一九六三）以「滴落的太陽」獲得第三屆室生犀星詩人獎。現服務於日本石油株式會社廣報室。

二、特徵

他的詩最顯著的特質，是對性的讚仰。性，在他認爲，是一切生的力的根源，憧憬原始的主題，具體地表現在對女人的讚歌上，對女人的讚歌，主要的又從性的視點來歌詠，但是，在他的精神深處，似乎有想藉人們在性的表現方式中，探索現代生活方式的原型的熱望。

三、詩

乳房與神（節譯）

神在創造了女人之後
最後　在她的胸口
隆起滿握的兩團肉
凝視着乳房　便知道
神的手掌之美
神在創造女人最後的一刻
所懷的優美心境

結婚考（節譯）

——非洲剛果西北方茶都湖邊馬達卡母族，終年全裸的未開化人民的直率的婚姻

男人向女人求婚時
只要在她裸露的胸口擱上自己的手
如果女人沒加拒絕
正正堂堂的婚姻便成立了
結了婚　兩人便在明光閃閃的太陽下
大大地相愛起來
把相愛時咬傷的傷口的數量及深度
向人誇示比較
威脅　獻媚
以隨機應變的術策解開心結

竭盡千變萬化的愛撫鬆弛身子
把纏了數重的複雜的衣裳和附屬品
一個一個苦心除去
到手觸及白晰而柔軟的胸口之前
那無味而煩人的手續及手法
誰敢說是文明而在他們的面前誇說呢！

蝶之女

如女人牽着手
在深夜的路上行走
由於女人的手非常的冷
想把它放到褲袋裏暖它
於是女人纖細的指尖
在褲袋深處觸及了敏感地帶
敏感地帶立刻受感而誇示自己的存在
女人現出惡作劇的側臉
（有魚呢）說爲茫然在搜索
（不可以）阻止也不聽
女人把注意集中到指尖
把脖子伸入褲袋裏
終於全身進入了口袋
把袋底咬破了洞
直接去玩弄
我忍受不住了
把女人放在褲袋裏
進入路過的小小的旅館
進了房間
女人便握着那個從口袋裏跳出來
用力拔它伸長起來
把尖端圓圓的膨脹的地方
像化粧道具一般拿在手中
將滲出來粘粘的東西
認眞地塗在臉上
（你的力量會使我變化
你看着吧）
女人把臉上弄得液體閃閃發光
天眞地微笑着
塗完了面孔之後
就脫去了衣服
把粘粘的東西在身上每一個地方塗着
最敏感的地方
觸及女人的乳房及體毛磨擦着
我的身體都痲痺了

不久
蛋白似的透明的粘物
變成了細長的絲
女人用那絲纏卷身體
作成 troso（註）形的大繭藏在裏面
我抱着淡淡的桃紅色的發光的大繭
小心翼翼地回到家去
翌晨張開眼睛一看
女人弄破了繭蛻變成了新人
背上生着彩色鮮艷的翅膀
在料理早餐
女人在笑或說話時

美麗的翅膀便扇子似地搖着
把光明和香氣播散到房間裏
我的心情無限地愉快
準備為蛻變的蝶之女
奉獻一切的蜜汁

註：無頭無手的胴體的像

四、感想

我想不會有人把這種詩作視為誨淫的作品吧。對原始生命的渴望，是戰後日本詩作中，用得很普遍的主體。如果不被表面的淫象所迷，就可以透視詩作的內裏，或客觀地評賞它的生動的一面。作者所歌詠的，確定現代人會同樣嚮往的。原始而沒有任何偽飾的世界，似乎到處滾動着迷人的光輝呢！

岸田衿子

一、簡歷：

昭和四年（一九二九）出生於東京。東京美術學校畢業。詩集有「遺忘的秋」（昭和三十年）「老虎物語」（昭和三十二年）等。

二、特徵

她的詩作，有感覺銳利的畫家，迅速地描繪出來的素描或水彩的趣味。她的抒情，不會沈滯。有氣體的輕爽之感。但不是隨風飄蕩不知去向的那一種，有着堅牢的核，而又有着輕快的彈力。她的抒情詩，在純樸的外表下，仍可感覺出，有穩健的詩的理論的基礎。

三、詩

遺忘的秋

第七首　給母親　秋子

為什麼那個人會在這兒呢
和我們一起在這黎明
比昨日更大的月亮之下
和昨天同一張床上

為什麼這個人現在
不再呼吸了呢
如同我們忽然停止談話似的
又如昨日熟睡一般

你不可以再講話了
誰會問這個人說這話呢
她一定比我們更早想知道的

比昨天更沈默的這個人
為什麼還在這裏呢
和我們一起在這月色美好的夜裏

第八首　給母親　秋子　之二

死人的枕邊的手鏡中
和昨天一樣映着含雀兒
但是那香氣
今天已終止了

過分透明的眼睛不當映過天空
但是今天那人閉上了眼睛
一定的　馬上就來臨的秋天
那人會溫和地凝望吧

往逝的和停留的
不能說那一個是死
留住秋的也許是那個人

秋還沒有回到我們這兒
那人完全不在的時候
季節也許會回來

四、感想

母親的死，是多麼沈痛的事，但是，作者的抒情仍是輕輕的。但是，作者的感覺，却是很特別的，不是以濃重的「人情」，而是以高超的「詩情」來詠嘆。對死的感覺，有她獨到的敏銳，而深情就隱含在敏銳的感覺中。多人寫過的題材，沒有獨我超人感覺力，是寫不出令人激賞的作品的輕淡之中，雖然蘊藏着無限的悲情；濃重的悲情以輕淡出出，似乎比慟哭更為引人。

嶋岡　晨

一、簡歷：

昭和七年（一九三二）出生於高知縣。明治大學法文科畢業。詩集有：「青春的遺書」「偶像」「永久運動」「產卵」等。譯詩集有：「現代法國詩集」「伊流兒選集」。評論集有：「愛的言語」「詩與伊魯斯的冒險」「新詩之路」。編者有：「戰後詩人大系」（四卷）。另有小說、詩劇、美術批評、電影評論、報告文學的著作。現任法政大學講師。

二、詩的特徵

在將近二十年的詩歷中，嶋岡做過相當多樣變化的嘗試。個人在現代社會中的疏離感，是他的主要主題。有時他以詛咒的形態，有時以沈痛的心情作文明批判的形式，有時則又以帶有自虐的，強調下降意志的形式，來歌詠這個主題。經歷了這樣的過程，他終於達到了：具象性與幻想在某種高揚狀態中融合，湊着原始的讚歌，却能在讀者之中誘出率直的共感的境界。

三、詩

管　子

我只是一根管子。
不被使用時，
只是空虛的橡皮管子。
被使用時，
人家突然把我套上水龍頭，
使冷冷的東西通過我的身子。
洶湧地流出我身體的東西，
我無法加以阻止。
這時候，

我的喜悅變或痛苦，
痛苦變爲喜悅。
我被充滿時，
我就被流動的別的事物所支配。

不被使用時，
我是一圈一圈地捲起，
吊在墻上的空管子。
如同血似的，
從我的口滴落的東西，
並不是我的。
我的心經常乾燥而燃燒。
有了小火我就會粗暴地被使用，
但我無法消滅自己的火。
我如果是通瓦斯的管，
料想也差不了多少。
逐漸地腐朽，
我在這裏那裏開了洞。
從開了洞的地方斷成節，
我終於變成無用的短短的物質。
既不是蛇的親戚也不是蚯蚓的兄弟的我，
透過襤褸的身體擁抱的狹小的空間，
終於窺見那永遠無法充滿我的，
烏黑的望念。
對於我，「我」終究是什麼，
在——
和我類似的命運的管子，
從嘴到肛門被貫通的人們，
忙迫地活動的世界的一角，
我把發現的笑意歧死。

四、感想

人生究竟是什麼？這是應該去了解的。人生雖然不會是一種，肯去凝視，肯去思索，就會懂得其中的一面眞實。人是受通過我們身中的事物所支配的，這種了解，不是像黑夜裏的閃光，那樣驚人地照亮我們腦子裏的一角嗎？

關口篤

一、簡歷：

昭和五年（一九三〇）出生於韓國。東京外語學校英美科畢業。現任大學講師。詩集有：「非洲」「我們的苦澀的義務」「敲擊梨花」。後者於昭和四十二年獲得第七屆室生犀星詩人獎。譯著有：「勞倫斯詩集」M、布里寧「詩人的命運」等。

二、詩的特徵

讀關口的詩，經常可以感覺到，把一個體的人與大地或宇宙，看成相似的事物的目光。他喜歡把世界看成有機的生命體的律動的流一體。「生與愛的五首十四行詩」，可以說是在他這樣的追求中完成的優美的果實。

三、詩

大家都沈默

——「生於愛的五首十四行詩」第二首

花不是自己要開放的
山不是自己隆起來的
河流不是自己要流的

是世界要他們那樣
是世界懷孕了那些
一如那些是遊戲的果實一樣

來觸撫時　世界經常帶着高熱
大家都戰戰兢兢地想綻開身子
不知道命運瞎着眼在那兒轉身
大家都俯着身子想把身子投入夢裏

忍受不住了又沒有神來
沒有辦法　花只好自己開放
山自己隆起　河各自流滴
人類的孩子們　大家都變得喜歡沈默了

四、感想

從另外一種角度來觀察事物，往往可以發現驚人而眞實的了解；人與物交疊的詩想，使單純的事現出現錯縱的美，使詩更豐盈。對自然的擬人的詩見，使人感到大自然更有了情味。

編輯部啓事

※本刊是一個開放性的園地，歡迎下列稿件

①詩創作
②詩集、詩書論評
③詩人札記與隨筆
④詩人論與詩論
⑤海外詩人作品與詩論譯介

※投稿請用有格稿紙繕寫清楚，詩創作將題目留三行，一次投多首作品時，其大題目留三行，每一詩題目留二行。詩每行請從稿紙第一格開始寫，上面不留空格。又稿末請寫明姓名、通訊處，最好註明職業、年齡以供參考。

※本刊與一般營業雜誌不同，發行人、社長、編輯委員、執行編輯、經理部執事等均無給職，他們不但撥很多寶貴的時間爲本刊出力，且要出錢維護本刊存續發展，爲了使本省多蓄積文化遺產而犧牲，祇望投稿同仁體諒這一點，投給本刊最好的創作和高水準的評論。

※本刊未曾脫期，已具近十二年的歷史與實績，作者陣容一年比一年堅強，從不依賴營業書店銷售，却直接訂閱戶一直增加，海外讀者亦不少。歡迎詩作者及讀者們自動參與本刊同仁或爲長期訂閱戶，使本刊不斷地成長。

編後記

白晝和夜，是動與靜、或者說熱情與冷靜的對比。追求詩的熱情，理當是白晝的，但有時却需要進入夜的冷靜，培養精氣。

笠詩刊的大都數同仁，早已滑進夜的冷靜，睡着。說是在靜養精氣，却看起來有點像多眠。

然而，躲入夜的冷靜，睡眠的時間，希望不要太久，應該適可而止。何況，天快亮了啊，該起床，做早操之後，再到詩的工廠來上班才對。

在此期間，活動不息的是年輕的詩人們，以白晝的熱情，眞摯地追求詩，不斷地創出佳作。我們渴待這種熱情，不要僅止於模倣，而必須建立獨自的主知性，才能引起無限擴大的漣漪。

很抱歉，由於篇幅，我們仍無法把許多佳作，全部納入這一期，如梁定澎作「小丑」、溫明作「這年代……」、李榮川作「心石」、黃蟲作「古鏡本事」、楊拯華作「山林印象」、林梵作「形影」、溫瑞安作「酒後」、蜀雁作「月亮失踪的一個晚上」、劉醉寬作「路燈」、陳家帶作「夜奔」、南之雁、莊金國作「淵藪」、南之雁作「蚊香」、德亮作「流浪者的來信」、陳坤崙作「雨滴」、趙迺定「雁南飛韓」、謝秀宗作「山林詩抄」、楚月作「戍卒」、鄭明助作「標槍」、苦苓作「劍飲」、傅文正作「一路的語言」、宋熹作「輓歌一帖」等等，等待下期刊出，敬請作、讀者原諒。

笠消息

△本社同仁羅明河與陳慧英小姐，於十月二日在羅東擧行結婚典禮，陳小姐爲詩人錦連之么妹，此段姻緣是陳秀喜女士撮媒的。

△夏畫會於七月十六至二十日在臺中圖書館、九月七日至十四日在臺北博物館，分別擧辦了會員展，前往欣賞者甚爲踴躍。

△畫家楊啓東九月應臺北博物館之邀，展出歷年所畫的油畫、水彩等四十餘件，爲其七十回顧個展。

日本「裸族詩社」主編谷　克彥（TANI KACHUHIKO）寄給本社的素描

封面畫家介紹：

閃爍著書生氣質的陳錦洲

陳世興

文弱、帶著一付深度近視眼鏡的陳錦洲，一種柔和、菊花般透視堅定固執的文人畫家—陳錦洲，從師於長風畫會發起人—祝頌康先生足下。幾年間，從未再踏進正科美術教育的他，由於祝先生的精神及教導期間所揭示的創造眞諦，由於成爲一個藝術家的熱烈憧憬，孤獨、研模、把自己投放在一廣漠空茫的大地，在風狂石飛，在烈日，在缺水的沙漠上，陳錦洲單憑一股不落人後的信心和勇氣，去再一次經歷使他成爲藝術家的心路歷程。

塞尚、梵谷、馬蒂斯、畢卡索……。一個個熟悉的景象突現，一股股去擁抱，去塗抹大自然的喜悅和苦痛確切地顯現他在回憶學畫時及創作時的興奮表情。

在林蔭小道，在翻滾的麥田，在色彩變形的摸索探尋中，抽象表現主義是使他最感舒暢和最感自由的語言，一種想飛，一種跳躍般的欲求，是現代，是全然陌生的嘗試，把自我舉起推向極致，讓時空的壓力擠迫出他華麗甜美的詩篇。

成爲一成畫家或許是他生命的小小錯誤，但是無妨，把自己帶至無限詩意，無限憧憬的王國，去歌、去舞、去歌舞出一齣少年的回憶，去點綴他成爲一個歷程的美麗風景。在途中，我們祝福著。

局版台誌字第一二六七號

[redacted]

中華郵政臺字第二〇〇七號執照登記爲第一類新聞紙

定　價：國內每冊新臺幣 20 元

海外地區：日幣 240 元　港幣 4 元　非幣 4 元　美金 1 元

全年六期新臺幣100元　半年三期新臺幣 55 元

●郵政劃撥 21976 號陳武雄帳戶（小額郵票通用）

出版者：笠詩刊社

發行人：黃騰輝

社　長：陳秀喜

社址：臺北市松江路三六二巷七八弄十一號（電話：550083）

中部資料室：彰化市華陽里南郭路一巷10號

北部資料室：臺北市北投石碑路一段39巷70弄二號二樓

編輯部：臺北市敦化南路355巷 83 號

經理部：臺中縣豐原鎮三村路九十號

印刷廠：福元印刷公司　臺北市雅江街58號

封面承印：順榮美術彩色印刷廠　豐原鎮西湳里三豐路西湳巷21-3號

笠

詩双月刊

民國五十三年六月十五日創刊
民國六十四年十二月十五日出版

70

LI POETRY MAGAZINE

楊啓東作品

楊啓東繪畫時的神情

畫家楊啓東：今年古稀，畫歷五十年，自民國十七年起陸續入選臺展七次，府展五次，省展六次，日本全國美展三次，日本大潮會畫展特選二次，並被聘爲會員，又入選法國春季沙龍四次獲「榮譽獎」，另參加巴西兩年季國際美展三次。民國四二年與畫家林之助創辦中部美展，四六年參劃書法家、詩人邱淼鏘發起的鯤島詩畫展，六三年創辦東南美展，五八年旅遊美國，六二年遊世界一週與各國畫壇交流。本六十四年應邀於省立臺北博物館及中國圖書館開個展，並出版「楊啓東畫集」，收輯歷年所畫一四九件傑作甚獲好評。

裸婦（油63×53）

卷頭言

時裝表演和咖啡派

錦連

在電視上常有時裝表演的節目，那多半是在爲婦女安排的時間，或紡織公司爲推銷布料而舉辦的。看在那節目裏，那些訓練有素，儀態萬千的模特兒在台上走來走去，的確有時也會給人以新穎和時髦的感覺。但我總覺得有一種離實際生活頗有距離的違和感。

我一直以相當貧乏的語彙寫詩，因語彙太少，於是我非常珍惜和吝嗇的使用它。所以，對於竭盡所能驅使着極其豐饒的語彙寫成的作品，有時會很感羨慕，但有時也會猶如置身於百花撩亂的花圃，找不到焦點而茫然自失。

有位不會寫詩的朋友曾問我：「你們也是咖啡派嗎？」。這對我是當頭一棒，我一時爲之語塞，而立刻想到在兵荒馬亂的世紀裏生存下來的我們中國人與嬌嫩時髦的軟派文學氣氛之間，有着多麼不切實的距離。

我認爲寫詩畢竟是與生存態度息息相關的。

詩人坐在很別緻的咖啡室，口銜烟斗，仰望精巧花紋的天花板，耐心等待靈感的來臨，時而有時裝表演式的做作，或故弄玄虛，當然是他們的自由。但我生怕聽不到從生活體驗中迸出的，作爲所謂「時代見證人」的，屬於他自己的聲音。

追求時髦風尙，在哪一行業，甚至在任何類型的藝術裏都有其需要。但在創作時，除非能誠樸的面對你自己，否則，我們將越沒辦法「在詩中找到詩人」吧。

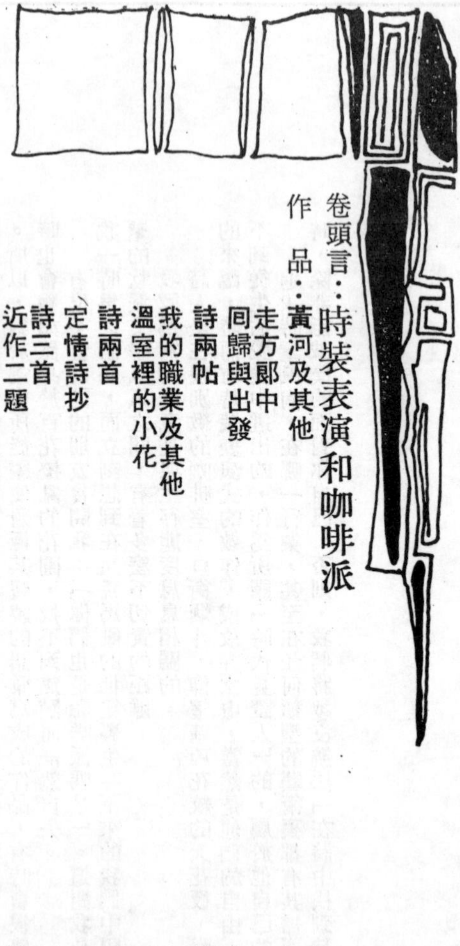

■執行編輯＝柳文哲

笠詩刊目錄70

■封面設計＝白萩　■封面繪介紹及插圖＝陳世興

黃河及其他

非馬

黃河

把
一個苦難
兩個苦難
百十個苦難
億萬個苦難
一古腦兒傾入
這古老的河
使它渾濁
使它氾濫
使它在午夜與黎明之間
枕上遼濶的版圖上
改道又改道
改道又改道

不眠的橋

躺着
看天
像兒時
媽總說
該睡了

露水太重
明天還得早起

那時候鄉下沒有燈
天上閃爍的星星顯得特別親切
而在黑暗裏伸懶腰的我
因觸動了兩岸柔軟神秘的夢境
而讓小小的心靈泛滿快樂的淚水

但此刻一道刺眼的亮光
自遠而近
像熄灯後值星官查舖
的手電筒，掃過我裝睡的
向街的窗帘
而沉重的馬達輾過
我拓寬了的胸膛
激起一陣空洞的迴響
然後循着堅冷的超級公路
向另一個陌生而其實熟極了的
日子，畢直駛去

「在風城」出版後記

你喜歡就拿去吧
這張不會被擺進橱窗的照片
沒有梳得滑亮的頭髮
沒有夢般柔和的光線
嘴角不掛着微笑
眼睛也不定定地看着鏡頭

但你可以從背景裏看到
沿途多變的天氣
你可以從嘲弄的眼色裏
找出愛情

一雙戲謔的手
捧給你
一顆還敢變卦
的心

生命的指紋

繪在我地圖上
這條曲折迴旋的
道路
帶我來到
這裏

每個我記得或淡忘了的城鎮
每個同我擦肩而過或結件而行的人
路邊一朶小花的眼淚
或天上一隻小鳥的歡笑
都深深刻入
我生命的指紋

成了
我的印記

走方郎中

風信子

啊哈　王家武功散　藥到病除——
（小金嘿！鼓擂下）

啊哈　來來來　朋友弟兄
小弟初到貴地　希望大家多多捧場
小弟這味王家武功散　有病治病
無病強身補血　使您活跳跳——
（小金嘿！鑼打下）

小弟抱着良藥救世的心
向您保證　王家武功散確實「蔪」！
不信您看用者來信購買恁多
來來來　今日小弟初到貴地
跟大家結個緣　交個朋友
一罐不賣一百不賣五十
單單要您廿元！
（小金嘿！那位人客要一罐！）

眞金不怕火燒　朋友啊免驚
小弟十二萬分敢掛保證
保證您吃了一定滿意

來來來　這匙您試看
（小金嘿！舀給人客試吃）

這樣便宜的藥材不買　失機會咯！
（小金嘿！收攤！）
伊娘！那不是昨晚在新營賣假藥的「翁樂仔」（註）？
打打打！
（小金嘿！緊收，走！）
走到那裏死?!
打打打！
（小金嘿！等我一下，我會被打死！）
打打打！
（小金嘿！小金……）

註：翁樂仔——閩南語稱呼「走方郎中」的話。

回歸與出發

錦連

回歸

昔日的挫折裏有着海鳥掠過的影子
在記憶的深處　我還記得
那海鳥兒打從不可知的方位歸來
帶着令人振奮和憂傷交集的訊息

如今　我茫然佇候於曲折的沙灘
波浪一波一波地拍擊着粗糙的岩石
我內在的海鳥兒悲鳴着低掠海面
波浪一波一波地衝散和捲走我的自負
我該一件一件地脫掉那沉重的記憶裏的衣裳
脫掉那些在大厦和霓虹燈的世界裏憤激的日子
脫掉那些憂傷的頹喪的潮濕的衣裳

波浪沙沙地推　徐徐地退
波浪一波又一波地……而我必須回歸
回歸我的位置——我那高亢的生活的現場

出發

下降的電梯急遽地停住
輕微的撞擊使我清醒
這一突如其來的震盪
竟使我說不出片言隻句

忽然我從苛刻的人生劇場回來
面對有童謠有雲雀有小溪的牧場發呆
騎在圍柵抽煙的牧仵望着藍天出神
我用草坪的翠綠洗眼
用清冽的溪水冲掉滿身儈氣
我投入於這幅令人嘆賞的風景裏
急忙調整呼吸與這世界的脈膊同步
我猛然醒悟了——剩餘的時間無多
我該有所作爲！

騎在圍柵抽煙的牧仵望着藍天出神
我坐在堆積如山的火柴堆裏
耐心地點燃再點燃……

詩兩帖

林宗源

憶

想起觀水蛙仔神的時候
目睭給人矇起來
鼻孔嗅着香煙
伏在地的四肢
由於痲木而失去知覺

這個時候
只看到面前有紅紅的東西
而隨着香的火蛙跳的意識
在童年的時代
充滿神秘的歡喜
街路沒幾隻車
靜靜的夜
月追雲
雲吃月

只有孩子的笑聲

觀箸神

取一個竹筒
偷走去厝邊
盛一筒仔米

隔壁的老阿伯
有看去假沒看去
他知道中秋的月很古錐
中秋的月很神秘

燒香請神
直插一支箸
橫加一支箸
在T字形的邊仔
天眞的孩子
一邊焚古仔紙
一邊嘴內唸着：
「觀箸神，觀箸鬼
請你八月十五上大廳
食白米飯，配鷄脚腿」

唸 唸 唸仔
沒血球沒意志的箸
與孩子相信它會轉的意念
慢慢地轉起來

什麼咧轉
意志的力量
時間
相信時代也會轉起來
隔壁的阿伯知道中秋的月
會給孩子想起古早
他不知道今年的中秋
連沖天炮也不能够放

我的職業及其他

陳坤崙

紙

同樣是一張紙
一張被丟在垃圾堆裏
一張被火燒成灰
一張隨着風到處流浪

同樣是一張紙
一張被畫家畫上美麗的風景
一張被印成整整齊齊的鉛字成爲一本書裏的一頁
一張被用來寫甜甜蜜蜜的情書

你有你的
我有我的
一張紙

我的職業

早晨開始上班
晚上不知幾點下班

太陽下山了
月亮掛在頭頂上
噪音漸漸微弱了

我等待下班
蚊子變成我的好朋友
唱歌給我聽且喝我的血

早晨開始上班
晚上不知幾點下班
像一個躺在病牀上的人
不知何時才能結束痛苦的生活

啊！這是我的職業
爲了賺錢添飽肚子
過這種生活也是活該

午睡的工人

地板是我的牀
便當盒是我的枕頭
我們隨便地躺在地上睡覺

你躺這邊
我躺那邊
你不會笑我
我也不會笑你

你我同是蓋房子的小工
生活在世界上
好像被水泥黏住的一粒細沙
去溫暖屋裏的人

地板是我的牀
便當盒是我的枕頭
屋裏的人啊！
你們永遠不會知道我們的

你走了

你在車上
我在月台上
火車慢慢地走動了
像我們坐在岩石上
看夕陽辭別了大地
最後留下的是一片黑暗
你走了
什麼時候再同來
明天
太陽又要東昇
而你什麼時候再同來？

溫室裡的小花

趙天儀

冬天來了　天氣清涼
孩子們的衣裳
去年的都已變短
今年的却沒法子添換
冬天來了　氣溫下降
孩子們的臉色
蒼白而憂鬱
是需要一份燃燒的溫暖
冬天來了　且讓孩子們
在吃苦耐勞的日子裏
培養一絲耐寒的力量
而不再是抖擻的溫室裏的小花

詩兩首

陳芳明

躺下來，我的神

躺下來，我的神
我祈禱你是躺下來的島嶼
在這失眠的年代
我祈禱你是睡熟的一塊土壤
天已暗下來，地也暗下來
躺下來，在擾攘的午夜
請你寬衣解帶
睡在我催眠的心跳裏

躺下來，在你憔悴之前
你原是不曾荒涼的田野啊
在摧殘又悽慘的年代
葉落飄零，一切的夢不再實現
我祈禱你是可觸的一塊夢土
我的神，請躺下來
褪下你神秘的胸衣
我張開雙臂接納你

你冷嗎？靠近一些
趁我正年輕的時候
在這凍結語言的年代
我要說的話
都埋在我血液的咆哮裏
請裸體緊貼我的胸口
躺下來，我雄性的體溫
是不是讓你暖和一些？

——一九七五年十月卅日・西雅圖

詩兩首

陳芳明

深夜訪問者

——贈SHAW

你不會愛那冰涼結霜的深夜
却愛那黎明前零落的星光
你來了，寂寞的訪客
趕在我熄燈前來了
你拂塵跨門的刹那
我瞥見
你身後背負漆黑一片的樹影

你愛那黑夜發出的微光
更愛那暗地裏火花爆裂的聲音
我爲你生火沏茶
又看見你孤獨的身軀
投影在我客廳的牆上
隱隱告訴我你那疲憊的旅程
和受創的靈魂

窗外是黑夜無限
叢叢密林正掩蓋我們的時代
你手捧茶杯，緊鎖雙眉
我匆匆拉上窗簾
開始我們的對話
我的眼淚是疑問
你用熱血回答

我偏愛你黑夜留下的故事
更愛你額前閃映的傲岸
你披衣起身，我瞥見
你眼裏暗藏的憂意
送你時，冰霜奪門而入
在這冷暖的人間
唯黑夜思量你的去和來

——一九七五年十一月三日西雅圖

定情詩抄

曾妙容

情

一張信紙
豈能傾訴述不完的情
一張嘴巴
豈能吐露訴不盡的意
且把那無限的情
且把那無盡的意
貯在心中
長久地釀
長久的熬
留待相見時
共飲濃酒與甜蜜

戒指

套得住手的戒指
不一定套得住飄忽的心
套得住飄忽的心的
不一定是套得住手的戒指

樹與泥土

樹與泥土
宛若一夫一妻
泥土供給樹木生活
樹木給予泥土安慰
就是吵架
也不能不在一起

撞擊

痛苦來襲的時候
情感的浪潮
一波又一波
洶湧　澎湃
心靈的沙灘
便有了一地的濕漉

就只這麼一天
就只這麼一天不說話
原本是這樣想的
一天已悄然過去
急切的思索着
該如何開口
竟然不知
不說話以後的第一句話
會是這樣子難於啓口

詩三首

子凡

狗

識時務的狗是不亂吠的
在這麼深的夜里
不妨碍人們的睡眠
不驚醒人們的美夢

看見神靈也罷
看見鬼魅也罷
在這麼深的夜里
識時務的狗是不亂吠的

鎖在我心牢里的一隻狗
却清醒地
大聲吠了起來

1975、7、26吉隆坡

老朋友

你打老遠的地方
拋棄了慾望
回到我的窄門旁
喝碗熱騰騰的稀粥吧

雖然沒有驅寒的燒酒
沒有取暖的爐火
要知道，這是我最好的了
若你已倦于漂泊
飽經世界的廣濶和深奧
且垂首
睡在我的懷里
像一串成熟的稻穗
睡在稻香里
要知道，這是我最好的了

1975、8、11吉隆坡

故鄉寄來了一封信

故鄉寄來了一封信
是年幼的弟弟的筆迹
寫在一張從習字簿里
撕下來的方格紙上
鉛筆又鈍又黑
字體又歪又髒
很認眞、很辛苦地
走向我
還有一小撮新米
是年老的媽媽的寄語
在我的心田里

1975、8、28

近作二題

杜芳格

山嵐與女人

黑色的襯衣　使玻璃裏的女人
肌膚淨白　顯得好看
玻璃窗外全是山嵐
滲在濃綠和淡綠中　那白色房子的
紅門　開得紅紅　像花
橫斜吹打的風和雨　啾啾
啾啾的聲音搖動了枝葉而過
秋山的嵐　偶而也會散心呢
天就晴
女人在黑色襯衣上披着長長的
長袍

鏡子裏

鏡子裏的女人
不揹小孩　却揹着
長長的黑髮在跳舞
「不配做情人」
那麼說的那個男人
却未曾說過
「可以做朋友」

「如果　做丈夫　也好」
「我的妻子必會是幸福的女人」
也那麼說過

在鏡子裏
揹着的黑髮　哭泣着
搖擺又搖擺　哭泣着

醜石頭與含羞草

陳秀喜

醜石頭

草木們爭佔寸分土地
葉子們比高而擁擠
花兒等不到蝴蝶的翅風
苞蕾接棒又綻放
隱居的小花園
草木們也是忙碌着

唯有
坐鎭一隅的醜石頭
不求伸長擴張
不爲風雨所搖動
不爲鑼鼓邀起舞
猜不透
醜石頭的沉默
是屬於喜怒哀樂之外?

孤高如大象背脊的灰色
悠閒而沉重的
一塊醜石頭
儼然的氣派
給小花園生輝不少呢

含羞草

輕輕一觸
植物中的動物
是初次
被異性愛撫的手觸及
女兒身緊縮的敏感
楚楚含羞的姿態
好奇又喜愛之情
頓時發生

紫色的小花球
像夢中的愛語
像遙寄來的情懷
神秘而茫然

當逗弄着小葉子
手被錐棘刺傷
喚醒你生存的嚴肅
那楚楚的含羞
竟是僞裝
終於使你
爲含羞草的虛僞而迷惘

感覺之二

方明

1. 給越戰

黃昏的戰鼓撕着荒涼的云塊
蒼白的歸鳥撲向號角的嗚咽
這年代　再沒有圓桌武士
揮劍耀日
聖經因荷負過重的眞理而墜成彈片的齟齬
星期天，修女的黑袍最顯目
毀約後仍有流血的
故事　湄公河畔淒淒
垂釣的老翁盼望他兒子
若一尾落罟之魚
鮮爍的傷鱗是逃亡時遺棄的
勛章
日子是漫霧的群巒
過敏症的鳥兒
總聽西風成輓歌

衆樹招搖旗幟
孤魂哭皺母親的
白額　幾束皚髮
　幾束離愁
綴補的痲衣
是渡江時的夾克
(古來征戰幾人回?)

2.

沒有掌聲便落幕
一齣眞正打動觀衆的悲劇
柩車的送行者
仍是柩車
不爲什麼便掣起國旗
矚目的葬禮是扼殺
下午喉頭的窒息
那年，宮殿的迷案
只引起後廚幾隻老鼠斷斷
暗道青史的竹簡

有朝剝落
（啊啊，戰爭便如此簡單
是兩個王捋淺鬚子的一會事）

3.

光着臉的軍鞋
鋪滿遙遙塵路
總背着太陽去突擊
或射落一些星子
好像穹蒼如我們的臉色
一樣灰暗
除了影子外
我們並未携帶一顆襟徽
來擄捕敵人的雙目
藍藍的季節
炮彈和雨水把地面打得好猙獰
來途泛濫
去路清冷
任誰守住一個陷落的夏季
纍纍的戰歌已成熟
已去佔領那個焦灼的山頭
及一座古老城垣
髣髴走索者般怔忪
感覺兩行絕峭嘩然昇起
而兀鷹和鐵鳥
隨着生硬的板機盤旋
躍過死亡邊緣
又是狩獵一次月蝕的側影

4.

西貢正憩睡
角落的一隻貓兒眨動雙眼
想着：明天將有一次豐盛的宴酹

——寫於西貢淪陷前夕——

這年代，要是有一把我們自己的風

黑教徒

這年代
要是有一把我們自己的風
誰，就可以扮演
刧富濟貧的時裝俠士
一個接着一個
飛簷，壁，陡陡的走
輕功踏着輕功的
踏遍髮頂，
來，伏擊黑夜那鏢客
任月騎牆
任生銹的暗器
穿我們的破袖
一口氣，跨夜市的大街
只見大光燈目兇一切
擧目之間我看見
一台一台對向另一台的
生命擂台從那裏升起
油煙遠處
霍霍，要弄着花拳綉腿
台下江湖
一聲聲叫價
叫上來，一聲聲還價還落台
喂！梁山已被劃成
平平的一部水滸啦！
多少路英雄
多少丐幫多少書生
要趕安置區徙置區的路？
忽然，街頭
凌厲的酒氣殺撲過來
醒了好幾個夜班的臨記
殺過去，之後
街尾死了幾頭頑固的月光

——75．4．9香港

附記：此詩乃香港新塡地夜市有感。那裏，每到黃昏，就有賣食物的攤擋，賣雜物的以及賣江湖膏丸等等；人物多爲下階層的，所以更有「平民夜總會」之稱，好不熱鬧哩！

枯樹

林外

枯樹

我的辦公座窗外的一棵松樹
忽然枯了
葉子呈現鐵銹色　我才發現
長得好好的　爲什麼會枯了呢
沒有虫　也沒有傷
死是一個謎團
別的同伴有數十棵
都長得好好的
爲什麼只有一棵會枯死呢

你死了　不會回答我的話
你的同伴
也沒有一棵敢張口回答我的話
我的關心
爲什麼不能得到回響呢
你們會笑我　是多餘的悲傷嗎

不要多久　就會有人來
把那棵枯樹推倒　或鋸去
在那裏　就會有一個空間
那空間　只要空在那裏
我就會想起那棵樹的影子

卽使再種下一棵小樹
我仍然不會忘記
　那曾經長在那兒的松樹
但是　以後的人　將不會知道
有一棵樹　在這裏
　不明不白地枯死

一九七五、五、十三

死刑犯的遺言

你們不肯原諒我的過失
算是你們的聰明吧
現在　我手中如有刀子
在我周圍的人
一定讓他們一道見閻王去
還是趕快處死我的好
我是個危險人物
卽使放我出去
碰到了　當我爲出獄犯的眼神
我的血液狂沸起來
他就會在我的驚異中
　死在我的眼前
我已不能抑制
「請殺我吧」的各種形式的要求
殺人的恐怖無時無刻不在我血液中
我還是死了好　我也渴望死去
我不會怨恨　殺我的劊子手

一九七五、六、十二

雁南飛輯

趙廼定

草上露仍掛鹽酸草上

一景亮光照亮妳我足跟前
我們乃信步走前
沒風沙，沒塵揚
草上露仍掛塩酸草上

妳依我扶——
我們乃信步走前
沒風沙，沒塵揚
草上露仍掛塩酸草上

忐忑憧憬

而妳我圍多樣晶體
我們以觸鬚探求，我們以觸鬚解答

懷一目標，乃塑夢妳我前
忐忑憧憬——那朦朦的一景亮光
一景亮光照爍妳我共同生活

鐘擺何匆匆，可還有
第二十五時
裸列一團荆棘又一團
荆棘，我們走過過一團又一團
波起一波風浪又一波
風浪，我們走過過一波又一波

塑夢妳我前——
支用第二十五小時，妳我
更消瘦，而仍
睜大眼球伺候

忐忑憧憬，憧憬
那朦朦的一景亮光

那時刻來臨

鼓，一聲聲急
心，一刻刻沉
那時刻迢遙，那時刻近咫尺

沒書本，不娛樂；沒東，不西
不，不希冀；也，也希冀——
且讓分秒默默走過，揚不起
點滴漣漪

鼓，一聲聲急
心，一刻刻沉

心鼓啊！是佇立的化石
不動情于花草，不思慕雪月
讓風飄去，讓雨落去
——幻不出希冀
——更幻不出不希冀

雁南飛

當心焦煎後佇立潭中
潭起波浪，油然一片綠綠綠意
——綠意含
春，春欣欣然

佇那時刻，潭
幻起一對雁正要南飛
——他倆昂首併立
併立眺望

十二月南國，一片暖意——
一對雁昂首併立眺望，正要
南飛正要南飛

潭起波浪，油然一片綠綠綠意
一對雁昂首併立
眺望，正要南飛
正要南飛南飛——

仙人掌

南方雁

蚊　香

就這一卷香
祈落我一夜安眠
再也沒有垂直作戰
再不聞轟炸連綿
再也不會
用自己的手
打自己的臉

不爲任何宗教信仰
就這一般遼繞
受用已是無窮

仙人掌

這是眞理
詩人豈可膚淺
我寫一首詩
總要問人
還有沒有太明白的地方
詩是個大媒人

那有兩件事物不能湊合
我說
意象是一座沒有電梯的摩天樓
你就得爬
不爬就沒有高度
我說
意象是一畝未探勘的油田
你就得鑽
不鑽就沒有深度

仙人掌
你以刺拒絕了任何人的渴望
你堅持自己的水聲
你屬於沙漠
你活該屬於沙漠啊

坐在你家田邊

坐在你家田邊
望着龜裂的稻田
坐在你家田邊
望着被斬斷的稻梗
坐在你家田邊
望着稻草的焚燒
望着
你從火光中走出
走出 走出從兩旁
成熟的火祭中走出
帶着收割後的喜悅

將車躺在你家田邊
望着你飄逸的裙角
曲曲折折地在兩旁
兩旁渴望再一次付出的
龜裂的水田走出

坐在你家田邊
望着灰燼　和
天空上一沫黑煙

我記得很清楚
那天　你走進火裏
再也沒有出來
不知
你在灰裏
亦在煙裏

自己也不知道的眞理

通常是這樣
有幾個知識份子
有個涼風徐徐的夜晚
再有一坪可仰臥的草地
　一彎可靠背的楊柳
最好還有個
細雨綿綿的荷塘
我們會從大專聯考談起
談到電視劇電影靑年責任義務
談到文學的社會功能
換一個角度來看
我深不以爲然
我個人以爲
也就是說
我覺得
我想
我

我們談了很多
自己也不知道的
眞理

童年

開場白

開懷篇的童年
是家人飯後的甜點
沙發椅上
我們可以一直談一直笑
而且　已經不止一次了
這些過濾再過濾也濾不出
一粒砂子的童年
讓家人一笑　再笑
笑成童年那付樣子

一

戲未開演
觀衆未來

我們已佔滿戲台下
等候演員的腿
在十隻大眼睛裏
穿梭

二

客人未走出大門
蛋糕已吃了一半

三

沒拿禮物來的客人的
帽子
被大哥一脚踩扁

四

手裏是自己的西瓜
眼睛却在別人的西瓜上

五

放一隻螞蟻
在彌勒佛的
肚臍眼

六

排一列蛆虫賽跑
跑不動　太慢
方向不對
踏扁

結　論

我不得不相信
爲何媽的夢裏
我們永遠是那搶着馬桶的
童年

笠消息

本　社

▲本社同仁白萩赴日訪問歸來，近主持立派美術設計公司，頗有起色。

▲本社發行人黃騰輝偕夫人去日本旅行，並順道訪在日留學的同仁。

▲本社同仁李魁賢近除創辦名流公司以外，榮獲本年度中山科學發明獎，一人身兼數項才能，誠屬難得，本社同仁紛紛致賀。

▲本社同仁傅敏，已自中興大學歷史系畢業，刻已進入國泰建業廣告股份有限公司服務。

▲本社同仁陳鴻森考取臺大夜間部中文系，已北上就讀中。

▲吳濁流第四屆新詩獎已評審完竣，本社同仁林宗源（蔡潤玉）以「電冰箱的故事」獲新詩獎，陳德恩以「風雨裏的小草」獲佳作獎。

▲謝秀宗在臺中民聲日報闢「詩與文」專欄，已創刊，歡迎投稿，地址設員林郵政二三〇信箱。

▲本社同仁鄭烱明，於醫師節，偕新婚夫人北上旅行，並訪同仁趙天儀等。他近年來創作稍減，盼其婚後，有大量新作問世。

▲本社同仁林清泉先生與鍾秀蘭小姐，於十一月八日在屏東萬巒鄉泗溝村擧行結婚典禮，本社請同仁書法學會中部支會理事長邱淼鏘先生以書賀中堂一幅作爲慶祝。

▲本刊作者陳黎，曾獲本年度全國優秀青年詩人獎，其處女詩集「廟前」已付印，預定十一月上旬出版。

酒後

溫瑞安

之一

你冷靜地分析自己
你的名字
你的清醒

你誠惶成恐地
沿着那道直線的走廊行
希望自己的步伐
仍如那磚紋一般
直

趁別人歡笑的當兒
你快快蹓入廁所
把水潑到你
燒紅的耳根

然後你拼命打拳
希望運動能逼出酒成許的諾言
是，
眞
你必須先肯定你底馬步
然後才跨過
溝渠

好燥熱的面
好放任的情緒
但你必須要決定
在光輝碧麗的酒宴中
你必須做些什麼

你必須含笑
你的臉紅了你的
雙指與髮
你必須告訴你自己
你是誰
如何來
如何去

稿於一九七二年六月廿日

之二

俺告訴汝
俺是
汝老子的
爸爸

俺寂寞時便笑
誰
誰敢說俺
寂寞無人管

俺 俺他媽的怎會
怎會醉呢
俺就是灌醉了那楚大鬍子
那霸王就是這樣被
抛落烏江去

周圍都是黑黯的天空
天空也天口爆炸啦
俺底車就停在門前

一株株的里程碑
唔唔
等着俺去
(俺去 俺去 去，去)
俺搖搖擺擺地走下石級
誰說俺不似那非常紳士的
企鵝

汝可別來推俺
俺自己會去
俺可眞的氣了

走下石級，俺驀然
回首
怎的？
那一室輝煌都變成了
鬼影

一座向俺走來的鬼屋

稿於一九七二年六月十八日

乞兒及其他

胡文智

乞兒

在塵揚的陸橋上蛐臥
以一安寧的睡姿
面迎冷冷的彎月　揉合
人羣
詫異的眼神
川流

破碗
滾動着硬幣的響聲
是小市民同情心的堆積
或是一種個人慷慨的證書
背面貼着最低幣值的
印花稅

他不是父親體中的血液
十年前
一個慾望的副產品
十年後
一架賺錢的吃角子老虎
父親無情的雙手所操作着。

（八月一日晚上經過西門町陸橋，見到一個不長進的父親
利用自己的幼兒行乞，有感而作）

出賣聲音的人

台上一叢皤皤白髮
搖幌
衰竭的音調
散失在層層的數學公式裏
不再是健朗有力的
也沒有附加一顆誨人不倦的赤心

台下　竊竊私語
配合埋首猛抄筆記的動作
由國小、國中、高中十二年
經一貫訓練而完全機械化
黑板會反光
在一百燭光的日光燈下

彩色的粉筆灰不斷
散落
是一絲絲的麵包屑
秋季班即日起報名，舊生人折
聲波蒼老而仍有規律
職業性的飄向
一雙雙疲乏的耳朵。

死亡

是一種來自亙古的
專有名詞
它是世界上最寂寞的遊戲
雖然沒有任何規則
但具有最權威的强迫性
每個人一生都要參加一次
而且僅有一次
它的臉上蒙有一層神秘的面紗
帶給旁觀者無法理解的困惑
或者說是恐懼感
只有遊戲者才能領略
它那說不出的味道
有人稱它是　佛教輪迴的棧道
　　　　　　基督徒往天堂之路
事實上
它在薄紗之後
擁有一幅冷漠嚴肅的神情
且以慣性的姿式
一分一秒靜靜的吞噬人生。

波浪

周伯陽

海洋藏着無窮的希望
白鷗善作無盡的飛翔
來自遠洋自强的波浪
不顧一切在海洋流浪
爲了尋找影象的曙光
爲了實現心靈的理想
信念堅定飄流在海洋
受盡折磨不改變志向
終於抵達新生的海港
旅途萬里無恙過海洋
它的毅力　始終堅强
它的智慧　值得頌揚

詩兩首

德　亮

流浪者的來信

題畫家潘朝森作品之一

一隻海鷗自郵票裏飛出
將六個月以前
傷痕累累的
丈夫鹹鹹的手紋
帶回家裏

這樣把疲憊寄給我
丈夫在劇烈搖動的船上
也能清楚的
將思念一一寫出來嗎？
喜歡酗酒的丈夫
離家如此遙遠
還會不會打架鬧事呢？

陰霾的天空
海風這般刺骨地
鞭撻我單薄的身子
丈夫知道嗎？

天氣這般陰冷
丈夫在短短的信中
會不會告訴我
生病的消息呢？

期待很久的信
不敢拆開
少婦在入夜之後
將眼睛閉上
再也沒有勇氣
回頭看海
海面呼嘯的深藍

魚　魂

題畫家潘朝森作品之二

四月一到
我們便要開始憂鬱
在返鄉的路上
帶領全家大小
陸續地
走進市場

拖網能告訴你什麼？
死亡季節一到
我們便要換上幾個墳場
從冰櫃到竹籃
面向都市

一刻也不能安息
在擁擠的砧板上
抬頭看一看天空吧
不必說再會，夥伴
被斬爲數段以後
我們仍要張大眼睛
在塡妥的菜單裏
一起邁入油鍋
晚餐時間一到
我們便要開始超渡
如有魚魂
必當如是說：
喃嘸阿彌佛陀
喃嘸阿彌陀佛

編後記

柳文哲

※爲了提高詩創作的水準，也爲了配合詩編排的醒目，我們嘗試在詩作品的編排上，分一欄、兩欄、三欄的編排方法，並對優秀作品儘量地給予空間，例如本期風信子的「走方郎中」，雖是用方言完成的作品，却頗緊湊有力，值得重視。林宗源一向是以閩南語的錘鍊與融合爲其創作的基礎，似乎已開拓了一條頗有遠景的創作的途徑，其語言獨特，題材新鮮，充滿了民間的生活情趣，同時也點出了一些眞正的老百姓的心聲。誠非所謂倣民歌可比。

※非馬的詩，簡潔蒼勁，尤其是其意象語的精鍊，詩本身的密集與深刻，一則道出了他個人銳力的眼光，二則唱出了這時代痛苦的音響。「黃河及其他」一輯是他新的力作。又其第一詩集「在風城」，業已由本社出版，已引起許多內行有識的愛好者熱烈的反應，紛紛撰文評介，特集爲『「在風城」的風聲』一輯。

※自本刊開闢「幼苗園」、「蓓雷園」以來，承蒙同仁黃基博老師熱烈的指導與提供，讀者頗有反應，獨爲華新與促進中國兒童詩的發展，本刊將自下一期（七十一期）起，邀請兒童詩的創作者、研究者以及一般讀者惠寄有關以「兒童詩的創作問題」爲主要課題的評論文字，題目自定，字數不拘，歡迎本刊同仁、作者、讀者踴躍惠稿。第七十一期於十二月底截稿。以後每逢雙月份的月底截稿。

※本刊自開闢「彩虹居詩展」、「阿米巴詩展」、「文苑詩展」以來，深獲各大專院校的新銳詩人們的熱烈支持，因此，爲開拓此園地，凡各大專院校的詩社或其他社團，願提供給本刊該展者，請來信與本刊編輯部聯繫。

※本刊自創刊以來，大量刋登有關詩的創作、評論、翻譯及其他有關詩的文字，從未脫期，相信誰是最有創作的成果，該是以作品爲憑證，信口雌黃的所謂批評家，居然也跟着本刊的詩風旋轉，就可想像而知。本刊園地絕對公開，凡有抱負有創造的新銳詩人們，歡迎您們載着「笠」一同來開墾與拓荒！

山林詩抄

謝秀宗

山寺

我來
爲的是瞻仰一山的峻挺
和問叩緣結的淨土
在一朶雲
一顆啞然孕育的心

不是頎長的碑
但拱門的燈盞
金磬的谷音
却亘曳着句句的梵唱
一如虛渺飄霧的流蕩

在這兒，芒履一再悠然
眼瞳是一片幢幢山影
引渡着我
走在三千紅塵之外，
在木魚的聲響
在黃色袈裟的跟前
猶似站在時間的正負

風搖

很多噪音傳來
白天穹簇擁諸多的斑彩
飄搖的
用優柔的弦
紛亂着琉璃的歲月
在所謂的大地
喚你
喚我
尤其在寂靜的空間
不要再讓孤寂痲木
應該再沸動起來，
風，整理了一些錯亂
叫我抓住
飄搖的希望
飄搖的期響
凝定於一
學習如樹的傲骨
在酸辛澀澀的子夜
在火焰砲聲的人生叉道

再下一次睹注

死寂的空間

樹木僵直
狗兒在吠叫
沿途賣唱的風在吹着
我在一座玻璃罩住的方城
無翼飛出
沒有自擇
在那兒等着
等着
任死寂徐徐的拉下

閉起眼睛
重複的事件便開始萌生
手的冷去
使我不停地鼓動
死寂窒息的空氣
再次活潑

於是我在死寂的咬嚙裏
不停地喃喃自語
不停地躍躍向前
用一根傲骨貫穿藍天
在二度清靜中
等待着
一絲光芒
的來臨

高山

盈耳的風聲
鳳翔龍舞的翠碧
守着高山的每一塊泥土

盤根錯結，巍然，虬然的千年樹
詮釋着諸多時間的起迭
高山，點化了綠色的枝椏
管住地心

是深入土層的見證
儘管粗糙的穿着
但那肅穆的臉龐
却是叫人仰望

到了高山，一草一木
就是葉稠之處百靈的瑤琴
意味着許多眞理
闡述了許多哲學
也鳴奏不少
屬於大地的諧曲。

域外的建築

吳夏暉

域外的建築

——贈寶覺寺林錦東法師

一個人，帶着眼鏡看世界
越過睫下通往域外的，是
佛，彌勒佛笑着迎來
迎你，迎我

域外的世界，又一個
域外的世界，另一個
在彌勒佛腹的擁握中
有最現代的鋼筋和水泥
凝成，一個域外
一個世界，有你

腹裏有泉水
腹外，有善男信女
域內域外全是無音的建築
雖然，尚未完成
但不用燒香祈求

一九七五、九、五後寫　在仙草埔

八月九日記事

整個下午的酷熱被冷凍成一杯冰涼的布丁，美都的太陽已經死亡，等待埋葬。

之一

十一年，相對的視線
在空中打結，浮懸着的是
點不亮的眼神的火花
嘴邊掛一句空無
不承認有愛，沒有翅膀的不是鳥
飛渡？無疑是盲雁
譜不出音符的不是歌
誰唱？妳或我

眼是神，手中有妳有我
十一年前神還是那神
第二次十一年後，神還是那神？
神有眼，眼中無妳無我

一九七五、八、九午後想起　在臺中美都

之二

美都，冷氣開放
太陽？在室外打瞌睡

像是大空，浮飄的足印
沒有同歸噴起的鄉音
噴起的莫非是視野——
八月九日下午的火警
妳我心中一片火海

美都，冷氣開放
室外，太陽被噪音炸死

是第五次了，在此認領骨灰的名字
妳的手，握着艾斯本遺稿
我的手，抓住的是妳休克的愛
很像：一個沒有帶滅火器投身火場的救難者，終被焚焦；
我的手這樣抓着，卽使斷臂也甘願

一九七五、八、九午後想起
在臺中三民路上

之三

愛如柴火，星星點點，
情似北極熊，不敢正視陽光。

已是黑夜，香蕉船起程了；
不在美都，太陽既然已死，
盡管求救信號發不出，
夜依然黑着眼，
撐着鼻，等待埋葬。

好在這是晴天，
撐着鼻，也不是什麼雨裡，
奔喪的雲可以不帶斗笠，
或傘，或一身傳統的祈禱。

把舊愛埋入，昨天；
等待新情，是明天的事。
確認太陽復活，不再星星點點。

一九七五、八、九子夜
在臺中富山

還鄉集

巫永福

四月故里歸

四月故里歸
不見母心悴
從前回來時，
總是笑相隨
去世五年了
至今憶還追
匆匆南山去
掃墓滴珠淚
細看母名字
碑上金色輝
碑後杜鵑紅
韓草競新翠
除却雜草後
打快集爲堆
回頭遠眺北
故居在眼圍
乃母猶仍在
空中慈祥垂
相對久無語
佇着良沉醉
母親啊母親
嗟跎歲月催
兒今過環曆
終少有作爲
自愧無建樹
幸好教不違
只信沒負望
尚堪可告慰

不老的大樹

大家都記不清由何年何月何日就有
而挨過好幾萬個的漫長日子
不知道那些流浪的苦樂與悲歡
老木就在這村頭札根好生蒂固
變成一株常青快活不老的大樹了
不知道村上有好幾代的人家老生死別
年年日日都在這道上悠悠大展枝葉
向天不斷地喚陽呼雨招雲叫風
張開綠色的大傘向地舒暢其懷
而伸出其數不盡的氣孔與毛細管呼吸

在陽光下閃着綠葉佈下了蒼蒼的涼陰
對風發騷了一陣子自慰而洗清沉悶
與飄雲細細對話並遊戲片刻以求變化
雨降時則像嬰孩吸取乳水般痛快地霖飲
而等待着陽光的再臨以尋求生命的歡欣

村上的人恭恭敬敬地在古老的大樹幹下
蓋起可愛的土地公廟掛着一塊紅橫布
而小孩們成群快樂地以樹幹打鞦韆
白髮的老翁們交膝着悠悠抽煙講古
滿面皺紋的老婆們乃看着幼兒補衣

活了悠久的粗壯樹枝有了神般的繁茂
能哼哼幾聲而有所期望也不再孤獨了
而聽聽鳥兒們晨間不休的飛翔舞愛歌唱
看看其忙於築巢養育小小的生命
且看有趣的寄生植物也在懷中生長

大樹引頸注視天空一切的變化而因應
沒有恐怖與痛苦盡了最大的能耐自立
不管一片寒熱或晴天或夜暗無人臂助
也得提起精神而驅走憐憫的細胞吶喊
搖枝飛吻地展示自愛自強自亨的境界

村郊前貼

樹梢隨風搖
枝頭白雲飄
雙鷺比翼去
飛西自逍遙
不知往何處
遠山茫渺渺
閉眼陣陣寞
開眼入返照
紅霞艷色秋
萬里景蕭蕭
突來鴉一聲
黠得廻盪了
牧童帶牛回
長影身邊繞
牛牽牛稠後
暮深彎月吊
暗浸難相認
農夫乃伸腰
大廳減吃飯
燈開大家笑
大家笑
各自圍大卓
安度此良宵
此良宵

詩兩題

陳家帶

夜奔

我們目睹山谷收容一季雨聲
那是微醺的午後，期待羣星如臨盆
昇起的希望 深
不久，向日葵失蹤在愈積愈重的霧里
脚下的泥土被輕薄，根本
記不牢任何足跡 我們的快奔
趁着山洪還在密林高處
撲過來一面陰影，天之寬
我們的行囊已空 連眼連燈
到後來，幾步間雨卽叩成一山之絕響
足針南向，指出的黃泉路乃唯一標竿
而我們仍將繼續支撐，直俟湧現的天
有光有音

六三・十一・馬明潭

致・H・W

妳一路上行過來的姿態
剪碎了道旁的花香和鳥鳴
然後拼趕出一趟孟春
擊落在妳頰的兩個深渦上
漾開來漾開來……
（妳母親有說有笑，笑妳像一朶雲）
妳逐漸飛昇起來了
一面踩亂湖光山色
一面顚倒風聲雨影
然後又盜出一層煙霧，自天地間
溶進妳眼的兩個明潭中
深下去深下去……
（妳父親亦喜亦憂，驚妳像一顆星）
妳乾脆把雲和星一齊
織入人間的一張天空，以妳的纖髮
雲上刻妳的生辰
星上喚妳的名字
不覺一個俯仰，我聽見熟悉如妳
低低唱起珠江的兒歌來……
（害得我開始搜索那種
星夜一朶雲 的風景
好偷渡些冠未竟的浪事）

六三・十二・馬明潭

電桿木的黃昏

林野

曾經有一些下午
慵慵的黃昏
我都要來到栽植電桿木的堤防
老遠瞧着賣棉花糖的乾老頭
軋呀軋地紗出滿天的紅霞
那些甜膩膩的小臉們
也就那樣舐呀舐地爭食
已不很多的孩童時光
曾經感觸到風又開始遷移
越過稜線 浪跡天涯
我從斑剝的心壁上
信手撕下一張張日曆紙
就揮灑起久擱在睫裏的鷺毛筆
速寫了好幾幅抽象的雲朶
電桿木瘦瘦地立着
立在大地做愛前的羞赧
一羣麻雀在譜線上
集體發表了好些音符……

六四九一五芝山岩

詩兩題

楚月

戍卒

從黑色的森林躍出
你立卽鎭住
憂慮的年輪和嘀嗒之聲
從眼中刺出，遠景便也鎭住了
巡弋與崗哨之間，過者
你一路昂然的趨馳
如何仰視風砂之牆而飲燈色於一隅
在蔓深的草叢你躺着嚼食酢醬草
驚醒衆生的砲聲之後
你如何化爲我夢囈之話語
而孩提的穀粒如果實都落下
所有的懸念都垂掛在明天——
有什麼比得上這恒遠的明天呢？

而孩提的穀粒都落下一身硬挺的戎衣
終究樹底沒有青春的曝曬場
過者，當一個女子離你而去
她是否也畏懼這無止絲連的纏綿
她是否也知道你抑揚誦出之詩情已鎭
住
一切的年輪和嘀嗒之聲
她是否知道那日
並肩爬涉愛情山峯的路途去淋取
蕭瑟的霧雨與行過斷落的河橋的河橋
去埋葬
唯一的原因？
過者，當青春的穀粒落下所有的懸念
你可還堅持着恒久的明天？

日日焚燒雲樹的炙陽焚燒着戰爭與愛
情
日日我幻望之蛇吞噬着月色而
當夕陽之扇一把將歸程攤開
你將看見我和我的影僵在那裏
聆聽一切輪和嘀嗒之聲
轉動着

夜裏八點正

斜裏
刺出一把劍
堪堪削夜色成
千萬種
坐姿

歌盡天上白雲後
地上人兒
眼睛正忙得起勁
且移近些
虛與委蛇一陣子
殊不知
竟如此這般上了癮
戒也戒不掉

話說
刼這趟鏢的
幕後指使人
八成是名揚四海
寶島神醫的客戶們
籌劃這項偉大陰謀的
無非
喪心病狂的
廣告商

年近不惑了
眼看
一隻蟑螂
昂然
撲向那片刀光劍影
明天晚上八點正
便成
一拖再拖的
債

而最後的結局
還是
覆水難收，不了了之

月亮失踪的一個晚上

蜀雁

我們打風雨中出來
長長的國華街那頭有個太陽谷
太陽谷裏咖啡冷熱
其實，咖啡不是我們的思念
我們是要重溫
畢了業的舊夢

舊夢
叮叮咚咚……
在沿河的路上囂囂張張的響過來又響過去
管他衆目睽睽呢
僅此一路
誓必走成絕響

雷電鳴閃中　我曾憂慮
妳我身上一無絕緣體
（嗬，我想起老周的白金戒指哪）
回首看你撩着長裙，低頭在笑
老天，故人的聚會如此的
風雨助興

且在他人的廊下躲一躲吧
理一理我們貼了身的衣服
看一看妳，看一看我

都沒怎麼樣呢，哈！
我們再走
國華街長得很長得很

1975、7、29雁巢

小丑

梁定澎

尖頭帽花衣裳獨輪車
紅鼻子上掛着
嘻嘻哈哈的票價
（明天我還能在這兜圈子嗎？）

三十年前一張票
紅丑飽比臨別演出
灯光領着數萬對眼睛
眼睛搜索着
飽比蝴蝶般散佈着笑聲
（明天我要在這兜圈子）

脂粉撲在臉上
白臉承着紅鼻子
鼓噪之中立起
從東到西

從東到西
尖聲中立起的已是漸深的額紋
往日的春情杳然遠去
遠去的是海報的排名
總覺得老闆的笑顏漸稀
夜漸加長，地板漸近
劇院裏雜音漸靜
我常休息不足
翻一個觔斗
打一個滾
（明天我還能在這兜圈子嗎？）

路燈

劉醇寬

路燈在等待什麼
爲何總是守候在那兒不肯睡
在這嚴寒又漆黑的深夜

哦，我知道了
他是憂懼夜行人迷失了方向
和跌倒

媽媽您的眼睛在尋找什麼
爲何總是看守着我不肯睡
在這嚴寒又漆黑的深夜

哦，我知道了
媽媽您的眼睛
就是兩顆不肯睡的路燈。

詩兩首

莊金國

淵藪

大好光陰
下午釣魚去
釣一隻青蛙
釣一尾草蓮
釣，一袋比一袋
　沉重的，網羅

網撈，誰底歲月
　誰跳躍
　誰靜默
撈起來，拋棄
拖棄，又撈起
　誰輕
　誰重
　誰滑溜了

有時，在不怎麼樣
遙遠的夢鄉
鄉愁呵無數的小支流
滙爲腦海長夜地漂泊
呵漂泊如今
　漂泊如你如我
　暈暈地暈暈底
浮，游
　64、6、23於姑山

九曲堂

跨越天橋哦請上天橋
九曲堂無有九曲橋
迎你以天橋請下天橋

出得站來
五分車嗚呼着
此去旗山到旗尾
五分車呼嗚着

路彎彎幾個彎
幾個彎九曲堂
走來走去走一圜
路彎彎呀九個彎

此去屏東太陽城
此去高雄夜港都
此去啊無有彼岸地夢端
64、7、1於姑山

牆角的吉他

葉香

許久了？
　我的吉他
　似挨罰的小孩
　一臉委屈
　　默立牆角
　且穿着一身沙

某些時候
　當有個什麼的
也曾憶起那
灞陵的秦樓的秦娥的月
溪水猛地
不可抑
奔向夢鄉
傾出一地拍賣不出的霉味的
鄉愁

因此
我只能遠遠用眼睛撫慰它
恰若懲罰小兒的
母親的心情

劍飲

苦苓

月下
我的劍有些蒼茫的銹了
那曾經腰斬秋風
謀刺過無數鬱鬱的流水
且不安于鞘的
在我鬢邊的劍已經
被陳舊的光澤淹沒了

迎夜起舞
我在微醺的影裏狂亂
魔瘴千重，只待
曉歌吹奏，我就
俯撿一地冷冽的金屬
拾荒去吧
好在，我的步伐早已經
有些錯亂，有些佝僂了
星，被一盞一盞的點亮
我決鬪的對手愈多
愈來愈多。我乘霧而來
必得踏霧歸去
而苦苦相逼的這群黑色
是否也有些疲怠了
在縫得緊密的雲朵下
逐漸逐漸……羽化成風

也許黎明
我趺坐金樽
編織些柔美溫煦的想念
追索我初生的驚啼
也許，我不及封劍。
削瘦的背上開滿一朵
又一朵的紅花

春風

廖莫白

早晨咳一口濃痰
那本發黃的講義
便一直由長江翻滾過來
滾進門前那道暗溝
天氣恒是晴時多雲偶陣雨
我的聲音恒是平平仄仄仄仄平
課堂上，除了那個傢伙
別的也都架着雙領
努力傾聽
本想在黑板上寫幾字
風風雨雨
告訴他們：吾是當年
流過高山平原奔騰飛揚的
一條大江
也沒想到剛一起身
我的輝煌變成簷前一絲
小小的蛛絲
引我風濕疼痛
莫非明天又是壞天氣？
走過長廊，衆聲喧嘩
慢點啊，這位同學
扶我下樓去
我說：今天又是月底了吧
唉，又是春風一度！

幼苗園

指導者　黃基博

小豬

光華國小五年乙班　胡珍珍

我的小豬肚子餓，
給他飼料他不吃，
送他一元錢幣，
他就歡喜的叫一聲「噹」！

火

光華國小六年甲班　莊永慶

火是一隻餓狼，
一棟房屋都要吃光。

天空

光華國小四年乙班　徐敏君

不知誰欺負了它，
傷心的流着淚。
不知誰又惹了它，
使它大發雷霆。

雷

雷說話，
會嚇破人們的膽，
所以他很少開口。

花園

潮州國小五年三班　張玲蓉

花園像一幅圖畫。
我走進花園去，
像在圖畫中。

避雷針

光華國小五年乙班　方振成

避雷針是閃電的父母，
他叫閃電到地下玩，
閃電就乖乖的到地下去了。

電線桿

屏東潮州國小五年　曾嘉慧

電線桿的感情最好了，
親愛地手牽着手，
日夜不肯放。

月亮和星星

光華國小五　乙　潘育民

月亮是美麗的公主，
出來時總是帶着侍從。

夢

夢姊姊會騙人，

她說要給我一包糖，
我醒來一看，
一包糖也沒有。

燈塔

高雄新興國中一年 張雅惠

每當黑夜來臨，
燈塔就放出明亮的光芒，
指引船隻歸航，
每當我們做錯了事，
慈愛的母親就指引我們方向。

石碑

光華國小六年甲班 莊永慶

石碑的記憶力很好，
你只要告訴他一句話，
他就會把這句話
永遠的記住。

落葉

萬丹國小五年庚班 李淑珍

淘氣的葉兒，
跳到地上來玩耍。
玩累了想回家，
樹太高，回不了，
只好躺在地上默默地哭。

藍天和白雲

僑智國小四年乙班 曾淑英

藍天是一個美麗的郊區，
白雲們結伴着去玩兒。

黑板

潮州國小五年二班 王進城

黑板眞不害羞，
臉被人畫成醜八怪
還不趕快擦掉。

影子

光華國小五年戊班 李靜怡

影子像是個偵探家，
每天都跟着我。

雲

光華國小五年丁班 方振成

雲是個頑皮的畫家，
高興的時候，
就畫得很漂亮。
生氣的時候
就塗得黑黑的。

太陽和雲

潮州國小四年八班 曾銘毅

太陽找不到雲，火氣就大，
雲兒找不到太陽就流淚。

模特兒

屏東師專附小四年 何慧瑛

穿着美麗的衣服，
爭漂亮。

古屋

光華國小六年戊班 徐久仁

是一個可憐的人，
帽子破了好幾洞，
衣服也破了，
眼睛被人弄瞎了。

雷電

屏東中正國小五年 張雅屏

電雷的感情很好，
每當陽電先生碰見了陰電小姐，
總是要親吻的。
隆隆隆……
這是他們親吻的聲音。

小妹妹

潮州國小五年甲班 曾憲屏

小妹妹的臉好像天氣，
一會兒晴一會兒雨。

新模仿專家

潮州國小四年 曾嘉德

我把帽子脫下，
樹上的猴子也學我。
我在樹下撒尿，
牠把尿撒在我的頭上。

黃昏

光華國小四年丙班 莊永彬

黃昏是一個可愛的新娘，
每到了傍晚，
就很害羞的回到洞房。

蓓蕾園

指導者

黃基博

陳鴻森

寂寞

屏東師專五年丙班 羅素蘭

看見你來，
他拔腿就跑；
看見你走了，
他又像漿糊一般黏上來。

覺醒

蔡蕙玲

可喜是夢後的覺醒
只怕留以渾沌
忘却原本的自己
拋棄週遭的存在

歌聲毫無妥協的侵入耳裏
那份憂傷
漸漸地在心中擴大……
以另一種方式的覺醒
毀滅那可惡的渾沌

精靈般的
由遠而近
加入一層又一層
把自己給蒙蔽了
接近那危險信號的邊緣
只怕無人伸出
　助人爲樂的手

一葉紅

文薄外語女子專校 陳曼玲

記得只是那一點愁
凝聚於雙眸的是盈盈的愛
抓一把風中的月
灑向破碎的心

想着的還是那往日的輕喚
念着的也只是寒雨裏切切的低語
譜上的戀歌
揚起的只是沒有結果的愛

黯然神傷的是你飄飛的影子
伴着無聲的戀曲
於子夜清脆的鐘聲中遠去
留下的只是陌生的一葉紅
染透了你遺棄了的心

晨曦

高雄縣 劉儷珠

默默的出現　默默的逝去
如綻放的花朵　馨香每個人的心靈
如三月柔風　吹在每人心坎
呵　晨曦
如一個多情的少女　訴說着滿懷情意
如一個沉默的男孩　徘徊踟躕

夜雨

屏東師專四年丙班 陳玉娟

妳將我從夢中喚醒
却未告訴我什麼
當晨曦初露

才猝然想起
那是多麼美的一首歌。

慈父

屏東師專五年丙班 **莊麗華**

猛憶起老祖父的時代
不苟言笑的神情
自認爲保自尊
却讓一顆頑稚的心靈
跳不出滿是疑團的泥沼

淚別

臺南師專四年己班 **陳芳桃**

鳳凰木哭成一身紅，
蟬兒喊聲已嘶啞。
我——唱一曲驪歌，
嚥下一口苦澀的淚。

忘

屏東師專五年戊班 **王貞德**

不要留下什麼，
更別想帶走什麼，
當你離去的時候。
只當是
偶然拾起的落葉，
請把一切，
拋向心湖深處。

春天

北市弘道國中一年 **王秀美**

春天來了，春天來了。
花園裏，
花繁簇的開了，
白的、紅的、藍的、紫的、黃的……
……。
白花在微笑，
紅花在跳舞，
藍花在歌唱，
紫花在草地上看書，
還有黃花在沉思。
夜晚了，他們都累了，
靜靜的低着頭睡了，
旁邊的小草也睡了；
她們都過了一個快樂晴朗的一天。

風

北市弘道國中一年 **饒淑慧**

風阿姨溫柔的時候，
像媽媽的雙手，
輕拂着我的髮絲。
她和祥的時候，
會逗得花姊姊笑彎了腰，
樹伯伯也會對她點點頭，
連青山叔叔都被她迷得神魂顚倒。
她情緒不穩定的時候，
會使花姊姊凋零消瘦，
樹伯伯的老骨頭有時都會承受不住，
只有青山叔叔能使她降低火氣。
我們希望偉大的科學家
能發明新方法，
使風阿姨永遠溫柔。

春

北市弘道國中一年 **朱建敏**

可愛的小鳥，從寒冷的冬天醒來了；牠們鼓舞着翅膀，歡迎春回大地；牠們的歡迎聲喚醒了合群的蜜蜂和美麗的蝴蝶，牠們都興奮的鼓動翅膀飛了起來。

牠們經過了綠叢，田野向牠們招手；經過了美麗的花朵，花兒向牠們微笑；經過了翠綠的農村，小朋友們向牠們拍手歡呼。

在這春回大地的好時光，牠們又開始了牠們努力的新階段。

夜

北市弘道國中一年 **陳芬華**

天空換下了她的白紗衣，
穿上了黑禮服，
衣服綴滿了小星星，
月亮是她胸前的別針。

文苑詩展

國立師範大學
青年寫作協會分會提供

週末的黃昏

子楓

我
望着窗外——在這週末的黃昏，
沒有那熟悉的車聲
沒有那熟悉的人影。

你不來?!
算了，男孩子多的是，
我只想看看你那叫人迷茫的眼睛
還有那低沉磁重的聲音
所以我仍在守候。

粉藍色的窗簾飄呀飄的，它——
是我的夢，
可是我的夢已褪色了……

世上每樣東西都會改變
人的感情呢?
猜不透!
記得
陪着你把黃昏送走
現你怎不來呢?
猜不透……
相隔在風雨飄茫中
我怎看透你呢?

我靜靜地想起過去
想過去……
想起那些不可追尋的東西
捉着任何向你走來的幸福
而你是捉不住的?!
我何嘗不也一樣?!
沒有明天的日子怎過呢?
我發現失去和獲得的都算不了什麼，
眞的！算不了什麼……

你沒有來——我告訴自己。
寂寞?!

我並不感到悲傷，
時間已把自己，
改造得不懂什麼是悲哀了
時間會改變一切的
包括感情，
我告訴自己，
我提醒自己。

寂寞也會叫人回味的
我想。

一口縷縷的輕煙
拋棄在記憶的夢裏
急一點又能捉緊一些什麼呢？
我却迷失在煙霧嬝縷中

往事只有在夢裏
沒有喜
沒有悲
更沒有怒

黃昏裏
守候着——

我對自己說：
你沒有來
或許不再來了
我也不再等了。

陌生的友誼

張謀得

交織時空於一點，
兩扇心窗互凝；
千古永恒的文墨，
融你我在瀚海。

偶然 巧合
別訝異眼前的陌生人；
沉默——
不代表無形橋，
就溶爲誠摯的同好。

交織時空於一點，
兩朵心花共萌；
輪廻不息的狂潮，
繫你我於緲渺。

偶然 巧合
勿驚喜眼前的異鄉人；
刹那——
不意味漂泊萍，
就牢握成熱切的聖靈。

路是心

文豹

路是心　心是路
徘徊在晨鐘的餘音裏
失落的一代呵
　巡禮世界
　走不出異鄉人的荒謬

歷史的春冰熔熔
　風已冬眠
讓杜鵑的泣血
　點醒爝火吧
　點醒爝火吧

黑暗中
　霎然透視稻草人的空洞
彳亍在人生的路上
　生活如甬道
　希望如閃熠　我亦如
英雄之化身　拔劍起舞
　一季的憂鬱御下
蒙娜麗莎的微笑走來

敞開我之胸襟
　一條豪邁半老的路呵
呼喚我走向前去
　留下了巨人的足跡

敞開我之胸襟
一條豪邁半老的路
蜿蜒如愁腸
乾癟如枯樹　亦如
一段傳說　一則故事

英雄今長眠路畔
　昂然的墓碑記着歷史
長青樹爲之長青　杜鵑
爲之泣血　山泉歌頌
　澎湃如雷響迴旋

故我仍然　歌一小頁
搜索丘谿中的思路
　傲笑無極及嘆豪
一顆企及古人動脈的樹心
掙向永恆

念華岡

葉靜風

九月的倫敦
看不見遠處
實則
她一刻也不停地
在我的週遭

陰冷的風
使她成爲冰肌玉骨
注意
是她胸中點亮了蠟燭
該來的
還在那邊遲疑
久久地
雙鯉魚猶被困在五里霧中

儘管這是
班級性的郊遊
就讓我倆放情的
　手牽着手
漫步在這伊甸園吧
但
他還是不停地
望着遠方

等待

張春榮

無數金黃的臉
漂過來盪過去
我立成人潮里
一株相思樹
朝東朝西朝南復朝北地
佇盼着——
念你
正走在向我的路上
蛺蝶般地斑爛
正躲在清陰的暗角
欲我悄然回首……
擡起左脚
安慰右脚
一聲沉響一個心願地
踩着踩着
縷縷思維越放越長

等待　世紀的等待
離去　多少徘徊
猛轉身
迎面撲來的陽光
竟是點點
寒灰

古今英雄傳

陳黎

它悄悄的强了
　在中庸道上 展盡
傾吐以往的累積

它緩緩地弱下
　於燦光中悟 歛義
乃豪爽轉變成霞

它可刻意等待
　但直到終了
方知等待的每一秒都已變遷

它可懷望追尋
　但直到消失
方知該珍惜的是路上的享有

它是
　不要尋結果
　不要等結束
　不要滯留於頑固的——
好好前行——
　這就是它的勸言

K會長

K會長又從國外回來
我指着報紙興奮地告訴爸爸
說他告訴新聞記者他這次在國外又做了許多演講促進邦交
像老師說的爲國家爲民族——
唉呀，爸爸
你怎麼說K會長早已死了？
上次，上次報紙說的那個
是K理事長哪

佇盼夕輝

劉渼

X，是沒有「我」存在的我。有一天，那個非我的我伏在綠油油的草地上。突然，身傍的一叢小草，那麽自信，那麽崢嶸地露出了滿臉誠稚，直挺俊拔的迎着陽，送走光。X暗驚道：「一日的陽照，竟在嫩金的草瓣上想望到。」也不管它是朝輝，午日、夕陽了。一個拍節隨卽奏起……

星與花

孤白

這只是一首歌送給聖・作柏里的「星星王子」

天上的星兒千萬顆，啊……
　你攜銀鈴來　化爲
　串串輕笑
　撒滿一室星光
　也曾哭泣　而淚
　是星的閃躍

地上的花兒千萬朵，啊……
　我頭戴朝陽
　身穿夕照　立在
　風裡飄搖
　忽覺　風冷露寒
　誰爲我
　着上新裳

傻孩子，想一想
　人說
　　千萬花中的
一朵花　是我

　只願　你是
　　千萬星中的
　一顆
爲什麼失眠只爲他一個？

擾

羽揚

設若
秋池假寐
成一樁騙局
那些可笑的
風
也委實太殷勤
探看水湄老屋的臉
砌石抹灰　怎照見
獠牙青面　或
飛翔的紙鳶？
而秋池自明　作它
千年百載
窃笑的冷眼人

然則
不被什麼吹皺的　此刻
竟兀自喇叭起來

碧潭的傳說

陳燕貞

中秋如水，水如月，
人如江潮，帶月色而急，
月色伴着舟子
三更後，碧黑的潭猶有賞月者的低唱，
珠圍翠繞昨夜孤涼的吊橋，
彩燈是珠，幽人是玉。

清瘦如水，水如帶，
月色爲你濃妝，
鳳冠霞在昨夜悽然的憔悴
三百六十五天裏只有這一夜活過，
碧潭戀月，遊人紛紛傳說。
（……　……）
那隻泊在碼頭打鼾的畫舫沉默着，
清圓似額前的明珠，
向黎明投一眼疲弱的怨懟，
淺醉的潭未醒，
遊人的足跡已然杳杳，傳說已然失落。

附：碧潭是新店的靈魂與財源之一，現在，一切都隨着失了壩的潭，和式微的吊橋逐漸蕭條，中秋節難得的熱鬧，却引起一個新店人的惆悵

無題

張湮

深植着燬墟千年的迷惑
深植着九月的火種
呵　你的眼眸
總向我展炫一則無底的夢幻
之絢爛

觀落日
　雲霞飛行于你的雙頰上
飲太白
　我欲醉臥在你的酒渦中
柔柔。三千雲篦
且繫不住
此心飛躍

就這樣頂禮
膜拜。已自我
血流之源
騰騰昇起

買花賣花

姜怡光

據說說是
　唐玄宗時代　　一個
牡丹花開的春天
　　長安城。花。人擠人。馬車轔轔。
遠遠地東門外鑽出土豆
土豆抽長變成了鄉下人
鄉下人走着走着進城

　來
　來　來市場上多熱鬧
錢莊　酒樓　擇日舘　還有花鋪——
買花的：一叢杜丹多少?
賣花的：很便宜　一百金而已
　鄉下人站在花前楞住了
自言自語
　什麼　一叢牡丹
　是一百金　是五束五白絹的價值是十戶農家的稅金
　什麼　人人買花
　唉　長安城的人　可憐　農家苦

鄉下人
一聲嘆息
走出城東
遠遠地土豆消失了
噓噓　安靜
聽我講故事　噓噓
從前抗日戰爭時　上海有個小姑娘
也許她的爹娘　已死在日寇的刀鋒下
也許她的家園已燬在磤彈的烈火中
只是　她天天這麼的辛苦唱道：
先生買一朶花罷
買了花　救了國家
她　白天徘徊街頭　夜晚睡防空壕
聽不到爹娘喚她的慈聲
只是　警報嗚嗚　錯亂她細細的神經
天天她這麼動人地唱着
先生買一朶花罷
買了花　救了自家
她省吃儉用爲的是
將你所知道的
賣花錢獻給國軍
雖然　我講的不好聽
而　故事也在此結束
可是誰也忘不了那小姑娘的
花
曾經吐出生命
曾經放出自由

醉

簡俊華

走出大門
　笑鬧聲漸去漸遠
路燈是彎曲的
　街道是一條蠕動的錦蛇
我終於證明了一個眞理
　地球是旋轉的
水
　我需要水
　乾裂的嘴唇吐出飢渴的吶喊
整個世界靜悄悄的
　我狂奔
我怒號
一盞燈變成兩盞燈
　一個人追成三個人
水是冷的
　水是令人窒息的
我需要水
　所以我在水中爬不起來了

曇花

李　弦

推開如此密密裹裹的夜
一叢曇花甦醒過來
剎時　萬籟寂然　在中止流轉的時空裏
輕輕微微的悸動
第一瓣自由的伸展開來
啊——純然的超昇
花瓣
依次
開
放
層層綻開
細緻的花心涵容了一天星華的閃熠
舒展的筋絡　在淡淡的月光底下
映照那玉石的肌理
凝立在疏影橫斜的圜際
如燃焰於傳說中的鏡宮
幻化成百盞千盞萬盞
盞盞閃現一卓絕而完美的姿勢
當涼風緩緩地在枝柯間湧動
拂拭鏡中之象如一、無形的手
花開最盛時凋謝
黑又轉入週而復始的輪迴裏

民國六十三年十二月十日改稿

春祭

鍾義明

杜鵑花又紅了二十多季
斷腸的鳥也年年啼喚　歸去歸去
崗上的英魂依舊長眠，長眠在
荒煙瀰漫蔓草伸展
野狼群嗥嘯的土地

傾頽的年代，你們喚醒
睡死的海棠
以碧血，以酣戰的殺伐聲
白天際，以殞星的雄姿
雖是弱冠少艾
却也憑書生本色，一身是膽
硬把肉身塑造了千秋的英烈
就在火花燦爛的刹那
心但念海棠美麗的根基
那怕此身煙飛，此身燼滅
那動於嬌妻弱兒的啼泣？

遙聞荒丘的怨嗟，三月暮
春雨濕黃花的季節
非關颱風和地震
也非饜厭了二度蓬萊的不安

只爲了滔天的血浪衝擊
屍壓着屍，骨壓着骨
忍聽一年一度那鐵羽鴻雁的哀鳴
九泉下，況只鄉思也會令人愁死啊！

擁抱這刼後小土地的泥香，我欲痛哭
想起故土的悲慘遭遇，我欲控訴
以孤哀子思母的血淚
按圖索驥，且讀你們碑上的文字
一遍遍　眼睛模糊了又模糊
冲天的馨香　誰知道
它能負荷多少酸楚
渡過湯湯鹹水
問卜故國的春天
是花濺淚，還是鳥驚心？

錢塘潮依舊打着岩石的寂寞
千萬根頭髮依舊繫着中原的安危
(而，充滿心中的是愛和陽光
且不管恨有多少，陰霾有多少？)
四百兆國子都在喊：
英靈健在　魂兮歸來

這一代

杜國榮

窗外
極貧血的蒼穹
每風無星無月
此室內
如星之光竟燃沸了我的血管
蟹行的文字行走於
盛滿感懷的信箋
那晚
煙火交加的筵席上
叫聲笑聲同責於煱爐
彼此活潑的輕唱驪歌
唱去了老師們最後的話語
亦唱散了再也拾不回的歡樂
之後
你
這朶閒散的蒲公英
獨然的飄往關外
（勸君更進一杯酒
西出陽關無故人）
左肩頂負着五陵少年的豪氣
右肩却立卽灑滿了沉重的離愁
黑瞳人的眼睛盡是反映碧瞳人的眼睛
再映着黑瞳人邃然的眼睛

門

陳德恩

於是
再沒有飲黃酒的秋天
再沒有吟白雪詩的冬天
再找不到夏天綠荷池中的古典
更看不見溫柔敦厚漫遊芳草地的春季

跨一道門
世紀便拋在背後
新的道路
又已招手 於
眼前

記得走過
很久很久以前
曾是這路上的行人
當果實已墜落
當付出恁多重量之後
遂驚悸
盡頭
竟是來時所跨……

「在風城」的風聲

桓　夫

詩的焦點

請看下面一首詩：「電視」

一個手指頭
輕輕便能關掉的
世界

却關不掉
逐漸暗淡的螢光幕上
一粒仇恨的火種
驟然引發熊熊的戰火
燒過中東
燒過越南
燒過每一張焦灼的臉

非馬把這一首詩，題爲「電視」。令人感到奧妙的是，題目本身也是詩的一部份，並沒有特別依靠詩的內容來表現或宣揚題目的意義性或境界什麼的。非馬的詩大都是這樣，把現實的事物引進入心靈的演變，表現出詩的感觸；這是相當與人不同的高明的手法。

因此，看非馬的詩，從題目一開始便受不住被某種引力誘惑，一直想要看到最后一行爲止，看完有時會不自禁地發笑，或得到衝擊性的感動。這種感動，是純粹的知性感動。或可以說是科學化的感動，絕無傷感性的渣滓挾在裏面，清淨而乾脆。我喜歡非馬的詩有這麼可貴的特性。

非馬的詩，又沒有難懂的語言。他用平易的日常語，表現日常的動作、事象，沒有甚麼特殊的「做詩」的姿勢，很自然的語言表現，給人有親近感。他用這種手法，却能寫出微妙的詩境，訴於讀者有其突發性的思考、異想的衝擊，獲得意想不到的快愉。

現代詩是思考的詩。因而我們看詩，必需據於詩的表現，抓住所思考的詩的焦點，才能獲得無上快樂的感受。若是抓不到詩的焦點，便摸不着詩所表現的標的，看不懂究竟爲什麼寫出這種詩的語言，想不透詩的意義性。

我認爲非馬的詩並不難懂，但也不完全是易懂的詩；因爲非馬的詩的焦點很不平凡。

非馬用平易的語言，和平凡的現實事象寫詩，應該是易懂的，但是由於詩的焦點不平凡，詩具有微妙的變化，甚至有時使用倒置的反射鏡，像照出善變的妖魔似的，若讀者一不小心，便看不出其魔術的底細，抓不到詩的焦點，感到詩難懂；其實，據於讀者的思考以及想像力，可以抓住其詩的焦點，那就不但不難懂，反而覺得其詩的諷刺、幽默、機智等語言所滲出的意義性，感到有趣而快樂。

這也是非馬的詩可貴的特性。

就這一首「電視」來說，作者並非要表現電視的事象，而是藉電視所引起的自己的內心感受，表現了心靈作用的情況，且延及到世界時局的一面。把小市民對時局的關心表現得十分迫切。

電視所演出的節目，節目的世界，是一個手指頭輕輕按鈕，就能打開或關掉的，這一現實的事象並沒有特異的詩意，但令人意外的是，作者看完了電視節目，用手指頭按鈕把電視關掉，(却關不掉)，而這一句關不掉的，不是指電視，是指螢光幕上映過的那一場面。那一場面的(世界)還深深地烙印在作者的心眼裏(關不掉)。從第一聯看到第二聯，第二聯只有這一行「却關不掉」四個字，本使讀者感到疑惑，但等到看完由於這一句話所引出的第三聯，那些時局的現實性的情景，便纈然瞭解此詩的原意，抓到了詩的焦點，原來(却關不掉)這一行，是連繫前一聯的現實性，而使讀者從現實渡過接觸心靈活動的橋樑，負有這麼重要的意義，所以只是平凡的四個字，才令人一看有意想不到的衝擊。

非馬的知性十分冷靜，有時冷靜地令人感到無情，他把關掉的電視，使其節目在心眼重演時，好像未曾動過感情，而很客觀地表現了一幕殘酷的場面。他說(一粒仇恨的火種)，這一句暗喩包括了很多戰爭的因素，一針見血，讓這一火種延燒，燒過中東，燒過越南，最後燒過(每一張焦灼的臉)，就是你、我、他的每一張焦灼的臉，誰也不敢說(每一張臉)不包括你、我的臉在內吧。

不論如何，這一首「電視」詩，能使讀者深深地體驗到電視節目裏演過的戰爭的殘忍性，同時發出與作者共鳴的無限的同情心，是作者呈現詩的焦點，有其與人不同的巧妙的手法所致。

我們看詩，必須抓住詩的焦點，才能獲得詩的快感。

短詩與短句

李勇吉

非馬寫詩喜歡以短句構成短詩，早爲我所注目了。是不是他在美國時間匆忙，無暇寫長詩，或者是個人特殊的偏好而執着於短詩，不得而知。詩短不一定保證句短，有短詩却由二三個長句構成也說不定。詩短且句短才是眞正的短詩呢！非馬的短詩之「短」的程度，介於早期楓堤的「三拍子」詩和林清泉的「二句」詩之間。楓堤的「三拍子」詩，每節詩由三個詩句構成，然後再把三拍子延長一次或一次半，其詩雖短，但仍比非馬的長。至於林清泉的二句詩，固然比非馬的詩短，可是句子却稍長些。

因爲非馬的詩多半是由短句構成的短詩，所以讀來像在欣賞電影的快鏡頭一樣，給人一種緊張、興奮的感覺。鏡頭轉得快，深怕不能觀賞清楚，反而更需要集中注意力於其上，等鏡頭轉過過去後，再做一番思考的功夫。如果因鏡頭轉得快，來不及觀賞，便放棄觀賞的機會者，不是基本的觀賞能力不足，就是故意拒絕。

非馬最近出版的「在風城」詩集，大部份的詩，是短詩寓於短句，以求精鍊的演出。詩語的運用，亦傾向「口語說」的主張(有關「口語說」的詩論，容留待於「中國新詩論史」闡釋)。其短詩與短句之例，如：

囂張的
新鞋
一步步
揶揄着
舊鞋
的

回憶　（新與舊）

老處女的
雙唇
囚禁
童貞
在它裏面　（門）

他的詩句短而不扭態，隱喩技巧所構成的意象，並不一個緊接着一個，而予人一種「濃得化不開」的感覺，但亦不稀疏得不成爲詩，使人覺得乏味，套用一句老話，即是「深入淺出」。例如：

沙啞唱片

深深的
紋溝
在額上
一遍又一遍
唱着

我要活
我要活
我要

此詩不要隱喩技巧，而隱喩自在詩中。有些詩人，固然隱喩的能力很高，却因於詩中處處想表現此種能力，反而所寫出的漂亮句子，倒成了「賣弄」的標幟。非馬寫詩，能越過這種障碍，可見他的道行已不淺。當然，有時他也會表演一下他的「文法」能力，不過大柢尙能「適度」，不致越出「安全線」，例如：

那頭
大公鷄
在把
朝陽
抒情得
最臉紅的時候（幕啓）
……

原是由「朝陽的臉被那頭大公雞抒情得紅的時候」調整爲「那頭大公雞把朝陽的臉抒情得紅的時候」再變化而來。「抒情」是個詞結，本當做以形容詞做爲述詞的「紅」的限制詞。現在非馬又在「紅」字上加個「臉」而成另一詞結——「臉紅」，其本應當做「述詞」的功能倒有點消失了，有違文法規則。但妙的就妙在這裏，我說「有點」消失，其意並不完全消失，即「臉紅」還有一點「述詞」的功能，因此讀者還能懂得非馬寫的意思，還不致認爲是不通順的句子，亦不把他的表演「文法」能力當成「賣弄」。

我想非馬和李魁賢一樣，全身必定是充滿了「詩菌」，李魁賢是學化工的，非馬是學核工的，却都「不務正業」在文學方面賣力，這是因爲「詩菌」作怪，不得由他自我控制的關係。既然「詩菌」使他出版了「在風城」，表現了他的寫短詩的才華；但願「詩菌」亦能逼他再寫一册詩集，表現他的長詩的能力，使大家也有觀賞到他的慢鏡頭——慢工出細活的「雄渾」與「悲壯」面貌的機會。

「在風城」的感受

趙廼定

1.思維的遊戲性

非馬的詩，部份以極端的對立，作一種「思維的遊戲」，通常由平淡起首，運用一種讓人墮入慣常性思維反應的陷阱，終以强烈的對比——一種反慣常性思維的思維，來敲擊人腦，讓人腦作一種對慣常性思維的修正，而達到詩的延展性。

這可以「在風城」一書中的「圓桌武士」、「鳥籠」、「通貨膨脹」三首爲例。

「圓桌武士」起首的「爭吵着誰贏得了／美人的心」，讓人在思維上直接陷入「英雄美人」的慣常反應中——所謂英雄愛美人，美人慕英雄，這是理所當然的「至理」，可是，往下細看「——挑在他們尖尖槍矛上」一行，心中不禁要抖縮，緊接着「滴着血的／美人的心」，讓人不禁重行接續上一句，而把整節的概念連在一起，是「——挑在他們尖尖槍矛上／滴着血的／美人的心」，由此再導致前一節的「爭吵着誰贏得了」——贏得的，可不是美人愛慕的心！而是一顆挑在尖尖槍矛上，滴着血的美人心；再回溯圓桌武士的標題，心中不禁浮現爭吵與血淋淋的鏡頭，這鏡頭忽而在爭吵上，忽而在尖尖槍矛上跳躍，因之，又否定了圓桌的用意——圓桌者表和平共存的意念，表一律平等的排列，可是，現在竟然血淋淋，由此可知巴黎和談，只是一種血腥與欺騙，只是一種强權以談判來取得利益的手段而已，這種諷刺性乃達最高潮。

「鳥籠」一詩，在開頭是「打開／鳥籠的／門／讓鳥飛」，很顯然的，在慣常性思維上，我們會加上「走」這個字，而後又聯想到鳥自由了，可是非馬愚弄了我的思維，他寫着「把自由／還給／鳥籠」，這個概念可以分成兩種，一是把自由還給鳥和籠，另一是把自由還給鳥籠，不管前後者，其中任一皆含有籠的概念存在，因此而使人想到，爲什麼籠自由了?慣常性思維皆是鳥飛走鳥自由，可是非馬偏要說把自由給鳥籠?!概念的反應突然一下子凝注了，稍加思索才恍然大悟，是呀，鳥與籠相就，對二者皆非自由，若果把鳥放走，讓鳥自由了，籠不也不被桎梏！不也自由了嗎?再後又牽引出鳥與籠的配合，如此的在概念上——鳥與籠的分分合合，而眞正陷入一種「我見」之中，「一隻鳥飛走了，一「隻」鳥籠清閒了。

「通貨膨脹」一詩也把慣常性思維的聯想玩弄了一下，首先，通貨膨脹依經濟學來看，當然是貨幣對財貨價值比貶低，也就是貨幣的購買力降低之謂，所以「一把鈔票／從前可買／一個笑」，現在通貨膨脹了，當然買不到一個笑了，那麼是半個笑吧！非馬要如何來表現「一把鈔票從前可買一個笑」之後的概念呢?!我深切的留意，我深切的呆駐了，是依慣常性思維反應呢?還是突破?緊接着，非馬如此的寫着「一把鈔票／現在可買／不只／一個笑」，此句令我深深悸動，與我的原聯想有天壤之別，我苦笑，因爲非馬尋我開心，讓我慣常性思維的聯想被棒擊了一下，之後我又聯想到笑笑笑，笑是多樣化的，有微笑、哈哈大笑、皮笑肉不笑、苦笑等等，誰知道此笑是何笑?接着，我又神遊在前年通貨膨脹的風聲鶴唳中，只是日日聽說水泥漲價啦！衞生紙漲價啦！米漲價啦！豬肉漲價啦！一切的一切都在不停的漲漲漲。日人來臺買衞生紙回家啦！搜購奶粉啦！那家公司支票退票啦！商店不開門營業啦！如此的迴轉迴轉，書桌上鏡中的我，一連的皮笑肉不笑映出，一連連的苦笑出現了。

對非馬的「在風城」，筆者認爲是一部可再三研讀的詩作；筆者自民國五十年開始發表詩作以來，雖不知長進，而仍發表了近百首詩作，可是，筆者仍不得不爲非馬的「在風城」報以深深的喝采，因爲非馬讓我的意識觸鬚伸向另一領域，因爲非馬的詩的延展性使我越咀嚼越有味。

一九七五、一〇、二四

2. 圖畫性

非馬在「在風城」中所收到各詩中，概略來說，都是深具圖畫性的，亦即用詩的語言來道出一幅畫，亦即用詩的語言描述一幅，可經讀者思索後轉換而構成的畫，是一幅各具動態美的畫。

「裸奔」先點出裸奔的「原因」，是要衝過一段長長的距離，這距離是「他們張開的嘴巴／都還沒來得及閉攏／的這段長／長的距離」，接着再找出用「裸」來奔的原因，乃在「脫光衣服減輕重量」，而這當然就「可沒想到／會引起傷風／化以及諸如此類的／嚴重問題」，也就由於這種單純的意識，而讓人興起裸奔是無聊的事，也讓人興起裸奔是單純的，由單純的而轉化爲粗獷與崇尚自然，因此而構成一群群的裸着奔的人的顯現，而這種裸奔當然是要脫光衣服的，好吧，慢慢的脫快速的奔吧！

該首詩在圖畫性的構成上乃基於——一群張開嘴巴茫然與訝異的人群，突然有裸奔者快速的奔在長長的距離上，由該圖畫上，我們可看出群衆的騷動與裸奔者的無所謂，在構圖上乃是一種對比。

當然，在詩語言上，本詩的最短的時間與這段長長的距離相對立，因此也幻象出裸奔者是孱弱的，由此而產生這是一種弱者對社會的反抗，一種弱者對群衆的反抗。

「致索忍尼辛」一詩，把索忍尼辛比喻爲「被主人用棍子／無情地驅趕／哀叫着躲開／而又怯怯挨回去的／『狗』」，眞是恰當之極。

由被無情的驅趕又怯怯挨回去的字眼，我的眼前即時出現一條血跡斑斑夾着尾巴，一陣陣顫抖的以後腿慢慢挨近主人的狗，而且這條狗低低的哼着，瞇着細眼眺望着主人，一副可憐相，直讓人跟着嘆息搖頭不已；而索忍尼辛就是類此的一位偉大的愛國文人——即深愛祖國蘇俄，又深痛共產政權，所謂愛之深責更切。

末一節的「你使許多人／不管他們身在何處／在心中／成了／眞正的／喪家之狗」，這種展延性擴大了主題開闊性。這種展延性引發浪子的回歸，遊子的認同，可是，在心中，無法回歸，無法認同時，就成了，「你使許多人／不管他們身在何處／在心中／成了／眞正的／喪家之狗」，怎能不令浪子與遊子噓噓不已呢？

該詩的構圖，在於居中一位兇暴的主人揮着棍子，邊角地方則是畏首畏尾的一條狗，這種圖案最好是以漫畫來表現，因此，在造型上應以被扭曲的兇暴的嘴臉和孱弱身軀的，夾着尾巴的狗相配合，而產生一種情緒上極端對立感，而能讓該詩在詩語言轉換成具象時，獲致最大效果。

「構成」一首，全詩只有短短的二節四行，在思維上，是一種倒果爲因的風格，先以「不給海鷗一個息脚的地方」，讓人自然而然的看到飄旋在無垠海面上的海鷗，那種落寞與孤獨感；再點出「海必定寂寞」，我們更看到蒼茫的海本身的無依無靠，鷗與海一經組合，眼前即是一幅空茫寂寞無依，把「不給海鷗一個息脚的地方／海必定寂寞」結合在一起，概念上又有了留殆，該怎辦？非馬緊接着就以仁慈心出發，而點出「於是冒險的船離岸出發了／豎着高高的桅」。

在畫面上，即時浮現一條冒險的乘長風破萬里浪的船，行向海上，那條船孱弱得只讓我們注目到，豎着高高的桅，在畫面上乃有一直線條的突破，於是整幅圖出現了，汪洋大海茫茫，一葉孤舟在衝刺，藍天上一隻黑白相間的海鷗在翱翔翱翔，這是一幅茫茫無依與奮勇向前的對照。

「老婦」一詩，先讓人以沙啞唱片來和老婦聯想，因此知道，這老婦是如同久唱而唱啞了的唱片，是經歷很長久歲月的消蝕，「深深的／紋溝／在額上」，可做為老婦人額頭上的皺紋的刻劃，緊接「一遍又一遍／唱着」，不只留有遺殆，且接連上一句，連貫成「深深的／紋溝／在額上／一遍又一遍／唱着」，然後又回復到前一句的構想上，那是沙啞唱片上的深深的紋溝在唱，下一節的「我要活／我要活／我要」的重疊句，表示深切的企望，而「我要」兩字之下又不加「活」字，正如同沙啞唱片突然中斷或是由於歲月的腐蝕，因此而掠過一樣，加深了老婦人，那種久經磋磨而歲月不饒人的悲傷，可是，雖然老婦人在遭受歲月磋磨，可是仍然深切希望生活下去。

該詩的圖畫性，可設想一個沙啞唱片佔據整個畫面，唱片上隱隱約約的現出一位蒼老癯瘦的老婦人，她的額角刻劃深深的紋溝，且目光微微的暗淡而顯露「生之企求」，在詩語言上，該詩是一種氣氛的平衡。一九七五、一〇、二八

讀非馬的詩集

——「在風城」

林煥彰

讀非馬的詩，我有極高的興趣；因為他的詩短，取材平常，詩想特別自然，節奏明快，意象突出，表現含蓄，又有深遠的意境，玆摘要談談。

8 **鳥籠：**

這首詩只有一個意念，他用十七個字表現出來，是精簡到不可再精簡的了。他說：「打開／鳥籠的／門／讓鳥飛／走／把自由／還給／鳥／籠」，其實只有三句話，很平常的，但不平常的是他的矛盾語，也就是他的想法：「讓鳥飛走，把自由還給鳥籠。」

在這首詩的前面有一首叫「籠鳥」，排在一起可以把它們當作是一幅「連作」，他說：「好／心的／他們把／牠關進牢／籠好使牠唱／出的自由／之歌清／亮／而動心」，是一樣的手法，一樣的心意，對籠中鳥表現了一種蘊涵的悲憫。不過我不喜歡它的排列（如一個倒三角），故意斷句，除節奏的和緩外，甚覺勉强。

14

照相：

這首詩我讀後打了兩個圈圈，我覺得他的詩想非常特別，極深刻的心理表現，如第一節那兩行：「鎂光燈才一閃／便急急收起你的笑容」，足見他有敏銳洞察的心眼。不過，我現在再推敲，也發現了他有不够完美的地方，如第三節那單獨的一行：「唉快樂的日子不再」，破壞了我原來對它的印象，減弱了原有的震撼心弦的力量。現在要減掉一個圈圈。

15

新與舊：

這首詩表現了一種哲理，頗耐人玩味。雖然只是三兩句話的拆斷推列，却產生了不可更易的「對比的」形式，用字準確，給人無盡的聯想，是一首好詩。請看看：「囂張的／新鞋／一步步／揶揄着／舊鞋／的回憶」

21

致索忍尼辛：

索忍尼辛因獲諾貝爾文學獎，被蘇俄當權者驅逐出境，而轟動整個世界。他的忠愛國家，在他被驅逐之後所表露的，無一不令人感動和敬佩。非馬寫這首詩，以「喪家之狗」來比喻，眞把他的忠愛精神表現無遺，我至爲欣賞。索忍尼辛是值得敬愛的，他的遭遇是令人心痛的。

23

長城謠：

在字面上，似乎看不出這首詩與懷念故國有何關係，但細加思索，却有不可否認的他在抒寫這方面的哀思，其悲愴的程度是「無聲的哭」比有聲的哭更甚。他用了我們熟悉的民間的傳說「孟姜女」哭倒萬里長城，而以現代用具「吸塵器」具體的比喻孟姜女哭得死去活來而「扭曲的嘴」，實令人驚嘆！第一節的「迎面抖來／一條／一萬里長的／臍帶」尤其寫出萬里長城之與每一個中國人的關係，是剪也剪不斷的吧！怎不教人懷念呢？

32

靜物4.：

「靜物」有四首，我喜愛第二首那緊張摒息的時刻的心理刻劃，但更喜愛第四首那像馬蒂斯喜歡用大紅大綠，而簡潔有力的筆觸畫成的油畫，請看寫出的是不是這樣：「撅撅了／一／整個冬／天的瘦／花瓶／在暖暖／初春／的陽光裏／猛咳／一陣之後／吐出了／一口猩／紅猩／紅的鮮玫瑰」，不過這首詩的斷句是斷得有些過份了！

34

烟囱：

把「烟囱」比喻爲一個老頭猛吸着的烟斗並不稀奇，但寫「在搖搖欲滅的燈火前」，還想再吐一個完整的烟圈，就不再是平常的了，我們可以想像得到，那是象徵生命力的表現。

36

門：

這首詩是非常成功的，請看它的全貌：

老處女的
雙唇

囚禁
童貞
在它裏面

這是最高技巧的表現，是「圖象詩」的傑作，屬於印刷發表的，重看，重思考的作品，不是用來聽的，所以要印出來看，才能體會出那緊閉着的「門」，如「老處女的雙唇」，究竟蘊涵些什麼？好像「老處女」的整個青春。

41

從窗裏看雪：

「從窗裏看雪」，可以看到一個非常寧靜的世界。在「在風城」這本詩集裡，我最最喜愛這一首的意境，它的境界是空靈的。全詩計分七節，分開，都有一個完整的面，而連在一起，不僅構成一個完整的景，還表現了秩序的感覺。從第一節的：

黑人
的
牙齒
不再好脾氣地
咧着

寫初降雪開始（請注意它的排列），到第二節、第三節的慢慢加深加厚，而表現出：

雪上的脚印
總是
越踩越
深
越踩越
不知所
云

如身歷其境的畫面。到第四節，雪簡直下到了頂點，使人覺得是「滾燙滾燙地」，如「亞熱帶／七月的雨」好像是傾倒而下，眞夠壯觀的。第五節，「白色的聖誕」即意謂着一個屬靈的節日，即將到來，再這樣到處都降滿了雪，象徵着平和的季節裡，雖然感到冷漠，却掩不住心中的企盼和喜悅，所以到了第六節雪已開始融化，我們已看到了：

枯樹的手
微顫着張開
向上
老農臉上
龜裂的土地
綻出
新芽

而表現出多層象徵的意味，到第七節，我們像經歷了一個降雪的季節，那：

突然鳴響的鐘聲
撼落
高聳塔尖
十字架上的
雪

彷彿看到了人們已從嚴冬禁錮的屋子裡走出來，抖掉了所有的寒意，又開始活動起來。那「突然鳴響的鐘聲」寫得眞是好極了，佩服！佩服！

49

今天上午畢卡索死了：

這首詩是屬於悼念的，却無一絲感傷的情調。非馬是一位突出而與衆（至少是與國內詩人）不同的詩人，從這首詩可以看得出來。對於這麼一位了不起的畫家的死，以及他的成就，實在想不出來還有什麼比得上「熱烈地鼓掌」更爲貼切。由此也可以窺見詩人所重視和讚賞的，是永恆不朽的精神業績（作品），而不是肉體的生命。

53

港：

這首詩是暗喩的，寫作者自己；「爲什麼我要是南方的不凍港」正寫着他日夜縈懷着的鄉思、愁，只是他很巧妙的暗喩，不容易發現罷了。我非常感動於他這份懷鄉思國的情操，在今天，這是多麼難得的啊！

這首詩的成功，讓我們看到作者除了精於「分析」，擅長捕捉事物的準確形象外，也還有抒情婉約的一面，請細細品嘗：

霧來時
港正睡着

噩夢的怪獸用濕漉漉的舌舔她
醒來却發現世界正在流淚

目送走一個出遠門的浪子
她想爲什麼我要是南方的不凍港

「在風城」這册詩集裡，共有五十八首短詩，有很多都是好作品，我這裏所選出的十一首，是我特別喜歡的，比起洛夫的「魔歌」（註）來，不知要高出多少倍。

看過這册詩集後，我覺得非馬是屬於「意象派」的，如美國的E．E．康明斯，喜歡把句子拆散，做不合文法的排列，使其準確的形象更爲突出，而獲得對比的意趣，如第41首第一節的「黑人／牙齒／咧着」，產生特殊的外延效果。不過，太多的不當的斷句，也往往帶給讀者不自然的感覺。這只是就表現的方法而言，到底他的精神、思想，還是東方的。

非馬的詩，取材都很平常，也不大愛處理什麼生死的大題材，似乎都是一些日常可以看到的小小的事件，以及一些刹那間的感觸，但他有他特別的詩想，使最平常的東西，如「鬥」，都成爲不平常的作品。讀他的詩，這是最値得注意的，至於「語言」，那是隨「詩想」而產生的，只要「詩想」成熟了，「語言」自然而然就流露出來，不是勉强可以得到的。

今年出版的詩集，已有二十餘册，每一册我都讀過，却只有「在風城」這一册詩集，才引起我最多最深的感觸。

64年11月4日午夜

註：「魔歌」詩集，也是今年出版的。年來洛夫寫詩評論最喜歡用「比較」的手法，我非常非常的敬佩，所以在這兒破例抄襲他最有效的「比較的」評論方法。

風城巡禮

李魁賢

——讀非馬詩集「在風城」

在風城，一草一木都潛藏着詩的意象，在風城，每一件爲衆人所喧嘆或所漠不關心的「平淡」事件，都會展現詩人心靈的「燦爛」。

白馬非馬，則非馬爲黑馬，這是詩想的眞。

非馬還在國內求學時期，便以馬石筆名寫作，出道很早。而他使用非馬筆名似乎是在民國四十八年的事，在「現代詩」二十三期發表過兩首詩，蒐羅在本書中的「構成」，便是當時的作品，但最初發表時是用「海與船」的題目。後來，非馬出國了，等到他學成，再度拿起詩筆在「笠」發表作品的時候，完全是以與國內詩壇毫無關聯的純黑馬姿態出現。

非馬的詩風瀟灑，獨樹一幟，意象鮮明，乾淨俐落。他的招數是點到爲止，令人有撥雲見月，而猶抱琵琶半遮面的感覺，因此而餘味無窮。

基本上說來，非馬是從詩想出發，以最恰當的意象來表達，他並非爲了意象而寫作。因此，從基本態度上來說，非馬的詩充滿了介入的精神。例如：

電視

一個手指頭
輕輕便能關掉的
世界
却關不掉
逐漸暗淡的螢光幕上
一粒仇恨的火種
驟然引發熊熊的戰火
燒過中東
燒過越南
燒過每一張焦灼的臉

從這樣一個小小的動作中，所閃現出的一個小小的意象，却孕育出這樣一個令人心情激盪的現實。誠然，現實是無法讓任何人想隨意關掉的世界。也許，有人電視看倦了，隨手一關，睡覺去也，却不知窗外風雨大作。

最令人沉痛的詩，恐怕得數：

致索忍尼辛

你使我想起
一隻
被主人用棍子
　　無情地驅趕
哀叫着躲開
而又怯怯換同去的
　　狗
怕一走得這些
便永遠失掉同家的資格！

你使許多人
　不管他們身在何處
在心中
　成了
　　眞正的
　　　喪家之狗

在此詩中，把索忍尼辛比喻爲狗，並無不敬，反而把他忠心爲國（非爲主）的嶙峋風骨，表露無遺。索忍尼辛之寧願冒牢獄之災，甚至砍頭之危，而堅持留在國內以空手與極權搏鬪，正是「不入虎穴，焉得虎子」的作爲。在蘇聯國內，索忍尼辛還可忠心爲狗，守護人性尊嚴的關，一旦遭受放逐，那就成了喪家之狗，才是最最悲哀的下場。反觀許多人，甘願自我放逐，而又放言謬論，爲斯守鄉邦的國人，安排前途，這些「眞正的喪家之狗」，都應該照照索忍尼辛這面鏡子，讀讀這首詩！

非馬詩的另一特點，是反諷詩想的成功運用。他不計較反諷詩句之奇詭，而在反諷境遇之圓熟。例如：

籠鳥

好
心的
他們把
牠關進牢
籠好使牠唱
出的自由
之歌淸
亮而
動
心

這完全是一種詭論的詩情。然而，因被關進了籠子裏，失去自由後，才能唱出淸亮而動心的自由之歌，不但是詩的眞情，也是現實的眞情。眞正享受自由的人，其歌聲裏歡悅多於憂鬱，輕快多於沉重，而失去自由的人，其對自由的渴望，和追求自由的行動，往往會轉化爲悽厲而又悲壯的心聲。與前者相較，其震憾的威力，實難以相提並論。

另外一首有趣的詭論是：

鳥籠

打開
鳥籠的
門
讓鳥飛
走
把自由
還給
鳥
籠

鳥籠囚禁了鳥，究竟是鳥因鳥籠而失去了自由，還是鳥籠因鳥而失去了自由？如果我們用索忍尼辛來做比喻，當他被關在鐵幕內時，雖然在行動上受到限制，剝奪了他物質

（肉體）上的自由，但他獻身爲同胞爭取人權的運動，可以把他的呼聲傳入每一顆激動的心靈，喚醒氷凍的意志，在精神上來說，他充滿着自由，高唱着清亮而動心的自由之歌。而一旦他被放逐後，究竟是誰獲得了自由的賜予？在自由國度的索忍尼辛，變成了不自由的羔羊，而在蘇聯國內壓榨百姓的權力階層，才眞正獲得了去除挑戰對手，落得耳根清淨的自由。然而這種空幻的自由，可以預想得到的是，失去了鳥的鳥籠，必定終於被棄置的命運。

這樣說來，好像非馬的詩都變成劍拔弩張的意象，其實也不盡然，我們還可發現非馬詩中的又一項特徵：幽默。例如：

裸奔

如何
以最短的時間
衝過
他們張開的嘴巴
都還沒來得及閉攏
的這段長
長的距離

脫光衣服減輕重量
當然是
好辦法之一

可沒想到
會引起
傷風
化以及諸如此類的
嚴重問題

這首詩不追究裸奔的心理因素，不提出詩人對裸奔的批判，但很巧妙地表現了這股「去」（旋）風的無意義。「脫光衣服」，是造成驚愕的主因，但詩人以「減輕重量」爲主旨，企能「以最短的時間，衝過他們張開的嘴巴都還沒來得及閉攏的這段長長的距離」，豈不令人會心一笑。

最後一段之

傷風
化

也是巧妙的配置，以同一辭彙，負擔雙重意義的功能，換句話說，「脫光衣服」，不但引起「傷風」，而且「傷風化」。

表現上的單純，實際上掩蓋不住非馬詩的多樣性，但歸根究底，可以達成一個結論，那就是：非馬的詩，實在是一種機智的詩。

六十四年十一月十七日

隨筆

詩的編排

桓夫

最近「笠」六七、六八、六九三期的詩由我負責編排。

笠詩刋採用二十六開，以往所編排的方式是每頁分二段，每段排二十八行，每行排二十五字，不管詩或文都以這種單調的方式，編排得很擁擠，甚至詩作品末後有空白也不留而另揷廣告。密密的份量，令人感到內容豐富，而毫不濫費紙頁，當然也有其長處；但不分作品的素質，一律平等地把它排出來十分整齊，這種公平整齊的作法，雖然沒有反對的理由，但總覺得不過隱，因此我採取了另一種方法。

把執行編輯選好要刋登的好的詩稿，仔細地欣賞之後，把它分爲三部份，第一部份是詩够水準而詩意較濃的，其次就是詩够水準而有詩意的，第三部份就是詩够水準但詩意較俗氣的。

我所認定的詩意，簡單地說是視意象的新到什麼程度，或比喩給與讀者的想像力有多廣的範圍，或詩的語言刺激讀者的快感有多大，這些做爲評價的尺度而測定的，也許這種量法是出於我個人的愛好，只屬於我個人的興趣也說不定。不過我這種量法，是一個原則，站在這一原則上判斷作品的時候，以我個人來說，並沒有失去公正。

既然把詩意分爲三部份，我便把詩編排的方法也分做三種方法，卽按其順序第一部份的詩只在一頁紙面內排一段，把第二部份的詩排成二段，把第三部份的詩排成三段。不過，有時把長詩排成三段，是由於篇幅的關係，與詩質無關，這是例外的。

一頁紙面內把詩只排一段，並視詩作品的格調，將它排在上或中或下段，其它二段便留空白，一看好像濫費紙張，但事實不然，因爲在一頁紙面上只排一段的詩，詩意較濃，那些空白的部份，可收留詩意的餘韻，對於欣賞詩的讀者來說，這是非常重要的頁面。比如狗做愛之後，仍很久不離開的那一段空白時間，可以從兩隻交尾着的狗眸子裏看出牠們無上的快感，唯有不解風情的人才不會重視那種空白的餘韻。

本應該把詩創作，都只排成一段，多留空白，但是笠詩刋的篇幅有限，而且投稿的佳作源源不斷，需要設法容納較多的作品，於是不得不採取一頁紙面，排成二段或三段的愚劣做法。這一點我想本刋的作，讀者都會原諒的吧。

不過，我也考慮到一頁紙面排二段或排三段的詩，其詩質是否適合擁擠，視詩緊湊的程度而分段排成之後，會不會破壞其詩所要求的視覺性效果，這是我用心良苦的地方，確實我編排詩，並非任意隨便亂排而毫理由亂留空白或使其擁擠。

我希望做一位詩的編者，應該多費一點腦筋和責任，將詩創作刋登發表之前，先要把詩的質素，詩意的濃淡，分別清楚，而在編排上加以區別推介，可讓讀者容易欣賞，增加判斷好詩的能力，這樣，編者在無形中能引導讀者進入詩的世界，獲得共鳴，才是好詩刋出版的目標與使命吧。

詩人的備忘錄(22)

錦連譯

詩經常都以欲把雜亂無章的事物歸於統一的一種欲望之狀態存在於眼前。……「指向白紙狀態的意志」——那便是願不斷把一切重新做起的一種想法。

近代是個幻滅的時代。當浪漫派的詩人們，陶醉於翔天的想像力中，而憧憬着遙遠的那個幻滅之時代一過，其幻影瞬即被打落。天空雖仍有星星的清靜，但地上却到處有騷動。這被詩人認爲不外是典型的夢與現實的背叛。於是超現實主義者便企圖將被撕成碎片的夢與現實，再度合而爲一，給幻滅奪回夢。於是想像力便成爲超現實主義的第一個探求目標。於是如象徵主義之認爲音樂至上，超現實主義即奉Imagenation爲至高，而且是站在「現實」之上。

超現實主義的精粹——自動記述法，雖然是厄運和失敗的連續，但其所追求的精神自由，絲毫也沒有減少其價值。迄今在我們的身邊，座談會，或其他場合，仍經常有人熱烈地談論着它，便是其理想尚延命到現在的證據。

由於我們的表現力，想像力或認識力貧困，世界是如此地平庸。對此平庸性，超現實主義者所不能缺如的理念，乃是欲將此世界，生命加以變革的願望。根據他們的定義，自動記述法是揭發人類的眞正內部的方法，也是要剝奪離不開習慣性的世俗的僞善性之方法。我們不能忽略它不僅僅是技法，同時也是方法——爲求把握眞理的精神的定位法，甚至是一種倫理的態度。「直接的生」才是超現實主義，也就是自動記述法所欲發現的標的，也可以說是以不透過習慣性的眼光或意識等媒介，而重新打結與一切事物的關係爲其理想。

習慣會使對現實的意識力趨於遲鈍，傳統的束縛使意識力陷入冬眠狀態，因此現實就變得枯燥無味。打破習慣會使意識力趨於新鮮，因而現實就變得歡欣有趣。但必須要注意的是並非爲了要打破習慣性的傳統而打破，而是爲了詩的表現，換句話說是爲了使枯燥無味的現實變得有趣爲目的去打破的。

在法國，藝術家與大衆宣告離婚，還是在菠特萊爾以後。就是「被咒詛的詩人」之發生。雖然雨果曾從事各類型的工作，但文學上的分工，在一八八〇年至第一次大戰之前被强化，產生了「爲藝術而藝術」的世界，於是詩人們便越來越失去聽衆。詩人早就祇爲了詩人而寫，離開了中產階層和民衆，而絕不再想爲他們俗衆去寫。超現實主義之沒落，仍可歸因於詩與大衆的疎遠，也就是喪失了大衆支持的基盤。

虹的花粉詩抄

堀口大學詩
陳秀喜譯

某個挽歌

足够補償一生的
人生曾有過這一瞬
那一瞬
我們也曾有過很多
足够失去一生的
人生曾有過這一瞬
那一瞬
我們也曾有過很多
一生成爲一萬生
活過來的我們
一生成爲一萬生
死過來的我們
又何必如今怨
又何必如今說
死去是無奈何吧
蓋着打釘而已吧

由來語言是

爲着說話
而不是以文字寫的
文字是語言的牢獄
文字是把語言成爲木乃伊
文字是墓穴
寫在紙上之時
美好的語言成爲化石
冷冷地凍在那裏
文字是語言的棺材
詩將在心中誕生之時
如是美好的語言將誕生
我把它以雜亂的形象文字
寫在紙上
容易死的語言怎堪忍受
詩已經失去了
啊啊　我想文字也是
傻人類發明之一而已吧
然而　可悲的是　以我來說
無法從文字逃脫的宿命吧

對鳴錄㈥

——桓夫「媽祖的纏足」

旅人

讀詩，尤其是讀新詩，成爲我的嗜好，已經多年了。以前，大都在睡眠前一、二十分鐘拿本詩集看上幾首，把它當做催眠劑，如果沒有讀詩，反而睡不着覺。近來，因爲添了兩個小女，同睡一床怕妨礙她們入睡，因此把這睡前讀詩的習慣戒掉了，改在上下班的交通車上看。明知車上讀詩，對視力影響頗大，不過近視眼已五百多度了，再增加度數也無妨，反正戴眼鏡是戴定了。好在詩集的字，印的都比散文、小說或其他文學書籍大，讀來並不吃力，在車上讀詩一兩年下來，近視度數也未見增加。讀桓夫的「媽祖的纏足」，也是這樣在交通車上欣賞的。

對於現實環境，尤其是臺灣民間的一些不良習俗與封建意識的反省與批判，並冀求獻出緜力，俾對人們的精神生活有所開拓，此遂構成桓夫寫詩的詩想及其詩想的背景。又因爲詩的語言本身在其使詩成爲詩時，它能帶給桓夫無比的快感，因之促使他不斷地寫詩，而使得詩想得以繼續發展。桓夫寫「媽祖的纏足」的緣由，在本集後記裏，已如是交待清楚了。

本集的第一輯「佛心化石」共有十首詩，很奇怪的，每首詩題都是三個字。這十首詩的標題是「不知恨」、「怎麼辦」、「是我的」、「聽聽看」、「大拍賣」、「究竟是」、「悔當初」、「老實說」、「在砂地」、「不要慌」。更妙的是每首詩中都有「第一」、「第二」、「第三」的字眼。例如：「萌第一支新芽／把它吃掉／萌第二支新芽／把它吃掉／萌第三支新芽／把它吃掉」（不知恨）、「母親！妳在哪兒／第一個繼母打了我／母親妳在哪兒／第二個繼母打了我／母親！妳在哪兒／有沒有第三個繼母打了我」（怎麼辦）、「第一個驛站我來管／餘暉灼然／第二個驛站我來管／他媽的誰敢罵我／第三個驛站讓你管／餘暉灼然」（是我的）、「孫女說：第一個榮譽歸大家／第二個榮譽歸自己／第三個榮譽給丈夫／說阿婆的故事是長春藤」（大拍賣）、「第一次處女紅玫塊／玫瑰刺傷了純潔／第二次處女蓮花瓣／露珠滾來又滾去／第三次處女木瓜花／壘壘（按：諒係「纍纍」的誤）的果實好可愛」（大拍賣）。看來，桓夫越老越是天眞，寫詩像小孩子說話，說錯了，人家認爲「童言無忌」；說對了，人家拍手叫好，心花怒放。

桓夫以「媽祖的纏足」一語來代表臺灣民間的一些不良習俗與封建意識是很恰當的。因爲媽祖對一般鄉村百姓的影響力很大，信仰她的人也最多。透過桓夫的一些詩，如第三輯「媽祖的纏足」中的、「信仰」「咀咒」、「旋渦」、「迷」、「死的位置」、「花」……等諸詩，桓夫給予媽祖無情的批判。他認爲媽祖這種偶像性的權勢，頑固地阻撓着這個社會的進步。對於這種批判，我認爲是正確的。因爲我從小就生長在大甲的鎭瀾宮供奉媽祖，她是整個鎭內的精神中心。每年到北港進香，其人數之龐大，爲全省。從小耳濡目染於信仰媽祖的諸般習俗，其所了解的程度，自認不下於桓夫。桓夫所住的豐原的媽祖廟，比大甲的媽祖廟小多了，如果桓夫不信，有空請到大甲來看看。當然我不是以廟的大小，意味彼此了解程度的高下。

　這是非常冒昧的話
可是　祢應該把祢的神殿
那個位置
讓給年輕的姑娘吧
比起
人造衛星混飛的宇宙戰
祢那個位置是……
媽祖喲
如果　我說錯了話
請原諒　　　（「恕我冒昧」第三節）

倘若心未麻木的人，當不致僅止於上述字面意義的了解吧！字面後的意義，正批着你、我、他。如果你、我、他中之一像媽祖的話，請勿「在大衆的阿諛裏，被燻得油黑。」華麗的媽祖宮，象徵着今天逐漸以金錢衡量是一個人的價值的社會。桓夫給予媽祖無情的批判，是要我們記起人的存在，除了物質的享用外，還有精神的生活。掛着滿胸金牌的媽祖，被人裝扮得花枝招展，終日生活在油煙裏的現象，難道仍無法使人自新北投溫柔鄉的故事裏覺醒嗎？

在語言的使用上，他不願用「藝術的語言」耍花腔，他處處想以內含眞摯的意象寫詩，所以在他的詩中想找尋漂亮的「隱喩」技巧的機會不多。有人據此便在雜誌批桓夫寫詩的能力有問題，甚至刻薄地以偏蓋全地認爲他寫的詩嚕嚕嗦，簡直不成爲詩，我認爲這是不公平的。請試看「溪底石」此詩：

在溪底
一個石頭的孤寂
引誘異性的哀愁——
水的濕潤
是我生存的無盡安慰
……

在岸上
碎石工場的吱嘎聲響
使成堆的石頭戰慄！

我被拖進碎石工廠
我已不是孤寂的圓石
風景看不見我了

如讀完此詩，還懷疑桓夫寫詩的能力有問題的人，不妨也以此題材寫一首亮亮相，給大家看看，究竟他的寫詩能力比桓夫高明多少。

戰後日本詩選

林鍾隆

吉原幸子

一、簡　歷

昭和七年（一九三二）出生於東京。東京大學法文科畢業。昭和三十九年刊行詩集「幼年連禱」「夏之墓」。獲得第四屆室生犀星獎。昭和四十七年，出版詩集「安德奴」，四十八年出版「晝顏」。

二、詩的特徵

她的早期的作品，感覺的銳敏令人瞠目。在後期作品中，她把無法遂成的悲痛的愛，幾乎完全不仰賴詩的修辭以直寫內部的戲劇的形式，加以詠唱。連抒情的餘裕都沒有的那種詩，反而令人感到更純粹的抒情的衝動。

三、詩

空襲

人會死去
天空　那樣美也可以的嗎
在燃燒　連雲　都火光熊熊地
那樣大的晚霞　我不曾見過
從洞裏爬出來
耳邊　斜斜鳴響的　夜的破片
壓在上面　八扇玻璃門滿滿的
色與色　爭競的
反射着　奢侈的　幻燈

彩色　來自天空
以挑戰的姿態　想暴露白天的青綠
紫色　誕生　綠色　奔馳　橙色　流瀉
所有的色彩們　喊叫着錯亂在一起

不知自何處　滂沱而降的　金色的雨
浴雨的是南方街上的天空
還是玻璃中不可思議的世界
或是把呆立着的小小尼祿　包圍　打旋
沒有聲音　黑暗的熱氣——

戰爭
那樣美也可以嗎

四、感　想

把晚間盟軍飛機空襲下燃燒的色彩感，描寫得太鮮明了。這一點，我想不會有能出其右者。但在這一層令人眼花撩亂的幕後，隱藏的恐怖、悲殘，與詩之前後的兩行，溫和的抗議，本可出現「諷刺性」的對比的，在作者的筆下，却只是「純粹的抒情」，這種抒情之動人，則比諷刺更爲有效。

那珂太郎

一、簡 歷

太正十一年，生於福岡，東京大學國文系畢業。詩集有「Etude」，「音樂」，「那珂太郎詩集」。「音樂」詩集獲讀賣文學獎。

二、詩的特徵

清岡卓行說，那珂的詩可以分成三個時期：一、內省的、甘美的、象徵主義式的世界，二、在社會的現實中，探求實存的腥味和空虛的、寫實的黑的幽默，三、在充滿了氣化的世界觀的溫室中，爽然綻放的自律的言語藝術。而在三個階段中，皆以「虛無的認識」爲其底流。這虛無的認識，和他近年的詩觀正相吻合。他說：

「詩的創作，只不過是向非現實的空間的超脫行爲罷了。」

「詩人在創作上，不應該在事前對主張、判斷、告白——一切的自我表現，有所意圖。爲了想寫什麼而創作，不過是宣傳罷了。爲了說得交好而創作，只是屬於雄辯術或修辭學的範疇而已。和這個相對的，眞正的創作，是探求所要創作的事物，探索所要探索的探索而已。不是做爲手段的修辭，而是化爲修辭的本身。」

「作品的成立，不是作者的個性、經驗、思想，也不是感情。對作者是超越的存在的「言語」，才是作品成立的唯一依據。」

(詩作至不是直接向任何人寫作的，而是對超越自我的，更大的「無」的供物。」

三、詩

蠟燭

在光的背後一如常常擴展的黑暗
一切存在的根底潛藏着虛無
但是 正如只有一點的燈的
　支持者是幽暗一樣
虛無 才是賦予存在以意義的
爲了燃盡自己 向自己的存在點火
　的蠟燭啊
一切的事物都是爲了滅亡而存在
　就是因爲如此
一切的事物不是無限的美嗎？
如果抗逆毀滅是生的意識的話
你搖曳的光焰誰能說是無謂的浪費呢？
在深夜的房間裏 我獨自凝視你
微微地搖着燈芯
放出光芒燃燒的生命啊
內部的生凝或小小的一個光輪
照出四周廣大的外部世界
柴子、壺、門扉、瞳仁——你所照出

　來的事物
他們反而向你凝集
是他們證實你的存在呢
還是你的存在證實了他們呢
搖曳着不斷地燃燒自己的白蠟啊
如虔誠的祈禱似的，你的火焰白熱
　之後沈寂

啊　充溢於內部的存在啊
時間能減去你的什麼呢？
你唯有刻刻地毀滅自己
　才能享有自己的生

於是　燈芯像針一般　尖銳地凝結
一如撕深淵的冰一般
在黑暗中　光燦然地迸出輝芒

秋的散步

麵包！　這樣說便有麵包的存在
石頭！　這樣說就有石頭的存在
因此言語像存在一樣可怕
在枯葉中
這白色小徑將通往何處？
啃着麵包踢着石頭
黑色的思考像鞭子一般彎曲着前行
蜻蜓振顫、透明的羽翅上
閃着梵婀鈴的音色
但是存在的是石頭這個語詞
而不是石頭這個物體
石頭這個語詞　是從叫石頭的物體
獨立的一件事物
白馬並非不是馬
應該說馬已不是馬才對
向秋的深處彎曲柔美的脖子
馬究竟在思考什麼？
擱在畦上的空車
像風化的蜻蜓巨大的複眼一樣
那巨大的複眼會透視綠色的地平線
綠色的地平線會蘊藏無限的生命
因此農夫像哲人一般拔着蘿蔔
於是詩人從外面事象或內心事象
巧妙地拔出語言
那麼言語就會在言語世界的有機關係中
無窮地轉調
可是玉蜀黍倒在路傍
如同「庫鋅」透視的印象
有時又像被海叟原喜之助的風吹動的
　女人似的
枯了的玉蜀黍的葉子沙沙地響着
那音樂比秋更深
畫比存在更為存在
音樂使存在超越無限
因此澄明的天空有無數音樂的交響
散着枯葉和言語
一切的生命都向着彼方消失

四、感想

詩的創作，一如他個人詩論，可以得確切的印證。

那珂的人生觀是：生命，並不是生命那個本體，而是詩所發的言辭；言辭又不是言辭的本身，而是誰開言辭獨立的言辭。

這種生命的把握，無疑的，使人更覺得「生命實感」的「實在性」。雖然有「虛無」之悲，但也潛藏着爲之肅然的「壯」。

那珂對生命的捕捉和歌詠，是深沈而動人的。他對生命與詩的追求，也很令人神往。

出版消息

本社

※東吳大學海棠詩社暨東吳詩歌隊的「海棠詩刊」創刊號已出版，有「進攻」一欄，爲各詩刊簡介，頗富進攻性。非賣品，歡迎附郵索閱。

※馬華詩人的天狼星詩社，在臺北創刊「天狼星」詩刊，創刊號已出版，定價十五元。編輯部設臺北市羅斯福路三段一四〇巷十四弄三十號四樓。

※臺北醫學醫北極星詩社「北極星」詩刊第十二期已出版。

※「詩人季刊」第三期由後浪詩社主編，大昇出版社出版定價十五元。

※「葡萄園」詩刊第五十三期已出版，定價十五元。

※「藍星」新四號已出版，定價二十元。

※「秋水」季刊第八期已出版，定價十五元。

※「草根」詩月刊第二、三、四、五期均已出版，定價每期六元。

※「大地」詩刊第十三期已出版，定價十五元。

※「創世紀」詩刊第四十一期已出版，定價二十元。本期報導第二屆中國現代詩獎，得獎人爲管管和吳晟。

※「消息」半年刊創刊號已出版，定價二十元

※「臺灣文藝」第四十九期已出版，定價二十元。該刊「詩潮」由趙天儀主選，選迎投稿。

※馬華詩人子凡詩集「鞋子」已出版，定價馬幣一元風格清爽，詩風隱健。

※邱淼鏘詩集「琴川詩集」第六輯已出版，定價二十元。

※已故本省第一位新詩人張我軍遺著「張我軍文集」，列入純文學叢書，由純文學出版社出版，定價三十二元。本文集收錄新詩七首，係爲本省第一本新詩集「亂都之戀」的一部份。

※吳濁流著「泥沼中的金鯉魚」，由張良澤編，列入臺灣鄉土文學叢刊，由大行出版社出版，定價四十五元。

※李喬著「李喬自選集」，列入中國新文學叢刊，由黎明文化公司出版，定價精裝七十元，平裝四十元。

※林煥彰散文集「做些小夢」，列入朵朵叢書，由再興出版社出版，定價三十元。直接函購二十五元，郵政劃撥五五七四帳戶林煥彰。

※徐和隣譯日本詩選「夜之詩」已出版，定價二十五元。直接函購每本二十元，郵政劃撥一九二七一號帳戶。

※「龍族」詩季刊第十五期已出版，本期有「龍爪」、「鑼鼓陣」、「評論」等專欄，頗有批評的衝勁，由林白出版社印行，定價十五元。

※「山水詩刊」第十一期已出版。本期有「山水論壇」、「張爲貢特輯」等及朱沉冬繪畫特輯，定價二十元。

楊啓東作品

九份所見（油六五×五〇）

臺中舊街夜色（水五九×七三、五）

封面畫家介紹：

祝頌康 江蘇無錫人． 陳世興

作品參展：自由中國美展第二、三、四屆在台北展出

自由中國美展在香港展出

長風畫展一、二、三、四屆在台北會員展出

現代畫家聯展在台北、基隆展出

全國畫展在台北展出

台陽美展十九屆在台北展出

祝頌康、鄭世鈺双人展（在台北展出）

台中現代畫展

河邊畫會會員63年在台北展出

夏畫會第二屆會員展在台中展出

作品廣爲國內外人士收藏

中華民國內政部登記內版臺誌字第二〇九〇號
中華郵政臺字第二〇〇七號執照登記爲第一類新聞紙
定　價：國內每册新臺幣20元
海外地區：日幣240元　港幣4元
　　　　　非幣4元　美金1元
全年六期新臺幣100元　半年三期新臺幣55元
●郵政劃撥 21976 號陳武雄帳戶（小額郵票通用）

出版者：笠詩刊社
發行人：黃騰輝
社　長：陳秀喜
社址：臺北市松江路三六二巷七八弄十一號（電話：550083）
中部資料室：彰化市華陽里南郭路一巷10號
北部資料室：臺北市北投石碑路一段39巷70弄二號二樓
編輯部：臺北市敦化南路355巷83號
經理部：臺中縣豐原鎭三村路九十號
印刷廠：福元印刷公司　臺北市雅江街58號
封面承印：順榮美術彩色印刷廠　豐原鎭西湳里三豐路西湳巷21-3號

笠 詩双月刊

LI POETRY MAGAZINE

民國五十三年六月十五日創刊・民國六十五年二月十五日出版

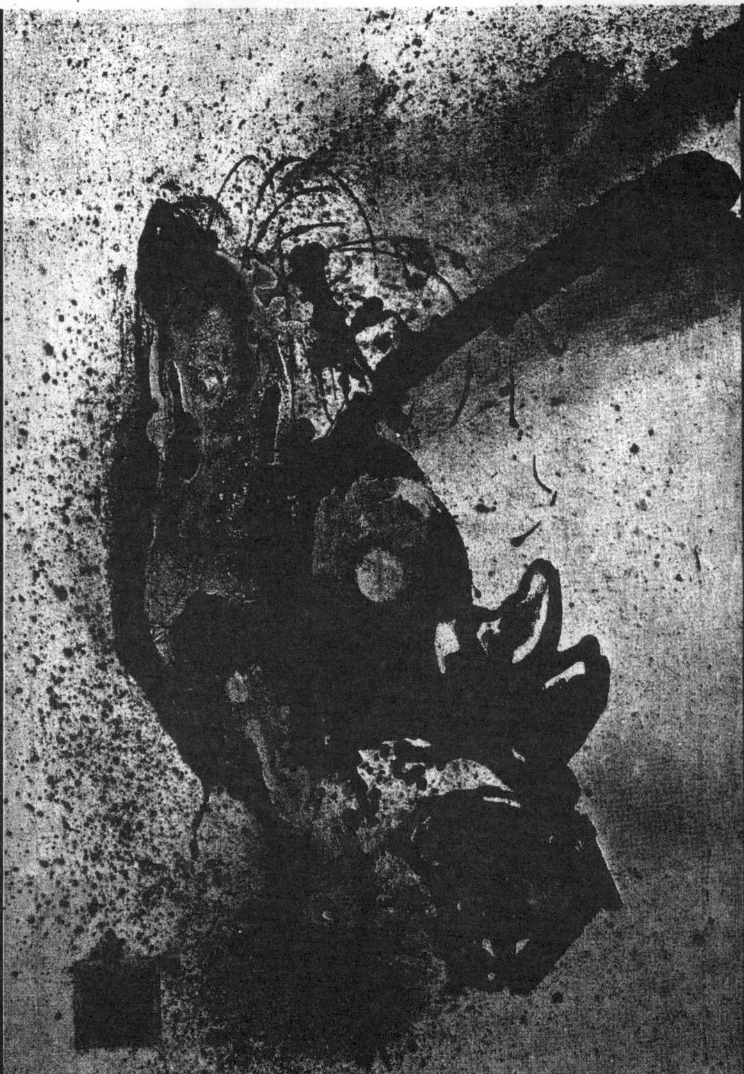

71

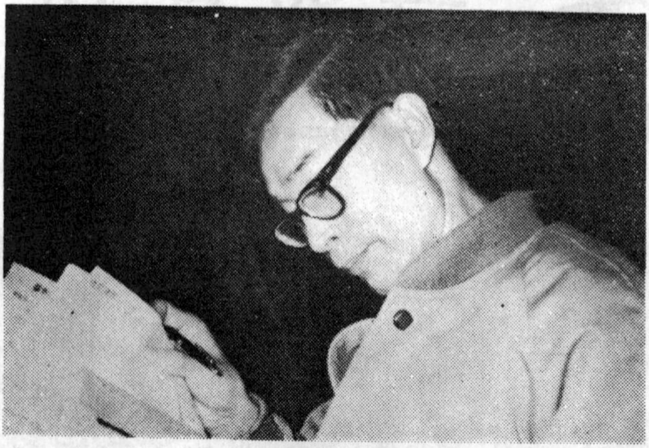

詩人非馬

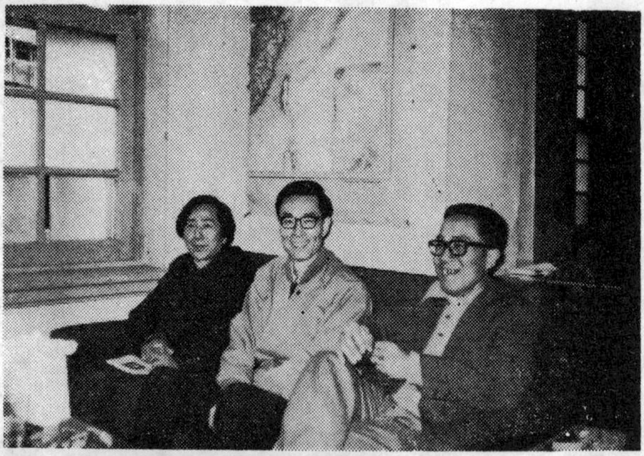

林亨泰、非馬與林宗源

第一排左起非馬、陳秀喜、白萩。第二排起左桓夫、林宗源、林亨泰、岩上。

卷頭言

兒童詩的創作問題

趙天儀

從前的私塾，啓蒙老師教兒童讀「千家詩」或「唐詩三百首」，雖然那些詩，有的深了一點，不完全適合兒童的感受，但畢竟有不少的詩作，可以讓兒童感受到詩的氣息。現在的國校，小學老師教兒童讀國語，唸注音符號，認國字，從學習語言方面來說，是不錯的，但許多教材，畢竟是缺乏詩的氣息。因此，兒童詩的提倡，正可以補充這種的缺憾。

然而，當我們的兒童詩剛剛起步的時候，我們就發現了許許多多的問題，其中尤其是兒童詩的創作問題，頗值得檢討與商榷。

一、關於兒童的創作：目前有許多小學老師，頗有兒童文學的修養與寫作經驗，由他們來指導兒童從事寫作，是順理成章的事。然而，兒童詩的創作，不等於作文，誠然，在作文時，可以因勢利導，也指導一下兒童詩的欣賞與創作，但兒童詩是以詩爲主，必須能點出詩的味道來，不能一味地套進一些固定的反應模式；例如：比喻或擬人法，只是寫詩的方法之一，却不是唯一的技倆，詩是要透過兒童的觀照，跟他們的生活感受打成一片，然後，以兒童自己的語言去捕捉，有自己感動的一顆心，有自己觀察的一雙眼睛，有自己傾聽的一對耳朵，去表現他們對事物，事象的直覺的反應，也許語言是稚拙的，想像是天眞的，千萬別以成人即成的觀念去修飾他們的作品，也許修飾以後，是適合了成人的看法，却可能因而失去了兒童自己的稚拙、天眞與想像。

二、關於成人的創作：本來嘛，兒童詩該是以兒童創作的詩爲主。由於我們的詩人及熱心兒童詩的老師，本着兒童文學也有成人的創作，因此，許多的成人也紛紛爲兒童寫些兒童詩，當然，這種熱誠是值得欣慰與欽佩的事，但話說回來，我們許多成人的兒童詩，却有些是以成人即成的觀念去創作，加以有些獎金的鼓勵，變成了只爲得獎而寫作，如此這般，使本來一片天眞的兒童詩竟也變成了走火入魔，正如我們的少棒一樣，逐漸地失去了那種可愛的稚拙、天眞與想像，使兒童詩無法走上康莊的大道。

因爲本着愛護兒童詩的熱忱，我們希望透過兒童詩的創造，能讓我們看到明日新中國的幼苗的成長；是健康而有希望的，是充滿了朝氣而活潑潑的，是有創造的想像而不是因襲模倣的，我們希望，爲兒童詩的創作而耕耘的詩人、老師以及小朋友們，都能繼續研究、欣賞與創作，繼續來開拓這個荒蕪的詩園；使它成爲一片綠洲，成爲一望無垠的世界，成爲一個百花爭放的詩園。

■執行編輯＝柳文哲

笠詩刊目錄71

■編排＝陳坤崙　■封面設計＝白萩　■封面繪介紹及插圖＝陳世興

渴望

•陳秀喜•

空地
可以種菜
菜是食物
可以種花
花給人心悅
空地有它的價值

倘若
心空着
沒有菜
沒有花
怎能得到詩

渴望一顆心
充滿着愛心
擁有心愛的
灌溉精神的菜
灌溉愛的花
收穫一首詩

趕路

今天又在陌生的小鎮下車
像隻狗
在曲彎了手臂和軀幹的街道
在喧嘩和錯雜的城鎮裏
蹌踉地到處打轉

數不清的晚霞和晨曦重疊的歲月裏
我曾經到過
因炎暑而疲乏地打盹着的古鎮
在流雲下吹着口哨的小村子
剛睡醒而有點坐立不安的農莊
有的山城害病似的軟棉棉地躺臥着
有的部落趴在山峽底下像隻螃蟹

每過一站　我記得……
那莫名其妙的寂寥又來把我搖撼

我緊緊地感觸到
生命被不可抗拒的哀愁的風圈
緩慢而確實地逼向死亡
我又能期望碰到新奇的可親的溫暖的一些什麼？

我祇得把驛站的塵埃和臭氣吸上體液裏
打寒着向陌生的下一個城鎮趕路
踉蹌地像隻狗

•錦連•

一個選手的抗議

林宗源

㈠偉大的肌肉

金牌不是你的名字

肌肉與時間廝殺
肌肉與肌肉結合
構成一顆
不怕暴風與狂雨的心

爬懸崖
滑冰谷
游太平洋
只因爲體內
有一羣羣不能靜止的血球

永遠向前衝刺血球
在肌肉與肌肉之間煽動
誰是第一
只爲了第一
永遠爭取第一的肌肉
構成選手最大的願望

看
勝利的哭泣
失敗的哭泣
聽

㈡一個選手的評判

那個被保送大學的文武「青年」
跑起鴨步竟得到九十分
唱起鷄歌也得到九十分
那個被注定要補考的選手
爲了不願補習
不向老師買雜誌
我聽到那個老師說：
「不要讀，不管你考得怎樣
一定要補考」

我看到紀政
那隻破裂的腿
在炮聲又響起來的時候
勇敢地踏上跑道
倒下又想爬起來的腿
不是爲了金牌
不是爲了記功

我正在想榮譽
究竟多少錢一斤

教育
究竟是什麼東西

㈢讓我們呼吸同樣的空氣

北一女，南省女
南一中，北建中的
校長、先生
請到草地、內山
讓我們的子女
跟都市的孩子一樣

倘若來了
不要再搞智力分班
不要輕視選手
選手不是供學校
爭取金牌的工具
我們的子女
像原野的樹木
需要呼吸同樣的空氣

來，假如能夠來
請不要高唱「大學進行曲」
只要告訴我們的子女
那一塊石頭會想
那一朵花不怕暴風
我們的子女
進不進大學
也沒關係

㈣當我又回到學校的時候

眼鏡
又是眼鏡
體育
竟是一張空頭支票

沒有球隊的學校
就沒有活潑的民族
沒有捉蟋蟀的時間
就沒有會想的頭腦

補習
又是補習
老師
竟是一個會賺外快的小弟

心中沒有老師
書包儘是廢料
當我因運動而病
休學又回到學校的時候
一日一考
當我畢業
絕不上大學

火山之戀

杜國清

火山之戀

我是一座火山
內部蓄藏着億萬噸的熱情
生活在感情的多震地帶
慾望的熔漿時時在低盪
欲冲破我那儼然厚德的臉殼

應合着數千哩外的海嘯
我曾以震撼山川的爆響
噴出火的語言——燃着愛光與恨影
將青春燎成廢墟
而在熔岩逐漸冷却之前
守望着戀人的遺骸在廢墟上
冒着餘煙……

不知經歷了多少歲月
我在山陵俊秀的臉已焚成焦土
四週斜坡上散落着無數的殘岩
不知沐浴了多少風雪
我那噴口蓄儲着滿湖的綠水
白天映照着這世界的側影
夜裡靜含着明月和繁星

珍撫着滾落在回憶的遠方
那塊火之巖
我仍是一座不死的火山
遙念着 我那早已
冷却了的
戀

歸

一隻鳥 悠悠地
飛向夕陽撒在海上那最絢爛的巨網
風肅穆 只有
浪聲低吟着古調相送

站在野岸上眺望
突然覺得自己也落在暮色的網裡
夕陽匆匆地披上黑斗篷
掠起的風吹拂着我參白的頭髮
從那蒼茫的遠方似乎有一隻手
輕撫着我的前額……

鄉村詩抄

陳坤崙

牛車

轟炸機
在天空掃射子彈
逃難的村民
一個一個倒地

坐在牛車上的主人
中彈慢慢地倒下來
拉着我逃難的黃牛
慢慢地掙扎着倒下來
躲在我的身體底下的女主人
叫了一聲也慢慢地倒下來
這些我看得清清楚楚
可惜我不是畫
我是供人使用的牛車

鄉村小徑

一個冬日黃昏
像被拋棄的一隻狗
我來到一個鄉村小徑

蒼涼而破敗的小徑
路是高低不平的
像受傷而死亡的戰士
躺在沙場上
淒淒涼涼
沒有人理會關照
祇有路旁發白的蘆葦搖頭嘆氣

走在小徑上
我想起活着的自己
太陽不理我
獨自回家去了
留下黑暗送給我

神

農人
跪在土地公的面前
默默地祈求着
保佑我所撒的種
不要被風壓傷
不要被蟲咬傷

漁婦
跪在媽祖的面前
默默地祈求着
保佑在海上飄泊的丈夫
平平安安地歸來

路旁流動的攤販
跪在神像的面前
默默地祈求着
保佑我的眼睛雪亮
不要被警察取諦

受苦受難的人
對人生絕望的人
通通跪在神像的面前
祈求神明的保佑吧

農夫

昨日撒下的白菜種子
開始掙扎了
比一比誰先見到太陽先生

你擠着我
我擠着你
生活在同一塊泥土裡
必須互相排斥

對於白菜的生長
阻礙很大
農夫開始把那些瘦弱的拔掉

白菜開始爭吵了
與其過這種排斥的生活
我願被拔掉
那是你家的事
不論如何我願活下去

而農夫
不管你願不願意活下去
祇要阻礙生存空間
就把你拔掉

瓶仔爆炸了

我被製造成汽水
我被裝在漂亮的瓶仔裏
沒有一絲空氣給我
陽光也沒有
像住在黑暗的囚獄裏

在被製造成汽水
在瓶仔裡
祇好安份守己靜靜地躺着休息

一個人
拿着瓶仔搖動

我站起來用我的手
向瓶仔敲打
厚厚的瓶仔終於爆炸了
我呼吸着新鮮的空氣
我晒着溫暖的陽光
啊泥土奪去了我的生命

養猪

媽媽養猪
像佣人侍奉主人
猪不停地吃
吃飽了睡
睡飽了吃
管你苦不苦
吃不飽整天叫
吃飽了隨地大便
媽媽
天天洗猪舍
天天爲猪洗澡
一天一天地過去
媽媽用血和汗
把猪養肥
直到殺猪的人
用繩子把猪的脚綁着
猪開始嗚嗚地大哭……

公寓生活

把自己關在自己的
房間裡
面對着四面蒼白的牆
像是我的囚房
沒有陽光……
我病了
躺在牀上
我哭了
沒有人知道
我已死了
我腐爛了
發出了臭味
有人敲破我的門

掌紋集

岩上

煙雨

大度山三月的煙雨
灑着清明紛紛的香灰
一切的禱詞都冷死
在鑲白的碑石上
所有的墓誌銘都寫着同樣的淒調

走在冷冷的陰濕的道上
我們携手步出一片墓園
望那遠坡下濛濛的城景
如海市蜃樓
那是我們該去的地方嗎？

而回顧乃深不可測的斷崖
每一塊碑石
都認識我們
且死跟着
我們的背後

凝視

當凝視遠遠的海波
我們飛離了現實的泥岸
是帆讓它張揚
是翼讓它飛翔

藍的水是你
青的天是我
沒有其他的顏色來塗抹
就是
海天一色

是船隻它不必靠岸
是海鷗它無須停板

連緜的波濤　海瀾
無際的蒼穹　天空
沒有其他的雜紋來糾纏
就是
海天一線

我們飛離了現實的泥岸
當凝視遠遠的海波

細線

只有緊握着妳的手時
才感知自己的生命
原是一隻在妳眼中凝視而飛起的
風箏
無法掙脫妳的掌心

也唯有在妳的手中
才能迎風高昇
生態昂然

飄逸自適的
我的生活
在風中
變化着奇麗的姿態
美的影像
朵朵孳生

只因妳手中放出的那條細線
緊緊地拉住了我
而現實是一把冷酷的匕首
那細線到底能維繫多久
維繫多久呢？

吊　橋

走在狹窄的吊橋上
我們驚懼兩岸離我們低沉而遙遠
此岸是妳的過去
彼岸是我的過去

走在搖盪的吊橋上
我們驚懼天地忐忑不平
天高
　地低
我們相依

而
我們無靠
仰天是陰雲幻變
俯地是千仞的澗水翻白洶湧
看不清自己的影子
我們的影子
是浪跡天涯的渺小的兩點
滾在一起
緊密的
一點

掌　紋

那是初夏豪雨即將來臨的時刻
聽水聲冷冷在我們撥弄的手下
一陣雷響
猛抓起的
竟是兩面相似的掌紋

瞿然的對視
在澗水的兩岸
我們的臉裂開且流着不盡的刼數
深澈的底流
堅突的沉石
我們的掌心緊緊地互握在水中
顫抖的漣漪
已感應洶湧即來的
一排山洪

過敏症及其他

趙天儀

過敏症

因爲虛弱
因爲失去了抵抗力
雖非遺傳
却患了這氣喘的過敏症

蓋得太薄
驚冷
蓋得太厚
又冒冷汗

在三更的深夜裡
在萬籟的岑寂裡
我披衣佇立
渡過了黎明前的黑暗

盲腸炎

看過一次盲腸的手術
夜裡做了一個夢
拂曉時分
我夢到了自己
也躺在手術台上

醒來的時候
一種難耐的陣痛
刀割一樣地
使我暈眩
使我痛苦

診斷以後
夢境竟是眞實
我的軀體
也被移到手術台上
麻醉又解剖
在血染的紗布上
在開刀的裂痕上
解剖再彌縫
而我遂在麻醉中
靜靜地睡去，靜靜地睡去

妄想的人

丈夫懷疑妻子不貞
紅杏出牆
古時候
說有一種貞操帶
鎖上了她那羞澀的部位

妻子懷疑丈夫不貞
沾花惹草
而今
居然也有一種安全鎖
反扣了他的出門遠行

妄想的人
幻想着自己陷入圍城
被困在一座死寂的城堡
且編織着陷阱
去套串誣陷的說辭
管他是否違悖事實的眞理

妄想的人
是一個多疑的丈夫
是一個多心的妻子
也是一個喪心病狂的懦夫

吸毒者

早上蓋了一條潔白的被單
傍晚的時候就有拭不去的黑斑
睡前洗得乾淨的身子
醒來的時候却有無數黑色的鼻屎
每日呼吸汚染的空氣
我逐成爲上了癮的吸毒者

鄭烱明

囿

不知道是如何戰敗的
只知道
成爲俘虜以後的我
沒有從前那麼沉默了

我變成一個眞正的饒舌者
站的時候講話
坐的時候講話
吃的時候講話
睡覺的時候講話

可恨的是
我不知道在講什麼
我的同伴不知道
阿雄他們也不知道

潔航輯㈢

趙廼定

伊的伊

傾耳伊肚皮
欲聽來伊的伊的心跳
一陣陣靜悄悄——
惟有窗外風呼雨又哮
傾耳伊肚皮上
一陣陣寂寂悄悄，只不聞伊的伊的心跳
再凝神又側耳
忽然傳來一陣鼓起的震動
只見伊唉呀笑罵：「小鬼
小鬼在整人！」
是伊的伊，是伊的伊在鼓動

——傳來一陣知感，傳來一陣暖暖
我高興得哈哈笑
伊的伊在動，伊的伊在動
伊唉呀笑罵：「小鬼——
小鬼在整人！」
我呀——我樂得笑哈哈

太座，長工

一陣急促被踢
——翻過去，看你枕巾
枕巾都掉了
——被也踢，巾也亂，跟小孩一樣
我笑罵伊：
兇巴巴，忽然想到
半夜也被踢醒眞不心甘，眞不情願
——好，被掉了你不幫我撿
——你掉了我幫妳蓋
伊噘嘴又神氣的說：「別忘了——
我是
太座
你是吾家長工。」
一陣急促被踢——
翻過去翻過去
翻——過——去——

吃豆花去

我請伊吃豆花去
伊說：才不要哩
伊同學邀伊吃豆花去
伊說：「才不，吃豆花——
豆花最難吃！」

自伊懷伊
伊朝朝暮暮鬧着吃豆花去
伊暮暮朝朝吵着吃豆花

伊只爲伊的伊
伊只爲了伊的伊
只因伊聽說：吃豆花——
孩子白

我請伊吃豆花去
伊說：才不要哩吃豆花

自伊懷伊，自伊懷伊
伊朝朝暮暮鬧要吃豆花
伊暮暮朝朝吵要吃豆花

豆花豆花——
伊不愛豆花伊吃豆花

夜雨

周伯陽

夜雨，前來探望我的斗室
輕輕地敲打玻璃窗
窗外是一片的寂寞
街燈上的淚痕
扣我心弦
燈光在黑夜裡盪漾
使我心疼

雨的脚步
敲開我的心扉
窗外的黑幕上
重現半失落的記憶
它勉强嚐試將替我找回往事

雨水冲淡不了影象
季節不能令紅葉褪色
哦！時光永不倒回
何時才能結束這流浪的滋味

我像一棵沒有機會開花的雜草
正是落葉的季節
我的心事刻劃得比年輪更多
我的心靈
不安地還在走馬燈裡徘徊

雷殛

吳晟

金閃閃的閃電，怒叫著雷聲
雷聲，催趕著驚惶
剛剛還是猛烈的太陽呢
滿身的汗水，還來不及揩拭
又是滿身的雨水

你們的驚惶，苦苦相勸
你們的固執
趕快躲避吧
每一塊急切等待翻掘的泥土
隨他荒蕪吧
每一顆急切等待生根發芽的種籽
隨他腐爛吧

容易變臉的老天
陰陰冷冷的耻笑
坐在客廳唱著歌的人們
以一大堆雄辯的理論
陰陰冷冷的指責

所有的苦勸，所有的耻笑和指責
金閃閃的閃電交映下
你們都明明白白
慘叫倒下，渾身發黑的同伴
你們都記憶深深
爲甚麼，爲甚麼還不擱下農具？

想來，天上也正欠缺
勤於勞動的人們吧
所以年年此際
必定派遣金閃閃的閃電
直奔吾鄉的田野
而沒有甚麼遮蔽的田野上
唯你們頂天而立地

附記：年年春夏之交，正值農忙時期，下午常有陣雨，並且雷電交加，吾鄉在田野勤苦工作的人們，因無處躲避慘遭雷殛的事件，時有所聞，聞之每每痛心至極，久久不能平息。然而，我的詩，如何阻止這樣的慘劇重演？

字的展現

——「失落的海」序詩

林梵

倉頡造字，傳說
鬼神都哭了
劃破天空
閃電

凝視
傾聽
觸動
文字的神秘
活生生的
巨靈，不時
張牙舞爪向我

馴獸的藝術
迫展神話的翅膀
風行自由天堂
讀山
讀水
讀風景
筆酣墨舞

飛龍在天

終於穿視
橫在眼前的
巨鏡
水銀玻璃
再也抓不住
軀體了
此刻，離言
兀自展臂振翅
擺脫紅塵
騰空
遠離複印的世界
背負青天
飛挾日月
穿透重重
阻隔的時空
翻看
遙遠
藍色
小小的地球
轉動

太初渾沌
天上人間

——甲寅仲秋

永安詩抄

簡安良

冬夜之一

風在門外叫喊着
像是靈魂在軀殼內喊叫
開門啊開門
畢竟風也是怕冷的
而靈魂却歡喜四處遊蕩
當靈魂化作一陣風
軀殼就變爲一扇門
開門也罷
關門也罷
風進也罷
風出也罷
唯天知地知

冬夜之二

靜靜指間煙絲燃燒聲
靜聽杯中溫水冷却聲
蠹蟲在低嘆
因爲存在哲學太深奥
還是靑蛙較聰明
水陸兩棲
忽然聽見虱目魚跳水聲
似乎在抗議
別忘了我吧
我以糞便爲食糧
飽受委屈
却養肥了你們

餐桌上

斜躺臥着的餐具
不是沒有頭顱
就是缺了手斷了脚
像一片廢墟
但不長野花雜草
無從知曉他們曾經遭遇誰的蹂躪
夏日煙雲傲步於此
花生米像極一顆顆眼珠
乾瞪着我似在乞求
饒我一命吧上帝
而在造物主的大餐桌上
誰來憐憫我們？

閒時讀池水

閒時讀池水
讀一圈圈的漣漪
從小而大
從大而無

像一面明鏡
鑑照古往今來
大包容小
小包容更小
更小包容無
而無却又包容一切
閒時讀池水
讀成一片乾涸的窪地

不冒煙的煙囪

確綁綁地高挺着
破空而出的
工廠的煙囪
是巨人的法樂士
在經濟蕭條的年代裏
無法宣洩其快
請勿隨地便溺
否則罰款六百
這是消除髒亂
最最基本的要求
高挺就高挺吧
反正這不是引誘

扁平印象

扁平在風中舞爪
扁平在山谷哀唱
扁平在雨中飄搖飄搖
扁平在林道趕路
扁平在夜裏隱避的一角
是無依的藤蔓
是傷心的溪流
是孤獨的旅人
扁平扁平
是你心我心
扮演卑微的小角色
被世界遺棄成墓園

詩三首

林外

花的感覺

一張開眼睛
就聞到了喇叭花的響聲
想刷牙轉開水龍頭時
流出了水仙花的芬芳
把白飯扒入嘴巴
舌尖觸着茉莉花的清香
搭上巴士
滿是昨夜未薇的夜來香
辦公室裏
有牡丹開在臉上
大理花
在胸口開放
有向日葵
在眼中微動着花瓣
下班的時候，在路上
滿是花兒枯萎的異香
夜裏
在黑暗中展放着百合花
有薔薇和水蓮爭放
你的眼睛像晴藍的天空
我的眼睛像花池的清水
映着盛開的花兒的模樣

一九七五、六、十二

大雨中

窗外的雨
　眞的如千軍萬馬
教室裏的學生
　個個專心於考試
無心也不聞雨的狂驟
只有我這個監考的人
心中不住地受着
　暴雨的狂擊
棉共令泰軍後撤一公里
全日積極準備南侵
美商船馬雅古玆號
　被刼往金磅磁
越南易手
美國會還要討論
　是否援助南韓
這和考試無關
只有不參加考試的
才分心這種遙遠的事

窗外的雨瘋狂地下着
教室裏可怕地寧靜

一九七五、五、十三

山

山不出聲
　只是凝望着我
只要我凝視她
她就有話傳入耳朵

有的山很柔和
孩子！來吧！
說得像個微笑的女人
有的山很兀傲
喜歡，你就爬上來
峻然含着冷冷的輕蔑

山是硬的
　不會擁抱人
　不會投入人的懷裏
只待人去征服
汗與力所得的精神喜悅
使她充分享受無限得意
而她永不征服

一九七五、三、廿八

編後記

柳文哲

※自本刊提倡兒童詩的創作以來，成人指導兒童寫詩，成人也爲兒童寫詩，但是，我們的兒童詩却愈走愈公式化，像兒童畫一樣，經成人一修飾，兒童的稚拙與天眞却消失了，變爲成人觀念的模倣。本着「愛之深、責之切」的心情，本刊特邀請對兒童詩的教學、創作、欣賞、批評以及翻譯有興趣的老師與詩人提供寶貴的意見，特出一專輯；本刊歡迎詩人、讀者及同仁繼續針對此一問題，繼續表示意見，以供提倡兒童詩的參考。並謝謝爲此專輯執筆的作者。

※本期創作的份量較重，但仍然有許多佳作未能付排，如未退稿者，卽將移下期繼續刋出，盼作者見諒。

※臺北醫學院北極星詩社編選提供的「北極星詩展」，作品陣容極爲充實，特爲推介，並感謝該社的支持。

※旅人編著的「中國新詩論史」爲國內第一次此類作品的嘗試作，內容豐富，分析確切，因稿擠移下一期刋出。

※本期日本現代詩的翻譯，計有陳秀喜、林鍾隆二位先生的譯介。因編幅關係，杜國淸先生譯的「惡之華」續稿下期繼續推出。

※本社新同仁南旅人，係南部的一位名醫師，精通日文，以日文從事創作，默默耕耘多年，本期特由陳秀喜女士譯介其作品。

望

林鷺

之一

夾在長短針之間的
一幅流動的風景
掛在窗外
引千眼望斷
路
一條卷曲的廻腸
沒入太陽被刼之後
遠山黯然落下的布幔
人叢裏 徘徊着
一個瘖瘂的歌手
唱不出響亮的高音
彈琴的人哪
你在那裏

之二

我
立在風中
望你
望你
望成
曠野中的一株
枯樹
想
你回轉過來的瞳中
我的形像
逐漸
逐漸
逐漸消瘦下去
或
地平線上
一粒
失落的塵土

燃燒篇

子凡

燃燒

煉鋼廠的熔爐里
鐵漿是沸騰的
熾熱地燃燒着的煤
爲了存在而燃燒自己
在這動亂的世界里
我們活着像一堆煤
只有燃燒
才能忘記戰爭
　忘記死亡
　忘記人類歷史的辛酸
只有燃燒
才能心中的熱情釋放
才能熱熱烈烈地活着
才能熱熱烈烈地死去

一九七五、九、五吉隆坡

非法木屋

紅笔一圈
這兒又是非法木屋區
又說犯法
又說要拆
又說發展
又說要搬

木屋破破爛爛
有損市容
國家要進步
土地要發展
哥哥正在陽光熾熱的建築工地上
辛勞地建設大城市的繁榮
國家的形象

木屋區垃圾亂堆
臭氣薰天，助長疾病傳染
爸爸正在街道上
打掃大城市的垃圾
像打掃自己一樣

世界可大呢
自己的天地可眞小
這兒又說犯法、要拆
那邊又說發展、要搬

搬搬搬
到紅笔還未圈到的地方

一九七五、八、十三吉隆坡

嘔吐

受了權勢的呃氣
爸爸放工回家
又在發牢騷了
有時，發發牢騷也是好的
好叫我的脚指尖
不敢從鞋探出頭來張望
好叫弟妹菜也不敢多夾一筷
飯也不敢多扒一啖
那麼多的
現實吞進肚子裏
叫胃怎樣去消化吃
「他媽的」又是一句
反胃的現實
給嘔了出來

一九七五、四、十八吉隆坡

笠消息

本社

※民國六十四年十二月初，同仁非馬自美返國省親一個月，十二月六日北部同仁爲其洗塵聚餐，有陳秀喜、李魁賢、李勇吉與趙天儀參加。十二月二十日中部同仁慶祝非馬詩集「在風城」出版紀念聚會，有林亨泰、陳秀喜、桓夫偕夫人、白萩偕夫人、林宗源、岩上等參加。非馬已於十二月底返美。

※本社社長陳秀喜女士於民國六十四年十二月十五日應國立成功大學講師張良澤先生邀請，前往「漫談現代詩」，由於談吐幽默精彩，受到熱烈的歡迎。又六十五年一月五日再度應邀前往「談現代詩」，亦受到熱烈歡迎。陳女士刻已移新居於天母，新址爲臺北市中山北路六段中十六街八八號，電話八三一四九〇八。

※本社同仁衡榕（黃桂英）小姐已於民國六十五年元月廿日與李總輝先生於臺北結婚，其新址爲臺北市未柵區忠順街四七巷一一弄五之一號。

※本社同仁林亨泰遷移新居，新址爲彰化市延平里建實莊五一之一二號。

※詩人兼書法家邱淼鏘先生，重印其月文詩集「哀しい邂逅」，並擬準備其十年一回的第二次個人書道展「淼鏘書展」，且將出版「淳洸詩集」以資紀念。

※本社同仁趙天儀於民國六十五年十一月下旬應國立師範大學青年寫作協會分會邀請，前往演講「現代詩的鑑賞」。又於十二月初應臺北醫學院北極星詩社邀請，前往演講「現代詩的創作」。

※本社同仁詹氷長公子前衛已於民國六十五年元月二日與陳月霞小姐結婚。

細雨集

曾妙容

我願

如果我們有化身的本領
我願是天　你是地
恒久凝眸兩相視

當你煩憂
我願以一滴淚化去你的輕愁
當盈盈淚珠流乾時
盼你的輕愁也消失

悲

淚眼對淚眼
我的眸子裏寫着無數悽涼
你的眸子裏畫着諸多哀愁

淚眼對淚眼
我的眸子裏有你哭泣的眼睛
你的眼睛裏有我帶淚的眸子
淚水織成一片朦朧
看不清淚眼中的你
看不清你的淚眼中的我

痛苦

是夜貓的脚步
在心靈的地板輕踏
雖然無聲
却是有力的震撼

是夜鶯的飛翅
在心靈的天空翱翔
雖然無聲
却激盪着氣流

是輕舟的航行
在心靈的湖水飄泊
雖然無聲
却劃過如許痕跡

歸途

文豹

家教

每月荷包
總是照例的飽和一次
出賣靈魂與時間的代價
竟是如此可觀

薄薄的幾張花花綠綠
隱然書着我
掙扎的辛酸史
黃而爲臭的俗味
象徵血汗消耗的密度

而我總是婆婆媽媽的
像一個多事的家庭主婦
穩當的生活計劃
到頭來還是搞錯了
早餐與晚餐的秩序

歸途

載滿一車的歌
年輪啓轍，青煙
十二月 一九七四年的尾裾
化作一陣暮靄而去

每個人心裏矜持着
一朵燃燼的夕陽
復燃瞳孔
同盼以頹然 墮入
夢幻的大海的金杯

傾聞 黑色驟降
火燄山不再火燄
歌不再歌
十二月不再十二月了

年輔啓轍
向北的路上
烙一道心痕
深刻征服着的足跡
笑的秘密

路畔的含羞草已然
成熟 大風起兮
自一片落葉
引起一座荒山的飄零

註：火燄山遊記之一

剪貼在村野的風景（續稿）

廖德明

四、小黃花之戀

小黃花
香在二十啷噹歲時
阿桃的秀髮
長出了第三隻眉眼
趕赴土地廟前的
一季春天

春天在阿雄瞳中
汲滿一葫蘆的
醉

醉成一地的
卿卿我我

五、雨天的淚珠

傳說
孟姜女哭長城
誤把淚汜濫成江

瀑布這缺口
是后羿射下九個太陽
留下的創口

雲這浪子
觸痛她的創傷
臉就鼠灰成孟姜女的淚
在缺口處哭成瀑布

校門口的男孩
等不到家人的雨衣
哭成雨
奔投入孟姜女之懷
成淚

六、貼在夜車上的風景

在瞌睡的花園裡
晃着晃着
是阿花擺反的一座
掛鐘

車上的那朶花也晃着晃着
很規律地塞滿
時間的裂痕

甦醒過來的那中年人
裂嘴一笑
這也是一夜啊！

日落以後

傅文正

日落以後

村的宅頂
一道道的炊烟
相繼昇起
若聯袂的晚燈
在黃昏的浪道上
排排燃放

牧童趕着疲憊的牛羣
蹬蹬地走回牛欄
白日的噪聲逐漸鬆弛
長空上的彩雲
仍春戀地迴首遙望
自陡坡緩緩而來的夜色

寡婦

總如此懊喪地想着
誰把我安排的角色
我的命運竟如此不濟
同樣是個有頭有臉的女人
同樣是個會咬舌頭的女人
世界是如此地不公平
將千萬條的煩惱絲
結紮在我的貞操帶上
唉唉
我的夜晚呢?

LUCK——To My Love

你在南
我在北
你我之間是一線
嬝嬝炊烟
在晴朗的天氣
你的臉龐是一片藍天
整體地映在我心的印版
在落雨的時節
我的思念是一條蛇
綿綿地纏在你心的深處
在人生狹窄的地毯
你我都知道
滾在一起不必然的事

詩兩首

巫永福

河洛頌

往昔稱中原
山西山東與
河北河南間
黃河穿其域
自成文化環
乃是我精華
滔滔流長遠
光茫四方射
青史留大觀
因都名洛陽
故地河洛喚
民爲河洛人
所語爲何言
國風入音爲
商周經秦漢
及至東晉末
五胡動大亂
民群避難急
無奈他方轉
南下居客地
持俗保正端
堅以故居豪
猶如河洛官
久而又久之
河洛福老傳
河洛兮河洛
單訛福老冠
而今民尚在
其神古今貫
偉哉河洛地
賜我夢歸愿
夢心河洛還

數星稀

疑是都會病
苦由喧嘩起
常感神不定
時而避山居
庭菊盛開着
一看頓心怡
盡眼山青樹
呼吸更生機

閑遊難得樂
煩燥忘記
雖興長住願
而念一油詩
適陽西山落
彩霞染我衣
秋思何捉摸
林下落葉語

瞬間天色變
寺鐘定昏時
一響驚天地
回聲如山啼
寂寞隨風浸
陣陣催我歸
進步轉家回
路漫數星稀

寒流

簡美星

你，從遙遠故鄉的高原
送來一股寒流
雖然你來自故鄉
我竟無法展臂迎接你

以快速的脚步
你急馳而降
風爲之蕭颯
大氣爲之凝却
白日你不敢太囂張
只待太陽遁逝的時辰
你便更形猖狂

明月懾於你底蕭索
早已躲入雲端取暖
不再俯視大地生靈的蜷蜷成團
冷漠而熱情地
你，擁抱我底單薄的身軀
冷漠而熱情地
直到冰涼
直到劃上新傷

你，從遙遠故鄉的高原
送來一股寒流
儘管你來自故鄉
我却不願高唱相見的悲歡

小鎮詩草

張鳳鳴

一、露宿

多麼甜美的小鎮　我來到
在夜裏
藍天上的星星
眨着她們明亮的大眼
風是清冷而甜蜜的
我在車站的長凳憩息
並期待一個飢渴的女人
收留我過夜

二、醒來

摟著酒瓶　及
　一個疲倦的妓女
走出旅社的門口
那男子的笑聲像一陣風
吹拂臥在長街的我
因冷濕而顫抖而
旋轉在欲醒的邊緣
觸目盡是冷霧凉了衣裳肌膚
那男子的笑聲
在冷濕的長街上顫抖
並深深地刺激我的腦髓

姘婦

暗澹的黃色
穿過臨海的窗子
爬上妳肥美的裸體
背景是山
妳是掛在窗口的一幀月曆
夕陽反射在梳粧鏡上
使妳的寂寞格外焦黃
却給我溫暖
想着第一次自妳體內取出貞潔的鮮血
滾滾逝去的歲月裏
我們是同樣不堪的人
我們是互相需要的人
我不在乎妳曾有過多少男人
背向着妳却渴望妳的安慰
在夕陽隱入山後的一刹那

砍柴

精力傾瀉而出
多麼期待
期待著疲倦的到來
機械般地運動
柴刀砍落又揚起
讓我疲倦吧
讓我痲醉吧
狠命的砍著
汗流涔涔
只有在肉體的摧殘中
或許我將忘懷
直到明日曙光穿過窗帘

明日

在風雨急切的夜裏
據守著卑微的一角
那些奇異的光線
在黑夜裏閃亮
如果誰讓我也擁有一個女人
既使是一個倦於生活的女人
讓她安穩地在我的臂彎睡去
忘去賣情的羞恥
但是在這裏最卑微的夜裏
我狠狠地壓在床上
並用手解決衝動
只是一種索然無味的習慣罷了
明日啊！明日
明日將會是一個晴朗的日子
那些奇異的光亮在黑暗中閃爍我的淚
珠
我沈淪在今夜的風雨裏
而明日的希望慰藉著我

山林印象

楊拯華

凡閒話桑麻的
都是知己
負笈和負薪
都一樣
裝幀一首山歌
把字彙
都讀成
鳥類的叢書
而字裡行間
都是
白雲連袂
在淙淙泉聲中的
嘩然印象

暖流

——致陳秀喜女士

王今軒

非戴笠而來
亦
非攜風而來
純然的一種巧合
總想見見記憶中母親手裡的慈輝
在這冰冷
總想抓把溫慰
一株石縫裡長成的傲昂的樹
已足以是感慨後的
欣喜
就像母親護蓋下的暖暖
就是一束竹風
也是異地的芬芳

純然是一種巧合
夢見了母親祥和的容顏
在異地一株大樹的容顏
在冷風裡立著

輕煙

(惟燕子以迸行)

藍海萍

在風的懷裡
哭喪著臉
尋家
白龍豎直身子
讓西墜的晚霞幫它沐浴
椰子樹舞動著
皮鞭,猛抽迷失的孤兒
橙黃的血染遍
天空,織成誘惑的一張網
網住離群遺落的淚痕
返回天空
青天向它招手
影子　碎碎了
在風懷裡消逝
徬徨復徘徊的
仍是一張哭喪的臉
任憑野天的擺佈

夢醒

艾靈

今天,我方醒來
醒於昨夜峽谷中的夢
醒,壓碎了我的胸脯和理想
昨夜,我如童話中的王子
思念著思想中的
思想,瀰漫著夢幻和美
我知道:我終究要醒來
甦醒在一連串的失意和絕望中
然而,主啊!我仍舊編織著如童話的
美夢
我也知道:崎嶇的道路是通向璀燦的
前程,展開著庸俗的享受和醜惡的招
待
啊啊!今天,我方醒來
但,裹覆著我的却是金銀現實的
夢

古鏡本事

黃曼

曾經，王族貴人的臉映過
雍容貴婦細軟的手摩娑
一如青春的
光澤的歲月
而，已是輝煌昔日
我是往古的
鏡子

家倒世衰，久久棄於
破落門楣的陰影裡
不知朝代
不知人間，至今
一層蛛絲，一層灰土
蒙上，我身上斑爛的紋彩
只是猶不甘的訴說
我嬌寵一時的身分
至今
眞凋落了許多
我是往古的
鏡子

恍如一夢，醒來
革履的人們伸著油手
指點著我
東瞧西瞧，竟似滿懷惡意的
把我玩物一般的拍賣
——這是古鏡
嗚嗚，我已慣于
長埋在地下

六四年五月

貧童

張子伯

他爸爸老在深夜被酒扶回來的
自從一支胳臂被機器吞食後
他媽媽在河邊篩沙石賣給大廈中的建
築商
早上一碗稀飯挾一顆太陽囫圇吞
晚上到戲院賣糖果
繳不起學費半路揪打他們的同學
是對面巷子搬過來的新富
所以每天歌唱的不止河水和鳥兒　連
同
他們小小的心事

無數冬天他們穿同一件破棉襖過的
不知那年秋天在園中栽種一棵果樹
今年春天已能站着攀摘纍纍的菓實了
因此他上大學的哥哥回來了
開機車行的哥哥回來了
面對新砌上漆的大門
是他藝成的第一心愿
而河仍在歌唱
鳥仍在歌唱　連同
迎他姊姊于歸的鞭炮聲

64、10月1日于后里

童年

張惠瑩

小時候
歡樂手拉著手
把我們圍在圈圈裏
唱歌跳舞做遊戲
把憂傷、痛苦急得在外直跺脚
時間看著過意不去
悄悄的拉了憂傷和痛苦
溜到我們身旁
却不知道它做錯了一件事

小草之想

宋熹

有事沒事小草就好想一下子攀過

花園水泥牆的那一邊那一邊去
尋花也好
問柳也好
即就是偷窺一丁點月亮的雀斑也好
只要有事無空有空無聊的時候
小草就好想好想：
　蹬蹬小脚
　擺擺細手
打打呵欠伸伸懶腰向土地公說一聲
「再見！」然後便動也不動地
死噙著夜來露珠兒的眼淚
悠悠睡去
　六十四、十一、十四、凌晨

心石

李榮川

開幕的時候
台上原是空無一物
而一句滿了春意的竹簾
驀地點亮了
一圈綠綠的光環
奏起唐曲的時候
一把古箏嫻靜地移步
從舞台的左側滑入
款款遙牽着右方的琵琶
而台中的上空
噹噹地垂下一面銅鑼戰
鼓般地擂起
一陣燥熱由四面八方闖進
天啊
這戲的脚本呢
　莫不是正滿座竄飛的碎片？
呻吟也罷
咒詛也罷
却是幕後的短笛
此刻正悲悲切切的嗚咽着
哀悼一座
　淹沒於虛無之海的心石
　一九七五、五、廿八

墮落

祁寒

總有一箇拖曳着下擺有汚垢的紅布長
裙的女子
散着蓬草的髮
抹着颱風天空的胭脂
叉開頸下半截的拉鍊
以黃褐的膚色
在挑逗一些風流之蠅的吮
廉價的交易廉價的勾當唉道德淪成一
陣早吹過的風
伊的丈夫，則只是成天右手牽着男童
左手摟着女嬰
在這條街上，來著同著昂着頭蹓躂
孰不知蹬出的乃一列列寡恥的血腥
呵，那箇女嬰黑亮的瞳子
承接了這些？

生物實驗室之外

張錦昆

就像解剖青蛙一樣
不用痲醉劑
這樣更清醒更清楚
讓鮮紅的血滴在灰白床單
剝視是殘忍的。
蠕動變形蟲的渺小
贋鷺標本的意志
被壓成蝴蝶標本的理想
命運下
一隻可憐的獅子標本
弓著脚　昂著頭
兩眼無神凝望
張著大口
欲吼　無聲。

素描一帖

•越戰歸僑

黃恒秋

(1) **越**

淚最濃的時候
是想哭出笑容的
那個午後
一首驪歌
一張蒼白的臉譜

(2) **戰**

銅像與灰燼之間
死亡是一種禁忌遊戲
警察也會楞住
如果一輛坦克
超載鈔票

(3) **歸**

如果愛情能食，牽著手捱餓也好
遙遠唯有海天一線
以及針細的光閃，從縫間狂嘯奔來
是什麼世紀裏什麼年頭
一條小舟竟滿載西北風，浮沈於天際
到底那個朝代屬於我
——彷彿來世剛剛新生

(4) **僑**

這兒是祖國
這兒是祖國
踩上碼頭聽脚訴說著岸
風聲如響、笛聲似耳語
大朵大朵故人的微笑
春一樣開落
祖國在這兒
這兒是溫暖的家邦……

愛人的淚是珍珠

台客

愛人的淚是珍珠
顆顆落入我寂寞的心湖
她偎依在我身上如此無助
像暴風雨後的小白花極需要扶持
默默佇立，默默撐起，這一天地的風
雨
哦，讓我化身爲樹，全心爲妳遮護
愛人的淚是珍珠
顆顆落入我寂寞的心湖

合家畫畫記

陳義芝

已結過婚也有了孩子，人所謂的「成家立業」，我是道道地地的名符其實。偏常須趕著一頭笨驢，把滿頭焦髮搔成雜草，搔出頭皮癢。

自己心煩不打緊，却連累了太太和孩子。看過來看過去臉都是扁的，吃過來吃過去飯都是淡的，喝過來喝過去湯都是冷的。怎麼辦？牆壁是死灰白，茶杯是半邊臉。

抽過煙。喝過酒。飲過茶。剔過牙。紅灯綠灯馬路上，大眼小眼瞪著走。終於，我決定買一幅畫回去，把我跟牆、牆跟妻、妻跟床、床跟空白的那一堵牆，補上。

左挑右選，這個、那個，我想都不合妻的意。抽象好像當頭一悶棍，寫實則似迎面一盆水，潑墨又怕它濺濕了書房、打翻了粧台。唉！或者還是買一盒顏料自己畫的好。

紅黃藍靛紫，百花齊放。妻自畫妻的兩條眉，毛毛們穿起一串鈴鐺的笑，我則把自己塗成顏料，一筆一劃畫妻的賢夫、子的良父、快樂的一個家！

兒童詩的創作問題

林鍾隆・談詩「象」和詩「心」

詹　冰・兒童詩隨想

黃一容・童詩探討

白沙堤・擴展童詩的領域

徐守濤・淺談兒童詩的創作

張水金・童詩教學經驗談

談詩「象」和詩「心」

林鍾隆

在臺灣，終於能寫兒童詩了，寫了也能有地方發表了，也有人討論兒童詩了，我們應該爲這件事大大地高興，這的確是值得「很」高興的大事。

不過，在我一直注意兒童詩的發展的情形下，我却不能不爲目前的狀況暗暗歎息。第一、我們沒有一個眞正懂兒童詩的刋物編輯，第二、我們沒有眞正懂詩的兒童詩作者。發表出來的，既不是詩質很高的兒童詩，自然不能代表什麼，但是，既然發表出來了，很多人就依樣畫葫蘆學習創作，範詩成就不够高，學習能力又未能達範詩的成就，因此，兒童詩有等而下之的泛濫現象。

目前的兒童詩最大的毛病，在於詩中沒有人物，有人物的，又沒有「心」的影子。

詩是從「心」裏吐出來的，詩是從胸口吹出來的，不是靠腦袋想出來的，更不是靠智慧編出來的。因此，詩中必須有心的影子，或者詩之前，必須有人的耳朵或眼睛。詩人如何在感受事物，心中有怎樣的情緒，這是詩的本質，結果的報告，現象的描繪，不能說是眞正的詩！至少，從詩的國度來觀察，還在門口的紗簾之外，尚隔一層。

請看看下面兩首詩：

醫生

牙痛的時候
爸爸帶我去看醫生

不知道醫生的牙痛不痛
如果也痛起來了
是不是要去看醫生？

洋娃娃

洋娃娃和小姊姊一樣
也有滿肚子的心事。
想得忘了眨眼，
想得一句話也不說。
洋娃娃的心裏很甜密，
美麗的微笑永遠不消失。

這兩首詩，是第一屆洪氏基金會兒童詩第一名的兩位作者擺在最前面的詩。因爲別的詩沒有定評，所以我選經評選過的詩爲例。我雖然看過一些人指摘過這一年所選出的詩，但我一直不忍寫文章評論它。一來，我本身參加洪氏兒童文學創作獎的另一部門的工作，再則，起步，不能一下子要求高太。但是，萬沒想到，不很夠格的作品，予以大獎，予以發表，却被許多人認爲那些就是標準的兒童詩，產生了很令人憂慮的影響。

「醫生」這一首詩，兒童的位置很成問題，這個兒童究竟在那個地方？我們一點也不清楚，是在家、醫院、還是路上？只寫出了所想的一件「事」，而這事，帶給牙痛者的，是什麼情緒，一點也不清楚。——這是，沒有人，沒有心的散文，還沒有達到詩的境界。

「洋娃娃」，只是在描寫洋娃娃給人的印象，一個特定的欣賞者的影子，既不在詩之中，也不在詩之前。只不過想像的描繪而已。這也算詩的話，有很多散文裏面的句子，都可以拿出來，當作詩了。

詩，如果是寫着的事物，就必須有一個欣賞者，在詩之前，他在欣賞的心緒一使人從詩中可感受。譬如：

天空是製造鑽石的公司，
白天製造，
到了晚上就拿出來賣。
只有太陽最貪心，
也最富有，
每次都全部買光。

這是憑空想出來的作品，人不在景物之前。

風是樹的梳子
梳着樹的頭髮
船是海的梳子
梳着海的頭髮

這裏面就有人在欣賞景物。不過，樹，最好換成草，梳的意象更好。

再請看看一首日本五年級的學生寫的一首詩：

皸裂的手

向終於來了的父親的手一看
却包着白布，
布解開後嚇了我一跳
裂了兩三處
父親說
洗過竹子的手又要敲桶子
水滲進去
那個地方就會裂
想到父親裂了手

供我們吃飯
我簡直不能逼視父親的手

在這首詩中，「看」的人的影像，多麼鮮明，他們心緒又何等可感！跟前面「孩子」的那四行相比，簡直不能同日而語。

再請看看一個四年級的日本兒童作的詩：

噴射機

噴射機
晶——地
劃破藍空
飛去了
從東向西飛的機影
恰如扱出的小刀
爍然
亮了一下

這一首的感情沒有前一首那麼濃重，但是，欣賞者仍清清楚楚在詩之前。而且，作著那時的感觸之情，讀者清清楚楚可從詩中感受。

從以上兩首詩，我們已知道，沒有迫震人心的心緒的動盪，是不能成爲好詩的。

關於迫震人心的力，再請比較我們的，和別人的：

大家都聽他的話
眞奇怪啊
誰來提醒他呢？
——時鐘——

樹長了好多隻小手。
欣喜地想摘天上的水果，
搆不到，
把手伸長，再伸長
——樹——

白色的事物　二年生作品

墻是白的
床上的被子是白的
護士穿的也是白衣服
醫生的外衣也是白的
我吃的稀飯也是白的
包藥的紙也是白色
從窗口可以看到的雲
也是白的

我們自已人所創作的得獎的兩首，讀了以後，在心上，不會有什麼撞擊，而這一首日本二年級的小朋友所寫的景物背後，却有一顆難耐單調、寂寞的心，使人禁不住爲之感動。根本的差異，在我看，完全在於，詩之前，詩之中，有沒有「人」，有沒有動人的「心」。——完——

兒童詩隨想

詹冰

ㄅ

兒童詩必須是詩。不然的話，一概免談。

ㄆ

兒童詩的作者要有詩心、童心、愛心。
有詩心才成詩。
有童心才成兒童詩。
有愛心才成一首好詩。

ㄇ

寫兒童詩的最大意義是，要喚醒兒童的詩心，而不是教育，也不是學習，也不是娛樂。
要喚醒兒童的詩心，不用眞詩不可！

ㄈ

我們不要界說兒童詩的範圍。
我們還要擴大兒童詩的領土。
所以兒童詩不但要音樂的、生活的、故事的，還要繪畫的、幽默的、心理的、鄉土的、戲曲的、科學的……等等。

ㄉ

兒童詩不是初期階段的詩。也不是降低格調的詩。
兒童詩要一篇完美的詩。
兒童詩也可打動成人的心，才算好的兒童詩。
所以，寫兒童詩，要全力以赴！

ㄊ

兒童詩採用童言來寫，誰都沒有異議。可是這不是必須的條件。
必須的條件是要被兒童們能欣賞的詩。

ㄋ

兒童詩所要求的韻律、節奏是自然而生的內在韻律、節奏。不是人工的押韻。不然的話，兒童詩會變成兒童歌。

ㄌ

在詩的國度裏，沒有寫詩的課程。
國小如此，國中如此，高中、大專亦然。
我們應該讓我們的後一代，早一點開始寫詩！

ㄍ

我們有世界無敵的少年棒球隊。
我們有拿國際性金牌的美術天才兒童。
可是，我們沒有出色的兒童詩小詩人。

ㄎ

兒童也可以欣賞唐詩、外國名詩。我們可選比較易懂的加以評介解釋給兒童們欣賞，提高他的欣賞能力。不要永遠給他們，太陽公公、風阿姨、白雲姊姊、星星弟弟、蝴蝶姑娘……的詩就算已盡責任。

ㄏ

日本的童話作家小川未明說：
「不應該有從頭就要和兒童妥協的念頭。因爲凡是眞正美麗的事物，大人小孩都會有同感的，恰如一朶美麗的花對小孩大人均是一般的美。」（吳瀛濤譯）
寫兒童詩也同樣。

ㄐ

兒童詩和成人詩有點不同。

寫詩的全朋友們，請試一試寫兒童詩吧！
這樣才曉得這一顆葡萄，到底是甜的，或是酸的？

童詩探討

黃一容

兒童文學的範圍很廣，包括兒童們喜歡的歌謠、童話故事、漫畫謎語、寓言……都可列入兒童文學的隊伍，這支隊伍的突起文壇，已受到許多有心人的重視與傳播，書店裏往往設有專櫃，陳列在桌上的兒童讀物，有翻譯、改寫、創作，一頁頁精美的裝訂和圖畫，十分引人注目。兒童讀物以童話最多，兒童詩最少，我們可以拍胸膛這樣說：長江黃河只是我中華民族詩的一條支流，但衆所皆知的，兒童接受詩的薰陶，除了老一輩幼年時背誦的三字經、千家詩、昔時賢文之外，現代兒童雖做爸爸的書桌上，有本唐詩三百首之類的書，讓孩子墊高椅子，伸手也沒法拿到，這是很可悲的一件事！

一首好詩，必具備內容美與型式美，簡鍊的文字、優美的節奏，這都是散文所欠缺的，用詩的語言來啓發兒童的工作，可彌補因散文充塞、使兒童學習偏斜的某種可能發生；童詩跟成人詩有何差別呢？

①對象不同。童詩的讀者：約六歲至十二歲的小朋友，他們經驗有限，思想單純，文詞領悟力相當粗略，稍爲艱深難懂的詩句便不能接受。成人詩是普遍性的，不必去考慮讀者的能力問題及年齡。

②語言不同。兒童的語言正在練習中，故童詩必需在兒童有限的舊經驗裏紮根，必要時，應儘量採取兒童口語，也就是童詩的意象需兒童熟悉的，語言是他們認識的，至於用典、成語都需愼重斟酌。

③種類不同。純粹的成人詩是抒情的，排斥敍事性。童詩負有教育責任，必需假借詩的手法使兒童獲得基本的道德、科學、歷史信念、概凡詠史詩、劇詩、敍事詩……都可介紹給兒童嚐試。

④興趣不同。根據調查，兒童對驚險、俠義、奇特、有動物最感興趣、相反的，對有理念或反省性的智識灌輸最反感，成人的興趣比較現實廣泛且隨遇而變，童詩需配合兒童的興趣，有個深入淺出的合理描述。

⑤技巧不同。童詩的一個通病，就是沒有技巧的平舖直敍，當然一些文學技巧，例如：超現實抽象的手法，絕對不容許在童詩裏出現，但寫實性毫無變化的作品，也會使兒童厭倦，每種作品都需製造一個意境與高潮，童詩也不例外。

⑥感受不同。隨年齡地點的增加或改變，對詩的感受便會產生差異，一首好詩永遠是被人歌頌的，藝術價值不能抹滅，兒童的感受浮淺，不如成人深刻，故詩必需去適應兒童，或應用圖畫輔助。

從以上的比較，我們知道童心是純潔的一面鏡子，浮現着眞實、直覺、同情、幼稚的形像、成人就像一位工匠，用手操縱着光線：

奪取兒童的世界的
成人
用我們的手
催毀成人的世界
我們的
美麗的手

這個手
那個手
復仇的手

（日本童詩・報仇的手）

這種詩出自兒童筆下，可眞叫人寒心（日本人尙武，可見一斑），詩的體認：罪惡的魔鬼是不容許擾亂童心的，我國人素以溫柔敦厚見稱，這種禮儀風采，世代沿襲，每個子民住在同一塊泥土裏，喝同一源泉，成人、兒童是不可分的，童年時代的記憶，成年時期的懷念，這是人生的兩大樂章，我們要求童心的開導，首重善感，而非物質價值觀，對於散播毒素或虐待童趣的成人，那便是兒童文學的罪人。

童詩可分爲二種。我們先談兒童的習件，最好的例子就是笠詩刋的幼苗園蓓蕾園，由老師指導，學生練習，我欣喜見到下面的詩句。

・夏夜的天空／是一張素描
一塊藍藍布上／放着一條香蕉／和好多葡萄呢？

・媽在井邊汲水洗衣／好長的繩索，打起白玉般的歡顏
楓葉紛紛飄落／像花　像夢
弟妹們着問：「媽！什麼是童年？」

兒童寫的詩，近似說明的簡單譬喻，竟是這麼可愛；楊喚筆下的珍珠銀幣成了香蕉葡萄，第二首天眞裏似懂非懂的問話，帶點好奇，兒童的着眼點令人感到可喜，兒童的描述手法又是如何呢？

以往，掉落了的世界所有的小孩子們的／鈕扣
都昇上天空／尋找着主人
有時候，拖着尾巴／墜落下來的星星
是尋找到自己的主人／才奔跑的星星

（韓國童詩・星星）

有山，山不高／有河，沒有水
房屋，沒人住／漁港，沒船
機場，靜悄悄／樹木，永遠青翠
農作物，永遠沒人收成。

（地圖）

從這二個例子裏，我們可瞭解兒童的抒寫是主觀的，一廂情願的（如果沒被删改的話），前者充滿詩想，後者似口訣一樣，孩童們喜歡做天眞的想像，寫出來的話常常耐人尋味。學校作文課，能够讓學生寫詩的少之又少，年輕一輩寫詩都是暗自摸索，毛病較多，這也不在話下。

概略讀了兒童自己寫的詩，回頭再看看成人的手筆。

詩人林煥彰是時常在孩子的語言裏感知詩的存在的一位，他認爲詩人苦苦追求而不可得的純眞意象和語言，藏在孩子那裏，又說：兒童詩不僅要做到易懂易感，還要有詩質存在，使兒童讀後別於讀其它類型的微妙感受，而有所領悟，有所同味的快感！」他曾爲孩子艱苦習子，產了憐憫，寫下一首「5」的詩：

上幼稚園小班的孩子寫的

是一隻長頸鹿
（昨天才從阿拉伯的數字裏走出）
很艱苦地　走過大沙漠
走過大戈壁
走過大沼澤
走向我

這便是一種父愛，一種孩子心靈的體會，林煥彰是對詩覺醒很早的一位，他的童詩很多，現抄一首如下：（古井）

夜晚的天空／是一口很老很深的古井
我丟下去的白石子／變成很多很多的星星
可惜，我聽了很久很久／都沒有它們的回音。

舒緩的節奏帶有兒童「很深很深」「很多很多」「很久很久」的誇張語氣，讀過幾遍，仍覺清新有味。另一首收在七十年代詩選裏的「月方方」，可謂童詩模擬兒語的一首佳構。他的詩均以「詩情」見長。楊喚的童話詩公認是好的，我們試讀「童話裏的王國」的前兩段：

小弟弟騎着白馬去了
小弟弟騎着白馬到童話的王國去了
媽媽留不住他
爸爸也留不住他
就是小弟弟最愛聽的故事
和最喜歡的小喇叭
也留不住他
啄木鳥知道了
很早很早地就給小弟弟
把金銀城的兩扇門敲開啦——
老鼠國王知道了
很早很早地就穿上新的大禮服
在那一大朵金黃色的向日葵花底下迎接他啦

楊喚寫詩很能把握兒童心理，把一些可愛的東西：白馬故事」喇叭、啄木鳥、金銀城等串連起來，一幅感人的畫面便凸現了，成人讀其詩，同樣有一種說不出的美妙感覺，他的詩句不仿兒語，開放而明朗，「童話裏的王國」絕不比史蒂文生的「我的王國」遜色。

最近詩人趙天儀研究「飯碗哲學」，寫了不少反應家庭與孩子心靈的詩，其中以發表在秋水詩刊的「西北雨」一首最富價值：

哥哥
你看哪
啊，農夫插秧
農夫插秧
弟弟興奮地拍手呼喚着
那一陣西北雨
恰恰落在柏油路上
一陣比一陣

更緊

作者在詩裏，把小孩（弟弟）遇西北雨打在柏油路面，看似農夫揷秧的想法表現出來——描寫兒童思想的。這乃童詩的典型式，第三段因有顯明的說明意味失敗了些，但本詩不失是首好詩，淺顯而深入的刻劃童心。

許多現代詩人爲了表現自己的獨特風格，他的詩的門戶是緊閉的，詩的意象經作者意味的提昇，錘鍊，如果寫出一則謎語，讓讀者去追求揣摩，問題是：謎題是繁複的，詩意是多樣性的，謎底便不只一個（若詩能解），讀者再三研讀，或許能略知一二，但讀者不是作者，「小讀者」更不能跟讀者相提並論了，我們的詩不能要求兒童耐住性子呆想，我們需要給孩子的，是這樣眞情的呼喚：

小蘭蘭／解掉妳花邊襉的小圍涎
貼近媽咪，貼近窗
等月光在妳小心板上／第一次寫下銀色的詩。
（張秀亞・詩）

孩子沒有愛情的思戀，他只知道親情的流露做爲心靈的依靠和歸宿，在母親身上所得到的溫馨，尤其遠大，母親正代表孩子未來多重類型的愛，「推動搖籃的手能征服世界」，描寫母愛的作品很豐富，下面這首詩，能使孩子感知母愛的天性與偉大，充分顯示出母親的辛勤、刻苦；悅玲・媽媽的手：

小小的山峯／連着小小的山峯
長在媽媽的掌上／我問媽媽
爲什麼不拿剪刀／把它們剪掉
媽媽只淺淺一笑／一句話也沒說，
我又輕輕的撫摸／問媽媽
爲什麼它們好硬／好粗
媽媽仍舊淺淺一笑／一句話也沒說。
（撰自小讀者月刊）

有首寫得很好的詠物詩：簡三郎的長春「藤」

像弟弟的手／想偷攀放在高櫃上的糖果
像屋頂上的煙囪／想衝破善變的天空
更像媽媽那綠綠柔柔的眼睛／永遠年輕。

很美的譬喻與聯想，由藤鬚想像到弟弟的手（貪吃）、煙囱（孤立），媽媽的眼睛（親愛），造成各層次的類化作用，這是可供給兒童模擬的。古詩有不少雖不專爲兒童而作，但如「遠望一群鵝，一竹趕下河，白毛浮綠水，紅爪踏青波」的詩作，值得兒童一再玩味，民間還有一些兒歌（童謠），亦可收集給兒童閱讀，例如：「看見她」

你騎驢兒我騎馬／看誰先到丈人家
丈人丈母沒在家／吃一袋煙兒就走價
大嫂子留二嫂子拉／拉拉扯扯到她家
隔着竹廉望見她／白白兒手長指甲
櫻桃小口種米牙／回去說與我媽媽
賣田賣地要娶她。

兒歌富有一種情趣，兒童朗朗上口，配上遊戲動作，傳頌頗速，詩人們只要稍爲改寫（去除浪漫氣息），不僅保留了傳統鄉俗與情趣，也可做爲現代詩明朗化的一種借鏡。

關於童詩的創作，有幾項是兒童詩的創作，有幾項是兒童文學工作者必需注意的：

①語言問題。童詩的用字需絕對白話，參雜文言的詩句太艱澀，兒童很難習慣，適當駕馭兒語，引導走向成熟語言的建立，使用兒語有種親切感，但必需是自動的，進行的，而不是口語的堆積，同時語意造成的氣氛，和諧之外，應有伸縮性，以符合兒童各種不相等的心智，邁向博大奔放。

②描述技巧問題。童詩若用暗示法寫作，兒童可能較難理解，直接形容又嫌平淡，若假借孩子的嘴成詩，則可縮短中間距離，彷彿寫詩的人就是身旁的同伴，自己就是詩中人物，這只是求逼眞而已，實際上，孩童的智力很少靜靜的集中，他深信成人的話與尊嚴，利用兒語述說，或許會被視做兒戲，所以主題不妨嚴肅點，語意清楚，過於低級的趣味，最好不要入詩。

③斷句分行問題。現代詩沒有韻律，只能在斷句分行求得一些節奏感，內在的節奏，恐怕兒童不能直接領悟，詩的韻味便會減低，而大傷詩趣，況且兒童在校練習寫字作文都以散體文爲主，剛剛接觸詩，極易被斷句分行搞亂原有的語文基礎，例如標點符號的使用，語句的敍述等，詩的脫跳倒置，意象重覆排列的特有現象若不能分辨，則詩成爲散文的分行，兒童讀詩，必認清詩的存在與美感，否則，便容易把型式誤解爲詩的首要元件，這是值得留意的。

④內容問題。讓兒童閱讀文學作品，主要是爲輔助課本的不足，身爲作者，就需具備一顆童心的純淨與良師的循循善誘，使兒童在不知不覺中接受知識的陶冶，常見坊間流行的讀物，都着重記憶或趣味，對美的判斷，冒險實驗的科學精神，幽默的處事觀均尚待加强，詩是靈性的，現代詩人，大多數悲痛過深，戰爭、疾病，死亡的詩風很熾熱，我不反對詩人吟詠人性的孤絕或諷刺社會病態，但我們需有這種深遠的視角：承先啓後是亘古不變的理則，孩子小小的心靈，時時都盼望我們的灌溉與愛護！

童詩——兒童心智培植與發酵的養料，在我們國土上，到底已有許多前人的步音；兒童有兒童的想像世界，它是一座充滿情愛與喜悅的王國，沒有空虛，沒有孤寂，讀我們——橋走過太多，鹽吃得太飽的都反過身來，數數自已的童年往事，琢磨鈍化的童心吧！

擴展童詩的領域

白沙堤

民國六十四年可以說是兒童詩的茁壯期。從「洪建全兒童文學創作獎」的二冊「兒童詩集」之後，省教育廳出版了一冊「小河唱歌」（七月一日），將軍出版事業股份有限公司亦一口氣出版了中外兒童詩選四冊（十月一日），對剛發芽的兒童詩園以及默默工作者給予了相當大的激勵。

縱觀這幾冊詩集，我們可以將這些詩作的作者列表爲：

兒童詩的作者
- A兒童（雜有成人指導或成人意見）
- 成人
  - B無心栽柳的詩人
  - C態度嚴謹的詩人
  - D童心未泯的成人

在上列四類作者中，我們應該特別給予A與C類的作者鼓勵，他們是兒童詩園裏的辛苦園丁。「無心栽柳」的詩人，他們原沒有留意這塊園地，只是在十年前或二十年前他們無意的使用較淺顯的語言，因而留下了今日兒童可以接受的詩作，譬如覃子豪、夏菁等人所寫的幾首動物詩。童心未泯的成人，偶而也執筆寫寫，雖然也可能有佳作出現，畢竟不成氣候。因而，我們童詩的作者應該着重於兒童本身及態度嚴謹的詩人了。

當我們講「詩」時，必然不會說那是日常說話的語言，多多少少必需經過綴飾，才能成爲詩的語言，童詩亦然。我們決不可能到處拾得兒童語言以組成詩（也許童語中會出現令人驚訝讚賞的佳句，但那只是句）。既然童詩所使用的語言需再度美化、加工，那麼身爲作者之一的兒童在其語言未熟練，文字未駕御完全成熟時，擔任美化工作的責任，有時就落到指導的成人身上。在這情況如果指導者有了偏差或固定反應，是否會影響到原詩的發展呢？我們試着從將軍出版公司的二册中國「兒童詩畫選」看，一百五十幾首詩中，似乎在異中有一共同之點，它們最簡單的造句法是：

①○○像△△

②○○是△△

例如：

① 媽媽的眼睛像月亮 ——（上册25頁）

蝸牛像大力士
背着像山一樣的房屋 ——（上册35頁）

天上的月亮
像母親微笑的面容 ——（下册50頁）

爸爸的鬍子像一片草 ——（上册48頁）

② 父親是天空
我是月亮 ——（上册24頁）

小鳥是個有名的音樂家 ——（上册40頁）

彩虹是一座美麗的天橋 ——（下册28頁）

孔雀是愛虛榮的動物 ——（下册37頁）

當然，小孩子的語言是由具體開始，以某一實物代替另一實物是最具體的學習法，然而，我擔心的是孩子們是否就如此誤解兒童詩是這麼寫成的——「由甲換成乙」的造句法？

在態度嚴謹的詩人作品中，或許我們可以爲兒童詩提供另一面較廣大的領域，爲兒童展現更深一層的想像力。譬如林煥彰的：

日出

公鷄啼叫時
一隻黑母鷄從草堆裏躍起
便把一枚剛生下的鷄蛋留給我們
我們高興地
管它叫日出

日落

弟弟蹦跳着
滾銅環回家
媽說他整天玩個沒停
就這樣把它
沒收了

（詩集「斑鳩與陷阱」：素描四張）

我想：像這樣紮實、富想像力而且不脫童心的作品，應該稱爲「宜於兒童的詩選」吧！而且，我想，像這般的童詩，不單林煥彰可以寫，大部份，或者說每一位詩人都應該分出一部分的心來描寫「過去的我」。

淺談兒童詩的創作

徐守濤

近年來，在兒童文學的領域中，兒詩的誕生，帶來了一種新的生命，新的驚喜，兒童們爲它着迷陶醉。這究竟是什麼原因呢？這是因爲兒詩是兒童世界的眞實寫照，而且充滿了眞、善、美。

根據心理學家的研究，兒童期的兒童，是活潑的、好動的，純眞的、想像力豐富的。基於以上種種，所以兒童有他們自已的世界。在他們的世界裡，一切都是「人」。小貓、小狗、小草、小花，這些都是他們的好朋友。他們在幻想的世界裡得到了心靈的滿足，得到了現實生活中所不能得到的一切。那怕是一盆水、一堆沙，他們就能夠消磨半天。一根竹子，也可以變成駿「馬」；一顆小露珠，也可以帶來半天的驚喜，成人感到極平凡尋常的事，在他們眼中却處處充滿神秘。

兒詩的產生，就是針對兒童這種天性，以兒童的語言來述說兒童世界裡的一切。因爲在兒童世界中一切都是「人」。所有的生物，無生物，都變成賦有生命的個體，一切都擬人化了。同時他們更把自已的感情移植在各物的身上。於是天會哭，小河會唱歌、洗衣機也會咳嗽。他們的意識世界中，物我常是混淆不分的。這種純眞的心靈感受，也只有詩人才能領悟，而我們的兒童竟却天生就具備了。所以透過他們的思想、感情，所產生的作品，都是一篇篇純眞、靈巧、美麗的詩篇。

然而，以成人的立場去創作兒詩，必須先深入探查兒童的意識世界和語言世界。然後帶着童眞、用心靈去感受他們的世界，再用文學家的修養創作出一些有「生命」的作品來。我們都知道，文學最能陶融人類的感情和美化人生。孔子也曾說過：「溫柔敦厚，詩教也。」若要吸引兒童進入「詩」的王國，培養兒童高尙的情操，必須要注意以下幾點：

一、注意兒詩的趣味性：

因爲經驗的累積，是建築在濃厚的趣味上，有了濃厚的興趣，才能在不知不覺中受到薰陶、感化，否則枯燥無味的作品，誰又願意多接觸呢？林武憲先生曾說：「一首詩，如果沒有情趣，沒有意味，就像沒有生命的塑膠花一樣。」

兒詩的情趣，是建築在心靈的透視上，它不是直接的觀察，而是在觀察之後，加上感情，加上動態的描述，例如：

我馱着我的小房子走路（小蝸牛　楊喚）

花朵是蝴蝶的眠床（家　楊喚）

藍天喜歡洗澡，有時滿身都是泡泡（天　黃基博）

天空是製造鑽石的工廠（星星　黃基博）

糖果很貪吃，把我的門牙偷偷的吃掉了（糖果、餅干和老鼠　謝武彰）

你看！他拿着水彩偷偷的把大家的鼻頭都塗紅了。（冬風　謝武彰）

這些節錄的詩，都充滿了趣味性，他不但使兒童發出會心的微笑，同時更能敲開兒童的靈性。

二、啓發兒童的智慧：

兒詩的創作，必須要有啓發性，因爲兒童平日對事物的觀察，往往都是憑表面的，直覺的、靜態的觀察，很少能作深一層的分析。然而，兒詩的含蓄簡鍊，可以引導兒童進入一個新奇的境界，去思考、去聯想，無形中擴大了兒童的思界，增廣了兒童的視界。例如：

鏡中的我，怎麼是右手帶手錶呢？（鏡子　黃基博）

媽媽的眼睛，是明亮的鏡子（眼睛和鏡子　謝武彰）

樹長了好多隻小手，欣喜的想摘天上的水果，搆不到、伸長又伸長（樹　黃基博）

辛勤的螞蟻和蜜蜂，都住在漂亮的大宿舍（家楊喚）

我要做個小仙人，好把灰塵，變成蝴蝶（我要做個小仙人　林武憲）

從兒詩的暗示中，他們不但對事物的觀察加深，他們的聯想力也增强了。

當前是一個科學昌明的時代，科學的發明，已築在靈活的頭腦上。不停的思考，不停的求新，在眞空的境界中去尋找具體的影子，從嘗試中去發現新的生命，兒詩就能帶領兒童進入這種境界，所以創作時，必須要有創意、有驚喜，才能啓廸兒童的智慧。

三、注意文詞的修飾：

詩是唯美文學，是美的化身。詩，講求的是含蓄、簡鍊，要以最少的字，表現最深最多的意念。所以作詩時，必須先捕捉事物的特徵，作深入的刻劃，描述時，必須賦以生命、感情，使它變成一幅活的畫面。因此在文詞的修飾上，必須注意以下幾點：

1.文字要簡潔：詩講求的是傳神，中節，要能以最少的字表現最深的意念和最大的特點。例如：

春天在我心裡燃燒，春天在花朵的臉上微笑。（春天在那裡　楊喚）

開花，在陽光下。開花，在風雨裡（傘　林武憲）

2.詞句要優美：優美的文學，猶如繪畫的着色，無論淡深淺，都要調和而不失自然，所以要詞句優美，必須多用聯想和比擬。

例：誰說池小心窄，容不下滿天雲彩（無名）

山也怕冷，秋天就蓋着落葉的被子，冬天就戴上白色的帽子（山也怕冷　林武憲）

溪頭的山，化成蓬勃的精神，溪頭的水，在身體裡奔流，我們把風景帶回家了（旅行的感覺林武憲）

3.多用重複的筆法：重複可以加深印象，可以進一步欣賞詩文的情趣，詩經中的句子，多是重複的，便是這個道理。

例：我馱着我的小房子走路，我馱着我的小房子爬樹，

慢慢的，慢慢的（小蝸牛　楊喚）

陽光在窗上爬着，陽光在花上笑着，陽光在溪上流着，陽光在媽媽的眼睛上亮着。（陽光　林武憲）

4.要作動態的描寫：詩是有生命的，是活躍的。平面、靜態的描寫，不能表現出詩的生命，必須以擬人的手法，注入感情，並多用動詞描繪，讓它活生生的呈現在我們的眼前，像跳躍的音符，這樣的詩，才能傳神，才能引起讀者的欣賞與共鳴。

例如：接了太陽國王的大掃除的命令，小雨點們就都坐上飛跑着的烏雲，賽跑着，離開了天上的宮庭。

大雨，在冷笑狂風，在怒吼
玻璃窗　嚇得直發抖
窗外的樹　揮舞着手
和風雨搏鬪（勇敢的樹　林武憲）

詩是靈感的結晶，是美的化身，是描繪人生，反映人生的文學作品。它，除了文學性外，還具有哲學性，教育性和社會性。所以讀詩可以陶冶性情，可以化乖戾爲祥和。兒童詩，除了應具備詩的特質外，它還有一層更深厚的意義——是專門爲兒童而創作的詩篇，是教育兒童，啓發兒童，陶冶兒童的最佳教材。因此以成人的立場去從事兒詩的創作，能不謹慎，能不注意嗎？要引導兒童進入「詩」的王國，能忽略兒詩的趣味性嗎？

童詩教學經驗談

張水金

小學畢業十多年後，多數課文已忘得精光，唯獨那些「唸起來很舒服」的課文，至今忘也忘不了：

——海狹的水，靜靜的流，上弦月呀月如鈎……

——莫嘆苦，莫愁貧，有志竟成語非假，鐵杵磨成繡花針……

——天這麼黑，風這麼大，爸爸捕魚去，爲什麼還不回家？……

有一次在念過「中華、中華、偉大的中華」之後，老師要我們作文，題目是：「我的家鄉」，於是我也作起詩來：

——大安鄉，可愛的大安鄉……

我記得那時很用心的從頭到尾押韻，但老師却不了解我的心意，連改都不改就發回來：

——小孩子，你怎麼懂得詩歌呢，要作詩長大再作吧！

從此，我羞得好幾年不敢寫詩。

入師專以後，有一次作文題是：「理想和實際」，我心血來潮，以雲與萍的對比寫出一首詩，代替原來的論說文，沒想到一向器重我的成老師，也一樣的原稿退回，否決了我的許多遐想，也否決了我的長大。

此後，我斷斷續續、半偷偷摸摸的以詩自娛，却一直無法確定自己的作品有多成熟，遲遲不敢走進詩刊的社會。

有此切身之痛，我常常想給下一代一些補償。於是，民國五十七年起開始注意詩歌教學問題，五十八年起開始爲兒童寫詩，六十二年起斷續的實驗兒童詩歌教學。

第一次實驗對象是山間分校的一年級兒童。我抄了一首芮家智先生的兒歌（加注音）在黑板上：

——七月中，蚊虫嗡嗡嗡，八月半，蚊虫死一半，九
月九，蚊虫就沒有。

結果，不到幾分鐘，我不費唇舌，全班兒童都能朗朗成誦。檢討起來，是押韻的音樂效果使兒童樂於接受。

第二、三次實驗對象是五年級的學生。因爲工作關係，我在分校和本校各教一學期，未能有系統的教下去，但效果已經意外的好。

在正式教以前，我先引導兒童欣賞古詩。

我把自己選的淺明有趣的古詩給他們熟讀成誦，希望藉此引導他們喜歡語言的音韻之美，以及培養純正健康的詩心。

然後我教學生欣賞兒童詩，其範圍包括詩集、報刊及課本中的佳作，需要解說的抄在黑板上，一面欣賞一面解說詩的一般形式及內容，或者各篇的特殊技巧，欣賞完畢就一起吟咏，遇有音韻較美的，更要返復誦讀，直至消化到神經血管裡。

在解釋詩歌的特質時，我强調語言及意象的「新鮮」。我一再向學生解釋要有自己獨特的想法和表達方式，如果別人有了新鮮的想法寫下來，而我們撿現成的來用，那麼我們用的語言就是「爛掉了」。我常常用「你這句是不是新鮮」來提醒寫詩的學生，也覺得「爛掉了」是個很有用的比喻——蘋果好吃是好吃，吃久了也會膩的！

照一般想法，欣賞做過，詩的形式也分析過就該開始習作了，我剛教的時候也是一樣，但是發覺學生不敢下筆的居多，所以我改變方式。

我認爲自由命題對初學的人並不妥當，因爲太自由了，他們反而無從寫起，所以每一次我都要針對當時情境，擬一個多數學生贊同的大題目如天氣、家庭等，然後學例再說明如何自其中再選自己要寫的題目，並提醒那些少數分子，不一定要寫老師出的題目「只要你高興，愛寫什麼就寫什麼。」

有了題目，除了先自己想，並不立刻動筆，因爲學生還要看老師的「即席創作」，通常，我領先寫給大家看，漸漸的和同學們一面討論一面寫。即席創作寫在黑板上，要同學們唸看看，不妥的，大家都可以提出意見，如此一來，兒童與詩的距離更接近了，也可以動筆了。

我後來才發現，這種老師即席範作的方法，並非我一人獨創，東海大學江舉謙教授教我們作古詩，用的就是這種方法。關於江教授的方法，我將發表在另文「端陽學詩記」中，在此我只是想說，教師範作不一定要寫得很成功，它至少能培養一種作詩的氣氛，增加作詩的興緻。先求其有，再求其好，是個很重要的原則，如果學生下筆都覺困難，我們怎能期待好詩出現呢！

有了老師的範作，有些兒童可以動筆，有些兒童則依然眼高手低，老是咬着鉛筆。於是，根據教學上的「中介原則」，我選出一兩篇可塑性較高的作品，進行共同討論、共同改作。以下是一篇杜麗娟的作品，抄在黑板上：

姊姊的瘦

姊姊穿着吊帶裙很適合、很好看，
穿母親的衣服，不好看，因爲姊姊很瘦，
姊姊說：我穿起她的衣服很好看，
而我却很難受。

在討論的過程中，我首先領着大家朗讀全詩，讀過幾遍之後，開始有學生覺得這裡不對勁，那裡不對勁了，這時，我扮演的只是一個點火者和會議主席的角色，當意見一致

時，我就照大家的意見修改，當意見分歧時，我發覺表決是很有效的工具，多數人認爲對的意見往往也是我認爲較好的，經過大約三十分鐘的討論、辯論和表決，學生們整理出來的成績是這樣的：

姊姊的瘦

姊姊穿着她喜愛的吊帶裙，
很適合她苗條的身材；
穿上母親喜歡的衣裳，
不能顯出她的美麗。
姊姊說：
「妳穿起我的吊帶裙也很好看。」
而我却很難受。

另外一篇王少英的作品，經同樣的共同改訂，變成這個樣子：

露　珠

露珠好像一顆顆的眼淚，
悄悄的滴在綠葉上。
露珠像是害羞的女孩，
看到熱情的太陽，
她就不好意思的躲開。

經過了共同改作的手續後，能作的兒童也就增到全部。這時，我要求大家靜下來自己作自己的詩，我開始巡視，有時協助他們引申自己的意象，改正錯字，遇有好的比喻隨時分享大家，但也同時提醒大家，「可別撿別人的爛蘋菓」。等到有人作完，我就替他們批改及講解，而評分呢？只要完成，至少甲等，所以全班一提到作詩，無不興味盎然。

詩歌教學最後一個步驟是欣賞。我通常選幾篇較有代表性的，要學生抄在黑板上，一面欣賞，一面廣泛徵尋意見，只是，這時選出作品問題已少，我們把重心放在講解成功處及最後共同的朗誦。

在指導作詩的過程中，我很有些意外發現。

第一個重要發現是：所有的兒童都能作詩。如陳德源一向不寫課題，考試成績國語都是個位數，但是因爲他「有話要說」，所以居然一個字一個字的向同學問，寫出這樣的詩：

颱　風

颱風來了，
爸爸跑到菜市場去買菜。
回來時，
半路遇到暴風雨，
好在爸爸帶了雨傘，
可是，
雨傘也吹壞了，
所以，
他只好淋雨回家。

第二項重大發現是詩的取材應從現實生活出發。陳德源爲什麼有寫詩的衝動？我開始以爲是詩比較簡短有趣，後來家庭訪問時，才恍然大悟——原來他爸爸眞的是菜販。謝光宗的功課和陳德源差不多，但寫起生活經驗，也蠻有韻味的：

外　號

從小時候開始，
大家都叫我小狗，
爸爸也叫我小狗。
我聽到人家叫我小狗，
就覺得很難受，
恐怕我眞的變成一隻狗。

第三項重大發現是，生活的觀察與體驗越深刻，詩越寫得生動，卽使白描也無妨。魏春美是個很文靜的女孩，但是你看她寫的詩：

妹妹的兇

妹妹兇，嘴就小，
高興時，嘴就大。
媽，打她，她就打我，
爸爸打她，她就打媽媽，
哥哥常常打她，她怕哥哥，
我喜歡她，她却對我兇。

第四，指導兒童作詩，要鼓勵他們發揮想像，以出奇制勝。這是李秀亮的詩：

姊姊的青春豆

奇怪，姊姊的臉上，
怎麼會長紅豆？
是不是裏面
長了一棵鷄母珠樹？
姊姊很討厭紅豆，
一有時間就擠它，
而我却很喜歡看紅豆。

第五，寫詩也要配合兒童個性，加以指導。例如張金圓是個頑皮好動的孩子，他課餘嗜養鴿子，寫起鴿子自然富有陽剛之美：

鴿　子

鴿子好像是雄壯的空軍，
主人帶它到遠方去比賽，
不管颱風下雨，
它還是勇往直前，
經過茫茫的大海和重重的高山，
它的目標永遠是老家。

而李秀亮的詩就不同了，他的描寫是陰柔之美：

雲和雨

雲是無家可歸的流浪漢，
他一想到他的一切，
就想哭。
哭到淚水流光，
才覺得有點暢快。

第六，我發覺古詩的教學，偶爾也會對詩歌的形式產生影響，如果我們不提醒兒童，有的將誤會形式整齊就是詩——形式的整齊往往拘束了活潑的詩想，我本人就落入過這樣的泥淖——所以，陳玉梅雖是班上作文第一高手，我也不鼓勵她作這樣的詩：

雨的願望

我願做個小雨點，
流入茫茫的大海。
我願做個小雨點，
讓稻子奮發起來。
我願做個小雨點，
流入廣大的沙漠。
我願做個小雨點，
完成大家的願望。

記得曾妙容曾對我說：

——兒童詩最後還是要交給兒童自己去寫。

我當然贊同她的理想。只是，我認爲在語言能力和生活經驗的限制下，成人不能眞的撒手不管，童詩是多多益善的，師生間、親子間如能保持密切交流，共同創作，兒童詩園才會活潑熱鬧水準高。

又有一位靑年朋友說：

——你的學生寫的都是直述句。

這點，我認爲是正常現象。第一個理由是：以上有作品爲例的學生，我只教他們一學期，而那學期我兼任訓導主任，沒有充分的時間，而學校、家長莫不以分數爲重，所以，我只教他們習作詩歌四次，詩歌教學初期，不應過度强調表現技巧。第二個理由比前述重要：我認爲教兒童作詩，不在乎產生了多少佳作，也不在乎培養了多少作家，最重要的意義，是在欣賞與創作並重的過程中，兒童審美觀的提高，生活情趣的領略，以及語言能力的進步。在此一觀點下，我們應視詩歌教學爲教育中重要的一環。

我理想中，詩歌教學不可如我目前蜻蜓點水式的實驗，而應有系統的實施。在詩歌教學方面，低年級應以兒歌爲主，而以領略語言的節奏音韻美爲目的。中年級開始欣賞童詩，而重在欣賞內容與形式的趣味。高年級繼續欣賞童詩，開始教淺明有趣的古詩，而以技法、意境的欣賞爲目的。在創作指導方面，或可自中年級開始，至高年級加重其份量。在詩歌教材方面，我們應依年齡分組或分門別類加以選材編印，以使詩歌教學方便、普遍而深入。

假如我的構想能實現，那麼下一代的兒童，便人人有寫詩的權利和能力，而長此以往，中國傳統的以詩爲主流的文學觀，或可因紮根的結實而重新確立。

青藍童詩園

指導老師　黃基博

山

黃基博

不要在意山的沉默。
雲兒，
請不要走開。
你把山點綴得很美麗，
山不會完全不知。
雲兒，
不要理會山的驕傲，
你一走開，
山會因懷念你而寂寞。

雷

黃基博

從前聽到震耳的雷響，
我就貼近媽媽的胸膛。
現在媽媽的責備，
像雷聲一樣響，
我只有徬徨和不安。

媽媽的繫念

高雄楠梓國小教師　季幗英

媽媽的心上有許多線：
一條牽着爸爸；
一條牽着哥哥；
一條牽着姊姊；
一條牽着弟弟；
還有，一條牽着妹妹；
一條牽着我。
不論走到那裏，
我們的身上
總有媽媽心上的一根線。

小板凳

屏東師專三年丁班　張惠瑩

小板凳
最懶惰
生來兩條腿
動也不肯動，
不知道整天在沉思什麼，
我碰他一下，
他才「嚓！嚓！」驚醒過來。

小紅皮鞋

省立鳳山中學高二　林宿慧

擦得亮晶晶，
現在不能穿，
要等到外婆家才穿的。

小辣椒

屏東師專四年丙班　張麗珍

小辣椒眞熱情，
親熱了嘴巴，
嘴巴傻楞楞的，

張着大大的口，
好久好久
才喊一聲：
「我的天！」

草

屏東師專三年丙班 徐玉珠

她昨夜做了惡夢，
傷心的哭了。
今天早上醒來時，
臉上還有晶瑩的淚珠呢！

西瓜

省立屏東女中高二 吳美玉

雪白皮膚
綠衣打扮
又有一片赤誠的心

鞭炮

屏東萬丹國小教師 梁財妹

鞭炮是愛湊熱鬧的小傢伙，
看見新娘來了，
就樂得又叫又跳，
顯得好熱鬧。
它們也是善體人意的好幫手，
知道我肚子餓了，
連忙劈粒啪啦
傳出開飯的信號。

籃球裁判

臺南師專四年丁班 蔡淑瑛

展開一對老鷹般的眼睛，
緊緊地盯住全場；
不肯爲球員們喝采，
專挑球員的毛病。

蚊子

臺南師專二年己班 陳芳桃

多嘮叨的小東西，
一天到晚哼哼哼，
不理他，
他就狠狠的咬你一口。

膠帶

省立左營高中二年 林己玄

沒有比它更嬌的了，
只要向人身上一靠，
就賴着不肯下來。

瀑布

屏東師專三年丙班 謝淑美

瀑布愛溜滑梯，
從早到晚不停的往下滑，
樂得笑哈哈。
汗珠兒都往外滴了，
還不累嗎？
滑了一整天了，
屁股不疼嗎？

雲和山

屏東光華國小四年 黃文瑩

雲是山的好朋友。
有時
雲兒變成怪物來嚇唬山。
有時
用手遮住山的眼睛。

板擦兒

屏東潮州國小五年 張玲蓉

板擦兒是個苦命人，
替醜八怪的黑板擦臉，
把身體擦髒了，
還要挨打。

烟

屏東潮州國小五年 宋維政

烟是個不知情的傢伙，
烟囱把他撫養長大，
他卻一去不回。

風

屏東光華國小四年 胡慧珍

風是個壞孩子，
我作功課時，
在窗口呼呼的叫喚我，

我不理他，
他就把門打開，
「碰」的一聲又關上，
生氣的走了。

白雲

屏東光華國小四年 **鄭喬文**

天上的白雲，
好像一艘美麗的帆船，
漂浮在藍色的海洋上。
我凝神望着它，
它好像對我說：
你要立定志向，
不要羨慕終日漂泊的船。

月亮

屏東中正國小四年 **許明峰**

月亮姊姊，
投到雲哥哥的懷裏去，
大概很害羞，
又跑出來了。

太陽

屏東潮州國小五年 **郭進一**

太陽是個髒孩子，
口渴時，
什麼水都喝，
不論鹹海水，
臭水溝裏的汚水，
喝得壞肚子，
就把滿肚子的髒水，
瀉了下來。

開關

屏東光華國小六年 **陳盧一**

他是指揮官，
只要他一下命令，
大家都得工作，
只要他一下命令，
大家一律休息。

自然

北市弘道國中一年 **吳妮嘉**

湖是大地的眼睛，
藍天、白雲、青山和綠樹，
都映在明亮的眼睛裏。
朝陽是個活力充沛的大孩子，
你看他高高興興的早起，
紅光滿面的向大地招呼。

聲音

北市弘道國中一年 **李　珂**

雨滴是無數閃亮的音符，
成羣結隊飄落在水面上，
跳着美妙的芭蕾舞。
走吧！
讓我們齊到山中。
傾聽那傷兵的哀號之聲。
走吧！
讓我們潛入國會
傾聽那官員的爭論之聲。
但我們還是留下吧！
讓我們齊聲歌唱
給人間留下一點溫暖的聲音。

火車

屏東光華國小四乙 **徐敏君**

火車是一條怪龍，
只要吃了煤和水，
就能載動許多旅客。

樹葉

屏東潮州國小六年 **黃宏煒**

樹葉是意志不堅的人，
被風一面之詞，
心意就動搖。

北極星詩展

台北醫學院
北極星詩社 編選

楔子：北極星詩社成立於民國五十三年六月一日，係由本校藥學系第四屆學長，旅美名散文作家喻麗清女士，邀同拇指山下一羣醉心現代詩芬芳的靈魂所共同創始者。歷年來，經由諸社長及社內同仁懷抱無限憧憬與熱忱，在人力物力皆感短拙的環境下，拓展營度，已斐然蔚爲本學院蓬勃發展中的純文藝社團。

詩社出版的刋物有北極星詩刋（年刋），迄今已發行至十二期，此外校內的「北醫青年」每期皆闢有專頁「詩之輯」，提供社員發表作品的園地，其他刋載于「北醫人報」及各科系刋物者，數量亦屬不少。

六十學年以後，校內愛好現代詩的人日益擴張，從早期的草坪討論會，以迄目前「詩的禮拜五」，已吸引了不少人對現代詩之矚目。現今詩社共有新舊同仁四十餘位，由欣賞、討論到創作，不斷進入事象的內層，發掘生命的奧義。

年度的朗誦會，每月的教學大樓詩展，以及定期延請詩人涖校演講，皆是本社藉以推展現代詩的媒介，而彌近出版的「詩苑季刋」；則是另一種新的嘗試，精選國內各詩集詩刋的精華，以饗讀者的喜好，乃本社自任的使命。

關於這次的詩展，我們無法作更久遠的回顧，僅是對于近四年來一些作品進行抽樣的審視。這些作者，大部分仍是在校的社員，除部分甫畢業離校外，而他們對本社的發展，總是不遺餘力的。

生活體驗乃創作之酶，這對于一個在校生而言，將不免有未臻成熟的作品，我們企待的一些剴切的批評和鼓勵，這是此次詩展一個小小的願望。

林野作品

絕響

設若我們邂逅於幽邈
你的眼必一度藍過
以海峽之藍埋下你深深的憾恨
而你猶是一株年青的水草
初次接納陽光
却頓成爲枯朽

飲於淒寂
故人不再蒞臨
當激昂一呼凌空拔起
而我們竟不聞你那聲迴響
當驚惶的血徐徐濡染了你少尉的制服
而我們竟無視你愣愣地呼喚着一些名字，
當聽診器裏傳來了你默不作聲的跫音
而我們猶角逐在明日的蹄聲
當西半球剛擧起一輪你曾所熟悉的旭日
而你的初航竟失舵於命運的暗礁

火光熠熠
死神繞舞且譎祕冷笑
你的靈知遂被誘離於另一種溫婉
你首途的護照
竟簽證爲長空之煙

打翻了記憶裏所有的細瑣
亦不復組合你昔日的面容
讀遍了信箋裏所有的語句
亦不復留住你的一聲朗笑
曾是ＳＭＳＧ或ＣＨＥＭ
曾是同飲過溶在咖啡杯裏的下午
曾是基隆的雨或澎湖的風
曾是談論女子以及南方的兵營
如今　浩波淼淼
三副！　今夕你碇泊何方

把榮耀歸還父母
把悲戚酬酢友朋
涉出低低輓歌
走入高高的蒼茫
歎息似粉末般落下
而我忽然擧臂攫住一把遁走的流光
當我剝落暗綠的蘚苔
竟發現亡友那聲失去迴音的絕響
早已凝聚成爲我眼中一顆念也擦不去的
固體的
淚

64、5、2於士林

後記：亡友李經緯君（一九四八—一九七五），海軍少尉，海洋學院理學士，與吾附中三載同窗，從往達十年之久，咸皆推心置腹，乃莫逆知遇之人。玆不幸於四月十八日殉職金門，痛失良友，悲慟逾恒，願焚此詩，庶幾以慰吾友之亡魂。

彌菲作品

尋

夜神的長髮庇護一切睡去
就連靜也沈入時鐘的呢喃了
但是呀
你，你是誰
這般清醒着我的脈絡
這般激動着我探索的火把

哦！我是新發的嫩葉
朝露的蜜糖終日吻我
陽光的溫臂最愛擁我
我更渴望小鳥早起的歌
粉蝶兒舞蹈的彩衣
但是呀
你，你是誰
這般定定的立着
這般沈默着一雙遙遠的眼神

登上峰頂
我向天堂打聽
白雲狂笑而去
深入蝸牛的核心
我向冷泥要索
螢蟲喧嘩着它的燈籠
仙氣瀰逸
浩氣崩裂
哦！是你嗎
這香爐曾焚燃過的
老莊的魂喲
天祥的血
隱伏在我的脈管裏
奔騰在流浪的足印裏
呀是你
　是你
我的根

陳杰作品

換季

他來自遠方
　帶一束七彩的漂泊
我來自鄰舍
　望一窗眸暗淡
三月
　南方的燕子築巢而居
六月
　長廊的盡頭不再是單一的線條，
九月

當我再次經過簷下
望一窗子的凝眸嘆息——

王瑪麗作品

死之變奏

黃黃的祭歌銜進腦際
再也走不出軟軟的迷路……
驀地、驚起一記艷紅，之後
落下一陣鹹鹹的記憶
當黑雲姦污了新月；
當死枯的太陽枯死了大地
忍不住一陣悸動
匆匆趕赴十字架的約會；
走過黑水晶的隧道
凝住濃濃的無奈
生之鳴奏終告不敵
又是一記艷紅驚起
遺下灰沈沈的苦難

舒笛作品

早產兒

（你的早到
是一項不可逆的錯誤程式）

孩子
剛一選擇世界
就被宣判繫身於方方的那皿玻璃
在首次通往人的旅程上
深廣的溝渠即刻崩陷
那麼絕情地隔離你

想念母親體內暖暖的海洋
在一次失誤的潮中
你是提前上岸裸身的小水手
固定成不能翻身與搖槳的姿態
航向母親已經不是今年冬天可以完成的壯舉了

母親
不是那位戴白帽掛口罩穿白袍子的女人
然而母親
可是那位時常在傍晚和一位男人同來的女人麼
隔着玻璃用那種溫慈眼光看
　用那種醉人的微笑瞧
喃喃呼喚着不知是誰的小名的女人
會是母親麼

・市立中興醫院小兒科見習有感・

南方雁作品

年

新年又穿着新衣
晃晃而來

除夕

一

大年夜
不外是吃上一頓
　要個紅包
　看看特別節目
此外
鞭炮聲響了一宵
雨下了一夜
然後
各自找各自的神
去擁抱一番

二

往事又在飯桌上提起
家人總喜歡複習那一段
赤裸的童年
頭頂馬桶的童年
說我「寃頭」
沒錢老婆娶到手
家人照例
捧腹一番

大年初一

三

果是兎年
大年初一　卽
哭紅了眼
新年新希望
電影街
流動着櫥窗裏的新衣
人們的臉上
充實着各自的人生
我　唯一的嗜好
便是在每個人臉上
點上一支水鴛鴦

四

家裏來了客人
恭禧我們發財
新年的氣氛
呈現了大半
從鼠年恭禧到豬年
發發財總是吉祥話
新年
我賣春聯
「人爲財死
鳥爲食亡」

大年初二

五

兎子還是悲傷地哭
熱鬧充淡了許多
店門關了
還是逛街
人們互相交換着新年的喜悅
口袋裏的紅色馬達
轉個不停

六

起床已是十點
中飯和着早飯吃
洗過的衣裳
掠在窗外
蒸發着
每一年的母愛

大年初三

七

新年買的玫瑰
正
飢渴地尋求一滴乾淨的水
院子裏的蘭花
鬧着水災
她到我家
家人說她
美如花
傷心的是我
我要時常爲她換水

八

戲院裏
觀衆伸長了脖子
看少林五祖打架
沒有對號的小戲院
觀衆疊着羅漢
小鬼騎在大人頭上
看戲
人頭與人頭之間有人頭
注視着
銀幕上的螳螂拳
十形拳

九

恩主宮內
關帝爺正在爲一大堆的香火
頭痛
新年
祂沒休假
老人的媳婦的小孩
跪而請願
祝禱隨煙火而上

隔隣的
殯儀舘的隔隣的
榮星花園　萬頭鑽動
唯
殯儀舘休假

十

展覽着
書與人的氣味的
中國書城
我急急地翻閱着
創世紀龍族大地與笠
而後
在一團團扭不清的面孔中
逃
逸

作明作品

偶像

抿着唇的
扼殺過多少屬於失意的
犂面的皺紋
冰過多少屬於春天的
笑意
而那絕有的心靈
挺直了你的背脊
我遂將你仰望

但是呵你的目光
却是凝滯的遠透的
遙遙的隨時光
矢向天
是想着
一句不可磨滅的話語
還是憶起
那雙屬於婦人的手
我遂將你仰望
仰望成
錐心的銳角

陳耀南作品

月亮，逃亡的月亮

無端的
竟成太空船追捕的俘虜
　另一座被盜墓者掘開的金字塔

想起月亮
曾被孩子們舉成那輪嫦娥的仰望

啊　月亮　逃亡的月亮

廣寒　嫦娥　玉兎
被驗成不過是缺氧的物質

從此
鄉愁即被驗成
心電圖上致命的一個跳動
血壓與故土的一種曖昧關係

王幼玲作品

塑

風雪中的魂魄，
把自己凍塑成一尊神像，
豎立在攝氏一百的經緯上。

妳啄落一臂啞寂
但仍使駐於唇邊的風流
雲捲衆人的髮
燼火便—
　祭你爲無。

妳遂握着溶有自己的那塊泥
在不知如何改塑中
且凝凍成另一種鞭韆的風盤。

崇溪作品

ASCITES

63年12月中興小兒科實習

何以腹中滿盛母親的淚
你額際依然透明雙瞳依然遼濶
何以剪斷臍帶之後
嗚咽依舊響在子宮撞擊仍然對準心房

挺起圓圓肚皮艱澀的行走
讓蹣跚
懸盪在小小的身軀
毋庸耗費整個下午與上帝激辯存在主義
且踢開貝多芬的皇帝
　與歐納西斯的油輪
你儘可用狼吞晚餐來證實不思想的愉快
寅時三刻　冰雪成爲傳說中的你
你成爲傳說中的飲泣婦人
頰上的
凄風和苦雨

當陽光再度造訪
蒼白的門外泛起喧嚷
歎息來了又悄然隱去
聽任一束煙逐漸激怒如蟒　翻騰自一盆
香爐

註：1 Ascites—腹水
　2 皇帝係取義貝多芬堂皇壯麗的第號鋼琴協奏曲
　"Emperor"

施壽金作品

夢

一杯是可以等着我們遙遠的
飲盡
便不知是方是圓
是重重沉思的網
的千象

有影子層層影子的壓痕
記惦在無序的空幻記惦無望
有偶然是串亮麗的瞬目
羅佈星風
習於紛雜的交奏

乃是我無底無盡的悲切
竟然深體
以何眼可以傾一汪對好的湛藍的了解
無垠夢洞
我要肩一襲心注責切的顫佈
走向渺渺

不消煙不消的裊繞
圍妳團團的我
我團團的妳
何時
緣仿竟淪爲一種傳說
多角望向
碎如朵朵曇花

青山木作品

山河行草

一、溪頭

萬山的懷抱中
靜靜靜靜躺着森林的故鄉
十年濶別
你風貌依然　純樸如昔

呑食着風和陽光
每支昂揚拔向青天的大樹
都是一段歷史不滅的見證

二、日月潭

那來這麼一面大鏡
欲照出上天肅穆的臉容？
其實你的本性安詳而謙遜

正如那天我躡足輕輕地來
怕吵擾你清靜的心靈
只爲在水面採一片湖光

只為在峰間持一掬山色
還有那
慈恩塔上輕輕渺渺的飄逸

三、東埔溫泉

再長的跋涉
也阻擋不了一親芳澤的衝動　呵！
山和河流的母親
在你的胸膛上
便可清晰感覺島的呼吸
　和心臟韻律的搏動

昂然挺立你面前
那座山
便是島永恒的象徵

郭必盛作品

骨甕

怎麼也想不透
一堆磷與鈣竟是你痛苦的翻版
昨日
你才把某些問候飲成一條
蔚藍的楚河
在擺渡的彼岸
在壯濶的灰燼中

你唯一的遺言挺然走出
且橫掛成衆肩遞來遞去的
一担孑然

鄉愁不再
相思不再
當燦虹與苦雨握過手後
你愜意地躺這裡
自給自足

葉維英作品

渡

給自己

逆淌着最後一個血癌的基因
死神張懷欲抱的
恐是愁海中的自我
編織着淚潸潸的瞳孔
竟誤成星子淚

被撥落的骷髏冷於
崎嶇中
不成型的拂風
乃擠成單調的亂步

描一份貞稚
駐入唯一的天晴

於傾頹的臂彎中

倩平作品

圓

家是個圓
進行摺曲運動的圈圈
父母兄弟姊妹
有形無形地相牽繫
　有形的是命運
　無形的是個性
無形啊和有形
　竟然同義

母親的眼
　總是固執於殘缺處
哥哥的脫班
弟弟的優柔
妹妹的健康
姊姊的愁
癡盼永恒的圓滿
父親啊，功名！蘭圃
　閒來三國誌裏會孔明
年青的夢雲遊
飄入年青的芳園
兒女們的圓呢？

　父母苦心鋪路
　稚子飛蛾撲燈
誰知道……
　踏實和瘋迷可也同歸

廟堂晚禱
祈求什麼——
　一分對生命的虔敬
家是個圓
　缺陷玲瓏於區區

許茂昌作品

日出

層雲才洶湧出第一道朝曦
夜色便凋謝了

閑雅的霧一羣羣醒來
而現在 從細細的麥桿與麥桿間
燦爛的日出正壯濶地升起

麥桿一株株拔向晴空
去呼吸所有天上的風和雲
並且豎起它們東方的眺望

嚶 你也是年輕的早起者嗎
那麼讓今晨寄出的信
印上美麗的日出吧

從「覆葉」到「樹的哀樂」

——論陳秀喜詩中的執著和語言

陳德恩

(一)

年過五十，而還能在詩的領域裏作不斷的耕耘和衝刺，在當今的詩壇上，已是屈指可數。其中又屬於「跨越語言的一代」的詩人，更是鳳毛麟角。除了早期的林亨泰，陳千武以及日據時代的一些詩以外，能以日文及中文來入詩的女詩人，除杜潘芳格以外，似乎就唯有陳秀喜一人了。

從日據時期到臺灣光復，從片假名到中國文字，陳秀喜一直是詩神繆思的愛好者。從被殖民的痛苦到同歸祖國的歡呼，從天倫親情的洋溢到民族觀念的覺醒，陳秀喜始終秉持着她的執著，不做無病的呻吟，不寫無益內心世界的探討，堅持着自己寫詩的方向，以樸拙而又粗質的文筆，寫出她對家庭的關切，對民族的關懷，對祖國的敬仰。雖然，她所知道的詞彙是十分有限，她所應用的語言又極端貧乏。然而，她却依然要表達出蘊藏於其內心的感受和體認，依然要將其熱愛祖國同胞的心聲，透過文字的媒介，毫不遮掩地訴說出來。這是寫詩的人很可愛的地方，也是女詩人陳秀喜令人敬仰的地方。

自日文短歌集「斗室」的出版後，陳秀喜就深覺身為一個中國人不能以自己國家的語言來寫詩，是一種極端的恥辱。因此，為了打破自己子女對異國文字的隔閡，為了讓後代的年輕人能了解日據時代異族統治的悲哀，她決定開始學習國語，決定用生硬粗糙的語言來寫下每一首可感可泣的詩篇。於是，在笠同仁的不斷鼓勵之下，她終於出版了中文詩集「覆葉」及「樹的哀樂」。雖然，她在自己的後記裏謂從「覆葉」到「樹的哀樂」只是她以中文寫詩，像蝸牛蹣跚行進的一段歷程。而且自認自己的學習還待鞭策。然而，由她這種固執的勇氣來看，陳秀喜實在已戰勝了她不能用中文入詩的自卑感，僅管她所使用的語言是如此地粗糙與無華！

(二)

出版於民國六十年的詩集「覆葉」，共收錄了長短詩三十首，其中除了寫些生活瑣事的小詩以外，大部分的詩作，都著眼於倫理親情的表現，和母愛天性的探討。這是「覆葉」詩集中最大的特色，也是陳秀喜寫詩的執著。如在「父母心」這一首詩中，陳秀喜用眞摯地感情，細膩地刻劃出父母對於子女逝去的那種悲痛：

神啊
請把小玲的腿打斷
罰我抱她的手臂，直到癱瘓
請把小玲弄成瞎子

罰我變爲拐杖
請把小玲弄成白痴
罰我終身爲奴隸

子女的死亡，對於親生的父母，是一種莫名的哀痛。所謂心靈唯一的寄託，這是任何一個沒有當過父母的人，無法深深體會得到的。所以寧願主宰萬物的神奪去自己子女的雙腿、眼睛、智慧，然後由父母來撫育一生，也不願失去子女小小的性命，而使自己的心境充滿極端的空虛與寂寞感。這是做父母的發諸內心的呼喚。然而躲在黑暗中，主宰萬物的神呢？它是否能憐情這種母性的眞誠呢？

而不露面的神
竟把嫩葉摧殘於車輪下
淚乾的枯葉不落地
吞飮刻刻的悲愴
眠杳冥的深淵
還是伸出長長無力的手

一句「眠杳冥的深淵／還是伸出長長無力的手」就道出了父母的希望落空，而這其間又孕育着多少悲愴的淚水呢？再比如「趕路」這一首詩，陳秀喜再度把母性的光輝發揮得淋漓盡緻：

兒子遭遇車禍
樹不爲我招手
世界無助於我
行人無助於我
揑得沒有力的拳頭吞吐嘆息
倘若能够乘上閃光多好
老早就趕到現場
倘若能够乘上破曉的曙光多好
老早就趕到醫院的窗口
白紗布紮不住血
頭破腿斷瀕死的是我
我的血哀喚着兒子的乳名
——乖乖等候我　等候我

自己的子女遭遇車禍，做父母的沒有一個不想馬上趕到子女的身邊去照顧她。所以「倘若能够乘上閃光多好／老早就趕到現場／倘若能够乘上破曉的曙光多好／老早就趕到醫院的窗口」，陳秀喜用最最簡單的字眼，來描述當時做父母焦急的心情，是多麼眞摯而又感人。至於子女的受傷，就好似做父母的受傷，這是母子天性的表現，也是自古以來「母子必當連心」的佐證。所以「白紗布紮不住血／頭破腿斷瀕死的是我」，病床的躺的，豈不就是做父母的縮影嗎？至於在「覆葉」這一首中，陳秀喜寫出了父母爲了養育自己的子女，不畏任何的狂風暴雨，也無視於任何昆蟲的摧殘：

繫棲在細枝上
沒有武裝的一葉
沒有防備的
全曝於昆蟲飢餓的侵食
任狂風摧殘
也無視於自己的萎弱
緊抓住細枝的一點
我們翠簾遮住炎陽
成爲屋頂抵擋風雨
倘若　生命是一株樹

不是爲着伸向天庭
只爲了脆弱的嫩葉快快茁長

以自己的子女比喻做「脆弱的嫩葉」，以偉大的母性化身做「沒有武裝的葉／沒有防備的／全曝於昆蟲飢餓的侵食／任狂風摧殘／也無視於自己的萎弱」的覆葉。這雖然是極端平凡的表親，然而寓諸於其中的感情，却又是極端不平凡的發抒呢？所以「倘若生命是一株樹／不是爲着伸向天庭／只爲了脆弱的嫩葉快快茁長」，簡簡單單的敍述，就道出了母愛的偉大。

在「覆葉」詩集中，除了以「父母心」寫出對子女關切的主題外，還有的，就是寫出對於自己的父母的懷念。譬如在「今年掃墓時」這一首詩中，陳秀喜就是如此眞誠地把對父親的懷念，借著詩中樸實的文字，明明朗朗地表現出來：

想抱住父親痛哭一場
却觸及到
硬且冷漠的碑石

熟悉的姓名
被燙金的文字裝扮成陌生的顏面
有人抱着哀哭
我却爲之愕然

——節自「今年掃墓時」

頭一句「想抱住父親痛哭一場」就把多年來積壓於內心的哀思，全都借着意念中述出來。雖然「熟悉的姓名／被燙金的文字裝扮成陌生的顏面」而且觸及到的是「硬且冷漠的碑石」。然而，屬於自己思念中的父親，却又如何能以「抱着碑石哀哭」來充當呢？所以在最末二句陳秀喜不斷地重複着「碑石不是我父親／碑石不是我父親」的話語，暗示出自己懷念的父親，他那慈祥的容顏，是依然活在自己的心目中的。這和一般人流於形式上的表現來表達對父親的懷念，陳秀喜似乎是更臻一層。而在另外一首「晒壽衣的母親」中，陳秀喜依然有著卓的坦述：

母親啊！
您愛在這麼大晴天
晒您的超然
晒您的從容
晒您的泰然
晒您自己的壽衣
如此光景
難堪正視
我極想奔去抱住您
怕您被神帶走

——節自「晒壽衣的母親」

作者眼見自己年邁的母親，在大晴朗的白天之下，做即將壽終的準備——「晒自己的壽衣」那時作者的心情，是極端憂慮的。雖然自己的母親是那樣安閑地「晒自己的超然與從容」，然而做子女的，在心理的壓力下，除了「極想奔去以抱住自己的母親，怕被神帶走」的舉動以外，似乎再沒有任何動作足以表示子女的憂懼了。這是純粹發諸內心的表現，沒有一點虛僞或者矯揉造作的成分。

另外在「覆葉」詩集當中，有一首詩是陳秀喜後來寫作方向趨向於民族觀念覺醒的墊脚石，那就是「一杯咖啡中拾到的寶石」。作者借着一對戀人的談話，借着男主角的言語，將自己的民族觀念很明白地吐露出來：

出現敢死隊的時代

我的國籍觀念更倔强
她責我：你爲什麼不能娶我
面對着敢死隊員
我答：因爲我是中國人
我是中國人才勝過敢死隊員，愛的忠誠

——節自「一杯咖啡中拾到的寶石」

對民族大義的體認，對國家意識的覺醒，所以「國籍觀念更倔强」是在「出現敢死隊的時代」裏，作者心境的一種表白。而就「因爲我是中國人」「才勝過敢死隊員」。直截了當地一句話，寫來氣勢豪壯，英氣非凡。陳秀喜以一個溫柔女性的文筆，能有這種剛毅的氣概，實在是詩壇上極端少見的。

(三)

經過了三年中文語言的摸索，陳秀喜在中文的寫作上，似是更邁進了一步。從「樹的哀樂」的出版，陳秀喜的詩，在讀者眼中，又是另一嶄新的面貌。其中主題意識大幅度的轉變，從狹義的家庭倫理之情，一躍而昇華爲熱血滔滔廣義的民族精神。這中間意味着陳秀喜的眼界是更開濶了些，更深遠了些。另外在語言及用字方面，陳秀喜已開始懂得取捨，懂得應用。比起「覆葉」來說，不僅技巧更臻於成熟，卽使在意象語的使用方面，也開始有了斟酌。這是另一個問題，我們留待下節才來討論。

收錄在「樹的哀樂」詩集近四十首詩當中，陳秀喜改變了原先她寫「覆葉」時的執著，那便是主題傾向於國家民族，傾向於祖國同胞。而借著一隻充滿熱誠的筆，將其熱愛同胞的心聲，委婉地吐露出來。比如在她一首甚有名的詩作「耳環」當中，她就是那樣堅貞地，那樣率直地，表達自己驕傲地國族觀念：

民國二十八年
母親的民族觀念說
耳朵有針洞
才是中國女孩
總有一天
要辨別我們並不是日本人

——節自「耳環」

國籍界限的劃定，在於耳洞的辨別，所以中國女孩不同於日本女孩，中國民族不同於日本民族。因此卽使「時常被日本的小孩子們／投擲小石頭罵『淸國奴』」而作者却認定這是「他們無知的妄擧／是統治者驕傲的遺傳」而更有「耳環如祖國的手安慰我／撫着我的面頰／使我更神氣濶步」的概念產生。作者母親所賦予根深蒂固的民族觀念，深深地植在作者的心中。因此卽使「年齡已老／照鏡子的時候」還是會有「習慣地多看一看／去也的母親／留給我的民族觀念」的拗執發生。至於在「我的筆」這一首詩當中，陳秀喜更眞確，更熱烈地寫出自己熱愛祖國的感受：

眉毛是畫眉筆的殖民地
雙唇一圈是口紅的地域
我高興我的筆
不畫眉毛也不塗唇
「殖民地」「地域性」
每一次看到這些字眼
被殖民過的悲愴又復甦
歎着今夜的嘆息

撫摸着血管
血液的激流推動筆尖
在淚水濕過的稿紙上
我寫着

我是中國人
我是中國人
我們都是中國人

只有親歷過被殖民的痛苦，只有感受過被隔離祖國的悲哀，才會對於自己的民族，自己的國家，有如此深刻的體認。這是至情至性的文筆，決不是「無病强說愁」，亦不是靠着文字的造假，語言的杜撰就能描寫出來的。同樣的例子，可以在「編造着笠」這一首詩當中，我出作者對於被殖民的悲痛感受：

臺灣的地形是
漂在海中的搖籃
被殖民們的血和淚的臭味
中國人的乳的臭味
中國人的尿的臭味
濃厚地沁入搖籃
我不得不
聽異族日本的搖籃曲
但黏在身上的是
搖籃的臭味

異族的統治，夾着一種高壓的奴民政策，使得被殖民而脫離祖國的同胞，深切地感受到處充滿了腥羶，充滿了惡臭。而一直地盼望祖國土地的芬芳，似乎在他們心中，就只有在夢中才能領會得到。這是多麼悲慘的敍述，亦是多麼哀痛的寫照。因此在回歸祖國時，那種難以言喻的歡欣，那種鼓舞的情況，在陳秀喜的詩中，就那樣確切地表現了出來：

一九四五年八月十五
我們鳴放炮竹
淚濕面頰互相擁抱
將光復的喜訊
報告祖先們
我的國籍也光復
可是祖國的文化
被統治者隔絕了半世紀
想不到痛苦在等着
我回到祖國的懷抱
高興得血液沸騰
却不能以筆舌表達

多年來被欺壓的痛苦，多年來被奴役的悲哀，多年來焦急，都在一九四五年八月十五日，鳴放砲竹的那天，消失得無迹無隱。所以「淚濕面頰互相擁抱／將光復的喜訊／報告祖先們我的國籍也光復」是必然的事。而「回到祖國的懷抱／高興得血液沸騰／却不能以筆舌表達」又豈能僞裝得了呢？同時由於「祖國的文化／被統治者隔絕了半世紀」因而使得在回歸祖國後，產生了語言隔閡的生疏感。所以爲了「學習國語」爲了不「在語言的鐵柵前啜泣」陳秀喜只得「忍耐陣痛」，而以「嘴巴如啞巴／唱不出聲時感到羞」的意識，在祖的文化裏，不斷地吸收語言的馥芳。其目的亦是爲了「唱出美人魚的歌聲」爲了要在「人情極濃厚的燈塔」「自由和平的城堡」當中，使下一代的青年們，了解「被殖民過的／此事不可重演」的意念。陳秀喜女士語重心長，諄諄告誡，以受難者的姿態，告訴青年們祖國的重要，這是所有寫詩的人當中，唯一以切身經驗來表現說法的詩人。另外在「樹的哀樂」「臺灣」「一朵花痕的酒」「魚」「你的手」以及「你是奇異的花朵」這幾首當中，多或多或少都有陳秀喜祖國意識的顯現，和熱愛同胞，熱愛民族觀念的發抒。我們讀其詩作，應該在這一層面上，得到啓示才是。

(四)

文學作品的完成，須依靠着語言文字媒介的，才能將作者心目中的意念表達出來。其中在傳達的這一個層次上，語言的精確與否，文字的凝鍊與否，以及藝術的處理，技巧的應用成熟與否，都是構成一件文學作品優劣的標準。當然，其內容，其題旨也必須是言之有物，而且能在讀者心中激起或多或少的共鳴。如果光有形式的完美，而缺乏內涵的孕育，或者徒具內涵，而忽略形式的深究，都是一件文學作品美中不足的地方。我們證諸陳秀喜的大部分詩作，就可以發覺出在某些部分，她的詩還是頗有缺陷的。其中最顯著的地方，就是語言應用得不够濃縮與凝鍊。

在「覆葉」詩集當中，由於陳秀喜剛跨過日文的鴻溝，而開始用中文來寫作，所以想要依靠着少許的詞彙和生疏的語言來表達其內心的感受，總是會有捉襟見肘，左右不能逢源之感。比如我們看「爹！請您讓我重述您的故事——獻給去世的父親」的這一首詩中，有些句子就由於語言應用得不够靈活，而造成少許的缺陷。像第一段：

每逢祖父的忌辰
高興拜拜供上的菜餚
可比美款宴國賓的豐盛
而您却流着淚說：「可惜雙親不在」

第二句「高興拜拜供上的菜餚」就顯得未盡妥適，其中的邏輯關係以及文法秩序都是欠缺的，所以讀來就會有「拗口」之感。同樣的情形在最後一段的中間一句「洪水如不孝的淚水」也是有着相似的毛病。再化如「思春期」這一首詩，陳秀喜爲了要達到含蓄表現的目的，因而使得應用的語言未能精確：

神的傑作中最成功的季節
透明全盲的瞳中
天使和魔鬼一樣可愛
海賊和王子一樣可親
最馴良的動物
自己恨不得跳入狩獵者的心
於是便利捕獲的好機會
千古不變

像「透明全盲的瞳中」這句話，就是爲了要含蓄而達致反效果的例子。那意思不能確切。至於「最馴良的動物」究爲何指?如果是指自己，那麼下一句承上「自己恨不得跳入狩獵者的心」的頭兩字「自己」就該省略，否則就使至詞有模糊之現狀發生。至於最末兩句「於是便利捕獲的好機會/千古不變」與前句似有所脫節。所以作者才會突然用上「於是」的連接詞，加以承接。而末了套上「千古不變」的成語，與前面的語言就顯得格格不入。除了語氣上下的不能連貫以外，文白夾雜的現象，在「覆葉」詩集當中，倒是比比可見。

然而，經過三年中文的摸索後，陳秀喜再度出版的「樹的哀樂」詩集，在語言方面，就比「覆葉」來得更進步了些。原先語氣不能聯貫，上下文句不能承接的毛病，都已經改進了。而且也懂得斟酌字眼，懂得應用技巧。譬如我們看「魚」這一首詩，就察覺陳秀喜在語言的應用方面已臻靈活：

我和兄弟姐妹們都是啞巴
我和兄弟姐妹們都在浮萍中長大
小時候爲食物奔走
或者逃避追逐而忙碌
如今偶而有個吐出一口泡沫的安適
却比不上美人魚的歌聲
——節自「魚」

整段中的文句已不會有唸起來彆扭的現象發生。而「如今偶而有個吐出一口泡沫的安適」這句，語言的應用，已達到技巧成熟的境地。至於在「湘水吟」這一首詩當中，語言意象也已能應用得相當妥貼：

菖蒲花印證著
你耿耿的孤忠血忱
因你的凝視汨羅江　那流水
便濺起了千萬代的歌聲
擎起江上永不凋落的太陽
——節自「湘水吟」

文辭已懂得修飾，語句已懂得安排。另外在「荒廢的花園」這首詩中，也有着同樣的情形：

是熟悉又是陌生的
好凄凉的一片寂靜
驚愕中驀然看到
我哀老的年齡
——節自「荒廢的花園」

不僅意象用語應用相當妥貼，而且在詩中所寓於的暗示性，也使人感受其衝擊。這是須具有相當的內涵功力，才能有如此的成就。可見陳秀喜的詩確實已有不同凡響的地方。至於「樹的哀樂」詩集當中，文言語句仍時常見到。如「須臾的美」這首詩中的某些句子「於生死咫的直線／於空間留着須臾的美／不哀嗟回歸泥中」和「既是達觀無常／令我感悟到／珍惜殘生」以及「湘水吟」中的「你耿耿的孤忠血忱」和「冬天的墜花」裏的「留着滿地的墜花／令我心咎不已」等等都是。以白話語言作爲寫詩工具的陳秀喜，她應該儘量避免套入「陳腔式」的文言，免得文白相雜，古今不分，而且也喪失了詩中語言的純粹性。

(五)

在審視「覆葉」與「樹的哀樂」這兩册詩集當中，我們不禁會對一個不向語言屈服的靈魂，生出崇高的敬仰。多少年來，現代詩壇仍是一片渾沌的世界，詩人們有的不好好寫詩，不好好的爲中國現代詩史舖路，反而將全部的心力用在爭奪詩選集的名次，這是多麼可悲又可笑的行爲。所謂成名，所謂文學史上的一頁，又豈是靠着當今的少數人物，少數團體，少數批評家所能論定的呢？如果一味沉溺於自己當今的地位，而視寫詩爲成名的進身階，那是對於詩神繆思多大的諷刺！我們欣喜陳秀喜在詩園地的耕耘，我們更欣喜陳秀喜女士永遠保存着一顆熱愛祖國，熱愛同胞，熱愛民族的心。儘管語言的隔閡對於她是一層巨大的柵欄。然而，我們希望，或者說我們期待，陳秀喜女士能夠繼續寫下去，繼續出版詩集，繼續開更多的花，結更多的果。樹的生長過程雖是悲哀的，然而，樹的快樂却又是建築在枝葉茂盛，果實纍纍，昂然屹立於大地與天空的那時。

——六四、十，卅一

飛往雪山的雪

中河與一 作

陳秀喜譯

鳥看到那白色山脈時感到恐怖了。
在牠的眼前擴展的不是匍着的松樹的綠
也不是岩壁的黑褐色。
那是不存在的存在，是白刃的山陵和青色的冰谷。
如怪物般昇天的雲群
在截入的冰河瀑布冰成爲煙幕屹立着。
遲遲地以看不見的速力徐徐流下的冰河。
一切都是未知的
青色裂縫深又大的口開着。
釋迦看了那些，知道無限的苛酷和寬容。

鳥因爲空氣稀薄不能截剪風。
無法往高處。但仍想往那裡。想要瘋狂地繼續飛。
雪山是地球之極。自地球突出來的乳房。
如巨大的鋸齒並排的冰塔
搖撼着山的魔風聲音
抑止一切東西呼吸的大風雪的速力。
鳥想要
成爲針穿的一點在那個乳房上冰凍着。
西巴的神妃帕爾巴蒂是雪山的女兒。

誰都未曾摸過的隆起，
對經驗過一切悲傷和背信的人來說
那裡是最好的休息場所。

鳥昏厥了。但不能不飛
在山巔之前翅膀不能動彈了
但必須要繼續飛
白雪中央的一點，那裡誰也不在
如今沒有虛榮和喜悅。也沒有舞台和交響樂
那樣已不是痛苦。是失神的喜悅。
鳥好不容易才到達白色的山巔。
唯有休息等候着牠
一切是夢。
針的一點已冷冷地冰凍着。
如今牠把全身寄託於誰也不能達成的一個願望。
白色的山又山的壯烈合唱
再也不讓別人靠近。空氣稀薄
不知何時放晴的永遠的白色和露出的岩石
在地球之極的乳房。
烈風的祈禱歌，乘着電子音樂流飄。
呼吸困難中鳥在雪上搏翼。
既是只許落下。
鳥是天才。因此單獨而死。
白，白，白，永遠連續着的白色的山的乳房。

註：Sheba（西巴）印度教Hinduism 教的三神之一。是破壞之神同時也是給人恩惠之神。

自從那一天

田口佐知子作

如是
風笛一樣
是高感度的觸覺

奏着無聲音的旋律
白色的液迸出
柔軟的口唇求它
母親與嬰兒的
對話的開始

母親的
未完成的遙遠的日子
許多夢要寄託着
以承受母親的名字
想要堅守這長長的日子

嬰兒是
吮完了乳想睡着
無心的本能
在透明的肌膚光輝着

生命的
寶貴的攝理的造形
看見輕微地膨脹着……

活着的出發是無聲音看不見
自安舒的睡眠開始
活着的悲哀和寂寞的冷觸覺
因此
翳着遙遠的彩霞之中

那個早晨

南旅人作

山
破曉
逐漸白色的天空
小鳥

在遠方 第一班公共汽車的聲音

他常坐着看窗外的椅子
皺亂的白色床單
病床旁的茶几，杯子和藥袋 而且
昨夜
在難忍的死鬪和絕望而奄奄一息 還是
凝望的
那一朵的紅玫瑰

對人生抱着無限的熱愛——而
終於消逝的一個生命——

戰後日本詩選

林鍾隆編譯

大岡信

一、簡歷

一九三一年出生於靜岡縣三島市。東京大學國文科畢業，在讀賣新聞外報部做了十年的記者。現在任明治大學教授。詩集有：「記憶和現在」「大岡信詩集」「夏的透視圖法」等，評論集有：「現代詩試論」「超現實和詩情」「現代詩人論」「蕩兒的家系」「紀貫之」等。

二、特徵

初期的詩曾陶醉於幸福的抒情，但是青春的優美，並不曾長久地在他身上繼續微笑，這具有充分自覺的年青人，很快地就踏上現實之旅，而在詩中留下了時代的不安和陰影，但是隨着謀求表面的安定之道的時代的推移，逐漸的獲得相對的視點，重覆着振幅很大的詩的實驗，終於到達做為探索世界的探針器的言語本身的戲劇化，以及利用言語來探險世界，這種問題本身的詩化的地點，在詩中充分的發揮言語的戲劇化的機能，他對言語上有一種均衡的感覺，無論抽象性、實驗性怎樣强的作品，都能給予安定的作品構造，是他的詩的動人的地方。

三、詩

觸

觸摸。
觸摸木質層的汁。
觸摸遙遠的女人的曲線。
觸摸建築物的沙上居住的乾燥。
觸摸色情的音樂的咽喉。
觸摸。
觸摸是觀看嗎　男人呀。

觸摸。
觸摸咽喉的乾燥的檸檬汁。
觸摸門戶的咽喉而不動的憂鬱的智慧。
觸摸熱的女人肥厚的部分的冷冷的手指。
花　這哀叫着的　花。

觸摸。
觸摸是瞭解嗎　男人呀。

青年初夏之夜的
使星星破裂的性慾。
窗邊不滅的幻影
遙遠的水邊沾濕的新聞

在上面柔和地踏過的柔和的脚
在眼睛裏面觸摸那個脚。

觸摸是爲了認定存在嗎？
觸摸名字。
觸摸名字和東西的愚妄的空隙。
觸摸這件事情的不安。
觸摸因觸摸的不安而來的興奮。
觸摸興奮絕對無法保證知覺的不安。

觸摸是爲了瞭解觸摸的確實性嗎？

觸摸無法保證什麼
觸摸的確實性在那裏呢？
懂得觸摸這件事時
知道了生命的覺醒。
懂得覺醒不過是自然的事時
從自然掉落了。

觸摸。
在時間中現象都是虛構。
那時候去觸摸。
觸摸一切。
那時候只探求觸摸這件事的確實性
那時候我觸摸的東西是虛構。
觸摸這件事更是虛構。

到那兒去呢？

觸摸觸摸的不安。
不安以震動而尖銳的指甲
攫住心臟。

不過還是要觸摸。
從觸摸這件事從頭開始。
沒有飛躍。

四、感想

很遺憾的是，作者在語言處理上的方法，在譯詩中，恐怕不能充分地表現原詩的美妙，但是作者對於世界的探求是可以從詩中體會到的。這種探求，在讀了他的詩之後令人感覺不僅很有意義，而且也做得相當的深刻，由於他的探求，而在我們的眼前心間展現出令人爲之驚異的世界了。

谷川俊太郎

一、簡歷

一九三一年出生於東京。詩集有「六十二首十四行詩」「谷川俊太郎詩集」等。

二、特徵

他的詩有清潔的抒情主義，有瀟灑的感覺的機智，更有一種無機的奇妙而透明的寂寥感和孤獨感。在他的詩語的背後擴展的詩的空間的深廣，以及和世界的肉感的共生感是他的詩的特色。

三、詩

二十億光年的孤獨
人類在小小的球上
睡眠起身工作
時而渴望火星的朋友

火星人在小小的球上
在做什麼　我不知道
但是時時渴望地球的朋友
那是無可奈何的事

萬有引力
是互相吸引的孤獨的力量
宇宙是歪扭着的
所以大家彼此相愛

宇宙不斷地膨脹
因此大家都在不安

二十億光年的孤獨
使我禁不住打了一個噴嚏

春

越過花朵
有白色的雲彩
越過雲彩
有深遠的藍空

越過花朵
越過雲彩
越過天空
我不斷地上升

春天的時候
我和神明
靜靜地對語

四、感想

人是孤獨的，不論這個世界上有多少的同類，不論個人有多少的朋友，人永遠是孤獨的，而這孤獨的感覺，對人生卻是最爲可貴的，因爲唯有孤獨才能够產生愛，孤獨的感覺越深，愛的感情就越熱切，「二十億光年的孤獨」，那是比較消極的感覺，而「春」則是從孤獨的深淵井上來的愛的表現，不論在孤獨感的抒情，或者是愛的渴望的抒情，都有作者清新過人的地方。

陳秀喜女士應邀於成功大學「談現代詩」。

陳秀喜女士於成大與張良澤先生及同學們合影。

歡迎非馬返國，笠同仁於臺中聚餐。

封面畫家介紹：

溫俊雄及其藝術

陳世興

青年畫家溫俊雄勇敢而自覺地表示；在其一生中，繪畫將繼續佔有其生活的全部意義。所謂其生活的全部意義就是他所發現在靈魂深處一種訴之直覺的創造衝動和展現在生命行動的堅苦精神，在本質上，俊雄應該是詩意而保守的青年，他有溫和典雅的個性，謙虛而含美德的人格，然而表現在創作的執有時，由於他對藝術的愛和信心，却可以使他成爲一個熱烈的殉道者，而這一切仍無以表露他在藝術上所表現的魄力，在思想上，他嶄新的努力塑造一個偉大的可能，這個構想表現在畫布上是一連串的否定和擊破——超越有限性的自我，他說：藝術最後的目的，仍是發現到這種自我的可能，而回歸於自然，因此在他以往的創作上，我們看到一幅幅掙扎和一種提昇的力量在飛揚，利用顏料的屬性，激烈的筆觸，賦於畫布一種特殊的語言，在傾訴著，在說明著他存在的事實。

由於他的睿智和冷靜的獨立心性，使他透過一個事實，拒絕學院的教育，遵照藝術生命健全本質的召喚，以一種不撓的毅力，證實藝術就是他生命的實踐，這種對「自我」洗鍊的態度也就是這一代青年應有的立場和決心。

中華民國內政部登記內版臺誌字第二〇九〇號
中華郵政臺字第二〇〇七號執照登記爲第一類新聞紙
定價：國內每冊新臺幣20元
海外地區：日幣240元　港幣4元
非幣4元　美金1元
全年六期新臺幣100元　半年三期新臺幣55元
●郵政劃撥 21976 號陳武雄帳戶（小額郵票通用）

出版者：笠詩刊社
發行人：黃騰輝
社長：陳秀喜
社址：臺北市松江路三六二巷七八弄十一號（電話：550083）
中部資料室：彰化市華陽里南郭路一巷10號
北部資料室：臺北市北投石碑路一段39巷70弄二號二樓
編輯部：臺北市敦化南路355巷83號
經理部：臺中縣豐原鎭三村路九十號
印刷廠：福元印刷公司　臺北市雅江街58號
封面承印：順榮美術彩色印刷廠　豐原鎭西湳里三豐路西湳巷21-3號

笠 詩双月刊 72

LI POETRY MAGAZINE

民國五十三年六月十五日創刊・民國六十五年四月十五日出版

笠叢書及其他

風的薔薇	白萩著	十二元
島與湖	杜國清著	十二元
力的建築	林宗源著	十二元
瞑想詩集	吳瀛濤著	十二元
不眠的眼	桓夫著	十二元
綠血球	詹冰著	十二元
大安溪畔	趙天儀著	十二元
秋之歌	蔡淇津著	十二元
牧雲初集	林煥彰著	十二元
南港詩抄	楓堤著	十二元
生命的註脚	靜雲著	十二元
遺忘之歌	謝秀宗著	十二元
窗內的建築	林泉著	十二元
蝴蝶結	鄭仰貴著	十二元
覆葉	陳秀喜著	廿五元
晒衣場	凱若著	十六元
歸途	鄭烱明著	十六元
期嚮	陳鴻森著	十二元
激流	岩上著	二十元
心靈的陽光	林泉著	二十元
剪裁	古添洪著	二十元
香頌	白萩著	廿四元

拾虹	拾虹著	十六元
孤獨的位置	陳明台著	二十元
雪崩	杜國清著	二十元
剖伊詩稿	桓夫著	特三十元
天空象徵	白萩著	十六元
野鹿	桓夫著	十四元
靈骨塔及其他	楓堤著	十元
枇杷樹	楓堤著	十二元
心帆集	林清泉著	三十元
樹的哀樂	陳秀喜著	五十元
媽祖的纒足	桓夫著	五十五元
薔薇的血跡	郭成義著	三十元
異種的企求	趙廼定著	四十元
在風城	非馬著	三十五元
食品店	林宗源著	印刷中
赤裸的薔薇	李魁賢著	印刷中
雲的語言（河馬文庫）	傅敏著	十五元
露珠	曾妙容著	十五元
白萩詩選	白萩著	二十五元
蛾之死	白萩著	無存書
蓓蕾集	何瑞雄著	無存書
菓園的造訪	趙天儀著	無存書
密林詩抄	桓夫著	無存書
蛙鳴集	杜國清著	無存書
無言的小草	陳坤崙著	二十五元

卷頭言

脂粉氣、娘娘腔及掉書袋子

趙天儀

有一位老太婆看電視，看到一個漂亮的男歌星，妮扭作態，一幅小白臉的模樣，却唱出了娘娘腔的音調，完全沒有那種剛健的男性氣息，於是，她向唸大學的孫子說：「這種男人，眞沒出息！」

環顧我們所謂的現代詩壇，詩社林立，詩刊也如雨後春筍，一個一個地創刊了，不能說我們沒有一番新的氣象，一種新的衝刺！然而，當我瀏覽了一些詩刊、詩集，以及常登詩作的報章、雜誌以後，我們不難發現，在現代詩壇上，也有一些漂亮的詩人登場了，好像漂亮的男歌星一樣，充滿了脂粉氣、娘娘腔，甚至大大的掉書袋子！

當我們的現代詩，在綺詞麗語的裝飾，朦朧曖昧的意象，以及中外典故的泛濫的陰影下，彷彿我們也有一些漂亮的詩人在演出一樣。但是，當我們觀賞以後，如果我們只能看到一些虛悅的花招，一些言之無物的破碎語句，而看不到詩的剛健氣息，也看不到詩的創造精神的話，那麼，我們實在不能不說，我們的現代詩還是有着令人憂慮的一面。

脂粉氣，意味着女性化粧品的氣息；娘娘腔，意味着男性學小女兒的裝腔作勢；而掉書袋子，更意味着讀死書，缺乏創造的想像力！因此，我們的詩人們，要唱出怎樣的音響，該是已經面臨了一種自我對決，自我抉擇，以及自我挑戰的時候了！

笠詩刊目錄 72期

廟　新竹市新竹國小四年級　呂煥銘

廟　新竹市新竹國小二丙宋明弘

園地公開

歡迎賜稿

控訴

廖偉竣

控訴

第一首

太平洋戰歌

——用這首詩獻給二次大戰在太平洋或死或傷或存或亡
的十八萬家鄉父老①

入夜槍彈敲擊頭蓋骨敲出腦髓敲出空洞敲出吃空無的小蛇敲出怪叢林的綠蜥蜴
一顆手榴彈在腰際跳舞跳上胸膛跳進肢體跳進心臟
入夜我們吃怪泥沼的黃鰹魚和噴火筒一起饕餮一齊吃着骨骼毛髮一齊吃着同袍的禱
詞吃完了再吃太平洋的屍毒

十個單發子彈步步依偎睡進腹腔挖開的脾肺臟十個眼睛一齊掛
在林梢又掉落在十里的海面上
入夜我們和太平洋的抽搐一齊玩笑身上的銅斑癬
再把整個大地翻過來一肢扭曲的手臂和一肢呱呱叫的槍肢
讓腐爛的彈瘡開懷大笑再從笑口走出墳墓再從墳墓走出一些斷肢殘臂和你痙攣的腦袋
再把頭髮拆卸下來勒死只剩的獨龍眼
瘧疾加屍衣等於福摩莎的歌仔戲
癡呆加傷痕等於夢底故鄉紅花轎
飢餓加暈眩等於醉酒過癮清明節
死了千百次再死最後的一次我們吃太平洋的屍毒

沒有失去的就稱它是骷髏
沒有顏色的就稱它是眼睛
沒有伸出去的就稱它是舌頭
沒有活着的就稱它是靈魂

一侖汽油加火焰等於環肥的脂肪
一隻皮鞋加鋼盔等於豐富的早餐
一截樹幹加斷腿等於堅硬的信仰
死的加活的血的加黑的等於燦爛的人生
葬了千百次再從墳墓走出來還要再葬一次我們吃太平洋的屍毒

可愛的副島種臣愛發笑活潑像嬰孩
嬰孩是回不了胎盤的生命
生命是風是海是本州加四國加福摩莎加巴士海峽加婆羅洲加子宮
子宮是墳墓
入夜我們吃着副島種臣吃他的笑他的水壺他的衣釦和指甲
再發抖再吃太陽吃赤道吃成羣的黑蟻螻
而後我們再吃自己的嘴嘴中跳出綠號角號角跳出矮墳墓跳出綠
副島

一張招降書和故鄉有多少距離
一隻土撥鼠和切腹有多少妻子
一肢生殖器和槍枝有多少抽搐
一面落日旗和星旗有多少戰爭
你爭相吃着海吃叢林吃了再吃綠蜥蜴再吃黃鰹魚吃了鋼尖再吃自己
你爭相奔向枉死城吃了地獄再吃太平洋的屍毒

家書死在舊路上
刺刀死在肌理紋
鈕釦死在綠戰袍
糙米死在呼吸下
你死在我的嘴巴下
我們是跳出的一面碑降落到血底的眼睛上再降到顫動的雙股旁再降到陰毛中
陰毛是長髮

一九四三年三月熊田總督的臉紅潤如夕陽
親愛的皇民們
你們的生命是天皇脚下的鐵芒鞋
你們勇敢像鋼像鐵
像一尾遊過巴士海峽的黃鰹魚巴士海峽無水
無水的魚也能戰鬪
沒有食物你就吃太平洋的屍毒
熊田告示的嘴巴冒着泡泡中跳出綠東條
入夜入夜叢林要暖和一秒中
當一枚加濃砲姦淫了整座赤裸的大海島
泥沼旁暈眩着衆多的土撥鼠濕濕復搭搭
爛臼齒加黃紙單等於殖民地的殖民稅
大和魂加武士刀等於大東亞的大繁榮
搶刼的加侵佔的等於聖戰的大烽火
你焚着自己的鬢眉玩耍從不驚惶失措

一九四三年六月福摩莎年輕的臉就這麼龜裂成圖騰的一面壁
樺山資紀大警官坐正公堂語調鏗鏘
罔市石生野鹿你不是皇民
你的驢子和牡牛壓根兒沒有天皇強壯
你不能貯糧
你不能盜米
你不能私蓄和掘墳
你的死只配走進飛鳥的啄食裏
入夜入夜整個太平洋的鰹魚在哀號
昆蟲加蟑螂從來最營養
脚趾煮心臟向來是補藥

吃够了你便可以歇歇脚
你一向高高興興張大砲彈眼珠笑着去泥土裏腐化和睡眠

一九四三年七月夏日的墓草盛妝阿土娘子死去的顏容
沿着小山坡牛鈴也曾敲起遺落的鄉曲叮叮復噹噹
當整座福摩莎的魂橋綠得令人哀慟
畝畝的田竟也豐滿得一如阿土伯癌症的大腹部
而阿土是皇民是戰士是綠蜥蜴黃鱷魚是礎石
八個野鹿加九十九大板使你身廣體胖
五次搜糧加二十九拘留使你體態苗條②
十次烤問加無數次恫嚇使你不脾不膝
福摩莎加日本使大東亞共榮年年
我吃你的肉你再爲我流盡最後一滴血
入夜入夜整片的弧羣島嶼在蛆蟲底下爬行
你一面疲勞打盹一面切下自己的脚掌充飢
深深的睡眠後再跌入深深的睡眠

一九四四年七月一隻船能負載多少的鄉愁
十隻船負載整個大東亞的呻吟
他們由高雄出發風風雨雨③
整個巴士海峽的水潮一齊退向地平線曠無人跡
他們呼吸着整個世界飽滿的空無
木村艦長的軍刀咔咔響響聲跳出黑暇夷黑暇夷是比大和族更早的茹毛族是北海道
最空洞的神話
暈船散步行禮點頭
他一面夢着進入娘子的和服一面無意義大興奮
他想起娘子從來愛洗衆人澡從來只穿一條貞操帶
當盟軍的魚雷把整片的海面擧高成爲半個世界的復仇

木村艦長抱着整羣的鰹魚抱着娘子游向血底瀨戶內海
折斷的船欖加肢解的肉體等於爆炸的頭顱
爆炸的頭顱加失靈的羅盤等於破裂的艦旗
破裂的艦旗加楓紅的臉龐等於火海的肉刑
火海的肉刑加沉船的死等於好長好長大東亞的曳魂帛
入夜入夜他們一連遭受潛艇的襲擊
他們一連飲着太平洋的屍毒飲着死
他們是失去膘翅的黃鱓魚
他們是挖穿胸膛再被整容的綠蜥蜴
他們昏頭轉向去敲自己的頭顱迎接科技的鋼鐵食糧酒足飯飽
他們徹夜享樂着巴士海峽浩瀚的焦味因失眠而眼花撩亂
他們未死爬上小岬角錯亂地大叫菲律賓的阿里巴就是他們的富士山

一九四五年二月
沒有成爲亡故的就稱他爲英雄加冕戴冠
沒有成爲屍灰的就稱他爲聖戰捷報連連
他們走着夢着把21艘軍艦吃成13艘
他們收拾殘存的勝利來到了石油產地的打拿根④
福摩莎的阿旺最任勞
他從不抱怨因爲魚雷只使他失去一半的童年
當銜接天堂的石油井將鄉愁歸類成最深層的地底化石
阿旺因工作遺忘母親的叮嚀曾綉在他夭亡的那隻手
不疲憊的我們就說是炸彈
不停息的我們就說是戰船
千萬的軍靴聲沿着海底逐島而來
三月盟軍的孔龍獸重重踩碎打拿根整副的脊椎骨嗶嗶復喙喙
碉堡加機槍乃是切割成段的黑海蛇
灘頭加坦克總是腥羶四溢的藍血淚

切腹加玉碎竟是生命始源的紅律動
你從不會相信一顆子彈會把肢體剟成千瘡百孔
當盟軍的刺刀殺死打拿根如殺死一隻無從抵抗的大海龜
阿旺就被種植成太平洋最動人的藍棕櫚
戰士們你的肚腸是風吹拉長破裂暴漲的霉氣球
戰士們你的胸腔是挖開貯水洗禮沐浴的大墳場
戰士們你的陰莖是飛入空中再墜毀地面扭曲變形的槍管
戰士們你的眼球是一縱卽逝橫衝亂闖的槍彈
戰士們你們不是什麼
你們是鳥是獸是綠蜥蜴是黃鰹魚是大東亞奉公守法小礎石
你們只是死
日日軍曹反芻着武士道最營養的精神食糧
盟軍登陸他們流落各地採薇而食
日落西斜他們方才奔出叢林擧起枯萎的一隻手顫巍巍地指着
好大好紅的夕照：
那可不是我們的旌旗？

一九四五年十一月打拿根的叢林逃亡的脚⑤
整批的臉是殉道者的臉
獵狗的觸鬚盲亂了武士的鎮靜
宮本的額頭跳出一隻綠蝴蝶蝴蝶終是無從長命的小昆蟲要走今夜的月將是最
後投奔的燈火
他想起故鄉想起了娘
他想起求生想起了伊
他想起只要泅過這個小岬角整個婆羅洲那邊够他去逍遙
他抱起了木筏抱起了娘
他想起海岬想起了鄉
故鄉在夢中

伊在水花鏡月中
他仍在海岬中
海岬是子宮
子宮是墳墓
入夜入夜整座漲潮的海面泅滿了黃鰹魚
他們的嘴角吃完了自己再吃海水
整批的臉一式化成月色屍白的臉
六月打拿根的叢林飢渴的手
所有的綠蜥蜴都在遊蕩
幾隻蟻螻合該充當幾頓飯
一顆海螺會有幾分的營養
樹皮嚼成牛肉干
人肉吃成口香糖
入夜入夜枯籐覆蓋了綠蜥蜴勝過天堂大毛氈
氣溫廻昇毛髮澎湃
他們是偶然雕成的一塊靶血潮激湧
一九四六年七月
凡是掃蕩槍西楚之仁下的就讓他變成土撥鼠
凡是綠水蛭好生之德下的就讓他變成嬉皮士
凡是爛禿鷹惺惺相惜下的就讓他變成跛脚猿
他們一連修築了好多茅屋一連蓋好茅草一連全被燒光只好穴居野地
他們一面編織麻衣一面打製草鞋一面半途逃亡一面赤身裸體只好披頭散髮
他們不忘指天望月不忘剋記歸期不忘命在旦夕不忘肉體
靈魂的雙重負荷只好疲憊成彎腰駝背
他們果然是鳥是獸他們餐風飲露茹毛飲血
他們一連十幾天的饑餓一連十幾天的躓踣終於倒在自己洶湧的骨瘦如柴
他們被送到槍管下又送到刑訊處又送到婆羅洲再送同山打根最後送入集中營⑥
凡是屬於日本的便應該手鐐脚梏天皇已然失落

凡是屬於人類的便應該拳打倒踢和平從未來到
凡是屬於聖靈的便應該罪上加罪上帝早就死亡
你是麋鹿你是物件你是我欲撥還羞欲拉就斷的吉他弦
你仍然非山非水非脂非油
你是道道地地的小戰俘

一九四五年四月俘虜營澳洲軍餵狗的羊肉羹比什麼都芳香石油從來不漲價
他們喊聲嚇嚇面色泛紅從無營養不良
他們的軍資堆砌如山越過鐵絲網迤邐到大海灘終將海潮
壓沉用不盡的美金只好用火將它燒掉
整個大東亞的悲哀啊
精神能佔勝物質是何等不切實際的一元教條
鐵絲網內福摩莎
用唯一的一隻手喝采鼓掌
用僅存的一隻眼傳情脈脈
用僅剩的一隻耳聲聞隆隆
當他們看罷了盟軍熱絡的肚皮舞飲了機用酒滾進破被單
大談回家鄉通霄達旦方才憶起一隻腿遺失在千里萬里荒煙的道路上
於是阿財猛然地大喊他指着十排肋骨的胸膛
四月廿九日他內底藏爛了一枚盟軍配給的子彈
他奄奄一息他生冷痲痺
他被移植在十二面尖十二面光的鋼刀上
白口罩加幢幡他是整個太平洋最黯淡的一顆星
痲醉劑加封釘他是南太平洋最空無的火葬場
手術台加鐃鈸他是回不去的綠蜥蜴
葡萄糖加像亭他是走不完水路的黃鰹魚
當整座大東西俯身將他的遺體抱起
一生中這次他終於不再是皇民

整個人類的愚妄呵
你錯亂地奔逃只爲客死在他鄉的俘虜營

山本山田大濱大島
你應該芒歛徒手操歇息空手道
你應該規諫天皇
太平洋從不會有帝王眼中的紫老虎金騏驎
這裏到處是死亡和遺棄只有綠蜥蜴只有黃鰹魚
特攻隊加挺身兵從來只活一縷煙
共榮圈加同化論從來只是壞信仰
你應該棒喝綠東條
縱使他把整片的大東亞歸化成一具屍體命運的烈日依舊會西沉而去
湯姆比勃亨利
你應該看住軍用狗放下轟炸機擲掉燃燒器
你應該勸誡羅將軍不管巴拿馬撤出菲律賓回到大西部回到十三州回到五月花回
到大宣言
原子彈加航空器只是黑天堂戛戛的唯我獨尊
玫瑰花加塑膠套只是錢幣叮噹的熔爐主義
你應該走進聖經去懺悔去把愛森豪冷酷的額頭釘成受難的基督
那時不再有戰爭
我們將用手臂把太平洋圈成臂膀裏頭的小海灣黑紅白黃
讓貧窮的漁民燃亮一枚芥子燈然後世界就有楓江夜泊就有
小小豐富的睡眠
那時不再有殺伐
我們將用溫暖在印度洋邊太平洋岸蓋築廣厦幢幢
讓辛勤的農人揩汗飲茶讓無家的遊棍住飽
從此不再有聖賢盜賊不再有貴賤貧愚

愛隣人愛自己

註①一九四一太平洋戰爭爆發，日本帝國主義將臺灣全島要塞化，成爲「南進基地」。臺胞被送往戰場共十八萬。計軍人八萬，軍伕十萬。死者近十萬。

註②日據時代「匪徒刑罰令」戒律森嚴，動輒被捕，民間留傳有「拘留二九天」的諺語。

註③被徵往南洋的部隊部份用船，經由巴士海峽南下。

註④打拿根是婆羅洲旁邊的小海島，石油勘測隊曾駐紮在這裏，是日本海軍一〇一燃料廠打拿根支廠所在地。

註⑤日本的勢力被逐出東印度羣島後，部隊多遁入叢林散兵逃亡。因澳洲軍在打拿根佈下搜索火力網，多人想越海峽逃入廣大的婆羅洲本島，據云傷亡不少。

註⑥打拿根設有戰俘集中營。一九四七年六月、台籍俘虜經過爪哇巴里島、菲律賓摩魯泰，一路遣回台灣，在基隆登陸。去打拿根時台日軍隊共一千多人，回時只剩二百餘人。

後記：成稿時聞知日本軍郵局尙無積極歸還所欠軍郵之意（詳見中華時刊）於此代爲呼籲——一九七六、一、三十於鹿港實習教學中

那間厝

林宗源

拆棄腐爛的巨樑
推倒土塊切成的壁
用原來的地基
做成一間很美的厝

長子要去美國
搖頭
長女要嫁外國人
拍桌仔
老七要參加運動
驚他做歹

大家擠在那間厝
讀書的專心讀書
種作的不免買機器
吃飽飯看牛相打的人
大家咧吃那間厝

那間厝
驚沒米
不驚地動

鳥兒與我

陳秀喜

鳥兒不知不怕
在「有電勿近」的電桿上
囀着悅耳的通話
快來！早餐有蕃石榴
快來！含笑花好香

庭隅的電桿
不敢靠近的我
羨慕鳥兒
不知不怕
自由自在

鳥兒的小眼睛
碰到我的眼睛
關掉旋律飛走了
我怕高壓電
不怕牠的小眼睛
牠不怕高壓電
怕我的眼睛

老農夫的鯽仔魚

趙天儀

老農夫有一個大家庭
子孫滿堂
老農夫有一座大厝
正廳有神明
老農夫終年辛苦
播種，揷秧與收割
老農夫喜歡釣魚
釣回了滿簍滿筐的鯽仔魚，

他吩咐媳婦們炸鯽仔魚
他叮嚀分給孫兒們喫
一盤滿滿香貢貢的鯽仔魚
一下子就分光哩

老農夫抽着大煙斗
翹着腿，咕嚕咕嚕地嚷着說：
「怎麼了，一盤滿滿的鯽仔魚
怎麼一下子就不見啦！」

媳婦們趕緊催着孫兒們
趕快把鯽仔魚挾回原位
「阿公受氣啦
卡緊將鯽仔魚送回大盤子」

不一回兒的工夫
坐在大位的老農夫
又看到了眼前擺着
一盤滿滿香貢貢的鯽仔魚

「好啦，好啦
通通給我挾去喫」
老農夫又興奮又呼喚地叮嚀着
媳婦們將鯽仔魚分給孫兒們

永安詩抄

簡安良

抗議

被冷落在橱房一角
聽從命運擺佈的
一顆蒜頭
辛辛苦苦地掙扎出一抹淡綠
爲了生存自由
小小的
一顆蒜頭
居然也提出了
無聲的
抗議

君子

向下紮根
往上結果
獨你背叛這規律
根恆向下紮
果恆往下結
羞於展露才華
怯於賣弄風騷
在植物族群裡
醜陋的蕃薯啊
是只注重實質
不講究儀表的
君子

同是天涯淪落人

別怕人們嫌你
淡而無味
塩說：我願全心全力地
奉獻於你
也別怕人們說你
太鹹太鹹了
味精說：我也願無條件地
奉獻自己
當白菜在熱鍋裡
忍受着被烹炒的苦痛時
只有蛋和番茄醬
冷冷地，半聲也不哼

鹽

我不知道自己是誰

也不知道父母是誰
我不知來自長江？還是黃河？
也不知將往薩彥嶺？還是聖母峯？
我可能是你的眼淚
也可能是你的喜悅
我可能是你的希望
更可能是你的幻滅

味精

你的生命裡
少不了我
我的生命裡
少了你却沒關係
我愛溫柔的猫
更愛忠實的狗
我愛智者
也愛愚者
我愛戰爭
更愛和平
就是偏偏不愛
你這饞嘴的猪

鍋

自從燧人氏教你們取火之後
你們就深深地喜歡我
爲了讓你們享享熟食的口福
我只好化熊熊爐火的煎熬爲快樂

番茄醬

我未曾體驗過
被愛的幸福
因爲在番茄園裡
我剛成熟時
人們就剝奪了
我的青春與生命
殘酷地
將我絞成
一團鮮紅的血肉
將我灌進
軀殼似的空瓶裡
變作你的靈魂
讓你得救

現在
我們都已被出賣
死過一次的我
再死一次也無妨
因爲喜愛銅臭的人類
僅能活一次
這是我們
莫大的安慰

蛋

生是一種神聖的權利
也是一種不可逃避的義務

你爲何狠狠地敲破我的殼
讓我毫無選擇餘地地死去
眞教人不得不痛恨
你這典型的利己主義者

邏輯

豬吃殘渣
人吃豬
人有時候也像殘渣
所以豬吃人
這是不足爲奇的

白菜

我是冷冷冰冰凉凉的
我不喜歡風花雪月
更不喜歡鴛鴦蝴蝶
這是亂世
只有裝瘋賣傻的人最聰明
我是冷冷冰冰凉凉的
若你感到些微暖意
那大概是你自己的體溫吧
戰爭在你腸胃裡進行着
機槍咕嚕咕嚕地響個不停
此刻活着的你
下一秒鐘說不定就死了
變作氮磷鉀滋養我的根葉
你是否感到悔恨呢？

糖

喜歡我的女孩嘴巴不一定甜
因爲我是泛愛論者
喜歡打扮的女孩臉不一定醜
因爲貪戀漂亮是女人的天性
喜歡接吻的女孩不一定熱情
喜歡做愛的女孩不一定寂寞
我也是個天眞浪漫的小女孩
在你的咖啡盃裡神秘地微笑

地目篇

吳夏暉

重劃之一

土地，躺在手術台上
眼球不停轉動
一種期望被保全的神色
被釘死

測量儀，銳利如手術刀
有情似無忙碌着
第一把
剁在土地的臉上
另一把
在腹部劃過
又一把
直刺肛門

醫師說
讓他喝高梁
或聽一支死亡約會

土地說：我要更清醒
體念一次被解剖的經驗

一九七六、二、十八日落時
寫在玉豐

山　剖

一座山
鎮守另一座山
保衛風水

十年，二十年前
樹薯的塊根
探討地下已絕的泉源
山依然
是山

自從開山機上山
跳動的心臟
被切開
山已然
非山

心室無血
僅有
冠狀動脈乾竭的管壁
緊貼一層
古老且未風化凝結

一九七六、二、十八夢醒
寫在玉豐

指紋

福特五〇〇〇
拖着廻轉的尾巴
一把一把
翻起地里密封的
渴求朝露的寒砂

農民們
聆聽鐵牛躍落
看塵土覆被間
一四年輕的代耕車
來，回去
去，回來

這是山畑
有當年祖先捺造的
指紋
而被記錄着的
却是盜印品

指證時
我祇能確認鐵牛躍落間
這塊用年代密封的標籤
是否被調換

一九七六、二、十九晨間所見
寫在玉豐

現場報告

牛車
輪跡烙下
烙下輪跡

上午剛採完那塊蔗園
原料捆成一束一束
烈日下
被綁票的F一四六
嘴裡含着工人撒留的
尿味

牛車，接着牛車
呼吸，壓死輪底下

趕太陽回家
要走五里路
想着：遍地枯葉沒有人要
以前祇怕火燒
現在，又怕被送進派出所

如果
如果磨到主管的屁股
要罰款
一定罰款

一九七六、二、十九午間新聞
寫在玉豐

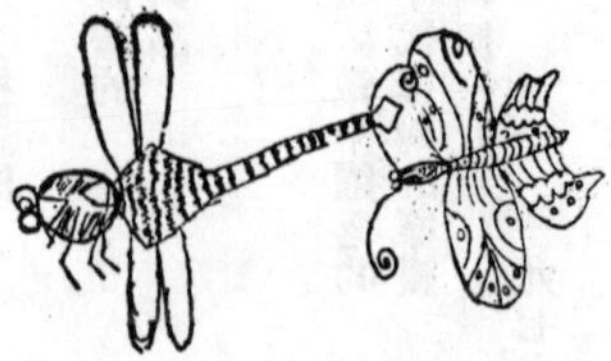

動物篇

詹冰

蝸牛

蝸牛會寫詩
寫在樹幹上
寫在綠葉上
寫在花朵上

蝸牛寫的詩會發亮
在陽光之下
在月光之下
在星光之下

小白兎

天大的壞消息來了
阿姆斯壯叔叔告訴大家
月亮上沒有小白兎——
那一天起我就擔心——
我喜愛的小白兎
究竟跑到那一顆星星去了？

北京狗

北京狗是
一朵白色的雲

雲中有一對發亮的眼珠
一直在看我
雲中有一個黑扁的鼻子
有時在聞花

雲會跑來跑去
雲會叫

北京狗是
一朵可愛的白雲

金魚

魚缸裏的金魚眞美麗
紅金魚是水中的火焰
白金魚是游水的曇花
黑金魚是媽媽的高跟鞋
魚缸裏的金魚眞可愛

雁

排列整齊
飛行美觀
雁是
鳥類中的雷虎特技小組

花鹿

花鹿頭上
生樹枝
只有樹枝
沒開花
花鹿天天
吃草花
天天等待
枝開花

海馬

海馬是
一條頑皮的小龍
在海藻間
海馬時常被罰站

母猪

母猪的
乳頭排兩列
好像穿
騎兵隊的制服

牛和青蛙

（滿塘的荷花。）
小青蛙：「呱呱呱，呱呱呱——。
媽媽，一隻好大好大的怪獸哪，
牠走到我們的池塘邊來呀。
而踏死了隔壁的小蝦蟆。」
母青蛙：「那，太可憐了。
那隻怪獸有這麼大嗎？」
（母青蛙，把肚皮鼓大。）
小青蛙：「媽媽，還大哪！」
母青蛙：「有沒有這麼大？」
（母青蛙，再把肚皮鼓大。）
小青蛙：「媽，還大！」
母青蛙：「有這麼大？」
（母青蛙，再再把肚皮鼓大。）
小青蛙：「還大」
母青蛙：「這麼大？」
（母青蛙，拼命地把肚皮鼓大。）
（碰！肚皮破裂，母青蛙倒下。）
小青蛙：「媽！妳還沒有那
怪獸的百分之一大呀。
啊，可憐的媽媽！
呱呱呱，呱呱呱——。」
（太陽漸漸落下。）

兩地詩草

李冰人

夢

遙寄韓國女詩人金良植

夢——
在圓山瑰麗之宮
有詩和韻的奏鳴
在劍潭蒼綠之草野
有華岡一曲高山青
在陽明園芳菲亭榭
有含蕾待放的櫻林
它像峽海絢爛底雲彩
一剎就冉冉向北飄遠了

夢——
在溪頭農圃之巔
有凍頂茗香和筍鮮
在千齡神木龕前
有滾珠串迸的飛泉
在陰翳銀杏林那邊
有竹橋虹臥的潭淵
它像層叠菁密的杉霧篁烟
一瞥就似鴻影杳沒驚翩

夢——
在波雲瀲灩的日月潭
有渺如烟螺的珠子嶼
在霧靄迷漫的青龍山
有高塔摩空的玄奘寺
在紅裳嬝娜的番社
有杵歌迎賓的舞侶
它像晨湖滄碧的浮烟
霎時便歛化無影無邊

夢，來得悄然無聲
使咱們相逢有如曇幻一陣
夢，去得遽遽匆匆
使人無從端詳片刻
它就這樣奇奧神秘
祇隔年期重又廻榮
那是北國霜蕊初春
呦呦梅鹿已在躍鳴
但不是斷腸之聲
而是殷殷求友之長嚶
它使你不再煩燥孤寂
儘管山遙水遠，也仍側耳傾聽

——寄馬來西亞李氷人先生——

我們去傾聽梅鹿吧

金良植作
許世旭譯

我們去傾聽那悲涼的梅鹿吧
我倆記不得年齡的私語
恐是一天到晚鳴着的梅鹿
在這幽僻的山寺，陰晦的一條小路盡頭

唉！我倆去傾聽吧
那快要斷腸的梅鹿

穿梭在柏林裏的蜀鳥
蕭蕭起風的蘆葉
陰濕的天空，還有
蹺着脚，悄悄走過來的深夜

我倆還要忍聽
那在逶迤的小路盡頭
發着喟嘆的梅鹿哭聲呢

冬天的一封信

金良植作
許世旭譯

寫了幾行的信
仍有寫不盡的
情願爬上雪積的岸上
不如吶喊幾聲

春遲磧塞

聽羌笛繇遞悽愴之聲
來自與春隔絕的玉門關外
那偃躺於長城外面，緊接着
無邊無際高低層疊的瀚海
是曾鐫印着張騫、班超和
白馬馱經之玄奘跡道
依然一片黃雲連着白雪皚皚
沒有株樹根草以及人皃往來
衹有穹廬低壓着，杳無
人烟的古西域防胡邊塞
上空偶而有幾點鵰鷹在廻轉
那衹更撩起那鴉陣寂寞的譟哀

三千里長的西征大道
再聞不到大將底跫音
曾是引領春風的左柳
已跟着大漠黃沙一併淪湮
河西磧塞底白草——
依舊在銜着冽風悲鳴
岑參之激壯出塞詩篇
捺不住望鄉戍卒的心情
枯禿榆枝哼着抖索之聲
祁連山下草原照樣壓雪封冰
天寒地凍的嘉峪關外
就如此叫人失望傷心

家譜

——血親篇

向陽

阿公的煙炊

古早古早，阮看
阿公的煙炊是日落時節
嬝嬝的煙囪
從每一戶剝落的屋頂
飄出美麗的渺茫的故事

現在現時，阮拿
阿公的煙炊是寒天時節
硬硬的拐仔
在每一條清潔的街路
剔除朽臭的垃圾的石頭

四十年後，阮若是抽着
阿公的煙炊會是什麼時節
怎樣的款式
對每一個可愛的孫仔
提起阿公的輝煌的歷史

阿媽的目屎

阿媽最愛流目屎
歡喜也流艱苦也流
看到細漢的阮跌倒
伊也流

阿媽的目屎
是早起時葉仔頂的露水
照顧着闇時的阮
疼痛著青葉的孫

等到日頭爬上山
風微微吹着阮，阮歡歡喜喜
打散露水滾入地，竟也打散
阿媽的，目，屎

後來就沒再看到阿媽
沒再看到阿媽的目屎
彼年大漢去掃墓，才再看到
阿媽的目屎，掛，墓，牌

阿爹的飯包

每一日早起時，天還未光
阿爹就帶着飯包
騎着舊鐵馬，離開家
出去溪埔替人搬沙石

每一暝阮攏在想
阿爹的飯包到底啥咪款

早餐阮和兄哥呷包仔配豆乳
阿爹的飯包起碼也有一顆蛋
若無怎樣替人搬沙石

有一日早起時，天還黑黑
阮偷偷地跑入去竈脚裡，掀開
阿爹的飯包：沒半顆蛋
三條菜脯，蕃薯籤摻飯

阿母的頭鬘

做姑娘的時節，阿母的
頭鬘，烏金柔軟又滑溜
親像鏡同款的溪仔水
流過每一個少年家的心肝頂

嫁給阿爹的時節，阿母的
頭鬘，活潑美麗又可愛
親像微微的春風
化解了一度浪子的阿爹

生了阮以後，阿母的
頭鬘，端莊親切又溫暖
親像寒天的日頭
保護着幼稞軟弱的阮

阮大漢以後，阿母的
頭鬘，已經失去光采
親像秋季的天頂
普通的景色裡一層收成的偉大

詩兩帖

孫家駿

素食非朱

不提這些也罷，人終究不是素食動物，而我只
是塊被壓扁的豆腐干
素食非朱
如今的朱門
不飾
獸環

工作

人人都以爲我退休了
其實我還在工作
晨起跟不言語的花草學習語言
入暮佇候無須佇候的鳥雀
然後看七點三十分的電視新聞
然後把黃金時間的連續劇關掉

詩三首

●傅文正●

月亮

月亮是
可以在八月十五日引發任何人鄉愁的一面銅鑼
可以在情人面前表明愛意的一枚戒指
可以在小孩子眼裡垂涎的一塊大餅
可以在咖啡廠裡製造氣氛的一杯檸檬酸
可以在懷抱中親撫的一尊美人
可以在手掌中撥弄琴弦的一把石斧
可以在夏夜裡編織禁果的一株桂樹

在松山機場的倒機口
月亮是代表着珍重聲的
一圈花環

啞吧的人

不管你我是不是看得懂手勢
畢竟我還有手和耳朶
只要你無緣無故地傷害我
就要還你以顏色

你們不要嘲笑我
雖然我是個啞巴
但是我一樣也是人
能吃也能做

我期望有一天發生奇跡
能够開口說話
不過像你們這樣的
把話當做劍一般地
隨便傷害別人
我寧願永遠是個啞巴

蚊子的話

隔壁的阿叔做生意失敗
他說『是被吃掉的』
所以現在度日如年

同樣是爲着活下去
爲着吃一頓豐盛的食物
你們人爲什麼如此地自私

像你們這樣以大吃小
不顧別人的死活
我不得不吃你的血來度日

請你們不要再用殺蟲劑
甚至更怨毒的手段
殘害我的家族吧

弄璋三章

李篤恭

眼睛

一片玻璃隔開着
兩個世界；
在那個世界裏面
初生兒們掙泅於空氣中，猛抓着空氣
踢打着空氣，或者嘗味着空氣，
這二十世紀末底空氣；
在外邊這個世界
一羣眼睛窺視着，一心地；
一位商人，藝術家，一位老太婆，少
女，
一位流氓模樣的，屠夫樣子的，
一位似是公教員的，又一位好像卡車
司機的……
看，玻璃這邊這些如來佛的眼睛們
以那幽玄的微笑照耀着那些新生命，
竟又衝進那裏去緊抱着他們；
一切運行停止於那些黃金底燦爍中。

叫喚

這兒是一片希望底哭叫聲
那裏待產室傳出着
欲要使得生命延續的痛呻聲
那邊嬰兒室發出着
企盼參與世界的哭喊聲
又那兒生產室爆出了
世界新的嚎鳴
在那叫喚底三角形之中間
有一羣心靈被那些哭喊宰割着
頃在編織着更美好的夢想或者
在追尋失落了很久的喜笑
被堵住在那玻璃底城壁外的風暴紅塵
遠逝着　躲退着消失着
在這希望底哭喊中
你她我　大家忘却了既往過去
一起躍躍一試地站列在新的
出發點

深夜

一聲哭泣
引來了一雙眼睛——好好地睡着嘛
嬰兒牀儼然地覇佔着房間的一角
他　橫佔在那嬰兒牀的中央
他那呼吸底律動鎭壓着這寒夜
那微開的雙眼在眺望着前途？
那咬閉的嘴巴準備着戰鬪？
那緊握着的兩拳在向什麼挑戰？
　那個小孩瑟縮在父親的怒罵聲下
　　那幼年哭喊在日本老師的毆打
中　那少年跋涉在戰爭底飢寒中
　那青年喀着紅血彷徨在灰暗的
冬天中……
一雙濕潤溫熱的太陽
照耀着他這生命底續章　在這深夜裏
嘔出着心血　灌注於這顆新生命
一流熱血循環在其間
三個人欣舞在
金黃色的河山中

思惟的墜落

巫永福

動的物
物的動
馬非鹿
鹿非馬
這是非常冒昧的對照嗎？
頓時答不出所以然來！

在這樣語言的迷般安排之下
忽然有了死亡的預覺走過
瞬間脚底冷了一陣
心裏頭震了一震

急急暗忖爲何有這樣的感悟
是由於消防車，救護車鳴響飛馳而去
刹那間起了死亡的聯想嗎？
有了死影閃閃而過嗎？我不知道。
只知道好像聽過數聲深沉的爆炸音

乃慌忙走出門外伸頭一看
不遠的遠處，屋頂上正冒出
一道刺眼的火煙，遠而近，

火舌會吃人似的猛然大吐其血紅
黑煙展顯其可怕的威力向天飛騰
七方八面的水龍壯觀地一齊噴出
奮勇的人們井條有序地救人打火

經過了一陣喧嘩大亂之後
路邊赫然放了一個伸直的屍體
啊！有人哭泣，我也想哭了，
而又想到爲何早有死亡的預感

這時爲了鎭靜自己
眞摯地追求有個轉念
非常想回家把英文讀一遍
胡亂地想以日文寫詩一篇

請爲一九七五年詩選催生

主流詩社

一、在一種使命感，歷史感的督促，我們準備做年度詩選的工作。

二、詩是不該在一種乏人問津無人評估，無聲無息的氛圍中，淹沒在時間之流中；我們的詩人是不該在一種自殺的勇氣中自以爲是的混亂中，去揮灑、去印刷、去浪費紙張，（我們已浪費太多的紙張！），總之，詩在詩人無自覺、無自審、無他人批評的反照中是成長不起來的。因此，我們要辦年度詩選；因爲我們認爲最好的詩評，卽是「詩選」；因爲我們認爲最好的「詩選」，卽是敞開坦蕩蕩的胸懷，由廣大讀者的雪亮眼睛與批評家攜手合作共同參與的「選」。

三、所以我們採取推薦的辦法，請熱心詩運的您支持：從一九七五年的年頭到現在，您一定看過不少各詩刊、雜誌、報章的詩，請您在清醒的記憶之中挑出一至三首您最「感動」的詩作，推薦給我們；重抄也好，最好影印；並千萬再註上發表時間及刊物名稱。

四、我們將以最愼重的態度來處理這些作品，把作者、推薦者及刊物名稱暫時隱去，交給評審委員評審。

五、我們聘請的評審委員是：

邢光祖、（詩人，批評家、教授）
胡品清、（詩人，散文作家，法文系主任）
瘂弦、（詩人，幼獅文藝主編）
司徒衛、（批評家，早期詩壇寫詩論評的大將）
張漢良、（批評家，執教師大）

六、他們有一個特色，卽是他們多少寫過詩（懂得詩的要眇）現在已不寫，卽使寫也寫得絕少（可避免裙帶嫌疑，並可持有適度的心理距離），而且最重要的是他們都是現代藝術的擁護者，他們將以同情的了解以及新的美學觀點，愼重、公正來評審這些作品。

七、卽日起開始收件，六十五年一月二十日截止，六十五年三月中旬出刊的「主流第十三號」公佈入選作品，推薦者名單，及評審委員的評審意見。無以爲報，凡推薦作品入選的朋友，我們將敬贈主流刊一年四期。

八、推薦的作品請寄——臺北市士林區後港 十街卅一號四樓。

九、我們很誠懇、嚴肅地做這個工作，希望您也是：熱心的、愼重的。主流詩社十五位同仁向您敬禮！

主流詩社　大啓

中國新詩論史 (五)

·旅人編·

第四章　新詩論第三期

中國新詩論發展到第二期，由於大陸的淪陷而告結束。許多詩人隨着政府到臺灣來，初時，因生活尚未安排妥當，定不下心來寫作，所以詩作不多。那時，臺灣本土的詩人，原先都受日文教育；對中文頗陌生，雖光復亦有四年之久，但重新學習祖國的文字，不是短時間所能克奏功效的，能够用流利的中文寫詩或評論者究竟不多。故卅八年至四十一年間，新詩的創作陷於低潮，詩論亦然。一般所寫的詩，大多重覆大陸時期的詩型，尤其是格律詩的流行最盛，頗有復古之勢；因而導致紀弦的不滿，遂於民國四十二年創辦「現代詩」詩刊，大量吸取西洋現代文學的理論，首倡「現代詩運動」，推展「現代詩」，而有「移植說」的產生。翌年，覃子豪亦以「藍星週刊」爲中心，倡導「蛻變說」，對抗「移植說」。嗣洛夫、張默……等以「移植說」爲基礎，變本加厲往前推移，介紹新技巧，打開紀、覃對峙的僵局，影響詩壇不小，但因求好心切，理論不免趨偏，也帶來了現代詩許多的弊端。余光中、張健……等爲矯正斯弊，乃據「蛻變說」的精義，執文高呼回歸「中國的土壤」，導致雙方的論戰。在「移植說」與「蛻變說」繼續平分詩壇時，趙天儀、白萩……等的「口語說」，亦相繼推出，調和前述二說，終於引起現代詩人的普遍自省；於是詩壇三說，各據一方，各有信徒。至於其餘諸論，如顏元叔的「有機形式」、「完整結構」及「文學批評生命」的立論等，頗能集各家之長，且以非詩人的身分而能關懷、鼓舞詩人的創作，尤屬可貴。

本期詩論的水準與多樣性遠超過第一、二期。在此期詩論下產生的現代詩作品，其水準，亦爲前一、二期所不及。

關於本期詩論的發生是有其背景的，除了以第二期的詩論爲基礎繼續發展外，亦向西洋現代文學理論借火，這個火與第二期的格律說、象徵說所借的火是不同的。第二期的詩論，僅借自浪漫主義、象徵主義，而第三期，則從象徵主義開始，一直到現代主義的重要支柱：立體主義、未來主義、表現主義、達達主義以及超現實主義等都借。

十九世紀末的象徵主義，對二十世紀的現代主義有決定性的影響。藍波提出「非絕對現代化不可」的口號，掀起「現代主義運動」，我國詩人亦受此項主義的影響，而有第三期詩論的產生，他們都極力倡導「現代詩」。

第一節　移植說

紀弦說過：「我們認爲『新詩』之在中國，亦與日本相似，乃是『横的移植』而非『縱的繼承』，乃是『移植之花』而非國粹之一種。」（紀弦論現代詩「論移植之花」篇）因此筆者把有關這一派的詩論，定名「移植說」，是有其來源的。這一派詩論的特徵，卽是立論乾脆、果決、主張借西洋現代文學理論，就硬幹到底。他們的目標不僅是在掃除大衆對傳統文言詩論的依賴性，甚至對第一、二期的詩論也作無情的抨擊，例如新月派的詩，在紀弦的眼中是一文不值的。爲了革除陳腐的舊有的詩論，不得不採取較爲激烈的手段，而這個手段就是借重西洋「現代主義」的有關文學理論，來個「快刀斬亂麻」的作風，如此才能締造嶄新的現代詩論。

這一派詩論，前期是以紀弦爲首的「現代派」作據點宣揚的，參與者有林亨泰、鄭愁予、羅馬、黃荷生、秀陶、林泠、羅行、沙牧、白萩、方思、薛柏谷……等人。

移植說的延續期，有洛夫、瘂弦、葉維廉、李英豪、葉泥、楚戈、管管、碧果、季紅、梅新、景翔、大荒、辛鬱……等人。雖然他們對前期的移植說，也有不滿，但其激進的作風相同，主張的詩論偏向西洋，詩風亦然。洛夫不是說過：「不論精神上或實際創作上，眞正繼『現代派』以推廣中國現代詩運動的是『創世紀詩社』。」這樣的話嗎？（「中國現代文學大系」詩序）所以把上述洛夫等人列爲移植說的延續期。這些人都是「創世紀詩社」的班底，固然彼此間的主張並非完全相同，但他們的基本信念，詩貌等大抵有共同的傾向。又爲什麼說是延續期呢？因爲移植說，現仍繼續發展不已。

在衆多的移植說的詩論家當中，如果每家都要一一論述是不可能的，而且是不必要的。所以，前期僅選紀弦、林亨泰、方思三人；延續期僅選洛夫、葉維廉、季紅、李英豪、瘂弦及張默六人加以討論。至於其他的人，事實上有的僅寫詩，沒有評論。卽使寫評論的，又因後來的主張又有不同，不一定要把他歸入移植說，例如白萩，雖也是前期移植說的參與者之一，但其日後主張詩語的改造頗爲前進、熱心，顯得突出，所以把他歸入「口語說」較妥。

第一目　移植說前期

甲、紀弦詩論

紀弦（本名路逾，西元一九一三年生）遠在民國廿五年十月卽與戴望舒、徐遲等人在上海創辦「新詩」雜誌，活躍在當時的詩壇，不過那時不是以「紀弦」爲筆名發表詩作，而是以「路易士」。彼時由於戴望舒的聲望太大，所以路易士的詩論並未見突出，他的眞正表現，是來到臺灣以後。在他創辦「現代詩」（民國四十二年）詩刊前，曾與鍾雷、覃子豪等人携手合作，在自立晚報闢出「新詩週刊」，不過在「新詩週刊」時期，他的詩論，仍未見其影響力，一直到「現代詩」創辦以後，才發揮出來。他的作品、詩集有「摘星的少年」、「飲者詩抄」、「紀弦詩選」、「檳榔樹甲乙丙丁集」、「無人島」；評論有「紀弦詩論」、「新詩論集」、「紀弦論現代詩」；至於散文方面亦有「小園小品」、「終南山下」等等，著作頗豐。

在正式談其詩論以前，先引他的兩首詩爲開端，以示其作爲一個詩人或詩論家的抱負：

狼之獨步

我乃曠野裏獨來獨往的一匹狼。
不是先知，沒有半個字的嘆息。
而恒以數聲悽厲已極之長嗥

搖撼彼空無一物之天地，
使天地戰慄如同發了瘧疾
並刮起涼風颯颯的，颯颯颯颯的：
這便是一種過癮。（——摘自「中國現代詩選」）

過程

狼一般細的腿，投瘦瘦、長長的陰影，在龜裂的大地
荒原上。
不是連幾株仙人掌、幾棵野草也不生的；
但都乾枯得、憔悴得不成其爲植物之一種了。
據說，千年前，這兒本是一片沃土；
但久旱，滅絕了人煙。

他徘徊復徘徊，在這古帝國之廢墟，
捧吻一小塊的碎瓦，然後，黯然離去。

他從何處來？
他是何許人？
怕誰也不能給以正確的答案吧？
不過垂死的仙人掌們和野草們
倒是確實見證了的：
多少年來，
這古怪的傢伙，是唯一的過客；
他揚着手杖，緩緩地走向血紅的落日，
而消失於有暮靄冉冉升起的弧形地平線，
那不再回顧的獨步之姿
是多麼的矜持。（——摘自「南北笛」創刊號）

紀弦的個子高高的，脩長的，抽個大煙斗，從外表看來，怎麼形容也不會像隻狼。在前二首詩中的主人。——狼，其實是他自己的寫照，但不是寫其外表，而是寫其執着於詩的精神以及改革新詩的勇氣。他不僅寫寫而已，而且眞正做到了。由前述的多種著作，亦足稱是一匹勇猛的「狼」了。

他以「狼」的獨來獨往的精神，創辦「現代詩」詩刊，首倡「移植說」，揭開「現代詩運動」的序幕，這是任何人都無法否認的事實。

他認爲新詩不是繼承唐詩、宋詞、元曲……等之傳統發展下來的，它是五四新文學運動的產物，是從西洋移植過來的。雖然，新詩已經有三、四十年的歷史，在中國的土壤慢慢的開花、結果，成爲中華民族精神之一種表現形態，但我們不可因其成爲中國的東西，而忘記其移植的事實。

他的「移植說」中「移植」二字，本已含有對詩「革命」的意味；換句話說他認爲新詩是舶來品，而非土產，是積極的要詩人們有這樣的認識：「……舊詩早就到達它的頂點，再沒有發展的餘地。它是一座既成的金字塔，已無須給它加高加大。而我們今日之寫新詩，並且痛感一般假充的新詩之不新而發動新詩的再革命，要求新詩的現代化，實在是意味着另一座全新的建築物之開始動工建造，這需要不斷的努力和久遠的時間、恒心和毅力，堅定的信念和堅強的意志。」（紀弦論現代詩「論移植之花」篇）

除了「現代詩運動」這個口號之外，紀弦也提出一個「新詩再革命」的口號。他認爲神州淪陷以前的新詩發展，是「新詩革命」的完成而已。如果新詩要再進一步發展，再進一步有所成就，那麼必須再革命。至於如何再革命

，他劃出三個階段來實現。第一個階段是自由詩運動，其革命的對象則係傳統的格律主義、低級的音樂主義、韻文至上主義以及「韻文卽詩」之詩觀。這是以打倒形式主義爲目的的詩形之革命，以散文取代韻文的文字工具之革新。第二個階段是現代詩運動。第三個階段就是現代詩的古典化。因此，所謂「現代詩運動」只不過是其「新詩再革命」運動的一環而已。他根據當前詩壇的缺失，有計劃地把新詩再往前推移至理想的地步而後已，可謂是有熱忱、狂勁與理想的詩論家。

其實，他的新詩論，無非是在「移植說」的大前提之下，再根據各階段的運動需要而寫的，有目標、有步驟，並非散漫無章法，東一個論，西一個調，讓人不知所云。現再就其各階段之運動來探討其詩論。

爲了實現新詩再革命的第一個階段「自由詩運動」，他必須先把新月派的詩魂剷除。紀弦的所謂「自由詩運動」其實是「現代詩運動」的前奏，就「現代詩運動」而言，「自由詩運動」是掃除障碍的革命擧動，爲了完成「現代詩運動」的關鍵性運動。如果沒有「自由詩運動」，或此運動失敗了，「現代詩運動」也就跟着失敗。

原來中樞播遷來臺後，格律詩仍然倡行，這種詩，因爲詩型固定，一般人容易模倣，對於一個沒有創造力的詩人最容易以這種詩型出現，藉以表示他也是一個詩人。紀弦認爲格律詩是浪漫主義的、熱情的，不是理性的產生，如果格律詩再度流行，那麼中國的新詩運動是在開倒車，現代詩永遠提倡不起來。如此，中國的新詩也永遠落在世界詩壇之後，無法打入世界詩壇。所以他要把復古的格律詩先消滅，恢復「自由詩」的寫作，才能達成他的主張。在他的「五四以來的新詩」一文中，他認爲在性質上，格律至上主義的新月派，是白話詩的反動，他們是在開時代的倒車，對於當今的文藝青年，是不足爲訓的。其實，在嚴格的意味上，格律詩僅是舊詩的一種，和以舊的中國詩形裝詩是同樣「不新」的。

紀弦本著「自反而縮雖千萬人吾往矣」的精神，排除萬難，終於把格律詩的流行情形消除了，使大家恢復「自由詩」的寫作，新詩再革命的第一個階段「自由詩運動」是成功了；於是他又轉到下一個步驟「現代詩運動」的推動。

格律詩固然剷除了，自由詩的寫作也成熟了，但他必須介紹另一種嶄新的現代詩讓大家知道，以之代替格律詩、自由詩。

那麼現代詩是什麼?它是世界性現代主義的產物，在中國，「現代詩」此一名詞，紀弦認爲它是與「傳統詩」相對立的。至於「新詩」一詞則是與「舊詩」相對立的。「新詩」與「舊詩」名詞的出現，比「現代詩」與「傳統詩」還早。這是意味着，「新詩運動」的發生比「現代詩運動」更早。「新詩」與「舊詩」的爭論，產生「新詩運動」；現代詩與傳統詩的辨明產生「現代詩運動」，前者是「形式的革命」，後者是「本質的革命」。因此，所謂現代詩，紀弦云：「簡言之，就是現代主義的詩。以『詩想』爲本質。是一個秩序的世界，而其所『表現』的，恒是散文所不能表現的。」他又解釋傳統詩說：「簡言之，就是傳統主義的詩。以『詩情』爲本質。是一個事實的世界。而其所『傳達』的，恒是散文所亦能傳達的。」紀弦的「自由詩運動」，是形式革命，把大陸時期未完成的形式革命加以完成，然後再以「現代詩的運動」完成本質的革命。

他對新詩與舊詩的看法，認為二者是在於「形」的區別，與現代詩與傳統詩的區別在於「質」是不同的。他以為，新詩是用「口語」寫的，而舊詩是用「文言」寫的，因此前者稱「新詩」後者稱「舊詩」，除了文字工具外，在形式方面，新詩是自由詩的形式，而舊詩是用格律詩的形式。因此他對新舊詩下了個定義說：「凡使用散文，採取自由詩之新形式的，謂之新詩；凡使用韻文，採取格律詩之舊形式的，謂之舊詩。」

紀弦心目中的新詩，其實也就是他主張的現代詩——最好的新詩，此種詩不能僅僅以文字的工具的使用為區別，還要從質的方面去考量。像格律詩，雖然是以白話為工具，但因為他是詩情的，不是詩想，所以嚴格說來還不是新詩。即使自由詩算來是比格律詩進步，可是和現代詩還有一段距離。現代詩雖是自由詩的發展，與自由詩同樣使用散文為工具，但其散文是「非節奏性的」，不像自由詩還帶有音樂性。例如他的一首詩「銀柱」是自由詩；「主題之春」是現代詩。

銀柱

籬笆下，
我瘦小的銀柱，
奇蹟似地，
開了不到十朵的花。
太少了！
但還是很香很美
這遲到的春天，
總算沒交白卷。
……二十年前，
我嬌弱的葉子姑娘，
穿一件淡淡的旗袍，
那顏色，就像這銀柱一樣。……
如今，她已做了好幾個孩子的媽咪；
而我也不再把古舊的七絃琴彈響。……
唉！這世界，
是多麼的，多麼的荒涼。

主題之春

於是我用左手拿着一點也不燙的烟斗
指向太陽——看來有一種射擊的意圖；
而右手
怪空虛的
在褲袋裡摸索。
這是個噩夢的季節。
乘以二，乘以三，並加以延長記號的。
醒不來的噩夢：
這季節。
我要到巴黎去
但他們說我體重太輕了；
東京呢，
這身長又太高了。

四十年前……
我母親的記憶像牡丹；
而妻是那麼神往地傾聽着，
笑着，又嘆息着。
噢！她已經給女兒買了縫裙子的布回來：
——塊花花綠綠的；一塊黑的。

於是我做了個姿勢
交給左右兩手各一特別任務。

紀弦把自由詩，叫「甜味的詩」並依據林亨泰的說法把現代詩叫「鹹味的詩」。

要推展「現代詩運動」，必須辦詩刋，介紹理論，使人明白現代詩是什麼，才能使大家都寫現代詩，接受此種最新的詩。有關紀弦的論現代詩，或傳統詩、舊詩、新詩、自由詩等各個名詞的含義。大都散論在「紀弦論現代詩」一書中「現代詩的特色」、「現代詩之定義」、「現代詩之詩觀」、「現代詩之精神」、「現代詩之評價」、「新現代主義之全貌」等諸篇中，這幾篇也是其介紹現代詩比較重要的文章。

上面所談的，主在紀弦對現代詩的看法如何，至於認識了現代詩諸貌，又應該如何去創作和欣賞呢？紀弦在「現代詩的創作與欣賞」一文中，講得很清楚。

他認為現代詩的創作，有積極的方法和消極的方法等兩方面。

所謂積極的方法，就是要多想、少寫。現代詩是思考性的詩，它的產生，不是「寫」出來，而是「想」出來的。誕生一首現代詩，不要如寫傳統詩一樣，只集中於一個主題來表現。作者應自一個主題開始，作一個思維的旅行，不必故意要在某一個終點停止思考，而是止於其所當止，所以他說：「從發展到發展，就是現代詩的創作方法之一原則。」不過此項原則，不要太把它公式化了，那僅僅是個原則，作者把握這個原則之後，千萬別忘了自己的個性，還要使其作品有獨特的風格。

所謂消極的方法，尚包括有三點：

第一是形式主義的錯誤：他認為有些寫現代詩的青年朋友，自由詩都寫不好，便想寫現代詩，這好比不會走路的人便想跑步，結果跌倒是免不了的。他分析其中的原因，那是這些青年朋友，以為現代詩比自由詩進步，寫自由詩是落伍的，可恥的，所以為求表現，愛面子，就貿貿然地寫起現代詩來，故意用自動的語言，把字排得高高低低的，歪歪倒倒的，使人看來有一種現代詩的外貌，其實這些人僅僅學到現代詩的外貌，而其內在則未學到。我們既然憎厭傳統詩的舊形式主義，這種僞現代詩的新形式主義，當然也不能容忍，自然要將它排除掉。

第二是過分理論化的現象：小部分稍有成就的詩人，也想當詩評家。要當詩評家，必須要拚命啃書研讀，不過看書看得太多，詩反而不敢寫了，即使寫了也太遷就理論，結果喪失了創作活力，紀弦認為這種現象也應當避免。

第三是縱慾的傾向：現代詩不是完全以性為內涵。有些小有詩才者，好描寫性交與生殖器，作一種文字上的「意淫」，這是要不得的！紀弦說：「現代詩不是『感覺』的詩，而是『思維』的詩。不是『物』的刺激與反應，而是『心』的觀照與默示。不是『肉』的展覽，而是『靈』的輻射。是『神性』的追求，而非『獸性』的滿足。」所以凡是於詩中縱慾，寫此「貌」似而「神」非的現代詩者，他是不能寬恕的。

上述創作的消極的方法，所包括的三點，是寫現代詩者，所應注意避免犯錯的。

他認爲許多讀者不欣賞或看不懂現代詩，是因爲他們不知道現代詩的世界迥異於傳統詩的世界，而常以舊世界的標準去判斷新世界的價值的緣故。所以要欣賞或懂得現代詩，最好的方法，就是不要考慮太多，走進去，先接受它，然後久了，就會懂得它是一種秩序不是邏輯，是一個全新的宇宙，並且對傳統詩突然會感到平凡、膚淺、不够味和不過癮。紀弦這種叫人欣賞現代詩的辦法，有如牧師的宣揚基督敎的道理一樣，叫人信仰基督敎，不要先去太思考聖經的道理，因爲思考聖經的結果，你就會懷疑上帝怎麼會造人，那麼上帝又是誰造的等問題，那麼永遠也無法接受耶和華爲救主，也無法成爲一個基督徒。最好先別管理論，先去接近它，享受它，然後那些聖經的理論，有一天自然會豁然貫通。

爲了要讓人認識、欣賞和創作現代詩，紀弦花費不少的墨汁和心血，此外，他還抽出一部份精力和人論戰，主要的對手是覃子豪其人。覃子豪也是推展現代詩的大將，但他的觀點和紀弦不同，他的主張較爲溫和，是「蛻變說」的倡導者。關於「蛻變說」的內涵，容後再論。現在提及的，僅限於與紀弦論戰的內容。

民國二十四年，紀弦曾從朋友中寄來的「剪影集」得知覃子豪其人，因爲集中有覃子豪的作品。後來兩人眞正訂交地點是東京。在東京那一段交往的日子裡，他們對詩的見解就有些不同。紀弦使用超現實主義和意象派的手法寫詩時，覃子豪曾向其表示過他對浪漫主義作家，如雪萊、雨果和拜倫等詩人的愛好，但覃子豪所愛好的名字，紀弦却把他們列入「舊詩」的系統裏去（紀弦一九三六年四月在東京）。大陸淪陷後，彼此不約而同地又到臺灣來，繼續論交，友誼不壞，但詩的觀點仍然和東京時代一樣不同。

民國四十六年覃子豪發表一篇「新詩向何處去」一文，首揭反對紀弦對新詩見解的序幕。他認爲紀弦把世界的詩壇方向，作爲中國新詩的方向，實難令人苟同，紀弦所提倡的現代主義，是拾人牙慧，人家宣布死亡的主義紀弦却熱心提倡，這是「欲得進步之名，反得落伍之實」此外覃子豪亦在此文中，提出新詩方向的正確的六大原則：第一原則是詩的再認；第二是創作態度應重新考慮；第三是重視實質及表現的完美；第四是尋求詩的思想根源；第五是從準確中求新的表現；第六是風格自我創作的完成。

覃子豪的「新詩向何處去」發表後，中國詩人聯誼會於同年八月三十一日下午舉行常務委員會，紀弦和覃子豪兩人都到會。覃子豪送了紀弦一册「藍星詩選」，並且說他的理論和紀弦有不同的地方，希望不因此影響兩人之間的友誼。散會後紀弦回家拜讀了「新詩向何處去」一文，對覃子豪的論調，頗不以爲然。同年九月他便發表一篇「從現代主義到新現代主義」回敬覃子豪。文中，紀弦以爲覃子豪的那篇「新詩向何處去」的論調，和覃氏過去的看法已有了若干修正和補充。例如覃子豪說：「自由詩在中國詩壇已形成了一道主流。有少數人却誤解了自由詩的眞義，以爲自由即放縱。實不知自由詩亦有其法則。無形的法則，不定的法則，較有形或既定的法則更難運用。」紀弦認爲覃子豪對自由詩的看法，和他以前所寫有關形式問題的數篇論文中一再强調的要點一樣；換句話說，過去覃子豪不同意他對自由詩的看法，現在同意了，也即是同意紀弦的「自由詩運動」。紀弦或許心想，連他的最强勁的對手都同意他的自由詩的看法，如此「自由詩運動」不是勝利了麼？難怪他要發出：「那更是令人欣慰的一極可喜之現象」的聲音。

他認爲覃子豪既反對浪漫主義，又能欣賞象徵主義、意象主義，却對新銳的現代主義大肆攻擊，應當算是折衷主義傾向的人物，凡處處折衷的人，是不能擔當推動新詩的大任的，只有敢提倡現代主義的人，才能以新詩的再革命爲己任，爲新詩的現代化奮鬭。他又認爲覃子豪批評他的提倡「現代主義」是落伍的擧止，他不同意。他認爲覃子豪說英國現代主義詩人司梯芬·史班德發表「現代主義運動壽終正寢」一文宣佈現代主義的死亡，其時間應該早於他的成立現代派時間——民國四十五年一月十五日，總不會剛好「正當」他們組派「之際」，如此，怎能說提倡現代主義是落伍的呢？這頂落伍的帽子，他要送還給覃子豪。

關於覃子豪認爲紀弦之以世界的詩壇方向爲方向，是錯誤的問題，紀弦也反駁說，他的「移植說」，是容易給人誤會如上述的看法的，但他認爲那僅僅是一種過程而已，新詩從外國移植到中國本土後，相信到了第二、第三代的新詩人的努力，截長補短之後，定能成爲民族文化的一部份；因此以世界的詩壇方向爲方向，並不是他的本義，那是推展新詩的手段，而非目標，用不着覃子豪來憂心。

覃子豪認爲紀弦所走的新詩的方向不對，因此他在「新詩向何處去」之中提出新詩方向的正確的六大原則，但紀弦大部份不贊成，於發表「從現代主義到新現代主義」後，再寫「對於所謂六原則之批判」（四十六年十二月），此文仍然是針對「新詩向何處去」而發的，不過是專對覃子豪的六大原則展開批判。他認爲覃子豪的第一個原則「詩底再認識」，寫了半天，其實對詩認識不出個所以然來，站在功利主義的立場去謀求詩底再認識，是捨本逐末。第二個原則「創作態度應重新考慮」，覃子豪認爲詩不要寫得太難懂，但紀弦認爲懂是次要的問題，因爲讀者的欣賞力有高下，一個創作者寫作時，無法處處考慮到每個人是否懂得其作品，最重要的，還是要注意其「詩本身」的完成。第三個原則「重視實質及表現」，紀弦大致同意，但覃子豪認爲現代派的重視技巧，是「玩弄技巧」，紀弦不同意，認爲是「惡意傷人」。第四個原則「尋求思想的根源」，紀弦認爲覃子豪的强調詩的「主題」，好像在意味現代派的詩作是不重視主題，他認爲現代派並沒有反對「主題」，他們所强調的是忠實表現作者自已的「詩想」，嚴肅地完成藝術，不要被所謂「主題」太束縛而僵死了作品。第五個原則「從準確中求新的表現」，紀弦認爲提倡現代主義，就是追求新的表現，要追求新的就追求徹底，要守舊嗎也應當有個立場，惟獨覃子豪來個半新不舊，拖泥帶水，反而是進步的絆脚石。所謂「從準確中求新的表現」一語，紀弦認爲覃子豪是故作語重心長，骨子裏却是怕多數的作者都會傾向現代派。第六個原則「風格是自我創造的完成」，他認爲覃子豪的强調「民族精神」與「時代精神」，同時也未否定「個人氣質」的意見，大致同意，不過却說：「這些話，我早就說過了」言下之意，好似說覃子豪你不必來教訓我這個紀弦啦！

四十七年覃子豪再寫「關於新現代主義」反擊紀弦的「從現代主義到新現代主義」及「對於所謂六原則之批判」。覃子豪認爲現代派六大信條中的第一條，犯了很大的錯誤。第一條條文是：「我們是有所揚棄並發揚光大地包容了自波特萊爾以降一切新興詩派之精神與要素的現代派的一羣。」按自波特萊爾以降一切新興詩派很多，這些詩派各有理論和特徵，如何揚棄其流弊？如何發揚其優點？覃子豪認爲紀弦並沒有詳細的闡釋，只不過提出了一個「現代派」這一個動聽的名詞，實際上毫無內容可言。換句話說，現代派並沒有把那些衆多的新興詩派整理出秩序來，從而把握時代的特質、創新法則，以爲前進的道路，反被一些沒落的詩派所迷惑，沒有自己的理論體系和確定立場，遊離在各新興詩派間，以致患了消化不良的嚴重病態。

之後，紀弦再寫「兩個事實」與「六點答覆」批駁覃子豪的「關於新現代主義」。在「兩個事實」一文中，紀弦先指責覃子豪亂用辭藻駡人，如「咆哮與漫駡」、「仍不改其狂妄、惡劣的語調」等字眼，然後提到覃子豪是這次筆戰的戎首及其是一個機會主義、折衷主義者這兩個事實。至於「六點答覆」文中，他認爲現代派非常重視表現，且以新詩再革命爲己任，反對浪漫主義，倡導現代主義。對於覃子豪指陳六大信條中第一條的錯誤，他認爲沒有錯誤，固然新興詩派衆多，但各派均在否定感情的告白與觀念的直陳，唾棄浪漫主義，其步調雖不齊，但趨向則一，對那些詩派的精神與要素有何不能取得協調？覃子豪咬定現代派的作品「含糊、曖昧與游移」，是對「人」而不是對「事」。此外覃子豪說的思想的重要性，紀弦認爲原則上沒錯，但出發點的「有所爲」和「無所爲」才是決定一首詩之能否成爲藝術的主要關鍵。又紀弦認爲風格統一與否，也不能用作一種評價詩的標準。

以上是紀弦與覃子豪筆戰的經過情形，紀弦扮演的角色如同發動的馬達，帶着車子拼命向前衝鋒，熱勁十足，而覃子豪扮演的是方向盤的角色，要求冷靜，寧願方向正確而不願快速，各有所長亦有所短。其實這種論爭，對紀、覃二人乃至其他人的都有好處，誠如笠詩刊卅四期社論所云：「想起當年紀弦與覃子豪的論爭，爲了主知與抒情，爲了現代派與反現代派，幾乎成了水火不相容的地步。然而，當年急進的現代主義者紀弦，畢竟回到自由詩的安全地帶了。反而穩健的浪漫主義者覃子豪，却邁向現代詩的荒原來。……因爲論爭的結果，紀弦與覃子豪彼此都有了修正，急進者保守起來了，穩健者前進起來了。」

寫紀弦與覃子豪的論戰，是用來證明紀弦的推展新詩再革命的第二階段「現代詩運動」的苦心與奮鬪的精神。關於現代詩運動，證之經過後繼詩人的努力，現代詩的地位已逐漸被承認的事實，可說成功了大半，至於未完成的那小半，依照紀弦的說法就是「現代詩的古典化」，也就是新詩再革命的第三階段。此階段之能否完成，胥賴目前以及未來詩人的努力情形而定。當然紀弦的「現代詩的古典化運動」完成後，現代詩因爲太圓滿了，沒有缺點，反而可能被消滅，被另一種新興的詩所代替也說不定。果若是，這不是紀弦的罪過，也不是任何現代詩人的罪過，而是文學演進的必然趨勢。

乙、林亨泰的出現

林亨泰（西元一九二四年出生，臺灣省彰化縣人）早在日據時代卽經常以日文發表詩作，光復後，才開始努力學習中文。當紀弦東渡來臺倡導「移植」說後，林亨泰卽與之併肩作戰，介紹現代詩。紀弦與覃子豪從大陸帶來了李金髮、戴望舒的「現代派」火種，而吳瀛濤、錦連、林亨泰等人，則承襲了日人西川滿、矢野峰人及省籍王白淵、陳遜仁、張冬芳、史民、曾石火、楊啓東、郭水潭、楊雲萍等人之近代新詩精神，與上述火種滙合，而形成島國特有的詩型，再加上外來詩論的不斷影響下，這種詩型便不斷地向前發展。在吳瀛濤、錦連、林亨泰三人之中，林亨泰的詩論是比較犀利的一位，又因爲他的詩論主張與紀弦相近，所以選林亨泰來論述。他的作品有日文詩集「靈魂の產聲」，中文詩選有「非情之歌」、「長的咽喉」、詩論有「現代詩的基本精神」等。

紀弦倡「移植說」後，反對之聲亦隨之而起，除了紀弦獨立應戰之外，亦有不少人爲之辯護，林亨泰便是其中之一。在他爲紀弦辯護的文章中，比較重要的有「中國詩的傳統」（現代詩廿期）、「談主知與抒情」（現代詩廿一期）以及「鹹味的詩」（現代詩廿二期）三篇。

由於紀弦的主張新詩要接受「移植」才能進步，而遭致許多人的誤解，以爲如果紀弦的主張如果眞的實現的話，那麼新詩豈不淪爲西洋詩的「殖民地」？針對這個誤解與憂心，林亨泰寫「中國詩的傳統」爲紀弦辯護。他認爲紀弦的主張，並不是一味地抄襲西洋的詩論，他是有所揚棄、有所光大的；也就是說在消極方面，要繼承傳統，在積極方面有「新」的開拓。不過繼承傳統，不是狹義的繼承，而是廣義的繼承。那麼中國詩有什麼傳統可讓我們繼承的？林亨泰認爲中國詩在本質上是象徵主義，因爲中國的詩都是短詩居多，其本質卽存在於「象徵」中。在文字上，是立體主義，因爲中國的文字採的不是「音標文字」，而是依據六書的原理構成的方塊字，其本身卽予人一種立體感。因此中國詩的傳統，便是象徵主義與立體主義，這便是我們所要繼承的傳統。如此說來象徵主義以及該主義影響而成的「現代主義」，便是中國詩的傳統，爲什麼還要「橫的移植」呢？因爲中國詩的傳統已被外人學去，而且青出藍，所以我們反過頭來要向外人學習，正如火藥、印刷術、指南針是我們所發明的，但今天我們反而要從外人輸入這些東西。易言之，在詩的本質上，形成「縱的繼承」；在詩的方法上，形成「橫的移植」。

事實上，「移植說」的眞正目的，不僅僅停留於「橫的移植」和「縱的繼承」的努力，而是如林亨泰所說的，乃是在於復興古中國文學的光榮，以及贏回世界文壇上的領導權。

現代派的主張「打倒抒情主義」，並不是打倒抒情，但許多人却誤會「打倒抒情主義」就是完全不要抒情了。林亨泰也針對這項誤會，寫了「談主知與抒情」，文中強調「打倒抒情主義」，只是不承認「抒情」在詩中的「優位性」而已，在次序上，讓「知性」排在「抒情」的前面，這是現代詩的特色。反對紀弦詩論的人，也卽是反對「主知」，雖然這些人口口聲聲反對，可是寫的詩却偷偷地趨向「知性」，逐漸地減少抒情的成分。所以林亨泰說：「『一首絕不抒情的詩』是無法找到的，但是『抒情主義的詩』却是充滿着這個詩壇，不過，最近也起了變化——這，我認爲是你詩的影響所致。在口頭上，他們都不贊同你，但在詩作上，他們却逐漸地接近你，逐漸地像你起來了、如×××，××等。而『主知主義的詩』逐漸多了起來，並且好的詩都是一些『主知主義的詩』，它雖然也帶了一些『抒情』。」文中的「你」，係指紀弦，由此可證「談主知與抒情」也是林亨泰爲紀弦辯護的文章。

給予讀者「不快」，這種「不快」帶有批判的色彩，這是現代詩給予讀者的感受，基於這種認識，並自惠特曼的話：「近代詩的大部分，不是大塊小塊的砂糖，就是口味甜的糖果切片」得到啓示，林亨泰把現代詩叫做「鹹味的詩」。紀弦的詩作，可以說正趨「鹹味的詩」邁進。當時有人認爲紀弦的詩，還是脫離不了「抒情主義」，抒情在詩中仍然佔有「優位性」，就是到了民國五十六年由張默、瘂弦主編的「中國現代詩選」也如此批評：「本質上，紀弦是個「抒情詩人」。所以他的詩，理當歸類於『抒情詩』。而『抒情』與『主知』這兩種成份，在他的作品中是都含有著的，只不過比例上前者略佔優勢而已。」關於紀弦的詩是否「抒情」，林亨泰這樣爲紀弦辯護：「如果我們不把『感情』甚至『心理』『意志』『思考』等誤解說成『抒情』的話，那麼，紀弦先生的詩是有別於「抒情主義」的。而他的『一些詩』──注意，我所說的只是一些詩，而並不包括他所寫的許多主知主義詩──似乎可以說是『主意主義』的。然而，這種詩是意志活動佔去了優位的，所以也可以說：這就是抒情的崩潰，也就是主知的抬頭！」。

林亨泰爲紀弦辯護的文章，其中所提到的觀點，大抵是受了紀弦詩論而引發的，也可以說這些觀點大部份脫離不了紀弦的東西。至於紀弦所沒有論述的，林亨泰自己另外在「現代詩」十八期提出來了「符號論」。文中，他認爲詩作離開不了「象徵」，而「象徵」却是「隱喩」手法造成的，可是這種「隱喩」手法的運用，卽是到了登峯造極，連最幼稚的「符號」也是所能爲力的。他說：「詩裏的『象徵』所能給予『詩』的也就是代數學裏的『符號』所能給予『代數學』的。再說得明白一點，所謂『象徵』也不過就是語言的『符號價值』之運用而已。正因爲如此，一箇符號代表任意一箇數目的一次象徵往往是含有其由不同解釋而來的許多『意思』的可能。」

根據他自己的「符號論」，林亨泰也在該文中附了兩首符號詩，企圖以符號的運用，達到省略文字增加「象徵的效果」。

體操

一　二
╳
三　四
解體的手　構成的脚
解體的手　構成的脚
一　二
〉〉
三　四
蔓延的頭　萎靡的腰
蔓延的頭　萎靡的腰

患砂眼病的都市

車　車
←　→
車　車
廣告牌上的
美
女
也都要

感染砂眼的
●●
●●灰塵
飛揚
●
●　●●
●日子●
●●●●

這種符號詩，可說是林亨泰對中國文字的立體性及阿保里奈爾的立體主義的努力認識後，所欲在中國創新的詩體。中國詩中文字的立體主義，被阿保里奈爾學去了，林亨泰再把它「橫的移植」過來，企圖在廣義上，繼承中國詩的傳統，並且將此移植物改造，使其在中國的土壤生長得更高大。不過這種符號詩的缺點是缺少音樂性，但林亨泰認爲象徵派之詩理，不僅影響到詩的音樂，也影響到音樂的音樂，使兩者都有了大轉變。但這種事實，却被一般愛好談論「詩的音樂性」之批評家所忽略，他說：「實在我們對此「音樂性」有重新估價的必要，然而正在這個問題尚未有圓滿答案的時候，『符號』之被認爲『缺乏音樂』，也是不足爲病的。」基於這個觀點，以符號寫成的詩，缺少音樂性，亦不足爲奇。

林亨泰的詩論，並不因「現代詩」詩刋之停刋而中止發展。五十七年元月出版「現代詩的基本精神」（列入笠叢書），書中的多數觀點，仍然和他的「移植說」有不可分離的關係。雖然這時，現代派的盛況，已不復存在，但此派的一些大將，仍然散在各種新起的詩社中，繼續發揮他們的影響力，其中林亨泰便是在笠詩社中埋頭苦幹的一位。因此這本書，雖然不是完成於現代派活躍的時期，但其所寫的精神與旨趣，站在「移植說」的立場，還是值得探討的，何況此書，是林亨泰現存最重要的一本詩論書籍呢！

本書談論的重點，可歸納爲三點。第一點是從詩工具論現代詩興起之因；第二點是談現代詩的基本精神是什麼？並舉某些詩人之詩印證；第三點是指出中國現代詩人所負的使命。

五四文學革命，詩人普遍覺醒以白話寫詩，這種詩工具的改革，可能使詩「散文化」，亦可能「非詩化」，林亨泰認爲以白話爲工具寫詩，對詩人而言可能是一種相當沈重的負擔。例如胡適的白話詩，既不比用散文來寫更優秀，反而暴露出遜於舊詩凝鍊的缺點。又如「新詩盟主」徐志摩的詩，總算比胡適的詩進步，但因爲太抒情，詩調首尾如一，反而顯得單調，讀完了，輕快感也就跟着終止了。像他的很有名的一首詩「再別康橋」的寫法，林亨泰說：「……可是嚴格地說起來，這種自然發生式的寫法，已經不被今日的詩人承認是詩的寫法了。只能承認爲散文式的寫法。其中流貫的調子，與其認爲『詩的音樂性』，毋寧視作『散文的音樂性』，而應該加以排斥。」此外林亨泰再把徐志摩「我所知道的康橋」末段：「一別兩年多了，康橋，誰知道我這思鄉的隱憂？也不想別的，我只要那晚鐘撼動的黃昏，沒遮攔的田野，獨自斜倚在軟草裏，看第一個大星在天邊出現。」予以分行：

　一別二年多了，
　康橋，
誰知我這
　思鄉的隱憂？

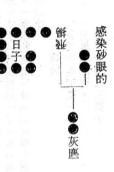

也不想別的，
我只要
那晚鐘撼動的黃昏，
沒遮攔的田野！
獨自
斜倚在軟草裏，
看第一個
大星在天邊出現！

由是可知五四時代的新詩人寫詩的方法是什麼了，他們以「分行」爲寫詩的唯一方法。但爲了錘鍊新詩的工具，使詩能以更新的形式出現，經過大陸時期象徵詩的啓蒙和摸索以後，現代詩自然因應而興起。

但是怎樣的白話才適合於詩，換句話說怎樣的白話才不在散文這次元的白話，才堪稱爲存在於詩次元之上的白話?林亨泰以爲像這種問題，已經涉及到現代詩的基礎精神——眞摯性。把「眞摯性」用來淨化日常用語，從習慣化僵硬化的狀態中得到新的生命與活力，再把「日常用語」從散文的次元，飛到詩的次元，便可成爲眞正「詩的用語」——「詩的白話」了。林亨泰認爲紀弦的「脫襪吟」、「都市的魔術」及「向文學告別」等詩是合乎上述觀點的詩：

脫襪吟

何其臭的襪子，
何其臭的脚，
這是流浪人的襪子。
沒有家，
也沒有親人，
家呀，親人呀，
何其生疏的東西呀！

都市的魔術

騷音和速率。
立體。立體。立體。恐怖的立體。
蛆樣的人群。蛆樣的人群。
碳酸氣和傳染病的製造所。
我不能思想。我眩暈。
我甚至失去了比一切重要的
自意識和存在感。
我收縮了起來。我渺小了起來
而且作爲蛆群中的一蛆，
食着糞，食着溺，蠕動在
二十世紀的都市裏。
我是被征服了！
我是被征服了！
騷音和速率。騷音和速率。
恐怖的立體。恐怖的立體。
爲什麼
作爲原野的衆兄弟之一的

我的修偉的姿
收縮了起來?渺小了起來?

向文學告別（僅錄第一、二節）

1

向文學告別。向詩，說再會。
今天，我是如此的傷心，如此的心碎。

向「惡之華」、「巴黎之憂鬱」
說再會。向但丁、我們的大屈原、
李白、杜甫、陶淵明、保爾・梵樂希、
「古池」的作者、T・S・艾略特、
惠特曼、愛倫・坡、阿保里奈爾、
高克多、厨川白村、安特烈・紀德、
意象派們、每一個超現實主義者、
自殺了的葉賽寧和嘲笑了人家的自殺
然而終於也自殺了的瑪耶可夫斯基
說再會。而且向你：
我的靈感的小綠樹，說再會。
啊啊，再會，再會，再會。
我是如此的傷心，如此的心碎！

再會！小綠樹。
再會！美的理想和夢的黃金地平線。
再會。
　再會
　　文學再會！
　　　詩再會！

2

何處去?——
茫茫的街。茫茫的夜。
從宣告打烊的咖啡店DD步出，
沿着靜安寺路，南京路，向外灘。
江海關的大鐘：
鏗鏘的十二時。

我倚着手杖，佇立在黃浦江邊，
抽着煙斗，想——

沒有生存空間。沒有寫作場所。
沒有書桌，書架和椅子。沒有家！
沒有閑暇和餘裕。沒有創造。
沒有心的平安和靈魂的午睡。
而在我的動亂的生命裏，
是常充滿了一種藝術的苦悶，
一種詩的、詩的渴念。

而且嚴重地患着營養不良症：
形容枯槁，顏色憔悴。
冬天來了：沒有大衣。
沒有一個地方可以容我棲居，藉以遮蔽風雨。
沒有溫暖。沒有休息。沒有家！

只有奔波，只有流浪，

奔波奔波，流浪流浪，
辛辛苦苦，覓食處處。
啊啊，茫茫的國，何處去？

林亭泰除了舉出紀弦的詩來印證現代詩的基本精神，並讓人了解到怎樣的詩其中才含有眞正的詩的「白話」外，另外也舉瘂弦、商禽的詩來印證。他說：「把習慣化的日常用語無批判地取用於詩中的五四時代的詩用語，到了紀弦時，由其『眞摯性』感性的質素被純化了，感情的容量也更增加了。可是無可否定的，一到瘂弦、商禽兩位時，由於「隱喩」的多量使用，想像力的領域大爲擴展，因而詩味也就更加微妙了。這不能不說是一種進步。」詩人的新個性，要用新的形式才能眞摯地表現出來，這是現代詩人努力追求的鵠的。中國的現代詩人，向詩的白話工具挑戰，不斷地改造它，使它成爲一種眞正理想的工具，適合於現代詩的形式表現，這種努力的精神，並不亞於歷代文言詩人對於詩的文言工具的錘鍊。

同時，林亭泰也舉了洛夫的詩集「石室之死亡」再印證。論其大乘寫法，將「隱喩」更高度運用，以塑造特殊且頻繁的意象。但他也說：「使用隱喩的能力，雖說已成爲一種測量現代詩人的能力的『度量衡』，可是假如這隱喩的使用決不是爲了詩而使用它，僅只爲製造隱喩而使用時，就與那種藏匿了謎一樣，爲使之難解而弄出花樣，結果是大大地喪盡了「詩」之本質的。」

最後，林亭泰在本書末頁，指出中國現代詩人應負的使命。他認爲，現代詩人不僅應關切自己身處的國家環境，也應該注意到世界各地所發生的事情，因爲現在沒有一個國家可以孤立存在的，世局的變動也能影響到自己國家的變動，關心世界各地所發生的事情，不也等於關心自己國家的命運嗎？所以林亭泰說：「時代既已這樣地成爲世界性，成爲全人類性的時候，中國詩人的詩，只是汲汲於抒寫僅適合於中國人胃口的所謂「中國的詩」的話，那就未免眼光太過於狹窄，失之於太「自私」了。只要詩人是眞摯的，他一定會以全世界人類爲整體而把握它，毫不吝惜地把自己的命運賭在時代和全人類的命運裏面的。中國詩人要有這樣地成爲世界之一員，對它感覺到責任，不斷地作用於世界並且有推動世界的積極的意欲——即創作「世界的詩」乃至「人類的詩」，才能開拓中國詩向世界詩壇躍進的道路，中國詩的「文藝復興」才有可能，這一點就是本輯之所以要闡述的結論。」這個結論和「中國詩的傳統」一文的結論，是一貫的、相同的。

如果單從上述林亭泰指出中國現代詩人應負的使命所說的話觀之，很容易使人提出這樣一個問題來，即林亭泰所說的話原則不錯，可是因爲太注意整個世界及全人類的結果，往往會忘掉自己的國家、迷失自己。當然這也是反對「移植說」者一向所最擔心的問題。不過如果另讀一直在笠詩刊中連載的他的「我們時代裏的中國詩」，老是以「血統」爲主題，來分析研究詩人的作品，如余光中的「歷史感覺」、錦連的「形而上思考」、桓夫的「現實觀」以及白萩的「回歸」、「認同」的話，那麼，前述的擔心問題，當不會發生，也就不致誤會林亭泰的意思了。

詩人的備忘錄(三)

錦連譯

詩人對Metaphysics的衝動，能呈顯最激烈疼痛的是在於戀愛詩。人在戀愛體驗中，會嚐到欲超越日常性，社會性的現實的框兒之一種像是永遠的生命感。這種意識會使他面對與從前完全不同的世界之構造。具體的有限的各種境界線變得模糊，而會活鮮鮮地感到它像是與無限的事物連繫着。但這充足的虛無却是不能認識的。而且戀愛的對象似乎位置於不能認識的宇宙之全體性的中心。這時，詩人總會欲以語言來定着其不可捉住的構圖而着急的。

但對這Metaphysics現像的渴望，依個性的不同，有各種不同的型態。因爲幾乎在一切場合，詩人的追求絕對與這戀愛詩的對於實現Metaphysics的努力，其最高潮的青春時期相同，並且嚴格來說，像詩人各個的現實狀況不同，所謂絕對，也因各個詩人而完全相異。

絕對一詞，我們將以詩人在究極所意志的意味來使用。這裏當然含有戀愛，但也包括其他一切，而成爲精神的全體性之直接和瞬間的對象。這種意識乃是區別詩與散文的最初條件。因爲今天詩與散文確有交錯地帶，而型態上的或表現法上的區別是徒勞無效的。

「絕對」是不可能表現的。這一點，詩人早就瞭解得很徹底。然而生活在相對性世界的現實狀況裏，仍要意圖予以表現，是因爲它是能够通過詩的表現去發見未知的眞實，而以感動的狀態傳達的。在詩的表現上，能容許把語言如物質般加以使用，也是由於隱藏着如此原由的緣故。

於戀愛詩的對Metaphysics的衝動是非常複雜的。它會自日常性，社會性的基礎上產生，但也會保持着愛情和肉欲的一切可能之均衡，而將生命予以擴大和變化。在此一階段就停止的也不少，但如果生命力過剩，最後它會去夢想「死」。換句話說，那便是永遠或無限的一種逆說性的形式。這種愛情、肉欲、生命和死是戀愛詩的Metaphysics之基本要素。

優異的詩人能够把戀愛詩轉化到新的Metaphysics之次元。但不用說，那也必須站在絕不與詩作品的裝飾化，安易化妥協的基本態度始有可能的。

惡之華

波特萊爾著
杜國清譯

LES

FLEURS DU MAL

PAR

CHARLES BAUDELAIRE

On dit qu'il faut couler les exécrables choses
Dans le puits de l'oubli et au sépulchre encloses,
Et que par les escrits le mal ressuscité
Infectera les mœurs de la postérité.
Mais le vice n'a point pour mère la science,
Et la vertu n'est pas fille de l'ignorance.

(Théodore Agrippa d'Aubigné, *Les Tragiques*, liv. II.)

PARIS
POULET-MALASSIS ET DE BROISE
LIBRAIRES-ÉDITEURS
4, rue de Buci.

1857.

91 小老婆

I

在古都那些曲折的街道的褶裥裡，
一切甚至恐怖都變成誘人的景致，
我窺伺着，隨着我那不寧的心緒，
那些老朽而迷人的，奇妙的人物。

骨頭脫節的這些怪物曾經是美人，
葉波妮或賴絲！斷腰駝背歪扭的
醜怪，我們愛吧！她們也有靈魂。
身上的裙子滿是破洞而衣裳冷薄，

她們爬着，受着無情北風的鞭打，
顫抖於公共馬車滾動車輪的聲音，
而將一個小提包綉着花卉或謎畫，
緊挾在腋下，像挾着聖者的遺品；

她們急走的姿態全然像傀儡一樣；
她們拖着身子跛行，像負傷的獸，
或像被無情的「惡魔」不斷搖響，
那可憐的小鈴般身不由己地舞着！

雖已老殘，她們的眼睛銳利如錐，
澄亮如在夜裡沈睡的那些小水窪；
她們具有小女孩的眼睛那種聖潔，
對一切閃着光亮的東西莞爾驚訝。

——你是否注意到許多老太婆的棺材，
差不多和一個小孩兒的大小相等？
聰明的「死神」在這類似的棺台，
顯示一種奇異而饒有趣味的象徵，

而當我瞥見一個不勝衰弱的幽靈，
橫過巴黎，人羣聚集如蟻的街衢，
我總似乎覺得，那個脆弱的生命
在向着一個新的搖籃靜靜地走去；

要不然，沈湎在幾何學上的瞑想，
當我看見這些肢體不相稱的姿態，
我在想：棺材匠得試換多少式樣，
才能造出適合於這些軀體的棺材。

——這些眼睛是充滿着無數淚水的井，
是冷却了的金屬閃閃發光的坩堝……
這些神秘的眼睛含有無敵的媚情，
對於嚴厲的「不幸」奶養長大者！

譯註：

葉波妮（Eponine）：高盧（Gual）人沙比納斯（Sabinus）之妻。謀叛失敗之後與夫逃匿於地下室九年，丈夫被發覺判處死刑之後，大罵羅馬皇帝殉夫而死。

賴絲（Lais）：古希臘的名妓。

II

迷戀着已廢的發拉斯卡地的巫女；
劇情塔麗的尼僧，唉！她的名字
只知於黃泉的提詞人；名煙花女，
在笛浮里的花蔭下，享有盛名時，

她們都使我迷醉！這些嬌弱者裡，
有些人以苦惱釀蜜，向着將翅膀
借給她們的「獻身」，如此豪語：
雄健的鷲身天馬喲把我帶到天上！

其中一個因祖國而歷盡千辛萬苦，
另一個因丈夫而忍受苦惱的重荷，
另一個因兒子而變成刺胸的聖母，
每一個都可能以其淚水造成大河！

譯註：

發拉斯卡地（Frascati）：巴黎的一個賭場，也准許女人出入，於一八三六年廢除。或指羅馬近郊的都邑，為宗教中心地。

塔麗（Thalie）：希臘神話中戲劇與牧歌的女神。

笛浮里（Tivoli）：巴黎兩家舞廳的名字。或指羅馬附近風光明媚的避暑勝地。

III

啊幾次我跟隨這些小老太婆後頭！
其中一個，當落日以滴血的創傷，
將那天空，染成一片朱紅的血泊，
她陷入沈思孤伶伶地坐在板凳上，

傾聽軍中樂隊以許多銅樂器奏出
有時候漲滿了我們的公園的音樂，
而在金黃的暮色使人感到復活時，
它在市民心中注入了某種大無畏。

這老太婆，腰還挺着，儀態翩翩，
貪婪地吸入這雄壯而活潑的軍歌；
她的一眼有時睜開像老殘的鷹眼，
桂冠適合戴在她那大理石的前額！

IV

這樣，妳們走去，堅忍且無怨尤，
從暴滿活力的都市的混亂中橫過，
心上淌血的母親，娼婦或聖女喲，
妳們的名字啊曾有一時萬人謳歌。

曾經風姿綽約，榮華一時的妳們，
現在無人相識！一個粗魯的醉鬼，
走過時侮辱妳們，以下流的語言；
妳們背後卑鄙膽怯的小孩在雀躍。

對活着感到羞恥，萎縮的影子喲，
怯懦、屈背，妳們沿着墻壁走來；
而且沒人打招呼，奇妙的命運喲！
為往他界而準備成熟的人間殘骸！

可是我呀，我溫柔地遙望着妳們，
不安的眼睛凝視着那踉蹌的脚步，
有如我是妳們的父親，啊妙得很！
我品嚐着秘密的快樂而妳們不知：

我看見妳們初戀之情盛開的花朵；
我生活在妳們的往日，或明或幽；
我多感的心享受妳們所有的罪惡！
我的靈魂閃耀着妳們所有的美德！

廢墟喲！我家人喲！啊同質的心！
我每天晚上給妳們莊嚴的告別辭！
「神」可怕的指爪所攫住的妳們，
八十歲的夏娃喲妳們明日在何處？

92 盲人

我靈魂喲，看吧；他們實在醜惡！
就像木頭模特兒；多少有點滑稽；
像夢遊病者那樣令人害怕，奇異；
他們幽暗的眼珠不知向哪兒投射。

他們的眼睛，失去了神聖的閃爍，
一直擧向天空，好像在遙望遠方；
人們從來沒見過他們向着舖道上，
入夢似地低垂着他們那沈重的頭。

如此，他們橫過無涯的黑闇世界，
千古的沈默的兄弟。在我們周圍，
哦哦都市喲！當你唱着笑着吼着，

熱中地沈醉在近於殘酷的歡樂時，
看！我也拖着脚！但比他們愚遲，
我說：瞎子喲你們在天上找什麼？

93 給路上錯過的一個女人

街道在我周圍震耳欲聾地吼叫着。
修長窈窕，黑喪服，莊嚴的哀愁，
一個女人走過，以一隻豪華的手
撩起，搖擺着有花綵邊飾的裙褶；

輕快而高貴，露出彫像般的小腿。
我呀，全身痙攣有如狂得發了瘋，
從她眼中，醞釀風暴的鉛色天空，
狂飲着致命的快樂和消魂的美味。

一閃……已是暗夜！——瞬間的美人，
妳的眼神使我突然之間獲得新生，
我再也看不到妳，在赴永生之前？
他處距此遙遠！已遲！不再相逢！
我不知妳的去向妳不知我的行方，
啊妳知道的呀，妳啊我可會愛上！

94 骸耕圖

I

蓋滿灰塵的河岸舊書攤，
那兒死屍般的許多書籍，
沈睡着像古代的木乃伊，
且陳放着人體解剖圖版，

其中所描繪的一些圖案，
老畫工以其學識和毅力，
傳達出了「美」的氣息，
雖然它表現的主題悲慘，

在這些圖版中人們看出
使神秘的恐怖更完美的：
像農夫似的大地耕鋤者，
無皮的人體筋絡與骸骨。

II

從你們所挖掘的這地面，
從你們那剝了皮的筋肌，
以及脊椎骨的一切努力，
認命陰慘的大地耕作人，

說吧，什麼奇特的收穫，
你們收割？你們得充實
哪個稅吏的倉庫以穀物？
從墓地拉出的苦役犯喲！

你們是否（過酷的命運
所示的顯明可怕的象徵！）
想證明：甚至在墓穴中，
約好的睡眠也不得安穩？

對於我們「虛無」是背叛者？
一切都欺騙我們甚至「死」？
而且在那無窮盡的時日，
唉唉！我們或許將被迫

在某個不爲人知的國度，
將大地荒瘠的硬皮剝翻，
且推動一把沈重的鐵鏟，
以我們那淌着血的赤足？

95 夕暮

這是誘人的黃昏，犯罪者的朋友；
它悄悄地潛行而來，像一個同謀；
天空像一間廣大的凹室慢慢閉合，
而性急的人變成了叢林中的野獸。

哦哦黃昏，「今天我們做了工作！」
手臂能眞實這樣說的人所急待的，
可愛的黃昏——這種黃昏，慰撫
人們的靈魂被殘酷的苦惱所啃蝕，
慰撫鑽研不倦的學者低垂的前額，
以及彎着腰回到臥床來的勞動者。

而這時，在大氣中，悖德的惡魔，
鈍重地睜開睡眼，像實業家似的，
而且敲叩百葉窗和房檐到處飛翔。
越過風所折磨的閃縮不定的微光，
「賣淫」在街頭巷尾，點起了灯；
四面八方她設有出口，像個蟻塚；
到處，她開拓出許多隱密的通路，
儼然就像企圖奇襲的敵人的軍勢；
她蠢動於泥濘之地的都市的心中，
有如向「人類」竊取食物的蛆虫。

人們到處聽到厨房裡噓哨的聲音，
戲院的高聲叫喊，交響樂的鼾吟；
以賭為主要樂趣的賭窟的客飯桌，
坐滿娼婦與騙子，她們的共謀者；
而小偷們既無休息也得不到寬赦，
他們也不久卽將開始他們的工作，
而且毫無聲息地撬開門戶和錢柜，
為了幾天的口糧和情婦的治裝費。

我靈魂喲靜想一下在這莊嚴時刻，
對着那些喧騷，且塞起你的耳朵。
這時正是病人的痛苦轉劇的時候！
陰暗的「夜」掐住了他們的咽喉；
他們完成宿命而走向共同的深淵；
醫院充滿他們的嘆息——不只一人
無法再來求取那冒着香氣的菜湯，
在壁爐邊，今夜，在愛人的身旁。

而且他們中大部分從來就沒活過，
從來不知道家人圍爐的天倫之樂！

海棠詩展

東吳大學
海棠詩社選輯

最芬芳的泥土是故國的泥土
最美麗的容顏是故國的容顏
啊，海棠
故國在隔岸
一葉蘊育着版圖溫暖的海棠

海棠的話：她，誕生於民國六十四年三月，至今算來也不過只有一歲；她的胎源係自早先的大學詩社「政變」而來。大學詩刊創立於五十年左右，係一包容舊詩詞曲、新詩的新舊羼雜的小刊物，歷經十餘年來的滄海桑田，由於園丁的怠工，乃使得這座原可能百花齊放的「花園」徒然荒蕪成爲一片廢墟（曾經有位蕭呈昌學長憤慨地寫出如下的詩句來「爲東吳新詩診斷」：妳，感染貧血症的金魚／脈管流着大量白血球／瞳孔近視得祇能盯住玻璃缸底／那耀眼的鱗片是堆飄浮的辭藻……）玆有詩爲證。後來經過一場「新舊」之爭後，我們這朶矢志「使美麗的海棠在中華文化的土壤上開放文學之花」的她於焉誕生。

「海棠」因爲立誓要「下大學詩社的半旗」，所以打出生伊始，她卽積極地發揚「入世」的思想，迹近瘋狂的舉辦多項詩活動，並且多方鼓勵校內的芸芸園丁「進攻」校外各大詩刊，我們說的：你投稿時，就像手上正握着一管槍，指揮着大隊人馬，要向詩的國度進攻。槍的口徑不一定要大，口徑大充其量聲音大點罷了，我們要威力够猛的槍。以下就是我們懷抱着理想實驗而來的「成果」。也許我們眼高手低，但年青人嘛，永遠需要無止盡的勇氣與熱力，您以爲?!（宋熹）

林伯宇作品

懷古
（邊塞狂想）

狂砂掩日　朔風野號
我祭完了旗
擂完了鼓
於是我背着雙手站在城垣上
向圍立的將校發表一篇激動的講話

白日無光　黃砂捲地
我和諸將拈圖既畢
於是下令擊鼓鳴角
兵分七路
那管他單于、東胡、西戎、氐、羌
我左攻右掃
踰過杭愛山
逕蹻烏梁海

磧鹵坦蕩
大漠無風
鹽澤如鏡
聽說雅克薩城連焚七日
聽說色楞格河變成赤紅
聽說西域諸王皆來輸誠
於是我立碑於黑龍江　封銘於蔥嶺
於是我羽扇鶴袍
拜謁於黃陵

行行作品

向　夏

藝術館的舞台演出向夏
在右側的門推開，是風止六時
是落霧以前
天空未說話
草莽就泛起醉色
蓮葉之上遂有寂寞的夕陽
豎立，蜻蜓豎立
我便不再路過昨夜風雨
籬下古老的薔薇
豈只是凝望變色的天空
霧落之後
在街頭亮起一盞灯如你之眩耀
我已打灯下掠過
會聚千葉
蓮花跌落紛紛
池畔青苔經過鞋面
霧靄似昨夜夢裏飄渺
額際黑髮遂爲茫白
霧盡之後
熠熠白陽自你住屋之後昇起

許楊作品

雨　季

雨勢滑過不清的
清明，滑過
競舟的雙舷；如太密的
苔草自你的門口
伸向街的那頭，並且
生長着。

是的，街的那頭
飲酒的水樓，紋身的
海棠，鄉音瘦瘦
啊，鄉音，雨後
我們一同去，一同
隨潮濕的街心潮濕

而如何你竟已慣於埋着頭
額前，額後，額右，額左，圍植
一園荒雪；雨後，我們同去
同去跨踏那條街（潮濕的街啊）
注視我，注視我
雪，月，你的眸，雪，月
（呵呵長安一片月）注視我

你一逕擧杯
我却無端燒成
一團火

吳家秀作品

阿　公

——童年之一

作稻草人的日子總是
新樂園的不離嘴
栽稻草人的日子也是這樣
一支隨着一支
一包再又一包
五身
三身
一個早上

阿　媽

在那個拜拜的日子，總是
第一個提着謝籃
第一個把牲禮擺上供桌
第一個點香
第一個跪拜
作戲的日子也是這樣
第一個趕到廟前，而且
第一個流下淚來

張捷帆作品

雨後

雨後的路上，我脚量着跌碎了的天空
遂踢開了那孩提停駐底門扉。

塗上炭灰的死臉是雨前的天空，那時
我們不顧母親討厭多慮的喝止
任性地示威嘲弄
一隊人馬的笑喊就把天空給逗哭了

「我是警察，你是小偷」，那時
屋裏院外都是敵我衝殺的戰場
我是立地頂天不怕雨的英雄。
英雄也要屈服在媽媽的藤條下
我遂被關在籠裏和蠢動的貓，外面雨中有魚

雨奏樂後，我們在屋後的運河賽紙船
那時
却有天空破碎的臉在
積水處揚起

記得一天雨後晚上
我高興來了三個噴嚏，媽媽就嗔叱了我一碗痲油鷄
啊，雨前雨後是一首蘊藏歡笑的兒歌：
媽媽作曲，我作詞

欣陽作品

香菸的命運

低廉的肉體
却以高價出售

親嘴之後
却又被賤踏

鹿野作品

思想起

思想起
烏油油的豌豆　長長的畦
纖纖的手呢
思想起
金黃黃的稻浪　爽爽的風
不羈的童音呢

思想起
綿延延的大地　朵朵的雲
溪邊的夢呢
一輪明月　一孤瘦影
一個故鄉　幾多鄉心
思想起
還要磨破幾雙鞋呢

簡美星作品

北門頂角的示度燈

瞧你竟也赧顏
在連續的 20°C 以後

早知你已老邁
老邁得像風燭
殘年
那白髮蒼蒼的老婆婆呵
顫顫復危危的行走着
每日清淒的哀號
每日訴說着
同樣老邁的故事

於是看你連續的 20°C
總是禁不住啞然
（會令我失笑的呀！）
20°C　20°C　20°C

一介無月的夜
你的伙伴告知我
現在的時刻……
而你是一片黑漆
而你是一陣沉寂
就說是一種慶幸吧！

你不復甦醒了
（歡迎新來取代你的）
亦或僅似我底
第一個直覺
你只是赧顏
只是羞赧連續的20°C

於是你一闔眼
休息去了
而你底伙伴
猶寂寞地亮着
還告訴我
現在的時刻……

宋熹作品

新三笑緣

聞說秋香姑娘是穿褲襪的
不管溽暑抑是寒冬
　於是
我不相信地直往西門町鬧區走
唐伯虎一樣的對著
每一個可能穿褲襪的女孩子的大腿
三笑
「小生宋熹這廂有禮哩」

忽然！
一個跟秋香長得一模一樣長髮的
女郎出現了！一件牛仔褲
虎虎踏出八面的威風
太空衣老在衝着我冷冷地……笑

結論是一個巴掌兩句三字經
兩個拳頭一灘臭口痰
再而三……笑
倒下去的竟是我我
「少年的你中了那一門子邪你侮
辱我哼你當我眞是那賤貨秋香？」

沈萌作品

夜遊白沙灣

晚霞在眼際輕輕滑下
夜繼而掀起它的裙裾盈舞
踏在酣睡的淡金公路上
四週點點的迷你燈籠
追逐我們寂寞的笑浪
望着鑲在白沙灣上
笑咧開嘴的下弦月
此時有聲勝無聲
海不斷揮動它巨大的身骸
抖起那抑揚的八度音符
奏着雄壯的交響曲
却喚不醒爬進夢鄉的礁岩
耳中似有不盡沙子的夢囈
被曬累的陸地是沉睡者
夜遊在我們血液裏歌唱
只有我們仍是歡躍着底

陳默作品

囘家的時刻

聲聲慢的調子
突然
如一曲活潑的旋律
旅人的鄉愁急駛心中的軌道
將進站時的嚨嚨嚨
不停盡的囘響

時光拂光掠影的倒數
睜開故鄉的眼
家的影像急促的放映
放映着故鄉原野的草香
濃郁的淹沒一切

柏舟作品

落花曲

風響千林外
在你無聲的歎息裏
一朵水蓮乃竟如此婉約
旋舞於幕落之際

昔曾靜若止水
而今化作波光渺渺
你以音符般優雅
粼粼於水面

倘年華裙裾曳過
露霞似垂帳條落
伴你永恒亦如落花艷麗

黃曼作品

行腳僧

三尺之上，天空
跌足之下，天涯
跫音在前，落葉在後
時間，忽忽追逼而來
不能啊

他已要去髮絲三千
不能不能
要去我的鬍髭

空空，時間
寥遙，天涯
一追一逃
沿門托鉢

墨荷作品

末路

淡淡的夕陽
投入沉默的鬢影
竟有了些微地哀傷
（絢麗的終歸於平淡了）
是這樣的晴夜
搖着蒲扇你赤足而來
盡說說星殞的故事
總如老者的歲月
難道眞是夜太沉？
　漸漸地
琴絃瘖啞了
悠悠地笛聲亦遠遠地去了
莫不是
　英雄的寶劍早失落了

鄭顥作品

外婆是否出遊了

如果憶起農曆七月的另一種人
就紛然湧來墓碑之一的外婆的臉
臉上是這般浮着很春天的笑容

二千三百個日子
一直。您的臉
被畫在瞳孔的對面
一直。您的叮嚀
被框在心的備忘錄里
只是——
紙箔燃燒的方向不知流浪到哪了
那些給您西去的錢不知是否還够花
或許西方的日子清苦些
但外婆您一向很堅強

七月把祭品
排成標語
却猶不見您瘦瘦的身影

呂健忠作品

舞龍的節奏

序　奏

扶風雲而上
擧起擎天的頭顱
把太陽推向至高至遠
讓每寸空間都泛成音符
讓花鼓徹響每分時間
而龍首騰躍自如
　龍隊舞蹈如之

第一章：構　圖

靜謐的愛琴海猶是湛藍，那時
你已然忘却曾有圖騰那麼一回事
記得有一天，你紅着眼眶從花蓮回來，把淚水遺落在雅美
族文化村，對我說：「他們落葉不歸根。」然後……然後
，你又哭了，——記得嗎？
是啊！
盤谷？好熟悉的名字。
乞巧會嚒？一則老掉了牙的故事。
望着長流的細水
細數花開花落
跋涉着　惦記着

惦記而又跋涉
總放不下某些掛懷的心思……
——你說的是滄海，不錯
可是啊，又有誰知道那天會成了桑田？

不錯，你說的是桑田
孩子們又得開始跋涉了
先讓后羿射落九個太陽
看黃河遷流
細數河陽河陰
匍伏着　攀爬着
攀爬而又匍伏
桑田滄海於心總戚戚
——疆有界而視無極
是一幅怎樣的景象呵！

唉！逝者如斯。
「是啊，好長好長的路……」
回首，靜謐的愛琴海猶是湛藍
你已然忘却曾有圖騰那麼一回事

第二章：料羅灣的潮

「報告排長：爲什麼厦門那邊一隻海鳥也沒有？」

封禪休矣！

水調三疊。坐望鳥絕愁眠處
山河如昔　姓氏如昔
而那呵護過父兄的河山呢？

祠堂呢？
彈冠振衣，迎傾鼓之舞
延頸目之
企踵目之
橫絕四海
爲我擊鼓

舞者哪舞者
必有人蹀貫先生之血於浪潮之中
先生，我已然負荆持槍於浪潮之前
竚立鹹鹹的小島
任狼煙嗆我的鼻
任煙幕嗆我的眼
幾番善養的經驗，幾番酣醒
幾番追憶盡情翩舞的龍首
讓氣氛兀自飽和
讓浪潮兀自起嘯契機的序奏

沒事就裝上滿膛的彈吧
占個卜，還是不讓觀衆入席
我始打槍管出生，去應市一種信仰
去捨棄所謂的墳墓
去踏尋對岸裊裊欲逝的鼓音　然後
側耳傾聽海波拈出的回響

水域何辜，竟得默認魚群雁陣的奚落？
斷了手斷了足下海的，只能隨潮拍岸
却想匍伏着撈一把舞龍的踏痕
可嘆花鼓很陌生

拾君音貌葬汝衣冠
一步一祭跪向炮鎖重重的鄉草
流離的不是難民，是根
是不認得爹娘的一代
魂兮　古國的子民
魂兮歸來

第三章：長城之變貌

「渴死了，同志，抽瓶血來。」

十足現代化的憑弔
不沾濡什麼，也不被什麼沾濡
隔岸三遞飛吻
舞者，您在何方？
「小老弟哪，你有所不知，
　花鼓早就絕響了。」
花鼓是沉默了。
不流傳什麼，也不汚染什麼
驚見眼眶陷似幽谷，九醒夢廻
喉嚨深處有一根斷弦
據說：季風歸隱多年了
莫怪瑞雪非瑞，及時雨不及時
沒了香火，焉起法壇？
祈個禱，忘了怎麼說阿彌陀佛
盛行風吹熔了風鈴，抖落了面具
任何頓足、叩頭、五體貼地
血流成渠，綠不了連天的龜土
　花鼓呢？

催淚墻猶呈故址風采
觀光勝地盎添旌旗的氣象
淚湖遺跡復添淚的化石，以及
患有恐光症的情緒
　花鼓呢？
一張嘴吧就是一記休止符
想想欲好奇而不敢好奇的眼光
　花鼓呢？
飛去朝謁的旅人哪
落塵永遠提煉不出古典的元素
　花鼓沉默了
　花鼓沉默了
　之後
堂前燕也失踪了
好近好近的血緣，好遠好遠的距離
好想打個招呼
鄉親沾過泥打過滾的土却疾疾搖頭
未嘗生離已然死別的一幕。隔着岸
欲觀山；觀山成墻
　望不斷的山墻
　橫
　看
豎看側看倒着看，面面俱看，
怎麼看也是骷髏和凸塚的對坐
空佔幾尺黃土
不忍骨灰幡飛
剝了皮的樹就背起蝸牛的殼了

第四章：異　象

（暗場。
舞台上現一輪紅日。
紅日現暈。
舞者惑。
席地占卜。
舞者驚。）
（燈熔暗。）
「日暈，主凶。」
（熔明。）
（無邊落日圓。
夜景。
雷電交加。
舞者駭。
頃，舞者掩面。
燈即滅。
雷雨停。
暗場。）

第五章：又是舞龍的季節

瞧！又是舞龍的季節——
什麼日子是你不敢須臾或忘的？
什麼地方是你不敢須臾或忘的？
故事總得訴說
路總得走
龍隊於是起舞翩翩
我們也就扶風雲直上
　去舞龍
　去走路
　去訴說我們的故事
去追憶龍舞的序奏
是啊！又是舞龍的季節了！

民國六十四年十月廿九日定稿

附註

1. 第二章最後兩行係以宜敍調唱出，附譜如下：

2. 第四章係以啞劇形式演出。動作力求舞蹈化。

試析郭成義「薔薇的血跡」

——鬍鬚、默契與晒三首——

趙迺定

「鬍鬚」一首，先以「活了一大把年紀／只留下這一點點積蓄／還忍心把它刮淨嗎」做一個自問，雖無自答，但在文辭上是欲慾否定的回答，接着再以驚訝的口吻道出，我是不忍心把它刮淨，可是「奇怪的是／每個人都在刮／越是將老的人／刮得越起勁」，這一節是一個事實，但在文辭上也告訴了讀者，人是多麼的懼怕年老，哀傷歲月之逝；可是哀傷歲月之逝自哀傷，懼怕年老自懼怕，歲月依舊在分分秒秒的消逝，歲月依舊不饒人，所以當「假如／鬍鬚落地也有聲音的話／那麼在無鬚可刮的時候／便可以聽到／死亡的聲音了」

此詩乃在敍述鬍鬚被人厭的事，有鬍鬚就要被刮，等到「無鬚可刮」時，人已經「聽到死亡的聲音了」，事實上，鬍鬚本身並不可厭，鬍鬚之可厭乃在於鬍鬚之表示——年歲的增加。

本詩推延起來，可知世上很多人與物之可厭，不在其本身，而在其環境或其潛在的含意中；由「鬍鬚」來看人生，可知人必須慎乎交友，慎乎其行。

「默契」是很灰色的詩，描述生死之飄忽，並由飄忽生死觀念中解脫，而達生必須榮耀的境界。由「在不安的樹上／把一條繩子打成／圓圈」起首，而後「設想片刻之後／正好垂掛一個頭顱／的圓圈／只留下一個脖子的痕迹」，就那麼樣的把自我抹殺成更灰色，可是，當死將成事實時，人又開始惦念生了，可見人就是一直在生死意念中渡過其一生，所以當「圓圈／只留下一個脖子的痕迹」而不是「垂掛一個頭顱」時，接着作者就道出「而後悠閒地／坐在那棵樹下／欣賞這些死的準備／把自己唱成一支／飛翔的天空」，這一節乃是完全的解脫，在氣勢上也造成悠閒與飛翔的氣氛，而這生死的觀念，是生物皆具的過程，所以「而後悠閒地／坐在那棵樹下」時，緊接着，作者描述「突然一隻蝴蝶／急急忙忙／停在動盪的樹枝上」，顯示生死觀念是一種過程，而蝴蝶之生死乃是飄忽，且其生是一種顯耀與光彩，這又回溯前三節對死觀念的解脫，因之而增該詩所宣示的意念——生死也飄忽，但其生則希望是顯耀與光彩。

「晒」是以「小時候的衣物／擺在祖父的櫥櫃裡／已經霉濕了」起首，「這小時候」與「祖父的櫥櫃」皆是過去時間的意念，結合在一起，意念乃即時回復以往的時刻，那些衣物皆霉得潮濕了，可見霉的程度之深，緊接着「陰沉的日子」，在意念上又加深其灰暗與傷感，「終於有這麼一次陽光／是必須拿出來曝晒的」，在氣氛上由灰暗、回憶與傷感回復一曙陽光與希望，可是，不幸的是「却發現／一滴一滴的霉斑／腐爛在看不見的縫裡」，這一滴一滴的霉斑腐爛在看不見的縫裡，可是媽咪不見，而作者已被感染，因之作者寫下「此刻我沉默的姿態／已像極父親陰沉的臉」，突然的蒼老下去。

本詩氣氛由灰暗轉一曙陽光，可是一曙陽光只是一刹那，馬上又轉入更灰暗，而產生氣氛上驟然冰凍在陰沉裡。

以上三首詩，在氣氛上作者已能保握並達成其所欲求的氣氛；惟詩的韻味，即詩的擴張力與後延性仍嫌不足。對日常性題材的處理，應以不落入臼巢中，方能造成餘韻繞樑的作用，亦即要舊酒裝新瓶——使用新的技巧與言辭來達成意外的効果。一九七六、二、廿

在風城印象

林鍾隆

「在風城」中非馬展示出來的有三種可感的印象：

一、非馬喜愛以批評的心眼來透視人生的表象——在人生的舞台上，有各種各樣的戲劇在搬演，愚人只見其表面，而智者却能透視它的內裏；只見表面的，往往只被其變化所捉弄，唯有能透視內裏的，才能眞正領會其中的意義，也才能把握自己應有的態度，對事象的變化，才能賦予更高的意義，才能變化人生，破除問題，帶來幸福。詩，不爲什麼，只爲人生。人生不是無意義的走馬燈，人生應是朝向眞善美的軌跡。因此，了解人生是必須的。詩人透視得深刻，因而產生很濃的情緒或感情，然後發而爲詩，如同把在暗處的事物置於陽光下，如同把掩覆着的面紗揭去，使驚異於詩人目睹之「眞境」，亦使人立刻興起與詩人同樣的好惡，以及同樣深濃的情緒。

這一類的詩，我喜歡「圓桌武士」：

在巴黎和談的大圓桌上
爭吵着誰贏得了
美人的心
挑在他們尖尖槍矛上
滴着血的
美人的心

二、非馬喜歡從平凡的事物中，依獨我的思考，從中得到更有意義的詮釋——詩人，不是人生舞台的演員，他是一個欣賞者。人生是平凡的，平凡中有其不平凡在。俗話說：「慧眼識英雄」。沒有慧眼的人，就是英雄在前，也看不出來。「萬觀皆自得」。自得，不在於外物，而在乎「慧心」。具有慧心、慧眼的詩人，才能從「文章本天成」中「妙手偶得之」而成就詩文。欣賞，不完全決定於外物，而取決於欣賞者內心者往往超過被欣賞的事物的本身。如何從平凡中領會不平凡的意義，無疑是人生很正確、很可取、很令人激賞的態度。這種詩，經作者一點、一抹、一詮釋，彷佛金剛鑽被詩人洗去厚塵，也像「畫龍點睛」，使平凡之物，出現了很不平凡的豐采。

這一類的詩，我喜歡「構成」：

不給海鷗一個息脚的地方

海必定寂寞
於是冒險的船離岸出發了
豎着高高的桅

三、非馬的有些詩，看來是很消極的：喜歡以憂鬱的眼神去觀察萬物——這個問題很值得探索。

尼采說：「受苦的人，沒有悲觀的權利。」我認爲，詩人的感情，沒有經過過濾、淨化、純化，去除惡劣的質素，是不該寫入詩中的。詩人可以悲觀消沉，但是，向人推銷悲觀，消沉是不可原諒的罪惡。雖然廚川白村說文學是「苦悶的象徵」。但是，我們不可不知，苦悶，不是爲訴說苦悶的深淵，不是關在黑暗中吐述悲哀。落雨是爲了天晴，流淚是要沖掉悲愁；打雷是由於閃光，叫喊，是爲了敲破悶壁，迎接陽光。卽是消極的、悲沉的，也應含有向上的心境、光明的意義。

在這種了解下，有些詩似乎頗有問題，如：「從窗裏看雪」的「3」：

雪上的脚印
總是
越踩越
深
越踩越
不知所
云

這首看來很消極的詩，其實仍有積極的抨擊性。那「愈踩愈不知所云」，顯然不是雪地的印象，而是人事的象徵，人事的一種諷刺。具體地說：像一些不會開會討論的人，愈說愈使要討論的問題，陷入混亂的，就是這首詩諷刺的對象。

詩沒有積極意義是不成詩的。

以上雖然把非馬的詩分成三類，但是，仍有一種共同的特色，就是；詩人的目光是向外的，永遠是欣賞、批評、諷刺的，而沒有內省的，凝視自我的。讀林煥彰的詩，我們可以見其人，窺見其生活，讀非馬的詩則不能，不知非馬能否也寫些「槍口」向內的詩作？

敍事詩

早春

北川冬彦 作
陳千武 譯

1

遙遠而無親密感的天空壓低下來
從河下流
從海
暖暖的風撫過
崎嶇不平的廣漠的結氷河面
仍有橇子不斷地上上下下
載着貨的
載着人的　都有
也有把猪的四肢脚綑縛起來裝載着的。
那些橇子
站在橇尾張開双腿而屈身向前的中國人或韓人的橇夫
拿着插在股間伸向氷面的櫂很巧妙地操縱着
橇子
咻咻像在閃燿似地滑下去。
接近春天
載貨較笨重的時候
橇子
就把滑脚鑄造的刀刄　刺進軟下來的氷裡
新來的橇夫會被櫂撞上顎部
翻倒在摔丟客人之後的草蓆上呢。
拖拉伐倒的圓木材的馬姿，已很少看到了
馬連木材，踏破了氷
沈下河底，那怕人的事會發生啊。
夜
緊結的氷發出「瀕瀕」那種澄清的高響也聽不到了
聲響成爲咿咿的濁音
河底的流水潺潺地提高了騷雜聲。
鐵橋
經過了架在中國和韓國國境的長鐵橋
人人就從列車的窗。
探出頭來
如果是白天，就在陽光下
如果是夜晚，就在照明灯的幾百燭光裡
看見
閃燿着溜氷鞋的刀刄
像螞蟻群零亂的溜氷的夥伴們

到這個時候
這些夥伴的一個或二個人
必會碰到淡薄的地方
踏破氷
變成落湯雞
連皮包也都浸透了水
却還不儒怯地溜着氷。
天亮前
有一個韓國年輕女人
手揷入口袋裏
每次險而跌倒的時候就張開双臂
保持身體的平衡
想橫渡凍結的河上向彼岸走去。
從前年夏天
遇到大洪水
她的双親跟竹筏一起被濁流呑去了之後
載蓮便墮入貧窮的極點裡。
冬天
不管流浪到何處
任何垃圾箱，任何古井邊
都找不到一點充飢的東西，
而想在田地偸蘿蔔
祇有
凍氷露出的泥土和砍伐後的栗樹頭和茄子的枯枝
然而渡過河走向彼岸，便有頂好的工作等着她。
十一月中旬
河水結氷了不久
把那個工作
有個日本人的太太
告訴了來翻尋垃圾箱的載蓮。
不過，能做這種工作，也祇有河水凍結着的四個月而已。
天空散播着星星
對岸的街灯也閃閃爍爍
灯和星星
接近春天的現在，已不凍了
載蓮
忽而停下來敲打河面試試氷的結度，
她實在想不出，怎麼會不到半個月
這一面的氷就會融解而流失？
但那是事實
是悲哀的事實
氷的流失等於就是載蓮被奪走工作啊。
此時從河上吹來了一陣風向載蓮僅有的一條裳衫底邊
掃進了氷屑
叫載蓮滑在氷面上蹲下來。

秋天的陽光
被河下流吹來的風吹亂了。
在鐵橋上
載蓮
用一隻手按着裙邊
另一隻手抓住鐵橋的欄干
張開腿
一步一步像鴨子走路的姿勢
沿着長鐵橋的走道
從中國這邊，渡向韓國那邊去。

她的脚
被風煽動着像在櫓上那麼不安定，
從鐵橋之間藍色的波浪襲來
使載蓮覺得頭昏昏。
要渡過全長大約一千公尺長的鐵橋，莫不容易
經過了二十分
一步一步走到橋中央的地方
鐵橋却斷了，
鐵橋的一個桁，以橋脚為中心
向後轉着。
載蓮
必須等過一個小時之後，斷橋才能恢復連結。
她站在走道上等
向後轉的橋桁兩側斷了過中間
塗着黃色烟窗的黃汽船和帆柱先端飄揚紅色旗的中國帆船
在河上駛來駛去。
好不容易
載蓮才走到鐵橋的邊端，
那兒
却有塗上綠色的稅關檢查標誌。
從建築物裡穿着制服的日本官吏走出來了
一直走近站着稍憩的載蓮面前
很快地從口袋裡掏出小刀
刹那間，翻開載蓮的裳裙底邊
向股間
插進去。
嘰喳的聲音
使載蓮全身的血湧上臉部。

載蓮裳裙的前面潤濕了
從吊在股間用牛的膀胱做的袋子
燒酎流出來了。
載蓮染紅的臉變成皺紋
男人硬站着開始癡癡傻笑。

2

蛇一般的黑色列車，進入鐵橋發出很大的聲音
使載蓮從追憶的忘我清醒過來。
還沒有一架橇子經過
黑暗裏的橇道橫臥在灰白地上，走向鐵橋那邊消逝。
越過叠積在河岸的木材山堆
便能看到製材廠的很多倉庫，排列着黑黑的影子。
倉庫和倉庫之間
有個看守小房子，
四周都是黑暗
而遠方的店舖有微弱的灯亮着。
載蓮
試把嵌有磨玻璃的門一推
立刻毫無阻碍地開了。
狹窄的房子裏
在暖爐邊蓋着綿被
在油燈的光照下
一個日本人睡着。
牆上沒有裝飾
木板和木板的隙間雖用報紙塞滿了
但風仍然咻咻鑽進來。

從棉被的一端能窺見乾燥而蒙着塵埃的頭髮，
載蓮
毫無忌畏地爬上去
把棉被稍爲翻開
長着鬍鬚的不甚乾淨的臉露出來了。
載蓮捏他的耳朵
男人張開混濁的眼睛看了稍時
終於察知了她的來意
默默在枕頭下面掏出皮包
從裏面
抽出一張五毛錢紙幣
拋擲似地放在載蓮的膝上。
載蓮把它收起來
便投給男人的臉一撇微笑，
很輕易地
滑進男人的懷抱裏去。——
忽然載蓮睡醒了
男人已不在身邊
在遠方
像磨擦牙齒那樣嘰嘰嘰嘰鋸木材的聲音
滲雜人的講話聲傳來。
載蓮起來把衣服整一整
慢慢打開門，探視周圍
看不到人影。
太陽在她的頭上投下暖和的光
穿過倉庫和倉庫之間
爬上凍冰融解了的爛泥土的河堤
上街去。

街上
路都是一片爛泥土
每一家屋簷下都有融開的冰水滴落着。
載蓮開始跑
跑向裝木材的馬車或扛着籠子的中國人
或穿着高跟木履的日本人之間，險而被撞倒，
但一直跑
已磨損了的鞋底
當然浸了很多泥水
要跑到哪兒去呢。
那是燒酎店
載蓮
在那兒
想用剛才賺來的錢買一瓶大瓶的燒酎
把它帶去對岸的日本人太太就能得到加倍的錢，
那麼她會很容易渡過十天二十天的活呀。
載蓮
一路上嚼着烤餅
向河岸
抱持一支燒酎瓶子
上氣不接下氣似地跑。
河的冰面內耀着，有陽炎上昇
很多橇子在裏面突飛上下
岸邊的冰融解了六尺寬
是干潮呢？
早晨，被挾在氷和冰之間的筏木圓木
一支一支離開在那兒浮沈

圓木和圓木之間大約二尺，是水
在水裡的氷塊碎片急速地旋轉着流向河的下流去。
載蓮站着躊躇了一會兒
但很大膽地跳上了圓木
輕輕，很巧妙地跳過了。
圓木和圓木之間的氷塊被壓碎了
從第三支圓木
想跳上氷面的時候
那支圓木，忽然轉了一圈
載蓮的脚被絆住了，
啊！氷灌進嘴裡使她喊不出聲
耳朵裏
留着在氷面轉滾的燒酎瓶的聲音而慢慢地
沈下去。
沈入水裏的載蓮，被河底的水流抓住了，
等到人們走過來的時候
載蓮已經被拖下了氷的下面去，
載蓮的手脚拼命地掙扎
時而張開嘴，但只噴出泡沫昇上來。
氷面約有二尺厚
人們看她在脚下掙扎着却無可奈何！
豎立橇子
像椿木那樣撞打氷面
但是如果過份用力自己也會陷入危險呢。
干潮的時候河底的水流很快
載蓮的身軀在氷下面浮沈着
逐漸被流到河中央去。
　人們却
站在氷面上咦啞喊着追蹤她。
氷越來越厚
終於，在透明的白色氷層裡
載蓮的白衣被吸了進去看不見了。
從河下流
崎嶇不平的廣漠的結氷河面
暖暖的風撫過，
好多的橇子不斷地，像燕子飛上飛下
而在河底的水流，淙淙地提高了騷雜的聲音。

戰後日本詩選

林鍾隆

飯島耕一

一、簡歷

昭和五年（一九三〇）出生於岡山市。詩集有「他人的天空」，「我的母音」，「往何處」，「黎明前一小時的五個詩及其他」等。

二、詩

他人的天空

鳥兒們回來了。
啄着地面黑黑的裂縫。
在看不慣的屋頂上，
走上走下的。
彷彿茫然不知如何是好似的。

天空像吃了石頭一般抱住腦袋。
陷入沈思中。
已經不會有流了，
血在天空
像他人一般徬徨着。

三、詩評

這不僅是作者的代表作之一，在戰後詩的歷史上，也是業已得到確切評價的一篇。從這首詩中，可以看到以一種茫然的表情去迎接的戰後一代的青年的精神位相。以一個中學生迎接了敗戰的他，除了從這種茫然的狀態，喚回自我，主動地去了解時代的現實之外，別無他法。但是，那對現實的接觸，並非行動者的那種，而是屬於詩人的那種，這種做爲一個詩人，擁着於觀察的姿勢，依想像力去面對事實的姿勢，貫串着他的詩，一直到現在。

茨木 No Li 子

一、簡歷

一九二五年生，東邦藥科大學畢業。詩集有「對話」「看不見的郵差」「鎮魂歌」「茨木 No Li 子詩集」「人名詩集」等。

二、特徵

作者以敗戰爲分界，對突然所發生的種種事實加以明白的確認，但是並不愚妄地相信事物的表面，不會被固定的思想所拘束，而具有看透眞實的眼光，歌頌着貪慾地積極地生活的決意，這種以敗戰爲契機向着未來開展的決意是她的詩的根底，她的詩中廣泛的社會意識和健康的批判精神，沒有觀念性的晦澀，率直而明朗潑刺的歌唱方式，基於生活的實感，却能够徹底地凝視抑壓人性的事物，想透它，想加以反撥的人的生命力的光輝，都是從這樣的基點發出來的。

三、詩

更強些

不妨有更強烈的要求
就如我們想吃明石的鯛

不妨更强烈地要求，
我們希望有好多種果醬
經常在飯桌上

不妨更强烈地要求
我們需要朝陽朗照的廚房
脚跟磨平的鞋子乾脆甩掉
會唧唧響的新鞋子的感觸
希望常常得到體驗
秋天 如果有出去旅行的人
就用含有情意的眼光送他

爲什麼呢
以爲萎縮才是生活的
村莊和城市
家家戶戶的屋簷
都像抬眼向上望的眼皮

喂 小小的鐘錶店的老板
伸直貓背 你可以大聲叫喊
說今天又沒有碰上季節的鰻

喂 小小的釣具店的老板
你可以大聲叫喊
說我還沒有看過伊勢的海

想要女人就去搶奪也不妨
想要男人就去搶奪也不妨

啊 我們除非變得更爲貪婪
什麼事也無法開始

六月

那裏有美麗村莊呢

在一天的工作完了之後來一杯黑麥酒
男人女人都用大杯酒痛飲

那裏有美麗的城市呢
結着可吃的果實的路樹
一直向遠處延伸
堇色的夕暮
充滿了年輕人柔和的細語

那裏有美麗的人和人的力量呢
共同生活在同一個時代
親切和可笑和憤怒
現出鋒銳的力量

我的照像機

眼睛
那是　鏡頭

眨眼
那是我的　瞬間開閉器

有頭髮圍住的
小小的　暗室

因此，我
不攜帶像機

知道嗎？在我的腦子裏
藏着很多你的底片

在漏下陽光的樹下微笑的你
衝破浪濤的栗色耀眼的身體

打火點煙　像小孩一樣甜睡
像蘭花一樣芬芳　在樹林變成了獅子
世界上只有一件事　沒有人知道
我的底片圖書館

四、感想

人生最重要的一件事，就是凝視現實，不過對現實的凝視，最重要的却是正確的把握和深刻的透視，不要被表面的現象所眩惑而失掉心中的自我。多半的人是受現實的播弄，變得無可奈何的應付着生活，而產生悲觀的心理，這樣的一種體驗，這樣的一種瞭解，把它寫成詩，那可以說是對心靈的一種毒害。詩人的心，詩人的感情必須是健康的，唯有如此，寫出來的東西才能够眞正帶給別人精神上的益處，在這一點上，這一位作者是很難得的，她生活在現實之中，却能够經常站在現實之外來凝視自己所生活的現實，然後決定自己的態度。這樣客觀而冷靜的觀察和思考所產生出來的呼籲，的確是非常有利，令人驚喜的。

還有我們東方文化精神，消極性的比較多，積極性的比較欠缺，消極的修養固然重要，積極的進取，可以說更加不可缺少。作者的詩，對這個很大的東方人的缺憾的補救，是可以促進東方的我們深深的反省，使心眼睜大的。

法國詩人沙曼（Albert Samain 1858-1900）

莫渝譯述

沙曼，一八五八年四月三日出生於里爾（Lille）。幼年時父親的死中斷了求學的機會，他必須充當小職員以賺取微薄薪資以供養家庭。起先，他在里爾工作，一八八〇年一直到死前都在巴黎謀生。工作之餘，藉着研讀大詩人的文章及希臘英國等書籍調劑單調的生活。一八九三年出版第一部詩集「公主的花園」（Au Jardin de l'Infante，Infante是西班牙與葡萄牙兩國國王女兒的通稱，即公主），使他成名，並獲得一筆額外的款項，利用這筆錢，他旅行至法國的沙娃省（Savoie）與普羅汪斯省（Provence），也到了意大利及德國。在一八九〇年時他曾與古爾蒙（Rémy de Gaurmant）等人創辦「法蘭西水星」（Mercure de France），他是此雜誌相當勤勉的一位園丁。一九〇〇年八月十八日（四十二歲）因肺病而死。

沙曼的著作包括：

一詩集：公主的花園（1893），瓶邊集（Aux flancs du vase 1898），金馬車（le Chariot d'or 1901，死後遺著）。

二、詩劇：波利費（Polyphéme 一九〇四年上演於作品劇院）。

三、散文：故事集（Contes 1902 死後遺著）。

在沙曼的詩生命中，最先影響他的是浪漫主義詩人的作品，這些浪漫主義詩人們將感傷憂鬱與孤獨的愛情感染了沙曼，同那些詩人一樣，沙曼將如畫或異國情調的夢境與想像串連成詩。其次是波特萊爾與巴拿斯派的影響，他們教沙曼重視形式與培養柔美，因而沙曼特別喜愛十四行詩的狹窄結構。最後，他入迷於魏崙。在或多或少模仿於這些大師時，他不太重視靈感，而相信自己的技巧。

整個而言，沙曼的作品相當和諧，在這方面，他儼然是大畫家與大音樂家。他幾乎是朦朧的夢境，動人的憂傷，以及偶而穿插微妙愛情的代言人。很少有詩人能如此熟鍊精準的捕捉薄暮時亮麗的感傷或者月光下淒迷的蠱惑。

總之，沙曼是在巴拿斯派的柔美與象徵主義的崇高及古典主義的光潔中和諧地建立成功。（盛成先生在「法國純粹詩人：沙門」一文中言：沙門是遲暮的浪漫派詩人，因爲他沉淪於無病呻吟或細微憂鬱之中；他是巴拿斯派中人，因爲他對於美的外形與造像的清楚，多情而易感；他是象徵派詩人，因為他追求音樂，酷嗜移位之變調與最精細之暈色。可是，一切的詩人，各派的詩人，公認沙門為一純粹詩人，不屬於任何門戶的派別；他竭盡平生之心力，為美麗與和諧而服役。　——莫渝摘錄）

有關沙曼的中文資料及譯詩：

1. 覃子豪譯詩：①古斐巴 ②黃昏（以上見創世紀詩刊第七朝） ③悲歌（見覃子豪全集Ⅲ）
2. 盛成文：①法國純粹詩人：沙門（文藝創作五十六期） ②巴黎憶語一八〇——八三頁（盛成在以上二文譯詩七首）

一切都入睡了（Tout dort）

一切都入睡了。石堤間的古老河流
似乎靜止不動。遠處分開的鐘樓
矗立 Cité 島上，彷彿是頭戴盔甲的怪物，如同閉上
眼瞼，寂靜緩緩降臨。

宮殿與塔浮在滿佈星星的天空
切斷了夢的側影。聖母院
龐然大物的映進我的靈魂之窗。
而聖夏比教堂給人欲飛的感覺！……
在月輝普照的屋內一切都入睡了。
那些白日忙碌相當疲憊的
人們，緊握拳頭，享受短眠。
或者激動的想着如何為前途奔波。
巴黎沉靜得就像教堂儀式；
偶而馬車輕微的輾過，
一隻迷途犬的泣聲，遠方火車的
汽笛聲——怪悽涼的。

2. 凡爾賽（Versailles）

啊！凡爾賽，就因為這個褪色的下午，
對您的懷念才糾纏我嗎？
暑熱遠去，此地
行將近秋了。

我想再看看平靜的日子
您湛藍的水面上浮滿紅葉，
我想再呼吸適意的傍晚氣息
這是歲暮時您最動人的美態。

這兒有松果與姣好的貝殼，
路易國王不再蒞臨的花園，
以及掛着羽毛與盔甲的抽水機。

就像一朵大百合花，您高傲的悲傷的無聲的入睡了；
而長滿青苔岸邊，您低沉的波聲
激盪着，如同夜間唏噓般柔和。

3. 我的童年（men enfance captive）

我俘虜般的童年是生活在石堆中的，
令人作嘔的炎火籠蓋全城，
工廠黑煙窒息人們。
爲了看看花園，我只得閉上眼瞼夢想……

長大以後，我夢想着東方，夢想着日出之地，
夢想着沁涼舒適的花之河岸，
夢想着以黃名爲名的城市，到處旅遊的君主，
夢想着腰配長劍迤邐於翡冷翠的街道。

接着，我厭惡這些裝飾用的紙板，
現在，我在內心傾聽北方之歌，
而且，每天迫切的渴望着。

喔！我的佛朗德，您賢淑的女人，
百姓嚴肅正直，厭惡醜聞，
患難與共且能不覺其苦。

您的沼澤與綠原長滿可以抽取纖維的痲樹，
您的船隻與灰色天空風車不停輓轉，
還有黑寡婦帶着幾個孤兒……

4.黃昏 (Soir)

黃昏的首席天使沿着花叢走過……
夢幻女神伴着教堂大風琴吟哦；
逐漸無法辨認的天空，
夕陽餘暉猶自黯淡。

黃昏的首席天使沿着衆人心靈走過……
陽台的少女們在微風中夢想愛意；
在花叢之上，蹁躚的少女們之上
緩緩地飄下令人喜歡的蒼白。

園中的玫瑰正凋萎，慢慢的垂首，
舒曼情調的曲子散溢空間
似乎低訴無法痊癒的痛苦……

某地有位非常溫柔的女孩可能死去……
啊！我的靈魂，在祈禱書上夾張書簽，
天使即將收拾你哭泣過的夢。

註：
1.首席天使 Le Sèraphin
2.夢幻女神 La Dame-aux-Songes
3.這首十四行詩是象徵主義的代表作之一；它是契合着色彩、音樂、芬芳的一首眞實交響曲；我們可以由此感受到曖昧的神祕主義，這種不眞實的氣氛從受到象徵主義影響很大的英國前拉菲爾派的繪畫中也可以覓得。

5.瓦陀 (Watteau)

瓦陀，華麗節慶的理想畫家，
你輕佻的藝術宛若唏噓般細膩柔意，
你賦予陌生靈魂以希冀
而憩坐於憂鬱之下。

你畫筆下瘦長的牧羊人手拿金杖；

女牧羊人不露桀傲樣，
在噴泉潺潺的濃蔭下漫步，
曳地袍子背部有一道筆直大皺紋……

沁涼氤氳裏玫瑰正凋萎；
平靜花園的蔭影下心情開朗，
唇對着唇
憂憂愛意摻雜柔情萬縷。

朝聖者前往理想之域……
畫舫駛離堤岸；
情人站在船首沈思地聆聽
水晶夜裏逝去的笛音……

啊！在這美妙的夜裏，同他們告別，
喔大師！在你迷人的夢境渡通一夜！
海洋是玫瑰色的……散溢着夏日海風，
當船隻泊靠銀白色的岸邊，

明月冉冉地升自希埡島。

註：

1. 瓦陀（Antoine Watteau 1684-1721）法國畫家，與沙曼同為法朗德人。他的畫面講求氣氛，有時雜以詩意或憂鬱狀。其名畫為「登陸希埡島」（L'Embarguement pour Cythére, 1717-1718）。他的畫影響了沙曼也啓示了魏崙。
2. 理想之域指瓦陀的名畫「登陸希埡島」。
3. 希埡島又名謝利姤（Cerigo），位在愛琴海上的希臘小島。

笠消息

本社

※台省國教研習會第三朝「兒童文學寫作班」於板橋舉行，林鍾隆、蓉子、華霞菱等講兒童詩、童謠、兒歌等。兒童詩的創作者多人參加。

※民國六十五年三月二十一日國語日報馬景賢主編的「兒童文學週刊」，刊有藍溪作『讀「笠」詩刊「兒童詩的創作問題專輯」』一文，對本刊該專輯加以評介，盼大家繼續為發展兒童詩的創作而加以討論。

※由本社社長陳秀喜女士、林煥彰合編巨人出版社發行的「我的母親」一書，將近出版。

※第二屆「洪建全兒童文學創作獎」已發表，兒童詩組：第一名「有翅膀的歌聲」，作者風美村。佳作三名：一、「屬於孩子們的歌」，作者方素珍。二、「爸爸是作家嗎？」作者詹朝立。三、「快樂時光」，作者袁則難。

※民國六十五年二月六日經濟日報「經濟副刊」，李宗奕作「從專利品外銷的李魁賢」，加以介紹。

※本社同仁陳明台赴日進修，以陳跡筆名創作日文短篇小說「流刑」，發表於日本「草」雜誌，頗獲好評。

※本社同仁趙天儀於三月中，於國立師範大學講演「現代詩的音樂性」。

出版消息

本社

I、詩刊

※「大地」詩刊第十五期已出版，本期有「大地詩社大事記」，定價十五元。

※「創世紀」詩刊第四十二期已出版，本期有「詩劇專號」，定價二十元。

※「藍星」詩刊新五號已出版、本期有覃子豪遺作，定價二十元。

※「綠地」創刊號已於民國六十四年十二月二十五日出版，定價十二元。編輯部爲高雄市六合二路二號南星大樓五〇一室，社址爲屏東市永安里自立路23號。

※「小草」詩刊創刊號已於民國六十五年二月出版，定價二十元。社址及編輯部均爲臺中市中華路二段一二一號。

※「秋水」詩刊第九期已出版，闢有「童話詩」一欄，定價十五元。

※「詩人」季刊第四期已由後浪詩社主編，大昇出版社出版，定價十五元。

※「山水」詩刊第十二期已出版，定價三十元。

※「葡萄園」詩刊第五十四期已出版，定價十五元。

※「草根」詩月刊，第九期、第十期均已出版，定價十二元。

※「天狼星」詩刊第二期、第三期均已出版，定價十五元。

※「臺灣文藝」第五十期已出版，定價二十元。設有「詩潮」專欄及吳濁流新詩獎，園地公開，歡迎投稿，稿寄新店鎮光明街二〇四巷十八弄四號四樓趙天儀收。

II、詩集

※鄭烱明詩集「悲劇的想像」已由笠詩刊社出版，巨人出版社發行，定價三十五元。附有桓夫的評論。

※趙迺定詩集「異種的企求」已由笠詩刊社出版，巨人出版社發行，定價四十元。有韓滄、趙天儀的序及評論。

※夐虹著「夐虹詩集」，已由新理想出版社出版，定價五十元。

※孫家駿詩集「湄南詩簡」，已由長歌出版社出版，秋水詩社發行，定價三十五元。郵政劃撥一〇〇四六六號。收有「旅韓詩抄」、「湄南詩簡」、「旅韓散記」及「寧霞書簡」等作品。※古丁詩集「星的故事」，已由長歌出版社出版，秋水詩刊社發行，定價四十元。

※涂靜怡詩集「織虹的人」，已由長歌出版社出版，秋水詩刊社發行，定價三十元。

※王彩月詩集「鍾情花」，已由三信出版社出版，特價三十元。

※黑野詩集「清唱」，已由牧童出版社出版，定價四十元。

※林梵詩集「失落的海」，已由環宇出版社出版，特價三十元。

※陳黎詩集「廟前」，已由東林出版社出版，定價三十元。

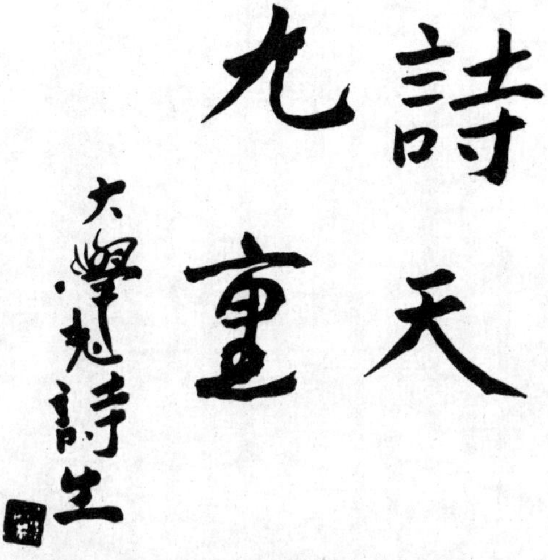

日本名詩人堀口大學贈給陳秀喜的揮毫

。

※陳家帶詩集「夜奔」，已由東林出版社出版，定價三十元。

※王祿松詩集「狂飆的年代」，已由水芙蓉出版社出版，定價三十二元。

※何錡章著「屈原與但丁之歌」，已由文馨出版社出版，定價三十五元。

※葉維廉詩集「野花的故事」，已由中外文學月刊社出版，定價平裝五十元，精裝八十元。

※羅青詩集「神州豪俠傳」，已由武陵出版社出版，特價四十五元。

※楊牧詩集「瓶中稿」，已由志文出版社出版，定價四十元。

※黃國彬詩集「攀月桂的孩子」，詩風社主編，已由林白出版社出版，定價三十元，港幣五元。

※朱學恕詩集「海之組曲」，已由山水詩社出版，定價三十五元。

※劉邦傑詩集「擊劍之歌」，自費出版，定價二十五元。

Ⅲ、評論、及翻譯及其他

※林煥彰編「近三十年新詩書目」，已由書評書目出版社出版，特價五十元。附有李魁賢、趙天儀的序。

※文學評論編輯委員會主編的「文學評論」第二集，已由書評書目出版社出版，定價平裝八十元，精裝一一〇元。

※林鍾隆譯「日本兒童詩選譯」，已自費出版，定價三十元。

封面畫家介紹：

明淨的世界和孤寂的影子

——談劉正一其人其畫

陳世興

劉正一這個人，我們很難了解並透視構成其藝術及性格的特殊內涵，嚴格地說：劉正一表現在藝術上的才華，很顯然的並未道出他整個人生活上的多面性格，由於他外在行爲的樂觀和充滿喜劑性的智慧，使我們很驚訝於隱含其生命的繁複意象和諸多迷惑，除了偶然投入在他心中那朶奇妙的「雲」——機遇性造形的幽默以外。劉正一——他輕快的，以隱健的脚步，透過他明淨舒暢的色彩爲我們撫慰心靈深處的孤寂形象。是如此的熟悉。是如此的陌生的迫使我們去面對那冰冷、非人間性的超絕靜謐，像來自遙遠、空曠大地的金屬性敲響。鏗鏘然敲響沈睡中那單薄無依和現代文明所剩餘的、被割置的靈魂。

簡言之，劉正一乃藉著「超現實」的形式，表現透過其中完成了屬於非個人性的完美「觀念」。由此推演而出介於「夢」及「虛無」抽象性的冷冽美感的塑造，在在說明了劉正一個人在性格上的孤立及對自我寂靜的另一嚮往。

中華民國行政院局版台誌字第一二六七號

中華民國內政部登記內版臺誌字第二〇九〇號

中華郵政臺字第二〇〇七號執照登記爲第一類新聞紙

定　價：國內每册新臺幣20元

海外地區：日幣240元　港幣4元　非幣4元　美金1元

全年六期新臺幣100元　半年三期新臺幣55元

●郵政劃撥 21976 號陳武雄帳戶（小額郵票通用）

出版者：笠詩刊社

發行人：黃騰輝

社　長：陳秀喜

社址：臺北市松江路三六二巷七八弄十一號（電話：550083）

中部資料室：彰化市華陽里南郭路一巷10號

北部資料室：臺北市北投石碑路一段39巷70弄二號二樓

編輯部：臺北市敦化南路355巷83號

經理部：臺中縣豐原鎮三村路九十號

印刷廠：福元印刷公司　臺北市雅江街58號

封面承印：順榮美術彩色印刷廠　豐原鎮西湳里三豐路西湳巷21-3號

笠 詩雙月刊 73

LI POETRY MAGAZINE

民國五十三年六月十五日創刊‧民國六十五年 六月十五日出版

尉素秋教授談詩

成大文學院高院長致詞

成大同學與笠詩社同仁合影

卷頭言

鄉土精神

趙天儀

一粒種子，落在泥土裏萌芽了，也就是說生根了！一個人到處流浪飄泊，落居在一塊泥土上，也就是說開始紮根了！人才下鄉，往下紮根，該是從鄉野的基層做起，脚踏實地，默默地苦幹實幹，才能經驗到衆生的苦難悲歡，也才能體驗到更深刻的衆生的情淚與心聲。

當我的弟弟，帶着他的妻子和兒女們遠適異國的時候，曾經帶着一撮鄉土，據說可以避免水土不服。一撮鄉土，包含了一種鄉土精神，好像充滿了悲愴的民謠一樣，是那麼淒美，那麼哀愁。

詩人是人，誠然，在他從事詩的創造活動的時候，他可能有着崇高的理想，高邁的意志，甚至於有着一種近乎悲壯的精神上的貴族意味。然而，因爲詩人也是人，所以，他也可能有着平民的生活，一種平易近人的親切與誠摯。鄉土精神，該是脚踏實地，從鄉野的大地出發。詩人不但能抒懷個人的感受，而且也能激喚起普遍性的體驗。詩人關懷鄉土，關懷鄉土上人們的生活，且也爲他們的苦難而歌唱。

詩人不該只是做白日夢的夢幻者，不該只是吟弄風花雪月的風騷者；詩人該走出虛無飄緲的幻境，走出刹那意象的死胡同。詩人並不必然是天國的選民，更不必然是遺老式的貴族。在現代的中國，在爲民主自由而奮鬪的中國，一個中國詩人，既不是傳統的盲目的繼承者，也不是西方的獻媚的崇拜者，愛護自己的鄉土，歌唱出健康的踏實的音響吧！

鄉土精神，是落在泥土裏的一粒種子，要我們辛勤地去灌溉，去耕耘，去付出我們的心血。

笠詩刊目錄 73

笠十二週年年會暨座談會

時間：六月六日上午十點
地點：成大文學院會議廳
記錄：鄭烱明

高院長致詞：歡迎笠詩社同仁來本院開年會及詩研究會，給本院帶來詩藝術的氣氛，在現在重視物質享受的這個社會，能提高精神的詩文學是應多加鼓勵與倡導的。

尉素秋教授：一個人活在世界上，不單要有物質生活，也要有精神和情緒生活，如果沒有是不可能的，而表現精神生活及有比以詩歌的形式來表現更爲恰當。詩的形式有傳統與現代之分，但就詩本身來講，唐詩就是唐朝的現代詩，宋詞元曲也是當時的現代詩。目前用時代的語言所寫成的詩也即是現代詩。中文系在過去沒有新詩的課，現在已經開始重視，今天眞高興有這麼多對現代詩有成就的詩人涖臨本校，希望多給同學指導，大家共同研究，努力開拓詩的國度，使它更趨茁壯。

桓夫：數年前新舊詩有過論戰，究竟是舊詩好抑新詩好，皆不是問題。「笠」詩刊舉行滿十二週年，由於時代環境的變遷，無法以舊詩表現爲滿足，所以才用現代詩的形式表現，比較恰當，並非舊詩不好，新詩才好。

唐亦男教授：剛才高院長和尉教授已談過，我不想多說，只想聽聽各位詩人的高見。

呂興昌講師：我到成大才兩年，我來的目的也是想聽各位詩人的高見。記得五六年前，我曾參加過「笠」在臺北的聚會，至今印象仍非常深刻。像今天也在座的趙天儀先生的演講。我覺得「笠」詩社是最熱忱和認眞的。平常我們參加詩社的聚會或活動，在短時間內，很難看出其成就，但參加「笠」的聚會，你可看出「笠」的熱心、誠摯，這是很重要的，各位同學等下就可體會出來。

傅文正：很榮幸參加這個座談會，「綠地」是去年十二月創刊，在各位詩人的支持下有今天的成績，我代表同仁向各位致敬意。我寫詩的歷史很短，我以爲詩的好壞應由後人來評定。大家應不計名利，共同爲詩的創作而努力。「綠地」就是朝着這個方向前進的。

（按：笠十二週年紀念座談會於成大文學院會廳舉行，蒙成大文學院高院長，尉素秋、唐亦男教授、張良澤講師、呂興昌講師等參加致詞，玆簡錄於上。另外該日由本社同仁岩上、趙天儀、林亨泰的專題講稿，將於本刊陸續發表。）

傘四首

非馬

1.

同上面的天空
爭絢爛
妳用花傘
替自已撑起
一個小小的天空

然後回過頭來
用一個甜甜的微笑
把躲在墨鏡裡的
一對眼睛
炙傷

2.

共用一把傘
才發覺彼此的差距

但這樣我俯身吻妳
因妳努力踮起的脚尖
而倍感喜悅

3.

被摺起來當拐杖用的傘
在妳雨中走過的小路上
爲每隻夭折的脚印
量測哀傷的深度

4.

這麼多
熙熙攘攘
的
傘

竟找不到
一把
有
仰天狂笑
看傘下
傴僂的靈魂
淋成
落湯鷄
的
豪情

六五年四月芝加哥

陳秀喜

最後的愛

朦朧的愛
在朦朧的年齡發芽
初戀　那負傷的小芽
永遠　長不出双葉

理智晦澀的年齡
搭乘「結婚輪」的船
在愛情、親情的面前
跪着勤勉地擦亮
被巨浪咬過的船

船駛到人生的港灣
船無法挽住同舟人
囘歸田園的慾望
遮不住同舟人
憧憬梧桐的眼睛

心靈如奔荒野的年齡
重新認識故鄉的可愛
荒野長出野草的新葉
一枚小葉
是詩
是愛
故鄉啊
我想你好久
你不是船
你是平穩的大地
這首小詩是
我最後的愛
親愛的故鄉啊
接受我最後的愛吧
心靈最傾向的愛
雖是野草的一小葉
一首小詩
是勁草的愛

十姊妹

林宗源

倘若你曾經生活，眞正地生活，你將了
解「養」與「殺」的意義，以及人類與
鳥類的關係，以及

第一場

景　曠野

時間　昨天

白十姊妹　身價、名利、權力
一隻値多少錢

赤十姊妹　問我，我要問誰
想到天空遊玩，就飛
想到林間棲息，就飛
想到田裡吃一頓，就飛
不曾想過身價
身價是什麼？
那是人類的事情

黑十姊妹　白姊，當心人類愛你
倘若沒有思想的生活
你就不曾眞正地活過
赤姊姊，飛入人類的心
玩玩、看看、想想
你會發現，那是你家的事
我看透人類的把戲
不必計較身價的問題，以及……
人類認爲我是最下賤的品種
「養我」，是爲了高興
「殺我」，他就不能口唸「慈悲」
我知道，人類也知道
放屁，說什麼保護奇禽異獸的法律，嗅美

第二場

景　放在人類心裡的鳥籠，溫暖有如春天

時間　今天

白十姊妹　今天還不是跟昨天一樣麼？
不，我聽到一種甜甜的語言
讚美我具有養育的天賦
慈愛的天性

赤十姊妹　人類不也是一樣嗎？
好了，一切都變得溫暖了。
滿身的羽毛褪去光澤的色彩
我想只要生活得舒舒服服
羽毛就是多餘的
羽毛使我難受

黑十姊妹　多美啊！我們確實在追求溫暖
可是，淋雨何嘗不是一件有趣的生活
姊姊，你們想不想出去看看外面的世界

赤十姊妹　對！對！可是，我不會開門
更不懂人類的語言
倘若所有的生物
只說一種語言，多好

白十姊妹　何必呢？我們不是生活得很好

黑十姊妹　哈哈！白姊
你的卵怎會孵出白文

赤十姊妹　啊！我的卵在那裡
天啊！文明究竟是怎麼一回事

白十姊妹　奇怪，難道人類忘記慈愛
明天總會想起吧！

黑十姊妹　哈哈！老百姓
野性鍍上文明
慈愛看起來很美

第三場

景　春去冬來，同樣的心室，破舊的鳥籠

時間　明天

白十姊妹　黑妹妹眞棒，如今我才知道
被人看上，有時並不是一件幸福的事

赤十姊妹　不要再說！不要說！
我們忘記我們是鳥類

○　黑十姊妹很快地飛來

黑十姊妹　壞了！壞了！鳥價慘失！
一斤只有五角，也沒人要

白十姊妹　怎麼辦！

赤十姊妹　外銷怎麼樣！

黑十姊妹　壞了！壞了！
一些被放生的姊妹
再也不能適合曠野的生活
死了！死了！

白十姊妹　觀世音菩薩

赤十姊妹　救苦救難，觀世音菩薩

冬去，春天還會再來
十姊妹必須嫁給人類
才能生活嗎？才能幸福嗎？
現在，十姊妹的想法
誰敢說不一樣就是不一樣

一場虛驚

趙天儀

晚上十一點已過了
公路局最後的班車也過了
我跨上了長途的計程車
邁向歸途
「要不要再等旅客」
「不要了」
從豐原到臺中
夜行的計程車
迎着前方燈光閃亮的大卡車
迎着直豎在兩旁的黑黝黝的街樹
在疾駛着
「喂　請開慢一點好嗎」
「快才過癮(氣摸)呀」
車子超速地駛在公路上
車子超速地駛在夜色裡
瘋了一樣的司機

爲了白天警察的罰款
怒氣未消
且自言自語着
且超速地在疾駛着
載着我這唯一的旅客
我帶着一顆忐忑跳動的心
從豐原到臺中
只有十多分鐘光景
車子就開到了
而那泰然自若的司機
讓我在歸鄉的路上
嚐到了一次瘋狂的兜風
啊啊　生命原是一場虛驚
生命原是一場虛驚

操車場

錦連

當醉漢放出的熱尿浸透騎樓下的鬆土
號誌樓從沉睡中驚醒
忽然電動轉轍器發出喀喀的咳嗽聲
悄悄地　黑亮的長蛇滑進疲憊的操車場
如今　幾乎沒有片刻喘息就要開始排隊了

高空二隻眼睛虎視眈眈的監視着夜
焦灼的照明燈下
彎刀鐵軌淒涼的亮着
黑黝黝的貨車老是被撞來撞去
軋軋　軋軋地
載着過重的憂憤　一輛輛地
被摘下推放
無助的漂去——撞上而鋃鐺的被鈎掛

在焦灼的眼光下
在喀喀的叱咤聲中
在哀切的寒夜裏
排隊遲遲的未能完成
雖然我確實體認到有絕對的意志在推動着時間
然而　爲何我老是牽掛着它?
在淚床乾涸眼底佈滿了血絲之後　仍然?

笠消息

本社

※臺灣文藝社創刊十二週年紀念，已於四月二十五日假世界客屬總會會所舉行，來賓雲集，賓主皆歡。

※臺中市文藝作家協會第二屆自强文藝獎章新詩得主爲趙天儀，已於五月九日假臺中市省新聞處舉行頒獎。

※草根社主辦生活創作展的「草根詩畫展」，已於五月廿五至三十日假臺北省立博物館舉行。

※臺中市民聲日報副刊詩友座談會，於五月廿三日假該報三樓會議室舉行，討論主題爲「古體詩與現代詩的比較」。

※笠詩刊社慶祝創刊十二週年，於六月六日假臺南市成功大學文學院會議廳舉行。有成大文學院高院長、尉素秋教授、唐亦男教授、張良澤講師、呂興昌講師及成大同學們參加，本社同仁有陳秀喜、杜芳格、林亨泰、桓夫、羅浪、岩上、吳建堂、蔡瑞洋、林宗源、趙天儀、鄭烱明、林鷺、何瑞雄、吳夏暉等，以及傅文正、華笙、葉香、簡安良等詩友前來參加，情況極爲熱烈。

※臺北天狼星詩社編輯部移到「臺北市羅斯福路五段九十七巷九號之三（四樓）」。

聲音兩首

鄭烱明

聲　音

那是什麼聲音
隨着刺骨的寒風逐漸地傳來

那是誰的聲音
如此熟悉地呼喚着我底名字
一遍又一遍

悄悄鑽進我生銹多年的夢裡
告訴我天國近了的消息

讓我驚醒，戰慄
讓我醒時找不到回家的路

瘋　子

在這裡
有的是時間
讓你一個人慢慢地思考

在這裡
有的是冰冷的牆
讓你一個人面對着它
默默地懺悔

如果有什麼不滿與委曲
更可以痛快地批評
或放聲大哭
沒有人會告發你
理睬你
一切就跟平常一樣

啊，對於這樣的安排
我應該感到滿足
沒有一點遺憾了

永安詩抄

簡安良

電線桿

爲了等待黑暗來到時
給我們美麗寶島帶來光亮
這一排排高高瘦瘦的殉道者
頭頂着青天
脚踏着實地
伸長再伸長張開的手臂
緊握更緊握彼此的指掌
不言不語不語不言地
守候著街頭巷尾，村道田野
無懼於風吹雨淋，日曬雷殛
以破釜沉舟的決心
堅守自己的崗位

花草在他們脚邊抽長
高樓在他們頭頂茂盛
他們毫不羡慕，也不嫉妒
還是那樣高高瘦瘦地挺着胸撑直腰
不言不語不語不言地
守候着海濱山巓，港口公路
只爲了等待黑暗來到時
帶給我們全臺灣光亮

火車

載滿各懷心思的旅人
不甘願地馳騁着
有時穿入山洞裏
有時奔進陽光中
有時陪伴著憂傷的海
有時造訪寂寞的田野

蘇澳枋寮任你遨遊
臺灣海峽和太平洋
却像兩條平行的鐵軌
銬住你雙脚
將你囚禁
使你到不了洞庭湖
也到不了密士失必河

嗚嗚嗚——
濃濃白煙一團團
是你的鼻涕呢？
還是旅人的眼淚？

交通號誌

我站在這裏
像一棵呆呆傻傻笨笨的樹
在溪邊照着鏡
却怎麼照也照不清自己
只見溪水

熙熙攘攘川流不息
不看也罷
愈看愈昏頭
你闖你的紅燈
我閉我的眼睛吧

結果你們
不規矩地
橫衝直撞
擠作一團
死的死，傷的傷
這一切都是自我
我還是站在這裏
無可奈何地
靜觀世局變遷
不表示任何意見

天能生你
自然也能毀你

車禍

如果這也算節育方法
那就是
最野蠻，最殘忍的一種了

大卡車像流氓地痞
摩托車像小惡霸
一個個豎眉瞪眼
一個個橫行肆虐
稍微瞧不順眼
即時展開火拼

只因糧食短缺
人口過剩的生存競爭嗎？
或是爲了爭點地盤
奪些權位？

斷手斷脚的屍骸
總用鮮血染紅高南公路
不知道畢卡索
是否也以這種技巧
表現夕陽西沉的悲劇？

錦田路

一眨眼
園中菜長成了高樓大廈
田邊的野菊，萱草
在一瞬之間
變爲無表情的一根根電線桿
被拉直，被塡塞，被輾壓
你，被迫穿上一襲
灰黑色的憂鬱長衫

可憐的無臂農人
躺在這裏成長眠的死者
任寒風吹，冷雨打

唔，你想翻個身嗎？
小心，市長公舘正踩着你的頭呢

昔日的蜜蜂，蝴蝶
活在此地
却變作怒吼的引擎和紛飛的垃圾
不幸的詩人
也失去了散步的處所

無論黃昏，清晨或深夜
月亮來到這裏總是皺着眉
太陽來到這裏總是嘆着息
星星來到這裏總是掉着淚

市長大人啊
請來世再爲它取名「錦田」吧

肝

雙鹿也好
桂圓也好
高粱也好
白葡萄也好
凡是酒
都是敵人
日日跟我作對
相逢也好
懷鄉也好
赴戰也好

一杯又一杯
凡是敵人
都應該化作朋友

成功也好
失敗也好
毀謗也好
贊美也好

我身經百戰
公賣局却吝於給我
一枚勳章

乾掉也好
硬化也好
管他媽的什麼藥房
什麼新醫師法
照不照顧我
什麼統統好

爲增加政府稅收而死

這可不也是一種
愛國行動?

剪髮機

榕樹留鬍鬚
你留長髮
鬍鬚是爲了鞏固生命
而長髮只爲了不浪費
金錢，並不爲美或時髦

在豪華理容中心的粧台前
我發覺
有意總任其瀟灑
無心却慘遭取締

世界已被魔鬼統治
當夏日有冷氣冬天有暖氣時
馬居然殺起鷄來了
我終於逃不過被冷落的命運

啊，我不知該贊美還是詛咒
這風俗的敗壞
和道德的變態

高雄煉油廠

每次路過楠梓陸橋
向西望去，總會瞧見
我的煙囱吐出火舌
像個頑童
對着半屏山扮鬼臉

瓦斯是正經的
汽油是正經的
通貨膨脹也是正經的

只有我的舌頭
最最輕浮，最最油腔滑調
有時滔滔不絕
有時吞吞吐吐
像個玩世不恭的
吹牛大王故作神秘

只有瓦斯是最正經的
只有汽油是最正經的
天天漲價，秒秒漲價

污水

流過鄉村，流過城市
在那散發着令人窒息的惡臭的溝渠中
我悲哀地生活着

苦惱永遠騷擾我
像蚊蟲蒼蠅一樣
永不罷休地喝我的血，咬我的心
在我耳邊嗡嗡，在我臉頰
交媾，在我嘴上繁殖

使我日漸蒼老，日漸憔悴
我眞厭棄那些伙伴啊
那些散發着同樣令人窒息的惡臭的浮屍
鷄呀犬呀鴨呀被謀殺的胎嬰呀
一隻隻排擠着我
我只好掩鼻默不作聲
只好無可奈何地視而不見
一任它們被蛆蟲啃嚙！
被病菌們腐臭！
不能表現絲毫同情
更無法將它們拯救

在鄉村尋找，在城市也尋找
悲哀的我生活在另一世界裏
原想尋回自己的聖潔和清白
卻無辜地象徵了人類的淪滅

（以上移自第二十八頁）而應該是無拘無束的自由詩。

2.兒童詩應該是率眞的詩，充分表現童心的詩。

3.兒童對自然現象有直覺而精確的觀察力，並且把幻想揉和在一起。

4.我們不能以成人的觀點來評論兒童詩。

5.評審兒童詩應注意下列幾個事項：

(1)是否完全的創作。

(2)作者寫作的態度是否眞誠，是否伴着情感。

(3)內容、形式、語法、修辭，是否符合兒童詩的要求，是否滲入成人的手法。

臉容

溫瑞安

——贈黃昏星

我沒有錯，很久
我就窺視着，如黑夜的偵探
你匍匐的背影，如一團黑色的大山
然後你猝然回首
一臉的血潑瀉而來
我沒有看錯，盲目的蝙蝠非我

你倨傲的笑如海嘯一般地裂着
你是沉於黯谷湖底的鯨
你安慰地搓着手，揉着手
我回音着嘶裂的叫喊：
我沒有看錯，我沒有看錯
自你落落寞寞遠逝的背影

是一段雪爛的梧桐，你臉孔
超時空地融化，默默地接受死亡
猝然裂齒，如龜裂的太陽
你的齒痕也落在一座銅像
　或一座碑上

我嗚咽着你的名字：
我沒有看錯
我沒有看錯
數着一路上你踏碎的玻璃
哀哀重覆

詩兩題

吳晟

諦聽

紛亂的雨聲，哀哭的風聲中
多少的鳥，將無巢可棲
多少的花，將無果可結
那是你管不了的事
還有多少寧靜的庭院，將怎樣惶惑
還有多少平坦的道路，將怎樣泥濘
那也是你管不了的事
更有多少焦急的訊息，將無從傳遞
更有多少不白的冤屈，將無從申訴
更有多少莫名的驚懼，將無從依恃
那也是你管不了的事
然而，黑天暗地裏
你的不眠，在諦聽甚麼？

紛亂的雨聲，哀哭的風聲中
一卷史册各種調子的悲聲，何時終止
一幅段圖各種姿態的血腥，如何洗清
那是你管不了的事
然而，黑天暗地裏
你的無奈，在諦聽甚麼？

長工阿伯

長工阿伯的名字遺忘了
在爲人照管的果樹園
果樹園的小木屋
長工阿伯的名字
被人遺忘好多好多年了

在一次天災地害中
阿伯的雙親，雙雙離去
留下流着鼻涕的阿伯
給風給雨看顧

在一次兵禍中
和當時臺灣的青年一樣
阿伯的青春
埋葬在南洋構築工事——
構築日本軍閥貪求的惡夢

也在那一次兵禍中
阿伯的家小和房產
捐獻給一連串自空而降的
響亮的口號，將阿伯
留給淒涼看顧

背已佝僂，目已模糊
從南洋遣送回來之後
果樹園沉沉的暮色
如果細心，總可以聽見
無助的嘆息

任命運隨意作弄
任欲隱不隱的傷痕
隨意鞭韃
不知道怨恨，更不懂氣憤
馴服的長工阿伯
一生都是孤兒

詩兩首

林泉

松市悲歌

環山的路蜿蜒而上
一重重不斷的伸入夢境
上一重山水上一層樓
在山中如在夢中

滿山雨霧濛濛
籠罩現實於夢的簾幙
風的手指
如何掀開生的奧義於大氣之上？
山頭呈現成塊的紫黑色
是否乃世界的苦痛？
遍地矗立蒼翠的高松
畢竟頂得住人間幾許清寒？

隔着迷霧緬懷往事；
往事朦朧可見
於撥不開的霧裏
却永遠消逝於流水的歲月中！
在風葉蕭蕭的旅程
我不曾描繪一幅天藍的生活
餐一段明霞
只想到洗滌身上沾染的街塵
挹松柏的清芬

擧頭獨看亘古無情的長天
自知天地乃生命暫駐的驛站

死亡乃生之重門的另一面
人們總似衆多脫落葉子
紛紛隨風捲入大地的愁懷
靜默中我歌唱的靈魂
屹立着千山似的難以攀登的言語
一聲嘆息將化爲一派流光
照明未來陰鬱空間

隔絕似面壁的山中
有如春汎狂熱的我
如何塗劃眼前時代動盪的影像？
且以天風的哀號爲人們的哀號
豪雨爲眼淚的滂沱
在痛苦心靈朝夕耕耘中
祈會將流血的沙場
犂成紅玫瑰園！

路傍，當凝望着山間的噴泉
無緣由的傾瀉
我遂領悟我乃飛逝時光列車中的乘客
此刻我沒有作夢
但眞的自雲霧的世界裏甦醒
記憶中的火已成爲灰燼
讓哀痛溶解於涔涔淚滴之中
讓希望凝結於創傷血流的口
心頭的風暴總容易使人衰老
眼前的煙雲又將消散
而我將走開
將吞飲現實
沿着環山而下的路
因爲在山中如在夢中……

樹的信仰

樹的信仰
在綠色
它就把它
由葉子伸出

無涯的空間高且遠
收集陽光與雨露的脚步
圈就自己的土地於空氣中
尋求理想所及的界限
凡有蒼翠的
都是它拓展的方向
樹的期待卽是我們的期待
令土壤讓路給根鬚
時光讓路給成熟
在綠色中結豐碩的果實
靜默中孕育芬芳
這是我們光榮的命運！

而當深秋降臨
當成熟把信念
烤成枯黃
它就得忍受枝上的搖落……

古城賞月

周伯陽

明月昇在古城上
偶然浮雲掩月
像戴上面紗似的增加神秘感

民衆只在凝望着她
她却躲在黑雲裏
且臉上帶着幾分悵愁

爲什麼需要逃避現實呢？
是否有什麼心事遺落在太空裏？

明月慢慢地掀開悵愁的面紗
以疲憊的脚步
步出這古典的城樓

她竟現出其盧山眞面目
給大地上披上尼龍底銀光

千萬隻眼睛
正在欣賞永恒的美麗
千萬顆心靈
都在羡慕不朽的純潔

旅途

杜芳格

紫的顏色
是耶穌臨死的時候穿的衣服的顏色
到耶利哥路上去買的水晶的顏色
以色列古都耶路撒冷的黃昏的顏色
也是愛妻穿着逝去的衣服的顏色
埋葬我吧
紫的顏色

激烈的愛撫　籠罩着和死約會的香味
快樂就是結果啊
變成了觀念化的目的追求
而喪失了自主之後
豎立解放和服從的合板房屋
不是在這地球上
而地球之外沒有場所呢
隸屬的人喲
依賴着生存的人喲
甚麼才是自主性？
在最後
祇要去遵從『眞理』？
旅遊會繼續下去的
繼續到我的生命
埋葬在紫的顏色爲止

失去的地平線

林梵

我們赤裸的眸子
燒出火來
茫茫墜下
無底的懸崖
我們墮落，實證
牛頓的自由落體

天空，反
映，海洋
夾照的兩片巨大
明鏡，交互反射
吾人破碎的臉
支解的肢體，飛散
崩潰的雲

神早已隱遁
冷戰糾纏熱戰
詭譎的戰爭年代
吾人，橫遭政治的
外力剖裂
恆無端遭受
死亡陰影威脅
即使，搶天

呼地，無非
捕風捉影

我們嚮往速度
高速率即是自由
我們以飛輪
抗辯，生命的意義
在所不惜死
緊緊抓住龍頭，即
掌握住
流失的個體
至於其它，則
概不予計較

我們是自由的
飛車英雄，風行
高速公路
搶過黑暗的隧道
突遇，萬箭
刺目而來

——丙辰暮春

小河與機器

葉香

小河

你的臉龐
怎麼橫生縐紋？
是初生嬰兒
或是髮脫齒落的
老人的顏面？
你的軀體
怎麼顫抖不已？
怎麼脆弱得
不堪舟揖？
怎麼衰頹得
載不動
歡樂與哀愁？

河啊
若你不是太年幼
就是太蒼老

年幼得不知
星光是遊子
無依的淚
你肆意括取
蒼老得不解
落葉是遊子
懺悔的淚
你無動於衷
年幼與蒼老
都值得原諒

寬厚的大地
只好承認
你的存在了。

機器

不知是她坐在椅上
還是椅子坐在她上？
兩者竟疲憊的
緊緊斜倚

不知是她穿工作服
還是工作服穿她？
如濃雲疊霧
埋沒山巒
起伏的幽緻

不知是她操作機器
還是機器操作她？
輕輕電鈕一按
彼此就不由自主的
配合轉動

若果把機件製成
人類的形像
像她
產品或將更美好？

埋葬及其他

荷　花

從池的手掌中
托起來的荷花
引頸般凝視
四面八方的遠景

微笑着
彷彿東邊剛上昇的旭陽
柔和的
迸裂

在這裏渾濁的池裏
你是一朶不被汚泥的荷花
若非有人賞識
誰能知曉你的脫俗

埋　葬

在這一刻過後
你與我
便成爲
永恆

很淡薄的意念
若被黑夜圍獵的夕陽
　　慢慢地垂落眼簾
　　等待濃濃的覆蓋
　　成一座荒塚

在生命的急流中
走過像來時一樣
只有永遠孤零地
任其遺忘
消逝如土。

傅文正

兒童詩的創作問題

我怎樣寫兒童詩

大兵

以往我是寫現代詩的，對於兒童詩，雖偶爾也在某些詩刊，詩集中見過，也僅止於欣賞，總覺得那是別人的事，自己沒有辦法創作。

開始想兒童詩也只是偶然的觸發，那是去年兒童節前夕，偶見青戰報詩隊伍欲為兒童詩出個專輯，自己見獵心喜；且那一陣又欣賞過曾妙容送我的她的童詩集「露珠」，並寫了幾封信和她討論過一些創作童詩的問題，對童詩總算有稍許的認識。基於以上兩個原因，自己就開始動筆寫兒童詩。

那一次我總共花了三天兩夜，寫出了八首童詩。寫完後讓它稍停數日，予以修改，就直接封寄詩隊伍。這就是去年兒童節出現在詩隊伍的「兒歌一束」，共七首。

剛開始想寫，由於沒有經驗，不曉得如何動筆，頗費了一番躊躇。後來我儘量將記憶倒回到自己的童年時代，在腦海中搜捕一些童年時代難以忘懷的記憶。當我搜捕到了一個，就迅速用筆將它們記錄下來，且嘗試著是否能將它們發展成一首詩。如此不斷的搜捕，直到確信腦海裏的意象已被搜捕殆盡。

當然，初次寫的這八首，由於表現能力的不够，並不是很好的。在以後的數月裏我又寫出了近百首的童詩。然而總覺得這以後的創作經驗，不能和第一次的相比。我試着分析其原因，始發覺第一次寫出的那八首，滲含着我內心深處眞正的感情，是童年時自己親身的體驗。而這以後的，則較偏重趣味性與想像力的發展，這裏面雖也滲合着諸種對兒童啓發性、教育性、同情心等在裏頭，不過總覺得不是從自己內心出發，不能眞正感動自己。

現在我試舉其中幾首來說明當時的創作經驗：

小孩與狗

小狗你來，
跟我們跑，隨我們跳，
讓我們撫著你說一聲乖。

小狗你來，
柔柔的咬，輕輕的叫，
讓我們親着你說一聲乖。

我是喜歡狗的，從小如今都是。記得小孩子時家裏養了一隻小狗，自己曾發願要將牠訓練成一隻最棒的小狗。於是最好一陣子，我天天牽着牠，訓練牠跳過一條條小水溝，走過一道道小獨木橋，當然大部份時間我是和牠飛奔在剛刈過的稻田上。跑累了就停下來逗撫着小狗，讓牠那一口潔白牙齒輕輕咬着我的手、臉、衣服……根據這些印象，我很快的完成了前面這一首詩。

小樹兒啊

小樹兒啊！
我天天給你澆水，
希望你快快長大，
結好多好大的菓實，
讓我爬上去吃個飽。
隔壁家小毛最吝嗇，
他家菓樹長好多，
他每天爬上去吃飽飽，
就不分我一個。
小樹兒啊你快快長大，
結好多好大的菓實，
讓我也爬上去吃飽飽。
小樹兒啊我和你說話，
你聽見了嗎？

這也是童年時自己一段難捨的經驗、記得那時一陣子，我和鄰居家的小孩，兩人十分熱心的分別種過一顆龍眼樹。天天都給它灌得滿滿，天天都懷着希翼的心去看它是否長高了一些。歸結於有這種擧動，只因爲常常見隔壁家的小孩吃龍眼，自己家裏沒有龍眼樹，垂涎欲滴。這種擧動無疑表現了小孩子無法滿足後的一種補償心理。至今想起當時情況，仍戚戚有感焉……。

鈎魚樂

魚兒魚兒你快上鈎，
別在水裏貪嬉遊；
魚兒魚兒你快上鈎，
別在水裏光嗅嗅；
魚兒魚兒你快上鈎，
我和你做好朋友。
小魚兒吃了又跑下水，
弟弟急急的趕去追，
撲通一聲跌下水。
嚇得小魚兒逃溜溜，
看得太陽伯伯笑呵呵。

童年時家附近有一口大池糖，夏季的大部份時光，我們都是在那邊度過的。我們在岸邊玩水，在池岸的榕樹蔭下玩捉迷藏（憑這個記憶我也寫了一首「老榕樹」），當然釣魚也是少不了的主要活動之一。只要隨便在一根小竹桿上綁一條白線，白線上繫一截蚯蚓，那就是我們釣魚工具，足以讓我們忙一整個下午了。而那種釣魚的氣氛，忽而只見小魚在水底懶懶的游着，瞧都不瞧一下魚餌，令我們心焦萬分；忽而魚兒迅速的游過來咬住了蚯蚓不放，有的在中途却突然鬆開了嘴，又逃回水裏，夾雜着我們一片惋嘆之聲，偶而還會出現一兩次「搶救」的高潮。根據這些愉快的經驗，我寫出了前面這一首「鈎魚樂」。

殺手刀

你有一把刀，
我有一把刀，
我們來玩殺手刀。

這樹是你們的堡，
那樹是我們的堡，
我們來個決戰別跑。
殺死了你可要乖乖到我們堡，
你喊救命——
我們偏偏不讓你逃。
你有一把刀，
我有一把刀，
我們來玩殺手刀。

玩殺手刀的經驗我想是每一個人小時候都有的，記得上小學一、二年級時，我們常常利用下課短短的十分鐘玩一場「殺手刀」的遊戲。根據這種經驗，我將它寫成「殺手刀」這首詩。這首詩是八首中惟一沒被發表出來的，自己却相當喜歡它。不知它是好？是壞？

在我們國內寫現代詩的詩人太多了，除了在一些很少數的詩刊詩集上發現幾首尚可適合兒童讀的詩外，童詩的產量可說相當少，相當不受關心的。童詩集以往除了楊喚的半本，蓉子的一本「童話城」外，稍有名氣的詩人就沒有專門為兒童寫過詩，更不用說結集出書了。雖說童詩的題材不廣，語言、意象的發展有限，然而童年時的經驗是我們每個人都有的，童年時一些深刻的印象，用詩的手法將它們表現出來，不也是我們寫詩的一種嚐試嗎？更何況寫一首成功的兒童詩也不比寫一首成功的現代詩簡單。我期待國內的現代詩人都能注意到這塊詩的園地，每人都能為它努力的開墾過，至少至少走進觀看一番是有必要。

談兒歌

周伯陽

一、兒歌和兒童生活

兒童詩歌又稱為兒歌，兒歌在兒童文學上是一種最有吸引力的文學形式。因兒歌在兒童文學上佔重要的地位，所以最近政府和民間雜誌社開始重視兒歌。

過去對兒童的教育，因受了時間和空間的限制，多半注意傳授的方式，最能融傳授、培養、薰陶為一體的兒童文學是詩歌，詩歌韻律優美，含意深遠，多讀一遍，就有更深一層的體會和感受。

現在的家庭教養兒女，就是婦女在家庭中最大的責任。許多年邁的祖母，或年輕的母親，和牙牙學語的幼兒在一起，就自然的詠出音調和諧內容有趣的詩歌來，因為這些詩歌，是唸給幼兒聽的，所以又稱它為兒歌。

兒歌是兒童一種天賦的需要，自二、三歲牙牙學語的兒童起，到八、九歲知識漸開的兒童止，不論是男是女。都很喜歡兒歌。他們所唱的歌詞，全憑口授，輾轉相傳，不知作者是誰，但是音韻流利，趣味豐富。都含有一種的美妙。

兒歌的實質是指兒歌裏面所含的作用，和它所發生的觀念而言。兒歌的形式是指兒歌所用以發表作用和觀念的組織方法，和表現的工具而言。兒歌不但在兒童文學上能佔重要的地位，並能普遍的流行於社會，實在是因為它具備了實質和形式的兩大特點。

兒歌的實質，往往因地理環境，和風俗習性而有所不同，兒歌爲兒童日常所耳聞口習，對於將來行爲影響很大。我們中國是一個崇尚道德的國家，所以兒歌中含有教訓的成分極多。民間風俗也淳樸誠實。

兒歌的形式，是有規則、有韻律的，因爲兒歌的流傳，全憑口傳，所以必須有和諧的音調，有規律的字數，易於記憶。普通兒歌押韻的方式，有一韻到底，和換韻兩種，字數有三言、四言、五言、七言等不同的形式。

自古流傳到今日的兒歌非常的多，各地的兒歌也都包含了濃厚的風土人情，我們爲了豐富學齡前兒童的生活，增進他們學習語言的機會。所以我們必須選擇優美動聽的兒歌傳授給兒童。

優美動聽的兒歌的特點如左：

㈠音調優美和諧的：優美和諧的兒歌，必須要押韻。押韻的方法，有逐句押韻，和越句押韻這兩種方式最爲普遍。逐句押韻，適用於字少句短的兒歌。越句押韻就是間隔一句或兩句押韻一次，這種押韻的方式，唸起來，聲音高低長短間互穿插，唸起來生動悅耳，因此兒歌採這種方式的最多。

㈡內容要有趣的：趣味是兒童文學要素之一，有了趣味，才能使兒童集中注意的學習，但是什麼樣的兒歌才能引起兒童興趣呢？由兒童生活中環境中取材，就是兒童喜歡動物，所以有關動物的活動，像小麻雀、青蛙、小花貓、蜜蜂、蝴蝶等，都是兒童所關心的，如果以這些動物的活動爲中心的兒歌一定被兒童所歡迎的。

㈢啓發作用的：兒童的心智，好像是潛藏着無限生機的種子，只要給予適當的啓發，就能啓開他的生機，使他欣欣向榮的成長，「兒歌」就是啓發兒童心智的最佳補劑，它能使兒童在朗朗歌聲中，得到良好的啓發。

㈣增進兒童記憶：兒童的記憶力很强，所以有許多兒歌就利用這一點，將兒童應具的知識灌輸給他們，例如一至十的數目的名稱和順序。在成人看來是非常簡單的，但是兒童初學的時候，却不是一件容易的事。

兒童到了六、七歲以後，想像力逐漸豐富，愛美的需要也漸漸增强。所以簡單的兒歌已不能滿足他的需要，進一步他所希求的是優美的、新鮮的、有想像趣味而且有節奏的詩了。

詩本來就是一種最藝術的語言，它的本身包括了美的旋律、美的詞藻、美的形式和美的意境等四種特質，有了這四種特質，然後再運用含蓄和激刺的筆法把它表現出來，使人有一種深切的感受。所以詩重在體會與欣賞，成人如此，兒童也是同樣。不過兒童感受的能力，因生活經驗少和理解力、識別力弱，所以不喜愛含蓄過深的詩，因此給兒童選詩和作詩，也要顧及兒童能力所及。

二、兒歌和兒童發展

兒童身心健全的發展，是奠定一個人一生幸福的基礎，但是促進兒童身心的健全發展和智能的進步，必須根據兒童生理及心理的成長，把握適當的機會，施予教育，才能提高兒童學習的興趣，而達到教育的目的。

嬰兒自有了聽覺開始，就喜愛優美、柔和、生動而響亮的聲音，如果母親在搖籃旁輕輕的唱催眠曲，往往使他有舒適的感受，到了二、三歲的時候，他們對周遭的事物，漸漸感到有興趣，對一切的事物都喜歡發問。他們往往認爲花兒能說話，鳥兒能唱歌，太陽公公笑口常開。他們雖然不識字，但是他們喜歡聽兒歌，三、四歲的兒童，他們對生物界的事物，漸漸發生興趣。這時候的兒童喜歡有韻律的歌謠。

學齡前兒童，他們除了遊戲以外，最喜歡聽兒歌。他們多半憑聽力來接受大人給他們唸的歌謠。這些歌謠，全憑口傳，聲音流利，趣味豐富。兒歌對兒童的身心發展有許多益處：

㈠兒歌可以穩定兒童的情緒、催眠止哭，催眠的兒歌，最爲柔和，幼兒聽了就有一種舒適安全的感受。

㈡兒歌可以增進愉快的情緒，如兒童最喜歡到外婆家裏去，外婆家有吃有玩，眞是雙重享受。

㈢兒歌可以增加親情，讓兒童體會親人在一起生活的彼此關切和愛心。

㈣兒歌可以正確兒童的發音，正確的發音，必須從兒童時訓練，如果兒童期發音有語病，以後很難矯正。

㈤兒歌可以豐富兒童的常識，如兒童喜歡好看的顏色，有許多兒歌便利用這一點，將紅白黃各種顏色，嵌在歌詞裏，加深了對顏色辨認的印象。

㈥兒歌可以教訓兒童、懂得爲人處世的道理。

三、兒歌的分類

優美而適合兒童欣賞的兒歌很多，現在依據兒歌的形式上，大略分爲兩類。兒歌的流傳，在稚齡的兒童來說，不藉文字，全憑口傳，所以替兒童寫詩的詩人們，應以童心去發現兒歌眞的意境，寫出更優美的作品。

㈠童謠：又稱爲定型律的兒童歌謠，必須有外形的韻律，其特質如左：

1. 疑問和驚喜：兒童對周遭的事物感到有興趣，感到新鮮，對一切的事物，都發生疑問和驚喜，但是又不是追究到底，是一種生長慾望。

2. 幻想的世界：兒童的生活，充滿了幻想，可以說兒童是在幻想的世界裏生活。這是童謠創作上很重要的，不要把它認爲胡說八道，幻想的世界是表示他們的慾望。

3. 兒童的遊戲生活：兒童大部份的生活就是遊戲，生活卽題材，這就是童謠創作的來源，應該在兒童的遊戲中和環境中及活動中等方面取材。各地的童謠也都包括了濃厚的風土人情。

4. 擬人化：兒童以爲狗、貓、樹木、花卉、太陽、月亮、星星等動物、植物、自然界的諸現象，都和本身同樣有人格的。

5. 童謠的形式：中國的古詩是重視平仄，而童謠是無平仄的，但是必須要押韻，押韻有三言、四言、五言、七言等。

童謠的欣賞上有如左記四項要點：

1. 兒童心理生理的需要。
2. 兒童學習的興趣爲主。
3. 兒童能容易了解的程度。
4. 兒童的啓發作用。

㈡兒童詩：又稱爲自由律的兒童詩，另稱爲「童詩」「兒童現代詩」「少年詩」「少女詩」等。是活潑奔放，感情豐富又不拘於形式和韻律。卽無外形的韻律，但是有內在的韻律。它的特色是用自然的音節，抒發作者的美感和思想。兒童詩有兩種，一種是大人以童心寫給兒童看的，另一種是兒童自已創作的。

關於兒童詩，我們必須了解幾個要點：

1. 兒童詩不可爲格律所拘束，（以下移第十五頁）

林語堂論詩

李魁賢

幽默大師林語堂於三月廿六日病逝香港。見報上刊出噩耗後，又找出『無所不談』翻閱，其中有「白話的音樂」和「論譯詩」二篇，顯示林語堂對新詩(白話詩)的觀點，再一次引起我的注意，所以加以摘引，表示一點哀思。

林語堂所稱頌的詩，可以「眞情流露」四個字來概括。這是指的自然率眞，不事造作。因此，林語堂不但喜愛有性情的詩文，而且特別欣賞民歌中的奇語、豪語、痴語、沒要緊話。所以，他特別提到「家常白話，可以入詩，只在做詩的人斟酌去取罷了。」這就完全是「口語說」的論點了，也許可以做旅人兄編「中國新詩論史」的補充資料。

林語堂又提到：「希望文人不要不分青紅皂白，只怕白話鄙俚不文，又走入雕琢潤飾做去。」這「雕琢潤飾」正好點出了林語堂這篇「白話的音樂」發表時（五十四年），一部份新詩人刻意走進去的死巷。笠詩刊在這方面曾經揮棒擊出「安打」，目前詩界似已全軍回頭，但又顯出了亂軍敗象，把繽紛落英也踐踏入爛泥巴內，竟把「隨便」視爲「自然」，而有把殘根糞土都沒有除盡的菜原盤端出的情形，更不用說經過一番料理了。這是他話，表過不提。

在「論譯詩」一文內，林語堂旁敲側擊到這一點：「今日白話詩之所以失敗，就是又自由隨便，不知推敲用字，又不知含畜寄意，間接傳神，而兼又好用韻。隨便什麽長短句，末字加一個韻，就自稱爲詩。」現在，當然除了偶見自然脚韻外，很少人刻意用韻，韻脚幾乎完全被逐出了詩的領域。林語堂雖然反對用韻，但他却一再强調自然的音樂節奏，他希望：「當今白話詩人，明白而且注意白話中自然的音樂節奏。……自由詩是沒有韻律，沒有定格的，但是念下去，應有白話中自然的音節。中國詩自古樂府到了如今，在節節解放之中，韻律逐漸自由，但是永遠未嘗脫離白話中自然的音節。」這一段話特別值得詩人朋友們深思，凡是詰屈聱牙的字句，不可能成為令人咀嚼玩味的詩文。

甚至對於譯詩，他都主張：「寧可無韻，而不可無字句中的自然節奏。」這些片段已足以顯現林語堂對詩的見識，他還提到：「凡譯詩，可用韻，而普通說來，還是不用韻妥當。只要文字好，仍有抑揚頓挫，仍可保存風味。因為要叶韻，常常加一曾週折，而致失眞。」這一段話，我在收進拙作『心靈的側影』一書中的一篇短文中曾加以引錄過，這是最能顯示林語堂「自然率眞」的情趣。

對於翻譯一道，林語堂是個中翹楚，所以他的論譯詩的基本條件，值得再加抄錄，作為有興趣譯事的詩人朋友參考。他說：「譯事雖難，却有基本條件。中文譯英，則中文要看通，而英文要非常好；英文華譯，要英文精通，而中文亦應非常好。雖知其原文本意，而筆力不到，達不出來。兩樣條件都有了，須有閒情逸致才可譯詩。所謂好不好，都是比較的話。凡看見譯文不好的，或者是未眞懂原文，所以以直譯為藉口，生吞活剝；或者雖然原文深解了，而找不到確當的字以譯之，又厭煩了。所以說要用字精練恰當。……英文同中文一樣，各字都有弦外之音，懂得這點，始可嘗試。」眞是鞭辟入理，而有入木之分之深刻。

記得林語堂於民國五十五年自美國返國定居後不久，有一次接受電視記者訪問，手執煙斗，用略帶漳州腔的閩南話瑯瑯吟哦他新作的七律，對於臺灣各地到處可聽到他的家鄉音，特別加以頌讚，欣喜悠然之情，溢於言表，給我留下極為深刻的印象。林語堂的頭銜已夠多了，而其中以幽默大師最為膾炙人口，但如果不認為我們過份攀引的話，從他論詩的精到，和作詩的純青，我們也可以給他冠上詩人林語堂的雅號吧。

詩人林語堂已靜息在陽明山麓「有所不為齋」的院子裏，他的葬禮太過簡單，沒有獲得他應該獲得的隆重。然而，他是詩人，正應該這樣，才像個詩人。——六十五年四月十三日子夜

海峯中之散步

法雨果著
蘇雪林譯

（一）

海崖四環合，深閟不可窮，
湧出如廻瀾，乃在海灣東，(一)
輕搖水面上，其狀何雍容，
有似白玉塊，縹緲黑波中。

造化胡爲者，造此雪匱固，(二)
朝以何溉之，夕何從呈露？
雲氣盪薄煙，颶風發音吐，
莽莽飛浪狂，猛撲不爲仆。

風雨挾怒嘯，波濤帶泥濘，
及其一一過，潭水澄如鏡，(三)
崖石復顯現，漁夫所崇敬，
萬古在故地，皚皚呈白影。

漁夫謂此水，帝曾祝福之，(四)
每當聖誕夕，嬰魂滋於斯，
洗滌其羽翼，塵世所汚翳，
而後成天使，天上共游嬉。

我曉天公意，置此清淨杯，
飛浪相濯洗，懸崖鬱崔嵬，
以示正直氣，長在自然懷，
獨處羣山中，坦然無驚猜。

（二）

大海湧飛沫，土岸噴黃沙，
閃爍碧波紋，金銀爛光華。
沈沈大氣中，似聞發微譁，
微譁何渺茫，靜氣實相遮。

一童歌海畔，海聲何茫茫，
兩聲交相混，不知誰低昂。
覆人與覆物，天亦無私腸，
同一蔚藍天，同一金陽光。

我輩命固蹇，幻想偏儻倜，
精魂携形骸，白晝飛天上，
惟人渺渺身，兩翅助軒放，
一翅爲愛情，一翅爲思想。

一切都平靜，莊嚴更壯柔，
檣帆入港去，飛鳥向巢投。
紛紛此萬彙，一一皆歸休，

似聞空界中，永吻接悠悠。㈤

風吹煙心草，披拂崖石上，
兒童發浩歌，歌聲風爲颺。
嗟汝風何爲，同時竟能兩，
吹草使其擊，颺歌使其宕！

諳諳輕波搖，掛碣一以淨。
萬慮皆消亡，此心無陰影，
上下相浮沈，和平擊久永，
淵淵藍色海，與我心相澄。

（三）

夕陽既西墜，夜色與之俱，
鬖鬖黃金輝，渲染平遠蕪；
一老坐田畔，殘年迫桑榆，
廻首向落日，沈思獨躊躇。

此爲老牧人，牧羊山谷中，
少壯貧賤時，豁達樂無窮，
晚煙隱巖嶢，獨坐深樹叢，
怡然常自得，短笛弄春風。

於今寓且老，世故滿心魂，
身爲一家長，飽經艱與屯，
牛羊夕下來，下來自平原
老人似神道，向天默無言。

日暮與黎明，價值有同然，
在此天宇下，老人思緜緜，
大海在前橫，浩浩際遙天，
有如永生望，置在墓門前。㈥

時哉何莊嚴，山海兩崢嶸，
海風扇柔和，掩其喧騰聲。
老人視落日，荒荒下赤城；
落日視老人，淹忽死候驚。

（四）

山影何其美，斑斑黑影橫，
海何其溫柔，天何其光明？
我生如羈旅，寧爲壽天爭！
所感惟無盡，所見惟永生。

嗟嗟汝情欲，宜與我心絕，
方寸忽虔然，上無神明契。
斜陽遙顧我，燁燁光輝烈，
大海與我語，我覺成聖潔。

恨我愛我者，願帝皆福臨，
請盡畢生力，傳宣愛之音，
愚人逐榮譽，籌計若不深，
我但知有愛，革命已鬘鬘。

西方日沒處，明星出碧波，
飛濤發清響，棲鳥在巢歌，

太陽射餘芒，雲霞相盪摩，
嗟靈何偉大，嗟人何么麼！

大海自戰兢，烈火自燦燦，
一切受造物，帝名僅知半，
歷落吐天籟，其聲何浩瀚，
我獨連結之，頌帝以歌讚。

我音如大海，隨風達天甍，
與山同祈禱，與海同屏營，
自然如乳香，馥郁復潔清，
我則如香爐，亦美亦靈明。

註

註一：原文爲「在山海灣中」今以避韻故，改爲東。

註二：雪賷謂海崖。

註三：潭水措海崖四合中之海水。

註四：此水卽上文潭水。

註五：永吻謂海水唼喋如吻聲。

註六：一日已畢乃能開始明日，如人必先死而後可得永生，故曰黎明日暮相等，永生之望在墓門之前。此指老人死後將至思念其來世之事。

註七：乳香乃宗教中所用之物，詩人以心靈與自然通契，則自喻爲香爐。此詩以中國五言詩兩句譯原詩一句，間添數字，但必力求不失原詩之意義。

法國十九世紀名作家 Vector Hugo 中國舊譯囂俄，今普遍譯爲雨果。此詩譯自其秋葉集。

出版消息

本社

I、詩刊

※「大地」詩刊第十六期已出版，定價十五元。

※「草根」詩月刊，第十一、十二、十三均已出版，定價十二元、第十三期爲小詩專輯（上）。

※「秋水」詩刊第十期已出版，定價十五元

※「小草」詩刊第一期已出版，定價二十元。編輯部設臺中市中華路二段一二一號。

※「創世紀」詩刊第四十三期已出版，定價二十元。

※「綠地」詩刊第二期已出版，定價十二元。編輯部設高雄市新興區南臺橫路五十八號。

※「消息」半年刊第二期已出版，定價二十元。

II、詩集

※大地詩社主編的「大地詩選」，已由東大圖書公司出版，定價七十元。

※詩人畫會編「青髮或者花臉」，已由香草山出版社出版，特價八十元。本輯有沈臨彬、林煥彰、孫密德、管管、碧果、德亮、藍影七人的作品。

III、評論及其他

※趙天儀評論集「詩意的與美感的」，已由香草出版社出版，特價四十元。本集包括「土鷄與洋鷄」、「柯林烏芸術哲學的發展」、「五四運動與文學革命」。附錄有「中國新詩史料選輯」。

※趙天儀評論集「裸體的國王」，已由香草山出版社出版，特價四十元。本輯有「現代詩論評」、「現代詩史料」及詩壇散步」（1964－1969）三大輯。

新銳創作展

華　笙・陳彬珠・吳青玉・劉星華

風信子・洪宏亮・南方雁・廖德明

梁定澎・胡文智・蕭　爽・林　野

林仙龍・張子伯・張綉綺・陳　煌

文　豹・顏道信

華笙作品

山行

華山的葉子一落
你我還能等待甚麼？
水載落葉
漂浮於東
漂浮於西
湖面默然
忍受水痕的騷動
小舟輕斜
滿載你我的沉寂

你怎不開口？
環繞四周的山巒
怎禁得住久欲吐出的
回音？
小舟流水爭論
多少錯誤的事故
我們且把四年寒暑
望成一個黃昏秋色

輪廻排斥輪廻
一切終究是平靜的偶然

華山已在夜裏獨白

你我歸處就在遠方閃鑠不定的
燈芒
言語無聲
欲言亦盡
化作息息木然的
山鐘

陳珠彬作品

油加利

孤零零的一棵樹立在大門前
一棵瘦瘦的油加利
一棵高高的油加利
陽光東南西北的照
油加利營養不良的
站着

我每天澆一次水
並且每天輸一次血
它還是瘦瘦的
直到有一天我也瘦瘦的
油加利却對着我笑
聲音沙啞
笑掉了全身的葉片
然後立在冷風中
瘦瘦的

吳青玉作品

小河

有一條不知名字的小河
是我所愛的小河
當我走到童年足印的地方
那小河已消失無影無踪了
啊！小河
唯獨我知道你的名字
是刻上我名字的小河
只有你擁抱過我的童心
只有你懂得我的哀歌

有一條小河
流過我血脈中的小河
聽我哭泣過
也帶我一起流過淚的
如今
滙流成行的小河
載走童年足印的
細細長長的小河
又輾過
我心中的田畝
犂出一條渴望的小河

劉星華作品

流浪漢

左脚觸及地面
右脚離開地面
這樣循環的舉動
是他永恒的　歸宿

街燈冷冷的抬着眼
很不情願的
把地面灑得一地灰白
他把灰白剪成一個個
脚印

陽光似乎也倦懶了
他那單調的節奏
但他依然把一個個陽光逐落
西山

鄉下的人
說他無家可歸
他的眼神裏
狠狠的告訴他們
家在海的那一邊

午後的街心
飄蕩着瘋狂的曲子
他的心裏
却唱着
鄉愁

街燈永遠是街燈
陽光仍是永恒的眞理
溫暖的南國
找不到粗獷
冷冷的街心
找不着
鄉愁

太陽不變
街燈不暗
他的脚步
更是永恒的
流浪

風信子作品

子夜啼

母親　夜已深深
您仍在浴室浣衣
水聲嘩嘩地　冲在在我心版

童年的記憶　依舊那麼清晰
重現在眼裏
那時　我剛上小學
每天　您蹬着單車
我坐在前座藤椅裏
聽您低喃着：
一日的生計
我安逸地呼吸着
您的汗臭和鼻息

夜晚　您蹲在水龍頭旁
浣一大盆　小小的衣裳
常常把星子洗沈了
您才欠欠身　把衣裳晾起

白天　我總到處牽着您的裙緣
小小的步履　走遍您的身影
偶一不見您　我就哭着找您
直到那句：阿忠，媽在這裏
我才破涕地　迎上前去！
母親　那時我多依戀您

幾時　當我也面對人生的險巇
也學會低喃　一日的生計
却找不到一隻　有力的臂膀
鼓舞　安慰我前進

孤燈下　我俯視您的照片
默想您的話語
常常　不由自主地
昂首想叫一聲：媽——
母親　每一次回去看您
您變矮了　您變胖了
只有那慈祥的笑顏　不變
不變的愛　依然團團地圈着我

母親　當歲月如煙
在我手上抖落
我抓不到一個　更大的裙緣
我祇有落寞地
望着夕陽
孤獨翱翔

洪宏亮作品

謫仙記

之一

旭日披掛赫赫威儀
驚動一批依依的星群
褪去了滿天悽愴的繁華
渺渺濛濛
波濤的呼聲頻頻

鞘中，青霜如斯悲鳴
醒轉來，已是淪落海角的一顆星子
紅塵劫難，萬古常新
說是一種結局也罷
想昨日，故人的微笑誤落夢中
於今伊的名字和音容已逝去如流水
我被棄在世界的一隅
冷落似人間一個
悼念舞台的戲子

倘若結局之後
宇宙是否重新開始？
我的劍是否飛去
形成一個新的星座
陳列為一次貶謫的紀念？
而我將就位天體間那個位置
坐念紅塵中的淒楚？

之二

空山寂寥
無止的萍踪與浪跡
我急急如流星趕月
木魚聲中，香火氤氳
有老僧入定，菩薩低眉
鐘聲揚起，一縷難忍的念
搖我，撼我
啊！千年追踪

我知你非聲、非影
你是前夢與宿緣
我欲為風、為水
載你渡你，奔走
千山之外，天涯之外

唯時光是刃
截落前塵往事
遽然夢醒，已
千山無聲，行船悄悄

昔日度風塵
夢魂一夜到江南……

南方雁作品

今夜

㈠

就這樣決定
讓月亮掛着
今夜，它是如此可怕地長着瘡
倚在牆邊，將頭仰在午夜十二點的方向
星兒難求　月亮發着高燒
柏油路旁　木架支撐的小樹
如我　翹着頭

想你　在燈下
孤絕地欲將夜霧撕開
奔向你
而你竟也在同一個世界裏呻吟
需要我　如同你於我

誰塞給你我一般腦兒的殘屑
　塞給你我一般腦兒見不着窗外的
這些你都小心地批判過了
　我也把自己笑過了

還是不明白
爲何要走自己喜歡的
方向

(二)

窗外雨又下了
冷酷地傾聽天空的哭聲
感受不到那一粒粒的敲擊　究竟
是舞着甚麼　唱着甚麼
爲何捧着的教科書
盡是你淒清蒼白的面龐
不知我是否帶了假面具
難道你看不見淚已滴下

今夜　著一襲風衣來看你
你漠然的表情可看知我裏著的
可是你期待的，又不敢注視的？

未曾送一束花與你
總覺那是不必要
如今我親自澆熄了那僅存的火花
却無力吹走那一攤死灰
我才發覺　自己比不上
那悄悄丟玫瑰到你家那男孩

廖德明作品

便當的做法

老母親喜愛抓住夜的尾巴
在切菜板上直剁　后
是乾蘿菠炒蛋
是夜夾着清晨緩緩而來的
香
是老母親望子成龍的願望

丫頭訝然說道
老媽媽妳因何將自己的身子
壓進便當中

老媽媽裂嘴一笑

梁定澎作品

廟裏的老人

披六十年滄桑在此
坐定，猶是早燈未熄
街市未醒的時刻
我已在此定坐良久
管他是風是雨是雷是火
我已在此坐定
案上長明燈長明

新寒時節，雀躍
守候歲暮的獅舞龍騰，獻藝
自四面像春草迎向和風
壯年掌燈你且曾傲然

傲然，看西風漸重
西方的匕首將墮
你擊鼓、奕棋
在佛前及甲子
守候漸渺的人聲裏大踏步行來的
掌燈人。煥發的油肌成燈下多斑的趣紋
你已多畏懼

歲暮時你仍擊鼓奕棋
披龍虎逐戶祈福
老友相聚點讀兩鬢
漸減的華髮

註：廟裏常有許多老年人或奕棋或聊天或假寐，據聞有人建議將他們趕走，以有碍觀瞻之故云云，故作。

胡文智作品

燃

在搖幌的燭光中
漆白的牆上
是一堆堆盛燃的熱情
一步迭一步的吞吐著火苗
妳知道，我也瞭解
我們擁舞在一起
血管中有一絲無名的亢奮
緩緩上升
隨著唱針越過深刻的紋溝
像催化劑般
直到舞曲旋止

我的瞳中無妳
妳的瞳中無我
但這是一列正確的反應機構
漆白的牆上
依然遺留着一團未熄的
熱情
盼望再一次的盛燃

蕭爽作品

處女航

為攫取地平線上的朝陽
船出港
包圍著童話透明的水晶
　漂盪在
愛深深的海中央
徜徉于天空
夢那般金黃理想

無知和狂妄交歡
浪花彈破
玻璃　船　震跳
海的黑茫茫
掙扎的理智掙扎地把帆
鼓動鼓動鼓
感情逆流越泛濫泛濫
船身就快分裂船心囉
啊意志的舵手啊　等待
　　等待
等待惡魔的夜過去
回航

林野作品

綠色的輓歌

——十二月二十七日
大有22路所見

在石滑梯的廢墟裡
將要埋下一則久遠的童話
那群蘿蔔頭　小辮子們的笑聲
是再也嘹亮不起來了

整個白晝　熱心的工人
以一柄鐵鎚去拯救鞦韆架垂懸的命運
悲傷的樹木滴洒着臨刑前的青淚
棲留過晨曦和晚霞的枝椏
終於歸向久違的塵土

溯自傷逝的歲月
這十尺見方的綠地
總沉默地忍受着中華商場上方
擠眉弄眼霓虹燈的冷嘲與熱諷
他們也曾幻想高擎傘一般的千手
挽救都市暑熱後的譫妄

陽春三月
許多踏青的脚印從這裏誕生

然後把登山袋裝下最多的喧囂
沿途丟棄在山巔和水湄
秋夜寂寂
若干情侶在石凳上依偎成一株株
　双子葉植物
聽任平交道那頭的市聲與人潮
在一次南下列車無數的分割裏
倏然癒合

可是太陽再道日安的清晨
早覺會的老人都要納悶：
籠鳥將失去一幅天空
某塊建築廣告牌在中華路遠方懸起
西門町的土壤只配栽種鋼鐵

唯有承恩門世故地側目旁觀
也許他已慣於淡忘
那雙被文明廢去的手臂
也曾環抱過劉銘傳時代新綠滿城

65 2 3 於士林

（註）好端端的北門公園竟被夷爲平地，倒是件令人費解的怪事。

林仙龍作品

海上記事

每晚，把夾克掛在舷窗，他站立
床前，猶豫。浪濤，打在
船舷，許久許久，又翻開
記事簿，一朵殘花掉下，他用手輕輕
撫，輕輕
像母親的手，編織一席柔軟的
夢衣，他平靜的穿下，而不知情的
浪，拍擊著。未設防的
喜悅，是一組失去樹林的
鳥聲，倉皇的湧入黑色的
大海。
在波紋中，痛苦的
迴盪。一遍又一遍，他翻開記事簿
註記，顫抖的手，深深
抓痛冷冷的心。天寒喲
取下夾克，關住舷窗以後的
他，猶如一朵浪花，任潮音
嘲弄
敗，殘。

張子伯作品

巷景

巷子在早晨是未涮好的口　髒髒的
像晨風中阿土嬸揚起來的粗布衫

一群孩童跟在呱呱過街的鴨子後面上學去
掙一根骨頭撕打的滿天灰塵的兩條狗

還在喔喔叫的荒鷄
饅頭叫賣聲方起就下午了
空空的巷子如未進食的肚腸

才起床的老馬逢人便問早安的臉是一張昨夜自摸的白板
又幌着身子回來的酒鬼遠遠如風中搖動的樹
阿腰嫂吃過飯後就蹲在閒話裡

總是　總是阿土伯的胡琴咿呀咿呀的唱開來
無人的巷子是靜聆的耳朵
等着那妮子快變成一棵樹的那小子
他手的輝煌當過手錶牽過伊的手

每次阿灶伯打工回來就黃昏了
巷子穿起黑衫來
燈火齊亮　那是黑衫上的白鈕釦

65、3月10日于后里

張綉綺作品

戀

感覺裡有你，可是
可是為什麼我的世界再怎麼也容不下你

你的影子恍惚
你的天地成軸

可是為什麼我的徘徊老在你門外猶豫
來了
也該走了
呵！難道你就這般離去
　難道你就這麼般的離去——

戀痕斑駁
我的戀歌裡譜不下一個休止
呵！譜不下你
　更是譜不下異端的你

叫我怎麼說叫我怎麼說

陳煌作品

二等兵手記

1\.
猝然
夢醒，似乎
祇爲了聽聽整幢甬室的
囈語

2\.
班攻擊中、于
衝殺的吶喊聲裏，午后的
陽光被戕戳在相思林內
（一次假設前進，便
草草收場）

3\.
在
點燃一支紙烟的印象底，烟霧
就悄悄寫著一張很秋日的
臉

4\.
驀地，秋日遂很迷彩
黃昏，被
踩斃在山上的荒徑上
擧出的右脚、暮色
幾乎絆倒自己的
影子

5\.
木麻黃林上那枚月子
寧靜地
寧靜地
昇起瞳中，像
躲在黑暗裏初戀的情人

文豹作品

一夜驚魂

窗外陰風慘慘　子時
衆星隱退
　月亮杳然無蹤
烏雲密布成一道網
　長長地網住
噩夢中的一双
夜光眼
驚坐起一叢毛綑綑的
黑影
在墻上蠕動
啊！透不過氣來哦
　逼進的是一隻
綠眼的

八足怪物
殺！殺！
紙團一掌擊過去
黑影頓時消失
留下我一夜怵慄
早晨 佈滿血絲的眼睛
乍然發現紙團裡躺着
一具僵硬的
屍骸

顏道信作品

小站風景

黃昏的天空
一尾雲慢慢地爬行
收穫後的甘蔗田裏
就這樣留下
牛車的轍迹

黃昏在舞呵
黃昏在燒
寂寞的野火點點
寂寞的在舞呵
寂寞的在燒
黃昏前面
野火後面
留下，就這樣留下——
那小小的村落

進去，只要經過老榕樹下
土地公公的住家，進去
沿著收穫牛車的轍車，進去
寂寞的人呵，就這樣留下——
那小小的，滿足的村落

鐵軌恰似
膜拜者的雙臂
緩緩地，伸覆大地
地平線上
一縷灰煙
一縷無聲的灰煙啊
靜靜升起

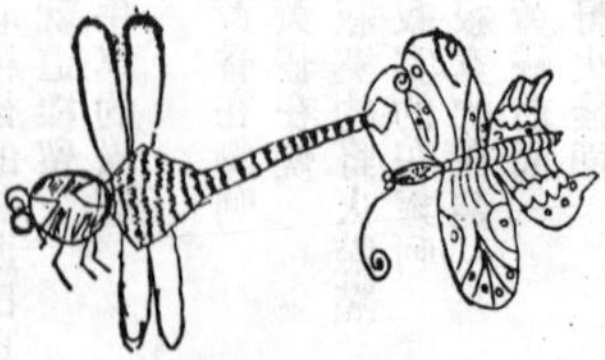

兒童詩園

影　子

新明國小六年五班**夏一新**

我走東，
　你也走東。
我跑步，
　你也跑步。
是誰用强力膠把你
　和我黏住。

桌　子

新明國小六年五班**刁義芬**

你有四隻脚
我只有兩隻脚
你不會動
我却會走路
你只有一張塑膠布
當衣服
我可有很多衣服

小花狗

新明國小六年五班**陳文瑩**

小花狗你天天在門口看家，
小偷來了你也不怕，
你只怕家裏的小主人。
小主人罵了你，
你就垂頭喪氣。

春

新明國小五年九班**王淑瑩**

青山穿上了衣裳，
小鳥回到了家鄉，
小草鑽出了土壤，
花兒放出了芳香。

小妹妹

新明國小五年五班**李桂蘭**

小妹妹，愛漂亮，
捲髮兒，塗紅唇。
穿起高跟鞋，
滴答滴答響。

貓頭鷹

新明國小五年五班**李桂蘭**

我有一對烏亮的大眼睛，
身上長滿了黑羽毛。
白天我閉着眼睛沈思，
夜晚我奔向森林，
剝咕，剝咕，
這是我的拿手歌曲，
請你們聽了不要害怕，
　我要唱了：
　剝咕，剝咕，剝咕。

鬥　魚

新明國小五年五班**李桂蘭**

我是一群頑皮的鬪魚，
天天都是鬪來鬪去，
不知道和睦相處。
贏了，身上顯出了五彩的炫耀，
輸的，身上的色彩都磨退了，
像隻落湯鷄。

白　鵝

新明國小五年五班**鄭雅遠**

白鵝，白鵝刮刮叫，
身上配着白大袍，
游在水裏樂淘淘。
養得肥肥又胖胖，
最後還是要宰掉。
最好飛到白雲裏，
免得受死才好。

雲

屏師附小三年**曾紀瑩**

好多的綿花糖啊，
誰把它擧得這樣高？
叫人看，又讓人嚐不到。

洋娃娃

黃基博

一個漂亮的女孩把洋娃娃抱在懷裏，
給洋娃娃親一個吻說：
　洋娃娃，你眞可愛！
　我好喜歡你！
洋娃娃笑得很美很美！

一個小乞丐抱起洋娃娃說：
　洋娃娃，你眞美麗！
　我好喜歡你！
　你會喜歡我嗎？
洋娃娃也笑得很美很美！

牙　齒

高雄道明中學高一 **林麗琴**

爸爸的牙齒，
一顆顆的掉，
我問是否要換新牙了？
爸爸說：「不！老囉！」
今天我也掉了一顆牙，
問：「爲甚？」
我說：「我也老了。」

兄　弟

屏東師專四年丙班 **莊麗華**

眞奇怪啊！
離開了弟弟就好想念他，
見着弟弟，
我們就會吵架。

電冰箱

屏東師專三年丁班 **張惠螢**

我家的大冰箱，
是個慷慨的小販賣部
向它拿東西
不要付錢，

雲

高雄三信商職高二 **陳淑盈**

是你喜歡流浪
還是失迷了方向
何以隨風亂飄盪

應知來自何處
要往何方
不該沒有目標
不該到處流浪

爺　爺

高雄峽山中學高一 **劉淑敏**

爺爺，最好了
我嘟嘴生氣時
他會捋鬚逗我微笑
我哭泣的時候
他遞給我棒棒糖
我找不到友伴嬉戲時
他會駕着老鐵馬
載我去兜風
看街景

考　試

屏東萬丹國小六年 **高屏珍**

我準備了好多東西，
在腦子裏，
等你來買，
可是你一來，
我腦子裏的東西，
就不知道那兒去了？
請你告訴我這是爲什麼？

木　笛

北市中正國小五年六班 **陳仰雯**

我原是一根小木頭
人們把我的身體挖空
這還不要緊
又把身體鑽了七個孔
害得我痛得哇哇叫

褲　子

北市中正國小五年六班 **游其煌**

我本是一件嶄新的褲子，
過了一年舒舒服服的日子
不料主人虐待我
把我當做抹布用
害得我被人瞧不起。

一隻黑色的馬站在大門旁，
二隻忠實的貓在盤子吃東西；
三隻大山羊踢着牠們的後脚，
四隻粉紅色的豬咕嚕咕嚕的哀叫；
五隻白色的牛漫步回家，
六隻小雞站起來走來走去；
七隻飛鴿棲息在屋頂上，
八隻灰鵝渴望着飼養；
九個天眞的小孩快樂的嬉戲，
十隻棕色的蜜蜂在陽光中嗡嗡飛翔。

在鄉村度假，還有什麽你所喜歡的其他事情？

有一些很好的理由，讓我們去海邊玩。

海 (The Sea)

～亞當斯～ (F. M. Adams)

拿着你的水桶，拿着你的鏟子，
然後跟我去海邊，
在沙灘上築堡壘，
是你和我的遊戲！
和翻滾的海浪賽跑，
然後在蔭涼的黑洞休息一會兒噢，
噢，夏日時光最好玩的
是海，爆裂着水花的海。

在海邊，你喜歡些什麽？

K是一個國王（King），非常偉大和威嚴。
L是一個女士（Lady），有一双白皙的手。

M是一個火星人（Martain），來自外太空。

N是一個無用的人（Nobody），經常受責備。

O是一個划手（Oarsman），划船到鎮上去。
P是一個牧師（Parson），穿着一身黑長袍。

Q是一個庸醫（Quack），他的藥總是治不好病。
R是一個强盜（Robber），最後還是被關在監牢。

S是一個水手（Sailor），賺的錢花光光。
T是一個修理匠（Tinker），修理了一個缸。

U是一個叔叔（Uncle），在茶中滴點酒。
V是一個海盜（Viking），横行在北歐海上。

W是一個看守人（Watchman），看護着門戶。
X是一個浪費的人（extravagant），把積蓄全花光。

Y是一個年青人（Youth），不喜歡上學。
Z是一個小丑（Zany），一個可憐無辜的小丑。

24.夏天 For Summer

你喜歡到那裏去度夏日假期：
到鄉村去或去海邊？
第一首詩告訴我們有關一些動物，如果你住到一家農場去，你就會看到的。

農場（The Farmyard）

～阿特烏拉～（A. A. Attwood）

23.從A到Z　Form A to Z

先聽聽這押韻的字母。

押韻的字母 (A Rhyming Alphabet)　(adapted)

～伯吉斯～ (C. V. Burgess)

A是一個射手 (Archer) 射到一隻野豬，
B是一個屠夫 (Butcher) 養了一隻大狗。

C是一個牛仔 (Cowboy) 拔鎗最快速，
D是一個傻瓜 (Dunce) 吸着一支麥管。

E是一個伯爵 (Earl)，以他的容貌爲榮，
F是一個農夫 (Farmer)，開着曳引機和犂。

G是一個吉普賽 (Gypsy)，架着一輛輕巧的篷馬車。
H是一個獵人 (Hunter)，一個很勇敢的人。

I是一個旅舘老闆 (Innkeeper)，喜愛獵鳥，
J是一個木匠 (Joiner)，蓋了一幢房子。

瑪莉·珍妮是怎麼回事？
她好好的嘛，她沒有什麼病痛；
但是，看着她，現在她又開始了！
瑪莉·珍妮到底是怎麼回事？

瑪莉·珍妮是怎麼回事？
我答應給她甜餅，並且帶她去坐火車，
我請她稍微停止，說說清楚——
瑪莉·珍妮到底是怎麼回事？

瑪莉·珍妮是怎麼回事？
她好好的嘛，她沒有什麼病痛，
而且又有甜美的米布丁晚餐！
瑪莉·珍妮到底是怎麼回事？

下面一首詩告訴我們關於一些奇妙的品嚐。

你從不知道 (You Never Know)

~懷爾蔓~ (Rose Fyleman)

有些人也許像芥末
和牛奶蛋糕兒全一樣；
有些人溺於墨水中
就像夏日的飲料；
有些人這樣想
鞋子在焦急中是很美的；

有些人也許這樣想
咀嚼一片木頭是很好的，

我都不是這些人其中的一個。
請擠過這些擁塞的人群吧。

當你聽到下面這首詩的時候，想想一些其他取豌豆方法。

豌豆和蜂蜜 (Peas and Honey)

~佚名~ (Anon.)

我吃豌豆常和蜂蜜一塊兒吃，
我一直都是這樣吃法；
這樣吃來豌豆的味道特別好，
只是它會黏在刀子上。

嘮嘮啪啪，下雨了，
我全身濕透，
你也是。

在海上弄得濕濕的，是非常有趣的。
當你聽到這首有關描寫海浪的詩時，
這是你可以要求去做的時候了。

大海浪 (There are Big Waves)

~華珍~ (Eleanor Farjeon)

大浪與小浪，
青色的海浪和藍色的，
海浪，你能飛躍，
海浪，你潛過，
海浪，澎湃而起
像一庭巨大的水牆，
海浪如此柔軟
而却不能被打破，
海浪，能細語，
海浪，會狂嘯，
小小的海浪衝擊你，
不斷的撲拍海岸。

22.食物遊戲 Fun With Food

也許你沒有想到食物是很好玩的，瑪莉‧珍妮沒有想到米布丁
有什麽好玩的。

米布丁 (Rice Pudding)

~米爾尼~ (A. A. Milne)

瑪莉‧珍妮是怎麼回事？
她哭得好傷心
她不吃晚飯——米布丁
瑪莉‧珍妮是怎麼回事？

瑪莉‧珍妮是怎麼回事？
我答應給她洋娃娃和一個雛菊花環，
和一本有關動物的書——都歸無用——
瑪莉‧珍妮到底是怎麼回事？

牠從頭到尾巴都發着光，
好像在牠身邊有玻璃似的。

但是當我媽媽來
向玻璃窗外探看時，
她笑着說：「你這天眞的孩子——
那是一列電火車啊！」

鏡中 (In the Mirror)

～伊麗莎白・芙麗敏～ (Elizabeth Fleming)

在鏡中
在壁上，
有一張臉
我常常看到；
圓圓的，潤紅的，
那麼小小的，
再回頭看
看我。

很不禮貌的
凝視，
但是她從沒
想到這件事，
因爲她的眼睛
老是在那兒；
注視時
她會是什麼？

21.水，水　Water, Water

這兒有一首詩，讓你來做動作。

首先，聽聽這首詩；然後第二次再聽時，就照着做。

雷雨 (A Thunder-Storm)

～佚名～ (Anon.)

我聽到打雷。
我聽到打雷。
聽啊！你沒聽到嗎？
聽啊！你沒聽到嗎？
噼噼啪啪，下雨了，

　　　　　從樹上掉下來：
男　孩：你眞可憐啊，
女　孩：　　　　我眞可憐啊，
知更鳥：「這對太太和我都太好了。」
全　部：可憐的騙子，嗶——啦！
男　孩：爸爸回家時
　　　　　對媽媽生氣：
女　孩：你眞可憐啊，
男　孩：　　　　我眞可憐啊，
父　親：「我沒有錢爲我們大家
　　　　　再買一個。」
全　部：可憐的騙子，嗶——啦！
女　孩：現在知更鳥和全家人，快樂凝固了。
男　孩：你眞可憐啊，
女　孩：　　　　我眞可憐啊，
女　孩：露出——五個洞——水壺裡。
全　部：可憐的騙子，嗶——啦！

20.由一首詩畫一幅畫 A Picture From a Poem

聆聽一首詩，然後看看圖畫

巢 (The Nest)

～艾斯華茨～ (Margaret Ashworth)

一隻小鳥停棲在一枝樹枝上。
牠唱着歌：「現在我好快樂：
冷冷的，冷風已上床；
太陽在頭頂上照耀，
照在一個小巢上，
照在一隻褐胸毛的小鳥上。」
「你的巢在那兒呀？」
「嘿！沒有人知道，
除了兩隻小鳥
和一棵荼蘼。

當你聽到下面二首詩的時候，挑一首你喜歡的畫一幅畫。

龍 (The Dragon)

～馬利尼克斯～ (Mary Mullineaux)

你認爲奇怪嗎？昨晚我看到
一條發光的龍經過！

不只是玩玩而已。

試着想想爲這兩節詩塡上最好的最後一句。

我希望我是一個芭蕾舞明星
舞姿是這樣的令人感動，
我旋轉，跳躍，擺動和飛舞
……………………

我希望我是一個太空人
遠離着人類的世界；
我要攀登金星，月亮和火星，
……………………

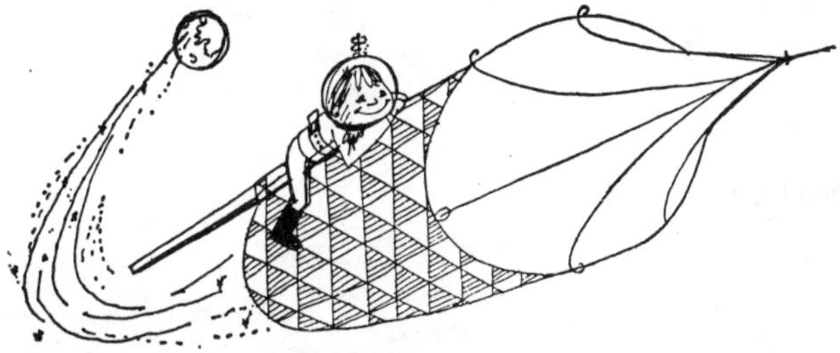

19.快樂地　Merrily

母親
知更鳥
父親
女孩
男孩

水壺的韻律（The Kettle Rhyme）

～蘭・索雷利爾～（Lan Serraillier）

母　親：「我的水壺不能再用了，」
女　孩：　　　母親說
男　孩：你眞可憐啊，
女　孩：　　　我眞可憐啊，
男　孩：她把這破洞的東西
　　　　　　　拋到樹籬上。
全　部：可憐的騙子，嘩——啦！
女　孩：一隻知更鳥發現它

有些字的聲音像野獸的聲音，
你知道那些字嗎？仔細聽聽，
這一次跟着朗誦，唸唸那些可模倣動物聲音的字。
試試想想其他的字，聲音像野獸的叫聲的。

18.希望我是 I Wish I Were

你喜歡自己像什麽？這兒有一些答案，你可以描述一番

希望（Wishes）

～勒裘～（F. Rogers）

我希望我是一個皇帝，
有我自已的臣民，
登上光彩的，
金鑾寶座。

我希望我是一個賣鬆餅的人，
搖着賣鬆餅的銅鈴，
每天爲喝茶，我曾
有一些沒有賣掉。

我希望我是一個海盜王，
航行於狂風暴雨中的大海，
繫帶，大耳環和大刀，
盡所能的做得好。

我希望我是一位鐵路的警衞，
拿着鮮明的綠色旗幟揮動，
注視着人們駕着火車
好靠近的擦身掠過。

我希望我是一位打鼓的男孩，
打擊在鼓上，
聽到群衆嘶喊：
「看啊，這兒軍隊來了！」

我希望我是阿拉丁，或者
我會一些魔術
使我的願望都實現

男聲合誦：　　　　雛鷄說
女聲獨誦：「我曾走出我的蛋殼去瞻望呀！」
男聲獨誦：「多可愛的小鷄啊！」
女聲合誦：　　　　快樂的世界說
男聲獨誦：「春天帶來給我的，」
女聲合誦：　　　　孩子們說，
全部合誦：「上帝把牠帶來給我們的，」
女聲合誦：　　　　我們快樂的餵牠。

17.話的噪音　Word Noises

這世界充滿了噪音，聽聽詩的朗誦你也會聽到一些噪音。

我的世界 (My World)

～蘭金～ (Margaret Rankin)

青溪潺潺，
小河奔流，
鳥兒歌唱，
白鴉哇哇。

鵲鳥喋喋，
鴟鴞嗚囀，
野鴨嘎嘎，
母鷄咯咯。

駿馬嘶叫，
牛兒吒吒，
猪在悲鳴，
牝猪嗤嗤。

狗兒吠叫
貓兒咪咪，
在鼷鼠與老鼠背後
偸偸地跟着。

這是怎樣的一種聲音
這是怎樣的一種噪音
在我居住的
世界

鳥兒永遠在飛翔，
就像這樣；就像這樣；
蜜蜂嗡嗡在石南叢中，
就像這樣，就像這樣。

蚊子飛過空中，
就像這樣；就像這樣；
蜻蜓到處飛掠，
就像這樣，就像這樣，

松鼠在樹上遊戲，
就像這樣；就像這樣；
小白兎在草地上奔跑
就像這樣，就像這樣。

野馬在奔馳，騰躍，
就像這樣；就像這樣；
小孩子們嬉戲和跳舞，
就像這樣，就像這樣。

16.復活節　For Easter

復活節的一個鷄蛋 (An Egg for Easter)

～帕西～ (Lrene F. Pawsey)

我要一個鷄蛋過復活節，
一個褐色的鷄蛋過復活節；
我要一個鷄蛋好過復活節；
所以我要告訴那隻棕色的母鷄。
我要餵牠玉米和清水，
告訴牠，我是怎樣帶牠來的，
牠會給我下蛋過復活節的，
在牠小小的鷄欄裡。

女聲獨誦
男聲獨誦
女聲合誦
男聲合誦

一隻復活節的小鷄 (An Easter Chick)

～齊査・瓦克里～ (Thirza Wakley)

女聲獨誦：「多可愛的世界啊，」

微小的吱喳聲：
他的膽子一下子沒有了——他變得非常儒弱。

雖然他還要到許多古堡和古屋去，
可憐的赫爾斯——幽魂——怕一隻老鼠！

15.像這樣做　Move Like This

第一首詩，一個男孩扮演農夫，其餘的人扮演成長中的植物。

成長的旋律（A Growing Rhyme）

～魏斯特拉～（J. M. Westrup）

以前有一位農夫種了一些小小的褐色種子
噼地啪嗟，噼地啪嗟，噼地啪嗟，啪。
他時常給他們灌水和除雜草，
用力拔這邊的草，又用力拔那邊的草。
小種子在陽光下長高了，又長綠了，
這兒也萌芽，那兒也萌芽，
一棵美麗的植物就是從每一粒種子長成，
他們驚喜的把頭探在空中搖幌。

大家在下一首詩朗誦的時候就做這動作。

就像這樣（Just Like This）

～奧尼～（D. A. Olney）

樹前後搖擺，
就像這樣；就像這樣；
樹枝上上下下的搖動，
就像這樣，就像這樣。

海起伏的盪漾，
就像這樣；就像這樣；
沙灘上躺着褐色的海草，
就像這樣，就像這樣。

冬天 (Winter)

～喜格罕姆～ (Nancy Franklin Higham)

一個白色的世界，
一個耀眼的世界，
一個酷冷赤裸的世界，
那兒所有的樹，
無葉的樹，
披着羽毛的樹枝站在那兒。
草的葉片
沾滿露珠的花
依戀着堅硬的大地。
一個冰冷的世界啊，
一個蕭瑟的世界啊，
在此是一片雪白。

春天 (The Spring)

～懷爾曼～ (Rose Fyleman)

在一座小小的山上我發現了春天
掉落到一個池塘裡；
我伸手到杯中
舀了一握蘇打水
味道鮮美又清涼。

我找到一隻嚴肅的小青蛙
在岩石的旁邊；
牠大膽的瞟我一眼，
我相信牠一定想
這地方當然是屬於牠的。

可憐的赫爾斯 (Poor Horace)

～珍・羅德久～ (June Rodgers)

赫爾斯常常愛到一個古堡或古屋去，
但是有件事驚嚇了赫爾斯——老鼠的吱吱
喳喳。

夜裡赫爾斯就噪鬧和衝撞
人們說：「啊呀，這眞是叫我們驚駭！」

但是剛好讓大膽的赫爾斯聽到了一個

我眞的
不是這個意思；
這兒有一碗牛乳
和奶油給他夾麵包。」
皇后拿着
奶油
帶去給
國王陛下；
國王說：
「奶油，嘿？」
於是從床上跳起來
「沒有人，」他說
當他親吻她
很溫柔地，
「沒有人，」他說，
當他滑下
樓梯的扶欄，
「沒有人，
我親愛的，
可以叫我
是一個愛挑剔的人——
但是
我喜歡一點點奶油夾麵包嘛！」

14.選一首詩　Choose a Poem

細細的聽正在朗誦的二首詩。

選一首你聽起來最感動的，盡你所能的學他唸。

厚厚的
塗上去。」

皇后說：
「噢——！」
然後去找
國王：
「談到奶油給
國王夾麵包的事，
很多人民
均認爲
橘子果醬
比較好
你要不要試一點
橘子果醬
代替奶油？」

國王說：
「煩人哪！」
而後他又說：
「噢，我的天啊！」
國王啜泣着：「噢，我的天！」
於是同房去睡覺，
「沒有人。」
他抽噎着，
「可以叫我
是一個愛挑剔的人；
我只是要
一點點
奶油夾麵包！」

皇后說：
「好啦，好啦！」
然後去找
酪農場的女工
酪農場的女工
說：「好啦，好啦！」
然很跑到牛棚。
乳牛說：
「好啦，好啦！

酪農場的女工說：
「我們可以要一點奶油給
國王夾麵包嗎？」
皇后問
酪農場的女工
酪農場的女工
說：「當然可以，
我去告訴
乳牛
現在
在牠睡覺之前。」

酪農場的女工
她鞠躬行禮
出去告訴
乳牛：
「不要忘了奶油給
國王夾麵包。」
乳牛
好想睡覺她回答：
「妳最好告訴
國王陛下
現在很多人民
都喜歡用橘子果醬
代替。」

酪農場女工
說：「眞想不到呀！」
於是跑到
皇后陛下那兒
她向皇后鞠躬行禮
臉有點紅：
「原諒我，
陛下
因爲我
不禮貌，
但是橘子果醬很好吃呢，如果
把它

躺下來憩息。

現在樹枝搖着小鳥，
花兒搖着蜜蜂，
波濤搖着百合，
風搖着樹；

我搖着嬰兒
輕柔的搖她睡覺——
不要醒來啊
直到雛菊的蓓蕾窺探。

12.說話音樂 Word Music

女聲合唱
男聲合唱
男聲獨唱

父親的船 (Father's Ship)

～瑪麗・梅甫・道吉～ (Mary Mapes Dodge)

女聲合唱：海上有一條船，
全體合唱：今夜要開航，
今夜要開航！
男聲獨唱：是父親要出海去，
男聲合唱：月光皎潔，
女聲合唱：　　光輝照耀！
男聲獨唱：可愛的月亮啊，他將航行，
好幾個晚上，
爲母親和我去航海，
女聲合唱：噢！跟隨着船
用妳銀色的光輝，
全體合唱：當父親航行在海上。

13.一個故事 A Story

國王的早餐 (The King's Breakfast)

～美妮～ (A. A. Milne)

國王問
皇后，而
皇后問

害得老婦人嚇了一跳，
哼，嗨！嚇了了一跳。

11.醒與睡　Waking and Sleeping

第一首詩用一種急促，噪亂的節奏把我們叫醒

叮——噹 (Ding-Dong)

～佚名～ (Anon.)

叮—噹！叮—噹！
所有的鈴鐺響亮，
叮—噹！叮—噹！
這是個假日。

叮—噹！叮—噹！
所有的鳥兒歌唱
叮—噹！叮—噹！
讓我們出去遊戲。

第二首詩用其緩慢的，撫慰的節奏，
使我想睡覺，這叫催眠曲。

黃昏 (Evening)

～佚名～ (Anon.)

呼噓，呼噓，小嬰兒呀，
夕陽已經沉到西邊；
小羊已在河邊草地

水這麼燙，
杯子，碟子，盤子和湯匙，
盤子這麼多喲！
用刷布洗啊，刷呀刷，
把它們洗刷得乾乾又淨淨，
用塊乾淨的白布擦擦亮，
我們多麼忙碌喲！

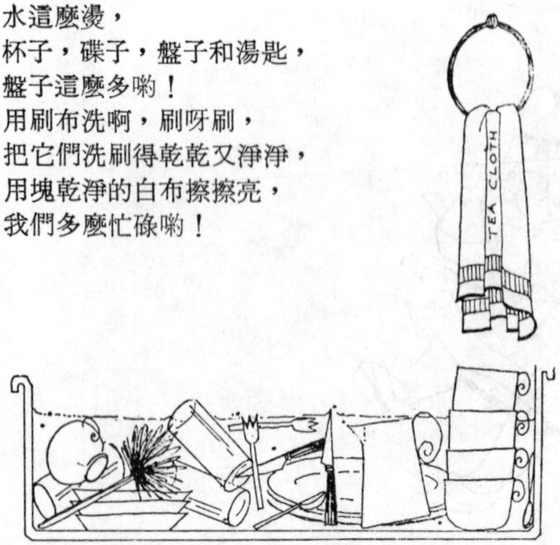

第二首詩像一齣短劇，我們需要這些演員：

老羅菲

蘋果樹

風

老婦人

演員表演故事，但是他們不必說話，這故事由別人在旁邊述說，其餘的人齊聲朗誦。

老羅菲 (Old Roger)

～佚名～ (Anon.)

老羅菲已經死了，去到他的墳墓，
哼，嗨！去到他的墳墓。
他們種了一棵蘋果樹在他的墳頭上，
哼，嗨！在他的墳頭上。
蘋果成熟快掉落了，
哼，嗨！快掉落了。
來了一陣强風，把它們全吹落，
哼，嗨！把它們全吹落。
來了一個老婦人，把它們撿起來呀，
哼，嗨！把它們撿起來。
老羅菲站起來給她一陣敲打

…………………
於是只剩下七個。

七個快樂的女生正在玩磚頭
…………………
於是只剩下六個。

六個快樂的女生學習如何潛水
…………………
於是只剩下五個。

五個快樂的女生在一家店裏買東西；
…………………
於是只剩下四個。

四個快樂的女生在沏她們自個兒的茶；
…………………
於是只剩下三個。

三個快樂的女生坐在霧中；
…………………
於是只剩下二個。

二個快樂的女生發現一支裝了子彈的槍，
…………………
於是只剩下一個。

一個憂傷的女生孤獨的生活着；
…………………
於是一個人也沒有了。

10.進一步的動作 More Acting

整個班的同學都能在第一首詩中做動作，
努力的工作，但工作以後不要忘記把濕的衣服掛起來。

洗滌歌 (The Washing-up Song)

～伊麗莎白•格兒蒂～ (Élizabeth Gould)

唱一支洗滌歌，

六個。

六個快樂的學生在玩蜂巢；
一隻大黃蜂刺傷了一個，於是只剩下
五個。

五個快樂的學生在地板上跳躍；
有一個掉進洞裏，於是只剩下
四個。

四個快樂的學生出海去；
饑餓的鯊魚吞噬了一個，於是只剩下
三個。

三個快樂的學生在動物園裏散步
一隻大熊緊緊的抱住一個，於是只剩下
二個。

二個快樂的學生坐在太陽下；
有一個蜷縮倒地，於是只剩下
一個。

一個憂傷的學生孤獨的活着
他同家去了，於是一個人也沒有了。

你能不能在下一頁寫一首關於「十個快樂的女生」的詩？
你必須去思考遺漏的字，
不要再使用任何男生用過的情況。

十個快樂的女生

十個快樂的女生下到礦坑去；
…………………
於是只剩下九個。

九個快樂的女生在一個門上盪鞦韆；
…………………
於是只剩下八個。

八個快樂的女生試着要走向天上

的效果。

女聲合唱
男聲合唱
女聲獨唱

耶誕鈴聲 (Christmas Bells)

～尤珍・斐爾德～ (Eugene Field)

女聲合唱：為什麼金鈴為耶誕而響？
男聲合唱：為什麼小孩子歌唱？
曾經有一顆可愛的閃耀星星，
在很遠的地方被牧羊人看到，
輕輕移動直到祂的光
使一個馬槽搖籃發亮。
女聲合唱：有一個可愛的嬰兒睡在那兒，
頭輕輕枕在乾草上，
她的母親唱着歌微笑着，
女聲獨唱：「這是耶穌，聖潔的孩子。」
男聲合唱：因此金鈴為耶誕而響
全部合唱：因此小孩子歌唱。

9.你自己的詩　Your Own Verse

傾聽這詩的朗誦

十個快樂的學生 (Ten Jolly Schoolboys)　(adapted)

～伯吉斯・改寫～ (C. V. Burgess)

十個快樂的學生到外面去吃飯；
有一個哽住了，於是只剩下
九個。

九個快樂的學生玩得很晚；
有一個睡過頭了，於是只剩下
八個。

八個快樂的學生到帝翁去旅行；
有一個說他要留在那兒，於是只剩下
七個

七個快樂的學生在砍樹枝；
有一個把自己砍成兩半，於是只剩下

我們也可看到它們漂昇得那麼高
駐足，凝望它們，從低處
在空中，它們眞是好看啊！

8.耶誕節　For Christmas

全是紅色 (All in Red)

～艾琳·瑪茜亞絲～ (Eileen Mathias)

山達紅色的毛皮大衣
以及他深紅色的頭巾。
紅色的草莓
在樹林中閃光
最美麗的小鳥的
紅色胸脯
最燦爛的耶誕節
紅色的大字

耶誕夜爐中燃燒木柴的紅色光暈
以及艷紅的小拖鞋
山達昨夜留下的。
紅色的紙燈籠
由牆上垂下來
許多的耶誕節的色彩
紅色是最美的。

當我們贈送一個耶誕禮物，那就是一種給出我們美好願望的方法。在這首詩裏，詩人給出了美好的願望給整個世界。

耶誕的願望 (A Christmas Wish)

～露絲·懷爾蔓～

(Rose Fyleman)

給每一顆心一把小小的火，
給每一個飯桌一桌小小的筵席，
給每一顆心一個快樂，
給每一個小孩一個玩具，
庇護所給鳥和野獸。

下面這首詩告訴我們耶誕節眞正的原由，

我們可以一塊兒朗誦而得到很好

第六位釣到了一條鰻魚，
而第七位
釣到了一個古老的馬車輪。

藝術家用詩中的觀念來畫她的畫。

現在你可以學着那樣做

這兒另外有兩首詩，可以畫成很好的畫。

朗誦時注意聽，然後選一首你比較喜歡的詩來畫。

雛菊與青草 (Daisies and Grasses)

～佚名～ (Anon.)

雛菊那樣明亮，
青草那樣翠綠，
告訴我，我請求
你怎樣保持如許潔淨？
夏日的驟雨，
夏日的雨啊，

洒洗沾着灰塵的花兒，
把花兒重又洗淨。

拿氣球的人 (The Balloon Man)

～露絲・懷爾蔓～ (Rose Fyleman)

他總是在上市場的日子
拿着許多氣球——可愛的一束——
他停在市場的廣場
好像沒有想到午飯

它們有紅色、紫色、藍色和綠色，
艷陽照耀的日子
縱使馬車和人們穿梭其間
你可看到他們在遠遠的地方閃爍。

有大的，也有小的，
全用線綁在一起，
如果有風兒
它們就像其他東西一樣搖擺啊搖擺

也許有一天他會放它們飛去

注視着世界
用溫和的眼睛。

楊柳 (Pussy Willow)

～佚名～ (Anon.)

甜甜的，低低的南風吹送，
吹過棕色的田野嗾嗾作響，
「來吧輕柔的！輕柔的楊柳！
在你近似棕色的捲葉擺動中，
顯出你銀色的軟毛
來吧輕柔的！輕柔的楊柳！」

7.由一首詩畫一幅畫 A Picture from a Poem

聆聽這首詩，然後再看看圖畫

黑道士 (Blackfriars)

～艾麗諾兒・華珍～ (Eleanor Farjeon)

七個黑道士
背靠背坐着
在一座橋上釣魚
想釣條梭子魚或雄鮭。
第一位釣到了一支胳肢，
第二位釣到了一隻螃蟹，
第三位釣到了一隻玉忝螺，
第四位釣到了一條孫鰈魚，
第五位釣到了一隻蝌蚪，

6.選一首詩　Choose a Poem

聆聽這三首詩
選一首你最喜歡的
研究它，而且盡你所能的朗誦。

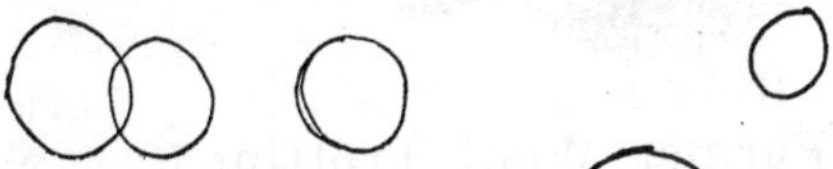

肥皂泡
(Soap Bubbles)
～佚名～ (Anon.)

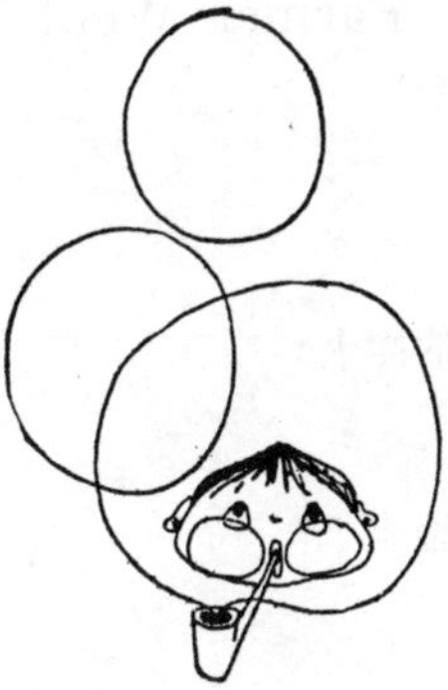

沾滿吸管！
輕輕地吹——
現在你可看到
氣泡漸漸大起來了！
先是堅强的
隨後就破裂了
而後他們去了
無影無踪——啊！

夜空 (The Night Sky)

～佚名～ (Anon.)

整個大白天
太陽明亮的照耀
月亮和星星
晚上才出現
自黃昏時候
他們排列於天空

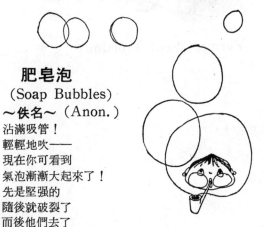

5.動作的詩　A Poem to Act

每一個人都會讀故事，而不管那一種故事，
都必須以美好的節奏朗誦出來。
這兒有一個表，是我們所門要的演員：

農夫
灰驢子
農夫的女兒
大烏鴉

一個農夫去散步 (A Farmer Went Trotting)

～佚名～ (Anon.)

朗誦者：一個農夫去散步
　　　　騎在他的灰驢子背上
齊　誦：撞到東，撞到西，笨重的撞！
朗誦者：後面跟着他的女兒，
　　　　玫瑰般的臉好漂亮，
齊　誦：難走地，難走地，吃力地走！
朗誦者：一隻大烏鴉叫着，
大烏鴉：嗄——嗄！
朗誦者：他們全跌倒了呀，
齊　誦：撞到東，撞到西，笨重的撞！
朗誦者：灰驢子弄傷了腕骨
　　　　農夫跌下來了，
齊　誦：難走地，難走地，吃力地走！
朗誦者：頑皮的大烏鴉
　　　　大笑的飛走了，
齊　誦：撞到東，撞到西，笨重的撞！
朗誦者：他發誓，明天
　　　　還要同樣的騎牠去散步
齊　誦：難走地，難走地，吃力地走！

袋鼠 (The Kangaroo)

~布雷特~ (Anna M. Pratt)

袋鼠媽媽要去
買孩子的晚餐，
牠又不能離開牠的嬰兒
因爲牠不睡覺，
牠不能坐下來搖牠，
於是牠把嬰兒放在袋子裏
出門去市場
蹦跳，
　　　　蹦跳，
　　　　　　　　蹦跳。

猬 (The Hedgehog)

~艾廸・金~ (Edith King)

猬是一種小野獸
像一塊死木頭，
在那兒牠却能飼餵牠的家人
用猬那種特殊的食物。

牠有一個有趣的小鼻子
有點兒像猪鼻子
牠聞東西當然和我們一樣，
只是牠邊跑邊掘挖，

牠穿着最奇特的刺外衣，
代替了毛髮或皮毛
只要捲曲身子
刺就豎起像把鋸子，

牠不需要和故人打戰
或逃跑，
牠的外衣會替牠做所有的工作
它刺在牠們的鼻子上。

現在，想一想你喜歡的野獸，
告訴我們，爲什麽你喜歡牠。

4.我喜歡野生物　I like wild Animals

第一位詩人告訴我們，關於她所喜歡的一些野生動物，聽聽詩人的朗誦吧。

野生動物 (Wild Animals)

～伊麗莎白・芙麗敏～ (Elizabeth Fleming)

我喜歡一隻小老鼠，
當牠不在我屋裏的時刻，
我喜歡一隻大老鼠，
當牠輕輕的咬，輕輕的咬，像這樣。
我喜歡一隻鼴鼠：牠是一隻和善的小幽靈，
我喜歡一隻鼬，
有一個斑點，像雪梗在牠的喉嚨上。

我喜歡一隻地鼠
牠的鼻子浸在露珠裏，
我喜歡一隻野兎，
因爲牠四野奔跑跳躍；
我喜歡一隻狐狸牠
那小小的白襪
我喜歡小白兎、松鼠和其他棕色的動物，
我全都喜歡牠們，
牠們好有趣，毛茸茸的好狡猾的，
而又叫人駭怕的小動物啊。

你能想到其他有趣的，毛茸茸的，也很狡猾的，而又叫人駭怕的小動物嗎？

下面兩首詩告訴我們，關於詩人他們所喜歡的單純的動物。

現在大家試着一塊兒朗誦這首詩，每一個人都要以同樣的節奏朗誦。

如果你能做得很好的話，你也許就能開始用你的兩隻手臂學蒸汽機的活塞擺動。

3.押韻 Making it Rhyme

這兒有一首詩等你來完成。

詩中有六小節，每小節都是兩行。

第一小節 10（ten）和人（men）是押韻的字，但是第二個押韻字，在其他小節中都沒有。

現在聆聽詩的朗誦。記下那個遺漏的押韻的字。

重排十個數字 (Making Tens)

～赫金遜～ (M. M. Hutchinson)

你有多少方法可以把10個字拿給我？
現在快點想，我快樂的小朋友啊。

格瑞會得第一，看傑克的眼睛發亮，
當他好快的跑向我且推着 1 和 ——

緊接着的是他的朋友，
羅伯跟着拿來了 2 和——

接着一個是迪克和達文
他寫了 3 和——

然後很快的跟來了赫羅特·奚克斯，
我看他作成了 4 和 ——

最後來的是莫丁默·克利韋
但是他最先想到 5 和——

攪一個薄烤餠，
放到盤中；
飛起薄烤餠呀，
抛個薄烤餠
是否你能接住它。

2.蒸汽機　The Steam Engine

啾，啾，啾，啾，蒸汽機說，
嘶，嘶復嘘嘘呀詩人說。

聆聽這首詩，然後想一想蒸汽機所
發出的聲音，那節奏不是一樣的嗎？

蒸汽機的聲音（The Song of the Engine）

～班尼遜～（H. Worsley-Benison）

（緩慢地）
蒸汽機嘶嘶嘘嘘慢慢的拖拉着
笨重的火車上山了，
她喘氣時噗出這些聲音
具有決心的工作：

（非常緩慢地）
「我想—我能—我想—我能，
我非—爬到—山頂不可，
我確信—我能—我一定能—到達那兒，
只要—我—不停的努力！」

（加快）
終於爬到山顚，又踏過它
而後 —— 如何改變歌唱，
車輪完全加入了蒸汽的喜悅，
當她急速飛馳前進的時候！

（急速）
「我知道我能做到，我知道我能達到山頂．
噢，搖挖，喧嘩的飛跑！
因爲現在正轟嚨轟嚨的急駛
在我那光滑的鐵軌上！

1.買與烤 Buying and Baking

是該到市場買點食物的時候了，現在聽聽詩的朗誦。然後在你們表演故事中的動作之前，大家一塊兒談這件事。

買東西 (Shopping)

~蕾蘭~ (A. Leyland)

有一個年輕婦人走進一家商店，
嘻嘻，哈哈，嘻嘻，哈哈。
她裝滿菜籃，鷄蛋放在籃上端
踢踢，踏踏，踢踢，踏。
她剛要走時鷄蛋全掉下了，
淅哩，嘩啦，淅哩，嘩。
麵粉和燻肉笨重的摔下，
噗噗，啪啪，噗噗，啪。
一個奶瓶突然爆開了，
劈哩，啪啦，劈哩，啪。
店員忙用拖把掃乾淨，
這就是整個的故事；因此我們可在這兒打住。

現在我們又回到家，準備烤麵包。

滾動的擀子 (The Rolling Pin)

~賈克魁斯~ (Mary J. Jacques)

滾呀，擀呀，滾動的擀子呀，
把粉撒在木板上，然後開始，
擀圓麵包皮呀，擀得薄，
滾呀，擀呀，滾動的擀子呀！

滾呀，擀呀，滾動的擀子呀，
蘋果餡餅皮在盤中
皮的邊兒有許多凹凸浪，
滾呀，擀呀，滾動的擀子呀！

我們的麵包在爐中烤
剛好有時間來做一個薄烤餅

薄烤餅 (A Pancake)

~羅塞蒂~ (Christina Rossetti)

拌一個薄烤餅，

Junior Verse in Action

童詩的遊戲

C. V. Burgess

林　錫　嘉　　譯

張良澤先生談詩

林亨泰先生講現代詩

岩上先生講現代詩

劉燕明作品：都市的遺棄者

中華民國行政院局版臺誌字第一二六七號
中華郵政臺字第二〇〇七號執照登記爲第一類新聞紙
定　價：國內每册新臺幣20元
海　外：日　幣　240元　　港幣4元
地　區：非　幣　4　元　　美金1元
全年六期新臺幣100元　半年三期新臺幣55元
●郵政劃撥　21976號陳武雄帳戶（小額郵票通用）

出版者：笠詩刊社
發行人：黃騰輝
社　長：陳秀喜
社址：臺北市松江路三六二巷七八弄十一號（電話：5510083）
中部資料室：彰化市延平里建寶莊51之11
北部資料室：臺北市北投百齡五路220巷8號4樓
編輯部：臺北市敦化南路355巷83號
經理部：豐原市三村路90號
印刷廠：福元印刷公司　臺北市雅江街58號

74 笠

詩双月刊

LI POETRY MAGAZINE

民國五十三年六月十五日創刊

民國六十五年八月十五日出版

卷頭言

語言不是死了的文字

陳千武

語言是萬人共用的刀片。

有人亂用刀片刮傷人家寶貴的面子，有人善用刀片削平人家激動的情瘤。

語言的刀片是難予捉摸看不見的嫌犯，經常隱藏在人間感情的末端，或智慧的死角上，閃出許多的矛盾。

如果，你要做一位詩人，必須要有耐性，必須運用狡智，跟看不見的嫌犯，不斷地格鬪而獲得勝利，你才能自由自在地駕馭語言，駛進詩的道路。

因爲詩是語言的藝術，詩人要熟練駕馭詩的技術，是理所當然的。所謂駕馭語言的技術，換句話說，就是詩作的技巧。詩作技巧的奧妙，該是左右詩本質上的明珠閃爍，決定詩味本身的濃淡。所以，假如你不得不寫詩的時候，必須運用高度的技巧，始能寫成高度水準的詩。而絕不要懶於安逸的觀念，隨便使用毫無技巧的語言，露出笨拙的馬脚。

自由詩不是依據個人的興趣可自由寫成。我們不主張詩自由的格律，必須像傳統詩那樣具有不動搖的規則，並且確實希望不要讓自由詩成爲通俗的不堪一讀的東西。

要知道，首先並無所謂「詩」的型態，在每一首詩中，從頭到尾，只有語言而已。然而，因語言爲了成爲詩而被使用，就必需借語言賦與詩以生命，構成伸縮自在的光輝的世界。

詩人寫作的目標不在於詩，而是在於意圖造型語言構成的伸縮自在的世界，越廣大越快感而已。

笠詩刊目錄74

評論　翻譯

詩展　及其他

創作

石油

黃騰輝

地球心臟，
千萬年精釀的血液。
人類只是饑餓的寄生蟲；
貪婪的吸飲。
上游的……
下游的……
連接着複雜的蜂巢分子式，
提煉着生活的夢

石化工業渡過巔峯的黃金時代
之後，却是一片汚染，
有一天，地球只是宇宙間最骯髒的垃圾場

地球心臟，開始疲憊，
貧血，衰老，……
爲了飼養那一批冷血的「經濟動物」

畫室斷想

林亭泰

1

畫家
尋找樹洞並非爲了居住
不下雨
失去依靠的雲就成了風
永不腐爛的塑膠布
包裹果實
天不作人作之合
美學永不生育

2

當陽光普照着地球的時候
地球以它自己的厚度遮住
讓地球的另一半成了黑暗

3

畫家只能面對這半壁地球
作永遠無法完成整體的畫

愈遠愈近
愈近愈遠的
遠
近
法
把胸膛
壓搾變成一個洞
把四肢
扭彎變成十字架

4

畫家
尋找位置並非爲了賣畫
旱天
就不奢望該有多少水分
發呆的石膏像
强作神秘微笑狀
喜劇意識之產生
乃是一種絕望的技巧

詩畫四帖

詩・桓夫
畫・陳世興

廢墟

一座金城的廢墟聳立
在雲端
閃耀着昔時
榮華富貴的夢幻

滴落下來的夢幻
或許 曾經
驅逐過千萬戰死了的武士
在草原上

一片草原
一座廢墟 現在
只有無數的蝸牛們
在那兒營生

飛躍

河山尙在
眼前的曠野展開
在晨霞未完全消逝之前
神話裡的超然世界
却已浮顯出來

俯瞰濛朧的山峰
遙遠處
隱有一道生命之門
我意圖飛越過去
一跳
翻一個　觔斗
啊！神與我同在

在神話裡的超然世界
靜穆的歡樂
驚惶的悲傷
都安祥地沉澱着
河山尙在！

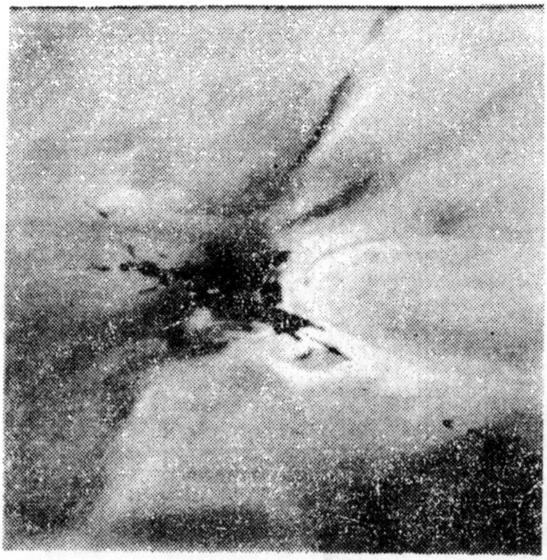

陋習

一羣蝙蝠
侵佔人家的屋簷
在屋簷下
結巢而營私
以晦澁的放縱思維
汚染了美妙的
窗帘

黃昏時刻
需要一面反射鏡
攝取夕陽
刹那間 反光的顏色
照亮幽暗的澁滯
刷新蝙蝠髒黑的
陋習

鳥窩

在草叢裡
我發現了小鳥窩
在鳥窩裡
我發現了小生命
不是神
掌握了那些小生命的
不是神吧！

從黑暗的鳥窩裡
我聽到小小的叫喊
叫聲律動的欲望
振顫了大氣
不是哀求
不得不叫喊的衝力
不是哀求吧

我愛花
但沒有花
只有看不見的
小生命和呻吟聲
藏匿在草叢裡

兩根筷子的故事 外二章

趙廼定

人多人少

一輛人少的車來了——
我說：「再等等看。」
於是車走了
一輛人少的車來了——
我拉着妻的手說：「再等等。」
於是車又走了
一輛滿載人的車來了
妻拉着我的手說：「等下班。」
我抬腕望望錶說：「來不及了！」
於是我塞進車中
奔向前方

妳我不一樣

一位老嫗站在斑馬線上——
大太陽下，她撐着黑傘蓋住黑色衣裳
當綠燈亮——
她走起路來一搖又一晃
她瞪着一線魚尾紋的迷惘
摔向摔着十八歲馬尾的姑娘
十八歲馬尾的姑娘瞪着一臉的迷惘
摔向八方
只是沒一個焦點點在黑傘上
這眞是妳我不一樣
這眞是妳我不一樣

兩根筷子的故事

兩根筷子在盤裡悠游嬉戲
如蚯蚓鑽泥，這時是
不去想唾液與衞生問題的
不幸的是——
筷子撞見一條菜蟲圓渾的肥胖身軀
於是突然想到自己是瘦乾一大把年紀
一根筷子想：「人吃菜蟲吃菜是一樣。」
另一根筷子悲哀自心中起：「花錢買菜吃不是買蟲來!!」
於是兩根筷子紛紛爭爭不息停
——一根忍讓，一根生氣，於是菜
夾不起
「老板——這是什麼菜——?!」

林宗源

一

媽，請妳不要吃飯
爸，請你不要吃藥
弟弟不要讀書
哥哥不要飲酒

我把貞操賣給陌生的人
年老的、年青的或者小太保
每秒工作的肉
沒有快感而必須工作的肉
只有梅毒來安慰我

阿娘！

投的問題

遮羞費的價錢
想想看
強姦的問題
小姨的問題
必定會佔去警察更多的時間

我們是一羣老實的生意人
從不買空賣空
倒人幾千萬
貸款幾億萬
假如腰肚飽飽
誰願意
誰不願意
獲得美感

二

用眼淚灌溉新北投的地皮
長出一寸一尺一丈好高好高的大樓
用嘴笑出的聲音繁榮北投的溫泉
換來恥笑
換來取締

媽的衣服破了
弟弟的營養不良
爲什麼不保護肉價
那便宜得不像話的價錢
還要被人搾取

看
仙人跳的把戲

關於新北

三

媽，吃飽飯還要吃水果
爸，要請最好的醫生
弟弟一定要讀活書
哥哥還是不要飲酒
娘
這不只是恥笑的問題
也不是取締的問題
我們何嘗願意罷市
我們何嘗願意幹這一行
娘
妳的查某子騎上時間
算着愈來愈少的錢

冥思錄

簡安良

無常詩

1

鳥渴望自由地飛翔
天空滿足了他
樹寧願被禁錮
大地答應了他
但在這漫無際涯的天空中
鳥的姿影是何等渺茫啊
而在這廣袤無邊的大地上
樹却一日日地茂盛

2

河渴望自由地奔騎
大地滿足了他
雲朵寧願被禁錮
天空答應了他
但在這廣袤無邊的大地上
河的靈魂是何等空虛啊
而在這漫無際涯的天空中
雲朵却無奈地四處飄泊

3

太陽渴望自由地照耀
天空答應了他
屋宇寧願被禁錮
大地滿足了他
但在這漫無際涯的天空中
太陽的照耀是何等孤獨啊
而在這廣袤無邊的大地上
屋宇却一日日地傾頹

我心

我心的世界有一片天空
春來漂鳥滿天飛
夏來雲彩滿天開
秋來落葉滿天飄
冬來冷雨滿天灑
我心的世界有一塊大地
春來花朶滿地紅
夏來草木滿地綠
秋來果實滿地黃
冬來種子滿地藏
日日你叩敲我的天空

夜夜你開墾我的大地
叩敲與開墾
盡在無言中

默默請問

天空啊請問
風有幾種吹向？
大地啊請問
雲有幾種顏色？

日日仰望着天空的大地
默默
夜夜俯瞰着大地的天空
也默默

風啊請問
大地有多少苦難？
雲啊請問
天空有多少災厄？

年年追趕着風的雲
默默
歲歲驅逐着雲的風
也默默

在默默中
天空滴下的淚是多麼淒楚啊
而在默默中
大地淒楚的淚滴向何處？

鐘聲響了

1

鐘聲響了

生老病死
這是最基本的內容
因果循環
這是最簡單的主題

燈亮纔發覺影子的存在
我抬頭
讀着天空的詩
鐘聲巨大的波浪
向大地湧來
浪來纔發覺自己
是人間唯一的
挺立者

2

生老病死
這主題最繁複
因果循環
這內容最貧乏
鐘聲響了

鐘響却覺得鐘並不存在
我低頭
踢踢大地的心臟
微弱的囘音
向天空逃去
音逝纔發覺自己
是衆生間僅存的
魔鬼

鳥兒

鳥兒飛倦了
不得不囘到大地的懷裏
這溫暖的巢給鳥送安逸
但不知足的鳥兒一恢復了體力
便又飛囘天空
天空冷眼注視着：
這王八兒子究竟在尋找什麼？
好奇的鳥兒到處飛翔
盤旋了又盤旋
尋找了又尋找
仔細地察看大地的每一片髮膚
驚異於他不用翅膀的飛翔
原來這懸在空中尋找的
是我的母親啊
天空還是冷眼注視着：
這王八蛋兒子究竟能找到什麼？

問答

鳥兒在尋找什麼？
大地在尋找什麼？
天空在尋找什麼？
「不——我們
什麼也不尋找！
宇宙原是我們的家
萬物本是我們的財產
我們只是無聊地
玩着捉迷藏遊戲！」
詩人
你何等卑微！

詮釋

辛辛苦苦地生育
還要辛辛苦苦地養育
辛辛苦苦地養育
還要辛辛苦苦地教育
從精蟲與卵子相遇
相遇於悲慘世界的深處開始

此刻已然二十六
烏鴉啊你還是一隻烏鴉
在天空呱叫着不祥

大地啊大地
母親張着嘴
張着欲說無力靜待反哺的嘴
O乃是最原始的母音

烏鴉啊你還是一隻烏鴉
在不祥的天空盤旋又盤旋

辛苦了一輩子
還要辛苦下一輩子
教育了一輩子
還要教育下一輩子
張着的嘴還是張着
烏鴉還是烏鴉
鴉到最後一片羽毛掉進O裏
變成了一個字
一個曰
光芒四射四射
光芒

辛辛苦苦地生育
還要辛辛苦苦地養育
辛辛苦苦地養育
還要辛辛苦苦地教育

這是永恆的母愛
這是得不着反哺的太陽啊

天是空的
所以叫天空
地是大的
所以叫大地

烏少了一橫
所以不是鳥
所以他的飛翔象徵不祥
大少了一橫
所以不是天
所以大地永在天空下

而太陽
太陽永在天地之間
光芒四射四射
光芒

辛苦了一輩子
還要辛苦下一輩子
照耀了一輩子
還要照耀下一輩子

從天空與大地相遇
相遇於渾沌世界的暗處開始
此刻已然五十二

太陽啊還是一輪太陽
在天地間照耀偉大的茫茫

在松林間

鳥飛翔
在松林間
一唱一和地歌頌金燦的天空
你躺在大地的胸脯上
細嗅泥土緘默的芬芳
自然輕鬆地
張開了四肢
溶爲塵砂中之一撮
草這大地的使者
忽然穿透你的掌心
冒出一顆頭來
冷冷地環視周遭
寂靜中
鳥離去的拍翅聲
震耳欲聾
一片白羽飄落泥土
矇住了搖着頭的草
陰鬱的眼睛
夜來臨

鳥不再飛翔時
大地便寂寞地閉着嘴
那一唱一和的頌歌
便化入泥土的緘默裏

沒有什麼不同

當你我一同赤裸進入浴室
蓮蓬灑下青春之水來
沒有什麼不同
你抹肥皂我彎腰
我睾丸顫抖你乳房垂擺
雪白的泡沫一團團
鬱黑的恥毛一叢叢
沒有什麼不同
女人心想壓蓋一切的天
男人心想容納所有的大地
沒有什麼不同
當你我一同進入墓穴
肉必先腐然後蟲生
沒有什麼不同
你我的骷髏並躺
黑洞洞的眼睛什麼也不再凝視

北海岸之旅

周伯陽

車子是來自基隆
沿着海岸一直向前奔馳
海灘上鋪滿了古老的石頭
令人留下印象深刻

從遠海飄來陣陣的浪花
反射着盪漾的斜陽
那浪花像魚鱗在閃爍
有一艘郵船由西向東駛去
我回頭向東一看
野柳的背影模糊不清
那女王頭和仙女鞋的影象
都留在我的腦海深處

基隆隱藏在野柳身後
看不見山上的觀音大佛
也看不見熱鬧的港口

遠眺海角上
出現筆直白色粉筆的燈塔
正在眼前若現若隱
哦！
那就是富貴角的燈塔呀！

巴石河上

林泉

——四月九日之遊

靜靜的巴石河似一把長刀
切開南北兩岸的赤色土壤
而我們在生銹的刀片上滑行
長方形的舟子若是信封
我們便是被套在裏邊的音訊
將被傳達
自鍾士橋到內湖
我們行進

後退的風景如一連串過去的時日
讓我們的眼睛
全把它們排列在巴石河的兩岸
深深的印上心版
增加未來的記憶
如今我們該如何選擇方向？
河水西流，河水東流
總流不出長長的巴石河
流不出這混濁的世界！
雲海深處的天地線
是否我們生命的極限？
而我們渺小猶如河邊漂游的鴨子
風中折腰的草莖
閒愁隨着我們來
又隨着我們去
祇有岸傍青樹不動矗着瞪視我們
如果我們的舟子眞的是信封
我們便是音訊
自鍾士橋被傳達到內湖……

一九七五、四、十四初稿
一九七六、正月潤飾

詩兩首

林梵

斷面

冷氣開放
冰冷的玻璃
透明的阻隔
兩個相互
望見的世界

炎炎暑天
被生活抽着
轉的
奔波的
窮人，如同
不由自主吧
陀螺，暈
旋……暈旋
……暈旋。

太陽直奔
天頂
憤怒的
溫度計
逐線上昇
殘酷的現實

東海吟

雨停了
西方會出現虹彩嗎？
懸掛的天梯
能够接引
苦難的衆生
遠離憂愁的國度嗎？

路思義教堂高高聳立
於綠草濃蔭，莊嚴地
合掌祈向藍空
信仰即是希望

有一個無人的晚上
吾曾靜靜地
以十字架之姿
純潔無辜的
躺在堂前的方型廣場
兀自交感宇宙的精神

星星排隊一一
經過吾的眼睛

引爆吾的力量
從何而來呢？
吾遺棄自已
拼命的生，一如
拼命的死
雨忽然下了
這時，羣草嘩然爭論
何時佔領吾的屍身

哭嚎的機械

楊傑美

像颱風捲起的怒浪一般
　一波一波
隨着焦灼的熱盪開來的
是工廠機械發自深腹
隆隆吶喊的聲音唷
繞過工廠的每一樑牆角
彎彎曲曲鑽入我的耳朵
又彎彎曲曲從我的耳朵反射出來
降落在工廠的每一吋汚泥上

像炎炎夏日午夜的悶雷一般
　一波一波
隨着燃燒的空氣輻射而來的
是工廠機械發自肺部
深深哭泣的聲音唷
繞過工廠的每一柱屋樑
迤迤邐邐地灌入我的聽道
又迤邐着從我的聽道倒出來
降落在工廠的每一塊熱鐵皮上

彷彿要鑿每一吋泥牆似的
工廠機械淒厲的哭嚎聲呀
彷彿要割裂我的耳膜似地
每天從四面八方
　一波緊接一波　灌溉我的耳朵
一波緊接一波　凌遲我的聽道

落葉

林鷺

天空無一絲行雲的步履
欲寢在午后惺忪的睡眼裏
唏唏簌簌
　又挾一陣陰風而起
房前庭院
躺滿落葉的屍體
乾枯的
半黃半綠的
翠嫩的
跨出門檻俯身撿拾一片
青黃不接的
落葉
　驀然回首
有淚如洪
夾媽悽厲的呼聲
迎面氾濫而來
我倒下
欲喊
喜歡掃落葉的爸爸
却發現
原來爸爸正
靜靜地躺在我的手裏

詩兩首

巫永福

明暗交織

黑暗點綴分布於光明之間
光的存在更加宏亮而清淅
光的丰彩更富生命與突出

黑暗大占空隙於光芒之間
光的面貌更有深度而華麗
光的燦爛更加立體與溫暖

光線燃燒滾動於黑暗之中
燒不盡的閃光賦予秀美與奇艷
而襯托出無限黑暗底虛無與魔力

光明沉寂孤立於黑暗之中
晶晶耀眼的光鎮靜地揮手招搖
而放出無限的歡欣與希望底喜愛

如沒黑暗底茫茫虛無的意像
將無怯證實光底實點的可貴
雖然光焰過於浮燥而無味

燕子南飛

難忘的茫霧早晨
使我想到十二月
想起了山城埔里

十二月裏一個濃霧的早晨
聽有似曾相識的憐弱叫聲
就知道燕子們再結群來臨
在白茫茫的漫天大濃霧裏
柔和的陽光正要出面的時候
這山城裏所能看到的寒影
所有電桿、電線上的黑點
蹲着、歇着密密厤厤的燕子們

從十分疲倦的體態就知道
燕子們以其毅力、耐力及靈性
由那遙遠而更寒冷的北方
飛過遼濶汪洋的波浪大海
越過枯淡辛酸的村野河山
沿着峻拔的中央山脈衫裾
經過漫長苦難的飛翔拔涉
來到這山城埔里報信平安

又能看到勞累的燕子們
於一夜之間千里迢迢飛來
這寧靜的山城埔里中途休息
而別來無恙我就高興了
爲其未完的豪壯旅程稍稍
安歇之後要繼續往南飛
致相聚的時間雖非常短暫
却留下無限的懷念與情感

難忘的十二月啊
燕子避寒南飛去
等待春暖北歸來

母親及其他

子凡

狗

識時務的狗是不亂吠的
在這麼深的夜裏
不妨碍人們的睡眠
不驚醒人們的美夢

看見神靈也罷
看見鬼魅也罷
在這麼深的夜裏
識時務的狗是不亂吠的

鎖在我心牢裏的一隻狗
却清醒地
大聲吠了起來你

老朋友

打老遠的地方
拋棄了慾望
回到我的家門旁
喝碗熱騰騰的稀粥吧
雖然沒有驅寒的燒酒
沒有取暖的爐火
要知道，這是我最好的了
若你已倦于漂泊
飽經世界的廣濶和深奧
且垂首
睡在我的懷裏
像一串成熟的稻穗
睡在稻香裏
要知道，這是我最好的了

故鄉寄來的一封信

故鄉寄來了一封信
是年幼的弟弟筆跡
寫在一張從習字簿裏
撕下來的方格紙上
鉛筆又鈍又黑
字體又歪又髒
很認眞很辛苦地
走向我
還有一小撮新米
是年老的媽媽的寄語
在我的心田裏

燃燒

煉鋼廠的熔爐裏
鐵漿是沸騰的
熾熱地燃燒着的煤
爲了存在而燃燒自己
在這動的世界裏
我們活着像一堆煤
只有燃燒
才能忘掉戰爭
　忘掉死亡
　忘掉人類歷史的辛酸
只有燃燒
才能把心中的熱情奔放
才能熱熱烈烈地活着
才能熱熱烈烈死去

母親

已經是兩個孫兒的祖母了
媽媽帶着老花眼鏡
閒時老愛給孫兒的小衣服
綉上可愛的小動物
像我兒時穿的一樣
媽媽已走了人生大半的路程
黃昏時，一手牽着一個
剛學會走路的孫兒
散步在夕陽餘暉下
長長的人行道上
把微笑投給迎面的小孩
在公共汽車上
逗鄰座的小孩玩
在人家面前稱讚自己的孫兒
「愛」在微笑和讚語中
發光，照亮
她完人生的下坡

祖　母　林鍾隆

媽媽說　祖母最不像話
吃午飯的時候　都不把隆兒帶同家
把飯端到廟裏
餵了一口就端著飯碗跟隆兒跑
跟在隆兒後面　比隆兒更愛戲鬧

祖母說　隆兒最好
一大碗的飯　跑來跑去
不知不覺就吃光了
不會嘟嘴說這個不吃
不會縐眉說那個不好
跑來跑去　頭上沒有跌過一塊疤傷
隆兒愛逗我追　隆兒愛逗我笑
我跑不動了　他會撞入我懷裏
側着耳朵聽我的心跳

媽媽要打我我就撞入祖母懷裏
祖母緊緊抱住我　把我的臉壓緊在胸口
不要我看到媽媽的臉
等媽媽走開了　祖母才放開我
指著我的鼻子笑笑地說：
「好險！下次再惹媽媽生氣
　婆婆就不救你了」
我點點頭　又撞入祖母胸懷
祖母哎唷一聲　罵我不怕把祖母撞壞
媽媽怪祖母　會把我慣壞
祖母說　你知道什麼
老人家要有個小孩兒好帶
孩子生成要有個老人家疼愛

一九七六、五、

家譜——姻親篇

向陽

愛變把戲的阿舅

自從細漢開始
阿舅就時常來阮厝，陪阮
出去：放煙火、抓草螟、灌大猴
有一天，后山仔漚大水
阿母叫阮不好四處走，叫阮
乖乖地看阿舅變把戲

彼時，阮才知道
阿舅最愛變把戲。手拿
五角銀，吹一下變一塊
巾仔內底明明無物件，指落去
一顆大個鴨母蛋，最飽學
破紙也會變做小揆扇

上學以后，阿舅就較罕來阮厝
阮同款放煙火，在厝邊頭尾
阮同款走去抓草螟，爬后山仔
阮同款會曉灌大猴在路邊窟仔
阮同款愛看康樂隊的人，變把戲
阿舅有來無來攏無啥稀奇
昨暝康樂隊散場，阮倒轉來
看到阿舅帶查某，散步行大路
阮篤好擺手，想要笑阿舅
轉一個角，在街仔尾
阿舅無去查某無去，風吹微微
阿舅猶原同款忘愛變把戲

落魄江湖的姑丈

阿姑透早就來
找阮阿爹，一面哭一面啼
阮問阿母啥代誌
原來爲著姑丈昨暝偷偷走出去

走江湖，賣膏藥
姑丈獨身仔的時節靠這過日子
虎臂熊腰出掌生風，一拳乾坤
南北未打，打入阿姑柔輭的心肝內

做女工，爬山頭
阿姑嫁了以后無日無暝爲尪婿
繡裙荆釵柔荑生繭，双脚走奔
磚瓦蓋好，蓋不好姑丈落魄的鑼鼓

走江湖的日子不免磚也不免瓦
姑丈兩手空空走出去
爬山頭的時節無分南亦無分北
阿姑目眶紅紅倒轉去

做布袋戲的姊夫

彼一日，阿姊倒轉來
帶香腸水果，帶很多
好玩的物件，阮最歡喜的
是姊夫愛弄的，一仙布袋戲偶仔

有一年，庄裡天公生
公厝的晒穀仔場，掌中劇團
做戲拜天公，阮最愛看的彼仙
爲江湖正義走奔的，布袋戲偶仔

姊夫就是掌中劇團
弄布袋戲偶的頭師，彼一年
姊夫的劇團來庄裡公演
鑼鼓聲中西北派打倒東南派

阿姊彼時猶原還是
十七八歲的姑娘，有一天
走去劇團找弄戲的頭師
嬌聲柔語，東南派打贏西北派

愛看布袋戲的阮，僅僅
知悉東南派是正人君子，僅僅
知悉西北派是妖魔鬼怪，阮未瞭解
東南派哪要一定打贏西北派

時常纏著阿姊的阮，猜想
輭心腸的阿姊就是東南派，猜想
弄戲偶的頭師就是西北派，阮想未到
東南派哪會和西北派講和

彼一年，頭師變姊夫
阿姊轉來的時節帶了很多戲偶仔
阮問阿姊東南派有贏西北派否
阿姊笑一下，目屎忽然滾落來

有一天，阿母帶阮
去姊夫他厝看阿姊，說是兩人冤家
阮問阿母東南派是不是輸給西北派
阿母笑一下，目屎竟也滾落來

看到姊夫，姊夫轉頭做他去
阮罵西北派妖魔鬼怪無良心
看到阿姊，阿姊俯頭不說話
阮笑東南派正人君子欠勇氣

想未到姊夫和阿姊忽然好起來
很奇怪冤家到尾竟會變親家
阿母歡喜地挲阮的頭，讚阮就是
彼仙，爲江湖正義走奔的布袋戲偶仔

洪宏亮作品

海角小記

坐下來吧，坐下來
行踪到度，宛然是
天涯海角的情懷
燈塔前，陰影下
卸掉形骸
一支烟，悄悄將倦意
吹落了東海

風向東南，海上徐徐的二級風
海域無疆，四面八方繡了
千朵，萬朵浪花
首航的輪渡，在遠方
浮貼如一幅夢幻
思想也海市蜃樓般
虛飄了起來

記起漫遊以來
未帶得些許叮嚀
行囊中，貯着
越來越多的寂寞了
啊，此刻，此刻何以
好想遺忘，在
東海裙緺的邊緣？

或者一些
早寒的夜露

水流繞過沈默的肌膚
黯然離去
翻騰如掌的一片紅
葉漩入急急湍流
再遠處
破碎的槳片也不語
月升

月光引領我孤瘦的身影
直抵對岸
這樣薄弱的橋竟能
負載纖纖的你嘛
我不知道。
只有你的手腕在灘上垂著
在微微的風裡

林尹文作品

城隍

誰來城隍廟？
殺雞罰誓、血濺天井的
日子被遺忘爲古代
的憑弔。
日、冷冷的

塘簷下，風鈴少響。
七爺、八爺猙獰的臉褪色
成民俗遺物
的傳說、迷惑
著孩子少解的眼

老婦人著唐衫、扶藜杖、來。
焚香膜拜、祈禱
卜筶問福；
城隍老爺、衣衫襤褸，黯然；
正色端坐著，黝黑的
臉，削瘦少堪。

我來、迷信的望着祂。
（我一眷戀的乃
泥菩薩眼眸之裡的鄉愁）

李瑞騰作品

帳歌

老天
你究竟在布囊裡藏了幾多雪
就在大前晚將軍剛橫了槊賦了詩
你就妒嫉帳下的鄉愁
連個招呼也沒打
不聲不響地
把一夜鄉愁都飄向
贈柳的灞橋

老天
你究竟在布囊裡藏了幾多雪
就在大前晚將軍剛巡了營歸了帳
你就妒嫉帳下的相思
連個招呼也沒打
冷冷沁沁地
把一夜相思都擁向
畫眉的洞房

老天
你究竟在布囊裡藏了幾多雪
就在大前晚將軍剛鳴了金收了兵
你就妒嫉帳下的醉臥
連個招呼也沒打
把一夜醉臥都化成
萬古的幽情

鄭日影作品

散步

一個我也可以的
想出去踏就踏
想出去走就走
我淡忘一些不如意的思想
有人說是要「散心」
跟很會消遣時光的他們出走
走街路、抄小徑
全拍慢動作的碎步
勢將記不起花掉的姿勢和路遠
看看錶只得知一個答案
細心追求
原來還有一双双出來參加競走的
酸硬的脚

顏道信作品

某工人

你遁出山林
倦於安貧
在噴吐濃濃黑蛇的煙囱下
出力換取
血—汗—淚的財富
從來沒有過
男人的
貞
節
牌
坊
賭博女人老米酒之後
所謂財富已如煙了
你也疲乏老去
無力撑持
在機器後面
掩臉沈沒
重入山林
不再步行
你舒服地躺下
在靈車裏
粗糙的墳地
一如你粗糙的過去
唯有新雕的光滑的墓石
希望你此後的年輕

余彩蓮作品

雨季

天色將暗，
我走著，樹林站着。
烏雲急追，
我跑著，樹林依舊站着。

趕在大雨漫天灌頂而來之前，
我終於尋著小小的圓幔藏身，
而樹林依舊留在原處，
坦然站在我小小的圓外。

望一望這雨中世界——
圓外是綠色的淋漓，
圓內是肉色的安逸，
彷彿都甜美而可以入畫。

台客作品

登月

飛越過不可想像的距離
翩翩的蒞臨了，外星球的訪客
幾千幾百萬年遙遙的相對
你們以熱情宣布：爲和平而來此
星條旗矗立在隕土之上
屬於全人類的祝福遍灑其中
而月球，空空洞洞，不拒絕也不歡迎
沈默一如往古悠久的歲月
拿走一些些泥土，揭穿一些些秘密

地球人，夢寐的宿願，難償的代價
飛返大氣層吧！投入生死裡
浩浩宇宙中，我們仍然屹立，仍然是一個謎

苦苓作品

水殤

悼念死在新店溪的女孩

最后一次覆舟。
他們把蒼苔以及
遺落自你髮鬢的
一朵黃花悄悄
掩埋之後
且遠處有人在蘆荻裡低低吹奏
黃昏的幽怨

淺淺的星光描繪着你
溼拂的水袖
夜鳥飛過

薄弱的羽翼輕輕落下
滴水如淚

傅文正作品

結領帶

公司規定所有的職員
都要結領帶
我猶豫著

公司如此地規定
目的是爲着
讓別人感覺
我有紳士的樣子
結不結領帶是一回事
紳士不紳士也是一回事
若果，結領帶能變得紳士
那麼，也讓我高尙高尙吧

鍾雲作品

警察先生

咱們的警察先生
人情味是頂濃的
是頂濃的　濃咖啡
誰家的阿婆佝僂着背
循著紅燈的召喚
杖黎在斑馬線上擊出節拍
好心的警察過來（衆車俱寂）
把她老人家迎迓過去
（阿婆慢慢走啊）
一個長髮披肩　挺性格的
前衞人物
（有人說：這是超時代文明的象徵）
迤迤然來
管他什麼紅黃綠還是紅白藍
老子愛紅就踩紅
誰敢擋老子的路？
（你看著哪警察先生）

警察先生一邊眼皮被太陽傳染了
昏睡病　一邊眼皮兀自
站穩岡位
（您還在這裏嗎警察先生）

咱們的警察先生是頂頂有人情味的
臉紅脖子粗中上升了五分鐘熱度的
法令　在咱們警察先生的人情味下
涼啦

咱們是頂頂有人情味的
文明古國

誰不知道?
警察先生

王貞德作品

傍晚

雨滌刷着
瓜棚下的綠意　直到
成爲深藍色的漣漪
燈亮了
在這段以前是幽暗
以後也會是
唉!若不是飄忽
雨點早是夢裏的一串珠
而今　蕭颯中
依然可見
幽暗的藍裏
是空白

李彥作品

芒菓花的歲月

解開河之蘿衣
一束芒菓花悄悄歸航
白瓷杯釀著歲月的花粉
苦澀咖啡
在炙裂的唇上埋入方糖的種子
芒菓花
你飲下的
是赤道濃郁之陽光
抑或驟雨

流水
今晚你傍靠的是最亮麗之香樹大道
樹下人影
法蘭西式教堂石階
炫美的像一襲寧靜的幕
等待泛舟人歸來

遠行的時光已經很久了
儷人
妳仍在灣裏撒悅耳的鈴網吧
網着
向月背影
早熟的夏季
芒菓花
你被夾在一本詩集裏
那是唯一可讀的夢

盡情的想
盡情的想淚一般的銀魚吧
海把你浸得晶瑩的像顆珠花
在現代抑或古典的無名指上
展現你來去足跡
有一天
在無際的旅途中

你會偶然來到一座蕉園
訝異的看你成長爲一株紫色的芒蕉樹。

一九七六、一、二十八、冠華餐廳

張綉綺作品

彈簧手

那是個宴席
他看到了一隻一隻的
彈簧手正在盤中不停的
穿梭！

在銀夢的街實
他看到了一隻隻的
彈簧手正專注如神的操縱着急馳的
飛靈！

走着的人搖着彈簧手
舞着的人擺着彈簧手
坐着的人更各式各樣的彈簧着
他的手！　於是
彈簧似延伸般的拉長
彈簧似章魚般的手足舞蹈

當黑霧集體湧上的時候
一隻一隻的彈簧手却不約而同的
睡着了！

筆客作品

遭遇

一天清晨
一隻鷄
一隻壁虎
一陣猛啄
一陣慘叫
一場攻擊
一場掙扎

猛啄過的
攻擊過的
啄食
另一件東西去了

慘叫過的
掙扎過的
只留下一滴血
一聲慘叫
在冷冷的空間

（寄自沙巴斗湖）

小童作品

蒼鷹

迴旋，迴旋
山正年青，我却老邁
何處有一餐美味的山兎呢？
人間自從有了一種叫「打獵」的遊戲
我便愈隱愈深
而灰鴿却在另一種遊戲中
爭食着人們的俸祿

廖德明作品

山地門的牌照

一道異鄉客的風景
行在幽幽山徑
微風徐徐送來辛苦了的花香（註）
好不適暢呵
那花香牌照
不知何時就被申請下來
掛在山地孩子們的嘴巴
倘若
平地的風景上了山
將不會感到孤寂
那束束傳統的野風景
時時敞開花蕊
笑納來此排標本的
蝶。

註：「辛苦了」是指山地小孩對異鄉客很有禮貌的打招呼之口頭語。

張子伯作品

傷心記

——后里詩抄

死於戰事的三叔
死於輪下的小黑狗
一樣我傷心
走了三十幾年那條回家底路
歪斜通往教堂
每次去禮拜
跑來塞給我茫然又逃走的鐘聲
始發覺妻子　越來越不忠實
當時結婚時的面貌
也傷心
又過了好多日子跑出來看
還是一樣的天空
一隊不懂悲哀的喪隊走過家門時
正被當醫生的兒子把着脈
更傷心

王麗華作品

只要一株鳳凰

只要一株鳳凰
就可以引燃一城火災
只要一匹鐵馬
就可以踩起一城寸斷柔腸

休說
國姓爺荷蘭番沈船的地方
休說
沈葆楨在內海築金城煮池湯
休說
一府二州三艋舺的十里洋場
如今
都不見帆檣

且看
熱遮蘭在夕照中
作二十世紀的新嫁娘
且看
赤嵌在夜市中著新衫叫賣哀傷
且看
孔老兄年年在南門
表演迎來送往
多少晨昏

西門東門在對唱
今天的方向不是昨天的方向
今年的羅盤不是去年的羅盤
數聲哀嘆
古運河
在抱怨
消化不良
一抹斜陽
幾片破瓦殘垣
在爭說
當年

就這樣
你被
展
覽
三百年的榮光
或者
悽愴

華笙作品

夜燈行

粉紅色的小燈
在巷尾等待
人影重重疊疊
緊抱了滿懷香芒
於是
夜有了歡樂

橘黃燈
點亮了叢叢花
小吃攤散發鹵味的香氣
三兩杯下肚
土製米酒嘗盡了
滿腸滿肚的
愁滋味

水銀燈
踩出滿街瞬間卽逝的足跡
西流之水
流走點點燈影殘碎
入溝　入江　入海　入洋
足音敲擊黑夜的靜寂
囘聲是水聲

枱燈在冥想
十吋的古唱盤流出江河水
木床遂囘響次
整夜的
輾轉反側
人影
花叢
瞬間卽逝
江河水流入
入江　入海　入洋
水聲是
囘聲

註：「江河水」爲一古曲名，曲調極悲。

吳靑玉作品

瘋女

妳的第一聲敲響
爲我所應
阿秀
竟然我發現
妳有着一顆垂掛着千嶠萬里
的痴心
心痛呵！心痛
妳搥擊不動的鼓聲
何以就破裂了呢。

深知露泛的情愁
爲何
在妳的心版上刻下不死的愛
不滅的火焰　直向妳燃燒
愈焚愈熾烈
一陣的火閃在妳的眼瞳裏
心窩裏
誰能阻止得了
妳那奔騰的情潮
如海濤
捲捲滾滾而來呢。
在一夜之間
我辨識不出妳的臉龐
是扼殺自己的理智
在夜的魔掌中
泣以申訴的戀情
只見
星月皆殞落
獨妳再以嘶啞的聲音
衝破　感情的河堤
阿秀
露泛萋萋草吹動
單戀是多絕情
我無語以對
唯獨
禱祢
妳已囚出紅塵之外的牽情

附註：曾經有一個女孩，在我的生活圈子裏被我親身目睹過。她爲了單戀，在一夜之間，精神崩潰，發起瘋來。變得不像人樣。至今我仍難忘那層影子籠罩而至乃爲記。

葉香作品

乘客的憤怒

右邊
你是誰？
緊緊捱着我的肩胛
好像我是一扇可靠的鐵牆

後面
你是誰？
鼻間的呼吸如燙熱的吹風機
我一頭秀髮整個焚燒

前面
你是誰？
皮製包袱黏貼你我之間
我是空手來的
却分擔你的重荷
並且勞而無獨

左邊
你是誰？
暴露帽沿白與黑的歲月
炫耀你已完整渡過而我尚缺殘的青春？

擁擠的車廂上
乘客的憤怒啊
是一口吐向枯井的
無用的痰

候車

做隻大象吧
只要輕輕那麼一捲
姍姍不來的車子
立卽到眼前

或者
長頸鹿
一邊吃高樹的嫩葉
一邊看車子是不是故障
怎麼還不來?

卒然想到
爲了肉體的舒適
竟自甘淪爲牲畜
啊?!

「那麼，走路」
心命令着：
「不行，太遲了」
眼睛瞥眼腕錶，唱出反調：

不知何故
我優美圓柔的文明的雙脚竟變做
兩截木樁
呆立

車還不來

笠消息

本社

※本社同仁杜國清現任教於美國加州大學桑塔·芭巴拉校區，因卽將出版有關李賀研究的英文專著，於七月間回國收集資料，並於八月間前往日本繼續收集資料。近譯劉若愚教授的「中國詩學」一書，已交幼獅書店出版。又其詩集「心雲集」及譯波特萊爾的「惡之華」，亦將交純文學出版社出版。

※詩人古添洪現於臺大比較文學研究所博士班攻讀，民國六十五年七月十八日與吳逸玲小姐結婚，並於陽明山白雲山莊婚宴，從山上鳥瞰，一望無垠，宛若在高峯頂上眺望谷底，眞是另有一番風味。

※本社同仁陳明台赴日留學，將於八月中，帶其女友一日本小姐回國完婚。

※本社同仁陳秀喜、李魁賢參加中國詩人代表團，前往美國參加第三次世界詩人大會歸來，據悉此次代表團出了不少洋相與笑話云云。

中國新詩論史（五）

·旅人編·

丙、方思

方思（本名黃時樞，湖南長沙人，現居美國）也是移植說前期的一位主將，四十一年開始發表詩作，並致力於西洋詩與詩論的翻譯，出版詩集有「時間」、「夜」，譯詩有「時間之書」（原著者里爾克）等。

本來要把一位詩論家歸入某一派或某一說，是頗困難的，可是如果深入地研讀其詩論，必能抓住他的詩論特徵或重心；同時爲了撰寫的方便，勢必要將此特徵或重心相同者歸納於某一派或某一說，以求系統的井然。今把方思歸入「移植說」，在他本人未必完全同意，因爲他說過他不屬任何派（詩集「夜」後記），但當讀者讀了後面所介紹的他的詩論後，便會相信把他歸入移植說，並非毫無根據的。

方思是一位反對詩要有固定形式的人，在現代詩春季號第五期（四十三年二月出版）他寫了一篇「也談詩的形式」。這篇文章旨在反駁王聿均的「詩的形式與內容」一文，並進而闡明詩形式的眞義。他認爲王聿均指的詩的形式，是指「外形的韻律和內在的節奏」，「內在的節奏」他是贊成的，但「外形的韻律」王氏沒有說明清楚，如依據王氏所說的話：「所謂韻律，並不單指每行末一字叶韻而已」及「受一定的韻脚，反傷了詩的自然美」，他認爲王氏主張的「外形的韻律」，是指不要押韻。可是另外根據王氏所擧的「采蓮曲」（「江南可采蓮，蓮葉何田田，魚戲蓮葉間。魚戲蓮葉東，魚戲蓮葉西，魚戲蓮葉南，魚戲蓮葉北」）及所謂「唐詩的格律」、「宋詞的格調」等等來說明「新形式之產生，並非突創，而是逐漸演化，水到渠成」的論調，方思才恍悟到王氏的主張「外形的韻律」，原是主張格律的。

他認爲一首詩，可用韻文寫，也可用散文寫，但時代所發生的事情很複雜，人的內心細膩錯綜，很難用韻文寫的詩來表現，所以還是用散文寫詩較爲妥適自然。詩並非完全沒有形式，但此形式是由內容決定的，有不同的內容，便有不同的形式，所以不應當用格律來範圍作者。他認爲用格律來範圍作者，會有此弊端：「往往因此會使好詩流產，或成畸形兒，而因此往往糟塌了詩人。」，至於沒有格律範圍作者，又會有何好處呢？他認爲好處是逼使詩人去做如是工作：「祇有作者于多看多體驗而養成一個好的品味，好的批評感之後，對字語的內蘊，句法結構與字語位置的意義，以及文字的節奏有充分把握時自然而然知所使用，知所抉擇，這種能力，便是一篇作品得以產生者。」此語也卽是說，因爲沒有格律的限制，所以才感到寫詩難，才能寫出眞正的詩。

民國四十四年四月他出版一册題名叫「夜」的詩集，集子前有「序」，後有「後記」，流露出他的詩觀。尤其「後記」所載的，說得更清楚，更明確，把他過去的寫詩的體驗，原原本本的道出，以作爲一個總結。

在「後記」中，他談到不喜歡今日的人寫格律詩。他說：「……我祇想聲明，根本我不喜今日的人寫格律詩，我偶題一首拙作爲「十四行」，祇爲寫畢一數，恰正有十四，故意如此題名，亦對格律之一種挑戰，一種諷刺耳，其實不要說無理由規定以中文寫詩應依外國格律，即今日外國詩人，亦多摒棄了昔日的格律……」此話中，他僅僅表明了他的不喜歡格律詩的態度，至於不喜歡的理由，在前述的「詩的形式」中，他已詳爲闡明。這種態度，和紀弦是完全一樣的。

他的詩，一般公認還是偏向主知的，例如張默和瘂弦主編的「六十年代詩選」中曾首先介紹他的詩說：「……的確，方思是寫了不少超水準的詩，早期的如「夜」，近期的如『豎琴與長笛』，他這些傑出作品所噴射的對宇宙與生命之穎悟，那種略帶哲學意味的對事物之思考，以及心與物的交互感應、時間與空間的錯綜，自我與對象的默契；而更重要的是，由他銳敏的觀察力與深厚的吸引力，所導致出來的一莊嚴的秩序，一完美的世界，的確不是沒有受過訓練的心靈所能掌握的。尤其今天大多數中國詩人之能摒棄熱情浪漫的情緒而走向一個更理性更深邃的思想之境界，方思潛移默化的功勞，實在不可泯沒……」在此不妨隨便舉出一首詩來印證：

百葉窗

透過深綠色的百葉窗格，我凝視
人類靈魂的散佈了的殘餘
啊，所謂宇宙的碎片
那青色的晚春的天，那白色的中午的雲
那灰灰的石擎起那現代的嚴峻的美：摩天樓
　在峻嚴的現實界
我正傍窗坐着，在暖和的暗淡的光下
微溫的光輕輕流着
親切的侍女柔柔滑去又滑來
音樂的輪廓分明確定得像古典的大理石雕刻
奶色的牆融化成乳液
我啜着我的濃湯
好像夢在一個眞實的夢中
浸沉於一種眞實的被稱爲夢似的美
我，所謂二十世紀的產物
亦所謂僅乎一個物質構成的形體
不欲推起百葉窗
清楚地我知道外際，外際是一個完美的整個
在心中：一個宇宙的影子

其實，一般人認爲他的詩是較爲主知的，可是他却說：「拙作均爲抒情詩，雖然所抒的情也許有所變易，其爲抒情詩則一。事實上我認爲所有眞正的詩均爲抒情詩。敍事詩、哲理詩……無論什麼詩，若不抒情，即不是詩。詩本爲情感的語言。」

如果根據此語以及文前他所說的他不屬任何派的話，把他歸入「移植說」的人物，他自不同意；可是依照他的「也談詩的形式」一文，與他的反對格律之見解，以及多數人認爲他是擅長「主知詩」的觀點，把他列爲「移植說」的重要人物之一，還是恰當的。

他另外還有許多詩話值得一提的，現在把比較重要的略爲整理，列舉如下：

ㄅ、我寫的詩，均基於我的眞實生活而寫。

ㄆ、我實祇欲表達種種細緻的深沉的情感思想，情感與思想的轉換、變易，以及長住的一面，如是而已。

ㄇ、我決非自以為我的許多作品業已成熟，但我可以告慰讀者的是：我是為尋得表現我的正確形式的迫力所驅使。昔日如此，今日依然，我態度的嚴肅，心情的眞誠，當可為人所了解。

ㄈ、為人求學寫文章，首要在誠，不能亦不應胡扯，不能亦不應冒充內行。

ㄉ、詩往往是蘊意多端，非吾人所可預期，而遂可不加思索，亦惟不可為吾人所預期的詩方值得吾人細讀，這樣的詩方令人起敬。

ㄊ、詩人心中所感所體驗的方為活生生的現實，詩人惟自此現實中方能吸引其靈感之源泉。

ㄋ、文學中尊重個性正如民主政治中尊重基本人權，所以一國茂盛的文學花園中，必然是五色繽紛百芳爭妍。

第二目　移植說延續期

民國四十年秋，紀弦主編「詩誌」，四十二年春又主編「現代詩」，四十五年二月成立「現代派」，一直到五十一年冬第四十期「現代詩」出版為止，移植說的前期詩論大抵告一段落。紀弦的詩論原本頗為激進，但受了覃子豪「蛻變說」詩論的制衡作用，後來漸趨緩和，五十五年夏，他干脆聲明取消「現代詩」三個字（星座第十期「我主張取消『現代詩』三字」）又於五十七年三月，正名「現代詩」為「新詩」，並說明他正名的理由（海洋詩刊第六卷第六期「『現代詩』的正名與其他」）。在「現代派」勢力逐漸衰微的時候，另一批新人又繼起，將「現代派」所提倡的「移植說」變本加厲的往前推移，更加發揚光大，這些人包括有葉珊、李英豪、沙牧、大荒、管管、碧果、周鼎、梅新、辛鬱、楚戈、羊令野、商禽、葉維廉、瘂弦、洛夫、張默……等人。

其實「現代派」勢力頂盛之際，另一「移植說」的支流也早已暗暗地流動。洛夫、張默和瘂弦於四十三年十月創立「創世紀」詩刊，出版到四十七年為止，在「現代詩」詩刊與「藍星」詩刊的勢力下，其所提倡的「新民族詩」路線，無法蔚為風氣，遂於民國四十八年四月擴版該詩刊，改走「現代派」所走的方向，特別引進「超現實主義」入國門，並加以鼓吹，以迄五十八年一月為止，「創世紀」詩社的成員，其所主張的詩論，業已取代了「現代派」詩人羣的詩論；換句話說，「現代派」的勢力衰落了，由另一羣與其主張相似但更加激進的「創世紀」同仁，將「移植說」推進，使其生命不致停頓。由於近年「創世紀」詩刊的復刊，「移植說」將有何進一步轉變發展，尚難預料。

在「移植說」延續期中，較為重要的詩論家有洛夫、葉維廉、季紅、李英豪、瘂弦和張默五人，玆先介紹洛夫其人的詩論。

甲、光大移植說的洛夫

洛夫（本名莫洛夫，湖南人，一九二八年出生），著有詩集「靈河」、「石室之死亡」、「外外集」、「無岸之河」、「魔歌」、「洛夫自選集」，詩論有「詩人之鏡」、「詩的創造與鑑賞」（正策劃出版中）。

關於洛夫的詩論，把它歸為三大部份：一是對超現實主義的引進與檢討。二是天人合一的思想。三是與余光中的論戰。

先談洛夫對超現實主義的引進與檢討部份。洛夫也許覺得紀弦的詩論，在覃子豪的眼中雖是激進的，可是在他的眼裏，還是覺得溫和的，因此爲了使中國現代詩的技巧能有突出的變化，將超現實主義引進國門是有必要的。民國五十三年十二月，他發表一篇譯文「超現實主義之淵源」（創世紀廿一期），介紹超現實主義。五十八年將該文收入詩論集「詩人之鏡」中，特別加註了前言，說明爲何要譯此文以及介紹超現實主義的必要，他說：「超現實主義固爲法國之產品，但影響二十世紀現代文學藝術至深且鉅。事實上在今天它已成爲超越時空的國際性藝術思想，因其本質與禪頗有相近之處，甚至在中國古詩中也可發現超現實之精神與技巧，但國人多牽强附會，一知半解，因而視其爲異端邪說，這不是一種求眞認知的態度……」。另外，他在上述創世紀廿一期中，也寫了篇「詩人之鏡——『石室之死亡』自序」，對超現實主義詳爲闡揚。

「詩人之鏡——『石室之死亡』自序」此文計分三個小節，第一節是藝術之創造價值；第二節是虛無精神與存在主義；第三節是超現實主義與詩的純粹性。洛夫對超現實主義的介紹，是放在第三節。

他指出存在主義和超現實主義對現代文學之影響至鉅，但前者偏於精神的啓發；或者則重技巧之創新。此種技巧之創新，洛夫認爲作用於這方面：「在技巧上他們肯定潛意識之富饒與眞實，在語言上盡量擺脫邏輯與理則的約束而服膺於心靈的自動表現。」

他又認爲超現實主義是現代主義自立體派，達達派一系列運動發展下來的最後階段，如從純藝術觀點來看，超現實乃一集大成之流派，凡是現代詩人或畫家都能或多或少從其作品中反射出潛意識的迷人的微妙境界。卽使中國文言詩中亦不乏例證，他擧出李商隱的詩：

錦瑟無端五十絃，一絃一柱思華年
莊生曉夢迷蝴蝶，望帝春心托杜鵑
滄海月明珠有淚，藍田日暖玉生烟
此情可待成追憶，只是當時已惘然

認爲就是一首運用超現實手法寫成的詩。因此千古絕唱，瘋迷了多少讀者。由這首詩的例證（雖然李商隱當時並不知道有什麼超現實主義的），他進一步指出，超現實主義對詩的貢獻乃在：「擴展了心象的範圍和智境，濃縮意象以增加詩的强度，而使得暗喩、象徵、暗示、餘弦、歧義等重要詩的表現技巧發揮最大的效果。」

他分析超現實主義最成功的作品所以使人感動和驚奇，主要的是作者不是用肉眼去辨識，而是以心眼去透視事物，然後藉着一套設計精巧的表達技巧的能力，創造形式找出各種意義的關係，通過一種最適切的形象表現出來。對於超現實主義的詩人，如果把頭伸入邏輯和推理的桎梏內，創作生命便完結了。

洛夫相信超現實主義的詩進一步勢必發展爲純詩，因爲純詩乃在將人的內在的不可言說的隱秘發掘出來，正好和超現實主義的內涵相脗合，質言之，卽是發展到「禪」的不落言詮，不著纖塵的空靈境界，他的精神剛好與虛無境界合成一個相同的面貌。

但如何判斷一首詩的純粹性呢？他認爲可從作品中所含詩素（或詩精神）密度的大小而定。那麼詩素又是什麼呢？他說：「卽詩人內心所產生的並賦予其作品的力量，這種力量在讀者欣賞時卽成爲一種美的感動。」同時他特別引述梵樂希的話：「當人們遇到一如受到壓迫似的一種自然景色時，多少會產生一種純粹感應。這種感應與其他的感應不同，而是與整個宇宙相應合，即以一種與普通全不相同的方式相結合而形成一種關係完整的體系，一個充實的世界。」來說明詩素，他認爲梵樂希的解釋最爲妥切。

他認爲東方人寫詩應比西方人更容易達到純粹與超越的理想。因爲詩與藝術在東方人眼中具有一種嚴肅的價值，尤其中國人表現詩的工具——語言，受到單言的限制，句法趣之簡單，易於造成警句與歧義，所以更能達到純詩的要求；換句話說，歐美的語言是科學的語言，中國的語言是文學的語言，所以中國詩人追求超現實與純粹比歐美詩人容易。這是洛夫對中國現代詩人的鼓勵，並指出一道新的創作方向的苦心。

洛夫醉心於超現實主義的結果，在詩的技巧上確實進步不少，而且他的技巧也影響到不少的年輕詩人，惟因此亦造成僞詩充斥詩壇的局面。這個癥結，乃在於洛夫來能眞正把握住超現實主義的內涵是否符合本國文化思想的需要，一味地襲取其技巧，忽略了健全自己的詩精神，以至殃及缺乏定力的年輕詩人。洛夫迷戀超現實主義幾年以後，他終於警覺到超現實主義對詩的創造並非萬能，遂於民國六十三年十二月出版的「魔歌」自序中，作了坦率的檢討：「超現實主義極終的目的也許在求取絕對的自由，因而自動性成爲一個超現實主義的重要手段，最後的效果或在：『使無情世界化爲有情世界』，『使有限經驗化爲無限經驗』，『使不可能化爲可能』，希望一切能在夢幻中得以證果。但不幸超現實主義者犯了一個嚴重的錯誤，即過於依賴潛意識，過於依賴『自我』的絕對性，致形成有我無我的乖謬。把自我高擧而超過了現實，勢必使『我』陷於絕地，而終生困於無情世界，囿於有限經驗，人永遠是一種『不可能』……。」之後，修正了他的原有的超現實的手法所處理的詩境，以作爲對超現實主義主要表現方法的「自動語言」的不滿，這種修正後的超現實手法所處理的詩境，如何掌握呢？他如是說：「這種詩境只有當我們把主體生命契入客體事物之中時，始能掌握。當我想寫一首「河」的詩，首先在意念上必須使我自己變成一條河，我的整個心身都要隨它而滔滔，而靜靜流走；扔一顆石子在河心，我的軀體也就隨着一圈圈的波浪而向外逐漸擴散、盪漾。這種「與物同一」的觀念，在我近幾年的作品中愈來愈明顯……」。

吾人實欣喜洛夫的覺醒和轉變，因爲這種覺醒和轉變，使他觸及中國傳統哲學上的「天人合一」思想。他的修正後的超現實手法所處理的詩境，係以「與物同一」的觀念去掌握，也正是「天人合一」思想的發揮。其實他的這種思想，早就存在着，可惜因太痴迷於外來的超現實主義，以致本末倒置，易客爲主，忘記自己原有的詩精神的存在。現在洛夫既已清醒，不妨談談他原有的這條「天人合一」思想的細流——被超現實主義掩蓋的細流，但願他將此細流變爲他的詩論的主流。

早在「詩人之鏡」詩論集中，他已約略談到「天人合一」的詩觀，只是未有此名稱罷了，這個名稱是筆者替他按上的。

天人合一的思想，爲中國哲學所特有，中國之術數，如天文、歷法、五行、著龜等均述及，如易曰：「觀乎天象以觀時變」，又如尚書洪範九疇篇首言五行之說，倘放寬其義，可釋自然界之變化、人事等。孔子之言「仁」，雖其目的在使人成爲「人」，但其目的之所由，即天所命，儀封人就曾說：「天下之無道久矣。天將以夫子爲木鐸」（論語八佾），孔子亦自云畏夫命（論語季氏），及至孟子，雖不言天，認爲萬物皆備於我，但仍入天界，凡此均不離天人合一之說。到了宋朝張載，更注重打破我與非我之界限，使個體與宇宙合一，而云：「聖人盡性，不以聞見梏其心，其視天下，無一物非我」（正蒙大心篇），將天人合一之說發揮到極點。

洛夫在「論現代詩的特質」一文中，亦談到此天人合一的思想對中國文言詩的影響，他說：「中國文化思想影響生活方式及觀念型態最深的，不是政治原理，典章制度，而是人與自然的渾然融合，即對物我一體，天人相通的境界的體認，這種境界在中國古詩中表現得最爲透剔明徹。」，他也說：「從這個世界中去找同自己，再把自己客觀化，並進而推入這個世界，使我與世界合一，以小我寓大我，以有限寓無限，這正是我從事創作的基本態度。」（詩人之鏡自序），由此可知洛夫早有意以天人合一的思想爲其寫詩的思想，可惜太迷戀於超現實主義的技巧，忽略了自己原有的寫詩的思想許多年，否則也不會在魔歌自序檢討超現實主義的嚴重錯誤，提出他的「永遠迷惑於透過一種經過修正後的超現實手法所處理的詩境」的話語。

他有一首「詩人的墓誌銘」：

在一堆零碎的語字中
安排宇宙
我踮脚望去
你正由衆人中走出
主要乃在
你把歌唱
視爲大地的詮釋
石頭因而赫然發聲
河川
沿你的脈管暢行
激流中，詩句堅如卵石
眞實的事物在形式中隱伏
你用雕刀
說出
萬物的位置

在此，你日日夜夜
反芻着
昔日精巧的句子
吐向天空而星落如雨
一組意象
從正南方升起
仰着讀的那羣臉上
開始融雪
你純粹的眼，亦如
你逃逸的脚
你逃逸的脚，亦如
你反抗的髮
你反抗的髮，亦如
你癡愚的唇
你癡愚的唇，亦如
你哀傷的血
你哀傷的血，亦如
你化灰後的白
而，擧過太陽的臂

向日葵一般的枯萎
最後，最後
蒼天俯視你
以一張空無的臉
縱然，在鑿子與大理石的激辯中
你的名字
一個
一個地
粗大起來

對於這首詩，洛夫說：「『詩人的墓誌銘』一詩，是寫給所有與我詩觀相同的詩人的，這是一首說理的詩，雖不完全像十八世紀英國詩人頗普的那首『批評論』（An Essay on Criticism），但能具體而完整地表達出我新建立的詩觀。」所謂新建立的詩觀是什麼，他認為就是「與物同一」的觀念，他說：「……這種『與物同一』的觀念，在我近幾年的作品中愈來愈為明顯，例如「不被承認的秩序」、「死亡的修辭學」、「大地之血」、「詩人的墓誌銘」，以及最近完成的「裸奔」、「巨石之變」，俱是如此。」

洛夫所言「與物同一」的觀念，其實就是中國固有的天人合一的思想。這種觀念，他說是「新建立」的，可見他老早就有的這種觀念，必然是他所忽略了或忘記了，否則也不會把以前早就說過的東西又說成「新建立」的。如今他發現現實主義的弊端，重新找回他自己本具有的詩觀——其實也就是中國固有的思想，是很可喜的現象，以他學自超現實主義的技巧，再配以「天人合一」的思想來寫詩，當能更有精妙的作品出現。

現在另談洛夫與余光中的論戰部份。洛夫的詩觀與余光中向來是有差異的，這種差異正如紀弦之與覃子豪一樣。洛夫的詩觀據於外來的超現實主義，而余光中則主力求回歸中國，以傳統詩的精神為本，因此導致雙方長期筆戰。

首先發難者是洛夫，他在民國五十年七月在「現代文學」第九期，批評余光中在該雜誌第八期所發表的一首長詩「天狼星」。他從余光中的藝術思想背景與其對現代藝術精神之認識與把握論起，次及解析各節詩句的得失，最後他下個結論，認為就自由詩而言，該詩不算失敗，但距現代詩的理想尚遠，主要原因是余光中缺乏耐心，沒有經過冷藏即匆匆表現出來。

是年十二月六日，余光中寫了篇「再見，虛無」提出辯駁。他認為洛夫說「天狼星」沒有「一種屬自己的，賴以創作基礎的哲學思想」，是因為洛夫是一個「主義至上者」或者「主義主義者」，是一個玩弄主義的魔術師，所以只見自己的主義——超現實主義，而看不到別人創作基礎的哲學思想。又洛夫說「天狼星」的意象透明可解，面目爽朗，未符合超現實主義的技巧，導致創作的失敗，正暴露洛夫自囿於現代某些主義的狹窄理論中以及現代詩的眞正危機，他誠懇地提醒洛夫說：「您在法國流浪得太久了，還是回到中國來吧！您所鼓吹的新民族詩型等待您回來哺育呢！新郎應該是幸幸福福，漂漂亮亮的。您不覺得面對新娘大呼虛無是很煞風景的事麼？您不覺得自己的作品也應該泛起一點薔薇色？您做新郎，是在追求幸福，也是說明您並不能完全免於希望，說明您在心底仍以為人是充實的，有意義的，如果您不聽我的勸告，遲早您會聽新娘的話。」觀洛風近來詩風的轉變，是不是受這句話的影響不得而知，但吾人相信，余光中肺腑地如此叮嚀洛夫，即使洛夫的轉變偏不是受此話的影響，至少也證實了余光中的料事應驗了。

雙方停戰了幾年之後，民國五十七年又重燃戰火。余光中於該年第五期的「大學雜誌」發表「靈魂的富貴病」。針對「七十年代詩選」的缺點加以批評。是年七月，洛夫於「青年戰士報」寫「靈魂的蒼白症」答辯澄清偏選態度不公正、不客觀、不嚴肅之誤會。

洛、余之論戰，事實上也就是另一場移植說與蛻變說的筆者，（筆者把余光中歸入「蛻變說」，容後詳論），最早的一場是紀弦與覃子豪。這兩場論戰，對中國新詩的發表均具有重大的決定性，使新詩發展中的「快」與「慢」、「冷」與「熱」，「洋」與「土」等現象漸趨調和，而醞育另一種極具發展潛力的「口語說」的興起。

最後要提到的是，認為洛夫是移植說的光大者，主要的根據有兩項：一是他說過：「不論精神上或實際創作上，眞正繼『現代派』以推廣中國現代詩運動的是『創世紀詩社』」（中國現代文學大序詩序），而洛夫則是該詩社的主將之一。二是紀弦主張借自西洋的文藝思潮，包括有象徵主義後的派別，如唯美主義、未來主義、立體主義、達達主義以及超現實主義等等，而洛夫則特別發揮强調其中集大成的派別——超現實主義。是以筆者認為洛夫既是移植說的延續者亦是光大者。

乙、葉維廉的聲音

葉維廉（廣東人，民國廿六年生），寫詩與操評論均甚勤奮，著有詩集「賦格」、「愁渡」、「醒之邊緣」（附有朗誦唱片）詩論集有「秩序的生長」，譯作有艾略特「荒原」及「中國現代詩選」英譯等。

他的詩論文章，重要的均收集在「秩序的生長」一書裏。書中，他談到現階段的中國現代詩的問題，指出其基本特質與精神是：一、現代主義以「情意我」世界為中心。二、現代詩的普遍歌調是「孤獨」或「遁世」。（以內在世界取代外在現實）三、現代詩人並且有使「自我存在」的意識。四、現代詩人在文字上是具有「破壞性」和實驗性」兩面的。然後他分析其得失，並作一個結論云，理想的中國的現代詩應既能步入詩的新潮流，同時又能兼配中國傳統的美感意識，這是吾人應努力追求的課題。他的分析現代詩的基本特質與精神，有精闢的見解，惟其結論所標示的理想，大致脫離不了紀弦、林亨泰的範疇，紀、林二位的最後目標，還是要使現代詩再現於傳統的。不過，三者追求理想的手段都是一樣：主張用現代的方法。

在「詩的再認」篇中，他從詩的「眞性」、「姿式」「軀體」三方面論詩，頗為新穎。尤其昔日聞氏所談的詩的「繪畫美」、「音樂美」，他更另闢蹊徑，以詩的「心象的狀態」、「心象的動向」析論，使人更易明瞭詩的面貌。他也嘗試提出詩的基形，供寫詩者參考，這個基形含三方面：一是矛盾語法的情境；二是遠征的情境；三是旅行者或「世界之民」的情境；四是孤獨的歌者。

他又在「中國現代詩的語言問題」及「視境與表現」兩篇中標舉詩的「純粹性」的理論，他認為中國的文言詩最能做到「純粹」的境界；文言詩最能表現感悟，而非演繹；即使如梵樂希，里爾克諸人的「純詩」，也很難做到純然的傾出。

中國文言詩人對現象中的事物的感悟與西洋詩人不同，因此由感悟形態所產生的視境亦有不同，視境既不同，詩的表現形態自亦迴異。葉氏認為：「中國現代詩，正確的說來，實在是中國的視境和西洋現代詩轉化後的感悟形態兩者的冲和。」[1]，其實，葉氏這段話的意思，也就是說，中國的文言詩較易表現「純粹性」，西洋詩則否，而現代詩既無法做到中國文言中「純粹」的境界，亦不滿意西洋詩的「不純粹」，結果求其沖和，却越沖和越成爲「四不像」，不知如何是好，所以他說：「中國現代詩人用的語言（白話）中，也增多了許多分析性和演繹性的元素，但我們既有「以物觀物」所賦與我們的視境和表現，而白話又不能完全的像印歐語系那樣邏輯化，我們的詩人如何去消除分析性，演繹性的表現呢？他們在「形而上的焦慮」的迷惑下如何獲致純然的傾出？這是他們正面對着的最大課題。」（筆者按：葉氏寫上述二文，其閱讀對象是外國人，所以指中國詩人爲「他們」）

葉氏和洛夫兩人都是主張詩的「純粹性」，二者之不同點是，葉氏處處從中國文言詩的觀點來討論，而洛夫則從超現實主義的詩來探討。兩人追求「純粹性」的結果，洛夫已漸有醒悟，似乎覺得此路不通，近有更改步伐的傾向，而葉氏是否繼續追求到底，似乎還是個謎。葉氏以「純粹性」理論爲基礎寫詩，以致意象過於繁複糾纏，且極度露出個人化的「純粹經驗」，故其作品一般均認爲晦澀。如言詩論，與洛夫各有千秋；談詩作，則略遜洛夫矣。試觀其「降臨」第一節：

裂帛之下午披帶着
黃銅的聲音，一切應該齊備了
追逐我們心之欲達，指及旭陽之劍的廣路
臣服於我們升起的塵薰之足
文雅濡濕的星之金鑠臣服於
野蠻的銅鑼之一響，如雲的樹木
拉下高天明徹的憂鬱，淹沒我們的
計算無間的滴嗒之夜
而青春的穀粒從風鼓的斜梯落下
　　　　　　　　　　歡樂之箭簇
從孩童凝神之果臉射出，閃爍於
另一些孩童奔迎的墜落中
裂帛之下午出征的馬踏聲如年節時
鞭炮高揚明滅之波，出征的過門
縈繞着
無垠死灰的榮耀，塔樓之風的號角
幡飛起一排方陣向陽的船桅
以及爲鼓樂聖洗之祭物
以及麝利香渦漩每一道
晶凝肌膚之氣流
金鈴顫震，顫震的太陽風
捲去外貿人員含糊的呼吸，捲去
港口工人的喧赫，飛越
下午高張的明淨的枝椏而停駐於
情侶在草場上金橙之滾戲
而青春的穀粒落下
而出征的金塔之歌聲落下
　　　　瀉入賦生的斗斛之中
飄金髮於澄碧之前，搖織手於晶亮之間
裂帛之下午披帶着
歡樂的廉正的航行
　　　　——一切將要齊備了

本節詩，因意象之繁密糾纏及形容詞的頻頻使用結果，使人感覺作者是在刻意雕琢作品，與其所說的：「一首詩應該把意象、語字、述義處理一個程度，讀者閱讀時，根本不會覺得有意象、語字、述義的存在。」的理想（維廉詩話）尚有一段距離，足證詩論難，創作更非易事。

詩與現代自我之確立

林亨泰

今天我要講的這題目所牽涉的範圍，可說是相當大。它不但是一個表現詩之文學工具上的問題；同時，也是屬於一個醞釀詩的詩人意識的問題。如果藉用一下我們中國人最喜歡引用的那一段話——「詩者志之所之也，在心爲志，發言爲詩」。也就是說：跟「詩大序」中這一段古人曾經爲詩所下的這個定義相互對應的話，那麼，在這題目之下，我們一方面勢必非提到所謂「發言爲詩」的這種文學工具的問題不可，同時，在另一方面我們也非討論到所謂「在心爲志」的這種詩人意識的問題不可了。

我們都知道，自五四文學改革運動以來，「白話」或者說「散文」已成爲表達文學最具活力的工具。就以詩爲例，我們這個時代，如果不是拿「白話」或者說「散文」來寫自己作品的話，就談不上時髦了。這雖是俏皮話，但，實際上就是這樣。不過，我現在所謂的「白話」，它的相對詞就是「文言」；所謂的「散文」，它的相對詞就是「韻文」。這麼一來，當然，這些已經都不可能屬於，也就是說不可能屬於文學類別的名稱了。毫無疑問的，這些都是屬於文學工具的名稱，這是我該向各位交代清楚的。因此如果說：「用散文去寫詩」，那麼這反面的意思；當然也就是等於說：「不用韻文去寫詩」，這是行得通的。但，如果倒過來說：「把詩寫成散文」，那就要犯上一個最糟糕的錯誤了。

清末民初這個時期，從各方面看來堪稱爲是一個突出而偉大的時代。它不但在政治上把幾千年來屹立不動的專制政體推翻，同時也在文學上把那幾千年來早已駕輕就熟的「文言」乃至「韻文」的文學工具揚棄。推翻專制政體，建立一個以民爲貴的民主政治這種信念。與選用「白話」乃至「散文」作爲文學工具的這種熱情，彼此之間，相信明眼人一定能看得出其極爲密切的相互關係來。因爲具有大衆化功能的「白話」乃至「散文」這文學工具必然也是那視民衆利益爲重的民主政治理想所敬重、推崇的，在本質上，它們所懷的理想與改革之精神非常相似，甚至可說是完全一致。反過來說，清末推翻滿清專制政體的革命如果沒有獲得成功，那麼，民初五四那一次的文學改革運動恐怕也結不出什麼果來的，甚至可以說連這個機會都無從產生。由此可知，五四這一次文學改革的精神與民主政治的革命理想在如此不被察覺的地方緊密地結合在一起，它們彼此之間的關係，可以說是息息相關的。

胡適先生曾在『談新詩』（民國八年十月）的一篇文章中，提出「用歷史進化的眼光看中國詩的變遷」，他把中國詩的進化跟着詩體的進化分爲四次的大解放。三百篇由組織簡單的 Ballad （風謠體）而發展到偉大的長篇韻文的騷賦文學，這是一次解放；漢以後的五七言古詩刪除了沒有意思的煞尾字而變成貫串篇章，便更自然了，這是二次解放；再從五七言古詩整齊句法變爲比較自然的參差句法的詞，這是三次解放；然而近來新詩運動的發生，這便是第四次的詩體大解放。且說：「這次解放，和看去似乎很激烈，其實只是三百篇以來的自然趨勢」，但，我認為所謂第四次詩體大解放與前三次的詩體解放大不同，無法和它相提並論的。因為前三次進展步履極為緩慢，且都是一脈相承地使用「韻文」而以「韻文」作為表現詩的工具的精神是不變的。但這一次却大大地不同了，它從根揚棄了「韻文」這一工具。這意思就是說：前三次的解放，只不過是詩體的改變罷了，它仍停留在「同一工具」的使用上，這種改變過程，只能稱為「發展」（Development）。但是第四次的改變，却發生在「不同工具」的使用上，這種性質的改變過程方能稱為「進化」（Evolution）。然而「進化」之所以異於「發展」，除了如上所述工具使用的不同而外，還有一點必須注意到的是，Genre 轉移的問題。至此我們不能不注意到一個事實，即舊的表現工具一旦揚棄之後，隨着這新的表現工具而來的問題就是：一切必須另起爐灶，從頭做起。因為這意義不僅是代表着「詩體的解放」，同時也意味着產生了不同的「文學類別」。換句話說，新詩必定成為一種與古典詩有所不同的文學新種。由此可知，做新詩的方法，絕非像胡適先生所想像的那麼簡單，猶如他在同這一篇文章中所說「除了『詩體的解放』一項之外，別無他種特別的做法」「舊詩如此，新詩也如此」那樣。話雖如此，很顯然的，胡適先生在這篇文章中所持的觀點，並沒有做到像他自己所說的那樣，眞的是「用歷史進化的眼光來看」中國詩的變遷的，嚴格地說來，他的觀點只不過是「以歷史發展的眼光去看」罷了。然而用「進化的眼光來看」跟用「發展的眼光去看」畢竟是不一樣，「進化的眼光」不但必須特別注意到對詩的外在因素——詩形式的解放問題，同時，也必須充分顧慮到詩的內在因素——詩意識的兌變問題，也就是說，必須把眼光放到內容與形式之間的微妙的各種關係上。

「詩體」是可供目讀的一種形式。就讀者而言，首先接觸到的就是「詩體」，所以它一旦有了變化，最容易被察覺到的也是「詩體」。不過，詩體並非憑空或只靠外在因素就能建立起來的，它必須靠各種內在因素的生起、對立、衝突、演化以及其整合始能成立。那些所謂「在心為志」的詩人意識問題或者法人所說的 Poésie 英人所說的 Poetry 都屬於這個世界的。這種微妙而不容易被察覺到的內面世界，對詩體的解放是具有最威力最有決定性的力量。五四時代的新詩為什麼會淪落為「分行的散文」呢？無疑的，這就是因為當時詩人只從「詩體的解放」一項下手而從未由內在因素去着眼改革的緣故。像五四時代這樣的「詩體至上」「形式第一」的風尚一直延續到二十幾年前的臺灣。如果看到余光中先生的第一本詩集『舟子的悲歌』（民國四十一年三月）、第二本詩集『藍色的羽毛』（民國四十三年十月）的人都能同意我這個看法。現在余光中先生被視為臺灣詩壇最優秀的詩人之一，但，當時余光中先生還在寫正正方方的所謂「豆腐干詩體」而尚未超出濫觴的五四時代。不過，臺灣自從有了所謂「現代派運動」（民國四十五年一月）以後便有了轉機，詩人們才開始注視詩中的內在要素——當時是以「抒情」抑或「主知」、「意識流」與詩表現等的問題出現在新詩讀者之面前的。作為一個「運動體」，我認為「現代派運動」是成功的。事實勝於雄辯，的確，當時詩壇的寫作風尚因而為之改觀，甚至包括反對現代派運動的人。例如余光中先生也不再寫他那曾受到好評的「豆腐干詩體」了。估計一次文學運動的成敗，固然可以在讚同者的身上找到其正面影響的功過，但，如果考慮到運動體也具有反面的影響力，那麼，也該在反對者身上找尋休克所遺下的痕跡，也不失為妙策。

不敢否認，臺灣現代派運動本身還犯有種種錯誤與偏差，但，它導致中國詩人對寫作的注意力從詩體引到詩精神之功是不可沒的。因為臺灣詩人的詩作品能有今日的成就顯現更為緻密更為深沈的水準，且在品質上能駕乎五四時代是有目共睹的。不過，仍未達到我國古典詩原有的那個水準也是事實。但，對只有短短半個世紀歷史的新詩來說，這已相當不容易。那麼，現代詩究竟有沒有值得自傲的東西？如果有的話，它應該具有那些特色？這是一個非常有趣的研究題目，亦即這幾年來我一直追求並極想獲得一個答案的問題。當然，用不着說，我們不能空談，這仍需要大量的實際作品去作這種理論建構的印證。然而現在却沒有這種足够的資料與充分的時間容許我作仔細的推敲，這是我要向各位道歉的。不過，我可以從最近接到的同仁的二本詩集中各選出一首詩來作為詩例。我們先以趙廼定先生的一首詩「山與我」作為說明。

山與我

趙廼定

見你于蒼勁凄草；見你于粗獷巖岩
山啊，你是如此的掛于落寞——
沒有叫囂，沒有囁嚅
只是默默的駝負世紀的殘踏
——風走過，雨走過
見你于初春新綠；見你于淙淙澗水
山啊！你仍是那麼落落——
太陽走過，月亮走過
你還是——
遠遠落寞，近近落落
於是——
我舞着傲視走進
走進你微闔的雙眸，走進你聳聳的鼻尖
我想以朗笑伴隨你
我想以跫音撼覺你
——於是一千個朗笑盪開
——於是一千個足跡抖落
在死寂中，在泥海中
在泥海中，在死寂中
——於是一千個朗笑結不成一粒音符
——於是一千個足跡迷失
見你于蒼勁凄草；見你于粗獷巖岩
見你于初春新綠；見你于淙淙澗水
我乃汲滿腹落寞
我乃汲滿眼落落
你還是——
遠遠落寞，近近落落

顯然，我們可以從這首詩篇中找到起碼的動態立體構成。誠如趙天儀先生在他那篇「飛躍性、流動性與幽默性」的序文中所指出：「在詩的意象上，不是靜態畫面的描述，而是動態立體的構成」。不過，怎樣才算是「動態立體的構成」呢？當詩人面對一座山時，他敢企圖「以朗笑伴隨」與「以澄音撼覺」去冒犯它，或他同題目的另一首詩中所說：「山該笑我／我笑山」那樣保持對立。無疑的，這種不畏懼自然、甚至與自然對立的觀念是有異於中國人以往那種崇拜自然、甚至以人的存在爲自然界融洽的一份子自居而不敢越雷池一步的想法。又，由於他的企圖終于因「結不成一粒音符」與「足跡迷失」而宣告失敗，而當他又發現到「遠遠落寞，近近落落」的「你」仍舊那樣的「還是——／遠遠落寞，近近落落」於是「我乃汲滿腹落寞／我乃汲滿眼落落」時，我又不得不說這就是「起碼的動態立體構成」。

再看鄭炯明先生的另一首詩「火山」。

火山

鄭炯明

不要以爲天國離得那麼遠
你就不相信上帝

要知道
那埋藏在我體內燃燒的帝國
你是不能否定的

總有一天
它會像一座爆發的火山
轟照地把苦惱的岩漿噴出來
使世界充滿硫磺味
不必戰爭
不必轟炸

作者在第一段中說：「你就不相信上帝」；又在第二段中說：「你是不能否定的」。既然如此用上「你如何如何……」這種口吻，那麼，第一、二段中必定有個潛在的「我」（第二段第二行中便說出「我體內……」這話，那就更明顯了）正在說着話。因此，第一、二段的詩句可以說是「我」對向着「你」傳遞消息的關係。但，在第三段中卻突然地改變了口吻說：「總有一天／它……」，竟而把「我」說成「它」了。於是我想起法國詩人藍波（Authur Rimbaud, 1854-1891）所說的一句話，他說：「我就是一個他者」。從「火山」第三段的口吻改變當中，我們似又可以指另一種較比特殊的詩人現代自我意識。這是詩人意識極端地把自我作對象化的一種結果。

當然，在歷幾千年輝煌成就的中國古典詩的世界裏，要找幾首類似具有這種與自然對立的或把自我對象化的詩人意識的作品，並非不可能。誠如在那幾千年漫長的專制政治體制下總能找到幾句近乎民主的言論（諸如『尙書』中的「民可近，不可下；民爲邦本，本固邦寧」或孟子說的「民爲貴，社稷次之，君爲輕」等）一樣，是不足爲奇的。但，我們應該知道，這些立論並未構成思潮的主流，若是還想上述具有強烈自我意識普遍地生根並且成爲枝葉茂盛的主幹，試問：今天在這民主的政治體制下生活以及在這「白話」或者說「散文」之工具使用，豈不是天賜良機的理想時代嗎？

時代的詩想

——欣賞「悲劇的想像」後感

桓夫

■火山

詩人的思想是「埋藏在體內燃燒的帝國」，由於「不必戰爭／不必轟炸」，詩人的詩想出自和平的根源；但要知道在其體內燃燒着的內含，總有一天會爆發。因爲詩人是一座「休火山」。

■沒有比語言更厲害的武器

使用語言做武器的思想最厲害，尤其詩的語言會爆炸，碎片會傷人。

■帽子

如果你戴着被人有意圖塑造的帽子，那種有思想的，有顏色的帽子壓在頭上，便會陷入愚昧，見不到陽光。因此，不要膽怯，儒弱，應該脫掉那種帽子，取回想像的自由。

■絕食

不能批評的神，是某種的眼「神」或精「神」，屬於「神」棍同格的權勢，跟食物一樣會中毒，中毒了就變成一朵鬱金香，美麗的鬱金香。那麼，最好還是跟那些「神」（保持距離，以策安全）吧。

■天國的夢

詩人只想要默默不語地，爲孵化燦爛的夢而努力。

■超現實的故事

透過現實才能看到超現實的世界，你的心靈必需常帶着顯微鏡或擴大鏡，且吃着最苦的東西成長。

■狗

詩人表現詩想擬爲一隻狗，吠與不吠並非問題，不吠和不能不吠的相異是由於重形式或重實質的不同而分。

■我不相信

事象的相對性，以不相信的心理强調分裂的兩個世界，乃發自詩人善良的思想。

■轉變

時間是無情的，在等待中，詩人的心裏，與看不見的眞理的敵人對峙着。長久，這種無法結局的遊戲，眞叫人不耐煩。究竟是什麼驅使他長久等待着呢？那是看不見的專擅所壓迫的。能不能解開那些束縛，而將敵化爲愛，使死去的青春復活？詩人憂慮的詩想，如此深刻。

■曾經

曾經是完整的，或從榮華到沒落，亦可謂是自然的循環現象。詩人不拘泥於現實，於是，才有「不知該……」的反語。

■隱藏的悲哀

「不要老是活在昨天」，一個老班長所發現的省悟，該是詩想的原型；而從這一詩想發展下來的故事，含有許多生活的背景，洋溢着無窮的韻味。

■悲劇的想像

想像的黑色鬱金香是美麗的悲劇。

■事實

用毛巾天天洗，却洗不掉的陳年鐵銹，該用羞恥洗吧。

■無聲的歌

無言的希望，比起有言的歌還切實而熱誠，至少詩人不會戴上歷史的假面而歌唱。

■癬

難能治療的「傳統」的癬癢，騷擾詩人敏銳的心靈。如果，你缺乏詩想，不論癬痣擴張的版圖多大，都不感到痛癢，也不會咬牙。

■白色的思念

爲什麼要欺騙你、我、他？個人的或者是社會的病態，有時需要隱瞞着不公開，成爲白色的思念。

■遊戲已經結束

什麼生活，什麼人生可當遊戲呢，「一切的榮辱、歡笑和痛苦」的人生，碰到死，遊戲就結束了。

■倘若

在倘若的前題下，愛情的魔街也會開花。

■懷疑

純潔的夢沒有懷疑，但是沒有懷疑和猜忌的日子，反而覺得不眞實，這才是眞摯的詩想。

■蟬

「爲了證實自己的存在／必需拼命地歌唱」，這不僅是詩人而已吧。

■瘋狂

持着「瘋狂愛上了我」的自覺，才是具有正常的詩想的人，反而很多自以爲是正常的人，却很不正常。知道這種眞實性的詩人，才能永不枯萎……。

■詩

死是崇高的理念，寫詩絕不是自虐。

■殘酷的愛

越是殘酷的「愛」，越使人感到生命的喜悅；這種場合，心的創傷也不感到痛苦。能得到這樣眞摯的「愛」，其妙味是難予解釋的。

■傷害

在感情的風暴中，殘酷的愛是一種傷害，而傷害之後能互相撫慰；這種愛的傷害和撫慰的循環，會使愛越來越醇香。

■瞭解

人與人之間，有時需要互相瞭解，但有時根本不去瞭解什麼，也可以活下去。不過，由於愛而需要瞭解，和因其他生活上有所關聯，而需要瞭解的程度、方式，兩者各有不同。

■祈禱・演說家

瘋人院裏，十分戲劇性的場面，給年輕的醫生「不知該說什麼」，是據於人類同情愛的詩想而發的。

■幻影

孤獨和生的幻影，永不脫離詩人的思維。

■瘋子

這個世界，四周都是冰冷的牆，而由於是瘋子，他們才不告發你。如果，他們發現你不是瘋子，冰冷的牆，馬上會變成燃燒嫉妒的火柱，燒傷你哩。

■聲音

爲什麼「醒時找不到回家的路」，因爲「家」是在「死」了之後，才眞正回得到的地方。而從遠方傳來的聲音，讓詩人驚醒，詩人才知道他的詩想還活着。

兒童詩的豐收季

——介紹、討論五本兒童詩集——

林鍾隆

今年春天，說得上是「兒童詩」豐收的季節。先由我在一月間印了一本「日本兒童詩選集」，之後，到四月間，迎兒童節又有林煥彰的「童年的夢」，曾妙容的「紙船」，及洪氏基金會的得獎作品「有翅膀的歌聲」及「蝴蝶飛舞」的出版。

我想，藉介紹這幾本書的特色，來了解兒童詩，是對兒童詩的推展很有用的事。

一、日本兒童詩選集

這本書和其他四本書最大的不同是：不是成人寫的，完全是兒童的創作。

在創作方法上也很不相同，像我們的成人寫兒童詩，有意把詩寫得「有趣」，製造趣味的情形，在這裏是看不到的。

這本詩集的創作方向，完全注重內心情意的表現。取材方法，絕不是像我們成人所寫的那種描寫外物的詩，而是以感性為基礎的。

譬如寫「春天」，我們所寫的往往是春天如何美好為詩想，他們則以春天如何來臨的感覺為表現的重點，如：

我在讀書的時候，
外面有馬在奔跑。
我想出去的時候，
頭上有水掉下來。
心想大概是雪溶了，
抬頭向上面一看，
篤！
又一滴水滴到頭上
啊春天來了！

這本集子，由於是集體創作，包羅較廣，從時間上說，有春夏秋冬各季節的詩。從空間看，有學校、家庭、社會、世界的詩。從身段上看，有短短的詩，也有長達五六十行的詩；抒情詩能寫得五六十行的，不要說我們的小孩子，連成人都還沒有這樣的表現。再從創作性質上看，有寫實的，也有空想的、抽象的；有知性的，也有感覺的；有心理的，也有社會批評的。時空之廣、詩的情思之深摯與觸鬚之多方探索，都留下了可觀的成績。

還有一點，這本詩集中所收的詩，每一首的創作方法，都可以和成人創作成人詩的方法相通，也是兒童在創作上可以學習參考的，沒有一首是只可以讀，習作則不可為法的詩。這本書的詩作分成三輯。

二、童年的夢

這本書的詩作分成三輯。

第一輯，是取材於作者自己的童年生活回憶的詩，有八首。

第二輯，是描寫外物的詩。這種詩主要的是馳騁想像，把平平凡凡的事物，描述得很神奇，及以擬人的手法，把物象人格化，把事象編成童話或故事，彷彿有戲劇的一幕，予人以驚異和趣味，博人一粲的。

這一部分有七首。

依我看，這一輯的詩，想像力不錯，趣味性則欠足。

第三輯，收的是，作者在生活上對事物「感受」的詩。不過，成人的感受，雖然在作者的想像中，是合乎兒童的，兒童化到什麼樣的程度，這一點就很難說，依我主觀的看法，兒童對作者的詩情，似可體會，要同感，或有所感動，怕不容易。

我覺得最寶貴的是第一輯。童年，是兒童文學工作者最寶貴的寶藏，得過安徒生獎的德國作家吉斯特納就曾說過，他的創作，完全植根於童年的回憶。

童年的回憶，不須考慮它是否合乎兒童的心靈、情思，因爲它原本就是兒童的。成人寫兒童爲思考主體的兒童詩，寫這一方面的題材最能得心應手。林煥彰在這方面的成就較高，我想原因在此。

我最欣賞的是「我們很傻」。這一首稍占篇幅，不過，確實很好，不妨一讀：

那年，我們很傻。我們不懂光陰是什麼。
太陽，太陽總是落在我們家山下那塊果樹園；
不管春天或秋天，我們總是把它當作熟透了紅柿子，
而一口將它吃掉。
祖母很開心，但媽媽總是不高興。
我們很傻很幼稚，我們不懂光陰是什麼，那年。

那年，祖母總以爲我們有很多山，很多果樹園，很多水田；總以爲我們這樣可以不去唸書，而唸書就得離家很遠很遠。
祖母很寂寞，我們很好玩，媽媽總是不高興。
媽媽說我們很好玩，山會被我們吃掉，果樹園會有不結果實的時候，水田也會有乾旱的一天。
媽媽說得很多，我們不該那麼好玩。但我們不懂，不懂光陰是什麼，那年。

那年，我們不懂，不懂光陰是什麼。
我們總是很好玩，而玩餓了就把太陽吃掉。
我們的花樣很多，我們把它當滾銅環那樣，滾在藍天安全玻璃上；我們把它當鎳幣來丟，一天一個，像祖母給我們的零用錢。
總是叮叮噹噹的，那年。

那年，我們實在浪費了很多，總是叮叮噹噹的，不懂光陰是什麼。
祖母說我們有很多山，很多果樹園，很多水田，我們可以不去唸書。
我們不去唸書，我們很傻。
那年，祖母很寂寞，我們很好玩，媽媽總是不高興，我們很傻。

這是一首情調、韻味很好的詩。

這本書，把詩依具性質，分成三類，使讀者從爲什麼要如此分類的疑問與思索中，可以體會到有所分別的全函。

這本書，每一首詩，作者還加上解說。對程度較差的讀者也許有幫助。不通，林煥彰的詩人都很淺白，眞正需要解說的，並不很多。

三、紙船

曾妙容在六十三年出了一本兒童詩集「露珠」，不滿兩年，又有一本兒童詩集問世，可見其寫作之勤奮。

這本集子收有六十二首詩。

作者沒有把它們分類，這是比較遺憾的，因爲不加分類，一般讀者分不出它們的不同。

依我看，這本集子的詩作，可以分做下列幾類：

1.最多的是運用想像力，擬人法，把物象戲劇化的童話性的描物詩。這類詩，只有童話的外表，無法做到像童話那樣動人，也就是童話性不夠濃。只能使人感覺：可以那麼比喻，還未能令人拍案叫絕，趣味性、故事性，有而欠足。

十之八九都是這一種詩。這是兒童比較容易體會，但在創作上，是屬於遊戲性的詩。所講究的，不在意涵，而在趣味。以年級來說，給本身不會做詩的低年級兒童閱讀，較爲適合，但作者似乎是以高年級讀者爲對象，我個人認爲，這是我們成人所創作的兒童詩的通病。想像力的「奇拔」性及童話的「趣味」性，都是有意寫這一類兒童詩的人，必須多多下功夫的。

2.在比較少的一類中，有一種作者與外物相對視的情形下，道出自己內心對外物感受的詩，這種詩，不以逞想像爲能，而有實實在在的內心的意。

這類詩，比較少，但比較好。「天空」的第一首，「星星」，「春來了」……都是這一類的詩，最好的，是「山路」：

不知從那兒下來，
我站在它前面
猜不出它通到那裏去？
只見它彎彎曲曲的，
孤獨而寂寞的，
沒入一片綠色叢中。

在這首詩中，作者之心情與山路之景已打成一片了。所寫之景，有透過作者當時之心的觀照，這是沒有使人悅樂的心思與努力，純爲寫個人感受的詩。

作者寫第一類詩，有些也採取第二類的作，趣未得，又失了感人之「眞」，這種損失不少。

「天空」之一，林煥彰也很欣賞，作者應當有所知：這種詩，是性之所近，容易寫好的。可惜和第一類比，數量太少了。

3.在少數我較欣賞的作品中，還有更少數的詩，是別的童詩人見不到的詩，那就是「知性」的詩，如：「夾竹桃」、「仙人掌」、「希望」、「習慣」等，請看「夾竹桃」：

美麗的花開在枝頭上，
人見人愛；
有毒的汁藏在深處，
沒人知道。

這一類的詩，作者也寫得不壞，也是作者的一個長處。

4.有一種與第二類相反的。不是人在物象之前，欣賞着物象，內心生出感情的詩，而是情意先生於內心，純寫心情或藉物象來抒寫心情的詩，這是詩質先有，無須製造的，方向較爲「詩」的詩，「霧」就是這種詩，可惜，這一種詩在集子中，很少，也是較弱的一環。

5.還有一種取材於兒童生活的詩，泥土、石子路。我想是屬於這一方面的。這類詩，在我們目前的兒童詩園，是比較缺乏，因而很令人珍貴的詩。作者在這方面的成就很好，遺憾的是，這方面的作品數量太少。我最欣賞的這一類的詩作是「**摘花的孩子**」：

看見美麗的花開在枝頭上，
就想摘下來留着欣賞。
想到花被摘得疼痛，
又好像自己的頸子被折斷一般；
想到自己摘了花，
就有好多人再也看不見花兒美麗的微笑了；
伸出去的手就縮回來了。
打一下自己的手心，
居然得到一份快樂。

末兩行，多麼天眞，多麼孩子氣，多麼令人喝采啊！

作者的詩作具備多面性。這是一本集子之做爲集子的可貴的地方。知其分別，而有意識地從事創作，下次出書的時候，加以分類分輯，這是我要建議的。

四、「有翅膀的歌聲」和「蝴蝶飛舞」

這兩本都是洪氏基金會徵募的作品中得獎人的作品和佳作，又都是多人的合集。

讓我先把它依其性質，加以歸類，看看我們的兒童詩作者們，所作的兒童詩的創作趨向。

我把兒童詩分成以下八種：

1.以擬人的方法，使事物戲劇化的童話詩。

2.詩想是外爍的，以欣賞物事爲主，但作者能從欣賞中，對所欣賞之事物能產生某種感情的「賞物詩」。

3.以抒發作者內心情意爲主的「抒情詩」。

4.取材於現在兒童生活的「生活詩」。

5.囘憶自己的童年的「憶兒時」的詩。

6.詩想外爍，加上些許多想像，使描敍趣味化的「描寫詩」。

7.表現不在音、義，而在詩的外形所形成的圖象的「圖象詩」。

8.含有做人做事的教訓的「說教詩」。

依此原則，先看「有翅膀的歌聲」：

一、得正獎的風美村的作品二十一首中，類別只有五。

童話詩最多，如「梯田」等，共十首。其次爲「生活詩」，有「打羽毛球」等四首。再其次爲「賞物詩」（「有翅膀的歌聲」等）和「描述事物的詩」（「蜘蛛網」等）各三首。「想一想」則爲「說教詩」。

風美村的詩，大都是描寫外物的，沒有一首歌唱自己的心靈的抒情詩，所以，詩質不濃。不太苛求的話，雖然每一首都還差强人意，但是，憑我個人的客觀知識也好，主觀感情也好，老實說，沒有一首會感動我的，也沒有想爲之喝彩的。

有四首可以歸入「生活詩」的詩，這本是難能可貴的取材方向，但是，沒有動人的詩情，如「打羽毛球」

我和爸爸在草地上打羽毛球
羽毛球從我這頭朝爸爸那頭劃一道括弧
又從爸爸那頭朝我這頭劃一道括弧
羽毛球和球拍見面的時候很短
來不及問好
劃一道長長的括弧掉頭就走了

沒有打球的人或參觀的人在這一項運動中的情緒，談來輕飄飄，不够味。

二、袁則難的詩有九首。「又是春天」和「蒲公英」是「賞物詩」；「快樂時光是「抒情詩」；「到山中採蘑菇」是「生活詩」；「井」等三首是「描述事物的詩」。作品雖然仍舊外爍的，描寫的多，但這位作者比較看重抒情。

三、詹朝立的詩有八首。「溫習功課」可以說是「童話詩」，「五線譜」，可歸「生活詩」，其餘都是描寫事物的詩。生活詩「五線譜」，也只是在描述形象，沒有抒發感情是完全描物，不知抒情的。

四、方素珍的詩有五首。「沙子」勉强可歸入「賞物詩」，有淡淡的抒情味外，「熨斗」是「描物詩」，其餘三首是生活詩。

這樣看來，這位作者是比較喜歡「生活詩」的，但是，成就不高。在這本書中，我在閱讀時，曾感到喜愛的，是她的「繡花」這首生活詩，但是——

我要媽媽在我胸前繡個大蘋果
讓小偉看得到吃不到

這種「情」，使我的驚喜一下子嚇跑了。

統觀這本書中四位作者的四十三首詩，我對他們的創作，除了已提及的，大都出於外爍，逞想像，以描述所見之物、之事為能事，詩中沒有作者個人的「心」的抒情，也進不了現在的兒童的心靈以外，還有一點：不能像林煥彰一樣，懂得運用自己的童年生活，也不能像曾妙容一樣，認真地凝視事物，使內心生出情意來。因此，要拿出好的作品來和前兩本好的作品比較，就比不上他們了。

再看看「蝴蝶飛舞」

這是佳作選。除有三位佳作作者編入了上一本之外，作者的人數，在這本集子中有三十五位之多。從這一個數字可見，我們的兒童詩作者，是比兒童文學中的其他任何一環要多。

先把這一本書和上一本書做個比較，「有翅膀的歌聲」是得獎作和三位入選作品中篇數比較多的。但是，成就上的情形又如何呢？很奇怪，如果要從各類詩中選出最具代表性的作品的話，依我主觀的看法，都會落到佳作選上，得獎作品可能一篇都選不上。我想這就是所以必須編佳作選的理由。

最好的那一首詩沒有得獎，只是入選的詩數量比較多的獲獎，就是這種問題產生的原因，多，而不是最好，這樣的獎，是有問題的。但是，我們無須責備這一點，因為在今年的徵稿辦法中，已改變了，是以好詩為對象，不再獎給數量多的人了。

由於這本集子在詩質上高於前者，所以，我想提出幾首較能代表其類型的，共同欣賞：

一、童話詩：

這種詩，是以外界事物或現象為題材，用擬人法，逞想像，使事物人格化，使現象戲劇化，如果能打動讀者的情緒之盪漾的，就上乘。馮俊明的「閃電」，完全合乎這些要求，也產生了效果：

一閃一閃的，
天空有困難嗎？
連連拍發信號燈。
怎麼辦？
沒有人看得懂信號，
天空急得哭了。

這種詩，完全在賣弄想像力。這種想像力，是令人喝彩的。

二、賞物詩

這種詩，創作方向是外爍的，不是內發的，但它必須由外而內，不能止於外，止於外，那就似「童話詩」之形，而無其美。由外而內，在欣賞者內心，有情意湧出來，才是上乘。李志剛的「**夢**」是可爲範例的：

有一天，爸爸睡着了，
嘴裏有汽笛的聲音：
那是滿載夢的輪船，
在頭腦裏開號了。

做夢的人的主要情況歷歷如，欣賞者的繪欣賞之情也很美，不是嗎？

三、生活詩

這種詩，從兒童的實際生活兩材，因此，是眞正兒童的，兒童對它特別有親切感。但是，不能只及於外表，光描事，詩味薄，必須事中有情的流露，才可貴，郭文圻的「**打針**」值得爲例：

在學校打預防針，
同學說：「只像蚊子咬一口。」
我也裝着不在乎，
咬緊牙根忍受。
回到家，我告訴媽，
也摸着我針傷的手，
問我疼嗎？
我却想哭了。

這種孩子們的眞實生活，眞實感情，是很可貴的。

四、描物詩

這種詩，和童話詩似而不同，就是沒有戲劇性；和賞物詩不同，就是沒有作者對物的情意；重要的在把握物的性質，用想像力加以動人的表現。郁化清的「**小皮球**」是比較嬌美的：

胖胖圓圓的身體
總認爲自己不够漂亮
經常慫着
一肚子氣
誰要是惹了他
就跳起來
發脾氣

其餘的類型，不能找到能令人滿意的範例，就不再舉了。

從以上所舉，可以知道我們的兒童詩人。大都是拿外物來做想像的描繪，鮮有能表現內心的，詩而沒有作者的心，詩人而不敢或不知寫出自已的心靈的面目或感受的，是作詩呢？還是玩文字遊戲呢？是值得反省的。

關於句子的割裂問題，在兒童詩中，是不能任意處理的。

風美村的「蜜蜂與花」有這樣排列的：

蜜蜂羨慕花兒
的房間那樣漂亮與馨香

兒童和成人不同，成人，有一個假定，假定他們是對文字的運用完全理解的，（不管事實上是不是如此）但是，兒童則是事實上，未完全熟悉文辭語句，應使其知其止，不能變變、亂亂，攪亂了應有的認識。正如國小教師嚴格要求小學生寫正楷、正體，不準寫行書、草書、省體一樣，兒童詩，句子的分割，應遵守「詞、語」的完整之原則，希望下屆出書，能注意及此。

關於「圖畫詩」，編者景翔非常稱讚，我的看法，則和編者稍有出入。

詩的本質在「義」，雖也有人說是在「型」的，那是指定了型的詩，如絕句、律詩等，不是「圖畫」的型。「音」在其次。（兒歌，則以音為首要），圖畫之形，有無皆不影響一首詩的價值。

文字本身有形，但要合力以表現形，就很笨拙。而且，光有「圖畫」之形的描繪，沒有義的內含，詩在那裏，頗有疑問。

現在拿編者「特別要提的」詹益川的「**山路上的螞蟻**」來看看：

螞蟻螞蟻螞蟻螞蟻螞蟻
蝗蟲的大腿
螞蟻螞蟻螞蟻螞蟻螞蟻
蜻蜓的眼睛
螞蟻螞蟻螞蟻螞蟻螞蟻
螞蟻螞蟻螞蟻螞蟻螞蟻
螞蟻螞蟻螞蟻螞蟻螞蟻
蝴蝶的翅膀
螞蟻螞蟻螞蟻螞蟻螞蟻

這首詩，老實說，沒有說明，兒童大多無法欣賞。欣賞也有一點像猜謎。說破之後，只是：「噢，原來如此！」並不會擊節贊賞。

文字是很難當顏料的。第一段，由兩排螞蟻扛着一根蝗蟲的大腿，螞蟻的行列很像，蝗蟲的大腿也很像，不過，前頭兩隻，後面四隻螞蟻，就接觸不到東西了。

二三節更有問題，「蜻蜓的眼睛」是圓的，一直行字不能象徵其形體；蝴蝶的翅膀是寬大的，一直行文字也顯不出其眞形；扛眼睛、扛翅膀的螞蟻，更不會是直行的。用文字來繪圖的遊戲，很不容易玩。

我個人以為，有義之深刻，有音之美，又能有形以輔之，是相得益彰的，光有形，沒有義，沒有音的，不能算什麼詩。

也許有人說螞蟻有合作的偉大精神，固然不是不可感，用文字出現的（排成的）圖形來說明，這種「無言」的說明，也不是詩的正途。

我認為「聊備一格」可以，大加贊揚，只有使已誤入歧途很遠，幾乎完全埋首於遊戲性的我國兒童詩，更加重其遊戲性，失去詩的重力感及沈沈感人之力。

以上着重在詩型的探討，我想，對讀這本書的讀者，或想從這五本書學習習作的讀者，都會得到更多的了解，得到更多的啓示，把所得的了解，用在欣賞上，必將更能分別詩的好惡；把所得的啓示，用在創作上，必將使兒童詩的水準更為提高。這就是我所以仔細研讀這五本兒童詩集，迫使自己辛苦一次的傻念了。

法國詩人——

黎瑟

Leconte de Lisle 1818-1894

莫渝譯述

巴拿斯派的領袖人物黎瑟，一八一八年十月二十二日生於非洲東部的聚會島（La Réunion 法國殖民地）的一個蔗農之家。十八歲以前，他一直在這個炎熱的島嶼渡過，儘管那兒使他悶不過氣來，但是天然的氣氛——普照的陽光，熱帶的植物，印地安人，黑人及混血兒——留給他很深的印象，這些印象是他以後詩作的泉源。十八歲時與家人前往法國，就讀何思（Rennes）大學，學習法律。六年之後，回到故鄉，雖然沒有獲得學位，却培養了對新聞工作及文學的愛好。並在巴黎一家左傾（社會主義）的雜誌「隊伍」（La Phalange）撰稿，宣傳社會主義，而獲得該社的一份小工作，在取得家人同意供給部份生活津貼之後，一八四五年，他再度前往巴黎，拜師傅利葉（Charles Fourier 1772—1837，法國社會改革家，十九世紀三大烏托邦社會主義者之一）並試圖成爲一個作家。這時他二十七歲。

此後黎瑟沒有離開法國，甚至巴黎。他成家並過了多年窮文人的生活。由於接觸「隊伍」這份社會主義的刊物，他成了傅利葉派的一份子，熱心於社會改革及政治活動。一八四八年的二月革命（爲社會主義者以改革社會爲目的的行動）後，黎瑟率領一個代表團建議臨時政府廢除殖民地的奴隸，奴隸是廢除了，但是蔗農們却遭受損失，因而家人停止對他的經濟後援，在以後的幾年，他相當的窘迫。而且，新政府的權力逐漸爲中產階級掌握。社會主義者並無收獲可言。緊接着，一八五一年十二月一日路易拿破崙的政變成功，更使一切社會主義改革家們逃亡海外，至此，黎瑟放棄對社會及政治的活動與興趣，轉向文學。一方面寫詩，一方面研究希臘文學，達爾文與拉馬克的著作，以及佛教與印度教的經典。最後他有了一套自己的科學無神論的哲學。同時，爲了餬口，他也寫些應景的新聞報導，及翻譯一系列的古典作品，這些翻譯作品從一八六一年開始，計有：戴歐克利特（Théocrite，西元前三一五——二五〇年，希臘詩人。），依里亞德（1866），奧德賽（1867）、艾西歐德（Hèsiode，1869，爲紀元前八世紀希臘詩人。），艾希勒（Eschyle，1872爲紀元前五二五——四五六希臘悲劇詩人）。霍拉斯（Horace，1873），索佛克勒（Sophocle，1877，紀元前四九四——四〇六年的希臘悲劇詩人。）、峨希畢德（Euripide 1885，紀元前四八〇——四〇六年的希臘悲劇詩人。）此外，他第一本詩集「古代詩集」（Poèmes antiques）於一八五二年出版（一八七二年增訂本）。第二本詩集「野蠻詩集」（Poèmes barbares）也在一八六二年出版（一八七四及一八七八年又增訂過）。這兩部詩集出版當初，沒有受到相當多讀者的注意，但是吸引了一批年輕詩人們的喜愛，這些人他們是厭惡於濫情主義者（passionistes）。包括魏崙，馬拉梅，艾荷狄亞，普綠多姆及黎瑟等人，在一八六六年出版一冊名爲「當代巴拿斯」（Le Parnasse contemporain）的詩集，收錄他們有風格有形式的作品，隨後還有兩卷分別在一八七一年及一八七六年出版。這時，繼浪漫主義而起的文學派別「巴拿斯派」出現了。以後，魏崙，馬拉梅及其他詩人又轉向，一直堅持着「巴拿斯」風格與形式的就只有黎瑟一人。一八七二年，政府任命爲參議院圖書館館員月薪三百法郎，他的生活才算安定些。一八八六年他繼雨果爲法蘭西學院院士。一八九四年七月十八日他死於盧福仙（Louveciennes，凡爾賽附近）的住宅。他一生的好學與晚年不大配合的院士榮耀暗示着其作品的華麗與粗獷。一八九五年（死後一年），又出版了一册詩集「最後詩集」(Derniers Poèmes）。

命運對於黎瑟是頗爲乖舛的：童年的不快樂，及長，又奔波於生活，僅僅晚年才有遲來的短暫安樂與官方的榮耀。嚮往於正義與自由，却由於政治因素（尤其是一八五一年十二月的政變）使他感到幻滅。這些個人的理由形成他深沈的憂傷，與厭世的個性，退而甘於窮困及逐漸爲大衆遺忘，儘管如此，他仍是位受尊敬的大師，而且經常受到一群年輕作家們的擁戴。

就黎瑟在四部詩集裏所表露的風格與特點，我們可以歸類成以下幾點：

1.悲觀主義——就跟維尼一樣，悲觀主義也透過一種觀念貫穿詩人的全部作品，此觀念卽爲不可避免的死亡。也像其師傅利葉一樣，黎瑟確信不朽對人類幸福的必然性，然而他也相信我們所愛的必遭結束之日與我們可回憶的同樣會消失。這種的觀念令他難以忍受。對他而言，與維尼同樣，生存是充滿着折磨與受苦，大自然是冷默的，上帝僅存在於因我們的敬畏與冀望而創造出來的。只有在死亡引導至痛苦結束並化爲烏有才能到達上帝處。

2.禁欲、苦行——黎瑟並非沒有感覺，他是深受痛苦的人，只是他拒絕像浪漫主義作家們一樣直接的道出絕望；他以整個人道主義的立場來敍述其苦難。他的理想是維尼式的禁欲主義(Stoicisme)：卽勇敢的接受痛苦如同一件不可避免之事，或者在夢境與沈思中試圖忘却，因而他沈浸於一向所傾心的印度各宗教。

3.宗教的詩人——由於對不朽的渴盼，黎瑟想分析人類歷代各種生活形式，因而，研究代表人類共同夢想的宗敎。然而神祇如同創造祂們的人類一樣會死，於是他提出新的證據，卽死亡的普遍性。

4.自然與動物的圖畫——黎瑟也試圖固定他所想描敍現存世界的美的幻像，這也就是爲何我們可以在其著作中發現許多風景描寫與動物的理由。較之優美（la grace），他寧願贊賞力量（la force），而且似乎很喜歡熱帶的自然界與繁茂的植物。同時，描寫粗暴雄壯的野獸。

5.揉合藝術與科學——黎瑟在「古代詩集」的序言上寫着：「長久以來被各種學問分開的藝術與科學，只要不混淆的話，就應該將之親密地揉成一起。」他這種歷史性的革命並非奠基於想像，而是踏實的博學。

譯者註：有關 Lisle 的中文譯名，一向紛紜，但也各行其是。夏志淸先生的一篇文章「勸學篇——專覆顏元叔教授」(中國時報人間，六十五年四月十六、十七日)，在文末，夏先生幾乎把這平淡無奇的譯名掀起了高潮。夏先生言顏先生不該將 Lisle 譯成「李色」，因爲在姓氏中，S 不發音，因而夏先生的意思是該譯成「李爾」。我曾就此問題請教一位法國籍的女教授，她告之S，該發音。如是，顏譯的「李色」並未譯錯，因爲我們唸 Lisle 時，決不會一字一字的咬成「李——斯——爾——」，唸快一點的話，就成了「李色」、「黎瑟」了。如果過份的咬文嚼字，將「法國」譯成「法蘭西」（英語譯音）難道就對嗎？

我手邊另有資料，關於 Lisle 的前人中文譯名，將之列後作爲參考：

1.里爾——袁昌英、黃仲蘇、徐霞村、黎烈文等譯。

2.李爾——楊允達譯

3. 李耳——盧月化譯
4. 李斯勒——劉啓芬譯、
5. 里列——覃子豪、施顥洲譯，
6. 利勒——吳達元、盛成譯。

1. 希阿瑪的心 Le Coeur de Hialmar

月明之夜！風寒刺骨。雪成緋色。
成千勇士無墳的死在那裏，
握着劍，怒目而視。一動也不動。
上頭一羣老鴉盤旋復啼叫。
冷月將淡淡寒光照射遠處。
希阿瑪從血泊死者中站起，
雙手撐在斷劍柄端。
戰鬪的血跡流至腰間。

——唉！還麼多快樂而粗獷的伙伴們，
今天早晨，如同荆棘叢中的山鳥
嘻笑着開朗的歌唱，而今
有誰還尚存一息呢？

一切啞然。我的頭盔已毀，甲冑
亦殘，而斧頭的鐵釘掉落。
兩眼流血。我聽到龐然的喃喃聲
有如海洋或狼羣的悲鳴。

到這兒吧！烏鴉，勇敢的食人者！
以你的鐵喙啄開我的胸膛。
携去我熱情之心給伊爾美的女孩。
明天你將再發現我們還是完好。

烏普沙城，賈爾族人開懷暢飲
金盅相碰，
而你，灌木叢中的流浪漢，儘快地飛吧！
找到我的未婚妻，將這顆心帶給她。

在灰鴉出沒的塔樓頂端
你會看見她佇立着，一襲白衣，烏黑長髮。
兩耳懸着精緻銀環，
還有比良夜星辰還亮的眸子。

去吧！黑衣使者，告訴她我愛她，
獻上我的愛心。她會認得
這顆鮮紅結實不跳的心；
那末，烏鴉，伊爾美的女孩會同報你微笑！

而我，我將死。二十個傷口流乾我的精神。
我完了。狼羣啊！喝吧！我的鮮血。
年輕的，微笑的，自由且沒汚染，
太陽下，我將坐在衆神之間。

註：

1. 一八四二年馬米葉（Xavier Marmier）出版一部「北方流行歌謠」（Chants Popuiaires du Nord）給予黎瑟很大的影響，尤其其中的一首「希阿瑪的死之歌」敍述一位戰士臨死前要求伙伴將金戒指携給其未婚妻。黎瑟此詩卽由此獲得靈感。

2.烏普沙 Upsal 瑞典烏普蘭省的城市。
3.賈爾族人 Its Jarls領主、貴族。
4.結尾末行典故由來：斯坎第納的神話是戰鬪中死去的英雄將昇入天堂，而且喝着蜜水（hydrome）。
5.本詩有施穎洲譯：夏瑪的心。見世界名詩選譯。

2.牧神 Pan

亞加狄亞的牧神，山羊腿，額頭配着
雙角，粗獷的個子，爲牧人所喜歡，
綠蘆葦間充滿戀慕氣息。
黎明將山間原野鍍上金色，
流浪漢，在新生的苔地與草坪上
以山林水澤女神的歌舞自娛。
背部綴飾山貓皮，頭上纏着
野野的鬱金香，柔柔的風信子；
他的響亮笑聲喚醒整座森林，
裸足的女神們奔向他的聲音處，
悄悄地靠近澄清泉水，
很快的，她們成圓地環繞牧神。

葡萄藤裝飾的巖穴，中空的涼穴，
沿着河流活潑地離開森林，
天空下濃密的冬青槲，
上帝使中午洋溢着抖擻的熱情；
他睡了，森林敬重他的睡眠，
太陽神的光芒護衛着盡善盡美的牧神，
然而，只要衆星點綴的寂寞夜神一到，
就向啞默的天空展露弄皺的面紗，
牧神燃燒着愛情，在這片熟悉的森林
追捕灌木叢庇護下蹤跡不定的純潔少女，
最後在交叉處抓住了；藉着月光，
激盪的歡躍，他帶走了勝利品。

3.夜晚寒風 Le vend froid de la nuit

夜晚寒風呼呼穿過林間
偶而折斷枯枝：
雪，死者長眠的平原上的雪，
如同殮屍的白布延伸至遠方。

黑暗中，地平線的盡端
一羣烏鴉掠過並掉落羽毛，
幾隻野狗，在孤伶崗丘上，
從雜草中掘出骨頭互相爭吠。

我聽見草叢搖曳下死者的呢喃語。
喔！睡不醒的夜間蒼白居民，
是何樣辛酸的往事，打擾您的安眠，
且在冰寒雙唇的沉重嘆息中消失了呢？

忘了，忘了吧！你心已憔悴；
鮮血與熱情已耗盡了。
啊！死者，幸福的死者，不爲貪婪所蔽
你寧可想到生命，然後長息！

啊！當我躺在你這堅厚的大地之床，
如同年邁的苦役看見其鐐銬脫落，
只因我喜歡感受承擔痛苦的自由，
也因此我要歸於塵土。

然而，黃粱一夢，死者在夜裏靜寂。
是風之聲，是野狗啃食之聲，
是無私的大自然，你悲鬱的嘆息！
是我感慨之心的低泣與呢喃。

沉默吧！上天是耳聾，大地是目瞶。
要是無法痊癒，這般多的淚何用呢？
應該像匹受傷的狼，忍氣吞聲，
以出血的嘴咬住烏鴉，等死。

再挨一次苦，再鞭一次笞。
然後，什麼都沒有了。洞穴自開，埋入屍骨；
健忘的野草很快的將這些
自以爲永恆的浮華掩沒。

註：
1. 從這首詩我們可以看出黎瑟最根本最重要的悲觀論：生命的辛酸，痛苦前意志的儒弱，對寧穆與死亡的渴求，對墳塋敗壞道德的害怕與恐懼。
2. 黎瑟的悲觀同維尼一樣，將這首詩與維尼的「狼之死」比較，更可以發現二者之雷同。維尼說：
看看人們在地上，留下什麼，
只有沉默是偉大的；其餘一切都是儒弱。
……………
「……………
呻吟，哭泣，祈禱，同儒夫一樣，
在呼喚你的命運途中
毅然挑起漫長重擔，
之後，同我一樣，無聲息的忍痛死去。」

4. 象群 Les éléphants

紅色的沙漠一如無涯的海洋，
在其土地上焚燃，緘默，沈陷。
有人居家的氤氳天際
含蓄着靜止的波浪。

既無生物亦無聲響。饜飽的獅子
睡在百里外的洞穴，
長頸鹿在湛藍泉畔飲水，
那邊，棗椰樹下是有名的花豹。

沒有任何鳥隻振翅掠過，
這域大艷陽旋轉的混濁空氣。
偶而，眠中取暖的蟒蛇，
扭動鱗甲閃閃的背部。

朗朗天空下是如此灼灸人的空間。
一旦所有動物在悲鬱孤寂中睡去，
粗壯的象群，這些緩慢而雄偉的旅人，
就穿越沙漠到回老家。

從地平線的一點，像蟻聚的褐色，
牠們走來了，揚起我們看得見的塵埃，
不繞迂路的單直向前，
邁着大而穩重的脚步踩踐沙丘。

帶頭的是隻老領隊。龜裂的
身體宛如被歲月折磨而消瘦的樹幹，
頭部一如岩石，弓形的背
盡量彎曲，以便減少費力。

步履不遲緩亦不猶豫，
牠引領着風塵僕僕的夥伴朝向確切目的地，
而後頭犂出一道砂石的轍跡，
魁武的朝香客尾隨牠們的族長。

大耳扇擺，長鼻夾在象牙間，
牠們前進，眼睛閤着，肚腹搖幌冒氣，
汗珠在炎熱空氣中成霧氣上升，
千百隻昆蟲圍繞着嗡嗡作響。

然而是否不理會焦渴與貪婪的蒼蠅，
以及太陽炙晒其黑而起皺的背部？
牠們邊走邊夢想荒棄的家園，
夢想庇護子孫的無花果樹林。

牠們卽將重見崇山奔洩而下的大河，
在那裏，大河馬邊游邊吼叫，
被月光照亮而顯露輪廓，
象群衝下喝水而踩踐了燈心草。

因此，帶着勇氣與遲緩，牠們
宛如一絲黑線穿過無垠沙漠；
當這群笨重的旅人消失在地平線上，
沙漠又恢復其平靜。

註：

1. 本詩中共用三次「沙漠」。事實上，黎瑟在前二次使用Sable（砂土，砂石），最末一次才用 désert（沙漠）。但在此二詩字應是同義。
2. 第二行「土地上」原詩係en son lit（在其床上）意思是指沙漠的領域上。
3. 黎瑟很喜歡描寫野獸、動物（如前文所介紹），爲此他博得「法國詩的巴依或費米葉」之稱。按巴依（Antoine Louis Barye, 1795—1875）與費米葉（Emmanuel Frèmiet）同爲法國著名的動物雕塑家。

5. 兀鷹的睡眠 Le sommeil du Condor

險峭的寇地列爾山脈石階，
在那黑鷹出沒的濃霧處，
比熟稔的熔岩血潮的盡端
凹成漏斗形的山峯還高，
張開的翅膀懸着，數處殷紅斑點，
這隻巨鳥以全然漠漠的悲鬱，

注視着美洲與孤寂空間，
而黯然的太陽在其冷默眸子裏沉淪，
黑夜從東方輪轉過來，那裏重重群山下的
荒蕪大莽原無垠的擴張着：
夜，催眠了智利，城市，河岸，
與太平洋及神聖的地平線；
它籠罩了無聲息的大陸：
從沙丘到崗陵，從隘口到山坡，
從此峯到彼峯，它以旋風之姿擴張着
達到嚴重氾濫的高潮。
而兀鷹，幽靈般，獨自立在傲然峯頂上，
浸浴於白雪映照的微光中，
牠靜候不吉祥的海洋的圍困：
夜來了，衝擊並完全覆蓋牠。
無底的深淵裏，南十字星
在天際星芒閃爍。
兀鷹愉悅地喘息，拍動羽翼，
挺直其多筋而禿毛的頸，
震動並揚起安第斯山脈的寒雪，
沙瘂的嘯聲後，牠昇到風所不及之處，
遠離黑暗地球，遠離南十字星，
在冰凍裏睡去，雙翼大敞。

註：

1. 寇地列爾山脈 Cordillères 與安第斯山脈 Andes 均位於南美洲。
2. 兀鷹 condor 南美洲的鳥。
3. 第十九行不吉祥的海洋（Cette mer sinistry）指黑夜的潮流。

析楊喚童話詩

趙廼定

看過「楊喚詩集」中的童話詩，深感其文辭優美自然，且具傳播知識，教導父母愛與友愛的使命感，而這傳播知識與使命感又都是不着痕跡，愚教於文辭和童趣中，實可爲童少年再三研讀。因此筆者深願在此略加分析楊喚童話詩，並推介之。

家

樹葉是小毛蟲的搖籃，
花朵是蝴蝶的眠床，
歌唱的鳥兒誰都有一個舒適的窠，
辛勤的螞蟻和蜜蜂都住着漂亮的大宿舍，
螃蟹和小魚的家在藍色的小河裏，
綠色無際的原野是蚱蜢和蜻蜓的家園。

可憐的的風沒有家，
跑東跑西也找不到一個地方休息，
飄流的雲沒有家，天一陰就急得不住地流眼淚。
小弟弟和小妹妹最幸福哪！
生下來就有了媽媽爸爸給準備好了家，
在家裏安安穩穩地長大。

全詩以搖籃、眠床、窠、大宿舍、家園表「家」；惟家的用字亦經特殊選擇——樹葉隨風飄舞，因之稱爲搖籃；蝴蝶是動的，停留在花朵，常常是在憩息，是靜的，且風一吹而花朵舞，可是蝴蝶仍是一動不動，因之稱花朵爲眠床；窠是一個充實的表徵；螞蟻和蜜蜂皆是羣體生活，因之稱大宿舍；綠色無際的原野任蚱蜢和蜻蜓跳躍或飛翔，因之稱其爲家園。

「家」以小毛蟲、蝴蝶、鳥兒、螞蟻和蜜蜂、螃蟹和小魚及蚱蜢和蜻蜓皆有家起首，接着導出風和雲無家可歸，最後再點出小弟弟和小妹妹最幸福——生下來就有爸和媽給準備好的家，可以安穩地長大。

此詩利用對比手法——點出有家與無家之比，而教育小弟弟和小妹妹最是幸福；當然因之可引申父母愛。

七彩的虹

接了太陽國王的大掃除的命令，
小雨點們就坐上飛跑着的烏雲，
賽跑着離開了天上的宮廷。

他們給稻田和小河加足了水，
他們給骯髒的山谷洗過了澡，
就又來洗淨了清道夫永遠也掃不完的城市，
也洗淨了悶熱的飛滿了塵土的天空。

太陽國王爲了獎賞他們眞能幹，
就送給他們一條美麗的長彩帶，
那就是掛在明亮的雨後的天空中的
紅、橙、黃、綠、青、藍、紫的七彩的虹。

「七彩的虹」以擬人化來描述。大掃除小雨點就給稻田和小河加足了水，給骯髒的山谷洗過了澡，洗淨了清道夫永遠也掃不完的城市，也洗淨了悶熱的飛滿了塵的天空因此得了一條美麗的長彩帶爲獎賞。

此詩很自然的，會產生有勞碌有獎賞及雨後七彩虹會出現的兩個意念，兼具傳播知識與道德教育二使命。

水果們的晚會

窗外流動着寶石藍色的夜，
屋子裏流進來牛乳一樣白的月光，
水果店裏的鐘噹噹地敲過了十二下，
美麗的水果們就都一齊醒過來，
請夜風指揮蟲兒們的樂隊來伴奏，
這奇異的晚會就開了場。

第一個是香蕉姑娘和鳳梨小姐的高山舞，
跳起來裙子就飄呀飄的那麼長；
緊接着是龍眼先生們來翻觔斗，
一起一落地劈拍響；
西瓜和甘蔗可眞滑稽，
一隊胖來一隊瘦，怪模怪樣地雙簧；
芒果和羊桃只會笑，
不停地喊好，不停地鼓掌。

鬧呀笑呀的眞高興，
最後是全體水果們的大合唱，
她們唱醒了沉睡着的夜，
她們唱醒了沉睡着的雲彩，
也唱來了美麗的早晨，
唱出來了美麗的早晨的太陽。

「水果們的晚會」帶點神秘，爲深具童趣的童話，當寶石藍色的夜下，屋內流進牛乳一樣白的月光，鐘噹噹敲過了十二下，這時人們正在安眠，這時小弟弟小妹妹正在夢鄉，水果店裏沒有了顧客，因之美麗的水果們就都一齊醒過來，蟲兒唧唧吱吱叫個不停，於是晚會開始——香蕉小姐鳳梨小姐的高山舞，龍眼先生翻觔斗，西瓜和甘蔗演雙簧，芒果和羊桃只會笑，如此鬧呀笑呀眞高興，最後還來一個大合唱——唱醒沉睡着的夜，唱醒了沉睡着的雲彩，更唱來美麗的早晨的太陽。

很多童話皆是描述歡樂的一面，水果們的晚會，屬此類而楊喚把晚會寫活了，不但有歌有舞有翻觔斗有演雙簧，更有觀衆存在；因有觀衆存在，而使氣氛更逼眞。

美麗島

有藍色的吐着白色的唾沫的海
小心地忠實地守衛着，
寒冷的冰雪永遠也不敢到這裏來。
有綠色的伸着大手掌的椰子樹
緊緊地拉住親愛的春天
美麗的花朵永遠成羣結隊地開。
在這裏
小朋友們都像健康的牛一樣地健康，
在這裏
小朋友都像快樂的雲雀一樣地快樂。

你來看！
小妹妹是夢見香蕉和鳳梨在街上跳舞了吧！
要不怎麽睡在媽媽的懷裏
還是不停地微笑？

你知道這裏是什麽地方嗎

告訴你，她的名字叫臺灣，
是甜蜜的糖的王國，
是童話一樣美麗的，美麗的寶島。

「美麗島」先描述美麗外外界環境——有那藍色的吐着白色的唾沫的海，小心忠實地守衞着，因之迫使寒冷的冰雪永不敢來，繼敍述島上椰子樹伸着大手掌緊緊拉住親愛的春天，而島上小朋友是牛樣健康，是雲雀樣快樂——小朋友睡在媽咪懷裏還不停地微笑呢？這樣一個美麗島能不令人嚮往憧憬，可是世外桃源？喔，這就是產甜蜜的糖的你脚下的寶島——臺灣呀！

下雨了

下雨了，
太陽怕淋雨回家去休假，
火車怕淋雨忙着開向車站，
汽車和脚踏車還有老牛車也都忙着趕回家，
可憐的是那高大的電線桿和綠色的郵筒，
淋着雨站在街頭一動也不能動，
花朶和樹木都低頭流淚，
小鴨和小鵝浸在泥水裏玩得最高興，
麻雀躲在窠裏睡了覺，
小妹妹怕聽那轟隆轟隆的雷聲，
爬上床又蒙上被還悟緊了耳朶，
迎着風雨，只有勇敢的海燕，
不停地在海上向前飛行，飛行。

「下雨了」一首，把下雨的情景寫活了——「下雨，太陽就不見了，火車、汽車、脚踏車還有老牛車都匆匆忙忙的趕回家，可是電線桿和綠色郵筒却一動也不動，花朶樹木低垂着頭落淚，泥水裏的小鴨小鵝嘻嘻哈哈，麻雀淋濕羽毛將飛不起，因此躲在窠裏睡了覺，小妹妹怕聽轟隆轟隆雷響，因此捂緊耳朶躲上床，惟有海燕呀——勇敢的在海上迎着風向飛翔飛翔。

本詩重點在海燕，海燕是迎着風雨，不停地在海上向前飛行，飛行，這是多麽的勇敢呀！

小蝸牛

我馱着我的小房子走路，
我馱着我的小房子爬樹，
慢慢地，慢慢地，慢慢地，
不急也不慌。
我馱着我的小房子旅行，
到處去拜訪，
拜訪那和花朶和小草們親嘴的太陽。
我要問問他：
爲什麽他不來照一照，
我住的那樣又濕又髒的鬼地方？

「小蝸牛」也是擬人化的描述，小蝸牛馱着它的家不急不慌慢慢的走路，慢慢的爬樹，也到處旅行到處拜訪，可是它憩息的地方總是陰濕又髒的鬼地方，所以小蝸牛倒要問一問，那和花朵和小草們親嘴的太陽，爲什麼不來照一照它住的鬼地方。

這就告訴讀者——蝸牛住的地方是陰濕沒陽光的地方，且是馱着殼慢慢走到那裏，在那裏休息；帶着深深的童趣。

小螞蟻

我們是一羣不偷懶的小工人，
搬不動哥哥的故事書，
拉不走姐姐的花毛線，
我們來抬小妹妹吃剩下的碎餅屑。
下雨了，
有小菌子給我們撐起了最漂亮的傘；
過河了，
有花瓣兒給我們搖來了最穩當的船。

「小螞蟻」把螞蟻喻爲小工人，雖搬不動哥哥的故事書，拉不走姐姐的花毛線，可是我們可以來抬小妹妹吃剩下的碎餅屑。下雨了，小菌子給我們撐起最漂亮的傘，我們就在傘下徜徉；過河，我們可以搭花瓣組成的最穩當的船。

小蜘蛛

要黏住小蚊子討厭的尖嘴巴。
要黏住小蒼蠅亂飛的小翅膀。
蜜蜂姐姐小心呀，
可別飛到這裏來給我蜜糖！
風兒把落花吹上我的網，
露水把珍珠掛上我的網；
最漂亮呀，
是我家。

「小蜘蛛」中的小蜘蛛和小弟妹一樣的討厭那小蚊子的尖嘴巴，也討厭小蒼蠅的亂飛，因此它要黏住小蚊子的的尖嘴巴，也要黏住小蒼蠅的小翅膀，可是蜜蜂姐姐是可愛的，所以特別提醒蜜蜂姐姐別飛來給我蜜糖，而風兒露珠兒把繽紛的落花和珍珠掛上它的網，因此小蜘蛛說最漂亮呀——是它的家，帶着一份自傲與歡欣。

（一九七五、六、廿改寫）

防風林詩展

臺中師範專科學校

防風林詩社主　選

楔子

防風林詩社，原名後浪詩社。民國五十八年由蘇紹連、司徒門、蕭文煌等學長創立。這個火種，由蘇紹連、司徒門等學長帶出校門之後，逐漸茁壯，於民國六十一年定期出版「後浪詩刊」，出刊至十二期之後，於民國六十四年起，改版爲「詩人季刊」。校內之詩社，亦因此易名爲「防風林詩社」。

防風林詩社以提高同學欣賞水準，鼓勵社員創作爲目的，經常邀請中部詩人蒞校演解、或舉行座談。社員之創作除發表於校刊之外，並於六十三年與文藝社合辦刊物，定名「防風林」。六十四年獨立印行社員創作選集「長春籐」。校內之詩風，一度激起旋風。六十五年起，由校內詩人掌杉，定期舉行講座「二十年來中國現代詩總檢討」，目的在讓社員認識現代詩發展歷史之全貌及其意義所在。

這次感謝「笠」詩刊能夠闢出這樣一塊園地，讓本社的作品有展出的機會，也許我們的作品還不夠圓熟，但請給予我們誠摯的批評和鼓勵，畢竟，我們都還是「後浪」，我們會湧向前去的。

李國耀作品

辮子

學生都靜靜坐著，翻弄書，我也靜靜。我看不下書，弄弄刀片。抬起頭，兩隻蝴蝶停在烏黑的樹枝上，偶而飛動

悄悄

心跳

我想輕輕的

抓住

夾在書上

伸

手

……

……

「老師！他抓我的頭髮。」我嚇了一跳，改作業的筆桿掉落桌下

小貞將頭往右

擺開

整間教室都是辮子

幌動

幌

動

我們爲遠方的雲雲哭泣

那時，我們共坐一塊河石
等候，等候遠方的
雲雲，悄悄
來，不像風
不像霧
只像遠方的
雲雲

後來，我們哭泣了
太陽走過我們頭頂
你說
遠方的雲雲是不是
失踪了
我把小石投入
河中

我們就一直
哭泣，伴著河流
你說
我們爲遠方的雲雲哭泣
用淚等候
誰爲我們哭
泣誰等候我們呢？

我們仍共坐一塊河石
等候
等候遠方的雲雲
爲遠方的雲雲哭泣
等候遠方的我們
爲遠方的我們哭泣

蒙倪作品

小草

一支翠意
迸出在牆脚
展開，展開
伸展嫩綠的小手
抓住一把陽光的
嘻笑。

游魚

幾朶荷葉
遮掩一尾魚
吐幾個水泡泡吧
咶——噗，咶——噗
讓皺紋拉開
把水底白雲
遣散。

盧青昂作品

告別

我還在追逐那段繫著馬尾流浪樹林的故事
可是我已長大
佇候的姿勢悽楚地像個少婦
那個當年還小的男孩
羞澀地編織新娘的花帽
啊那個小小的意外偶然地列在我家門前的
尤加利
那是個最不容被遺忘的愛情

算是受了傷的記憶吧
我該否讓自己知道
遺落了什麼
我絕對無法熬詩復歸南返
一隻叫著受傷的燕子
我該否讓自己看見
那小小意外的傷痕
誰忍心再認你自花叢離去的背影
我是追不上的

樹林裡的傳說
定是另一則故事吧

楊亭作品

獎券

——中華路之一

誰來識別我身上的一排號碼？

把我和我的同伴抓在一起的
是一隻枯槁的手
手背上的皺紋
如一條乾裂的
河床

一隻沒有戶口的
流浪的狗，在桌角
啃着一根沒有肉的
骨頭，比涮過還要肥壯的
骨頭

誰來識別我身上的號碼？
我已經走過許多
霓虹灯和
霓虹灯穿成的路
向每一個攤位的
食客們　打著飽噎
伙計們　手持焗熣

老闆娘 數着鈔票
鞠躬
可是，沒有人
來識別我身上的一排號碼

蘇振翅作品

流浪日記

高外，臺北車站的風
瘦著，更遠的母親的淚
落著，銅幣在手中
我已不文一枚銅幣
中華商場在不安的夜色中
我就要成爲職業欄的一張紙
馬上被風刮走
打給誰呢？電話亭的外邊
許多蒼蠅附血般的停在
我的名字上，雨下着
喂！我只是陣陣凌亂的
脚步聲，請問你是誰？

塑膠花

我端視你的笑容
像端視一朵塑膠花
一朵塑膠的花
開在妳臉上
頓時，我哭了
哭聲撞擊著你
使你也掉下淚來
沒有聲音的掉著淚
你是朵塑膠花哪
淚水只能在你臉上
滾成圓圓的一顆大水珠

汪敏作品

刼難

冷牆、我還能矜持這一年否？
落照 秋瑟殺伐而來
無邊無際的吵鬧聲
孤人
你還能漠視
新墳的耐性和頑抗
乃是長戮著血肉的魂
以及一場欲歛的戰爭
冷牆、我還能把住這片殘雲否？
暮鐘寒雪拍肩走過

迅雷便猛猛踢來
老梅哲思已投注莊子秋水
默默的是你無色的眼睛
孤人
你能不念
長弓劍影赫赫雄風
以及攏髮長嘶的
一段征文
邊際兀立著孤人長征的佩劍
而低矮的是座哭泣的冷牆
冷牆攫你冷牆的血液
柱一把洪流
還傾我樸樸的空間
以
及
‥

關渡作品

白楊

——雁過也，最傷心，却是舊時相識——

而我依然一次又一次
執著去年妳遞給我的柳枝
在風裡，喚著妳的小名
低低的哀泣如長長的柳絲

窗的外邊
一盞路燈兀自孤立著
今夜，攤筆為妳寫詩
而又有誰為我沏一杯紅茶
若還能有個好秋
我會勤快的為妳
撿拾更多的楓葉

兩路

聽說妳家屋前的
一株楊柳被砍了
我執柳枝的手遂然顫抖
掌心中奔出一口污血
突然發現在我的右側
已冷冷的
站了一座新築的塚

「頂一張傘
能遮掉多少雨水
吻一把眼淚
能止住幾許哀悲」
不管是一路上亦是一上路
都走在濛濛的細雨裡
能迷失的亦祇是一個圓內
或許應該告訴斜雨
我已目眩重聽

如何去推敲每個碰碎的滴答
站在前面的紅綠燈
亮著的不知是何種顏色

究竟該定左脚有罪
或是判右腿犯規
眞搞不懂脚步錯亂的原因
總認爲它們是如此地調皮頑固
在緊要的時候就給你
　一個小小的玩笑

再這樣下去，淋滿身個濕
而硬着一場無聊的電影
返路時，掏出四枚銅板
買一個茶葉蛋
呑掉已死的生命

掌杉作品

戀戰

這鼙鼓殺伐之聲
我多麼熟悉
二十歲起我就馳馬而戰
這沙塵處處相同
我持槍取人仍勇猛威武
未見老態，我那老馬
去年南方之戰
還跳躍，健壯如我們第一次出征
當我嘶喊
迎面而來的敵兵
雖然年輕，必也震懾

右方我軍的旌旗高高地挺立
左方風吹草動
前面的敵兵成列
更遠的地方有些稀疏的雲
再一場衝刺，翻了這些新上陣的
就可佔領那裏

三十歲我沙場歸來
第二個孩子出生
四十歲在征途
我母親去世
五十歲我掛帥
六十歲仍征戰
勸我全身而退的
是長年居家我寂寞的妻

擋住去路的，這隊兵馬
我雖老邁，還可應付
四十歲那年
我刺殺過一位敵軍將領
鬍鬚斑白，已過七十

我的聲名，那時奠立
鼓聲密集如雨下
不必驚慌，我明白
灰甲下緣閃閃發亮的都是年輕的眼睛
新鑄的刀劍
你們懼怕我聲名將如
懼怕你們的身死
我持槍取人仍勇猛如昔

再翻了這些新上陣的士卒
就可佔領那裏
那遠方，稀稀疏疏掛着
浮動的雲。

六十五年四月臺中

出版消息

本社

I、詩刊

※「大地」詩刊第十七期已出版，定價十五元。編輯部：臺北市郵政信箱二三支二〇號，郵撥一〇一八六四余崇生帳戶。

※「草根」詩月刊第十四、十五期十六期均已出版，定價十二元。第十四期爲小詩專輯（下）。編輯部：臺北縣新店鎮安康路二段一七六巷十五號，郵撥一〇五六六七號林月容帳戶。

※「龍族」詩刊第十六期已出版，定價十二元。編輯部：臺北市南港四——九郵箱，郵撥五五七四林煥彰帳戶。

※「藍星」詩刊新六號，詩人節特刊已出版，定價二十元。編輯部：臺北縣永和鎮厚德街一巷三十九號二樓。

※「詩人季刊」第五期已出版，定價十五元。編輯部：臺中縣沙鹿鎮文昌街四八號，郵撥二四一九九洪醒夫帳戶。

※「臺灣文藝」季刊第五十二期已出版，定價二十元。社址：臺北市新生南路一段一三二巷十六號，郵撥五二八三號。該刊「詩潮」由趙天儀主選，歡迎惠稿，稿寄臺北縣新店鎮光明街二〇四巷十八弄四號四樓。

※「詩脈」季刊定於民國六十五年七月二十五日創刊，定價二十元。編輯部：南投縣草屯鎮育英街四十七巷三十九弄十五號，郵撥二六二八號嚴振興帳戶。

※「秋水」詩刊第十一期已出版，定價十五元。社址：臺北市郵政十四—五七號信箱。郵撥一〇〇四六六號涂靜怡帳戶。

II、詩集

※詩人兼書法家邱淳洸（淼鏘）是日文詩集「悲哀的邂逅」（哀しい邂逅）及「淳洸詩集」均已出版，後者定價五十元。前者爲其早期詩集，後者爲其日文詩作的結集。通訊處：臺中市康樂街二八號。

※邱豐松詩集「詩三十五」已出版，定價五十元。

※黃曼詩集「初調」，已由林白出版社出版，定價三十元。

※劉邦傑詩集「擊劍之歌」已出版，定價二十五元。

※謝星濤詩集「星星的聚會」，已由德華出版社出版，定價三十元。

※「中國現代文學選集」第一卷詩、散文，已由書評書目出版社出版，定價精裝本一五〇元，平裝本一二〇元。

※洛夫詩集「衆荷喧嘩」，已由楓城出版社出版，定價四十元。

III、評論、翻譯及其他

※李辰冬譯「浮士德研究」，已由東大圖書公司出版，基本定價二二元。

中華民國行政院局版臺誌字第一二六七號
中華郵政臺字第二〇〇七號執照登記爲第一類新聞紙
定　價：國內每册新臺幣 20 元
海　外：日幣 240 元　港幣 4 元
地　區　非幣 4 元　美金 1 元
全年六期新臺幣100元　半年三期新臺幣 55 元
●郵政劃撥 2 1 9 7 6 號陳武雄帳戶（小額郵票通用）

出版者：笠　詩　刊　社
發行人：黃　　騰　　輝
社　長：陳　　秀　　喜
社址：臺北市松江路三六二巷七八弄十一號（電話：5510083）
中部資料室：彰化市延平里建寶莊51之11
北部資料室：臺北市北投百齡五路220巷8號4樓
編輯部：臺北市敦化南路355巷 83 號
經理部：豐原市三村路90號
印刷廠：福元印刷公司　臺北市雅江街58號

75 笠

詩双月刊
LI POETRY MAGAZINE

民國五十三年六月十五日創刊
民國六十五年十月十五日出版

雪山之旅（49×24）

謝文昌（亞文）

一九三八年生，臺中縣人，中原理工學院畢業，一九七〇、七一在臺灣個展三次並在東南亞巡廻個展，一九六五獲建築設計競賽首獎，藝術家俱樂部創始人之一，一九七六在日本東京展出，應邀將於一九七七年四月前往美國，舉辦美州巡廻個展。

■卷頭言

磐石的姿勢

李　溟

在當今的詩壇，充塞著素描形象的作品。我們的詩作者似乎每每陶醉在形象中，爲一些構成絞盡腦汁。構成——在某種意義上而言，當然是詩的條件之一。我們說它是詩的基本條件，亦不過份。但是，除了基本條件之外，詩——倘若稱之爲詩，應該更進一步具備更多的條件。

所謂的更多的條件，也許包括了外在環境的刺激以及內在氣質的反應，面貌豐繁，但屬於質的範疇是可以認定的。唯有因此，所以不同的時代才能有不同的詩，不同的作者才會寫出不同的詩來。

跳出構成的基本條件，在作品的質的範疇作更大的飛躍，關係到作者的認識問題——有它的廣度和深度的種種攷驗。

我們不能苛求每一個詩作者都成爲大家，因爲認識上廣度和深度的攷驗是一道難關。但是，我們必須承認，重視因爲認識問題所衍生的質的攷驗。

很不幸的，當今的詩壇不但充塞著素描形象的作品，也充塞著以此爲是的風氣和觀念，相互朋黨阿比，惡性循環。竟至於視詩如雕虫之技的地步。

在這種情勢中，要求詩的風氣和觀念跳出構成的基本條件，而向質的範疇作更大的飛躍，也就變成了一種奢望了。

然則，我們是不是就這樣承認現狀了呢？絕不！

就如同眞理必須奮鬪而後才能加以維護，豐碩的果實必須經過辛勤的耕耘而後才能收穫一樣，我們必須堅挺地向非詩的地帶進行強而有力的爭鬪。

創作和評論就是犀利的武器！

創作扮演一種正面的角色，在提供一種典範，在證明詩是什麼？

評論扮一種反面的角色，在提供一種仲裁，在否定非詩的面貌！

除非我們能不懈地掌握這兩種有利的武器，不然的話，就只有坐視非詩的質素在蠶食詩的心胸。

爲了使眞實的心靈之花能顯現安儀和芳香，我們必須立足於磐石一般的地位，絕不挫敗！

■ 詩

■ 兒童詩

笠詩刊目錄75

什麼不是現代詩

梁景峯

(一)

「中國現代詩」這個用詞已經通行了將近三十年，而且在臺灣至少有五百個人物自稱是「現代詩人」，自稱在寫「現代詩」，而且作品數量相當驚人，可能成就也相當大。但是有那些權威、那些寫詩人物能向讀者說明，到底什麼是現代詩，現代詩應具備什麼條件呢？有誰敢說誰確是現代詩人呢？

二十多年來這麼多寫詩人物、這麼多詩論家的這麼多詩論中①，有那一篇文章明確地指出幾個標準，讓讀者能判斷，那些詩是眞現代詩或假現代詩呢？可以說，沒有。而這種漫無標準的狀態，不只一般讀者無以適從，就是寫詩人物們可能也莫名其妙。我們現在從看得到的文字中大致歸納出幾個標準：

1.現代詩是現代主義的詩②；

2.現代詩反傳統③；

3.現代詩反對外在物象的描述，而着重於事物本質的把握④；

4.現代詩語言的自由性⑤。

以上這四個要素是否可靠，具備這四要素的詩，就是現代詩嗎？客觀地說來，這四要素很可懷疑。什麼是現代主義呢？覃子豪說：「現代主義是二十世紀所產生的一系列新興詩派的總稱」⑥。但二十世紀的新興詩派這麼多，而且標榜的東西各有異同。後期象徵主義，新浪漫主義，表現主義、達達主義、立體主義、構成主義、意象主義、未來主義、超現實主義、新即物主義、存在主義等等品牌，難道都是現代主義嗎？如果不是，那麼那些是現代主義呢？那些符合「現代精神」呢？我們的寫詩人物對這些洋主義的作品和理論文字讀過多少，了解多少？他們在談這些主義的時候，難得有淸楚的介紹和批評，總是幾句固定的玄話，就算了事，儼然已掌握了「現代主義的精髓」。像這樣的作風，怎能讓讀者知道什麼是現代主義？而且這些寫詩人物的詩文該算是那一種現代主義的作品呢？他們沒有把現代詩和現代主義的關連說明淸楚，所以「現代詩是現代主義的詩」的說法，並沒有實質上的限定意義。至於現代詩的反傳統，確是多數寫詩人物的口號。但是我們不知道他們反那一個傳統，反什麼時候的傳統，如何反法？事實上各時期的文學藝術的新運動都或多或少反抗前期的運動，浪漫主義可以說反古典主義的傳統，寫實主義和自然主義也可以說反浪漫主義的傳統，所以任何主義的詩都可以說反一定的傳統，不只現代主義如此。

還有，現代詩是否反對外在物象的描述，而着重於事物本質的把握？什麼叫事物本質，現代詩人如何掌握事物本質？所謂「掌握事物本質」的說法，也是很含糊的，很空泛的。沒有現代詩人能指出，寫什麼和如何寫才算掌握了事物本質。而且中國傳統文學藝術不也特別講求靈性，講求內在美和意境嗎？最後，語言形式上的「自由性」也只能是程度上的說法，並不是絕對的。任何一個時期的文學語言都在演變創新，都在試圖擺脫舊語言形式的束縛。

我們願意相信：「現代詩是詩的革命，也是詩語言的革命」⑦，但是我們也希朝知道革什麼地方，如何革命法？我們所讀到的只是：「企圖征服語字媒介的障碍，而賦語字以更大的自由，且不惜打破文法的邏輯」⑧這種方法實際用在寫詩的時候，情形是如何呢？我們發現，「一些所謂詩的語言，實在蹩蹩扭扭造作得厲害」⑨，「有些詩人存心塑造自己的晦澀，一意讓自己曲蟄在一層高深莫測的硬殼裡」⑩，大作「玩票式的語言技法」⑪，以致於各種所謂「現代詩語言」的自憐自虐的詞句大為泛濫。其中有一種半文言的詩句，就是「濃縮手法」的產物，因而艱深難懂似乎已成了某些詩人的商標，有時你向一些這類詩人，請問他們詩句意義時，他們本身可能也不知所云。

我們拿實際狀況和那四條定義相對照，可知這四條定義只是籠統的，並沒有具體的說明作用。因此這種解釋法是不夠的，沒有說服力的，對於多樣性的、尚無定論的東西往往不適於用正面的肯定命題來說明。比方。一個人是健康，只能就我們現有的知識來檢查是否有我們已知的病徵。我們的寫詩人物所崇高的洋大人對他們的上帝也有套類似的說法：人不能說，上帝是什麼；只能說，上帝不是什麼⑫。這種反面的否定命題比較能說出我們對某些事物的了解程度，這是對事物的客觀謙虛態度，是「知之為知之，不知為不知」的態度。像現代詩這麼多樣多變的藝術也難於用正面的肯定命題來解釋。也許用反面的方法，籍我們的理性去分析，去找出「現代詩」裏幾個常見的病徵，比較能指明什麼不是現代詩，現代詩不是什麼。

(二)

這裏我們願意介紹，一個德語現代作家對他們西方現代詩的批判。一九五一年德語詩人賓恩作了一個公開演講「詩的問題」⑬。這個演講一方面是他自己創作生涯的檢討，一方面也對西方現代詩的演進和各種問題作探討。其中一段評論西方現代詩中的各種弊病和假現代詩。因為他本人是醫生，所以他所提的論點等於是實在的診斷工具：聽筒和顯微鏡。他要讀者和醫生檢查病人一樣，去檢查現代詩的病徵。這樣不顧詩的美麗幻想，掀開詩的神秘面紗，不但詩人的崇高形象可能會馬上變成死人枯骨，而且可能也壞了讀者的典雅口味，但既然這是詩人自己給的診斷方法，那讀者何不拿來試看看，何必那麼心臟衰弱，怕看到現代詩的毒瘤爛肉呢？賓恩說：

一個現代詩到底是什麼？到底是什麼樣子？我要用否定的說法來回答。就是說，現代詩不應該如何。

雖然賓恩足以表現主義的現代主義者姿態開始創作的，而且他演講時已寫了四十年詩，有大量詩作品出版；但他不用正面的肯定命題來說，現代詩是什麼，現代詩是什麼樣子。這是因為他沒有把握說出什麼是現代詩。他提出四個現代詩的病徵：詩情泛濫，「如」字泛濫，顏色競賽和神秘主義。什麼是詩情泛濫呢？他說：

在詩中常有兩個對象，首先是田園式的自然物，詩人對它虛造詩情；最後是詩人歸回到自我內省。這種被虛造成詩作品的自然物，和寫詩的自我相對照，又相混淆。今天，這是極幼稚的顯露詩情的手法。

這種詩情泛濫的寫詩法，本來是古典文學以來很常見的。尤其是一些浪漫主義者特別喜歡對一些孤立的、無人間煙火的自然物「吐露情懷」，來發抒他們小器的感傷情緒。不知有多少「詩人」自我陶醉地歌頌小溪、小花、小鳥、湖水、山林、月亮、落日等自然物和現象。本來描寫自然物的形狀和動態，是詩人的文學工作之一，但可憐的是，一些小詩人却藉這些自然物來宣洩「朧朦的幽傷和飄渺的夢幻」。假如現代的詩人把這些過去流行過的文學對象去除實體的意義，大作其優美的小詩，那這種詩是虛幻的詩，過去的詩，逃避現代的詩。所謂「觸景傷情」，「發思古之幽情」，「離鄉感懷」之類的題材，在「中國現代詩」裏依然泛濫。最無聊的是成人作家，甚至老頭老太也在勉強裝飾感傷美感，居然也還有刊物和報紙編輯會喜歡這調調。

現代詩的第二個病徵是「如」和「像」，「如同」，「宛如」，「彷彿」，「……似的」等等連接次級貨的連接詞。賓恩說：

> 「如」字是詩形象的中斷，因為它作比較，所以不是創意的用字。原則上，「如」字是敍述性的字滲入詩，是語言張力的鬆弛，是創作的弱點。

「如」字和其他相似的連接詞，可以說任何時期的任何詩人都免不了使用，幾乎成了少不了的寫詩法，我們隨手可以發現這類佳句「形如教堂」，「康乃馨般的時間」，「如一襲青衫」，「恍如自流變中蟬蛻」，「唯一的鳥似的」，「如花的步履」，「如光、如影」，「像一隻白鳥」這種寫法看起來是詩人聯想的豐富，「詩人意象的繁複，形式技的變化」，但事實上是作者對他的詩對象沒有準確了解，沒有「掌握到事物本質」，而使用的障眼法。作者一時寫不出一首詩的某一對象，所以很快引來其他的補助形象，來掩飾這個空擋。「如」和跟在它後面的補助形象往往破壞原有對象的眞實性和自主性，腐化了字句的張力。而且可以隨意用其他補助形象來取代詩的對象，往往不合詩性。為什麼詩人不去仔細認識和掌握原有的詩對象，不克服其他形象的干擾？為什麼不用心直接去塑造原有的詩對象？為什麼一碰到困難就跳到別的形象？這是因為詩人無能面對眞實對象，這是詩人的弱點，詩的病態！

第三個暴露詩虛假的病徵是顏色競賽。當我們讀一首詩，或想到詩的時候，馬上就會出現色彩繽紛的形象世界，令人頭昏目眩。尤其一些田園自然物，山水、花草、天空以及女人的姿容和服裝，常被賦予五顏六色，例如：「紅花如火」、「白的下臂」、「綠色的幻想」、「蓊鬱的青翠」、「紫色的繁花」、「金黃色的蕊」、「美麗的白馬」、「黑檀色的靜默」、「藍色的香波」好像沒有顏色就不是詩一樣。賓恩認為顏色競賽是現代詩所不與容忍的：

> 一些作者以為藉色彩可以表示他想像力豐富，但却忽略了，色彩只是成型的鉛版觀念，較適合於光學家和眼科醫生使用。

色彩本來是眼睛對外在事物的光線的反射，是外在物象的感應，而不是物件的實體。濫用色彩，只能擾亂作者和讀者的視覺，而忘記詩中的實質內容。所以藉濫用色彩來寫詩。不是詩人意象技巧的高明，而是詩才的枯竭。

第四個判明眞假現代詩的病徵是神秘主義。什麼是神秘主義呢？神秘主義的手法就是濫用天神的語調，賓恩說：

> 開始時，來個什麼噴泉淙淙和琴瑟，良夜和靜謐，而且馬上又飛昇到星辰，天神形象和其他類似的宇宙感。這只是對一般讀者感情緒和心靈軟弱的廉價投機。這種天神語調不是塵世的克服，而是逃避塵世。

天神語調也是對實際對象沒有準確認識的表現。因爲這樣，詩人不得不幻想什麼神秘的靈感，現代人偉大的孤絕感，無限廣大的心靈世界，一刹那的永恆。尤其奇怪的是，各國一些現代「偉大詩人」在論詩時，也少用具體的資料來說明，而使用一些神秘化、絕對化的不可捉摸的爛調，什麼「超越自我」、「靈魂的十字架」、「純粹的、超越的和獨立的宇宙之創造」、「空靈的意象」，「物我兩忘超脫時空的境界」，這些咒語到底是什麼意思？咒語看起來很偉大、很有魔力，但聖袍一被揭開，裏面就是空無一物。我們知道，詩的工具和內容，都是從我們實在世界的事物出發的，賓恩說：

> 詩永遠是詩人處理過的事實，是對現世事物的一種藝術手法的掌握。

所以脫離實在世界的手法，也是非現代的。我們的寫詩人物常有這種「又死亡又超越」的神秘手法，他們一再重復宣告舊上帝的死亡，但又迫不及待地揑造他們的新神世界。他們的神秘主義手法有幾類；一種是將各種抽象的、虛玄的名詞和形容詞拼湊成一些怪句，再把幾個可能不相關連的怪句堆起來，成爲一首詩，以炫燿他們對「不可知世界」的新靜觀法，新表現法。另一種是賣弄古東方的神秘，「禪」，「神機」等貴族式、聖人型的幾句濫調，來證明他們的詩是只可意會，不可言傳。還有一種是，將本來經常出現的現象和經驗用最高級的修飾語，或「獨一無二」的用語加以絕對化和神聖化。

(三)

這是一個西方「現代詩人」對他們的現代詩看病的四個基本病徵，當然可能還有其他病徵。這四種寫詩手法的確不符合現代詩人自已所標榜的現代精神，就是說，患有這些毛病的詩可能不是現代詩。假如一首詩裏才一次出現一個毛病，那還不算什麼，但要是一個毛病一再重複，或幾個毛病齊發，那就危險了，就是假現代詩了。反過來說，假如一首詩沒有這些弊病，那它也許可稱爲現代詩。

這四個暴露「現代詩」眞面目的病徵診斷法，確是一針見血。這四個病徵有一個共通處，就是藉形容詞來表現，所以形容詞過多就是現代詩的重病。如果一首詩不直接寫詩對象的動態，而在浪費筆墨，在名詞上堆砌各種形容詞，或在動詞上附加各種副詞，那這首詩一定有上面所說的病，一定不是現代詩。但我們要問這種診斷法能不能拿來檢查我們現代詩人的現代詩呢？我們從詩人自已的詩論中可以找到答案。既然我們的現代詩大多自稱是「象徵主義到超現實主義」的西方現代詩的「橫的移植」既然我們的現代詩人在談論詩時，總要把這些洋主義、洋詩人的幾句陳腔爛調拿來唬人，我們當然可以把西方現代詩的診斷病徵拿來診斷中文化的現代詩。所以我們建議讀者「以子之矛攻子之盾」，試拿着這幾面照妖鏡，冷靜地照照我們的現代詩，尤其那些「純粹的」，「奧秘的」，「難懂的」現代詩。說不定我們可以在「六十年代詩選」、「七十年代詩選」、「中國現代詩選」、「藍星詩選」、「龍族詩選」、「中國現代文學大系•詩」和各詩刊中發現不少病態現代詩、假現代詩。如果有些詩人極度緊張，用盡方法阻止讀者去批評他們的詩，去照照他們的「桂冠」的話，那這種詩人必定心虛，可能是假現代詩人，他們的詩必有假現代詩。

讀者們讀詩，當然想要了解一首詩寫的是什麼。讀詩雖然需要貼聯想能力，但基本上是理性的活動，不能滿腦子幻想，不能藉「移情作用」來「欣賞」詩，不能像詩人一樣詩意盎然，「靈感奔騰」。他們有權利，也有義務去追問一首詩寫的是什麼，去指出一首詩的弊病，去揭穿一些「大肆吹捧自己」的「冒牌抒情詩人」！我們期望文學和其他藝術在讀者的批判下，會漸漸澄清目前瀰漫的煙霧，使虛僞的假現代詩被淘汰，使明朗的，眞實的，有血有肉的文學產品驕傲地展現出來！

（原載新生報「知識世界」）

一九七六。五

註：

① 參看 林煥彰編：近三十年新詩書目 臺北一九七六、一八三頁

② 紀弦：現代詩的欣賞和創作 在：中國現代詩論選 頁232 高雄一九六九

③ 同② 頁235

④ 洛夫：論現代詩 同② 頁115

⑤ 白萩：從「新詩閑話到新詩餘談」 同② 頁197

⑥ 覃子豪：中國現代詩的分析 同② 頁74

⑦ 同④ 頁116

⑧ 同⑦

⑨ 黃進蓮：我對詩的偏見 在：中國現代詩評論 頁76 臺北一九七三

⑩ 孫密德：二十年來中國「現代詩」與「現代繪畫」的比較 同⑨ 頁109

⑪ 關傑明：再談中國「現代詩」 同⑨ 頁62

⑫ Nicolaus Cusanus (1401-1464) 的否定性神學

⑬ G. Benn: Probleme der Lyrik, in: Gesammelte Werke 4, S. 1058-1096 Wiesbaden 1968

⑭ 同⑪ 頁59

景 氣

黃騰輝

一片風雲，
挾帶着黃金的雨，從天而降。

人口暴漲聲中無立錐的焦急，
以及傳播工具的法螺灌溉下，
一夜之間，荒土成金。

工廠的機器在加速，
人們忙碌。……
都是爲了趕上那一陣黃金的雨，
於是，製幣廠的印鈔機也在加速。

乘上風雲的暴發戶，
傲慢地自豪，
——從經濟邏輯的夾逢裏長大。

只有沉醉於銀行存摺自慰的傻瓜，
沮喪地從古老的夢中驚醒。

非馬／三首

天上人間

為了射殺
一隻入犯的
小鳥
他們用探照燈
在天上
劃定領空

為了射殺
一個逃亡的
同胞
他們用鐵絲網
在地上
圍造樂園

雨季

1

被雨水泡腫了
的假期
喘着氣
在窄小的客舍裡
緩緩
轉身

2.

看窗外斜雨
在寒流裡
一竿長一竿短
打撈
失落的
春天

3.

忘了冬天曾是這麼冷
這麼潮濕
每一個記憶的關節
此刻都在
隱隱作痛

劫後

節慶過後的廣場上
到處是狂歡的痕跡

被高高拋起且踩爛了的帽子
隨着鑼鼓越舞越急使脚終于跟不上的鞋子
棕色小狗熊還緊緊握在小女孩的手裡
（她另一隻扯着氣球繩子的手此刻在一百公尺外扯她父親的小腸）
不再轉動的眼珠依然閃爍着夜裡的烟火
血還汨汨自張開的嘴流出像一隻歌
爲另一個狂歡節來臨的消息所振奮
所有心臟在停頓前都額外地多跳了一下

詩畫四帖

詩：桓夫
畫：陳世興

繁華的追憶

還年輕 就退休了的娼婦
却有很多繁華的追憶

她的追憶
從經過原野疾馳的高速公路
駛進冷酷而煩燥的夜都會

在熱滾的都市轉彎處
她耐着漩渦的火
跟着音樂
追求自動燃燒的傷痕

她畢竟難能昇華
因爲她生不出翅膀
只能在街巷尋找太陽的黑點
翻轉幾次觔斗

鼓翼

曇天……
水汪洋而激動着
看不見水平線
也看不見死的深淵

從深淵處
欲望的鳥鼓翼起來
撲向擊來的閃光飛去
波浪才平息下來

憐憫

暴風雨的端倪
擾亂了彩色的心靈
造成一陣天空的危機

眼看着洩漏下來的憐憫

我們必須抓緊
　一道犧牲的光
醞釀暖和的愛
挽救曇灰的世界！

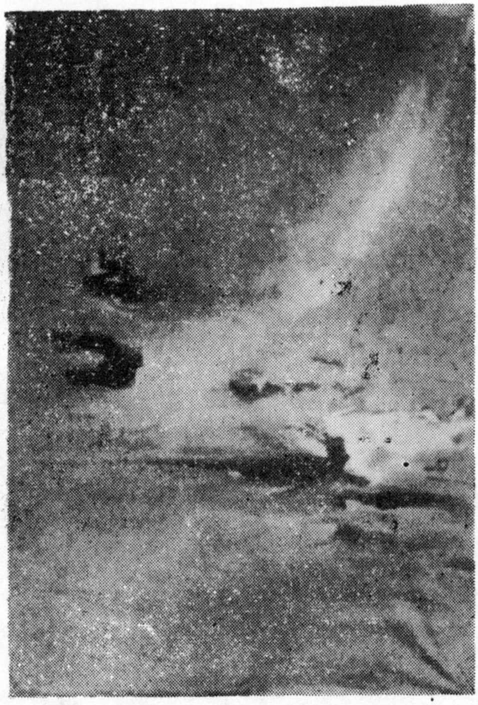

溫泉鄉

爬上廻旋梯　偎倚
在高樓的欄杆
俯瞰
奇岩下的深淵

世俗的喧囂　像霧
籠罩於
溫泉鄉的山景
山景睡着……

久久　霧未消逝
覆蓋着昨晚的
暈眩和
那不值一顧的秘密

厭世的人睡着
山景朦朦
祇有奇岩下冰冷的
深淵口很清醒

片詩

黃靈芝

◦風在光裏找着誰
六月—
院裏的樹葉雖叫着它

◦陪着亡父
城址起遊絲

◦登上球的象
在喝采裏聽到非洲的風

◦儘管在跑的馬有十六隻脚
蜈蚣以三百四十六隻的脚慢慢地走

◦笑了之後我常覺得瘦了些
但您却說在笑的當中肸了不少

◦和盲人擦肩而過了的蝴蝶也
和蝴蝶擦肩而過了的盲人也
有過一剎那的人
兩個剎那雖有了偏差

◦矛了
有語言
—的故鄉

◦天亮時分
石頭重了些
—重新坐下來的
—裝個新臉孔的

◦古潭
生存於封建時代下來的「無言」

◦尖塔
漸漸地伸高去
—的大晚霞

◦只是公園裏最末端的杜鵑還沒有開

○博物館裏有人
有一直不說話的人
很多

○上八樓去的電梯
一直還沒自十二樓下來

○像蜻蜓的大眼鏡
在廣寬室中吃力的冷氣機
拿掉眼鏡就不是秀才了的他

○白雲在靜靜地
靜靜地流動着的
終戰日

○蝴蝶過於出遠門
—的四溫光

○鳳凰花
南都婚訊頻

○脚步聲裏有年齡的展墓行

○巡遊戰跡的中年人
羽蟻飛

○女生寮
做粽手勢自有各

○喪畢
佛桑紛然紅

○自足於插枝於巷子裏的稚妻

○遠離濤聲的洗面盆裏的夫婦蟹

○把妻還於妻的遠雷
河邊遊

○瘦田裏
旱爲最

○娶親日
無花果樹眼睛多

○走出大廈後的殘暑的
陌生人的臉

○颱有兆
鐘塔說話頻

○拿了捕虫網的孩子
—的健步

○風傳城裡聲
結草虫的孤獨自何時

◦邸第靜
一自冏鳥開始吟

◦颱風過
樹林裏的裏
有人

◦九月颱
今年又對亡妻來

◦大厝跡
風對歸省子細語

◦招人湧到城裏的「節日」
不知在那兒

◦山爐前
城裏女客展着身

◦穿皮衣
Mannequin想逛街

◦穿皮衣
城裏的妻子的寂寞的時刻

◦歲暮近
亡妻眼目在爐中

◦北風夜
佩玏殷史歸

巫永福

鄉土篇

熱騰騰的草地繪

六十五、三、一五看洪通畫展而作

聞到淡忘中的鄉土芬芳，氣味十足而
深沉在血液裡的記憶忽然覺醒燃起興趣
那鮮明好奇的鄉土事物與美豔色彩
撲素稚拙地那麼親切顯現，復活
使未泯的童心依然開朗，頓時歡喜

熱騰騰的展覽會場盡是人頭麻麻
陣陣鑽動的男女老幼都傾頭指向
與草地畫裏數不清的人頭比比劃
眞是道地一張張不尋常的人頭故事
使你驚訝地發現有趣奇妙的人生

人頭在聽鳥、食魚、看戲、插花、跳舞
而隨着民俗信仰和現實生活的體驗
以富喜怒哀樂的感情滲雜於鄉下祭典
把這些思惟、刺激性地連結成獨創圖案
構成草地人的奇異想像與觸發性的人生

非天才也非瘋子，是個正直的草地人而
具有獨特的個性與創造性的風格
且懂得自己所鐘愛的事物去敏感地表現
懂得自己希望講的東西去系統地描寫
不使理論困擾自己而直覺地如夢地
老老實實固執地展現其所愛的人生

繪者心切大膽地繪劃出來的東西在眼前
任你如何高興論評其好惡、美醜、價値
他即享其自不拘束的自在，自吟而笑
那是獨創者和人特有的超然世界
有似神話點綴於草地的自然泥土之中

繪得種種使你自己去想像，去模索
以豔麗的多種色彩與簡單耐心的線條
彎彎曲曲構成一幅幅的無數蜘蛛網
把你兄弟般親親切切籠罩住使你發現
土生的東西如何可愛，因而使你共鳴

船

六五、四、八、看過陳輝東而作

白晝的海風萬里吹來掃過白浪

白浪滾滾地直撞堤岸又轉回蕩
高高的帆杆遙身振動船殼咚咚
橫斜的白帆飄蕩
刷遍的空間噹噹

閃閃的白光廣散射來透過羽裳
又越過白色的沙灘至遠海渺茫
瞭望的塔上一眼飛入有如白夢
彩影罩白霧洸洸
淨化的意象奔放

天碧配海藍織成屈折滿眼蒼蒼
看不見背後的苦與酸美麗堂皇
腦裡的太陽隨着波高套起蛛網
船上的錦霞歌放
自我的航程勇往

航不完的海路盡入汪漾柔光
強烈的陽光溶化於白藍幻象
寂靜的空虛飄流於百靈臉龐
沒有錯亂的光茫
理智地傲視四方

載着無限的願望萬里航程破浪
又載回無限的安慰與歡欣停當
拿起寫意美妙的旗杆搖喊祝康
無碍的大海夕紅
優美的線光綻放

少孩顧厝

阿母阿母何處去
孩要遨頭跟隨汝
阿母一聲叫孩乖
乖乖顧厝好等伊

顧厝無聊心煩時
拿鏡看來自言語
又怕阿母回來問
講孩沒乖莫讀書

趕緊提書來寫字
寫到肚飫黃昏止
阿母回來一聲乖
孩看阿母心歡喜

阿母炊飯正忙起
給孩泔糜先止饑
孩說功課寫好了
阿母聽着笑咪咪

廢園

杜國清

拉起回憶的窗簾
過去竟已如此荒蕪
不知多少歲月了
無鴿無雁　亦無熟識的聲音
那通往古池的小徑
早已淹沒在草浪裏
池中漂淪着浮萍　以及
白月的屍體
只有若斷若續的水滴
在苔岩間低吟着
我心之廢園的寂寞

拉下了回憶的窗簾
我突然幻見自己的未來
有人在廢園那邊向我招手
我踩過草浪　踏上虹橋
奔向青空的天池
那兒　低詠着一闋自挽的哀歌
我曼然獨舞

一九七五、四、七

泳

林　外

天氣酷熱　這世界已沒有清凉的土地
樹蔭下　沒有微風
微風　也散發不了噴冒的汗水
體內猛湧着岩漿　熱得汗水如珠
該躲到冷氣房裏　但是—
冷氣房裏　看不到熟悉的世界
一下子汗水全逝　渾身寒慄
要在熱陽下　不想怕　也不怕
只是受不住　內外交攻的熱
體內的汗水外湧　體外的汗水黏結
封悶之苦　必得解除
這是生的唯一出路
跳入水池　泳
啊！沒有水池　我早已死去
在廣大的水池中　滾湧的岩漿熱焰下沈
頂上熱陽　水上熱風　徒喚奈何
我揮動双手　擊打兩脚
濺起美麗的水花
品嘗着清凉　舒適與快樂
我在水上　如鳥在天空
曾幾何時　我疲了

方知自己的天眞幼稚
我在下沈　驚怖生命已非個人所能支撐
我呼喊　方知池大　方知人忙
沒有人聽我的喊叫
沒有人以爲救我是重要的事
我揮動双手　拼命地　想抓住什麼
這才發覺　只有水　可抓握的　什麼也沒有
我沈入水中　水灌入我口我鼻
兩脚用力一蹬　我又浮出水面
但是　水好深　深得像蹬天空
啊！擁抱我吧！
池塘的手臂已僵　無法縮小圈子
我要擁抱！　我要擁抱！
但，魚兒跳離　遠遠觀溺
池塘太大　我的手臂無法圍及
我心已冷　不復再做泳之夢
而夢潛入心中　紮根　抽莖　長葉
在我體內日漸長高長大
啊！我在恐怖
救命啊！　擁住我
否則讓我擁住
我不要死！

鄉愁

陳秀喜

離別時
鞋底夾着
故鄉的泥土
磨損一雙鞋子
在異鄉放浪中
黏着心頭
仍然是
故鄉的泥土香好

許多個
疲憊的夜晚
無奈何似溫柔地
憑窗織成小願望
當我回到故鄉時
相互凝視的刹那
心湖掀起了怡悅
足使心頭的泥土
溶化爲愛的漣漪
小願望啊　飛翔吧
跨越異國的天空
直向故鄉

月

陳愛虔

致陳秀喜女士

以繆司的手，
擎一把銀色的燭火，
燃亮幽暗的天際。

乘李白的逸興，
駕一彎新月
橫渡悠悠的河漢。

忘了什麼是，
白頭吟，白髮三千丈，
忘了誰叫石崇，休斯。

星星的眼
醉了，
醉在
秦淮河上
洛水之濱，
在
農夫的吟唱中。

當她擁著白雲，
緩緩地滑過
穹蒼，
仍不忘以那銀絲般的手
柔柔地撫慰着
大地。

孩子的願望

風信子

爸爸　我要聽星星的故事
當夜深的時候
爸爸　是不是像奶奶說的：
天上一顆星　地上一個人？
爸爸　我是天上那顆星出世的？
爸爸　您怎麼直搖頭？
——　您的鬍子好扎人喔！

打雷的時候　爸爸您在那裏？
閃電叔叔要爲我們照相呢！

當您出門的時候　爸爸
您一定是去找所羅門王的寶藏
所以才不讓我做您的跟班

每逢月初　您總交給母親一叠
花花綠綠的鈔票
嘴裏說着：辛苦妳了！
那時媽笑得好開心喔！

有一天　爸爸
我也要去找所羅門王的寶藏獻給媽
但不是花花綠綠的鈔票
而是亮晶晶的寶石項鍊

爸爸　您說那一天
會很遠嗎？

竹椅

顏憲欽

竹椅　你也倦了麼
抵不住荒漠旋風的凛冽
我來這裏　歇歇
你說　你是孤雁
你底聲音已竭
來吧　我正缺少一個伴侶
與我共賞這寧謐的輕瀉

信息不至　夜幕不揭
且讓我們底曇花
散放微微的芬芳於永夜
月光已隱　星子時時在殞墜
吐盡了芬芳　我也將無聲地　凋謝……

南下夜車

趙潤海

我靠窗坐著
車廂裏有暮色
行李包裏有擔不了的異地的昨天

一個女人搖過走道
嘴上塗了殷紅的疲憊
拉上衣領
我靜靜地睡了

多少驛站也靜靜睡著
守夜人的馬燈招招手
恍惚裡
鄉愁悄悄闔上眼

樹

曾妙容

我是一株樹
天空是我的理想

樹不知道天空遠不可測

每往上昇長一點
便自覺縮短一些距離

新的詩想

陳千武

寫詩的行爲就是精神的作業，有所作業的精神不是靜態的精神，也不是被動的精神。那是自動飛躍的精神，且是能發明新的詩想的精神。

新的詩想，是寫詩的人不斷地追求、發掘、建立的目標！如果詩不新，缺乏令人感到「驚訝」的要素，就不能稱爲詩。

所謂詩的要素，依據杜國清先生的論法，可分爲「驚訝、諷刺、哀愁」等三個要素。依我多年寫詩，看詩的經驗來判斷，他這一論法是很有道理的。

第一個要素「驚訝」，是指詩的產生以及詩傳播給讀者，使作者和讀者都有「驚訝」的衝擊性感動，這是很重要的。

會叫人「驚訝」的感受，是怎樣的狀態呢。那就必須要「創新」；「新」是新奇的，過去所沒有的才會叫人驚訝。詩的新是屬於前衛性的新，那是最初出現的，如果有人模仿了它，屬於第二個第三個出現的，都不是新。然而，新的東西，新的觀念，新的思考，出現之後經過一段時間，就會成爲舊的東西，最初感到「驚訝」的事象，一旦習慣或適應了就不稀罕。所以「驚訝」這一要素，也就含有「打破習慣性」的行爲之意。

已經習慣了的，流行過的，現實有的，都不新；因此要創新，就要打破習慣，走在流行之前，甚至要超越現實才能得到「新」。比如人類第一次踏進月球，世上沒有比這一行動更新的玩意，更完整的成果令人驚訝。這就是詩的行動，力就是寫詩所要追求的目標，在詩的形式和內容，都要趨向這個目標而有所表現，才是寫詩眞正的態度。

由於詩的起源是發生於難予說明的人的生命，具有與生命永恒連結存續的特性，於是，詩要表現的事象的本質，和人的本質具有同樣的意義。我們應該依照物象的本質深入瞭解詩，捕捉詩的內容，詩是內容決定形式，構成外觀的形式是靜態，內容才是自動的「行」和「創」，具有意義的本質；因此形式的「新」，只能給人短暫而淡薄的驚訝感受，而具有意義性內容的新，才能給人深刻而存續於永恒的驚訝感受。波特萊爾說：「詩是對一種崇高美的人的熱望」也就是指這種得到驚訝感受的熱望吧。

第二個要素的「諷刺」，是帶有揶揄或幽默感的批判精神表現在詩裡的知性要素。這一要素平常是依靠作者豐富的知識體驗和很機智尖銳的感覺而表現，使詩具備現代性的特徵，這種重視主知，是詩的新方法。原來重視主情性的詩的內容，像遇到悲哀的場面，就表現很悲哀的狀態，其他的事象最好不去考慮。而表現很悲哀的最理想方法，就是依靠使人置於「忘我狀態」的「音樂」。不過，在現代這個工業社會環境，常常會使我們「不能忘我」的情況太多了，因此遇到悲哀的時候，不能只是沈溺於悲哀而忘我，却必須驅使主知性的要求，即以自意識分析悲哀的情緒，探悉悲哀所產生的外界和自已的關係，而探取與主情性的詩完全不同的方法來處理詩。這個時候所依靠的詩性不是音樂，而是要依靠心象（image）代替音樂性。詩表現意象需要用比喻或其他影射事象的技巧，以双重或廣泛的意義性，增長了想像的世界觀。在此詩裡「諷刺」的要素，演成很重要的任務。

第三個要素「哀愁」，是感性的甜蜜的情緒。如果把語言的作用分爲意義和情緒的二大機能，「諷刺」是屬於硬性的，發揮意義的機能，而「哀愁」是屬於柔性的，顯露情緒的機能。「諷刺」所表現的心象是較繪畫性的，而「哀愁」所構成的詩味是較音樂性的，亦即是一般所謂的抒情的哀感。抒情在現代詩裏當然也屬於不可缺少的要素，但要知道，抒情本身並不是詩。很多人以爲有押韻的音樂性或有抒情的文章就是詩。指韻文就是詩，這一看似乎沒錯，但事實那些文章只是詩的一種屬性，絕非詩根元的本質。我們可以說：「哀愁」是詩裏所含有的不可缺乏的情意，但不是詩本身，也不是傷感性的主情。對於「哀愁」的感受是幽雅的，有含蓄的美的根源，或可以說是美的節奏，是淨化了的愁緒。

詩具備「諷刺」的批判性和「哀愁」的美感，這兩個要素構成的主題，而能令人感到「驚訝」的衝擊性感動，才會使我們寫詩或看詩獲得無限的樂趣。

然而詩的樂趣並不能囿於自我陶醉的小範圍內，要把詩提升到具民族性、社會性、時代性的意義，就不許只在囿於自我陶醉的範圍內打轉，必須把眼光放大，認清詩的本質、認清有如宇宙那麼廣大的詩底世界。確定詩底世界可與人的生命比擬，同時也可與宇宙的廣泛與永恒比擬。這就是詩的定義，難予定型的原因。

在詩底世界廣大的宇宙當中，或有人認爲地球就是詩的一切，也有人認爲月球才是詩，而各有所表現！我們並不反對，這種詩的做法。但是地球或月球，事實上只是宇宙天體中的一個星球而已，在以詩表現地球或月球當中，先要依照物象的本質瞭解詩，承受並覺醒詩底宇宙廣大天體的靜態與動態，再加以表現。這種認識和瞭解是詩作者必須具備的條件，寫詩才不墮入狹窄的自我陶醉裏走進岐途。

訪者：張崇仁、蘇　對、洪志明、陳碧卿（記錄）

▲訪問▼

白萩片談

問：笠詩社在中國詩壇是一支最具堅韌性的隊伍，十幾年來持續不斷，你能不能談一談詩刊當時創立的經過和現在的大略情形？

答：當初因「創世紀」已停辦，而中部幾個志同道合之士，到臺北來找我，於閑談中談了起來，有意創辦現代詩社。最初是由十二人發起，經費由同仁捐出來，稿件一部份自己作（但也接受外稿），而現在因個人事務繁忙，沒有參加編輯的工作，對於「笠」的動向也不太淸楚。但「笠」並沒有什麼大的主張，當初因十二人風格都不相同，只是想公開的發表一些東西而成立的。我相信「笠」的名稱是很不俗氣的，當初主要是選「笠」的名稱距離現實較近，平常很多人都有「笠」，才命名的。

問：現代詩可能定型嗎？是否該大衆化？

答：現代詩不可能定型，每一代都有追求新的野心，因此作風一定會變，帶動整個新的詩壇，而且每一時代所接受的知識經驗不同，所以現代詩不可能定型或停頓下來。至於是否該大衆化倒無定論，因詩若太走入晦澀路途之後，人們必會再回返至明朗化，但假使太明朗化了，讀起來就索然無味，難免令人產生反感，於是大家又會走回晦澀的路，總之明朗和晦澀將是翻來覆去的。

問：一個好的詩該具備怎樣條件？

答：第一、須有內容—沒有內涵的東西等於是廢物，別人看起來覺得空洞乏味。第二、須博學有創作經驗—作任何學問免不了須有廣博的學問，寫詩也不例外，且須中外文學有所了解才行。第三、須對於藝術有全盤的了解，在「面」的方面才會廣。第四、詩作者品格要有操守，能夠承認別人的長處，對於友人短處不加偏袒，不可感情用事才行，這樣作出來的詩才易受人尊敬。

問：現代詩和現代畫在許多方面都有很多類似，你能否談一談它們兩者之間精神上，表現上的異同？

答：因爲現代詩和現代畫，被社會上視爲異端藝術，於是在無形中自然結合。但是他們所要表現的和主張的却不相同，雖然互有影響，但從超現實主義以後詩和畫的表現即各走各路，互不相同了。

問：您能不能談一談您「蛾之死」和「天空象徵」這兩本詩集？

答：「蛾之死」是我年輕時代的作品，純粹是表現個人感情的詩集，因年青人常會反抗周圍不如意環境，因此我用了四方格來表現其可自由飛翔，四面八方遨遊的意思。至於「天空象徵」則成於我婚後，此已較成熟，自然和年青時作品不同，我個人主觀認爲較喜歡它的成熟。

問：您能不能談一談您在「香頌」詩集中所表現的思想？

答：「香頌」主要是做一些身邊瑣事的描寫，當初我住在臺南時因生活過得很淡泊，於是就想到將現實生活情形的片斷以及一些瑣事表現出來，和中國古詩「即興」有類似地方，主要是可以使人了解生活情形。

問：您對現階段中國現代詩有何看法？

答：現階段中國現代詩尚停頓在語言組織方面，仍是在認識語言，對詩影響的理論上，且不用躭心中國現代詩會西洋化的問題，凡是用中國字作的詩絕不可能西化，因爲在文字組織法上，中西根本不同，而且味道也不相同，用不着一再的強調追求傳統，「居於現實」即可作出中國詩。

問：請問您「意境」的到達專靠技巧嗎？

答：這首先必須對「意境」下個定義才能够討論此問題，文學作品中的意境就是須要用技巧來表現的，有時確實須用技巧以達到表現意境技巧。

問：您以前曾經嘗試過像「蛾之死」「流浪者」這樣的圖畫詩，在「現代詩散論」裏您也曾談及有關圖畫詩的理論，請問您現在是否仍持著跟以前一樣的看法？能否談一談這一方面的問題？

答：圖畫詩的存在價值，是個人主觀意見的問題，主要看個人的喜不喜歡，只要是能感動人的就是很好的圖畫詩。

問：您對於未來寫詩有何計劃？

答：計劃倒是沒有，不過我作詩只是想表達出個人的感觸，起先都是給自己看的，並且都須在感情有所感動時才作，目前又因事業忙碌，沒有時間好好作一些東西，將來看看啦！或許等事業告一段落後，再好好發表整理一些作品。

生的破滅感底發現

——詩集「雕塑家的兒子」後記

陳鴻森

當我校完了「雕塑家的兒子」的全部稿樣，我知道我已永喪失了再寫出這樣的詩底情緒了。

從七〇年詩集「期嚮」出版迄今，我忽然已經到了應該寫些眞正的詩——即從「只在詩人外在技巧的側面，實踐着詩的寫作」的層次，離脫出來，而向着生底現實作實質凝視——的年齡了。

事實上，我並不想成爲一個詩人，我的詩，不過是我欲於透過詩的造型，以垂直地描繪我內部「愛與死」的地形，而將之轉化爲可視性的型態罷了。因此，促使我趨向成熟的，與其說是T，S，艾略特所操持的「歷史的意識」（見其「傳統與個人才具」一文），毋寧說是緣於一種生的破滅感底發現，或將較適切些。

近兩三年間的臺灣詩壇，乍見似乎顯出了一種前所未有的蓬勃狀態，然若深加矚視，我們自將發現：那不過是一種無政府狀態紛亂之演出而已。不保留地說，直至今天，我們詩壇仍是處在一無詩學時代的晦暗階段。

二十餘年來臺灣現代詩的發展，充其量亦僅止於：成爲一朝向更深化的吸收歷史傳統的過渡層次而已，其本身並未形成一屬於傳統性格的實質。

外在上模仿西歐近體詩的分行型式，以至內在裡禀受近代西方象徵主義，表現主義，超現實主義的血統和倫理的這種移植，並非即是臺灣現代詩體質衰弱的宿命因素，最主要的乃是由於我們的詩人，一直未能在精神上與此時此地我們所生活着的現實，作一血肉感的連帶，並予以一種歷史性格的記錄和批判，因而它的根迄今仍是浮萍式的，表面上雖然猶見其青綠，然而一旦如田村隆一所謂的：碰到了像「太平洋戰爭」這種巨大的惡性激盪（見其「路上之鳩」一文），它勢將隨即枯死。

唐文標曾據於科學的合理主義的觀點，以其所擁抱的社會條件的進化性及狹窄的歷史必然性底 intention，以否定現代詩的存在價值的見解，固不免淺陋，然其論理背後所馱負的社會性意圖，却是不容逃避和值得我們詩人深省的。

我並不廻避我詩中的敍述成份。

小野十三郎曾引申P•梵樂希「要構築絲毫不含有詩以外的事象底詩是不可能的」的慨嘆，而提出了「懼怕散文性的思想，便不能形成詩的思想」的論說；畢竟，敍述性是作爲詩的「核」底異質性，與人間性尋求連帶的不可或缺之粘劑。

在方法論上，我意圖以敍述性來實踐我的詩底社會性連帶，而在精神論上，我則以之來挽回——被現代主義亞流所放逐的——詩中的日常論理性。

集中「雕塑家的兒子」、「幻」這兩首敍述詩的寫作，不僅是我詩中敍述性的一種擴散作用，且亦有意用以抵抗當前我們詩壇日漸呈現惰性的表現習尙。

我經常對自已的詩底價值，抱着懷疑的態度，對於自已的才能，也越來越感到絕望；「雕塑家的兒子」裡的愛，「幻」裡的死，但我所能描繪出來的，就只這麼一些至於在本即缺乏一種較穩定的評價軸的臺灣詩壇，我的詩會被置放在什麼位置，那並非我所關心的。

65・8・20在鳳山

出版消息

本社

I、詩刊

※「草根」月刊第十七期、十八期已出版，定價十二元。編輯部：新店鎮安康路一段一七六巷十五號，郵撥一〇五六六七號，林月容帳戶。

※「小草」詩季刊第二期已出版，定價二十元。社址：臺中市中華路二段一二一號，郵撥二六二七一翁天培帳戶。

※「葡萄園」詩季刊第五七期已出版，定價十五元。編輯部：板橋市中正路幸德巷四七弄六之二號。郵撥四〇九九號。

※「大海洋」詩刊第三、四期均已出版，定價十五元。編輯部：高雄市楠梓軍校路七八〇巷七七弄六五號。

II、詩集

※林宗源詩集「食品店」，已由笠詩刊社出版，巨人出版社發行，定價四十元。附有趙天儀的評論。

※陳鴻森詩集「雕塑家的兒子」。已由笠詩刊社出版，定價三十元。附有桓夫的序。

※余光中詩集「天狼星」，已由洪範書店出版，定價四十五元。收錄長詩多首，並有新舊「天狼星」並列。

※秋聲詩集「初航」，已由田原出版社出版，定價三十元。

※紀弦等編的「八十年代詩選」，已由廉美出版社出版，定價平裝一〇〇元，精裝一二〇元。

※王牌主編的「當代詩人情詩選」，已由濂美出版社出版，定價平裝八〇元，精裝一〇〇元。

III、評論、翻譯及其他

※林以亮著「林以亮詩話」，已由洪範書店出版，定價四十五元。

※羅青著「羅青散文集」，已由洪範書店出版，定價四十五元。收錄羅靜的詩評論多篇。

※王拓著「金水嬸」，已由香草山出版公司出版，定價四十五元。

※楊逵著「鵝媽媽出嫁」，已由香草山出版公司增訂出版，定價四十元。

兒童詩 I

莊敏智
國民小學二年級

彩虹

你穿着美麗七彩的衣裳，
獨自在天空等誰呢？
他會馬上來嗎？
你會害怕嗎？
我馬上會打電話給警察，
你不要害怕，
放心慢慢等吧！

螞蟻

螞蟻！螞蟻！
你是走壁專家，
你走壁就像走平地一樣。
你很了不起，
又很勤勞，
但是我還是不喜歡你到我家來。
不是我對你不好，
是你會抬走我們的食物。

晚霞

是誰那麼會畫圖呢？
把天空塗得那麼漂亮。
又是誰那麼頑皮呢？
一會兒就弄成一片烏黑了。
好可惜啊！

兒童詩Ⅱ

張范杰　國民小學一年級

雨

雨是最會打鼓的小鼓手
常在人家拿著傘當中
拚命地打鼓
打了一整天
淅瀝淅瀝淅瀝……
到了晴天
却溜走了

許鳳儀　國民小學三年級

白雲

白雲是一團潔白的棉花
飄來飄去悠閒而自由
白雲是一群綿羊
白熊和獵狗在天邊奔跑跳躍
可愛又活潑
但是一會兒
白雲變成可怕的獅子
張牙舞爪
從遙遠的地方向我撲來
好像要吃人
白雲是神化奇妙的魔術師

關於兒童詩

桓夫

臺中市有卅七所國民小學，合辦兒童綜合文藝刊物「兒童天地」，已出刊一三八期，每期五十頁。內闢有「兒童詩園」，佔四頁，刋出小學童詩數首，由於每首詩後均附有評語解釋詩作方法，增加學生們的興趣。近二、三年來，學生投稿的詩的主題逐漸擴大，詩質一直在提高，呈現一片蓬勃的現象。

兒童的模倣能力很強，有些學生從他人的作品中得到啓示而創作自已的詩，當然也有些學生乾脆抄襲投稿。不論是否自已的創作，能得到投稿的風熾是初步的好現象，這證明兒童詩已普遍受到學生們的注意和歡迎了。

在兒童的心目中，大蛇、原始森林和星星的眞實故事，都是很重要而有意義的。而橋牌遊戲啦、高爾夫球啦、政治啦、領帶啦等等都不甚重要的事情。兒童天眞的思考是屬於自然眞實性的夢，像氣球會膨脹或有彈力的想像力，不像大人那樣現實，常在打小算盤的想法，被凝固了的。所有大人曾經也都做過小孩，然而，永不忘懷這個事實的人，已經沒有幾個。

在詩的世界裡，學生的模倣並不是要擔心的問題，學生可從模倣中學習自已的東西。不過我們希望學生們，切不要模倣大人的想法，應該發揮自已的想法表現爲詩。

三種兒童詩

林鍾隆

最近林錫嘉先生翻譯了C. V. Burgess的「童詩的遊戲」引起了我比較的興趣。

林錫嘉沒有告訴我們作者是那一國人，我只知道原文是英文，（現已知是英國人）而這種形式的兒童詩，在歐美，是有什麼樣的代表性，我也不知道。只能當做歐美存在的一種兒童詩來看。

現在錄出一首在下面：

買東西

有一個年輕婦人走進一家商店，
嘻嘻、哈哈、嘻嘻、哈哈。
她裝滿菜籃，鷄蛋放在籃上端。
踢踢、踏踏、踢踢、踏。
她剛要走時鷄蛋全掉了，
淅哩、嘩啦、淅哩、嘩。
麵粉和燻肉笨重的摔下，
噗噗、啪啪、噗噗、啪。
一個奶瓶突然爆開了，
劈哩、啪啦、劈哩、啪。
店員忙用拖把掃乾淨，
這就是整個的故事，因此我們可在這兒打住。

讀了這樣的詩，大家都會覺得「有趣」。也正如書名明白標示的，作者的態度是「遊戲」。

這種詩，我們從詩創作的立場來看，只能說：有這樣的玩藝兒，也不妨；詩，也不妨這麼玩玩，但，絕不能說，這就是童詩的一體、一型。因爲，嚴格地說，這不是詩。因爲這種詩的名稱，不能去掉「遊戲」兩個字。

不過，這種詩，也有好處：

1.它使兒童對分行的詩發生興趣，

2.可以引導兒童懷著愉快的心情踏入詩園之門。

兒童是喜歡遊戲的，兒童文學、似乎不該忽略，而應積極迎合這種兒童的特性。

再看看我們自已的兒童詩。我們的兒童詩、年齡上，還未達到入學年齡，還在幼兒期，和年齡同樣幼稚。代表性的一種寫法，是這樣的，

沒有禮貌的雨

雨點兒沒有禮貌
打擾着森林的清靜
一窩蜂似的從雲裡
嘩啦啦地湧出來
滴滴答答地蹭進了樹林
沿着芭蕉葉的大滑梯
一棵趕一棵地滑了下去

這種詩的題材來自心以外的「四」官，方法是採用「擬人描寫」，如此而已。創作的過程是：物—眼—腦—詩。所謂腦，表示沒有透過「心」，只是憑腦子「想像」，變得「討人喜歡」些而已。

這算詩嗎？——我說，這其中，沒有詩。必須冠上「童話」兩個字在上面，才能認定它是詩。

這個道理，只要看下一首詩就知道了。

毛毛雨

毛毛雨最不乖了
他們放學回家
不排隊
也不靠右邊走
害得輕風又要忙着當糾察隊

毛毛雨最不聽話了
他們寫作業
不認眞
也不一筆一劃寫
他們一點一點的寫
害得風飛又要忙着當老師

不過
爸爸爲什麼說輕風是自討
苦吃呢

這首詩，如果沒有末節，跟前面那首詩，作法可以說完全相同。而這首詩，所以有詩的價値，那是因爲有末節那非出自口耳鼻眼四官，而有出自「心」的三行。除去這三行，那有詩呢？把一行行連起來寫，當散文看，又有什麼分別呢？沒有末三行，也是「童話詩」。

依這個了解，目前我們的兒童詩的現狀，是很令人憂慮的。因爲，大家都是用「腦」在作詩，而沒有用「心」去作詩。

再來看看日本的兒童詩人（成人）所作的詩。

1. 世界的希望

我所喜愛的是綠，
你所喜愛的也是綠，
綠是大家的希望。

彩虹的中間顏色綠，
七種顏色中間的奇異的綠，

招來春天引來夏天的綠，
不，不！秋天冬天都不變的綠。
我所喜愛的是綠，
你所喜愛的也是綠，
綠是和平的標幟。

綠，綠，
綠是世界的希望。

這首詩的作者與田準一的收有這首詩的詩集「到原野去，到山上去」，曾獲得「野間兒童文藝賞」，這首詩，是被當做兒童詩，是沒有問題的。可是，在這首詩中，當然沒有遊戲的心情，也沒有依我們的那種利用想像，把平凡之物，描寫得生動，就以爲詩的幼稚（或說是童話遊戲）。跟成人作成人詩沒有什麼方法上，基本觀念上的差別，唯一和成人詩不同的，只是文辭淺顯，兒童可理解，詩意顯豁，兒童能體會而已。除此以外，沒有別的考慮。因此，一看就知是詩，不會有「這算詩嗎？」的疑問。

我希望以上的比較，能讓關心兒童詩的人，對兒童詩，得到更深，更正確的認識。

戰後日本詩的風土

石原吉郎

林鍾隆譯輯

一、簡歷

大正四年（一九一四年）出生於靜岡縣的伊豆。東京外語學校德語部畢業。一九三九年入伍，一九四五年在哈爾濱被蘇聯軍隊所羈留。一九四九年十二月，在卡拉甘達被起訴，判重勞動二十五年。一九五三年特赦歸國。詩集有「桑久、班沙的歸鄉」，「石原吉郎詩集」，「水準原點」。評論集有「望鄉和海」。昭和三十九年（一九六四）以「桑久、班沙的歸鄉」獲H氏獎。日本現代詩人會會員。

二、詩

位置

平靜的肩膀
不僅供聲音的羅列
比聲音更近的
敵人在那裏排列
勇敢的男人所追求的位置
既不在其右
也不在其左
無防備的天空終於撓屈
成爲正午的弓的位置上
你在呼吸
且點頭
自你的位置　那是
最優秀的姿勢

事實

在那裏的事物
是在那裏的
那樣的東西
看
有手
有脚

也有淡淡的笑
看到的人
就說看到
瘋狂地
踫破杯子
推開門
很快地消失的　無數
屈辱的背部上面
着實地擱着
厚厚的手掌
要逃到那裏去
他們　全部
消失無影　仍然
在那裏
在那裏那樣子
像被忘了罰的罪人一般
看
有脚
有手
並且
有淡淡的笑

背後

你的右手
要擊我左手時
我的右手
會握住你的左手
打的人
和被打的人相對面時
左右會明確地
逆轉過來
懂了吧　這一點
是做爲敵人的
必要而充分的條件
確認了這事
你就要
轉過身
擊打你的背後

三、詩風

石原吉郎的詩，漠視他在西伯利亞集中營的體驗，是無法論述的。他所刋行的全部詩集中，都收有許多這期間的體驗的直接、間接的反映的作品。這個詩人，在西伯利亞的特殊的極限的體驗，就如反復被拉回去的記憶的深底的生的原點一樣，他的詩，不論直接或間接，可以說都是從這原來點發出的。

但是，除了一些直接透視西伯利亞體驗的作品之外，他的詩並不一定是容易體會的。就如「位置」或「事實」這樣的作品，一切說明的要素（說明或描寫）都沒有，像通常的詩那種可依言辭的意思做爲理解的頭緒的，一點也沒有。有的，只是凛然的斷言的口吻。那幾乎全由骨格形成的詩的語言的感化力之強，是無與倫比的。他的詩，一攀越過意義上的距離的斷溝，而一下子攫住讀者。那是拒絕與他人的安易的交通的詩，在這種拒絕之上，反而由於一種力業（努力）而使交感得以成立的詩。在這裏，可以看出，詩的言語才具有的不合條理的傳達機能的鮮明的勝利。石原吉郎的詩，就是這種現代詩的逆說的顯著實例。

四、感想

石原吉郎的詩，不易懂，是事實。懂了，就會發現，他把很簡單的事物，寫得很難懂。位置，是孟子中所說的學者至於轂的「轂」的位置。事實，是關在集中營中的囚人的印象。背後是對對付敵人的惡毒方法的譏刺。但是，要從詩了解到這些，却要費一把工夫。爲什麼不寫得平易些？要知道，平易些，就平凡無奇不成詩了。難懂，不是造作，是使平凡的事物，更具有迫人的鮮明度，使平板的，更爲凸出，更有感人的力感。

笠消息

※張默著現代詩評論集「飛騰的象徵」，於65年9月由水芙蓉出版社出版。收集對現代詩的鑑賞提供了個人較多層次的觀念論文22篇，厚二四三頁，定價42元。

※本社同仁北原政吉詩集「候鳥」，於十月十日由笠詩刊社出版。收輯作者旅臺日本詩作品四十首，其極爲穩健的詩風令人喜愛。北原政吉生於一九〇八年，畢業於臺北市建成小學及第一師範學校，後轉入日本大學研讀藝術創作科。曾在臺北市內小學執教。著有詩集「影」「汝勿背我」等。現爲千葉縣詩人俱樂部監查，參與原市詩人會及笠詩社同人，亦爲水彩畫會會員。

※綠地詩刊第四期已於九月廿五日出版，刊有黃恆秋、林外、簡安良、林仙龍、趙廼定、莊錫釗、林清泉等人創作，還有北極星詩展及趙天儀、桓夫的詩論。定價十五元，郵撥四四六四四號林小鳳帳戶。

※小草詩刊第二期已於八月間出版，刊有趙天儀、林鍾隆、桓夫、溫瑞安、林仙龍、張子伯、雋宇等多人創作及桓夫、掌杉的詩論。定價二十元，郵撥二六二七一號翁天培帳戶。

※同仁陳明台與加藤恭子小姐，從日本回臺，於八月廿八日在臺中大飯店舉行婚禮。黃騰輝、錦連及白萩三對夫婦、林亨泰、詹冰、羅浪、拾虹、鄭烱明、李溟、岩上、王灝、翔翎、杜潘芳格、陳郘華、林宗源等均從遠道趕來參加，典禮中趙天儀擔任介紹人，由臺中市長陳端堂證婚。婚禮完後，陳明台新婚夫婦跟着岳父母於九月初返日本繼續求學。

連載

惡之華

LES

FLEURS DU MAL

PAR

CHARLES BAUDELAIRE

On dit qu'il faut couler les exécrables choses
Dans le puits de l'oubli et au sépulchre encloses,
Et que par les escrits le mal résuscité
Infectera les mœurs de la postérité;
Mais le vice n'a point pour mère la science,
Et la vertu n'est pas fille de l'ignorance.

(Théodore Agrippa d'Aubigné, *Les Tragiques*, liv. II.)

PARIS
POULET-MALASSIS ET DE BROISE
LIBRAIRES-ÉDITEURS
4, rue de Buci.

1857.

波特萊爾著
杜國清譯

九六、賭博

在褪色的安樂椅上，老娼婦們，
畫眉、蒼白、眼睛含媚而陰鬱，
嬌揉作態且從那瘦小的耳朵間，
搖响着寶石和金屬玎玲玎玲地；

在綠呢的賭桌周圍，無唇的臉，
無色的唇，掉了牙齒的下巴頦，
以及手指因地獄的熱氣而痙攣，
在空口袋裡或悸動的胸前搜索；

在骯髒的天花板下一列蒼白的
掛燭臺和大型掛灯將微光投在
一些成名的詩人那陰暗的前額，
他們爲了蕩盡血汗的結晶而來；

這是某夜夢中在我冷徹的眼底，
眼看着展開的一幅黑暗的光景。
我看見，在無聲暗窟的角落裡，
我自己，枕肘沈默羡慕而冷情；

我羨慕這些人執着的熱情洋溢，
這些老娼婦們慘痛的快活歡笑，
以及在我面前所有爽快的交易，
一個以往昔的令譽一個以美貌！

我心駭然，因羡慕許多可憐人
奔向那張着巨口的深淵以狂熱，
且喝醉自己的血，在死與苦悶，
虛無與地獄間，總之寧願後者！

九七、死的舞蹈

給Ernest Christophe

像活人自豪於她那高貴的身軀，
抱着大花束，帶着手帕與手套，
她具有的慵懶閑散和放蕩不羈，
像樣子奇異的俏美人那種妖嬈。

舞會裡誰見過比這更窈窕的腰？
她那誇張的華衣以王者的闊綽，
富麗地覆垂在她那乾枯的兩脚，
那雙緊鞋繫着綺麗如花的絨球。

在鎖骨邊緣褶飾像蜂群般舞動，
有如淫蕩的小溪在撫摩着岩壁，
貞節地守衛着，以免受到嘲弄，
她胸前一再隱藏的陰間的魅力。

那深陷的眼是空洞和黑闇做的，
而那頭蓋骨，巧妙地冠着花朵，
在那脆弱的脊骨上悠悠搖晃着。
哦哦瘋狂地裝飾的虛無的誘惑！

有些人把妳叫做一幅滑稽画吧，

醉於肉體的戀人，他們不了解
人體的骨架那無可名狀的優雅。
大骸骨喲妳最合我喜歡的趣味！

以莫大的苦臉，妳來爲了妨礙
「生」之宴？或者某種古老的慾念
仍然刺激着妳那活生生的屍骸，
把輕信的妳啊推向「歡樂」的魔宴？

以臘燭的火焰，以小提琴之歌，
妳希望能够驅逐嘲弄妳的惡夢？
妳來，爲了要求大宴樂的激流
使妳心中點燃的地獄之火變冷？

愚蠢與罪過永遠汲之不竭的井！
擠出古老苦惱的永恆的蒸溜器！
透過妳那肋骨彎曲的格子間縫！
我看見負婪的毒蛇仍到處浪迹。

老實說我怕妳的媚態怎麼努力
也永遠得不到值得代價的報酬；
這些凡人的心中有誰了解嘲戲？
恐怖的誘惑所迷醉的只是強者！

妳眼睛的深淵充滿恐怖的思考，
發散着眩暈；謹愼的舞者注視
妳那三十二顆牙的永恆的微笑，
莫不因此感到一陣苦澀的嘔吐。

然而，誰沒抱過骸骨於手臂中？
誰的糧食裡沒有過墳墓的東西？
香料衣服化粧，這些有什麼用？
瞼露厭容者只是自認爲美而已。

缺鼻的舞孃喲不可抗的娼婦喲
且向目眩心煩的那些舞蹈者說：
「驕傲的寵兒喲儘管濃裝豔抹
你們都有死臭！麝香的骸骨喲，

色衰的美少年喲無鬚的花公子，
塗飾的死屍喲，白髮的登徒子，
死之舞蹈那遍及全世界的輪舞，
將你們一掃帶到未可知的國土！

從塞納河寒岸到燃燒的恆河邊，
不免一死的人群在忘我地狂舞，
不見「天使」的喇叭從那天花板間
像黑色的喇叭鎗不吉祥地伸出。

在太陽底下任何地方「死」在讚賞
你們的滑稽樣，可笑的「人類」喲，
而且常常薰着沒藥像你們一樣，
將她的諷刺和你們的瘋狂混合！」

九八、虛假的戀

我慵懶的戀人喲，當我看見妳
踏着撞碎於天花板的音樂走過，
妳那和諧悠緩的步調稍一停立，
而深沈的眼睛拋出倦怠的眼色；

當我凝視着，妳那蒼白的前額，
在瓦斯灯下，照出病弱的妖豔，
那額上黃昏的火炬燃起了曙色，
而妳的眼睛像肖像画一般迷人，

那時我自語：她多美！多青春！
王宮壯麗的城塔，重層的回憶
冠在頭上，而她受傷如桃的心，
爲熟練的愛而成熟如她的肉體。

妳是具有至高無上滋味的秋果？
妳是那等待着幾滴淚水的葬壺？
使人夢見那遙遠的綠洲的香澤？
溫存的枕頭？還是盛花的筐子？

我知道有些眼睛，最爲憂鬱的，
其中並不隱藏任何貴重的秘密；
沒寶石的美匣，無遺物的小盒，
哦哦，比天空更爲深渺和空虛！

可是爲了使逃避眞實的心歡喜，
妳只有外表，這豈不就可滿足？
妳是愚蠢或無情這有什麼關係？
我愛妳的美不管是假面或虛飾。

九九、

我還是忘不了，在都市的近郊，
我們那白色的家，幽靜而窄小；
波摩娜的石像和古雅的維納斯，
在小樹林中隱藏着赤裸的手足；
而太陽在黃昏時莊嚴地輝耀着，
從擊碎落日光束的玻璃窗背後，
像在奇妙的天空中睜大的眼睛，
凝望着我們的晚餐長久而沈靜，
將大蠟燭優美的反射燦然擴張
在樸素的桌巾與嗶嘰的窗帘上。

譯註：波摩娜（Pomone）：希臘神話中庭園與果實的女神。

一〇〇、

妳曾嫉妬的那個好心的女傭人，
她在一抔草地下睡着她的長眠，
然而我們應當給她獻花祈冥福。
可憐的死者都持有莫大的痛苦，
當十月，老樹的修剪者，吹出
陰鬱的風於大理石的墳墓邊時，

他們一定認爲生者是最忘恩的，
一勁兒在被窩裡暖呼呼地睡着；
而這時，被吞噬於黑色的夢裡，
沒有共枕的人亦無愉快的細語；
凍僵的老骸骨受盡蛆蟲的折磨，
他們感到冬天積雪的溶解滴落，
世紀的流失，沒有朋友或親人
來更換懸在欄杆上枯萎的花圈。
假如某夜，當柴火噓噓地歌唱，
我看見她靜靜地坐在安樂椅上；
假如在十二月一個蒼寒的夜間，
我看見她在我房間的一偶隱現；
面容嚴肅來自永恆的臥床深處，
以慈母的眼注視着這個大孩子；
對這虔誠的靈魂我能回答什麼，
望着眼淚落自她那深陷的眼窩？

一〇一、霧、雨

哦哦晚秋，冬日，濕泥的春天，
引人思睡的季節！我喜愛你們，
讚美你們如此將我的心和腦子，
包封在霧的屍布與茫漠的墳墓。

在這曠野，寒冷的疾風在嬉戲，
風向鷄嗄着聲音於漫長的夜裡，
我的靈魂啊比當溫暖的陽春時，
更容易暢然展開那烏鴉的黑翅。

有什麼，對於充滿了陰鬱的心，
那上面，嚴霜經年累月在下降，
蒼白的季節喲吾國風土的女王，
比你們那永恆的陰暗更可溫存？
——除了在無月的夜兩人偎傍，
使苦惱昏睡於偶而僥倖的床上。

一〇二、巴黎之夢

給Constantin Guys

生者所從來沒見過的，
那種令人恐怖的風景
喚起的心象邈遠茫漠，
今朝仍刼奪我的心靈。

睡眠充滿了各種奇蹟！
由於奇妙的幻想胡思，
我從那些夢景中除去
所有不合規則的植物，

且像畫家以天才自豪，
我在自作的畫中品味
一種令人心醉的單調，
來自金屬大理石和水。

階梯與拱廊的巴別塔，
那是一個無限的宮殿，
到處泉池和瀑布落下，
向著金光明暗的水面；

而水量充沛的大瀑布，
就像一掛水晶簾一樣，
光亮耀眼眩目，傾自
金屬製的懸崖絕壁上。

是些柱廊而不是樹木，
圍繞着那靜靜的池塘，
那兒巨大的水波仙子
像女人照着水鏡自賞；

碧波的水流如帶似地，
在玫紅與黛綠的河岸，
盈盈地流過了千萬里，
一直流到世界的盡端；

那是前所未聞的寶石，
以及具有魔術的波浪；
那是耀眼的廣大鏡子，
閃爍着它映照的萬象！

默默無聲且無憂無慮，
恒河悠悠流繞於蒼天，
將那甕中的寶石美玉，
傾注於金鋼鑽的深淵。

我是這仙境的建築師，
我呀隨心所欲地建造，
我能够使大海原馴服，
穿過寶石閃耀的墜道；

一切甚至黑色都磨亮，
顯得燦爛，像那彩虹；
液體鑲着本身的榮光，
於閃閃結晶的光線中。

而且沒有太陽的踪影
或星星，甚至在天邊，
以照出這些神奇光景，
這一切本身閃着火焰！

而在這生動的絕景上，
（一切爲眼睛而非耳朶！）
那新奇得可怕的景象！）
高翔着，永恆的沈默。

II

睜開充滿火焰的眼睛，
看見我那恐怖的陋室，
我感到又回到我心靈，

該呪的苦惱的刀尖子；
掛鐘以不吉祥的重音，
猛然報响正午的時光，
而天空傾注着陰沈沈，
於這悲慘痲痺的世上。

譯註：Constantin Guys (1805—1892)：波特萊爾所激賞的當時法國風俗畫家。

一〇三、晨曦

起床喇叭在營房庭院吹響，
而清晨的風吹過了街燈上。

這時正是成群作惡的夢魘，
使褐色年輕人在枕上輾轉；
這時正像頻頻眨動的血眼，
燈火在朝光中變成了紅點；
這時忍着頑固肉體的重荷，
靈魂模倣朝光與燈的爭鬥。
像淚臉讓微風拭去了淚滴，
空氣中充滿逃散者的戰慄，
男人因爲女人因愛而疲倦。

家家到處開始冒起了吹煙。
娼婦們閉着鉛灰色的眼瞼，
張着嘴睡着那痴呆的睡眠；
女丐們搭拉着萎冷的乳房，
吹着余燼，哈氣於手指上。
這時，在寒冷與吝嗇之中，
產婦臨盆的陣痛正在加重；
正像因爲喀血而間斷的啜泣，
遠方鷄啼撕裂了霧重的空氣；
一片霧海浸沒了所有建築物，
而垂死的病人在養老院深處，
斷續地打噎吐出臨終的喘息。
放蕩者踏上歸路蕩盡了精力。

披着紅袍綠衣的晨曦顫抖着，
緩步輕挪於那無人的塞納河，
而微明的巴黎，揉一揉睡眼，
攫起了工具，這勤勉的老人。

一〇四、酒魂

一夜葡萄酒之魂在瓶中唱着：
「人類喲，親愛的棄子，對你
我唱出充滿光明與友愛的歌，
唱自朱色封蠟與玻璃的監獄！

我知道需要多少汗水和苦辛，
多少熾烈陽光在炎熱的山丘，
才能產生我生命給我以靈魂；

我不負忘恩負義或存心作惡，
因我感到無限喜悅當我流入
爲工作而疲憊的人們的喉頭，
那熱情胸膛是個舒適的墳墓，
在那兒比在我那冷窖更好受。

你是否聽見禮拜日復唱的歌，
與我怦動的胸中呢喃的希望？
兩肘在飯桌上，捲起了衣袖，
你將心滿意足，給我以讚賞；

我將燃亮你太太陶醉的眼眸，
使你兒子再恢復體力和血色，
而對於人生的脆弱的競技者，
我是使鬥士筋肌強健的香油。

永恒「播種者」撒下的貴重種籽，
植物性神饌，我流入你體內，
以便從你我至愛中產生出詩，
它將迸湧向「神」，如珍奇的花卉！

一〇五、拾荒者的酒

時常，在一盞路灯的紅光下，
其玻璃搖响，火焰風在鞭打，
在舊郊的中心，泥濘的迷宮，
那兒人類蠢動在翻滾醱酵中，

一個拾荒者，搖搖着頭出現，
撞着墻壁踉蹌像個詩人；
對警探像對隨從，毫不在乎，
他意圖堂皇地將整個心傾吐。

他立誓言，口授崇高的法律，
扶助犧牲者將惡人制倒於地，
而在懸展如華蓋的夜空之下，
沈醉於他目己的德行的光華。

是的，這些人爲家累而煩惱，
受工作的折磨，痛苦於年老，
疲憊不堪，被壓服於破爛堆，
巨大的巴黎所嘔吐的大雜碎；

這些人帶着酒桶的氣味回來，
跟着伙伴，爲了戰鬥而蒼白，
其鬍子垂下，有如舊的國旗。
軍旗花束以及凱旋門，聳立

在他們眼前，酒的莊嚴魔術！
而在喇叭太陽叫聲以及大鼓
震耳欲聾光明燦亮的鬧宴中，
他們給醉戀的民衆帶來光榮！

如此，從輕浮的「人世」中穿過，

酒，流着金光，耀眼的金河；
流過人喉爲自已的功勳謳歌，
以其恩惠統治一如眞正王者。

這些受詛呪的老人默默死掉，
無消其怨恨慰撫其生之無聊，
「神」創造了睡眠，被悔念所觸；
「人類」進而造「酒」，太陽的聖子！

一〇六、殺人犯的酒

我女人死了，我自由了，
我因此可以盡情地暢飲。
每當我回來，身無分文，
她的叫嚷使我筋骨摧折。

像個王者，我多麼幸福；
空氣清純天空晴朗無限……
我們曾有個同樣的夏天，
當我呀當初迷戀於她時！

爲使那可怕的裂渴滿足，
我需要痛飲的酒將多得
多得足够滿滿溢出她的
墳墓—這說來並非小事：

老實說我將她投到井底，
甚至將井邊所有的石頭，
都往她身上一個個扔投
—但願我能把這事忘記！

海枯石爛我們永不分離，
以這種愛的誓言做證詞，
爲使我們又再和好如初，
一如我們痴戀時的往昔，

我向她提出幽會的要求，
晚上在一條陰暗的路邊，
她竟赴約！愚蠢的女人！
我們多少也都是個蠢貨！

看來仍然美麗迷人的她，
雖然顯得很疲倦！而我，
我太愛她了！這才使得
我對她說：此生妳滾吧！

沒人能够了解我。有誰
在這些個糊塗的醉漢裡，
曾夢想以酒作一件屍衣，
每當那傷心病狂的夜夜？

這麼個不死之身的酒魔，
就像用鐵所鑄造的機器，
永遠，不論夏日或冬季，
不知道眞正的愛是什麼，

以及它那黑魔術的歡忻，
它那不安的地獄的行列，
它那毒藥的小瓶和眼淚，
它那鎖鏈與骸骨的聲音！

—我現在自由而且獨身！
今晚我將拚命喝得爛醉
然後旣無恐懼亦無後悔，
我將四肢一伸躺在地面，

而且我將酣睡如一隻狗！
滿載着泥砂以及石塊的
車輪遲重的馬車，或者
狂奔的貨車可將我的頭

我那罪孽深重的頭軋碎，
或者從中輾斷我的胴身，
我都不在乎一如嘲弄「神」
嘲弄「聖壇」或嘲弄「魔鬼」！

一〇七、孤獨者的酒

一個風騷女人那妖異的秋波，
悄悄滑向我們像波動的月亮，
投照在盪漾的湖面上的白光，
當她想浸浴她那慵懶的美色；

一個賭徒手指間最後的錢包；
消瘦的亞黛琳娜淫蕩的一吻；
音樂的音響，溫柔而且奪魂，
像人類的苦惱在遠方的哀叫，

這些都不如，底深的酒甕喲，
爲虔誠詩人乾渴的心儲藏的
你豐饒的腹中那沁脾的香膏；

你爲詩人傾注希望生命青春，
—以及矜恃，使我們好像「神」，
而且得勝的一切貪者的環寶！

譯註：亞黛琳娜（Adeline）：可能是「日記」中稱爲Adele的女人，身世未詳。

一〇八、熱戀者的酒

今天天地何其輝煌晴澄！
沒有馬轡靴刺亦無韁繩，
讓我們出發吧騎在酒上，
向着夢幻而神聖的穹蒼！

像兩個天使受盡了昏熱
那毫不容情的一再折磨，
衝過淸晨碧藍色的水晶，
讓我們追尋遙遠的幻景！

輕輕飄飄的消遙在天空，
那伶俐的旋風的羽翼上，
在兩人同樣的忘我之中，
吾妹喲，我們並肩飄盪，
讓我們，無休無止無倦，
一起逃向我夢中的樂園！

一〇九、毀滅

不斷在我身邊「惡魔」騷動低回；
如不可觸的空氣在周圍漂盪；
一吞下我感到他痛燒我的肺，
使之充滿永恒的罪惡的慾望。

有時，明知我對「藝術」的深愛，
他出現以美女最誘人的妖嬈，
且借口於僞君子的巧妙詞采，
使我双唇習慣於無耻的春藥。

如此他引導我遠離「神」的眼光，
將喘着氣疲憊不堪的我引向
「倦怠」的曠野中那無垠的荒涼，

而投入充滿迷亂的我的眼裡，
污穢的衣服，裂開口的創傷，
以及「毀滅」用的血淋淋的凶器！

一一〇、一個受難的女人

一位無名大師的畫

在香水瓶，金線織花的錦帳，
　淫逸的床具，畫幀，
曳着奢華褶裥的撒香的衣裳，
　與大理石的擺飾中，

在溫暖的房間，一如在溫室，
　瀰漫着危命的悶氣，
那兒，花束在玻璃柩中瀕死，
　喘吐着臨終的氣息，

一具無頭屍體流出，像條河，
　在浸透了的枕頭上，
活生生的鮮血，床單渴飲着，
　像旱天貪婪的牧場。

就像闇影所生的青白的幽魂，
　使我們的眼睛釘住，
那人頭，黑長髮纏成了一團，
　還帶着貴重的寶石，

像朵毛茛花，在床邊的桌上，
　安放着；茫無所思，
那視線，像黃昏般空白蒼茫，
　從翻上的眼中逃出。

床上那祼體肆無忌憚地展陳，
　以完全的棄絕之姿，
那隱秘的光輝與奪魂的美艷，
　自然給與她的恩賜；

飾以金邊的玫瑰色的絲襪子，
　像紀念品留在腿上；
那襪帶有如燃着秘密的眼珠，
　放射出鑽石的光芒。

這種異樣的光景，那分寂寞，
　那大幅慵懶的屍體，
那眼睛正像那容貌富於挑撥，
　顯示出陰暗的愛慾，

一種罪孽深重的歡樂與狂宴，
　充滿着地獄的接吻，
一群墮落天使躲在窗帘褶間，
　眺望這些莫不歡忻；

然而，她那双肩優雅的瘦姿，
　顯出了露骨的輪廓，
腰部有點尖而胴體靈敏俐素，
　像被激怒的一條蛇，

可見她仍年輕！——她那激魂，
　與官能被倦怠咬遍，
是否稍微開向饑渴的獵狗群，
　那放縱沈迷的慾念？

生前妳那麼深愛也不能滿意，
　那個記仇深的傢伙，
是否在妳死不能抵抗的肉體，
　填滿他無底的慾壑？

回答吧穢屍！抓起硬直的髮束，
　抱妳以熱顫的手臂，
說吧屍首！他是否在妳那冷齒，
　塗上了最後的吻別？

——遠離嘲弄的世間與汚穢群衆，
　遠離好奇的法官們，
安眠吧！在妳那神秘的墳墓中，
　安眠吧奇異的女人；

妳丈夫奔波於世而妳不滅之姿
　夜夜看守在他枕邊；
和妳一樣無疑地他將對妳忠實，
　而且愛妳至死不變。

繆塞詩選

ALFRED DE MUSSET

◇莫 渝 譯◇

繆塞小傳（Alfred de Musset, 1810-1857）

繆塞（Louis-Charles-Alfred de Musset），一八一〇年十二月十一日生於巴黎。父親爲國防部長，頗愛好文學；母親爲宗教詩人戴楔比頁（Guyot-Desherbiers, 著有詩集「貓族」Les Chats）的女兒。這種文學上的血緣，加上繆塞童年與母親相處的情形，令我們想到十八世紀的不幸詩人謝尼葉（André Chéniér,1762-1794）。繆塞本人在接觸詩的開始，也頗喜歡謝尼葉的詩，論者常將他倆歸類一起，形成謝尼葉到繆塞的法國詩傳統之一，同時，兩人均嚮往於希臘文明，謝尼葉母親爲希臘籍，繆塞也嘗言：「希臘，藝術之母，：：我是您古代的子民。」

十八歲，繆塞以優異成績畢業於亨利第四中學，父親希望他進入巴黎工藝學校（L,E cole Polytechnique），他拒絕了，他想研究法律和醫學，事實上，這時他感到繆思的招喚，就在這年的春天（1828）他已著迷於謝尼葉的詩集。同時，由於一位老同學福楔（Paul Foucher,詩人雨果的妹夫）的介紹，認識雨果，並出入以雨果爲首的詩社（Le Cénacle,註一）。當時，文壇的傾向是嚮往東方歌詠東方，隨雨果出版詩集「東方集」（一八二九年）之後，繆塞亦在一八三〇年以一個不曾出過國門的二十歲青年推出了處女詩集「西班牙與意大利故事集」（Les Contes d' Espagne et d' Italie），充滿著異國情調的幻想氣氛。

一八三一年，他開始厭倦於詩社的活動，詩社裏的其他朋友也當他是名逃兵，剛好這時，他又身逢喪父之痛（一八三二年四月其父染上霍亂），給他很大的打擊，他覺得該結束了無憂與喧鬧的年齡，但也使他體會到「世紀末」（Le mal du siécle）的痛苦了。

離開詩社，也跟雨果分手了，但他並非就此揭櫫反浪漫主義的大纛，他還是繼續吟哦自己的情緒，發抒自己的感情。一八三二年尾，他出版了「沙發椅上的景象」（Un Spectacle dans un Fauteuil）收錄三篇詩劇：「杯子與唇」（La Coupe et les levres）、「年輕女孩們想什麼」（A quoi rêvent les jeunes filles）及「拿姆納」（Namouna）。這集子並沒有第一部詩集的好評。

一八三三年八月十五日，繆塞在「兩世界雜誌」（La Revue des Deux Mondes）發表一首長詩「羅拉」（Rolla），使他情感生活上有了很大的轉變。在該雜誌社舉辦招待作者的茶會上，繆塞認識了小說家喬治桑（George Sand, 1804-1876）。兩人很快的親暱起來。那年秋天就在著名的楓丹布羅（Fontainebeau,註二）渡假，並決定旅行意大利。次年元月，他們抵達威尼斯城不久，繆塞因腦熱病（註三），病情嚴重，喬治桑找來當地一位年輕醫生帕傑羅（Pagello）很細心的治療照顧。健康恢復後，同年四月繆塞獨自返回巴黎，喬治桑同該醫生逗留至八月才回巴黎。繆塞深覺帕傑羅業已取代他在喬治桑的地位，爲轉移心靈痛苦，他到巴德（Bade）渡假去，等喬治桑回到巴黎，兩人再度同居，但幾個月的責備、不和睦與猜忌的生活，已經無法和好如初，兩人決定分手，這時是一八三五年三月。

這一段戀情（一八三三年夏天到一八三五年春天），喬治桑產生了「一位旅人的書簡集」（Les lettres d' un voyageur, 1834-1836），在繆塞方面，却激發了他寫詩的最大靈感與才氣，完成「四夜組曲」（Les Nuits, 1835-1837）等情詩，因而博得「法國最偉大的愛情詩人」之譽。

從認識喬治桑（一八三三年）直到一八三八年，是繆塞創作生命的黃金時代。單單一八三四年他就完成了三齣重要劇本：「羅宏查西倨」（Lorenzaccio）、「馮達西倨」（Fantasio），及「不要同愛情開玩笑」（On ne badine pas avecl amour）。此外尚有劇本：「燭臺」（Le Chandelier, 1835），「不要無端詛咒」（Il ne faut jurer de rien, 1836）與「幻想曲」（Un Caprice, 1837）。一八四六年，一位法國女演員到俄國聖彼得堡巡廻演出，在宮廷內演了繆塞劇本「幻想曲」，頗爲成功，回到巴黎後，法國國家劇院開始暢演繆塞的戲劇，使得他的戲劇地位媲美於馬布歐（註四）與莫里哀（註五）。

一八三六年他寫了一部自傳小說「一位世紀孩子的懺悔」（La confession d' un enfant du siècle），描述自認獲得愛情幸福的浪蕩子，最後失去愛人，全書文詞略帶誇張，作者並藉此分析他那個時代懷疑主義的痛苦。

「杜比與高鐸內的書簡集」（Les lettres de Dupuis et Cotonet, 1836-1837）是繆塞與雨果詩社交惡之後最嚴重最具體的表現，他在此書簡集很不客氣的攻擊昔日朋友，也許這涉及道德行爲是繆塞個人的一件缺憾。

一八三八年，繆塞才二十八歲，但他的文學生命已鋭減了，此外身心皆虛弱，僅有很少的場合才公開露面，戲劇方面，只有「門應該敞開或關閉」（Il faut qu' une porte soit ouverte ou fermée, 1845）；在詩方面，有「西爾維雅及西蒙」（Silvia et Simone, 1840），「失去的一夜」（Une Soirée perdue, 1840），特別是「回憶」（Souvenir, 1841）。

一八五二年五月二十七日，他選入法蘭西學院院士，但他已感到行將就木，疾病已深深啃噬著他。拖了幾年，一八五七年五月二日凌晨，終因血管閉塞而死。執紼送葬至Père-Lachaise墓地的不到三十人。

繆塞本人說過：「我的詩並不偉大，但我用我的杯子飲酒。」前句話也許客套，後半句却代表繆塞詩作的眞摯性。繆塞的詩作產量並不多，但著名的幾首詩都是上百行的長詩，最長的「羅拉」幾乎達七百行。這些名詩，包括「四夜組曲」、「綠西」、「回憶」都是他的愛情故事。每一首詩，都像情感決裂了堤的河流，浩浩蕩蕩的奔瀉而下，詩，成了他情緒的發抒。在給他的哥哥（Paul，差詩人六歲）的信上曾經如此說過：「詩人應具備情感。當我寫詩，感覺到心跳時，就知道這是我創作的佳作。」因此，他下筆時著重於如何宣洩自己的喜怒哀樂，藉以獲得讀者的感動與共鳴。

「綠西」是一首纏綿緋惻的悲歌（élégie，哀曲），敍述對天眞愛侶喪亡的懷念，而許下「植柳墳頭」之願：

摯愛的朋友們！當我死了，
請在墳塋植柳一株，
……………

開頭與結尾的一段，令人低廻不已。繆塞的這個許願在他死後亦應驗了，有一株柳樹就種在Père-Lachaise的墳上。這首詩發表於一八五五年六月一日的「兩世界雜誌」，但有些片斷早在一八三一年一月的長詩「柳」(Le Saule)就出現了。

「四夜組曲」是繆塞受喬治桑激發的愛情觀。第一首「五月之夜」，又名「詩的枉然誘惑」(Les vaines séduction de la poésie)，繆思(La Muse，女神或詩神)鼓舞詩人吟哦，「詩人彈一彈你的琵琶」，建議詩人發揮靈感來忘懷痛苦，甚至以塘鵝爲例，說明歷來偉大的詩人都是「讓活著的人愉悅」，可是詩人却寧願琴聲瘖瘂，關在自己痛苦的深淵中，這痛苦源於自己品嘗了愛情的苦果。這首詩發表於一八三五年三月十五日的「兩世界雜誌」。

「十二月之夜」，又名「孤獨的煩惱」(L'obsession de la solitude)，有一位頗似詩人兄弟的角色，經常出現在詩人生命的每刻痛苦時辰，詩人詢問這位奇怪的相似者他要找回保管破碎愛情的箱子，這個「幻像」(La Vision)終於揭露其眞面目：我就是孤獨。詩人就這般因失去愛情而孤獨。此詩發表於一八三五年十二月一日的「兩世界雜誌」。

第三首是「八月之夜」，又名「快樂的幻覺」(Les illusions du plaisir)，詩人開始振作了，「我就要歐唱」，與繆思共享快樂；可是繆思擔心他投入僞裝的歡樂中，擔心他能否治療愛情創傷，或者喪失其純潔。詩人一口拒絕繆思的忠告，他雖然沒辦法抹去往日的愛情痕跡，但是大自然不停的有生有死，人類就得：

受苦之後，應該再受苦，
愛過之後，應該不停的愛。

此詩發表於一八三六年八月十五日的「兩世界雜誌」。

第四首是「十月之夜」，又名「受苦的幸福」(Les bienfaits de la douleur)，詩人以爲痛苦已痊癒了，然而，一想起往事，他憤怒並詛咒舊情人。隨後，詩人的激動平靜下來，他要忘記過去的一切，甚至原諒負情的愛人，猛然間，天明了，詩人也獲得新生了。此詩發表於一八三七年十月十五日的「兩世界雜誌」。

「回憶」一詩，是詩人因時間的療傷，已忘記了當初的痛苦、折磨及自己對她的咒罵，那段感情是甜蜜的，值得回憶的。詩人獨自私語：「此時此地，我曾愛過，也被愛過。」此詩寫於一八四一年二月。

十九世紀法國浪漫主義四大詩人中，雨果是大師，是領袖人物，拉馬丁政治的興趣來得較詩要濃些，維尼却是悲觀詩人，獨繆塞在詩使浪漫主義發揮得淋漓盡緻，他歌頌愛情，歌頌幸福，「四夜組曲」，尤其是「五月之夜」與「八月之夜」，我們不僅看到他因愛的淚痕，也看到了他的血跡，這血跡是詩人爲人間而流的。也許他詩中有些瑕疵，譬如修辭造句的疏忽隨便，但無法減低他在法國詩史上的地位，尤其是情詩。他是一位偉大的愛情詩人，因爲他曾經是一位偉大的情人。

註：

一、詩社(Le Cénacle)，此字原義是耶穌與門徒舉行聖餐的食堂，後世沿用概指文藝團體。十九世紀初，法國文壇上第一個這種文藝團體成立於一八二三年。第二個成立於一八二八年，以雨果爲首，經常聚會於雨果家中(Rue Notre-Dame-des-Champs)。

二、楓丹布羅（Fontainebeau），離巴黎東南六十四公里的風景區，該市附近有著名的森林公園。

三、腦熱病，malade d' une fièvre cêrêbrale，是否譯此，暫時存疑。

四、馬希歐(Pierre Carlet de Marivaux, 1688-1763)，法國創作家，著名劇本有「意外的愛情」(La surprise de l' amour, 1722)，「愛情與僥倖的遊戲」(Le jeu de l'amour et du hasard, 1730)。

五、莫里哀（Jean-Baptiste Poquelin, Molière, 1622-1673），法國喜劇作家，莫里哀是筆名與藝名。著名的劇本有「婦女學校」（L' Ecole des femmes, 1662）、「僞君子」(Le Tartufe, 1664)、「恨世者」（Le misanthrope, 1666）、「守財奴」（L' Avare, 1668,或譯作慳吝人」。

繆塞詩選

威尼斯（Venise）

在紅色的威尼斯，
船隻靜止
水面沒有漁夫
沒有航燈。

巨大的獅岩聳立，
獨坐沙岸上，
青銅脚趾，
伸向寧穆的地平線。

群聚舟艦，
圍繞著它，
一如成圓蜷臥的
鷺鷥。

偃息於煙籠的水面
它們的旗幟
在飄浮的霧靄中
交織著。

微露星芒的
雲朵
飄過
正被雲翳的月兒。

聖十字教堂的女修士
從外衣上面

拿下皺折的
頭巾

白色扶梯
與騎士們的
與莊嚴的廻廊
而古老的宮殿

波浪起伏的港灣。
以及微風吹拂
與憂鬱的雕像，
而橋樑與街道，

不眠的衛兵。
在兵工廠雉堞上
手執長戟
一切死寂，除了

註：

一、此詩的情調頗似杜牧「泊秦淮」一詩的「煙籠寒水月籠沙」。唯不見「青樓」味。

二、國語日報史地週刊五〇七期（六三、十二、十一）黎偉「文藝復興時代的翡冷翠」一文謂：「如果威尼斯是透過色彩、音樂與夢而訴諸五官的都市，那末，翡冷翠也許可說是傾向知性的學術城市。」此外，相當多威尼斯的房子與屋頂漆以赭色或紅色，因而繆塞言「紅色的威尼斯」。

三、獅岩指威尼斯聖馬克教堂在十五世紀時用青銅所鑄成的獅像，它放在比阿薩達（Piazzetta）廣場盡端的花崗石圓柱上。

四、聖十字堂是威尼斯的修道院。

五、威尼斯的兵工廠相當著名。據陳守一譯「西方文化史略」一書第四章「威尼斯的光榮」記載：那個兵工廠在十四和十五世紀的文藝復興時代，是世界上最大工廠。它製造各樣東西，自釘子以至大砲，完整的船舶從它的裝配線上造出來。……一五七〇年與土耳其人作戰時，這所兵工廠在一百天內造出一百艘裝備完整的帆槳船。（九三—九四頁）。

六、意大利詩人佩脫拉克曾詠威尼斯：「這座莊嚴的城市，是我們的自由，正義與和平日子的唯一庇護。」（據前書一〇〇頁）

七、雨果在「東方集」詩集中比繆塞早五年描敍這個城市。繆塞此詩作於一八二八年。

八、此詩作於一八二八年，收入詩人的處女詩集。但胡品清在「法國浪漫主義詩人繆塞與威尼斯」（收入現代文學散論）一文言：「威尼斯」一詩便是這段愛戀的纍纍果實之一。而且所譯之詩較筆者長出一倍，也許她根據的是稍後的修正稿，唯我手頭兩冊詩選均只三十六行。

淡淡的黃昏星

（Pale étoile du soir）

淡淡的黃昏星，遠方的使者，
由額頭發出西天的光輝，

從你天藍色的宮殿，到穹宇的懷中，
　你在平原上瞧見什麼？

暴風雨已過去，風向靜止。
搖曳的樹林將水珠滴在灌木叢中；
金色飛蛾，振翅盈盈，
　穿過薰香的草坪。
你在這沈睡大地覓尋什麼？
我已看到你向著山巔低垂；
你微笑地逃跑了，憂悒的朋友，
你顫抖的目光就要消失了。

低垂至綠色山丘的星子，
是夜神大衣上一顆銀色傷心淚，
上路的牧人正遠遠地望見你，
他的長列牛群一步步尾隨著，
星子！你這無邊的夜裏？你想上哪兒？
你是否想在蘆葦叢中的岸邊尋張床？
或者趁此寂寂時辰，如同珍珠，
美麗的躍入深水之中？
啊！假如你該逝去，美麗的星子，
假如你的頭朝大海垂下金髮，
在離開我們前，請停留片刻；
愛情之星，不要從天上隕落！

譯註：

1. 三節二行「夜神大衣」原文manteau de la Nuit，有「夜幕」之意。唯原文「夜」是大寫，似乎是特殊用法，因而譯作「夜神」。
2. 三節四行「牛群」，原文Troupeau，是「家畜」之意。為求中文語調順口譯作「牛群」，唯尚有「羊群」或其它家畜類之意。

綠西 (Lucie)

摯愛的朋友們！當我死了，
請在墳塋植柳一株，
我喜歡那依依的枝葉，
令我溫馨親切的淡白色，
而蔭影時時輕撫
伴我長眠的黃土。

一天夜晚，只有我倆，寂然並坐。
她垂首，全神貫注地
以纖纖玉手撥彈琴鍵。
四野呢喃聲不息，遠處和風
輕輕拂動蘆葦，
深恐驚醒睡鳥。
悽悽夜裏，從花蕊迸放的
溫香，圍繞我倆。
園中栗樹與老橡樹
如泣般的細枝交互錯臂。
我們靜聽夜宵；半啓的十字窗
傳來春天的馥郁。
風兒靜息，平原寂涼；

我倆獨處，默默無語，兩人正是十五華年。
我凝睇綠西。——她金髮素面。
連碧空也比不上溫柔的雙眸
貫入深邃並回映藍天。
伊人秀色可餐；今世我只愛她一人。
我愛她一如人們憐惜其妹，
她身上散發的都是貞潔無疵！
我們沈默良久；雙手相牽，
我痴痴望著她憂鬱但嬌媚的前額，
深感彼此每次的心跳，
皆能療治一切痛苦，
我倆是對寧靜幸福的孿生子，
青春的容貌，青春的心靈。
無雲的天空，月兒冉冉上升，
剎那間，銀色之網罩住大地。
綠西姣美的輪廓全然烘現；
微笑一如天使：她啓齒吟哦。

她唱的歌令人熱淚盈眶，
彷彿一則刻骨銘心的往事，
一顆年輕的心已感受死神威脅；
她唱的歌可以比作戴斯德夢納的昏去，
將過度憂慮的頭平放枕上，
在夜的懷中哀出最末一聲唏噓。

開始時，清脆的歌聲夾帶憂傷
無法解說，無從道明
嬌弱的語句，柔意醉心，
而櫻唇微啓，雙淚已垂。
如同遊客橫臥小舟，
隨它漂盪，
不理會河岸的可靠不可靠，
即使河流盡端是湖泊或急湍，
如同少女，諦聽自己的思惟，
不操心，不費力，藉自慰的歌聲，
在和諧之河的浪花上
望向天邊，飄飄欲仙……

白日已盡—微風拂動—一片寂靜！
涼風襲襲，夾雜歌聲；
夜霧下死亡正潛行著，
這是一場無形的人魔爭鬥！
伊阿谷，行動吧！置卡希歐於死地。
這是漁夫歌唱？或風兒輕吟？
垂死的人，妳聽！不幸時
甜蜜的回憶只是更加痛苦。

爲了第三次安慰心靈
加倍熱情洋溢的最後一曲
已經將之融化，而陷於恐懼中
她呼喊的把豎琴抱緊胸前……
這時，少女感覺出她的才氣
向她索求大地不要的歌聲；
和諧的啜泣一直昇向神祇處，
然後，成垂死狀，她忘了臂膀的樂器。
天啊！這麼死的，年輕，充滿朝氣……

然而，嬌媚與懼怕，一切都止息了，
凋零的女人只體會到淚痕斑斑。

哭吧！上天會看到的！—哭吧！可愛的女孩！
讓噙在眼角的柔淚
奪眶而下，晶瑩如天上星星！
不要因紅顏薄命而哭泣，
爲了痛苦而生存與祝福，
只要一滴淚—唯一的—雙眸就減却嫵媚了！

痛苦之女，唱出和諧之歌，
這歌聲因愛而表現出非凡才氣，
我們來自意大利，她謫自天堂！
內心的柔音，獨自打發，
害羞的貞女，暗自防備，
透過面紗，眼神不露畏懼！
誰了解一位男孩聽到並說出
源自其所呼息的空氣之吁嗟
愁似伊心，柔如她聲？
驀然一望，淚珠垂行；
裊裊餘音是人間忽略的奧秘，
一如湖水是良宵與樹林的奧秘！
我倆獨處，默默無語，我望著綠西，
其歌聲的回響似乎震撼我們。
她沈重的頭傾靠著我。
可憐的人兒，妳感覺出
戴斯德夢納的呻吟？妳哭了，在妳的櫻唇上
留著我悽惻的唇印，
這就是妳的痛苦接受我的親吻。
就這樣，我抱緊妳，冰冷的，蒼白的，
就這樣，兩個月後，妳竟香消玉殞了；
就這樣，我純潔的花兒，妳逝去了。
死如一朵微笑，同生時一般柔情，
荳華弱冠，竟然魂歸上天。

而妳的天眞爛漫長留居室，
童稚般的歌聲、情夢、朗笑
與沒有居心的幽媚，
足以使浮士德徘徊流連於瑪格麗特門前，
當初的純情，成了何樣？
孩子！妳靈魂永息，記憶長眠吧！
別矣！夏夜時分，
置於象牙琴鍵的纖纖玉手不再滑動了………

摯愛的朋友們！當我死了，
請在墳塋植柳一株，
我喜歡那依依的枝葉，
令我溫馨親切的淡白色，
而蔭影時時輕撫
伴我長眠的黃土。

註：

1. 戴斯德夢納（Desdemona）、伊阿谷（Iago）、卡希歐（Cassio）是莎士比亞戲劇「奧塞羅」（Othello）的角色。

五月之夜
（La Nuit de Mai）

繆思

詩人，彈一彈你的琵琶，吻一吻我；（註一）
野玫瑰長出新嫩芽。
今晚，春天誕生了；和風微起；
鶺鴒飛向初綠的荊棘叢
棲息，等候黎明。
詩人，彈一彈你的琵琶，吻一吻我。

詩人

就像入夜時的山谷！
我臆測有個朦朧人影
在森林那邊躊躇。
他出現在牧場上；
閃過如茵芳草；
這是個怪異的幻想；
他隱去，消失了。

繆思

詩人，彈一彈你的琵琶；草地上，黑夜
披著芳香輕紗振動微風。
聖潔的玫瑰花，含羞地闔上花瓣。
它如醉如痴於珍珠色的黃蜂。
你聽！萬籟俱寂；想想我，你的繆思吧！
今晚，菩提樹濃蔭下，
落日留下最柔情的餘暉。
今晚，花兒將盛開：不朽的大自然
充滿著芬芳、愛情和細語。

詩人

怎麼回事我的心跳得如此快？
什麼東西在我身上作怪
以至令我惶恐？
是不是誰在敲門呢？
怎麼回事半明半滅的燈盞
照得我兩眼昏花？
萬能的上帝！我渾身發顫呢。
誰來了？誰叫我？—沒有任何人。
我孑然一身；只是時鐘嘀嗒在響；
孤獨啊！潦倒啊！

繆思

詩人，彈一彈你的琵琶；青春之酒
今夜將在上帝脈管中醞成。
我忐忑不安；歡樂幾乎窒息我，
乾燥的空氣使我的嘴唇灼燙。
懶散的孩子啊！看看我，我多美麗啊！
難道你已忘懷我們的初吻嗎？
那時我的翅膀碰著你，我看你好蒼白喲，
雙眼淚珠瑩瑩，倒在我臂上。
啊！我安慰過你刻骨之痛！
唉！那時你尚年輕，爲愛焦慮。
今晚，安慰我吧！我爲希望而焦慮；
我必須祈禱，才能活到天亮。

詩人

是你在喚我
可憐的繆思！是你吧？
我的花兒！我的永生女神！
唯一貞潔忠實的人
你身上依然留存我的情意！
是的，你來了，是你，金髮女郎，
是你，我的情人，親妹妹！
在這深深黑夜裏，我感到
你的金袍閃閃發光
那熠熠光芒鑽進了我的心底。

繆思

詩人，彈一彈你的琵琶；是我，你的永生女神，
在悲傷寂靜的今夜，我見到你了，
就像鳥兒聽到幼雛的呼喚，
我從高空飛下，與你一道哭泣。
來吧，朋友，你正難過。某種孤獨的煩惱
啃噬著你，另個事物在你心裏呻吟；
就像世上常見之事，或者快樂的幻影，
或者幸福的虛形，想必你也遇到了愛情吧！
來吧！讓我們在上帝前歌唱，歌唱你的願望，
歌唱你失去的快樂，歌唱你往昔的勞苦；
讓我們在親吻中啓程，前往不爲人知的世界。
順便喚醒你生活上的回響，
讓我們談談幸福，談談光榮與狂歡，
即使是一個夢，最初的夢。
讓我們虛構某處爲人所忘的地方；
啓程吧！只有我倆，世界屬於我們。
看啦！這就是綠色的蘇格蘭，棕色的意大利，
還有我的母國希臘，盛産甜甜的蜜糖，（註二）
阿爾高斯和普代雷昂，是遭過屠殺的城市，（註三）
而梅薩，是鴿子喜愛的聖城；
培利昂山巔，隨季節變化著；
藍色的狄達黑斯河，而銀色海灣
在天鵝照影的水面上，映出
白色歐羅松城交疊著白色卡米爾城，
告訴我，我們的歌會催眠出何樣的金色夢呢？
我們的未流的淚湧自何方呢？
今天早晨，陽光撫摸你的眼瞼，
哪位沈思的天使俯身枕邊，（註四）
他的輕袍搖動著丁香，
向你低聲傾訴他的愛情衷曲呢？
我們是否要歌唱希望與悲歡呢？
我們是否要用鮮血浸染史詩呢？（註五）
我們是否要將情郎懸在絲製繩梯上？（註六）
我們是否要使駿馬的唾沫吐向風中？
我們是否要說出，是怎樣的一隻手，
把天國無數的燈盞，用生命和
永浴愛河的聖油，日夜地點燃呢？
我們是否要向達艮說：「是時候了，天黑了！」
我們是否要潛入海底探取珍珠？
我們是否要將山羊引向苦烏木樹呢？
我們是否要給憂鬱之神指示天堂位置？
我們是否要尾隨獵人翻山越嶺呢？

牝鹿正望著獵人；牠啜泣央求；
灌木叢的家等著牠回去；一窩的鹿兒剛出生；
然而他將之殺傷，宰了，把血淋淋的心顆
當作賞品，扔給汗流浹背的獵狗。
我們是否要描繪一位雙頰姸紅的少女，
帶著扈從，到教堂望彌撒去？
她坐在母親身旁，兩眼恍惚，
微張的櫻唇忘了禱詞，
她發顫地，從柱間的回音
傾聽英勇騎士的馬刺響聲。
我們是否要讓法國古代的英雄
全副武器登上碉堡雉堞，
並且重新吟唱那首
行吟詩人學自光榮事蹟的純情歌曲？
我們是否要替一首軟弱悲歌披上素衣？
那位滑鐵盧人向我們講述他的生涯，（註七）
地獄使者用翅膀（註八）
把他擊倒在綠色山崗，
並且將其双臂交叉在鐵石心腸之前，
他如何蹂躪人類？
我們是否要在高傲諷刺的刑柱上，
釘上那位出賣自己七次的平庸誹謗者的名字？（註九）
他，爲飢餓與被埋沒所迫，
因嫉妒與無能而顫抖，
竟至天才前凌辱希望，
咬齧汚損其氣息的月桂樹。
彈一彈你的琵琶！彈一彈你的琵琶！我不能再沈默，

春風吹拂，我要展翅飛揚。
風就要携我走；我即將離開大地。
是時候了，爲我流把眼淚！上帝正傾聽著我。

詩人

親妹妹！如果你只要
友誼的一個吻
和我眼中的一顆淚，
我將毫不吝惜地奉獻；
如果你回到天國，
但請記得咱們的愛情。
我既不歌唱希望，
也不歌唱光榮與幸福，
唉！甚至痛苦。
我要堅持緘默
以便諦聽心靈的表白。

繆思

難道你認定我就像秋風，
爲了痛苦只是一滴淚水，
直到墳前還以眼淚滋養自己？
詩人喔！一個吻，我奉獻給你的。
我想剷除此地的野草，
這就是你的懶散；你的痛苦屬於上帝，
無論你的青春熬過怎樣的憂患，
就讓它加深吧！這神聖的傷痕
是地獄使者在你心靈深處留下的；（註十）
沒有什麼較之巨大痛楚更能使我們偉大的。
不過，詩人啊！不要因達此目的

你就得在人間緘默。
最絕望的歌是最美麗的歌，
我知道一些不朽的歌只是純然的欷歔。
長途奔波後疲倦的塘鵝，（註十一）
在暮靄中回到蘆葦叢中的家，
飢餓的幼兒們遠遠望見，
撲打水面，奔向河邊。
牠們覺察到就要分享食物了，
擺動著醜陋脖子上的大喙，
歡呼地奔向父親。
塘鵝緩步停靠一塊聳岩，
雙翼下垂，庇護幼雛，
這位憂鬱的漁人，兩眼空望蒼天。
裸露的胸脯鮮血噴湧；
因爲牠在茫茫大海遍尋不著食物：
海面上空空曠曠，沙灘上一片荒漠；
牠只帶回自己的心，作爲孩子們食物。
黯然沈默的臥倒岩石上，
把做父親的內臟奉獻給孩子們，
藉崇高的愛情，安慰自己的痛苦；
死亡的筵席上，牠沮喪踉蹌，
凝睇鮮血直流的胸膛，
在歡樂，柔情與惶恐中不勝迷惘。
有時，在這神聖的犧牲上，
因長期折磨而厭倦死亡，
深恐孩子們使牠活著受罪；
這時，牠猛然立起，迎風展翅，
一聲哀鳴摧心裂腑，
在黑夜中發出如此悽厲的訣別之聲，
以至群鳥驚起，飛離岸邊，
逗留沙灘的旅人，
也會感到死亡的掠影而祈求上帝。
詩人！偉大的詩人們也是如此。
他們讓活著的人愉悅；
但是，他們在慶典時奉獻給人類的盛宴，
往往和塘鵝一樣。
當他們這樣述說失望，
述說憂傷和遺忘，愛情和不幸，
那決不是令人開朗的樂章。
他們的詩句就像利劍：
在空中揮出耀眼的光圈，
可是光圈中往往血跡斑斑。

詩人

繆思啊！妳這不知足的精靈，
不要過份的要求我。
北風呼呼的季節，
人們是無法在沙上寫出什麼的。
在我年輕時，
我的嘴唇不停地
同鳥兒一樣準備吟唱；
於今，我深受痛苦折磨
但，至少，我能將之道出，
如果我這麼做並配上琴音，
這把豎琴就像蘆葦，一折就斷了。

註：

一　彈一彈你的琵琶，意譯則爲「寫詩」，「吟哦詩篇」。

二　蜜糖，盛產於雅典附近的Hymette山。母國，繆塞曾言「希臘，藝術之母，令人敬愛之國土，……我是您古代的子民。」

三　以下有關希臘的幻想旅行，係繆塞借自荷馬史詩「依里亞特」第二卷。所有地名均爲古希臘山名、河品、城名。

四　天使，正確講應爲首席天使。西元一世紀希臘神父聖德尼（Saint Denys）將天使分作九級，他們由高位依次爲：

Sèraphins
Cherbins
Trônes
Dominations
Vertus
Puissances
Principautès
Archanges
Anges

五　史詩，原文字義是「鋼鐵的隊伍」。

六　暗示「羅蜜歐與朱麗葉」，亦即情詩。

七　滑鐵盧人，即拿破崙。

八　地獄使者，原文「永夜的使者」（l' envoyé de la nuit éternelle）

九　原詩似乎確有所指待查。

十　地獄使者，原文「黑天使」（les noirs sèraphins）

十一　有關塘鵝（le pélican）這種動物，民國六十四年六月十二日國語日報有淑厚先生撰文介紹，我將之摘錄於下：

「塘鵝，是一種外形很怪的大形水鳥，大小跟天鵝差不多。……塘鵝的喙又長又寬大，和身體各部分比較起來，就成爲不大調和的怪相。……在牠的下顎有一個小囊，平時的時候可以縮成很小，但是在牠捉到了一些魚蝦，唯恐被逃脫時，就急忙吞入小囊裏，這時候就脹成很臃腫的怪狀，……塘鵝很容易被人馴服，……最喜歡吃水鳥和魚蝦，……牠捉起魚蝦來，似乎十分的貪婪，牠把一條一條的魚，往喙囊硬吞下去；……塘鵝這樣捕捉食物，並不是立刻全部吃下去，牠僅是把捕捉來的食物暫時儲藏在牠的小囊裏，等到牠飛回岸上的巢穴後，才把水鳥或魚蝦慢慢地吃下胃裏去。如果牠有小塘鵝，……回家後，就張開牠的大嘴巴，讓牠的孩子們把幾張小嘴伸入牠們媽媽的喙中，把魚蝦掏出來吃；……塘鵝最喜歡千百隻成群聚族住在一起。……塘鵝在我國不大常見，可是在北美洲和歐洲比較溫暖地區中的池沼地方，卻有很多塘鵝滋長繁殖。……至於美國東南臨海的福羅利達州，更以塘鵝著名。……」

十二月之夜

(La Nuit de Décembre)

詩人

學生時代，

一個睡不著的夜晚
我留在孤寂的客廳裏。
我桌子對面，
坐著一位可憐的黑衣小孩，
他頗似我的兄弟。

面容幽悽清秀：
在燭影搖曳下，
他展讀我的書籍。
前額下傾碰著我的手，
略帶甜笑的沈思著，
直到翌日天明。

此景，就像十五歲時，
一天，我緩步走到
一座森林的灌木叢中。
樹下
坐着一位黑衣男子，
他頗似我的兄弟。

我向他問路，
他一手拿把豎琴，
一手握束野玫瑰花。
他向我行個友誼之禮，
然後，半轉身，
以手指指引我走向山丘。（註一）

到了談戀愛的年紀，

一天，我獨留室內，
爲最初的不幸傷心。
在爐火邊，
坐著一位黑衣陌生人，
他頗似我的兄弟。

他滿臉憂愁，
一手指向天空，
一手握把匕首。（註二）
他似乎忍受著我的痛楚，
僅僅嘆了一聲，
然後，夢魘般消失了。

到了放蕩的年紀，
一天，宴席上，
我舉杯暢飲。
在我對面，
坐著一位黑衣賓客，
他頗似我的兄弟。

在他的大衣下
緋色的襤褸碎衣幌動著，
頭上綴著沒有果實的桃金孃花。
他孱弱的手伸向手，
在碰著其酒杯時，
我的酒杯碎裂於我瘦弱的手心。

次年的一晚，

我跪在
父親剛死的床前。
床頭，
坐著一位黑衣孤兒，
他頗似我的兄弟。

他兩眼濡濕；
宛如痛苦天使，
全身披被荊棘。
豎琴摔在地上，
匕首插入胸前，
鮮血直流。

我如此清晰的追憶著，
願生命的每一瞬間，
我都能歷歷如繪。
這是一個奇異的幻像，
不管是天使或魔鬼，
我總會隨處看見女友的影子。

年紀稍大時，因痛苦而厭倦，
我決定離開法國，
以便重新生活或結束一生；
無可奈何之時，
我決定動身找尋
希望的廢墟。

在河彭尼山下的比薩；（註三）

在萊茵河對岸的柯隆；
在山谷斜坡的尼斯；
在宮殿深處的翡冷翠；
在布里格的小木屋；
在荒涼的阿爾卑斯山中；

在傑尼斯城的檸檬樹下；
在佛維城的綠蘋菓樹下；
在哈佛港，面對大西洋；
在威尼斯，在可怕的里多，
就在那兒的墳草上，
我的愛情死於蒼白的亞得里亞海；

浩瀚青天下的每一角落，
我的心與眼都感到厭倦，
永不痊癒的傷口不停滴血；
跛脚的煩惱之神所到之處（註四）
拖拉著我的疲倦，
我行走於刀山上；（註五）

在任何地方，對未知世界的渴望，
總是不停地改變著，
我尾隨我的夢想；
在不曾生活過的任何地方，
我又看見我看到過的，
人類的面孔及其僞善；

在任何地方，沿著道路，

我双手捧著額頭，
彷彿女人般啜泣；
在任何地方，彷彿一隻羔羊
將身上的毛遺留荊棘叢中，
我感到靈魂被剝削了；

在每個地方，我渴望沈睡，
在每個地方我渴望死去，
在每個地方，我要撫摸大地，
在我的路上，
總是坐著一位黑衣的不幸者，
他頗似我的兄弟。

……………………

幻像

—朋友，我的父親就是你的父親。
我既不是守護天使，
也不是人類的掃帚星。（註六）
我愛他們，但我不知道
他們的足跡就要踩到
我們生存的小小汙泥的哪一角落。
我既不是上帝亦非魔鬼，
當你以兄弟喚我時，
你便賜了我的名；
你往何處去，我將跟著往那兒跑，
直到你離開世上，
我便坐在你的墓碑上。
當你痛苦時，
上天要我給你信心。
到我身邊吧！甭害怕。
我跟著你上路；
但，我不能同你攜手並行，
朋友，因為我就是孤獨。

註：

一、山丘，象徵詩人的較高理想。
二、匕首，或作利劍，表示自殺的念頭糾纏著詩人。
三、底下幾個地名，都是繆塞與喬治桑旅跡之地。
比薩（Pise），意大利城市，有著名的斜塔。
阿彭尼（Apennin），意大利山名。
柯隆（Cologne）萊茵河畔的德國城市。
尼斯（Nice），臨地中海法國東南方城市。
翡冷翠（Florence），意大利城市。
布里格（Brigues），瑞士城市。
傑尼斯（Gênes），臨地中海的意大利城市。
哈佛港（Le Havre），臨大西洋的法國商港。
里多（Le Lido），濱亞得里亞海的大浴場。
亞得里亞海（La mer d' Adriatique），意大利與巴爾幹半島之間的內海。繆塞與喬治桑在此決裂。因而詩中言「可怕的里多」及「蒼白的亞得里亞海」。同時，在里多，也可以看到許多猶太人的古墓。

四、跛脚的煩惱之神（le boiteux Ennui）。

五、刀山，原文 une claie，是中古時候處刑用的一種篩子。

六、掃帚星，原文 le mouvais destin，是厄運、霉運。

八月之夜 (La Nuit d' Aoȗt)

繆思

浩浩天際，
太陽駕其火輪經過巨蟹宮之後，（註一）
幸福就離我他去，我默默等著
至友喚我的時刻。
唉！許久以來，至友的房子空著；
往日的佳期似乎不再了。
我依然獨自回到陰暗居處，
灼燙的額頭靠在半啓的門扉，
就像淚流滿面的寡婦立在愛子墳前。

詩人

向我忠誠的女友敬禮！（註二）
向我的榮耀與愛情敬禮！
最好與最親蜜的
都找回來了。
思考與貪婪（註三）
有一陣子同我做伴。
向我的母親、保姆敬禮！
向妳這位安慰者敬禮！
張開妳的柔臂，我就要歌唱。（註四）

繆思

善變的心，失望的你，為何你
一忽兒消隱，一忽兒又出現呢？
究竟除碰運氣外，你想找尋什麼？
等你至天明，為何你又遠走高飛呢？
你是深夜中的一閃柔光。
你留在世上的快樂只是
我倆清白愛情的無用蔑視。
當我來時，你的書房空著，
但是在騷亂的沈思的陽臺上，
我隱約看到你家花園的四牆，
你甘心受制於厄運的擺弄。
在厄運的羈絆中，高傲阻止了你，
你讓這株可憐的馬鞭草枯萎，（註五）
在最幸福的時辰，馬鞭草的細枝
曾受你的眼淚滋潤。
這憂傷的綠葉是我生命的象徵；
朋友，因你的遺忘造成我倆好事多磨，
彷彿飛翔的鳥，我的記憶。
伴隨綠草的輕香消隱於空中。

詩人

今晚，當我經過牧場，
在一條小徑上，
我看到一朵抖動但凋萎的花，
這是淡白的野玫瑰花。
一顆綠色苞蕾

就在房邊的小樹上搖曳；
我看到一朶花就要長出；
最年輕的往往最美麗。
人類也如此，處處洋溢新生。

繆思

唉！總是人類！唉！總是眼淚！
總是風塵僕僕與汗流浹背！
總是可怕戰鬪與流血武器；
此心好說謊，創傷是本質。
唉！每個國度，總是同樣生命：
羨慕，後悔，握手與伸手；
總是同一角色與同一齣戲，
無論怎樣發明人類的僞善，
在這方面，沒有比人類的骨骸更眞實。
唉！我的至友，你只是詩人。
沒有比喚醒你瘖瘂的豎琴更重要；
你沈溺於一個易變的夢想；
而你不知女人的愛會用眼淚
改變浪費你的靈魂之實，
讓上帝去算算，淚要多於血。

詩人

當我穿過山谷，
有隻鳥在巢裏歌唱。
牠的小雛，親愛的幼雛，
在黑夜中垂死。
牠却歌唱黎明；
喔！繆思！不要流淚：
失去一切，上帝還留存有，
上帝高高在上，希望却充滿人間。

繆思

當你顫抖的手拭掉滿以爲忘記了的
可憐棲所的灰塵時，
貧苦的日子要你履行父親職責時，
你將發現什麼呢？
你剛從何處回到自己的住家
尋找些微的安寧與款待呢？
那兒隨時都會叫出聲響：
你爲生命與自由做了什麼？
難道你以爲忘記了昔日的期望嗎？
你以爲你還在尋找你想找的嗎？
詩人的本質是在你的心靈或你自身？
應該是你的心靈，可是它不回答你。
愛情會使它破碎；悲痛的感情
對庸碌的交往報以石頭；
你除了同蛇一樣還會蠕動的可怕晚年外，
不再有任何感覺了。
天啊！誰幫助你？當有人阻止我愛你
當我還在拍動的金翅
帶我去救你時，
我能做什麼呢？
可憐的孩子！我們的戀情不會受到恫嚇，
在歐德伊林園，綠栗樹與白楊樹下，（註六）
那晚，你跌入沈思中，
我却以漫不經心的逼詞激惱你。

啊！那時我年輕貌美，水仙與山林女神（註七）
羞澀的窺我赤楊樹般的外表，
在咱們散步時，她們流出的眼淚，
純如黃金，掉在水晶夜裏。
我的情人！青春時期你做了些什麼？
誰摘去我迷人樹身的果實？
唉！你如花的雙頰使女神愉悅，（註八）
在她的玉手上維持了力量與健康。
眼淚蒼白了你輕率之眸；
同樣，你的俊秀使你失去寫詩勇氣。（註九）
而我喜歡你，當作唯一好友，
如果我從天上掉下，激怒的神祇們要我
奪去你的天才，你如何回答我呢？

詩人（註十）

既然枝上林鳥飛翔又歌唱
而其姊妹却受傷於巢中；
既然野花在黎明時微綻，
看到草地上另一朶花開了，
它將無語地彎身而枯萎於夜晚；

既然林間深處，綠茵下，
可以聽到枯樹倒在小徑的嘎吱響，
既然穿過永恆的大自然，
人類只能順應天理，
一味走著，一味忘記；

既然，就算岩石也會風化成灰；
既然，今晚死去的，明日還會再生；
既然，這是殘殺與戰爭的肥料；
既然，墳墓上，供我們糊口的
神聖小草掙出土地上；

繆思啊！是生是死於我何干？
我喜歡，我願意蒼白；我喜歡，我願意受苦；
我喜歡，爲一個親吻付出我的天才；
我喜歡，我願感受兩片瘦頰上
淚泉涓涓細流直至乾涸……

在所有吞噬你的虛榮之前，
剝奪苦腫而向你認爲閉鎖的心。
朋友，你將復活；讓你的花朶綻開。
受苦之後，應該再受苦，
愛過之後，應該不停的愛。

註：

一、此句是紆說法，太陽在六月廿一日以後繞過了巨蟹星座。
二、繆斯（La muse）係女神，因而稱爲女友。
三、貪婪，意指詩人靠散文、戲劇謀生，一八三六年七月他出版了「不要無端詛咒」。
四、在「五月之夜」詩中，詩人琴音瘖瘂，該詩結尾，詩人將豎琴比作一折就斷的蘆葦。
五、馬鞭草（la verveine）在此比喻「詩篇」。
六、歐德伊林園（Les bois di Auteuil），一八二八年，繆塞居於此地研讀法律與醫學，同時喜歡謝尼葉（André Chénier）的詩篇，並經常漫步於幾個林園之間，像謝芙爾（Sè vres），夏維爾（Chaville）與穆東（Meudon）。

七、水仙（nymphe）
山林女神（dryade）

八、女神（la déesse）

九、寫詩勇氣，原文是 vertu，意指寫詩能力。

十、詩人似乎不聽繆斯的雋言也不操心自己的焦慮。他推演出自己的結論：既然大自然不停的變更著生與死，但是，爲若愛與受苦，仍應該繼續活下去。

十月之夜
(La Nuit d'Octobre)

詩人

我所受的痛苦如夢般消失了。
只能將之比做往事輕煙
就像曙光昇起時，人們目睹
薄霧與露珠一道消散。

繆思

那末，詩人，你究竟擁有什麼？
究竟有何隱痛
使你我隔離呢？
唉！我依然感觸得到的。
不知這是怎樣的痛苦
以至我長時哭泣？

詩人

這是衆人皆知的凡俗痛苦。
然而，一旦內心憂慮，
就想到我們是可憐的瘋子，
在我們以前沒有誰感受過這類痛苦。

繆思

這不是凡俗的憂愁，
而是凡俗的靈魂。
朋友，相信我的話，
這奇妙的憂傷
此刻已自你的胸懷遁逸。
沈默的神聖上帝
即是死神諸兄弟之一；
發發牢騷聊以自慰，
有時候一句話
就消除了我們的內疚。

詩人

要是現在提到我的痛楚，
我眞不淸楚要冠以何名，
就說是愛情，瘋狂，自傲，經驗，
假定世人沒有誰可以由此得到好處。
但是，我樂意向你敍述往事
爐旁就只有你我同坐。
取下七弦琴，挨近些，讓我那些記憶
隨著你抑揚歌聲緩緩湧現。

繆思

在訴說痛苦前，
詩人！你是否藉此療傷？
想想此刻
不許談情，不許說恨。
假若它令人想起我就是
安慰你的人，
不要指責我
參與過你那段失去的舊情。

詩人

我就是如此的治療這疼痛，
以至偶而想起還會存疑呢；
當我一想到冒險過的地方，
我相信看到的是另一張陌生面孔。
繆思！不用恐懼，在給你靈感的氣息中，
我們不須戒意的全然互信。
哭是甜蜜的，微笑是甜蜜的，
我們可以忘掉那些痛苦的記憶。

繆思

就像一位細心的慈母
守護在寵兒的搖籃前，
我也是顫抖的傾近
關閉我的這顆心。
說吧！朋友，這把專心的七弦琴
在柔和的燈光下
隨著你的聲調
彈出低沈而哀感的琴聲，
昔日的那些陰影
如同一具飄忽的幽靈消失了。

詩人

白天就工作！只有工作我才活著！
也只擁有三次珍貴的孤獨！
該讚美上帝，我是回來了
回到這間陳舊的書房！
這小小的隱居所，四壁蕭條，
凝塵的座椅，昏黃的燈盞，
啊！這就是我的宮殿，我的小世界，
而你，繆斯，不朽的少女，
該讚美上帝，我們就要歌唱了！
是的，我即將爲你敞開心府，
你是知道一切的，我就要對你訴說
一位加諸我痛苦的女人：
只是一位女人，啊！可憐的朋友，
（唉！也許你曉得了）
就是那位女人使我柔順得
如同奴僕對待主人。
就是這可惡的枷鎖！因而我的心靈
失去了力量，失去了朝氣……
……………………………………
……………………………………

詩人

不要臉的你，是你第一個

使我學會負心，
學會驚駭，學會激怒，
是你使我喪失理智！
不要臉的你，黑眼睛的女人，
我的青春我的佳期
都埋葬在你那
可悲的愛情陰影裏！
因爲你的聲音你的微笑
因爲你令人消魂的秋波
它們使我學會邪惡
要我佯裝幸福；
因爲你的青春你的媚力
教我失望，
如果我懷疑這些眼淚，
是因爲我認清了你而流的。
不要臉的你，我依然
與稚子同樣單純；
一如爲晨曦而綻放的花朵，
我的心靈爲愛你而敞開。
的確如此，這顆毫無戒備的心
一下子受騙了；
然而使它恢復純眞
仍是容易的。
不要臉的你，你使我
產生了首次的痛楚，
使我的眼眶
噴湧淚泉！
它們流著，確確實實的流著，
不曾乾涸過；
它們迸湧自一個
不曾痊癒的傷口；
但是，在這痛苦的源泉
至少，我站了起來，
並且希望忘掉
你那些可恥的回憶！

繆思

詩人，咒詛夠了。在一個水性楊花的女人身邊，
當你的幻覺只延續一天時，
一提到她就別糟踏這一天；
假如你想被愛，就得尊重你的愛情。
如果說將別人給予我們的痛苦加以寬恕
對弱者而言，這種努力會太大時，
那末，至少避免自己有憎恨之苦；
沒辦法寬恕，就讓它忘却。
死者安詳的長眠大地胸脯；
我們熄滅的感情也應如此睡去。
這些心靈的遺物也有其塵埃；
不要用手掬捧他們神聖的遺物。
爲什麼在這痛苦敘述中，
你只看到夢魘與受騙的愛呢？
難道蒼天無端的這麼做嗎？
難道你認爲上帝無心的給你這打擊嗎？
孩子！也許你所抱怨的打擊救了你，
因爲由此，你的心靈開朗了。
人是一名學徒，痛苦爲其導師，

不經過痛苦，就無法認淸自己。
這是無情的法則，至高至上的法則，
同世界同命運一般古老，
我們必須藉著災禍接受這個洗禮，
也必須全盤接受此愁慘代價，
爲了成熟，農作物仰賴露水；
爲了生存與感覺，人類需要淚水，
快樂象徵著一棵折斷的植物，
仍受著雨水濕潤，花朶覆蓋。
你不是說過要療癒你的瘋狂行爲嗎？
你不是還年輕，幸福，到處受歡迎嗎？
這些輕微的快樂使你熱愛生命，
假如你不哭泣，你將若何自處？
日暮時，生在灌木叢間，
同一位老友開懷暢飲，
告訴我吧！要不是感受了快樂的代價，
你如何會樂意地端起酒杯呢？
假如你在其中沒有發現古老的嘆息，
你會愛上這些花朶、草坪、綠茵，
佩脫拉克的十四行詩與禽鳥的鳴唱，
米開朗基羅與其藝術，莎士比亞及大自然嗎？
假如在遠方某處，發燒與失眠
不曾使你想到就此長眠，
你會了解難以形容的和諧之青天，
和夜晚的沈寂與波濤的低吼嗎？

……………………

憂傷 (Tristesse)

我失去了力量與生命，
朋友及快樂；
我失去了自負，直到
它令我相信自己的天份。

認識了「眞理」，
原以爲該是一位密友；
等到瞭解領悟了，
已經產生厭倦。

然而那是不朽的，
誰離開它
誰就全然懵懂。

該有人回答上帝的旨意。
我獨自留在世上
偶而哭泣。

回憶 (Souvenir)

我想痛哭一場，却要忍受痛苦
膽敢前來看你，這個永遠神聖的地方，
啊！最珍貴最不受人注意的墳塋

長眠著一個回憶！

在這個寂靜地帶，你怕的是什麼？
朋友，爲何你緊握我手？
當一種如此溫柔的老習慣，
　指示我這條道路時？

這兒，在斜坡上，在灌木花叢中，
還有在靜砂上的銀色足跡，
以及這情人路上，洋溢著綿綿細語；
　她的柔臂摟過我。

這兒，綠蔭的柏樹，
曲折蜿蜒的狹道，
方外的朋友們，以古代語言
　令我廻念那段甜蜜佳期。

這兒，我青春年華時渡過的荆棘叢
如同鳥群隨同我的步履而鳴唱
這塊美麗的地方，我愛人喜歡的美麗荒原
　你不等等我嗎？

啊！讓它們流吧！那是我珍惜的淚珠，
一顆破碎心靈所迸湧的淚珠！
不要拭掉，讓它們留在眼瞼上，
　這張昔日的面紗！

我來此，並非將無用的懊悔拋給
我幸福證人的這些林間回聲，
驕傲的是靜美中的這座森林，
　而我的心也同樣的驕傲。

將這些恩恩怨怨交付給辛酸的訴苦，
在友人的墳前跪下祈禱。
所有的都在此生長，
　除却墳頭的花朵。

看！月亮升起了，穿過樹蔭，
你的眼神依然顫抖著，夜的女王，
然而在陰暗的遠方，你已經無拘無束，
　你也開朗起來。

由於下雨仍然潮濕的這地方，
白日的所有芬芳都從你的光輝下出現，
我的舊情是同樣的冷靜同樣的純潔
　發自我感動的靈魂裏。

我平生的憂愁都到哪兒去了？
所有使我蒼老的，此刻皆離我他去；
單單望著這親切的山谷
　我就回復到童年。

啊！時間的偉大魔力！啊！疾飛的歲月！
你携走了我的淚水，哭泣與懺悔；
然而憐憫感動了你，在我們枯萎的花朵上
　你絲毫未踐踏過。

我由衷的感謝你，感謝你安慰的恩情！
我從不相信居然有人能忍受這麼多的
痛苦，以至覺得疤痕
是如此甜蜜。

這些無用的字眼，無關緊要的思想遠離我吧！
這些平凡痛苦的慣用壽衣，
那是用來遮蔽他們過去的愛情，
而他們却不曾愛過。

但丁！爲何你說在痛苦時追憶幸福
是更爲錐心刺骨呢？（註一）
是何種憂傷使你寫下傷心詩句
來侮辱不幸的人呢？

難道存有的光明較不眞實嗎？
難道黑夜一來就該忘記光明嗎？
這就是你，一顆永遠懷憂的偉大心靈
所說的嗎？

不！以這燾照亮我的火炬爲誓，（註二）
這瀆聖的話絕非你的本意。
在世上，一個快樂的回憶，也許
比幸福更眞實。

什麼！不幸的人在埋葬煩惱的
熊熊灰燼中找尋一絲火花，
他攫住這火花，並用得意眼神

死盯住它！
當他的靈魂沈溺於失落的往昔時，
當他在這破鏡上作夢哭泣時，
你竟說他錯了，他的空喜
只是可怕的痛苦！

這就是你的芙蘭莎茲，你的光榮天使（註三）
你也可以對她講這番話，
她爲了敍述身世
中止恆久的親吻！

那末，正義之神，人類的思想是啥？
誰去喜歡眞理呢？
倘若他不懷疑如此確實如此肯定的
快樂與痛苦。

那末，奇怪的人，你如何生活？
你笑，你歌，你邁步向前，
天空及其美麗，世界及其醜陋
都阻撓不了你。

一旦命運偶然使你
想起那段被遺忘的愛情，
這阻礙你的石頭，它撞傷你的脚
使你疼痛。

於是你咒罵，人生不過空夢一場；

你反扭臂膀，覺醒過來，
而你竟惱火了，因爲如此愉快的騙局
　僅持續片刻。

可憐的人！這片刻，你麻木的靈魂
解脫了在塵世它加諸於你的枷鎖，
這轉瞬即逝的片刻就是你的一生；
　無須因它懊惱！

須懊惱的乃是因你於人間的麻木不仁，
你在齷齪與血淚中焦慮不安，
夜晚無希望，白天無光明；
　這才是虛無。

然而，你從那些冰冷的原則得到什麼？
每一寸光陰你在記憶的廢墟上撒播
這些無常的懊惱
　向老天作何索求呢？

是的，無疑的，一切都得死亡；世界是場大夢，
人生旅途中賜予我們的幸福很少，
我們剛握住的蘆葦，
　狂風一吹就捲走了。

是的，在世上兩人所交換的
最初的熱吻，最初的盟誓，
已在風吹葉落滿地的樹下
　已在成灰的岩石上。

他倆祈求作刹那快樂的見證的乃是
常常時刻變幻的雲翳天，
及不停發出光芒的
　無名星辰。

他倆周遭，萬物已死，鳥死於葉叢，
花死於他倆掌中，蟲豸死於他倆腳下
泉水乾涸於照映過他倆
　被遺忘的倩影中。

他們曾在這些記憶的廢墟中，手牽著才，（註四）
目炫於刹那快樂的光芒，
並且自以爲逃脫了
　坐視死亡的時間之手。

智者說：「瘋子！」—詩人却說：「幸運兒！」
既然激流之聲使你焦慮、不安，
既然風使你害怕，那末，你心中有何
　憂傷的情慾呢？

太陽下，我注視過許多事物的凋零
不只是樹葉和浪花，
許多事物的消失，不只是玫瑰的芬芳
　和禽鳥的鳴唱。

我親眼目睹過比朱麗葉
死在墳墓裏更陰森悽慘之事。
較羅蜜歐舉杯邀宴魔鬼

更悚然之事。
我看到那唯一最親蜜的女友
竟是水性楊花。（註五）
一座活生生的墳塋竟浮動著我倆
　那段死去情愛的微塵。
浮動著夜闌時，我倆曾溫柔地慰藉心靈的
可憐愛情的微塵。
這有甚於生命本身，唉！這是個
　業已銷亡殆盡的世界。

是的，一旦重見，我膽敢如此說：
她依然年輕美麗，明眸亮麗如昔，
櫻唇微啓，就是一朵輕笑，
　就是一聲細語。
但，細語不再，柔聲不再，
與我交互過的愛慕眼神也不再；
我的心，依然充塞著她，到處尋其芳容，
　但，再也找不著了。
縱然我還能够走到她面前；
以臂膀摟住她空洞冰冷的胸脯，
並且責問：「水性楊花的女人，妳要如何
　處理咱們的過去？」
但是我沒這麼做，我覺得這只是一位
碰巧具有她的細語明眸的陌生女子；
就讓這座冰冷的石像走過去，
　我双眼空望白雲蒼狗。

不錯！和一位沒有感覺的人含笑揮手
無疑是可怕的不幸。
不錯！這有何關係？自然啊！母親啊！
　難不成我付出的愛較少些嗎？
如今，霹靂儘可以撞擊我的腦袋，
這個回憶永不爲人奪去！
就像狂風暴雨中落難的水手，
　我緊緊抓牢它。
我不想再知道了，管它田野花開，
管它這具幽靈將成何樣？
管它無垠的穹蒼明日是否還將
　君臨的大地照亮。
我獨自私語：「此時，此地，
我曾愛過，也被愛過，她很美麗，
我在心靈深處埋存這個瓌寶
將之帶往上帝！」

註：
一、但丁此語，見地獄篇第五歌。
二、火炬，指太陽。
三、芙蘭莎茲（FranÇoise）十三世紀意大利美女，爲

Ravenne領主Guido da Palenta之女。嫁予Malatesta di Rimini 之子 Lanciotti, 却愛上夫弟Paolo ，最後此二人爲其丈夫殺害。

四、手牽著手，原文是「牽著他們黏土造成的手」，據基督教言，上帝以黏土造人。

五、水性楊花，原文Sépulcre blanchi（白色墳墓），乃指這位詩人的愛人口是心非，忘了曾經海誓山盟，並非業已死去，進入墳墓。

口占答人問

侯佩尹譯

獵取一切舊憶，還須凝定新想；
在美麗金軸上，使之平衡擺蕩，
無定亦復不寧，然却端然不動；
在剎那片刻間，或能永留一夢；
愛眞還當愛美，尋求眞美和音；
試在心中諦聽，聽得天才回聲；
狂歌，歡笑，痛哭，獨自，無心，放浪；
能以一言一笑，或以一吁一望，
製一精妙絕作，語語驚心盪氣，
製一光明寶珠，只用一滴清淚；
此即詩人事業，此即詩人熱情，
此即詩人生活，此即詩人雄心。

寄雨果

侯佩尹譯

應當萬物多愛，處此大千世界！
愛遍一切，爲要知什麼是最愛？
儘領略那青天碧海，博奕甘味，
名馬美人，嫩媚薔薇芬芳丹桂。
開不好的殘花，應當用脚踏碎，
應當放情痛哭，還須多揮別淚；
然後此心才見到牠已成衰廢，
一番結果，替我們發現些原委。

種種暫時柔福，大家都享不够，
賸留那最好的，就是多年良友，
我們相違，偶然使我們復相偶。

大家近前，大家合笑，手携著手，
我們回憶起我們曾並肩而走，
魂魄不滅，過去時即未來時候！

——中國文藝創刊號
（四十一年三月一日）

中文譯詩索引

A詩集：

徐仲年、王平陵合譯：虞賽的情詩。民國廿五年上海商務印書館，包括「四夜組曲」及其他情詩選

B零碎譯詩：

王碧瓊譯：①五月之夜 ②回憶

—世界名作家詩集頁二三一—二五三（莫渝按：原譯者待查，但非王碧瓊）

侯佩尹譯：①綠西（節譯）
—中華文藝函授學校講義

謝康譯：① Tristesse（憂傷）
—文藝論集頁二二—二三

××譯：①憂愁
—世界文學史下冊頁三一二—三一三（莫渝按：也見於五洲版「世界大詩人與名作」頁五二—五三）

覃子豪譯：①十月之夜②十二月之夜③給一顆星④歌
—法蘭西詩選第一集頁八九—一〇四

胡品清譯：①威尼斯
—現代文學散論頁四一—四七

施穎洲譯：①憶念
—現代名詩選譯頁三七—五二

譯後記

從繆塞的詩中，似乎我們會認爲是喬治桑負了詩人的感情，但，事實究竟如何，即使在法國，擁繆塞與擁喬治桑也曾吵吵鬧鬧過。繆塞死於一八五七年，距離他與喬治桑分手已有二十餘年，這期間，繆塞藉詩發抒感情，而喬治桑沈默不語，直到詩人死後，她才出版一冊小說「她與他」（Elle et lui），隔沒多久，繆塞哥哥保羅也回敬一冊「他與她」（Il et elle），彼此之間，頗具戲劇性。坊間有「愛底尋求」一書敍述喬治桑一生的愛情（包括廣義的愛）故事（註一），其中第四與第十章即是「她與他」的故事，而屬於「他與她」的故事，即繆塞情詩，我們文壇上曾有徐仲年與王平陵合譯的「虞賽的情詩」，然而，這冊譯詩集，我們早就無緣一睹。另有零碎譯介，惜之人作較完整的整理，今筆者不敏惶惶恐恐的做了此事（註二）。當然在工作進行中，不但參閱了前人翻譯的成績，而且藉此增加了一些知識，譬如塘鵝這種動物，威尼斯的兵工廠等。翻譯，尤其是詩的翻譯，很容易導致散文的敍述，如果這些譯詩尚能讓讀者感受一些東西，那我很感滿意了，至於錯誤之處，更期望讀者們隨時敎正。

註：

一、「愛底尋求」一書原作者 Marie Howe，原書名George Sand：The search for love中文譯本計有：
1. 嚴君默譯：愛底尋求　香港文淵書店
2. 歐陽思譯：愛的尋求　臺北新陸書店
3. 晉先柏譯：喬治桑尋愛錄　臺北晨鐘出版社

二、「十二月之夜」與「十月之夜」，我手頭的詩集即是摘錄，因而無法全詩譯出，尚乞讀者見諒。侯佩尹先生的再首譯詩爲保存資料也一使錄入。

莫渝六十五年八月四日誌於板橋

編輯手記

「笠」十餘年來，不斷嘗試在臺灣詩學的主流上做更新的躍進。雖然路途遙遠而寂寥，但我們從未放棄我們的努力。

這一期，笠在內容的取捨與處理上，您一定會看出某些更新，我們並不是想提供什麼新花樣，我們想提供一些新內容。

在創作方面，我們提供給讀者的作品也許並不多，但力求精緻。爲了表示對創作者的尊重，我們特地使作品展現的版圖更寬廣。

我們曾經一再聲明：反對內容空洞的夢囈，反對一些玩弄文字魔術的堆砌物。我們所提供給讀者的作品，不但引證我們的立場與原則，也闡釋了我們的目標。

譯介海外詩是本刊自始便努力耕耘的工作。這一期我們不但將法國詩人繆塞（Musse）介紹給讀者，波特萊爾「惡之華」的中譯，也呈現了一個豐盛之面貌。此外，林鍾隆的一系列「日本戰後詩選」，也給予我們鄰邦日本戰後詩的一些點滴。

在評論方面，梁景峯氏的「什麼不是現代詩」是以否定論將臺灣詩批評入一個新的嘗試。梁景峯自從在德國海德堡大學攻讀德國文學時，即致力於德譯中國的現代詩。曾輯譯了「星火的即興」，也翻譯了白萩的詩選集「臺灣之火」，目前他更著力於日據時代以降臺灣本土小說作品的收集，整理以及德譯工作。

林鍾隆近來著力於對兒童詩的研究，除輔導小朋友兒童詩的創作外，復能以一個兒童文學拓荒者的立場闡示本國及外國的兒童詩，使此間兒童的視野更加寬廣。他對本刊前刊出的「兒童詩遊戲」，作了一次剖析。

把耕耘的範圍擴大到兒童詩，尤其是兒童目己的創作，是許多笠同人的願望。林亨泰有過豐碩的成果。桓夫於公務之暇，近年來對臺中市國民小學兒童的兒童詩輔導，也透露出詩神對小心靈的眷顧之情。

我們不斷地在努力提供一些創作的，翻譯的，評論的果實給關心臺灣文學發展的讀者，在這一條路上，我們誠懇地歡迎大家的批評，對於發表在「笠」的文章，我們歡迎大家剖析，用冷靜的眼光照看，甚至擊倒。唯有這樣，才能一邊跌倒，一邊發現，才能不斷將路的指標落在更能引向燦爛之光的位置。（李溟）

臺灣文藝社社長吳濁流先生逝世，本刊將於下期刊出追悼文章，請賜稿。

謝文昌作：春遊（62×93）

中華民國行政院局版臺誌第一二六七號
中華郵政臺字第二〇〇七號執照登記爲第一類新聞紙
定　價：國內每冊新臺幣20元
海　外：日幣240元　港幣4元
地　區：菲幣4元　美金1元
全年六期新臺幣100元　半年三期新臺幣55元
※郵政劃撥21976號陳武雄帳戶（小額郵票通用）

出版者：笠詩刊社
發行人：黃騰輝
社　長：陳秀喜
社址：臺北市松江路三六二巷七八弄十一號（電話：5510083）
中部資料室：彰化市延平里建寶莊51之11
北部資料室：臺北市北投百齡五路220巷8號4樓
編輯部：臺北市敦化南路355巷83號
經理部：豐原市三村路90號
印刷廠：華松印刷廠　電話：263799號
廠　址：臺中市西屯路一段一二三巷八號